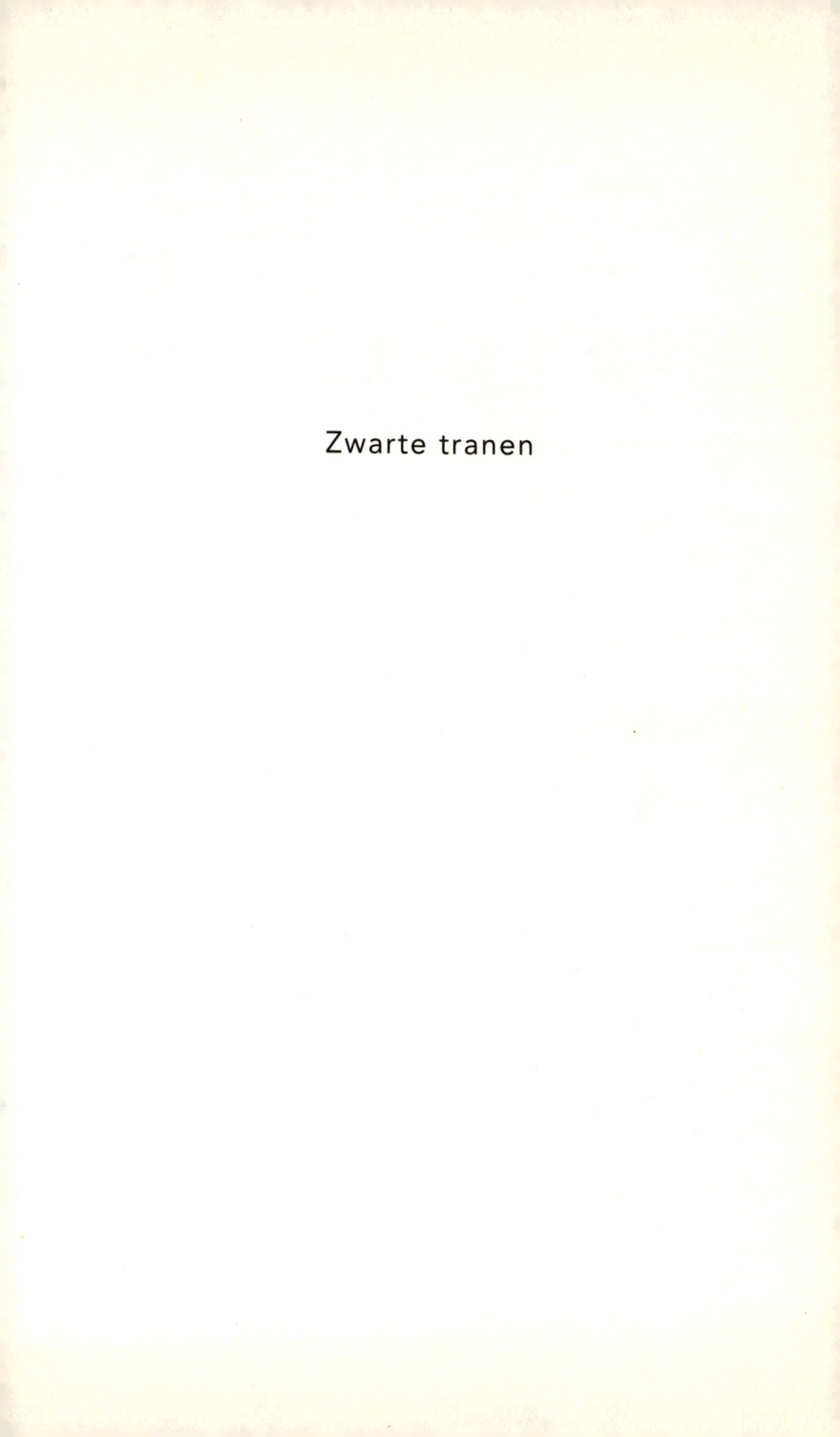

Zwarte tranen

Tom Lanoye
Zwarte tranen

1999 Prometheus Amsterdam

*Elke gelijkenis met bestaande personen
en gebeurtenissen berust geheel en al
op toeval.*

WAT VOORAFGING

KATRIEN DESCHRYVER SCHOOT HAAR MAN DOOD. *Per ongeluk. Ze wist dat geen mens haar zou geloven maar het wás een malheur – dom, abrupt en onherroepelijk. Typisch iets voor jou, zou haar man hebben gebruld. Indien hij nog had kunnen brullen.*

Ze was verraden door haar noodlot, eens te meer. Vanaf haar jeugd was het zo gegaan. Men noemde haar aantrekkelijk, intelligent en elegant tot ze het zelf geloofde. En hoe meer ze het geloofde, hoe meer ze veranderde in wat men haar toedichtte. Tot, op een lelijke dag, haar masker viel en iedereen met open mond staarde naar wat ze werkelijk was. Een doodgewoon meisje, een vrouw uit de honderdduizend. Een plastic spiegeltje waarin de wereld zichzelf had gezien en verliefd was geworden.

EERSTE BOEK

Sufro la immensa pena de tu extravío
siento el dolor profundo de tu partida
y lloro sin que sepas que el llanto mío
tiene lágrimas negras como mi vida.

[MIGUEL MATAMOROS]

1

DEMONEN UIT EEN DICHT VERLEDEN

1

DAGBOEK VAN EEN VERDACHTE

KATRIEN DESCHRYVER ONTSNAPTE UIT HAAR CEL. Er was geen opzet mee gemoeid, laat staan een samenzwering. Ze verdween, punt. Zonder dat ze erom had gevraagd en bijna zonder dat ze er erg in had. Het werd haar, zoals alles, zoals steeds, van buitenaf opgedrongen. Door de wereld waarin ze thans opnieuw gedwongen was te vluchten.

'Stoemelings,' noemde nonkel Leo haar ontsnapping, zich op de dijen kletsend om zoveel geklungel van overheidswege. Zodra hij het nieuws had vernomen, had hij gebeld naar de verantwoordelijke onderzoeksrechter, Willy De Decker, om van hem een nieuwe huiszoeking te eisen. Dit keer niet alleen in zijn tapijtenfabriek maar ook in zijn villa, zijn garages en zijn twee tuinhuizen. 'En als ge dan toch bezig zijt, Willy? Haalt dan mijn manege ook maar overhoop. Ik wil élk gerucht de kop indrukken dat mijn nicht bij mij uithangt, verstaat ge?'

Zijn eis had onderzoeksrechter De Decker nog meer in verlegenheid gebracht dan hij al was. 'Een huiszoeking gebeurt nooit op verzoek van een verdachte, mijnheer Deschryver.' Maar Leo gaf niet af als hij een ambtenaar kon koeioneren. Hij was een nieuwe huiszoeking blijven eisen – 'dat is mijn goed recht, betaal ik niet genoeg belastingen misschien?' – tot De Decker kwaad de hoorn op de haak had gegooid.

Leo belde meteen weer op maar De Deckers toestel gaf bezet. Een uur later ook, en de hele middag ook. Zich verkneukelend hoorde Leo op het radiojournaal dat 'onderzoeksrechter Willy De Decker onbereikbaar was voor commentaar.' Picobello. Onze Witte Ridder had zich ingegraven als een rat in de mesthoop. Hij zat daar op zijn plaats. Hij had nog nooit zo goed gezeten. Onderzoeksrechter van kust mijn kloten.

Leo telde zijn zegeningen op zijn vingers na. Zijn onvoorspelbaar nichtje Katrien op vrije voeten; het onderzoek naar de dood van haar vent vertraagd; de nevendossiers naar zijn eigen bollenwinkel weer wat dichter bij hun verjaring; en De Decker zelf onder kritiek bedolven... Bingo boven bingo. Het zou ze leren. Ze hadden hem, Vlaams industrieel met bestellingen van Kremlin tot Vaticaanstad alstublieft, maar niet het leven zuur moeten maken. Eigen schuld. En hoort ze nu maar kraken, de wormen, onder de zolen van zijn zondagse sloefen. Geen compassie! Hij maakte met zijn logge lijf een rondedansje voor de radio. Crepeert, crapuul! Ik trap u allemaal tot pap.

Zoals altijd sloeg Leo's pret meteen om in chagrijn. Hij liet zich hijgend in zijn bureaustoel zakken. Zoals De Decker, knarsetandde hij, werkten er tienduizenden anderen bij de Staat. Te lui en te lomp voor een job in de privé. Aan dat slag amateurs gaven wij ons vertrouwen en onze centen. En wat kregen we in ruil? Ze konden niet eens een halfzot vrouwmens bewaken dat een moord op haar geweten had. Stelt u maar eens voor dat hij zijn tapijtfabriek op die manier zou leiden. 't Zou rap gedaan zijn.

Hij had dat soort geknoei altijd al voorspeld, pochte Leo, weer wat opfleurend, tegen zijn net binnengekomen secretaresse – een stagiaire met een aanleg tot neurose, een diploma van twee maanden oud en een kapsel van drieduizend frank per week. Alles hangt met alles samen, meiske. En welk land heeft er dan zes regeringen nodig, met dertig, veertig ministers voor hoop en al tien miljoen lamzakken plus wel negenhonderdduizend makakken en illegale luizen? Dat is een teken aan de wand, zoiets moet verkeerd aflopen, zowel in 't grote als in 't kleine, let op mijn woorden. (Tot zijn verbazing zag hij dat het meisje zijn woorden effectief neerschreef op haar notitieblok. Wat wil die trut ervan maken, dacht hij. Een open brief aan mijn aandeelhouders?)

's Anderendaags kocht Leo voor het eerst in jaren kranten want voor één keer gaven zelfs hun hoofdartikelen hem gelijk. 'Geen loze blunder maar het symbool van staatkundige disfuncties.' 'Het kroont ons land tot lachpaleis.' 'Het is een schandvlek op onze rechtsstaat.'

Katrien – bevrijd, verwonderd, lezend in dezelfde kranten – dacht: 'Het is the story of my life.'

Maar zeggen deed ze niets. Ze zweeg, als altijd na een ramp.

TIJDENS DE NACHT DIE VOLGDE op Katriens ontsnapping en het daaruit voortvloeiende tumult in pers en politiek, zat onderzoeksrechter Willy De Decker nog steeds voor zich uit te staren in zijn kantoor, hoorn naast het toestel, post ongeopend in een hoek van de kamer gesmeten. Op hemzelf en de conciërge na had iedereen het gerechtsgebouw verlaten. Zelfs de persmeute was, na het verstrijken van de deadlines, weer afgedropen. Morgen was er nog een dag. Hun prooi kon niet ontsnappen.

Na het verdwijnen van de paparazzi had de stilte zich pas goed meester gemaakt van het Paleis van de Rechtvaardigheid, dat anderhalve eeuw geleden was opgetrokken in een stijl die getuigde van hooggespannen verwachtingen en ongeremde pretenties. Sindsdien was het amper onderhouden en nauwelijks gerenoveerd. Overdag krioelde het van rechtzoekenden en beklaagden, van advocaten en magistraten, van toeristen en journalisten. Nu, na middernacht, beende niemand meer tussen de metersdikke zuilen van de hal, onder de plafonds vol afbrokkelend stucwerk, of door de gangen van dof marmer met aan weerskanten dozijnen deuren. Op stof en spinrag na bewoog er weinig. Soms rinkelde, nagalmend, in het labyrint een telefoon. Ergens lekte een kraan, bleef een wc lopen, siste een leiding. De kwaaltjesklanken van een uitgeleefd gebouw waaraan een bewoner went tot hij ze niet meer hoort.

De Decker echter hoorde ze allemaal, stuk voor stuk, en hij las er voortekenen in. Het was zover, dacht hij met zweet in de handen. Het net rond hem werd dichtgesnoerd. De vergeetput schoof voor zijn voeten open, in de guillotine trilde het blad. Hoe lang kon hij het nog uithouden? Het was één tegen allen.

Of neen: het was één tegen het Systeem.

Het Systeem zat overal, ontmenselijkt en onuitroeibaar, maar hier in het bijzonder, in dit gebouw dat geen gebouw meer was maar een organisme, iets tastbaars en stinkends, een beest. Hij, De Decker, had het in z'n eentje durven te tarten. Nu zinde de draak op wraak. Luister maar. Het ondier siste en gromde en lekte al van bloeddorst. Er bestond niet eens een slagveld, zo ongelijk was de strijd. Hij bevond zich in de buik van het beest, zoals Jona in de potvis, en dat ondier kon hem uitspuwen of uitschijten wanneer het maar wilde. Het keek niet op een slachtoffer meer of minder. Het had al sterkeren dan hem gekraakt, sluweren tot waanzin gedreven, rijkeren geruïneerd.

Maar een De Decker gaf zich niet gewonnen, nam Willy zich voor. Alle draken botsten ooit op hun doder. Hij was tot die strijd bereid. Hij had alvast de slotloze deur van zijn kantoor aan de binnenkant met een stoel gebarricadeerd. En na eerst wat plaats te hebben gemaakt in de rommel en de rotzooi legde hij nu ook zijn enige wapen op zijn bureau. Zijn zwaard, zijn drakendoder.

Zijn versleten leren aktetas, die bol stond van de bezwarende paperassen.

Onderzoeksrechter De Decker stond op het punt om terug te slaan.

ER BRANDDE WEINIG LICHT in De Deckers werkhol, peuken vormden molshopen op de asbakken, op de grond naast zijn bureau stond binnen handbereik een fles cognac, voor driekwart leeg. 'Ik wist dat ze het zou doen en toch laat ik me beetnemen,' zei hij, een filterloze Gitane uit het pakje schuddend en opstekend. 'Voor die ene keer dat ik haar niet bij een verplaatsing begeleid... Hoe heeft ze het geflikt? Dat serpent krijgt hulp van buitenaf.' Hij nam een slok en herhaalde zijn litanie. Hij hield van spreken in de nacht.

Hij opende dan ook zijn aktetas en haalde het stemgevoelige recordertje te voorschijn dat hij uit eigen portemonnee had betaald, plus de inmiddels meer dan vijftien minitapes waarop hij Katriens nachtelijke stem bewaarde. Haar meest intieme, argeloze spraak. Haar bekentenissen die hij voorlopig niet als bewijsmateriaal kon gebruiken omdat hij er maar niet uit wijs geraakte. En omdat hij ze niet bepaald reglementair had verworven.

Zonder medeweten van de verdachte of wie dan ook, was De Decker meermaals tijdens Katriens avondwandelingen zijn recordertje gaan verstoppen in haar cel, onder haar bed. In de hoop dat zij hem in haar dromen spontaan zou opbiechten wat ze hem tijdens zijn ondervragingen – hij mocht smeken, hij mocht dreigen – koppig onthield.

In haar slaap onthield Katrien hem weinig. Ze babbelde honderduit. De werking van het recordertje versterkte het beeld nog van Katrien als een slapende praatvaar. Als ze zweeg, stopte het apparaatje met opnemen. Zodra ze sprak of steunde, sloeg het weer aan. Zodoende vielen zelfs urenlange stiltes weg. En losse flarden praat werden vanzelf aaneengemonteerd tot een weliswaar hortende maar ononderbroken belijdenis, die niet aannemelijker zou hebben geklonken indien Katrien ze onder hypnose of onder bedreiging in één ruk had afgelegd.

Sommige passages kende De Decker al uit het hoofd. Hij kon ze meezeggen, Katriens intonatie imiterend, haar aarzelingen interpreterend. Zoekend naar een zin in de onzin die ze tegen haar ondervrager had gestameld zonder het zelf te beseffen.

'Ogentroost' was een woord dat veelvuldig terugkwam. Net als: 'De groene zee van marmer.' En: 'Het zwartje zonder benen.'

In zijn bijzijn had Katrien nog nooit gepraat. Op die ene keer na. Tijdens het uitvaartmaal van Dirk Vereecken, haar echtgenoot, die ze zo koelbloedig over de kling had gejaagd. Onverwacht en zonder aanleiding, na dagenlang haar mond te hebben gehouden en zelfs tijdens de asverstrooiing geen traan te hebben gelaten, was ze van de koffietafel opgestaan en uitgebarsten. In haar designer zwart ensemble iedereen verrot scheldend, de moord ongegeneerd en zelfs triomfantelijk opeisend, alle verwijten weglachend en ten slotte een van haar drie bolle tantes viserend totdat het arme mens een hartinfarct had gekregen en ter plekke haar kop had neergelegd. Daarna was Katrien weer gaan zitten, ondoorgrondelijk en onbewogen als daarvoor. Een zwarte weduwe met het lijf van een turnstertje.

Tijdens haar uitval had ze zich niet één keer tot De Decker gericht. Dat kon ook niet. Hij had de hele tijd achter haar gestaan, haar bekentenis tapend met zijn recordertje. Veroordeeld om zonder weerwoord te luisteren naar haar gekijf, in het gezelschap van meer dan honderd anderen en kijkend naar haar rug en achterhoofdje. Een goed gesprek is anders.

Hij had haar al wel zíen praten, zij het niet in het echt. Haar man, een prof in belastingrecht, was ook de boekhouder geweest van haar ome Leo. Bij de huiszoeking in diens kantoren had De Decker het bureau van Vereecken doorzocht. Eigenhandig, want zo'n triomf gunde hij niemand anders. In een lade die niet eens op slot had gezeten had hij de belastende blocnootjes aangetroffen die hij, op bevel van de minister van Justitie, nog diezelfde dag had moeten teruggeven aan Leo – die nu eenmaal een zakenrelatie was van menig minister, een werkgever van duizenden kiezers, en niet in het minst de enige broer van Katriens vader, de grote bankier Herman Deschryver. 'Waarom komt ge niet ineens in míjn schuiven neuzen, imbeciel,' had de minister aan de telefoon gezegd. Ik zou niets liever willen, had De Decker op zijn tong voelen branden. Maar hij slikte het in. Overwinnen was niet alleen een kwestie van moed, ook van strategie. Alles op zijn tijd. Die minister kreeg hij ook nog wel.

Toen hij een paar uur later reeds de blocnootjes was gaan teruggeven – eveneens eigenhandig, ook dat was een eis geweest van de minister – lachte de tapijtenfabrikant hem vierkant uit. 'Merci en bedankt, Willy,' had Leo gemeesmuild, 'en als ge ooit uw job verliest? Volgende week of zo? Ge moogt direct bij mij beginnen. Ik kan een snelkoerier goed gebruiken.'

Maar De Decker had in de lade van Vereecken ook een videotape gevonden. Die had hij nooit teruggegeven, en zeker niet aan Leo. Niemand leek van het bestaan ervan op de hoogte. Wie het wel was, zou er niet om hebben gemaald. Het mocht een wonder heten dat Dirk Vereecken zelf deze scènes had willen bewaren.

Het waren er slechts vier.

DIRK VEREECKEN HAD ZIJN VROUW EERST GEFILMD terwijl ze sliep in een tuin. Aan de lavendel en de cipressen te zien ging het om de tuin van *Plus est en vous*, hun villa in Zuid-Frankrijk, op slechts een paar kilometer van de plek waar Katrien hem later van kant zou maken. Voorlopig echter was het nog Vereecken die zijn eega op de korrel nam, met een videocamera in plaats van een dubbelloopsgeweer.

In een hoek van het kader begon een zwembad, buiten beeld zoemde een grasmaaier. Katrien, van kop tot middel zichtbaar, lag in een plastic ligstoel, haar hoofd rustend op een zuurstokroze opblaaskussen. Een zonnebril met hartvormige glazen was van haar neus gezakt. Je zag en hoorde haar ademen, en smakken met haar lipjes. Een bij zoemde voorbij. De opnamen moesten dateren van jaren her, de kleuren waren flets, soms liep er een band vol sneeuw over de beelden en maakte Katriens gesmak plaats voor geruis. Ze gooide haar hoofdje om maar opende haar ogen niet.

Een schouderbandje van haar bikini was afgezakt. Waar het gezeten had, leek op haar bruine vel een roomblank lijntje gepenseeld.

In de volgende sequentie las Katrien een boek, in de woonkamer van wat De Decker herkende als haar ouderlijke villa, de protserige bakstenen burcht van Herman Deschryver, de pater familias. De bladzijden die Katrien omsloeg ritselden luid. Je kon Vereecken horen ademhalen achter zijn camera. Hij zoomde schokkerig in.

Katrien zat, met opgetrokken benen, in dezelfde fauteuil waarin De Decker haar voor het eerst in levenden lijve had gezien, toen hij haar had gearresteerd. Bij die gelegenheid had ze een oude kamerjas gedragen. Nu een rode overgooier. Ze had haar haren in een tulband van handdoek gewikkeld en frunnikte tijdens het lezen aan haar neus. Uit een pralinedoos haalde ze een chocoladen zeevruchtje te voorschijn en schoof het tussen haar lippen. Op de achtergrond spuide de televisie een Duitse operette.

Twee aria's en zeven omgeslagen bladen passeerden de revue vóór Katrien omstandig ging verzitten. De camera registreerde haar beweging. Een korte dans voor rode jurk en blote benen. Een flits van minuscuul wit katoen. Dan las Katrien voort en zwenkte het beeld geruisloos, over het interieur glijdend, naar een wandspiegel met krullerige gouden lijst. Vereecken zoomde nog meer in. Het favoriete shot van de amateur: de eigen kop, voorspelbaar grijnzend. Ziehier Vereecken, Dirk. Mager, kalend, versleten voor zijn tijd. Een willoze mond, een slechtgeschoren kinnenbak. Op en top een academische sul. De camera voor zijn ene oog, zijn andere oog stijf gesloten, zijn voorhoofd fronsend van de inspanning. Hij zag er stukken beter uit dan op de foto's van zijn lijkschouwing.

Het beeld versprong zonder overgang naar een badkamer. Vereecken had Katrien gefilmd terwijl ze aan het douchen was. Niet alleen een fraudeur, ook nog een voyeur, dacht De Decker. Zijn eigen vrouw. In die kringen is alles mogelijk.

Katrien staat in profiel achter een vervormend, halfdoorzichtig glas met haar hoofd in de nek. Je herkent haar niet en toch weet je dat zij het is. Water klatert en gorgelt. Ze beweegt nauwelijks. Soms proest ze, waarschijnlijk omdat water in haar neus dreigt te lopen. Ze vouwt haar beide handen in de nek, onder haar achterovergehouden hoofd. Haar romp welft zich. Haar borsten lijken verrassend groot maar dat kan ook komen door de speling in het glas.

Even komt de camera dichterbij, waggelend. Er valt iets op de betegelde vloer. 'Jonas?' vraagt Katrien. Vriendelijk klinkt dat niet.

Dan verspringt het beeld weer en kijken we Katrien in het gelaat. Beeldvullend en giftig. De eerste keer schrok De Decker zich voor zijn televisie een ongeluk. 'Hou daarmee op,' zei Katrien.

Het scheelde niet veel of De Decker had gehoorzaamd door op de stopknop van zijn afstandsbediening te drukken. Toen zei Katrien: 'Dirk, ik zeg het geen tweede keer!' en voelde De Decker zich weer genoeg op z'n gemak om voort te kijken. Katrien sloeg zuchtend haar ogen op. Het beeld zoomde wat uit. Ze bevond zich in een slaapkamer en was opgemaakt als voor een feest. Haar decolleté was betoverend, haar misprijzen vernietigend. Ze keek opnieuw in het oog van de camera. 'Onnozelaar.'

Ofschoon hij maar een kijker was, voelde De Decker zich betrapt, zoals ongetwijfeld ook Vereecken zich bij het filmen moest hebben gevoeld. Het rare was echter dat De Decker zich door Katrien betrapt wílde voelen. Berispt. Bestraft. Zou Vereecken dat ook zo hebben ervaren? Tot op dit moment had De Decker nooit sympathie gevoeld voor die slungelige boekhouder. Nu voelde hij zich bijna één. 'Hou jij je liever bezig met je kleine aap,' zei Katrien.

Haar stem had iets hees, iets revolterends. Het was een stem die hoorde bij een veel grotere vrouw. En bij iemand die meer geleden had dan het geval kon zijn voor de oogappel van een familie als de Deschryvers. 'Het mormel heeft zich opgesloten in de wc en wil zich niet aankleden. Als jij hem geen pak rammel geeft, doe ik het. Vooruit!'

Katriens hand schoot uit naar de camera, haar wazige handpalm schoof over het beeld. Dirk z'n stem pruttelde tegen maar de camera dook al bruusk naar de vloer. Op de achtergrond dreinde nu ook een kinderstem. Het beeld werd onduidelijk en viel ten slotte weg, samen met het geluid.

Dat was alles geweest. Die vier scènes. Daarna alleen maar sneeuw, geruis en af en toe een rollend beeld. De Decker had de tape al tientallen keren bekeken. Zo was het dus. Om Katrien onder vier ogen te spreken. Om te leven op haar lip.

Maar waarom had Vereecken uitgerekend deze tape naast uitgerekend zijn geheime blocnootjes bewaard? Er was een verband. In elke bron ging wel een sleutel schuil.

De Decker haalde uit zijn tas twee bundels papieren te voorschijn en legde ze naast het recordertje. De ene stapel bestond uit bladen van gelijke dikte en afmetingen, alle A4-formaat fotokopieën. De andere uit een samenraapsel. Sommige papieren waren niet groter dan een strook, andere waren dubbelgevouwen grote lappen, zoals het blad van een maandkalender of een bij de hoeken beschadigde poster van een charmezanger. Er stak zelfs een opengescheurde broodzak tussen, waarvan de achterkant beschreven was.

Net als op de andere papieren ging het om een opvallend regelmatig handschrift, ietwat hoekig maar onmiskenbaar dat van een vrouw. Op de i's stond geen punt maar een bolletje.

'Aandacht,' mompelde De Decker. 'Zelfs in haar handschrift smeekt ze om aandacht.'

DE DECKER DUWDE OP DE STARTKNOP. Het oortelefoontje gaf het hoorspel weer van Katrien die lag te slapen in haar cel. Het volume stond op maximum. Haar bed kraakte. Zelfs in het telefoontje leek dat gekraak van boven te komen.

Onwillekeurig richtte De Decker bij het luisteren zijn ogen naar boven, naar het plafond van zijn werkhol in het Paleis. Als niet het recordertje maar hijzelf onder het bed van Katrien had mogen liggen, had hij nu de onderkant van haar matras kunnen zien, op maar tien centimeter of minder boven hem hangen. Misschien zou hij zelfs de vorm van haar lichaam hebben kunnen opmerken, zoals die zich vaag en ruw aftekende in de kunststof. Een rubberen matrijs waarin zich een delicaat postuurtje bevond. Het bandje liep.

Eerst mompelde Katrien iets onverstaanbaars, gevolgd door het vertederend lichte gesnurk van jonge vrouwen. 'Weerspannig,' fezelde Katrien opeens in zijn oor, klaar en duidelijk. 'Vissenmodder. Het leven in een ommezien.'

De Decker knikte instemmend terwijl hij, naar het plafond starend, Katriens woorden meelipte. Hij kende deze passus al uit het hoofd. 'Vissenmodder.' 'Ommezien.' Zo dadelijk zou ze zeggen: 'De wanverwanten.' En vlak daarna, met een lachje: 'De kardinaal heeft me vermorzeld, met één duim. De wereld zal vergaan in pek en schuim.'

Wie was die kardinaal toch? Na ettelijke beluisteringen begreep De Decker nog steeds niet waarop Katrien zinspeelde.

Maar daar zou nu verandering in komen. Hij stond op het punt om de code te breken. En niet alleen van de tapes. Van de hele zooi. De blocnootjes van haar man, het gesjoemel van haar nonkel, de onverklaarbare verdwijning van haar machtige vader – niet alleen bankier, ook steunpilaar van de grootste politieke partij en ex-medewerker van premier Waterschoot. Hij, De Decker Willy, zou de familie Deschryver eindelijk ontmaskeren en via hen alle beerputten en augiasstallen van het Systeem in kaart brengen. Niet ondanks maar juist dankzij Katriens ontsnapping.

Want waaruit anders had hij de durf moeten puren om, elk reglement aan zijn laars lappend, haar cel overhoop te halen en zijn woede te koelen op de weinige meubelen – de wastafel en haar bed? En hoe zou hij anders haar dagboek, verborgen onder haar matras, hebben moeten vinden? Hij kon zich nu wel voor de kop slaan dat hij daar nooit eerder had gekeken toen hij het recordertje was gaan verstoppen. Geen wonder. Hij schaamde zich als hij eraan terugdacht.

Het bed stond met de ene zijde tegen de muur. De Decker was telkenmale op de vrije rand voorover gaan liggen, om met één hand het recordertje zover mogelijk onder het bed te kunnen plaatsen, bijna tot tegen de muur. Eerst had hij dat gedaan om zijn stramme spieren te sparen – hurken of knielen ging hem al jaren niet meer af. Gaandeweg was hij, liggend op Katriens oorkussen, gaan letten op haar geur. Puur en fris. Een jonge vrouw in gevangenschap, met geen ander parfum dan dat van haar jeugd en haar properheid. Ontroerend. Hoe kon het toch, dat mensen zo verschillend konden geuren? Op den duur kon je ze zelfs herkennen met je ogen dicht. De Decker duwde zijn hoofd soms een minuut lang in Katriens kussen. Langer dan goed een minuut durfde hij het niet te laten duren, bang als hij was dat het kussen naar hém zou gaan ruiken.

Maar er waren nog lakens en dekens waar hij aan kon ruiken. En een handdoek en een washandje. Op sommige van de bandjes waren de eerste minuten niet door Katrien maar door De Decker volgekucht en -gezucht.

Nooit had hij haar bed aan de onderkant bekeken, laat staan betast. Wie zou hebben kunnen denken dat zich daar een bundel papieren bevond, en dat zijn hand met het recordertje daar zo vaak rakelings langs moest zijn gescheerd? Pas sinds vanmorgen begreep hij wat het woordeloze geritsel en gekraak tussen veel van Katriens gesproken passages in te betekenen had. In zijn fantasie had hij er alleen haar onrustige slaap in vermoed, of handelingen die pasten bij de verdorven natuur die hij haar toedichtte. Nu wist hij beter. Ze had zitten te krabbelen.

Waar had dat loeder die balpen vandaan gehaald? Alweer een bewijs dat ze hulp kreeg. Gedetineerden mochten geen pennen bezitten. Ze hadden daar geen recht op. En ze moesten tegen zichzelf worden beschermd. In een vlaag van wanhoop kon een pen al een zelfmoordwapen worden. Of erger, ze kon dienen om een zelfmoord te ensceneren. In gevangenissen gebeurde van alles. De Decker was al eens een kroongetuige kwijtgeraakt die zich had verhangen aan een chauffage van een halve meter hoog. Met een broeksriem die hij nooit bezeten had. Hoe begon je te bewijzen dat zoiets opgezet spel moest zijn? Theoretisch gesproken wás het mogelijk, jezelf opknopen op een hoogte van vijftig centimeter. Het was maar hoe je erbij ging hangen. Goed schuin en met je adamsappel op de riembeugel. Theoretisch gesproken was alles mogelijk. En de praktijk was nog erger. De Decker had al witte-boordenbandieten meegemaakt die schouderophalend twee weken bromden voor vergrijpen die een ander twee jaar hadden gekost. Hij had oplichters gezien die zonder verpinken drie miljoen borg neertelden en net zo goed verdwenen met de noorderzon. Eén dealer die hij de doos had ingedraaid regelde per zaktelefoon zijn zaakjes verder af. Alles kon.

Kijk maar naar Katrien. Dat kind bezat een pen, ze vond papier, ze mocht de rechtsgang verstoren met haar bokkige stilzwijgen, ze kreeg desondanks kost en inwoning zonder te hoeven werken zoals haar medegevangenen, en ze mocht bezoek ontvangen... Waarom pootte men haar niet ineens neer in een luxehotel?

Maar lang zou ze hem niet meer dwarsbomen. Hij had alle sleutels in handen, ze lagen hier, voor hem, op dit bureau. Het was een puzzel maar dat was elke zaak. Het kwam eropaan om accuraat te combineren. Dat was de kunst. Dat was zijn vak.

Het recordertje draaide; in zijn oor zong Katrien haar nachtelijk gestamel. Het moest hem in de juiste stemming brengen voor de lectuur. Links op het bureau lag de stapel fotokopieën die hij, in een paar uur tijd, van de blocnootjes had gemaakt voor hij ze aan Leo Deschryver had teruggegeven. Sommige termen en schuilnamen had hij al omcirkeld, met pijltjes en verwijzingen naar andere bladzijden. Achter de meeste namen echter stond een vraagteken.

Rechts lag het samenraapsel, het gevangenisdagboek van Katrien. Om geen aanwijzingen te missen, begon De Decker de papieren te lezen in de volgorde waarin hij ze had gevonden. Met zijn rode viltstift in de aanslag.

Ten aanval. Tegen de draken. Tegen het Systeem.

Mijn hand schrijft neer wat mij verwondert. Dit wordt hoe dan ook een testament. Bestemd voor twee keer twee: jouw ogen en die van mij. Mijn arme kijkers die mij kwetsen door hun taak. Niet zozeer wanneer ze lezen. Ze zien zoveel meer als ik ze sluit.

Oh vloek. Te moeten zien wat niet meer is.

Oh beeld, waarvan geen hoofd zich af kan wenden.

(Dit is Dirk nog, door mijn toedoen: drie flitsen. Het gat in zijn buik dat bellen blaast. Zijn kop kapot, hersens op het mos. Zijn hand die krabt en stilvalt naast een dennenappel.)

Dan kijk ik liever naar het niets van alledag. Mijn grijze plunje, mijn ongelakte nagels. Een wastafel, een bed, één deur. Als je lang genoeg kijkt, wordt alles waardevol.

Maar wie kan z'n ogen eeuwig openhouden? Ik zou ze kunnen dwingen in de zon te turen tot ze bloeden en blind worden. Maar hier is geen zon. En blind of niet, ogen als die van mij draaien toch naar binnen. Daar tollen alle feiten voort, ~~als op een fruitautomaat~~. Levenslang. De ware nor zit aan de binnenkant. En waar of niet, daar gaat het om. Zoals bij dat spel op de televisie.

Een onbehaaglijk gevoel bekroop De Decker. 'Waar of niet, daar gaat het om,' herhaalde hij, vloekend. Dat klonk niet als een bekentenis, meer als de aankondiging van weer een van haar spelletjes. Alsof ze hem nog niet genoeg te raden gaf. In zijn rechteroor zei ze net, hees en hortend: 'Koude handen, groene zee van marmer.' De zucht waarmee ze dat zei, sneed hem door de ziel. 'Nooit kan ik nog houden van de rauwe geur van vlees.' Haar bed kraakte weer.

De Decker drukte op de stopknop. Haar gebabbel leidde hem af in plaats van hem te helpen. Hij herlas de laatste zin van haar openingspassage. 'Zoals bij dat spel op de televisie.'

Hoe komt ze daarbij, dacht hij. Misschien alludeerde ze op de video die Vereecken van haar heeft gemaakt? Nee, dat was te ver gezocht. Hij vloekte weer. Hij was een onderzoeksrechter met ondanks alle tegenkanting een respectabele palmares, maar dit kind reduceerde hem tot quizmaster. Hij trok driftig een cirkel rond het woordje 'televisie' en las voort.

Ergens zat een aanwijzing verborgen. Hij mocht die niet over het hoofd zien. Dat mocht iedereen overkomen maar niet hem. Niet nu. En niet door haar.

Zelfs het glas is hier gewapend. Het glas om de lamp aan het plafond. Alsof ze vrezen dat ik hoog genoeg kan springen om het kapot te slaan. Dat ik scherven wil eten of in mijn polsen kerven.

Ik heb geen scherven nodig. Ik snijd mij aan de lucht.

Dat is niet slecht verwoord, dacht De Decker. Beetje hoogdravend, niet gespeend van hysterie maar mooi. Straks bezit ze toch nog een talent behalve een knap lijf en een stamboom die veel poen belooft.

Hij onderlijnde 'Ik snijd mij aan de lucht' en las voort.

Waarom gaat dat licht nooit uit? Alles blijft maar duren. Van drie uur 's morgens af hoor je gevangen vrouwen schelden, of vechten, of bidden tot hun God. Ze tikken op de muur en op de leidingen. Ze likken aan hun eigen vel. De tijd zelf is van geluid – kuchen, kreten, borrelende buizen.

Van leegte. En van kruimels roggebrood.

Kijk eens aan, glimlachte De Decker. Zij en ik, we hebben veel gemeen. We verblijven allebei in een gebouw dat ons bedreigt, zonder toeverlaat aan onze zijde. Zit ik niet ook gevangen?

Wat voor haar geldt, gaat ook op voor mij.

Op die kruimels roggebrood na dan, grijnsde hij, een nieuwe Gitane opstekend. En dat zij ontsnapt is, en ik niet. Nog niet. Wacht maar af!

Vroeger kreeg je ratten op bezoek. Nu, met dit licht, niet eens een kakkerlak. Niet eens een vader.

Interessant. Ze heeft geen contact gehad met haar vader. De Decker trok een cirkeltje rond 'ratten', 'kakkerlak' en 'vader', verbond die cirkels met een pijltje, trok geamuseerd zijn wenkbrauwen op en las voort.

Wanneer jij? Wanneer jouw ogen in die van mij?

Dit was de tweede keer dat ze sprak van een 'jij'. Het gaf De Decker een rilling, een miniatuurversie van de schok die hij had gevoeld toen Katrien hem op de televisie rechtstreeks had toegesnauwd. Ze had dit dagboek – een testament noemde ze het zelfs – aan één persoon in het bijzonder gericht. Wie – een medeplichtige, die haar had helpen ontsnappen? Een mededader, naar wie ze was gevlucht? Of misschien had ze erop gerekend dat hij, De Decker, vroeg of laat toch onder haar bed zou kijken en dit dagboek aan zou treffen... Was hij de 'jij'? In dat geval was dit pak papier haar verkrampte poging om een bekentenis af te leggen die ze liever niet over haar lippen liet rollen, omdat ze te gruwelijk was.

Ach welnee, dacht De Decker. Blijf op je hoede. Ze rekent er zeer zeker op dat jij haar dagboek vindt. Maar het is geen dagboek. Het is een valstrik van fictieve herinneringen. Zij manipuleert jou, voel je dat dan niet? Ze pent het zo suggestief neer dat het alles kan betekenen. Maar in feite betekent het niks.

Hij trok een cirkeltje rond 'jij' en 'jouw' en schreef er twee vraagtekens naast. Daarna vouwde hij de broodzak open en las wat er op de achterkant stond geschreven.

Zijn adem stokte. Het eerste woord was 'jou'.

Jou. Alleen voor jou wil ik boeten. Elk ander falen wijs ik af. Dat feit met Dirk, de dood van nonkel Daan. De kleuter met gebroken nek en de kater gespietst op het hek. Plus tante Marja. Arme tante Marja en haar hart. Moet alles er dan aan?

En toch: geen schuld, geen schaamte. Mij treft niet één blaam. Ik herinner mij voldoende van onze wetten. O jee, dat ene jaar dat pa mij al zag als advocaat. Mijn pleitertje, kon ik hem voelen denken in de keuken bij 't ontbijt. Zeggen deed hij het nooit. ~~Zijn baliebloem, zijn toekomstig hermelijntje.~~ Hij zou dat wel regelen. Touwtjes trekken, elleboogje zetten. Poor old pa. Voormalig vader van de natie. Zeggen deed hij weinig.

Om jou heb ik hem nooit een traan zien storten. Tenzij smart kan samenvallen met geschuimbek en het verbod nog ooit iets te vermelden.

Het broertje, dacht De Decker. Hij keek verbijsterd om zich heen. Ze hééft een slag van de molen gekregen. Wie schrijft anders, na meer dan twintig, dertig jaar, naar dat baasje? Na die tragedie? Ze moet zich nog altijd schuldig voelen. Dat is dan ook de eerste keer.

Eindelijk had De Decker een van haar raadsels opgelost. De eerste naam waarachter geen vraagteken meer hoefde. Hij had zich opgelucht moeten voelen. Maar hij voelde spijt. Zelfs woede. Hij zat zijn tijd weer te verlummelen met een waardeloze bron. Ze schrijft verdomme naar het broertje.

Desondanks las De Decker voort.

Als ik de moed vond, als ik de kracht bezat om te spreken tegen de wil van al wie ik moet ontmoeten in dit ondermaanse (prachtig woord, en zo terecht), ik smeet het ze allemaal in hun gezicht: 'Ik aanvaard slechts onder het voorrecht van boedelbeschrijving.' Ik ben veel ver-

geten maar die term niet. Men accepteert alleen wanneer men zeker
is dat men wint. Zo gaat dat hier. Zo gaat het steeds.

Wel, ook ik pas voor de erfenis. Wat niet van mij is, wentel ik op
de wereld af. Zij heeft genoeg op mij gewenteld. Ik ben geplooid, ge-
plet. Ik ben niet wie ik ben. Of nee. Ik ben twee keer wie ik ben: een
Deschryver, een Katrien. Elke naam is een voorspelling. Ieder woord
een waarheid. Vergeet mij dus. Verlaat mij maar.

Of nee. Help mij. Straf mij, kus mij. Lees.

Verschijn, en lees. (Wanneer?)

Hoe zielig kan iemand worden, knarste De Decker, zijn fles cognac legend. Je man afmaken, je nonkel mollen, je tante liquideren en in je cel brieven schrijven aan fantomen. Zo iemand hoort in een dwangbuis thuis, niet in de bak.

Aan de andere kant is dit misschien wat ze je wíl laten denken. Let op je tellen. Je hebt er al voldoende vrijgesproken zien worden wegens georkestreerde ontoerekeningsvatbaarheid.

Hij vouwde de broodzak weer dicht en nam de volgende strook papier ter hand.

Ik heb de afgelopen week niet één keer aan Jonas gedacht. Wat voor
een moeder ben ik? Het slag dat haar zoon in goede handen weet
zodra hij niet verkeert in die van haar. Mijn kleine baviaan. Afgestaan.
~~De nepvrucht van Gudrun.~~ Ik ben de tante van mijn kind. En hij?
Nog minder mijn zoon dan de zoon van Dirk.

Ach wat. Er zijn bastaarden die het slechter hebben.

Wat voor een moeder schrijft zoiets? Haar broertje smeekt ze na een half leven nog om liefde. Haar zoontje, dat even oud moet zijn als haar broertje ten tijde van de ramp, krijgt een ezelsstamp en wordt bij zijn tante gedumpt. Benieuwd naar wat er van dát ettertje moet geworden zonder vader en met dit secreet als moeder. Veel geluk!

Het stoofvlees met aardappelpuree liet ik onaangeroerd. Was het wel een avondmaal? Ik heb al eens twee ontbijten achter elkaar gekregen, met volgens mij maar een halfuur ertussen. Ik wed dat het niet eens ochtend was. Ze proberen mij hier gek te maken. Zo haalt de ezel zijn gelijk. 'Indien Katrientje al niet zot is, wordt ze het alsnog.' ~~Dat heet dan self-fulfilling prophecy. (You see? Zelfs ooit begonnen aan sociologie.)~~

Het viel met moeite op te maken wat het stoofvlees was en wat de puree. Zelfs de kleur verschafte amper uitsluitsel. Mooie woorden zijn dat – amper, uitsluitsel. Als dit geen testament mag zijn, laat het dan op z'n minst een asiel voor magnifieke woorden worden. Voor lankmoedig en horribel. 'Ik maakte gewag.' Voor haverklap.

Onaangeroerd, weshalve. Geretourneerd.

Van zot naar zotter, dacht De Decker. Hij had zijn rode viltstift al ter zijde gelegd maar hij las voort. Niet meer uit professionele interesse maar gefascineerd, geërgerd, grimmig.

Wat een wijf.

Een taal als die van ons kent honderdduizend woorden. Aan één heb ik genoeg. Of nee: buddy, broertje, letsel. Ademnood. Mijn smet en smacht. Dat zijn er al een stuk of zes. Voor je het weet, zijn het er zestigduizend. Zijn het er nooit genoeg.

Geef mij de kennis van alle talen en nog ben ik te arm.

Hoe durft iemand als zij van arm te spreken, dacht De Decker. Tegelijk moest hij slikken. Hij dacht aan Katrien tijdens de ondervragingen, en hoe ze geen woord loste. Nog nooit had hij een beklaagde meegemaakt die kon zwijgen alsof ze niet één taal beheerste. En juist zij schreef over de kennis van alle talen. Over honderdduizend woorden.

Geef mij de kennis van alle talen, dacht De Decker. En nog ben ik straatarm.

Hoe lang nog houd ik het hier vol? Niet hier. Hier: in dit lijf, in deze lobben. Met deze hand en dit verstand. In heel dit land.

Het kon door de cognac komen, of door het nachtelijke uur, of door de emotie van de voorbije dag, hoe dan ook, De Decker kreeg een krop in de keel. Hij was blij dat niemand hem kon zien.

Ze weet het, dacht hij. Hoe is het mogelijk? Zij begrijpt me. Hij keek rond in zijn schaars verlicht bureau, hij luisterde naar de buik van het beest waarin hij zich bevond. Hoe lang nog? In deze lobben. In dit lijf, in dit gebouw. In heel dit land. Het was zo waar wat ze schreef. Kinderen en zotten zeggen de waarheid. Zij was beide.

Hij plooide de samengevouwen poster van de charmezanger open en begon te lezen. Al na de eerste zinnen was hij zijn ontroering te boven. Hij graaide naar zijn viltstift.

Hij had een naam zien staan. Een naam die hij nog niet kende.

Daarnet keek ik in de spiegel maar zag een ander gezicht. Het was niet pa, niet ma of Gudrun. Het was de Gille. Ik ben nergens veilig. Heb jij je al eens in de spiegel bekeken en in de plaats van jezelf zie je een middeleeuws vastenavondmonster? Hij had geen tand meer in zijn mond en ter hoogte van zijn adamsappel prijkte een vlezig litteken.

Hij was veel ouder dan toen ik hem voor het eerst zag. En nooit zag ik hem dichter. Toch niet sinds hij in de tunnel onder de Schelde van zijn stelten viel. Ik was nauwelijks tien.

De grote tunnel werd die dag geopend. Ik moest bij de vader blijven, in zijn nieuwe wagen. Wij maakten deel uit van de eerste colonne van voertuigen. De officiëlen. De stamhoofden. Wij stonden klaar, de motor ronkte.

Uit de andere pijp wandelden de echte kinderen reeds te voorschijn, ons en het zonlicht tegemoet. Ze marcheerden, joelend en in stoet. Velen hand in hand en gekleed in het uniform van Vlaamse scholen. Witte blouses, plooirok, korte broek. Netheid staat de toekomst goed. Wij zwaaiden naar hen en reden in tegenovergestelde richting de belendende pijp in en versteenden meteen in het oranje licht. Een zusterlicht, reeds toen.

Ik zat op de voorbank, gevangen naast de marmeren man. In gestold verkeer gestremd, gekooid in onze wagen. Wat ik ook probeerde, de portieren bleven op slot. Het ál stond stil, de wereld zweeg. Op roffelende trommels na, die nergens te bekennen vielen. En op de walviskoeien na, die zongen in de Schelde boven ons. Ik kon ze zien, al zat ik vast. Drie in getal, elk naast hun jong. Eén walvis hief zich klaaglijk op en liet zich languit vallen op het oppervlak. De andere volgden. Een platte boot werd aan wal geworpen, een golf sloeg over de dijk. Onder de rivier trilde de tunnel. Het water was zo zwaar geworden van de vissen erin, dat de betonnen schil begon te barsten, ondergronds. Het inwendige sijpelen nam een aanvang. Dit was de tunnel van het nieuwe tijdvak maar het regende erin. Geen ruitenwisser werkte. Geen auto bleef droog.

Toen kwam hij aangestapt, op zijn stelten. Hij gooide van ver zijn sinaasappel tegen onze voorruit en viel even later voorover op de motorkap. Hij keek me door de natte voorruit aan en sprak. Hij bedreigde mij en alles wat bestond. De Gille van Binche. De wraakengel van le Mardi gras.

(Nee. Lach niet met mij. Denk na. Alsjeblieft. Duik op. Besta.)

Ook nu, hier in mijn cel, roffelden zijn trommels weer terwijl ik in de spiegel keek en zijn gezicht aantrof waar dat van mij hoorde te staan. Het gevangenisblok daverde. Alsof er een opstand was uitgebroken. Muiters dansten op het dak tijdens een hagelbui en de rijkswacht opende in salvo's het vuur – zo klonk het. Ik voelde het in mijn buik.

Ik trok mijn kop geschrokken van voor de spiegel weg. De Gille ook, met exact dezelfde beweging. Seconden tikten. Ik ging weer kijken. Hij kwam ook, met míjn blik van ongeloof. Spottende mimicry, beschuldigend ballet.

Ik sloeg een hand voor mijn mond, hij volgde. Ik fronste een wenkbrauw, hij ook. Duet voor idioten. Ik in mijn katoenen blouse en met mijn ongewassen haar. Hij met zijn bellen en zijn bult van stro. Met zijn wrede ogen, bloeddoorlopen wit in zwarte schmink – een antracieten band, geverfd van slaap tot slaap. Een inbreker uit stripverhalen? Bloeddorstige sjamaan? Welnee. De eendagskoning. Veertig dagen vasten na verorbering van mensenvlees. De knekelpolonaise. Met zijn bezempje van stro veegt hij de assen van het mensdom op een hoop.

We stonden minutenlang gelaat naar gelaat, twee hanen voor de aanval. Ik in mijn aquarium van koud licht en kale muren. Hij in zijn duplicaatcel, die achter hem begon te zinderen van het Bengaals vuur. Een zusterlicht, alweer. Ik heb ooit een Academie van Schone Kunsten in de as gelegd, vanwege de belichting in haar doka. Vanwege het rood en zwart, waarin ik leerde gruwen van de foto's van mijzelf.

Voor hem onzichtbaar zochten mijn handen steun op de wastafel. Ik kon om zijn slapen de hoofdband zien knellen waarin de hoornen schachten van de struisvogelveren waren verwerkt. Maar de meterhoge tooi bleef buiten beeld. Tussen onze twee bovenlijven stond de lavabospiegel overeind. Een vierkant vlies van glas, een opstaand wak. Hoe meer het licht achter hem zinderde, hoe witter zijn geblankette gezicht nog leek te worden. Zijn cel was zo scharlaken rood als het bos waarin ik Dirk heb doodgeschoten. De gewapende lamp walmde aan zijn kant van het plafond. Er sprongen vonken af, een douche van vurige tongen. Na lang aarzelen durfde ik het aan om zijn tronie van dichtbij te bekijken. Ik boog mijn hoofd voorover naar het zijne. Hij boog dat van hem naar mij. Zijn blikken gleden over mijn gezicht.

Zijn lippen waren obsceen aangezet als die van een oude vrouw, compleet met snorhaartjes, korrelig van het rijstpoeder. Ik boog me nog wat dichter. Om zijn mond waren de rimpels stuitend. Waarom bedauwde het glas niet van ons beider adem? Ik draaide mijn hoofd een weinig naar rechts en schrok. De Gille imiteerde mij niet meer.

Hij klakte integendeel woedend met z'n tong, haalde zijn apparaatje te voorschijn en drukte het tegen het litteken op zijn keel. Toen duwde hij zijn oudewijvensmoel tegen het glas en begon te wenen.

Met moeite en pijn slaagde ik erin mij los te maken van zijn blik. Ik wilde zijn Chinese inkt niet weer door de spiegel heen zien dringen en aan mijn kant op de porseleinen wastafel zien druppen. Ik scheurde me los en ging op mijn bed liggen, op mijn zij, mijn benen opgetrokken. Zijn trommels vielen stil zodra ik neerlag.

Ik hoorde alleen nog mijn eigen snikken en zijn gedruppel en zijn stem. Toonloos, metalig zoemend dankzij het babbelapparaatje. Aan het wild vlees te zien hadden ze de helft uit zijn keel moeten wegsnijden. Ik mocht mijn handen tegen mijn kop duwen zo hard ik kon, het hielp niet. 'Weldra,' hoorde ik zijn stem zoemen, 'wordt de ravage die mij opvreet een peulenschil in de puinhoop van dit rijk.' Even hoorde ik alleen gedruppel, dan opnieuw zijn stem. 'Al wat ik nog verneem, in stormen van geschrei, verscheurt mij als het schroot van grof geschut.'

Zijn stem klonk als een scheerapparaat en stokte in het midden van een zin. Het rood dat uit de spiegel was gevallen, verdween. Maar ik deed geen oog meer dicht.

2

VELDSLAG VOOR EEN MAN ALLEEN

IN HOTEL VICTORIA, hartje Brussel en maar vier straten van zijn huis vandaan, stapt kolonel in ruste Yves Chevalier-de Vilder in zijn eentje de duurste der suites binnen.

De kolonel steekt de lichten in de suite aan en sluit de deur achter zich. Hij zwaait met gemak zijn grote reiskoffer op de bagageschraag, legt de sleutel plus een riante fooi in de asbak, hangt het jasje van zijn gala-uniform over een knaapje in de wandkast, schuift de spiegeldeur dicht en staat oog in oog met zichzelf. Gemillimeterd grijs haar, dunne snor. Te veel losse huid in de hals voor een man van zijn leeftijd, te goeiig bruine ogen voor een militair van zijn rang, te veel rimpels voor een echtgenoot zonder kinderen. Hij recht zijn schouders en keert zichzelf de rug toe.

Hij stapt de kamer in, ruikt aan het boeket verse rozen, keurt het tweepersoonsbed dat onberispelijk is opgemaakt, belt de receptie en vraagt hem onder geen beding te storen. Hij bergt de gratis bijbel en de afstandsbediening van de televisie op in de secretaire, gaat de marmeren badkamer in, ledigt voor de derde keer die dag zijn blaas en darmen, en spoelt het weinige waarvan hij zich ontlast heeft door. Terwijl het reservoir van de closetpot zich sissend vult, wast hij zich de handen. Ze afdrogend checkt hij een tweede keer of de closetpot geen remsporen vertoont en hangt vervolgens de handdoek over het rek zoals hij hem gevonden heeft: in vieren gevouwen, vooraan even lang als achteraan.

Teruggekomen in de kamer knielt de kolonel neer voor de kleine frigidaire die in het nachtkastje is verwerkt, haalt alle miniflesjes sterke drank eruit te voorschijn en plaatst ze op het blad van het nachtkastje, als stukken op een speelbord. Daarna gaat hij zitten op het bed, trekt zijn schoenen uit, bekijkt ze langdurig en trekt ze weer aan. Hij legt een paar kussens tegen het hoofdeind, neemt half liggend half zittend plaats, kijkt naar zijn schoenen en trekt ze hoofdschuddend toch maar uit. Hij zet ze keurig naast elkaar onder het bed, blikt op zijn horloge, haalt uit de borstzak van zijn hemd een strip met pillen te voorschijn en denkt, terwijl hij een pil uit de strip drukt en in zijn mond stopt:

'Ik had een ander hotel moeten kiezen. *Victoria*? Ik zie al voor me wat de kranten zullen schrijven.'

'MAAR NU IS HET TE LAAT,' denkt de kolonel in ruste, een flesje Courvoisier openend en de pil met een slok doorspoelend. 'Als ik nu uitcheck om een hotel te zoeken met een meer subtiele naam, zal de receptioniste zich morgen toch mijn kop en uniform herinneren bij het zien van het verslag op het journaal. Benieuwd welke archiefbeelden ze zullen gebruiken. Er zijn er waarop ik salueer voor koning Boudewijn en hij mij als antwoord de hand drukt, half buigend en met zijn hoofd schuin. Geen man kon beminnelijker glimlachen. Of misschien tonen ze me tijdens een troepenschouw, te paard. Hoe dan ook, dat mens beneden zal mij herkennen als de militair die incheckte en een kwartier later alweer uitcheckte, ze zal zich reuze gewichtig voelen en navenant snel naar de telefoon graaien. Kort daarop bedenken alle journalisten mijn dood met een proloog. "Luidens receptioniste Zus En Zo is kolonel in ruste Chevalier-de Vilder in het aanschijn van zijn eind eerst nog even teruggekrabbeld." Ze zullen het krasser formuleren maar op die leugen zal het neerkomen. En ze zullen niet nalaten om in mijn persoon het gebrek aan daadkracht belichaamd te zien van het hele Belgische korps. Ik verwed er mijn kop op dat het woord lafheid valt.'

Hij slikt opnieuw een pil door met een slok Courvoisier. Hij is nog nooit zo kwaad en beledigd geweest als de afgelopen dagen. Toch niet sinds het afschaffen van de dienstplicht.

(Van jongs af leren schermen, uit heimwee naar de tijd van het duel. Als primus inter pares afgestudeerd aan de cadettenschool. Toch gekozen voor verdere opleiding in het veld. Guerrilla. Survival, van jungle tot woestijn. Man tegen man, iedere techniek. Bij de manschappen gerespecteerd ondanks zijn jeugd. Achter zijn rug bezwadderd door hogeren in rang. Als dertigjarige toch opnieuw gaan studeren. Aan de universiteit alle cursussen fysica en criminologie gevolgd in uniform, als provocatie tegen het zich provo noemende gepeupel. Zich ingeschreven als vrije student voor de cursus Europese literatuur, om de pacifistische pubers en professoren te schokken met hun vooroordelen: dat een man van de wapenen niets kan af weten van de letteren, laat staan meer dan zij. Gemeden als de pest, geslaagd cum laude. De jongste assistent ooit van een stafchef van het Belgisch leger.)

'Nee, dan blijf ik liever in het hotel waar ik al ben, Victoria of geen Victoria! Maurice Mac-Mahon – zijn familienaam ten spijt een volbloed Frans markies én maarschalk – zei het reeds, toen hij in 1855 bij de slag om Sebastopol de Malakovtoren had ingenomen en de Russen het bolwerk dreigden op te blazen: "J'y suis, j'y reste!" Al is dat een devies dat een rechtgeaard mens dezer dagen nog amper tot het zijne durft te maken, bestorven als het ligt in de mond van iedere boerenlul die via de klucht der vrije verkiezingen terecht is gekomen op een post waarvoor hij niet de minste onderlegdheid bezit en waarvan hij zich niet laat wegranselen, ook niet na de meest ten hemel schreiende schandalen. Zelfs voetbalmanagers en voorzitters van duivenbonden verweren zich vandaag de dag tegen ontslag of overplaatsing met die paar woorden van Mac-Mahon. Een held van wie ze nog nooit hebben gehoord en van wie ze, indien de naam al viel, zouden denken dat het ging om een nieuw type van hamburger.'

Hij slikt een derde pil door. Geen moment van aarzeling of tijdverlies. Nog minder van sentiment.

(Aan geen andere campagnes in den vreemde deelgenomen dan

aan humanitaire, die hij tegenover zijn manschappen verdedigde en bij zichzelf vervloekte. Nooit iemand gedood, van ver noch van nabij. Zich daar nooit op beroepend, in burger noch als soldaat. Eén keer zelf aan de dood ontsnapt – een handgranaat die afging, twee rekruten uiteenrijtend, een derde verminkend. Zelf een deken over de eerste twee gelegd. Zelf de verminkte jongen morfine ingespoten, hem vlak onder de oksel afgebonden en tien meter verderop zijn arm teruggevonden onder een jeep, met het polshorloge er nog aan, tikkend en wel. Nooit geleefd in tijden van oorlog, tenzij als jongen.)

'Niets weten die hufters nog! Wij leven in de middeleeuwen van de *middle class*. Hamburgers, inspraak, nivellering. Vrouwen in de zeemacht, negers als agent, een broer van tapijtboer Deschryver in de regering. Iedereen weet niets maar wil alles. Het hart van onze cultuur wordt bedreigd door onnozeldom en slapte. Niettemin zeg ook ik thans, van ganser harte: "J'y suis, j'y reste." Ik weet tenminste waarover ik het heb. En ik lig hier nu eenmaal lekker in dit hemelbed.'

Hij drukt lachend een vierde pil uit de strip.

'Ik ben, dus blijf ik nog een wijle! Cheers. Láát de klerken van het burgerdom van morgen af in hun kranten mijn solitaire wapenfeit maar bestempelen als een toppunt van kolder. Ik zie ze het al schrijven: "Een nederlaag geleden in een gasthuis met de naam Victorie." "Het vel van de Vilder gestroopt." Meer heeft een cartoonist of columnist niet nodig om zijn brood der gemakzucht te verdienen. Mij een zorg. Ze zullen in mijn heengaan sowieso een mislukking zien in de plaats van een daad van eer. Persmuskieten zijn de erfgenamen van de sycofanten, de beroepslasteraars en afpersers voor wie zelfs de ter dood veroordeelde Socrates zich nog hoedde, zoals Plato zo aangrijpend beschreef in zijn *Kriton*. Ik kan het hun zó souffleren: "Een over zijn paard getilde Chevalier." "Een kolonel in ruste – zeg dat wel." Iedere naam of titel valt wel te vermalen tot verdachtmaking of kwinkslag. "Het lachen om filosofie is zelf tot filosofie geworden," besluit de nihilist Sloterdijk. Niets is veilig, niets te heilig. Par conséquence: passons. Waardigheid bestaat er niet in spot te vermijden maar hem te trotseren. Je maintiendrai, messieurs. Onverzettelijkheid is de hoogste deugd.'

Het lege flesje Courvoisier is warm geworden in zijn vuist. De kolonel zet het op het nachtkastje en kijkt naar de resterende volle flesjes. 'De een denkt na over beroemde laatste woorden. Ik broed op mijn laatste drank. Iene, miene, mutte: Campari, whisky, wodka.

    Of toch opnieuw cognac?'

HET WORDT WHISKY, met weer een viertal pillen. Hij slikt ze één voor één met een teugje door en voelt telkens de weldadige brand die door zijn slokdarm trekt.

Buiten woedt de stadstaat Brussel, de verminkte metropool. Het Kleine Parijs waarvan de kolonel naar eigen veelvuldig zeggen het Grote Verval heeft mee moeten maken.

('Mij nog de knieën geschaafd in straten waar nu geen burger na acht uur zijn huis verlaat. Gevoetbald in parken waar injectiespuiten en condooms voor het oprapen liggen. Canadese tanks zien ratelen over kasseien die nu schuilgaan onder drie lagen frauduleus besteld asfalt, en langs trillende vitrines waar thans planken over zijn gespijkerd. Als jongen mijn haar nog laten knippen waar nu een bebaarde vent in kaftan schapsingewanden verkoopt. Nog gefietst waar Euroambtenaren vijftien hoog asbest inademen. Gewalst rond verdwenen kiosken. Gehinkeld waar dag in dag uit een file staat.')

De stadsgeluiden dringen amper door de dubbele beglazing heen. In de beschutting van zijn suite waant de kolonel zich een veldheer. Rustend op een strozak in een kazemat terwijl een paar passen verderop de loopgraaf onder vuur ligt, drinkt hij onverstoorbaar en methodisch zijn flesje leeg. Soeverein. Eén meter drieëntachtig.

Maar zijn gedachten malen: 'Jaren geleden eist de ene kongsi dat ik – in 's lands belang en onder het mom de heilige tewerkstelling te dienen – een overheidsbestelling help forceren in het voordeel van de constructeur harer keuze. Bij een dictaat van hogerhand stelt de soldaat geen vragen, dus ik schrijf dat rapport. Niet, naar weldra blijkt, om de minister van Defensie te helpen kiezen voor werkgelegenheid maar om die minus habens een dekmantel te verschaffen voor zijn omkoopbaarheid. Of toch minstens die van zijn partij, zijn ziekenfonds, zijn vakbond en de rest van heel zijn pokkenzuil, van amateurtoneelvereniging tot progressieve rukkerskrant. Vandaag eist een andere, verjongde coterie – opnieuw in 's lands belang, dit keer onder het mom de heilige democratie te redden – dat ík de verantwoordelijkheid op mij neem van hún aan rafels gevallen dekmantel. Daartoe moet ik, ten overstaan van het verzamelde mediacrapuul en zwaaiend met mijn rapport van weleer, een mea culpa slaan en vervolgens de loopbaan redden van de streber van Defensie, door in zijn plaats "een stap opzij te zetten". Want "ik ben toch al in ruste dus wat maakt het voor mij nog uit?" Aan mijn officierspensioen zal niet worden geraakt, "erewoord". Ze voegen er net niet aan toe dat ik al blij mag zijn dat ik nog iets voor mijn bakermat kan betekenen. Want dat er andere bejaarden zijn, die hun levensavond mogen vieren als vetplant.'

(Getrouwd: één maal. Maîtresses: geen. Hoeren: nooit twee keer dezelfde. Kinderen: één. Een zoon, dood ter wereld gekomen. Open verhemelte, open rug. Zonder vingers maar met de helm geboren. Bij het vernemen van dat laatste ineengezakt en van de kraamafdeling op de vierde verdieping naar de spoedgevallendienst op de benedenverdieping gebracht, op een rollend bed, door twee vroedvrouwen. Bij bewustzijn gekomen, de chirurg van dienst horen zeggen: 'U hebt geluk gehad dat het in dit gebouw is gebeurd.' Moeizaam geantwoord: 'Geluk?' Niet voort kunnen praten. Geweigerd naar de begrafenis te gaan. Omdat hij in een rolstoel zou hebben moeten zitten, geduwd door een verpleegster. Omdat hij, in het bijzijn van zijn vrouw, geen kerkdienst wilde meemaken voor een witte doodskist, weinig groter dan een schoenendoos. Omdat hij het onzin vond om een graf te geven aan wat voor- noch familienaam had mogen krijgen. Omdat hij niet wilde zitten overwegen om zich van zijn rolstoel in de put te laten glijden, vlak voor men die begon te dempen.)

'Ik! Een stap opzij? Ten faveure van een civiele sukkel met een rataplan-carrière? Ik, ooit vleugeladjudant van wijlen koning Boudewijn, de grootste aristocraat en humanist onder de vorsten. Ik, van cadet tot kolonel een dienaar van het vaderland. Een stap opzij. Is ons land een dansschool? Wordt de Engelse wals geïntroduceerd als politieke strategie?

Maar bon. Ik geef gehoor. Ik zal een stap opzijzetten. En wat voor een. Er zal zelden zo'n stap opzijgezet zijn. Ik spríng opzij, mijn wapenschild getrouw, "Viribus audax". Onversaagd op eigen krachten bogend: ik *duik* opzij. En hoe! Ik ben benieuwd naar de reacties van onze dansmariekes als morgenvroeg mijn rapport van weleer annex begeleidende brief in de bus valt van de vijf grootste bladen van het land. En als mijn overlijdensbericht in de loop van de middag mijn demarche bekrachtigt zoals een zegelring zich in de hete lak bijt onder aan een oorkonde.

Er is maar één zaak waar ik spijt van heb. Dat ik hun waffels niet zal kunnen zien wanneer ze de blijde tijding aan hun ontbijttafel vernemen.'

'prosit! Op de burgers en de politici die ze verdienen! De kooplui van het compromis. Uitgerekend zij, die zich even krols als krampachtig uitgeven voor de bewaarders van de wereldvrede, leggen met hun gekonkelfoes de grondvesten van de wreedste conflicten. "Oorlog is een aangeboren ziekte van de mens, en regeringen zijn de dragers ervan," schrijft Martha Gellhorn, de enige journaliste die ik respecteer. Zij heeft meer oorlogen verslagen dan ik heb meegemaakt. Zelfs Katanga hebben ze mij doen missen.

Niet dat ik dat erg vond. Katanga had niets met oorlog te maken. Ons leger liet zich misbruiken in dienst van een stel uit het vel gesneden koloniale strontvliegen die maar één bekommernis hadden. Het lijk dat ze verlieten grondig te besmetten opdat na hun vertrek hun maden zich des te vetter konden vreten aan de rottenis. Dat krijg je, als poen en politiek de handen in elkaar slaan.'

(Slechts één keer Leo Deschryver in persoon ontmoet. Op een tuinfeest te zijner kastele, een bespottelijke neo-baksteenburcht met een manege zonder paarden. Een onbeholpen zenuwachtige kolos met geen andere envergure dan zijn ossenschouders, gehuld in een pak met de snit van een overall. Hij probeert indruk te maken door drank en voedsel aan te laten rechten in draconische porties. Argentijns vlees verkoold op vulgaire barbecues, peperdure wijn geschud geserveerd door onderbetaalde gelegenheidsgarçons. De gasten zijn beroemd en kennen elkaar beter dan hun gastheer. Hij heeft ze per contract betaald om hier te zijn. Uitgerangeerde wereldleiders, topsporters op retour, zangers in hun fin de carrière, goed boerende ex-collaborateurs. Allegaartje van ratés en opportunisten, de duurste claque ooit besteld voor een ongewilde opera bouffe. Een belediging hiertoe te behoren. Niet langer gebleven dan nodig voor een acte de politesse. Vertrokken met de stille trom. Nog maanden later pogingen van de kolos tot contact afgeslagen. Sociale chantage op basis van één tuinfeest.)

'De Tweede Wereldoorlog is ontketend op een tafel in Versailles bij het ondertekenen van een verdrag dat de Eerste Wereldoorlog beweerde te beslechten. Hadden militairen van de antieke stempel het mogen bedingen, had dat verdrag er anders uitgezien. De oorlog was gewonnen, de kracht gemeten, de eer verdeeld – wat viel er te bedingen? Tenzij de vruchten van de vraatzucht. Herstelbetaling, handelsmonopolie, vermogenspest en graaikoorts. Daar taalt een echt soldaat niet naar. Een krijgsman heeft de inborst van een kunstenaar, niet de mentaliteit van een middenstander. Het strijden, zelfs de destructie an sich, is meer een vorm van kunst dan van zelfverrijking. Het plunderen van gevallen steden is van oudsher het loon geweest van huursoldaten, en die worden sinds mensenheugenis terecht geminacht door iedereen. Een echt gevecht loopt nooit uit op zelfverrijking of kleinering. Wat is de kamp waard, indien na afloop aan de tegenstander iedere waarde wordt ontzegd? Hoeveel glans verleent de zege op een nulliteit?

Heden ten dage is de triomf die lauwerkransen kwijt. De kusten van Samothrake konden ons nog een beeldhouwwerk schenken dat – spijts zijn beschadigingen – tot ontroering dwong. Vandaag is Nike geen godin maar een merk van baseballpetten en pantoffels. Zelfs de letters van de naam zijn vervangen door een logo, een ordinaire viltstiftkrul, in de hoop het wereldwijd oprukkende analfabetisme bij te benen... Men zoekt geen winst meer op het slagveld maar op de beurs van Tokyo.

En in dit vermaledijde tijdsgewricht zou een keursoldaat als ik, de voormalige vleugeladjudant van een onbesproken vorst, moeten eten uit de hand van cryptoseparatistische flapdrollen als de gebroeders Deschryver? Een stap opzij! Ik? Uiteindelijk vanwege het gesjoemel van die twee?'

Kolonel Chevalier-de Vilder zet het lege whiskyflesje neer naast het lege Courvoisierflesje op het nachtkastje. Vreemd, denkt hij. Ik voel niets. Niet eens een lichte verdwazing. Wat zouden de eerste tekenen zijn? Bezwijmt men stapsgewijze of gebeurt het in een oogwenk? Pijn zal ik volgens de handleiding niet voelen. Ofschoon dat gerust had gemogen. De geboorte is een pijnlijke affaire, waarom de dood dan niet? Wat van belang is, mag pijn doen. Moet pijn doen.

Van de andere kant, pijn schakelt het bewustzijn uit en dat wil ik niet. Ik ga willens en wetens, en met geheven hoofd. Ook Socrates bleef bij bewustzijn. Hij dronk dollekervel, de gevoelloosheid klom van zijn tenen naar zijn enkels op, dan naar zijn middel, daarna naar zijn borst, tot ze zijn hart bereikte. Vlak daarvoor vroeg hij nog om een haantje te slachten, voor Asklepios als ik mij niet vergis.

Wat ík geslacht wil zien, staat in mijn brief. Of eerder: wie.
Ik ga, maar niet alleen.
Iene, miene, mutte.
Sambuca, gin of calvados?

CALVADOS. 'An apple a day keeps the doctor away,' grijnst de kolonel, het schroefdopje opendraaiend en weer een viertal pillen uit hun strip drukkend. 'Weet je wat? Ik neem er acht. Waarom parforce het einde rekken? Er bestaat zoiets als de genadestoot. En waarom niet met een slok Sambuca?'

Twee flesjes achter elkaar legend voelt hij nu toch een effect. Niet wat hij verwacht had, een beneveling die tot melancholie stemt en omslaat in steeds langere momenten van bewustzijnsverlies. Nee. Hij voelt een prettige dronkenschap die zijn geest aanscherpt in plaats van verdooft. Het heengaan is begonnen, denkt hij. Blij dat ik mag gaan.

Vanaf de troon van zijn bed bekijkt hij zijn suite. 'Prachtige kamer, waardig decor. Ik zal me niet hoeven te schamen als er foto's worden doorgespeeld aan de pers. Misschien had ik toch mijn uniformjasje moeten aanhouden. Of nee, dat wordt wat te koket. Te mooi op touw gezet.' Hij glimlacht om het rijm en kijkt nogmaals rond. De rozen zijn zo geel dat ze lijken te stralen. Niet alleen de bloemen, ieder voorwerp waar hij naar kijkt begint hem tegemoet te glanzen. Aan de muur hangt een geschilderd stilleven. Een fruitschaal met twee appels. Ze trillen van waarachtigheid. Ook de gordijnen doen hun best. Hun fluweel golft extra plechtstatig neer aan ringen waarvan het koper ingehouden fonkelt. Hoogbenige stoelen staan dramatisch te wachten om de tafel, het eikenhouten blad glanst van belangrijkheid, de kroonluchter torst gewichtig zijn kristal.

De hele kamer leeft zich in de rol van mausoleum in, ter ere van een kolonel die alles bezat om maarschalk te worden, behalve een groter vaderland.

(Eén keer Herman Deschryver ontmoet, in zijn eigen kantoor te Brussel. Bij hem toch op zijn minst een poging tot beschaving, die der onzekeren: gestrengheid à tout prix. Er zijn slechtere keuzes te maken. Met hem zelfs een begin van een gesprek. Over letteren, over schilderkunst. Dan over zaken. Een beetje gegeneerd bij dat laatste, in tegenstelling tot de kolos. Zelfs regelrecht beschaamd als de grens wordt overschreden tussen wat oorbaar is en beter niet gehoord kan worden. Zodra alle woorden zijn gevallen die niet vallen mochten, luchtige wegwuivendheid. Zelfs wat hautain neerkijken. Ook hier weer: zelftwijfel verkleed als overdreven zelfbewustzijn. Een halfwas in het lijf van een bejaarde.)

Bij elke slok voelt Chevalier-de Vilder zich meer gerevancheerd, met elke pil trotser. Zelden is hij helderder geweest en nooit zo vrolijk. Steeds mousserender tolt zijn geest om haar as, alsof alle denkbeelden die hij in de loop der jaren tot de zijne heeft gemaakt nog even de revue willen passeren voor ze nooit meer gedacht kunnen worden. Ook de slagzinnen verdringen zich en de citaten waarmee hij, bij gebrek aan strijdperken, gewend is geweest te schermen tegen rekruten en collega's opdat ze zouden voelen dat er toch één front was waarop niemand Yves Chevalier-de Vilder de baas kon zijn.

(Jammer, dat zo weinigen van hen voldoende hadden gelezen om zelfs maar geïmponeerd te zijn door zijn kennis. Voor zover ze al bleven luisteren als hij in de mess weer eens aan een tirade begon.)

'Ik ben – excuus: was – in een verkeerde eeuw geboren. Ook dat heb ik gemeen met le roi triste. Ons credo werd raar maar waar het raakst verwoord door Freud, een oversekste jood en occulte kwakzalver. "Ridderschap en aristocratische macht zijn opgeheven door buskruit en vuurwapens." De nagel op de kop.

In 1453 bombardeert Mehmed II een bres in de vestingmuur van Constantinopel. Ogenschijnlijk leidt dat tot de val van slechts één stad. Maar dit bombardement, het eerste in onze geschiedenis, slaat meteen een bres in onze beschaving. Want na het grof geschut maakt ook de haakbus op ons continent haar opwachting, gevolgd door het scheepskanon, waardoor zelfs de trotse Armada het moet afleggen tegen de bezeilde wastobbes van de Engelsen. Nog later doet het vulgairste aller steekwapens zijn intrede, de bajonet. En de eeuw van de wetenschap – de hoogmoedige, de negentiende – brengt ons... het slaghoedje.'

De kolonel kan op zijn doodsbed zijn lach niet onderdrukken. 'Het slaghoedje,' grinnikt hij terwijl hij verbaasd naar zijn hand kijkt die, buiten zijn wil en weten om, naar het nachtkastje reikt en een flesje gin grijpt.

Hij ziet welgemutst toe hoe zijn gevoelloos geworden vingers het schroefdopje losdraaien en weggooien als was het een broodkorst in het park. Het dopje belandt in een boog op het parket en stuitert weg tot onder de voornaam gepolitoerde secretaire. Aan de muur zindert het stilleven. 'Op het slaghoedje!' hoort de kolonel zichzelf luidop zeggen en hij ziet zijn hand in het ijle toasten met het flesje gin. Hij heeft twee keer plezier, een keer om het wegstuiterende dopje en een keer om zijn vrolijkheid. 'Op de gezondheid,' hoort hij zich juichen. 'Ook zoveel,' denkt hij.

(Eén keer ook de inmiddels beroemde dochter ontmoet, Katrien, die het kantoor in Brussel binnenstapte zonder te kloppen. Haar vader – als in een omkering der rollen betrapt door zijn kind – begon de belastende papieren bijeen te schuiven. Een vrouw, een kind, een moordenares in spe. Met de blik en de zwijgzame dreiging van een kleine Mata Hari. Een vreemde jaloezie gevoeld sinds het verhaal bekend geraakte van haar echtgenoot. Dit frêle vrouwtje heeft gedood, ofschoon slechts met een jachtgeweer en niet in een duel. Maar toch: zij wel. En niet een kolonel van zijn allure.)

'Ik heb nog zitten te zieden toen ik in *The History of Warfare* moest lezen dat zelfs de uitvinding van gecondenseerde melk-in-blik een revolutie heeft betekend in de westerse krijgsverrichtingen. Dat valt toch niet te bevatten? Dat zulke banaliteiten de ene beschaving tot bloei dwingen en de andere wegwieden? Melk in blik, of de afgerichte herdershond, nog zoiets. De montgolfière. Het alfabet van Morse. Oeps!'

Chevalier-de Vilder ziet hoe zijn zelfstandig opererende hand het lege flesje naast het nachtkastje plaatst. Het verdwijnt droogweg in de spleet tussen bed en kastje. Hij kan het horen vallen, stuiteren en wegrollen. Even overweegt hij zich over de bedrand heen te bukken om het flesje weer op te rapen maar hij doet het niet. 'Wat maakt het uit,' denkt hij. 'Het is niet gebroken. En er zal in deze kamer ooit wel meer rotzooi zijn gemaakt dan één flesje en één schroefdop op de vloer.'

De val van het flesje heeft ervoor gezorgd dat zijn voortrazende gedachten tijdelijk tot een halt komen. Meteen ziet hij ze. Ze doemen in drommen voor zijn geestesoog op. De tientallen, de honderden. Een legertje onbekenden, meestal koppels, jong en oud, mannen en vrouwen dooreen. Naakt, of in onderbroek of nachtjapon, of in pyjama met geruite slippers eronder. De gasten die vóór hem deze kamer overhoop hebben gehaald en die gebruik hebben gemaakt van dit bed.

In een vingerknip hoort hij hun gesnurk, hun echtelijke ruzies, hun nachten vol verveling en gerollebol. Hier, in deze suite, op deze matras. Hij ruikt hun goedkope nachtcrèmes en ziet pasgewassen vrouwenharen als lagen ze op het hoofdkussen naast hem te drogen. Hij hoort sigaretten die gaten sissen in de overtrek, hij laat zich bedwelmen door aftershaves en het ruisen van zijden badmantels, door ademtochten vol pepermunt en pastis en niet in te lossen beloften. Hun kuchjes hoort hij, het krabben aan intieme delen onder de wol. Hij gromt instemmend bij een vechtpartij tussen twee rivalen, geniet van het slippertje van de liftboy en de werkster tijdens hun uren... Kolonel Chevalier-de Vilder ziet en hoort en ruikt en grijnst. Hij neemt de honderden in zich op, met hun stortvloed van onafgewerkte verhalen, hun niet te achterhalen hoogliederen en stompzinnigheden, familietragedies, keukenvendetta's. Eén seconde duurt het maar. Voldoende echter om te worden overspoeld door een colonne van verwante zielen, troostend in hun herkenbaarheid, bedreigend door hun overvloed. Toch heeft hij opgetogen vrede met hen allen en zelfs vrede met zichzelf.

Nooit had hij gedacht te kunnen berusten in een liggend overlijden, op een luxueuze matras en zonder verwondingen. 'Een officier sterft staande en met zijn laarzen aan,' daar heeft hij altijd in geloofd. Thans kan hij zich eindelijk verzoenen met het tegendeel. 'Dit bed is ook een slagveld,' denkt hij, vreemd voldaan, minzaam spottend. 'Wie hier ooit sliepen, zijn m'n kompanen in de strijd.'

Zijn eigen stem rukt hem uit zijn sereniteit. Ze klinkt harder dan daarnet.

Ze blaft onaangenaam.

HIJ KAN ZICH NIET HERINNEREN ooit van zijn stem geschrokken te zijn. Hij vond haar zelfs welluidend en bekorend. Meer het instrument voor verzen in een schouwburg dan voor bevelen op een exercitieveld. Nu klinkt ze alsof ze hem niet toebehoort. Ze roept een van zijn meest favoriete stoplappen uit de mess: 'Honden! Willen jullie dan voor eeuwig leven?'

'Nee, niet dat verhaal opnieuw,' denkt de kolonel verstoord. Hij is al jaren geleden gestopt met het te vertellen. Maar zijn stem vertelt het opnieuw en zo te horen met genoegen. En met dezelfde woorden.

'Honden! Frederik II van Pruisen had tijdens een mislukkende stormloop het lef om zulks te roepen naar zijn vluchtende kanonnenvlees dat bestond uit lotelingen, boerenzoons en vrijgelaten criminele sukkelaars. Hij riep het vanaf zijn paard, terwijl hij zelf buiten schietbereik bleef. Sloterdijk beschreef die paradox het best. Terwijl hedendaagse troepen worden afgericht op anonieme en ondankbare doodsverachting, als waren ze inderdaad maar honden of wormen, warmen hun bevelhebbers zich nog altijd aan de *code de l'honneur* van Hektor en Achilles, en iedere andere held die hen heeft doen dagdromen in de schoolbanken.'

Waarom zegt zijn stem dit? De kolonel kent dit verhaal door en door. En hij is het eerlijk gezegd grondig beu. Iedereen was het beu.

Maar zijn stem kent geen genade. 'Laat haar toch zwijgen,' denkt de kolonel, 'de stilte staat een stervende goed.' Maar zijn stem weet van geen ophouden.

'Wie kan nog dapper zijn in tijden van torpedo's en de slimme bom? Het gevecht is een klus geworden. Fabrieksarbeid, in ploegen van drie *shifts*. Men overwint niet, men roeit uit. De degen moest men nog leren te hanteren. Oefening telde, en talent. Een trekker kan men enkel overhalen, een knop alleen maar indrukken.'

'Hoe komt dat flesje Campari in mijn handen?' denkt de kolonel. Hij heeft gemerkt noch gevoeld dat zijn hand het flesje van het nachtkastje plukte. Voor hij iets kan ondernemen, vliegt het schroefdopje al door de lucht en stuitert het eerste achterna, tot onder de secretaire. 'Nu goed,' denkt de kolonel, ontstemd het dopje met zijn blik volgend, 'twéé dopjes op de vloer. Veel verschil maakt dat niet. Maar het moeten er ook niet meer worden dan twee.'

Terwijl zijn hand hem dwingt van de Campari te drinken, valt zijn blik op het stilleven aan de muur. Het zindert niet meer. Het stelt gewoon twee appels voor. Niet eens zo treffend geborsteld, ziet hij nu. Waar is hun voornaamheid heen?

'Niet de mens, de industrie is de maat van alle dingen. De meubelboeren zijn heer en meester, de bouwboeren, de varkensboeren, de tapijtboeren, de bierboeren...'

'En niet te vergeten: de coiffeurs,' kreunt de kolonel. 'En niet te vergeten: de coiffeurs,' beaamt zijn stem.

Wat scheelt er toch? Zijn stem en zijn hand muiten tegen hun bezitter. Zijn rechtervoet ook al, die is als gek aan het trillen. Hij krijgt er maar geen controle over. Hij wil rondkijken maar is verbaasd hoeveel moeite het hem opeens kost om alleen maar zijn hoofd te draaien. Hij probeert het nog eens maar zijn kop valt van vermoeidheid op zijn borst neer.

Zodoende merkt hij, starend naar de hand die in zijn schoot rust, dat hij het flesje Campari maar half heeft leeggedronken. Zijn mond voelt kleverig aan, zijn kin ook. Hij ziet een rode spuugdraad die van zijn onderlip naar zijn buik afdaalt en proeft op zijn tong het sap van een beschimmeld soort citrusvrucht, iets medicinaals. Fluorescerend rood lekt het vocht uit het flesje op zijn witte uniformbroek. Hij vindt het doodjammer maar hij slaagt er niet in om het flesje rechtop te houden. Het loopt langzaam leeg op zijn dij. Een schotwond zonder kogel. 'Als het maar niet op de lakens en de matras druppelt,' denkt hij. 'Ik wil de werksters niet tot last zijn en de uitbater niet op kosten jagen.' Hij is uitgeput. Hij kan niets meer bewegen. Alleen die verdomde stem blijft maar doorgaan.

'Al dat naarstige geklooi... gejakker en gejaag... welvaartstermieten... in hun firma's en fabrieken... naar de hel ermee... gooi daar maar eens een bom op...'

Het is geen lach meer, die nagalmt in de suite. Het is gekerm. Dit is ook geen suite meer. Vanuit een ooghoek en schuin opkijkend kan de kolonel het merken. Het is een bunker, volgestouwd met kitsch.

'Nietzsche... de eeuwige... *Menschliches, Allzumenschliches*... hij schreef het, mijne heren... aristocraten van de geest zijn niet ijverig... het niet aflatende willen scheppen is banaal... "boven de productieve mens staat een hogere soort"... steek dat maar in je zak... Waterschoot, Deschryver... heel de zooi...'

Hij moet weg uit deze aanstellerige tombe, weg van dit wufte bed. Net wanneer hij dat beseft, gebeurt het. Zijn buik lijkt uiteen te scheuren van de pijn. Hij hoort een kreet. Is hij dat werkelijk zelf? Is dat nog steeds zijn stem?

Zijn bovenlijf klapt in een stuip naar voren om zich direct daarna weer achterover te werpen in de kussens. Even ligt hij stil, dan komen er nog drie, vier golven van pijn die hem tot convulsies dwingen. Vooruit, achteruit. Vooruit, achteruit. Een autist met een beroerte. Een stokoude, bijna kaalgeschoren jongen tijdens een geluidloos rockconcert. Uitgeteld blijft hij liggen, lekkend van het zweet. Hij schaamt zich. 'Zo moet het voelen,' denkt hij, 'als de vijand een bajonet onder je navel plant en zijn geweer een halve slag doet draaien.' Zijn stem brengt nu alleen nog een gegrom voort, laag en klaaglijk, dierlijk.

Zijn het de medicijnen? Heeft hij er te veel ineens genomen? Hij had de handleiding in het boek moeten volgen. En er geen alcohol bij drinken. En de dranken niet mengen. Oh mijn God. Hij ziet een schrikbeeld voor zich. Dat de krampen maar een voorbode zijn. Zo dadelijk braakt hij alles uit. Maar het braken verlost hem niet meer. Het komt te laat. Er zit al te veel gif in zijn bloedbaan en dat houdt hem aan dit bed gekluisterd. De hele nacht zal hij in zijn slijmen moeten liggen, walgend van de stank. En het wordt hem niet gegund de geest te mogen geven.

Hij weet het, hij voorvoelt het en slaat in paniek. Een schuimende stinkende brij spat straks in gulpen uit zijn mond, over zijn witte hemd en galabroek. Een pap van alcohol en bloed en gal en gegiste pillen die niet alleen op zijn lichaam belandt maar ook op de zijden overtrek, en die onuitwisbaar diep in de matras zal dringen. Zo wordt hij dan morgenmiddag door de werkster gevonden. Kolonel in ruste Chevalier-de Vilder, geridderd in de orde van Leopold. Een grommend wolvenjong van zestig plus, spastisch bevend, met schuimende mond en een neus die bellen blaast, met verwrongen handen, met krankzinnige ogen en onherstelbare hersenschade.

En ze voeren hem pas weg als er tientallen foto's zijn gemaakt.

NOOIT WAS KOLONEL CHEVALIER-DE VILDER verwikkeld in een tweegevecht, tenzij tijdens maneuvers, voor de lol. Hij heeft dat steeds betreurd. Nu krijgt hij zijn zin.

Close combat op leven en dood.

'Niet overgeven...,' denkt hij, 'je moet hier weg... concentreer je... kruip naar de badkamer... steek daar je vinger in je keel... wie weet... zak niet weg... toch op zijn minst... houd stand...'

Hij ziet hoe zijn hand hem opnieuw probeert te gehoorzamen. Ze zoekt steun bij het nachtkastje. Ze wil hem helpen zijn lichaam recht te trekken. Maar ze schiet uit en maait alle flesjes weg, de lege en de volle. Hij hoort er breken. Liggen er veel scherven? Zal hij eroverheen moeten kruipen? 'Dat moet dan maar,' denkt hij, 'ik moet tot in die badkamer geraken...'

Hij ziet zijn stuurloze hand opnieuw naar het kastje slaan, met een brede uithaal en met alle kracht. 'Niet zo,' denkt hij, 'niet doen...' Zijn hand raakt het kastje op een hoek, het wankelt en valt om, er kraakte iets – het kastje of zijn hand? Hij voelt hoe zijn bewustzijn op het punt staat hem in de steek te laten. 'Houd vol...,' denkt hij, 'denk na... niet overgeven...' Hij hoort zijn mond lallen en knorren. Waarop moet hij zich concentreren? 'Spreek...,' denkt hij woedend, 'wees meester van je tong... denk na... laat vrij je haat... de sterkste emotie... geef niets gewonnen... haat en leef... sta pal...'

Hij laat zich in de kussens vallen en bijt zich vast in zijn bewustzijn. Misschien kan hij de medicijnen verslaan. Hij heeft nog de hele nacht te gaan. Morgenvroeg kan hij zich misschien opnieuw voldoende bewegen om met stille trom het pand te verlaten, zich tegen muren stuttend, zich aan elke deurklink staande houdend. Hij wil niet dood, niet zo. De koffer kan hij achterlaten, die is toch leeg. Hij moet enkel tot beneden geraken, er staan altijd wel taxi's voor de deur. Het kan. Maar dan moet hij koste wat het kost nu bij zijn positieven blijven.

Sporadisch onderbroken door spasmen en door af en toe een black-out, dwingt hij zich te blijven denken.

'Verman je, concentreer je... zoek vervloek verdoem... von clausewitz als eerste... shell-shock messerschmidt... ak-forty-seven... stalinorgels doodsmuziek... totalen krieg of snipers alley... booby-traps ahead... vernedering... denk na!... verval verfoei verwens... haat slapheid in geschrifte... c'est ça denk na... oui oui mais qui... maquis... markies... haat saint-simon!... alom geprezen fat en pad van pruik en poeder... wie van adel is wordt niet vanzelf geadeld... rancuneuze intrigantentrol, in zijn *mémoires* niet veel verder... na zelfs een wapenschouw in compiègne... relaas van rijke dis en puberaal gegniffel... de maîtresse van je vorst!... hoe is het mogelijk... niet overgeven... haat verraad... ga... la douce france... va!... men noemt het leger là... la grande muette... ein mystisches fest... van uniform en sekt... la guerre est une messe... l'armée est une promesse... een sfinx de woestenij... "il était beau, mon légionaire"... de eerste sporen van beschaving... "byzantium viel en rome"... en portici... en mafeking... de citadel van namen... heel de wereld juicht ons toe... mir fehlt das feldgrau nicht... we vluchten en we zijn de helden... dierbaar belgië... we lijden dus we winnen... les boyeaux de la mort, les boudins de mon sort... the war is but a mess... tien burgers in de buik geschoten... het duitse beest voor 't eerst gesmaald... de bibliotheek van leuven laait... de bebelplatz het hart van sarajevo... een psychiater schiet en schrijft gedichten voor de kleuters... uitroeien die beesten!... niet overgeven... houd je haat... hoezo, "de gruwel"... leef dan toch... wat ben ik dan? hoe heet ik nog?... nemesis, new mexico... also known as: arthur flegenheimer... home sweet home... lulu rozencrantz war auch dabei... alexander shaka rommel next... vecht dan toch denk na... waar scherm ik mee, wat zijn mijn wapenen... le sort des armes... a thousand sorties over nightly bagdad... de nacht is als een vrouw... dat het een vrouw moest zijn die hadrianus pende... livre de chevet... "het leger is mijn handwerk"... roi des rois... "verheven tucht"... zo goddelijk getrouw... alleen maar marguerite en martha... next!... het groot verhaal is dood... "i told you so"... ecce palinurus... "ziehier de heer en hoor zijn haat"... no sweet surrender sir... say nuts... beroofd van makkers, ik, door dichters niet geloofd... slechts connoly journaille... slechts hij die zei... "dichters discussiërend over oorlogspoëzie?"... sang froid, m'n kloten... "jakhalzen die grommen over opgedroogde bronnen"... *ik grom, ik grauw*... kere weerom and take me to the purple sea... voer mij naar de antieke kusten, toe... toen vechten krijgskunst heette... het front geen front maar strijdtoneel... "wilde ares"... woeste mars... "ik ben de zoete vrede moe"... o vecht dan toch... en zoek vervloek... denk na dan... next!... byzantium, you say?... "a starlit or a moonlit dome disdains... the fury and the mire of human veins"... next!... een pen het zwaard en omgekeerd... lord byron... thucydides... rozanov... in ons leven schrijft rozanov... *apocalyps van onze tijd*... hebben wij russen kruisjes geslagen... hebben wij gebeden... iconen gepenseeld... hebben wij hosties... processies... en dan komt de dood en wij... we gooien alle kruisen van ons af... russen sterven als komedianten... de russen zijn acteurs... en wij dan... russen van west-europa... noordzeeslaven polderkozakken... negers van het noordelijk halfrond... verkavelingsplastiek... "geen overgaaf geen morzel gronds"... laat je niet gaan!... "het zwaard dat mij zal doden is gereed"... also sprach augustinus... "acta fabula"... afgelopen, of zijn de feiten fabels... boek der boeken *toverberg*... "de dood wordt schromelijk overschat"... next!... "ich bin ein mensch gewesen und das heisst ein kämpfer sein"... *das buch des paradieses*... goethe und kein ende... see you in the mess... und das heisst... dat alles is begonnen met de dood van boudewijn... "in hoc signo vinces"... appelboom... "on dit que dieu est toujours pour les gros bataillons"... voltaire op z'n best... niet overgeven... next...'

En de kolonel geeft niet over. Alsof zijn lichaam wraak wil nemen omdat het niet mag braken, verzamelt het zijn krachten en maakt zich op voor één finale stuip. Zijn romp wordt voor het laatst naar voren geworpen, zijn ingewanden samenknijpend. Alle schuim en gif, alle levenssappen, moed en macht, verlaten hem in één gloeiend hete, onhoudbaar spuitende straal. Niet langs zijn mond.

De kolonel weet wat er gebeurt, hij hoort het obscene geblubber, hij voelt de warmte waarin hij, terug in de kussens geworpen, is komen te zitten, hij ruikt de kwalijke odeur die opstijgt uit zijn schoot. Een kwade droefheid dreigt hem te bevangen maar hij geeft er niet aan toe. 'Daar gaan dan toch de overtrek en de matras,' dwingt hij zich te denken.

Maar hij sluit wel zijn ogen om het kruis van zijn uniformbroek niet meer te hoeven zien. Hij slaagt er zelfs in zijn hoofd op te tillen en het achterover op de kussens te rusten te leggen, de ergste geur ontwijkend. 'Dan ga ik maar...,' denk hij, 'geheven hoofd... getrouw aan waar ik steeds voor stond... audax viribus... en alle waarden weerloos... what is next?... l'union qui fait la force?... bien oui... al staat men zo alleen... de eendracht maakt de macht...'

Met deze woorden op zijn van koorts en barbituraten gezwollen lippen geeft kolonel in ruste Chevalier-de Vilder eindelijk de geest. Na twee uur doodsstrijd. En in een peperdure suite die, de verse rozen ten spijt, begint te stinken als de hel.

Het is twee weken voor Katrien Deschryver uit haar cel ontsnappen zal.

3

DAGBOEK VAN EEN VERDACHTE (II)

Zag ooit een meisje van zo weinig lentes een spoor van bloed, zo rein, zo bloesemrood als dat van jou? Voorheen had ik maar zelden bloed gezien. Geronnen werd het donkerder en schilferig. Stempel van schuld. Voorbode van meer.

Het was tante Madeleine die het van mijn hand waste. Madeleine, de harde van de drie. Zij huilde opeens meer dan tante Milou en tante Marja samen, en meer dan Steventje deed. 'Wat heeft je zusje nu weer uitgespookt?'

Ons Steventje hikte van de schrik, de schok, de schande. Hij had erbij gestaan. Hoe vertelt een kleuter een flits na? Niet. Zeker niet ten overstaan van een dozijn agenten en een briesende pa.

Ik zweeg. Ik slikte de verwijten. Er zijn momenten dat zwijgen de beste tolk is. Wij zijn geen volk dat te koop loopt met zijn leed. ~~Ook ik zwaai niet met mijn ellende als met vlaggen.~~ Ik hul mijn lichaam in een kamerjas en hurk neer op een oude fauteuil. Pas dan ben ik voltallig. Verzoend, verlegen, vrij. Eindeloos mij.

Ik verlang naar je stem die ik mij niet meer herinner. Hoe klink je nu? Heser, voller – prima. Heb desnoods een vreemd accent. Kom van een ander continent. Dat mag. Dat kan. Geen enkel spoor betekent heel de wereld. Beheers je wel een taal? Kun je lezen wat hier staat? Je rookt misschien wel sigaretten met kruidnageltabak. Of nee, je ruikt naar terpentijn. En je kunt nog knipogen. Dat moet.

Is je huid bruin? Zoals het vel op hete chocolademelk. (Daar hield je van.) Heb je zanglessen gevolgd? Zijn je vingernagels ingevreten door cement? Je kan om het even wat zijn, en bijna iedereen.

Je bent lang, dat spreekt vanzelf. Je kin heeft een blauwe schijn als die van Steven en Bruno – een broer is een broer is een broer. Wat in bloed kruipt, gaat er nooit meer uit. Kijk naar de bijna-dwergen: ik, de tantes, Gudrun. Kijk naar de reuzen, pa en ome Leo, zie hun kinnen. Zelfs geschoren zijn dat mannen met baarden. Mannen met klauwen.

(Onze slager had zelfs haartjes op zijn neus. En op de rug van zijn hand. Met de top van zijn wijsvinger duwde hij een balletje gehakt in mijn mond. Hij raakte mijn tong aan maar de gouvernante zei niets. Rauw vlees met vet en kruiden. Proefde ik zijn vinger of het rundsgehakt? Ik durfde niet te bijten.)

Hoe zal ik je herkennen? Je had geen moedervlek onder je rechteroor of op je schouder, geen missend vingerkootje. Geen littekens. Nog niet.

Misschien hebben we al eens in een rij gewacht, achter elkaar, voor de een of andere kassa, en telde ik de haartjes die krulden in je nek. Ik ben geobsedeerd door de nekken van jongemannen. Ze bergen geheimen. Ze maken triest. ~~(Dat, en de ogen van een paard.)~~

Maar ik kan toch niet aan elke jonge snuiter vragen waar hij vandaan komt, alleen omdat hij lijkt op een kind dat ik mij na meer dan twintig jaar nog amper voor de geest kan halen?

'Wanneer verklap je iets waar ik wat mee aan kan vangen,' zuchtte De Decker in zijn werkhol. Hij had al meer dan de helft van Katriens gevangenisdagboek gelezen en wijzer was hij niet geworden. Kwader wel. 'Vertel me liever wie je vanmorgen heeft helpen ontsnappen. Namen, afspraken, bedragen onder de tafel. Dát wil ik lezen.'

Hij legde het papier – een stuk gekreukelde, beduimelde geschenkverpakking – bij de gelezen stapel. Niet nadat hij er eerst even aan had geroken. Een vaag aroom van chocolade. Van wie had ze die gekregen? Of had ze alleen de verpakking bemachtigd? Over dat soort zaken zweeg ze.

Hij had kou, zijn cognacfles was leeg, zijn sigaretten waren bijna op, zijn geduld helemaal. Maar stoppen met lezen deed hij niet. Een mens wist maar nooit. Hij had al eens een moordzaak opgelost dankzij een haar. Eén enkele, stugge, krullerige schaamhaar die op de passagiersstoel tussen zitting en leuning was blijven steken en die door ieder van zijn collega's over het hoofd was gezien – bewust of niet, daar had je steeds het raden naar met die mongolen.

Akkoord, op het proces was de haar spoorloos gebleken. Verloren gegaan in de archieven van het Paleis van de Rechtvaardigheid, die zo lek waren als zijn schoenzolen. De beklaagde was vrijuit gegaan. Moreel had De Decker zich de overwinnaar geweten. Hij had zijn werk gedaan. Hij kende de waarheid. Op gevolgen had hij nooit gerekend.

Toen niet. Nu wel. Nu had hij een bom in handen. Hier zou niemand nog naast kunnen kijken. Dit was het dossier der dossiers dat met één zeisbeweging alle kaartenhuizen van bedrog en zwendel van de tafel zou maaien. Het enige wat hij moest doen was: niet opgeven. Zoeken tot hij weer die ene haar vond.

De speld in het korenveld. De mier op het plankier.

Mannen met baarden. Met rimpels die vertrekken uit elke ooghoek. Mannen met paarden en een cowboyhoed en een sigaret. ~~Mannen met zwaarden die verzen citeren, galmend in een leeg theater.~~ Altijd mannen.

Er was er één, nog geen jaar geleden, in de bus. Normaal waag ik me niet in het openbaar vervoer. De valstrikken zijn te talrijk. Die vent was het beste bewijs. Zijn blik alleen al dwong mij. In zijn gedachten was ik de verpersoonlijking van het verraad. Zijn snor trilde. Hij keek naar mijn benen en hij haatte me. En ik wilde prompt gehaat worden door hem. Ik had wel kunnen huilen. Was hij niet drie haltes voor mij afgestapt, hij had me op de knieën gekregen voor een publieke biecht.

Maar jij kon het niet zijn. Daarvoor was hij te oud. Of bestaan er toch plekken op onze aarde waar men sneller vervalt dan hier? Waar de zon door de ijlheid van de lucht verandert in een magnetron? Welnee. Jaren zijn jaren. En hij hinkte bij het uitstappen. Ik zag hem waggelen naar een krantenkiosk. Heen en weer, weg en weer. Een marionet. Een eend met een snor. Ik wil niet dat je mankt. Is dat te veel gevraagd? Geen chirurgie. (Ook niet dat je loenst. Alles kwam vanzelf goed. Dat moet.)

Gisteren zag ik een cipier die van ver geleek op jou en je gedaante die mijn nachten vergalt. (Zoals in dat gedicht, 'Geliefde schaduw, wrede schim'.) Maar cipier kun jij niet zijn. Van alles maar geen bewaarder van mensen, meester van vee. Zoals ik ben, hier. Een dier. Zottin, een snol van God. ~~(Wat is het vrouwelijk van Don Quichot?)~~

Ik, die niet spreken kan, ik moet op woorden leren zuigen als op zuurtjes. Als op dode vliegen. Niemand vertrouw ik nog. Mijn gevangenis zít vanbinnen, zeg dat wel. Oh hersencel. ('Mijn gesel, mijn gezel.')

Genadeschot.

Gezwel.

Ik word nog eens gek van al dat stoofvlees met puree.

'En ik word nog eens gek van jouw gezwam,' dacht De Decker, de slinger van velletjes wc-papier weer oprollend waarop Katrien deze aflevering van haar epistel had neergepend. 'Broertje, broertje,' mopperde hij, 'bespaar me dat misbaksel.' Er bleven nog maar twee papieren over. De kans dat hij een bruikbaar aanknopingspunt vond, werd almaar kleiner. Niet één naam had Katrien zich al laten ontvallen. En wat De Deckers bitterheid nog vergrootte: ook zijn naam had ze nog niet één keer vernoemd.

'Ik heb haar al een dozijn keer verhoord, ik weet alles van haar en zij weet dat ik het weet. En nog gunt ze me niet één alinea waardig. Niet één vermelding. Het lijkt of er niets gebeurd is. Alsof ze me direct vergeet zodra ik uit haar gezichtsveld ben verdwenen. Wat wil ze? Dat ik haar nog harder aanpak? Geen probleem. Ze zal dan wel over me schrijven. Als ze nog schrijven kán.'

Hij nam het op een na laatste dagboekdocument beet. Het was een in vieren gevouwen blad dat duidelijk van een kalender afkomstig was. Kwaliteitspapier, vierkleurendruk, groot formaat. Het bleef een raadsel hoe Katrien aan dit blad was geraakt. Zelf had ze in haar cel geen kalender hangen.

De Decker plooide het blad open maar bekeek eerst aandachtig de foto op de bedrukte kant. Misschien stond ook daar iets op geschreven dat bij een vluchtige blik aan het oog ontsnapte... Om Willy De Decker te bedotten moest je van goeden huize komen. Een tropische vis zwemt, in het midden van het blad, van de kijker weg, het mateloze blauw tegemoet. Zijn staartvin krult, zijn borstvinnen hangen neer met veel oranje en geel en rood, zijn kop is onzichtbaar. Onder de vis staat een dubbele spreuk: 'Le parfait bonheur vise la profondeur silencieuse' en 'Volmaakt geluk verroert geen vin'. Bovenaan staan, horizontaal op een rij, de namen en de nummers van de dagen. Verder niets.

De Decker draaide misnoegd het blad om. Het glanzend witte oppervlak was van boven tot onder volgepend. Dit was met gemak Katriens langste tekst. En al meteen in de eerste alinea zag hij dan toch zijn eigen naam prijken. Hij wist dat het onzinnig was, en deontologisch zelfs laakbaar, maar zijn hart sprong op. Hij begon gejaagd te lezen.

Al na vijf regels liep zijn trots leeg als een binnenband.

De beste grappen zijn niet om te lachen. Ik schoot mijn impotente man dood omdat ik dacht dat hij een geil varken was. Iedereen zag hierin zozeer een moord dat ik het niet langer kon ontkennen.

Maar De Decker zoekt het verder. Voor hem is ieder voorval een valstrik in een complot. Hij is krankjorum. Of nee – te beklagen. Er zijn dichters overal. Zelfs bij de politie.

Gisterenmiddag troont hij mij mee naar buiten, na dagenlang isolement, en brengt mij onder begeleiding naar het Paleis van de Rechtvaardigheid. Daar word ik langs de dienstingang binnengesmokkeld, linea recta richting Raadkamer. Eén minuut volstaat voor het vonnis. Ik blijf in voorarrest. Dan gaat het weer naar buiten. Maar langs de grote poort dit keer.

Onvoorbereid word ik voor de leeuwen gegooid. In de hal. Hoog, breed, monumentaal. Geen theater evenaart deze arena. Advocaten doen dienst als tragediekoor, passanten als publiek of medespelers. De paparazzi (figuranten, morrend volk) verdringen elkaar met gevloek en ellebogen. Ze verstijven kortstondig, één oog dichtgeknepen en hun toestel tegen het andere aangedrukt. Snelvuur van bliksemschichten, tussen marmer en arduin weergalmend als in de kathedraal van vroeger.

Wie heeft de televisie gewaarschuwd? Twee camera's zwenken. Hun glanzende muilen volgen mij overal. Er stijgt een collectief gegrom op, amper bedwongen gejank en gejuich. Een roedel wolven staat op het punt om zich te voeden. Een hert kan tenminste vluchten.

Criminelen mogen hun kop verbergen onder een jack. Ik heb geen jack. Ik sta weer weerloos, met mijn kou en mijn angst. Ik beef maar niemand die dat ziet, al zuig ik alle blikken op. ~~Draaikolk van commotie, wieling van spektakel.~~ We vorderen voetje voor voetje in de richting van de verlossende poort.

Buiten, op de bombastische trappen (alleen de rode loper mankeert), wordt er naar me geroepen als naar een rockster. Waarom heb ik uitgerekend op het uitvaartmaal bekend? Waar houdt pa zich schuil? Alsof ik dat weet. Een vrouw met een bandrecorder vraagt wat er door mij heen ging na het schot. En of het waar is dat Dirk mij bedroog. Wat voor een vrouw stelt zulke vragen aan een weduwe?

Voor een der fotografen houdt De Decker mij staande, legt ongevraagd zijn arm over mijn schouder en knipoogt naar de man. Nog meer flitsen. We staan precies in het midden van de trappenrij. Een decor als van een opera. Alle fotografen drukken af. Van alle kanten word ik geregistreerd aan de zijde van mijn kwelgeest. Wat moet ik doen? Als ik naar de grond kijk, word ik zijn buit, een slavin. Als ik naar hem opkijk, word ik medeplichtig, een bewonderaarster, minnares. Als ik in een lens kijk, word ik zijn gelijke, misschien zelfs meerdere – Cleopatra naast Antonius, Bonnie naast haar Clyde.

Elke foto verraadt en schaadt me. Ze steelt mijn ziel en bedelft mij onder zoveel ikken dat ik eronder stik. Ik stink van angst. Ik ben er niet. Het flitsen gaat maar door.

De Decker en zijn mannen brengen me naar een Renault en rijden me, de pers afschuddend, in een noodgang naar de binnenstad. Naar een ontruimd bordeel.

Het is de eerste keer dat ik een hoerenkast aan de binnenkant zie. Kast is het juiste woord. Het kamertje waar De Decker mij induwt, is niet veel breder en maar een paar meter dieper. Er is een meisje omgebracht. Het pluche van de sofa waarin ze werd gevonden vertoont donkere vlekken. De Decker somt de attributen op. Scheermesjes, nylonkoord. Een verstikkende prop gemaakt van zakdoeken met de afbeelding van Maria, moeder Gods. Een oergodin met stralenkrans. De Decker laat mij een van de zakdoeken zien. Hij is nat en smerig en verpakt in een plastic zakje. Ondanks de vlekken is het aureool van de Moedermaagd goed zichtbaar.

Wat denk ik ervan, vraagt De Decker. Heb ik ooit zo'n zakdoek gezien? Ik herken niets en ik denk niets. Behalve dat ik niet begrijp dat er mensen bestaan die hun neus willen snuiten op het gezicht van de moeder van hun God. Laat staan dat ze zo'n zakdoek in de mond proppen van een stervend meisje.

De Decker toont me foto's. Een tenger vrouwtje. Aziatisch, eeuwig kind. Haar handen lijken op de mijne. Haar sluik haar werd ruw afgeknipt en op de vloer gegooid. Haar ingewanden liggen naast haar op de sofa. Haar ene ooglid is verdwenen. De inkervingen op haar bovenarm lijken een woord te vormen.

Wat denk ik ervan, vraagt onze dichter. Ik weet niet wat ik denk. Ik weet niet eens haar naam. Wat moet ik denken? Dat arme kind – verder kom ik niet. Maar De Decker begint me uit te dagen. Vind ik ook niet dat het woord op haar arm veel lijkt op 'Manitoe'? Hij duwt me een uitvergrote foto in het gezicht. 'Dit hier is de m en dit hier is de t. Voilà.' (Ik zie geen letters, ik zie krassen.) 'Het staat er: Manitoe!'

Zijn twee collega's, die bij het schuifdeurtje zijn blijven staan, kijken de andere kant op.

'Kijk dan toch!'

Hij slaat me met een vlakke hand in het gezicht.

Ik sta daar maar, in dat bordeel. Twee voorbijgangers gooien een blik door de vitrine en kunnen mij zien staan – geboeid, belaagd door een man in een slordig pak. Wat denken ze? Ik krijg niet eens een stoel aangeboden.

Ik ruik De Deckers adem – oploskoffie en Gitanes; ik voel zijn spuugvlokjes op mijn gezicht. Hij legt de foto's ter zijde en haalt de fotokopieën te voorschijn van Dirks blocnootjes. Weer priemt zijn vinger, met een nagel geel van de nicotine: 'Rara, wat lezen we hier? Manitoe.' Hij kijkt me aan, in triomf en leest nog meer namen op. Wie zijn Barrelach en Balderic? En – zo wil hij weten – in ruil waarvoor vervalste Dirk de boekhouding? Had hij iets ontdekt of juist toegedekt?

Weet ik veel. En wat ik weet kan ik niet zeggen. Ik probeer niet eens. Ik pas. Ik ben niet waar ik ben.

De Decker, wit van woede, stuurt zijn mannen weg, gooit de deur van het kamertje dicht en buigt zich naar mijn oor. Ik haat het als hij fluistert. Ik voel het kloppen in mijn borst.

'Ik smeek je, Katrien,' zegt hij. Het klinkt gemeend. Het is gemeend. Dat verwart me aan hem het meest. 'Spreek toch. Gun jezelf die bevrijding.' (Bevrijding – ik die handboeien draag.) 'Dwing mij niet tot grove middelen.' (Ik, hem dwingen. Hij is twee koppen groter, hij draagt een revolver.) Hij fluistert voort. Een lijst van meisjesnamen. Waar en hoe ze werden omgebracht. Sommigen minderjarig, allemaal misbruikt. 'Het is geen toeval meer maar een systeem. Een symptoom.'

Hij legt een hand op mijn voorhoofd, probeert mijn blik te vangen en fluistert dat die ene kindermoordenaar die ze hebben opgepakt, slechts dienst doet als een zondebok. 'Maar een De Decker laat zich zo niet vangen,' zegt De Decker. 'De grote vissen zullen niet ontkomen. Niet deze keer.' Hij haalt een verkreukelde foto uit zijn binnenzak te voorschijn en duwt ze mij in het gezicht. Ze is grofkorrelig. Ik herken drie kwabbige mannen tussen een dozijn meisjes, in alle houdingen van drift en lust. Hij streelt me met de foto over de wang. 'Kijk,' zegt hij, 'hoe mooi ze zijn. Uit alle hoeken van de wereld. Drie van hen al dood. In stukken teruggevonden, in plastic vuilniszakken.' Hij kijkt grimmig, maar zijn stem klinkt anders: 'Jij zou het kunnen zijn. Het zou jou kunnen overkomen.'

Ik ben eerlang veertig maar hij spreekt me toe als was ik maar een kind. Misschien heeft hij gelijk. Misschien ben ik gestopt met groeien, op mijn twaalfde, veertiende, waarom niet? De natuur probeert van alles uit. Had ze dat niet gedaan, was onze soort niet eens ontstaan.

De Decker streelt mij over de hals. Hij wijst naar een hoek van de foto. 'Herken je die schim niet, met dat blondje op zijn schoot?' Zijn lippen raken mijn oor. 'Je wilt toch niet beweren dat jij je eigen nonkel niet herkent?'

Ik herken niets. Ik zie een schim. Een schim kan Jan en alleman zijn. ~~(Elke leptosoom van rond de vijfendertig: jij.)~~ 'Het is een netwerk,' fluistert De Decker. 'Hooggeplaatsten, militairen, er is sprake van een bisschop, zelfs iemand van het hof.' Hij bezit nog meer foto's, zegt hij. Van een kasteel in de Ardennen. Hij streelt mijn rechterhand en vertelt dat 's nachts in het kasteelpark wordt gejaagd met kruisbogen en honden. Het wild wordt uitgekleed en krijgt een halfuur voorsprong. 'Begrijp je dat, Katrien?' Zijn stem smeekt en dreigt tezelfdertijd. 'Begrijp jij dat?'

Ik begrijp. Hij weet het. Hij kwelt met voorbedachten rade. Zijn archief. Hij weet alles over iedere Deschryver. Alles over mij. Hij sart mij met mijn nachtmerries. Wie is hij toch?

'Waar denk je aan, Katrien?' vraagt hij. Hij klemt het haar op mijn achterhoofd in zijn vuist en begint het naar achteren te trekken. Mijn hoofd geeft mee tot het niet meer verder kan. 'Aan wie?' Zijn stem klinkt klaaglijk. Hij trekt nog steeds aan mijn haar. Ik verlies net niet mijn evenwicht. 'Aan hem, nog steeds?' Hij weet het. Zie je wel. Hij noemt jouw naam. 'Hoe is dát in zijn werk gegaan? Als je dan toch aan het praten slaat! Begin maar eens met hem.'

Hij noemt de naam die ik in zo lang niet heb gehoord. Uit zijn mond klinkt het als een vloek. Hij vloekt opnieuw: jouw naam.

Terwijl hij dat doet, verliest hij de controle over zichzelf. Hij lost mijn haar en slaat me op de vloer neer. Ik val op mijn zij. Het duizelt me. De Decker heeft er spijt van, dat voel ik, overweldigend, bedreigend. Hij trekt me overeind en wil mij troosten. 'Het is je eigen schuld.' Zijn adem gaat sneller. 'Spreek dan toch!' Waarom voelt hij zich zo nietig naast uitgerekend mij? 'Wie gaf de opdracht? Heb je wel zelf op je man geschoten?' Hij huilt en draait mijn arm om. Hij klinkt alsof hij het is, die wordt getergd. Mijn lijf spant zich in de hoop de pijn op te vangen. 'In welke branches marchandeert je nonkel, behalve in tapis-plain?' Ik voel iets kraken in mijn schouder. Ik ruik de weeë lucht van de sofa van het meisje. 'Is je ouwe niet het brein?' Nog even en ik bezwijm. 'En wat is de kleine groene zee van marmer?' Het scheelt weinig of hij barst in snikken uit. Ik knipper met mijn ogen, ik voel een straaltje kwijl dat naar mijn kin kruipt. 'Je vraagt erom.'

Ik ben verloren. Ik besta alleen uit pijn.

Dan zie ik hem. Hij staat achter het glas.

Buiten op de straat. Eindelijk.

Hij kijkt naar ons.

De garnalenvisser.

Hij heeft er nog nooit zo slecht uitgezien.

De garnalenvisser oogt gekwetst en ziek. De lichten van dit district spelen ook nog eens mistroostig over hem heen – rode vlekken, purperen plekken, neon, blauw en geel. Wat is hem overkomen? Zijn koortsige ogen lossen de mijne geen minuut. Hij is alleen. Zijn paard, de gigantische knol met de twee manden aan het zadel en met de verweerde oogkleppen en een knot in plaats van een staart – het is verdwenen, samen met het sleepnet dat knisterde van de duizenden garnalen, pas gevangen, klaar voor de kook... Zijn ze dood?

De garnalenvisser draagt zijn oranje zuidwester niet, en evenmin zijn gele gabardine, alleen een sleetse jagersjas. Zijn baard is onverzorgd, zijn haar te lang, een paar slierten kleven op zijn voorhoofd. De geur van zout en zeesterren die hem altijd vergezelt heeft plaatsgemaakt voor de stank van drank en zweet, die door het glas heen dringt. Als ik zijn blik niet herkende, zou ik denken dat het om een dronken zwerver ging met een gezwollen oog en korsten op zijn lippen. De kleurige neonvlekken glijden over hem heen. Gulpend, openbloeiend licht, zoals de blubber in een lavalamp. Maar zijn ogen zijn onmiskenbaar die van hem. Zodra ik die heb herkend, sterft de stem van De Decker weg, samen met mijn pijn. Het begint in mij te zingen en ik stroom vol balsem. Mijn lijf blijft dubbelgeplooid maar ik jubel. Het laatste wat ik de wegzinkende stem van De Decker nog hoor janken is: 'Waarom doe je me dit aan?' Dan is het stil en word ik niets meer gewaar. Gehypnotiseerd door de garnalenvisser.

Wat is er met het paard gebeurd? Ik wil iets vragen, het lukt me niet. De garnalenvisser gebaart mij te zwijgen. Hij wrikt de knopen van zijn jagersjas los, grijpt met beide handen de revers beet en spreidt de armen. Hij is naakt. De neonverlichting ten spijt, is de verwoesting maar al te goed zichtbaar. Levervlekken ontsieren zijn buik. Z'n borsthaar en schaamhaar zijn grijs en plakkerig. Zijn linkerzij is gekneusd van oksel tot bekken, zijn knieën zijn geschaafd. Hij heeft een open zweer aan de binnenkant van zijn ene dij. Wat ik daarnet niet voelde toen mijn arm werd omgedraaid, voel ik nu: er vloeit iets over mijn wangen. En toch zingt het nog steeds in mij.

Een eeuwigheid ratelt voorbij. Een beest, iets tussen hond en wolf, begint achter mij te blaffen en zwijgt even plotseling. Er klinkt een geluid als van een haardvuur dat wordt uitgeblazen door een luchtverplaatsing zonder explosie. Dan schudt de garnalenvisser het hoofd, vertraagd. Hij beweegt zijn mond. Hij spreekt.

Ik hoor niet wat hij zegt maar zijn woorden verschijnen in lichtende letters op het glas. Dwars over zijn gehavend en versleten lichaam heen vormen ze deze woorden, op het glas: 'Wanhoop niet. Ik bid je. Wanhoop niet.' Daarna, terwijl hij in slowmotion zijn jas weer sluit en zijn mond nog steeds beweegt, verschijnen de woorden: 'Ik zag hem. Blijf nu sterk.'

Dan is hij verdwenen in het rode neon en begint de pijn in mijn lijf terug op te zetten. Nog even en ze is weer hels. Ik hoor De Decker al iets roepen in de verte, vlak naast mij, recht in mijn oor. 'Spreek dan toch. Negeer me niet.' Het laatste wat ik zie zijn zevenentwintig brandende letters, knetterend en oplichtend in een veld van neon. Ze vormen woorden op de smalle hoerenvitrine.

'Blijf hopen. Blijf hopen, Katrien.'

4

MELK EN MAYONAISE

PAS TOEN HIJ ZIJN LAATSTE ZUCHT HAD UITGEBLAZEN, zijn lippen met murmelen waren gestopt en zijn gekneusde hand, tot klauw verkrampt, met trillen was opgehouden – het nerveuze ritselen op de overtrek viel eindelijk stil – herwon Yves Chevalier-de Vilder de vitaliteit waarvoor hij bekend had gestaan in ieder regiment waarin hij had gediend. Zijn lichaam, verstijvend en leeg, bleef liggen op het hemelbed van hotel *Victoria*; hijzelf veerde kwiek en sakkerend op en mat in een oogopslag de schade.

Het nachtkastje was gehavend uit de strijd gekomen, het deurtje vertoonde een barst, de frigidaire lekte. De val had ook nog eens een flesje gebroken, in het parketvernis een kras trekkend waarin likeur sijpelde, gifgroen en bijtend van zoetigheid. 'Maar waar komt die stank toch vandaan,' dacht hij, om zich heen kijkend. Zijn oog viel op het bed dat hij nog maar pas had verlaten.

Een schokkend ouwelijk kadaver staarde terug. Met een grauw hoofd dat achterover op de kussens rustte, met open mond en lege ogen. Met de armen wijd uiteen, als imiteerde het een martelaarsbeeld, en met de rechtervoet curieus verdraaid. Het hemd half doorzichtig van het zweet – of was het al van reeuw? De sneeuwklokwitte broek was in het kruis besmeurd en baadde bij de billen in een plasje bloederig bruin vocht dat slechts druppelsgewijs in de prachtige zijden overtrek leek te trekken.

Toen pas drong het tot de kolonel door. Hij was even dood als de meeste schrijvers die hij in het hart had gedragen, en even overleden als alle veldheren die hij had verafgood. Hij had het zijnde voor het niet-zijnde geruild maar van het ene naar het andere rijk verhuizend was hij niet onder een triomfboog door gelopen, zo te zien.

En terwijl hij vroeger nooit bij de pakken was blijven neerzitten, hij elke tegenslag met een tegenaanval had vergolden, hij klaar had gestaan – al was het hem nooit vergund geweest het te mogen bewijzen in een open treffen – om voor zijn land te strijden tot zijn laatste zucht, zonk hem bij deze aanblik het lood in de schoenen. Hij hoorde een snik. Het was zijn borst waaruit die opwelde.

Hij stond op het punt om in schreien uit te barsten.

Het had iets met dat doodgaan van hem te maken. Zijn onverschrokkenheid sloeg om in hartzeer, even schielijk en onherstelbaar als melk zou schiften in thee met citroen. Zo is het, dacht hij – zich een allerlaatste grijns ontlokkend met de inzet van zijn allerlaatste grein aan flegma – ik ben verdomme aan het kabbelen. Ik val twee keer uit elkaar. Een keer in den lijve en een keer in de geest. Pas nu ik dood ben en er niets meer valt te vrezen, vrees ik de dood het meest en grien ik als een bakvis bij de dood van haar idool. Bij die gedachte brak hij pas goed in tranen uit.

Zijn hele leven had hij zich in offervaardigheid geoefend. En niet alleen zichzelf. Generatie op generatie jongemannen had hij, als onderdeel van hun opleiding, ervan proberen te doordringen dat het de moeite loonde je leven op het spel te zetten voor idealen die groter waren dan jezelf. 'Het gaat om eeuwige grondbeginselen,' had hij hun voor de voeten gegooid – bij voorkeur na een geforceerde dagmars, terwijl de dienstplichtigen stonden uit te hijgen, benen wijd, handen op de rug, hun blik op de blinde muren die het exercitieterrein afbakenden. 'Tijdloze waarden, waarvoor het gros der stervelingen de neus ophaalt omdat ze te infantiel of te imbeciel zijn om ze te bevatten.' Stervelingen, infantiel – hij genoot ervan hen om de oren te slaan met woorden die ze weinig hoorden. Op het laatst, vlak voor de afschaffing van de dienstplicht, waren er jongens bij geweest die bijna drie keer jonger waren dan hij. 'Slechts enkelen onder jullie zullen ze leren te respecteren, daartoe gelouterd door de twee strengste der leermeesters, de scha en de schande.' Zoals zijn stem dan over het exercitieterrein kon rollen, door de bakstenen muren weerkaatst... Hij had er vaak zelf kippenvel van gekregen. Dat timbre. Die rust, die de rekruten zichtbaar op hun ongemak stelde. 'Ik noem ze de wortelende waarden.' Wat een vondst. Het klonk misschien als een landbouwterm maar toch hield hij ervan. Heerlijk stafrijm. 'En de wortelende waarden zijn het verdedigen waard. Ze onderscheiden de mens van de mossel.'

Tot voor vannacht had dat credo het fundament gevormd van zijn trotse doodsverachting. Nu, zelf ontslapen, verachtte hij de dood niet meer. Hij zag zijn lijk liggen en hij vond de dood iets groots en geheimzinnigs. Een niet te doorgronden mysterie waarnaast al het andere tot nietigheid verviel, van vrijheid tot vaderland, van literair meesterwerk tot uniform. De dood was hem te groot.

Maar daardoor werd ze, in haar uitwerking, ook zo bedroevend klein. Wat lag daar nu op dat bed? Hij kon er alleen maar een insect in zien, door een hand terloops tegen een muur platgeslagen. 'Ik ben het zelf,' jammerde hij, terwijl hij op het bed ging zitten, naast zijn stoffelijke resten. Hij probeerde het zweet weg te vegen van zijn reeds koud aanvoelende voorhoofd. 'Niet eens een mossel, meer een mug. Hoe schrijnend, hoe absurd...'

Hij wilde zijn jeremiade hervatten toen hij achter zich twee stemmen hoorde. 'Wat zit je te janken, kerel,' zei de eerste stem, een man. 'Aan je overblijfsels te zien heb je hoe dan ook twintig jaar te lang geleefd.' 'Tut-tut,' zei de tweede stem, een vrouw. 'Ik vind hem juist een hele pronte vent.'

Het waren Dirk Vereecken en tante Marja.

'WAT DOEN JULLIE HIER?' vroeg kolonel Chevalier-de Vilder. Hij herkende ze van foto's in de krant.

'Nee makker,' lachte Dirk, 'ik was eerst. Wat voer jij hier uit? Welke ramp heeft Katrien nu weer veroorzaakt dat jij er je pijp voor moet uitblazen?'

'Dirkske, let op uw taal,' zei Marja, 'die mens is nog helemaal van slag.' Ze ging, meelevend kijkend, naast de kolonel zitten en legde een bemoedigende hand op diens schouder. Het gemoed van de kolonel schoot meteen weer vol.

'Dan maar in het Algemeen Beschaafd,' zei Dirk. 'Wat heeft Katrien uitgehaald dat jij er je poeperd voor moest dichtknijpen?'

'Dirk toch,' zei Marja. Ze sloeg haar arm om de schouder van de kolonel. 'Hij heeft dat zo niet bedoeld, mijnheer.'

'Toch wel,' zei Dirk. Sinds de fatale jachtpartij in het Franse bos was de gramschap die zijn leven had vergald en zijn liefde voor Katrien had doen verzuren, omgeslagen in een vadsig geluk. Alles wat hij zag of hoorde klonterde aaneen tot iets hilarisch. De mayonaise der verrukking, noemde hij het graag. 'Ik bescheur mij om alles sinds ik dood ben. Daar moeten jullie maar mee leren leven.' Hij barstte weer in lachen uit.

'We moeten wij niets,' zei Marja. 'Biedt mijnheer uw excuses aan.'

'Nee,' zei de kolonel, 'hij heeft gelijk. Het is lachwekkend, mevrouw.'

'Zegt maar Marja,' zei Marja, hem in de ogen kijkend.

De kolonel slikte. 'Marja,' zei hij, 'aangenaam.'

'En dit hier is Dirk,' zei Marja, naar Dirk gebarend zonder haar blik af te wenden van de kolonel.

De kolonel knikte, eveneens zonder Dirk aan te kijken. 'Aangenaam, Dirk.'

Dirk stak zijn ene hand op en zei: 'Ook hoi.'

'En u bent?' vroeg Marja.

'Chevalier-de Vilder, kolonel. In ruste.'

Marja keek kwaad in de richting van de opnieuw proestende Dirk. 'Wat is daar nu weer komiek aan?' vroeg ze. 'Ik vind het niet om te lachen.'

'Ik wel,' zei Dirk.

'Ik ook,' zei de kolonel. 'Maar niet omdat het komiek is. Multatuli maakte het onderscheid al. "Humor wordt allerjammerlijkst verward met het komieke." Dat laatste is niet echt lachwekkend, volgens hem, omdat het plat is en eenzijdig.'

'Voilà,' zei Marja tegen Dirk. 'Plat én eenzijdig.'

'Maar hier is wel degelijk sprake van humor,' vermaande de kolonel haar voorzichtig. *'Humor ist, wenn man trotzdem lacht...'* Hij wees op zijn schoenen onder het bed en begon onbedaarlijk te wenen.

Marja met grote ogen aankijkend, tilde Dirk zijn handen in een verontschuldigend gebaar op als wilde hij zeggen: 'Nu doet hij het zelf, hoor.'

'Weet je waarom ik ze had uitgetrokken,' vroeg de kolonel. 'Raad eens?' Hij keek Marja somber aan. Die haalde haar schouders op. 'Om de zijden overtrek niet te bevuilen.' Hij begroef zijn hoofd in zijn handen.

'Ik mag er niet aan denken,' zei hij, 'dat ik hierheen ben gekomen met een lege reiskoffer. Het handboek raadde dat aan. Hotelgasten zonder bagage wekken achterdocht. Een lege koffer...' Hij keek Marja weer aan. 'Kun je je dat inbeelden? Ik heb de vier straten van mijn huis naar hier gelopen met een *lege* koffer in mijn hand.'

'Met een volle ware nog idioter geweest,' zei Dirk.

'Wat zegt ge?' dreigde Marja.

'Niets, niets,' zei Dirk.

'Ik heb eerst overwogen om mij voor een trein te gooien,' zei de kolonel.

'Ook met een lege koffer?' informeerde Dirk.

'Nee,' glimlachte de kolonel. 'Wel in uniform. Maar dat kon ik de machinist niet aandoen, vond ik. Hij komt tegen tweehonderd per uur aangescheurd en ziet plots tussen de rails een kolonel in gala-uniform op zich af marcheren. Het is te laat om te remmen en uitwijken kan niet. Dat moet vreselijk zijn voor zo'n man. Nog gezwegen over de lui van de onderhoudsdienst die je verhakkelde lijf moeten bergen. Maar kun je je voorstellen' – hij wees op het bed – 'hoe de werkster zich zal voelen als ze mij hier morgen vindt?'

'Dat is haar job,' zei Marja. 'Maakt gij u daar maar geen zorgen over. Als dat kind daar niet tegen kan, moet ze maar in de Sarma gaan werken.'

'Dan had ze mij eens moeten vinden,' pochte Dirk. 'Ik had ook in mijn broek gescheten maar bij mij lag ook nog eens de helft van mijn hersens naast mijn hoofd. En zo'n gat in mijn buik.' Zijn beide handen vormden een ring alsof ze een jonge boomstam moesten omvatten. 'Echt waar, ze mogen zich gelukkig prijzen met jou. De meeste militairen die zelfmoord plegen, komen binnen, steken de loop van een mitraillette in hun mond en halen de trekker over. Dan kom je er niet met één werkster. Bel dan ook maar een behanger en een stukadoor.'

'Wat bedoel je,' slikte de kolonel, 'met "de meeste militairen"? Ben ik niet heengegaan als een waardig krijgsman?'

'Stopt toch met tobben,' zei Marja, met een hand over zijn stoppelige kruin strelend, 'wat gebeurd is, is gebeurd.' Maar de kolonel keek nog steeds naar Dirk.

'Geef toe,' zei deze, 'als public relations is het een sof. Wat moeten de buurlanden niet van ons denken? Een paar pillen en vier flesjes sterke drank, en onze legertop ligt al op apegapen.'

'Dirk!' zei Marja.

'Hij heeft gelijk,' zei de kolonel, 'het is ridicuul.' Hij weende weer en liet toe dat Marja zijn hoofd sussend op haar schouder dwong en zowaar zijn ogen begon te drogen met een zakdoekje. 'Het spijt me,' zei hij, 'het is niet mijn bedoeling jullie met mijn tranen terneer te drukken, ze komen vanzelf, ik weet niet wat mij scheelt.'

'Dat geeft niet,' zei Marja, 'laat u maar gaan. Dat doe ik ook.' Ze kuste hem op de wang en bleef hem strelen.

'Maar wees toch blij dat je dood bent, kerel,' zei Dirk. 'Kijk naar mij. Ik was impotent, nu niet meer. Niet dat het veel verschil maakt, maar is het niet prachtig? Ik heb nooit zoveel lol gehad. De dood brengt het beste in de mens naar boven.'

'En het schoonste,' zei Marja. Ze kuste de kolonel kort op de mond. Hij keek haar verbaasd aan, met natte ogen. Ze kuste hem nogmaals, iets langer, en haalde haar schouders op. 'Bij leven en welzijn heb ik mij nooit tot een man bekend. Maar als ik had geweten wat ik nu weet en ik was u tegen het lijf gelopen, ge waart niet uit mijn handen gegaan.' Ze kuste hem opnieuw.

'Als ik stoor, moet je 't zeggen,' zei Dirk. 'Als ik erbij moet komen liggen, ook.'

De kolonel negeerde hem en liet zich de strelingen van Marja welgevallen. 'Ik weet niet waaraan ik dit verdiend heb,' fluisterde hij. 'Ik ben geen hoogstaand gezelschap als jou waard, Marja. En thuis zit mijn vrouw in haar eentje te wachten. Ik was te laf om haar hierin te betrekken, ik ben zomaar weggestapt. Na alles wat zij al heeft doorgemaakt met mij. En nu dit weer. Het is een schande.'

'Die dingen gebeuren,' suste Marja. 'Ik liet twee ontroostbare zussen achter.' Ze drukte haar lippen weer op de zijne.

'Zou ik haar niet gauw eens bezoeken?' vroeg de kolonel, tussen twee kussen in. 'Misschien kan ik nog iets doen voor haar.'

'Zoals wat?' vroeg Marja, zijn overhemd losknopend. 'Kalmeert u toch. Ik ben Milou en Madeleine nog altijd niet gaan opzoeken. Ik zou hun kommer niet kunnen aanzien. Alles op zijn tijd.' Ze nam de kolonel in haar armen, trok hem zachtjes achterover op het bed en begon hem uitgebreid te knuffelen. De kolonel liet haar begaan. Wel probeerde hij niet op te kijken naar zijn lijk, dat vanaf de troon van kussens hologig op Marja en hem neerkeek.

Dirk: 'Zou er iets op televisie zijn dat de moeite is?' Hij ging voor het toestel op de parketvloer zitten en begon te zappen. 'Ah! *Funniest home-video's*. Altijd leuk. Kleuters die op hun muil vallen. Nonkels die aan het stroomsnoer blijven plakken.'

'Jij bent te goed voor mij, Marja,' fluisterde de kolonel op zijn doodsbed. 'Ik heb niets te bieden. Het is zoals Erasmus schreef. "Hoe zal iemand, die zichzelf haat, een ander beminnen?"'

Marja: 'Wat is me dat voor gezever? Als er iemand is die liefde nodig heeft, dan is het wel degene die zichzelve haat, zeker?'

De kolonel: 'Wie heeft dat geschreven?'

Marja: 'Niemand. Dat zeg ik.'

De kolonel: 'Het is zo juist opgemerkt. Aangrijpend en verscheurend in zijn eenvoud. Ik krijg er hartzeer van.'

Marja: 'Ik ook, Yveske, ik ook, en ik weet daar alles van. Van ons gedrieën ben ik de enige die uit zichzelf is mogen gaan, dankzij mijn hartzeer om de bekentenis van Katrien.'

De kolonel: 'Dat is misschien nog het treurigste. Dat ik jou nooit had leren kennen zonder dat Katrien eerst Dirk had vermoord.'

Dirk, roepend voor de televisie vandaan: 'Katrien heeft mij

niet vermoord! Hoeveel keer moet ik dat nog zeggen?'

Marja: 'Het was een accidentje. De jacht is een rare, wrede sport.'

De kolonel, met open mond: 'Waarom heeft ze dan bekend?'

Dirk: 'Katrien is en blijft Katrien.'

Marja: 'Wie kan daar aan uit, aan dat meiske?'

De kolonel, wenend: 'Ik heb dus een stap opzijgezet vanwege een affaire die de nasleep is van een moord die er geen is?'

Marja: 'Daar heeft het een beetje de schijn van, ja.'

Dirk: 'Over welke affaire gaat het? De obussen?'

De kolonel: 'Plus de straaljagers. En de helikopters. En de raketten.'

Marja: 'Zouden we niet beter zwijgen of over iets anders beginnen?'

Dirk: 'Dan spuit de stront gegarandeerd tegen het vliegwiel. Ik geraakte daar in mijn eigen boekhouding al niet meer uit wijs.'

De kolonel: 'Dus ik heb een stap opzijgezet vanwege een zaak waar zelfs een professor in belastingrecht niet meer uit wijs geraakt?'

Dirk: 'Dat begrijp je goed.'

Marja: 'Ik snap er niets meer van.'

De kolonel: 'Dus ik riskeer de zaken alleen maar ingewikkelder te hebben gemaakt?'

Dirk, gierend: 'Dat is toch fantastisch?'

De kolonel, snotterend: 'Dat is humor.'

Marja, kordaat: 'Nee, het is genoeg geweest. Ge maakt mekaar nog zot. Zwijgt een tijdje, alle twee. Dat is veruit het beste.'

En terwijl haar aangetrouwde neef zich luidkeels vermaakte met amateurbeelden van verongelukkende huisdieren en bruidsparen; terwijl de kolonel in haar armen hete tranen stortte om zijn mislukte stap-opzij, om zijn vrouw en hun doodgeboren zoon; terwijl een geüniformeerd kadaver roerloos op hen toekeek; terwijl buiten op straat de metropool voortwoedde dankzij haar caféruzies, haar brandweersirenes en haar loeiende wind in nachtelijk lege lanen – was het Marja die in de peperdure suite nog als enige haar mondje roerde. Dat gezwollen zomerpruimpje van haar, met lippen zo klein en zo lief.

Ze kuste er haar kolonel mee, de man die ze bij leven en welzijn nooit had mogen ontmoeten en voor wie ze nu, op slag, in vuur en vlam stond. Ze kuste hem over zijn verhitte gezicht, over zijn ontblote borst, zijn voorarmen en de rest, en ze fezelde in zijn oor: 'Nog nooit heb ik een man getroffen gelijk gij. Ik kan maar vergelijken met mijn twee reuzen, mijn twee broers. Leo, de bullebak met zijn tapijten. Manieren heeft hij niet maar met hem kan een mens nog lachen, als hij een pint of zes uit heeft, tenminste. En Herman? Die drinkt nooit. Hij is even gedistingeerd als gij, dat geef ik toe, maar voor de rest? Hard en streng en stijf. Zo scherp als een zesduimse nagel. Die heeft nu eens echt niets van u. Gij zijt gij, en hij is hij.'

'Een paar pillen maar,' kermde de kolonel, 'en slechts vier flesjes.'

'Sssst,' zei Marja. 'Ik ben blij dat ge het hebt gedaan. Ik had u anders nooit ontmoet.' Ze streelde haar wang tegen de zijne aan. 'Alles heeft zijn goeie kanten.'

Nog steeds is het twee weken vóór Katrien Deschryver uit haar cel ontsnappen zal.

5

DAGBOEK VAN EEN VERDACHTE (III)

De cipier kwam het zeggen. Bezoek. Op jou hoopte ik niet, en voor pa heb ik de moed al opgegeven. Terecht, zo bleek. Het was een vrouw, zei de bewaarder van teruggedraaide levens.

De tantes – langstlevende schikgodinnen van anderhalve meter – die kon ik wel vergeten. En de zus die zich weduwe waant verwaardigt zich niet om de echte weduwe te woord te staan. Zij heeft zichzelf het kind al toegewezen. (Bestaat echtscheiding tussen zussen? Ja. Van bij de eerste bloeding.)

Dus moest het ma zijn. Bisnummer. Vorige keer gaf ze haar hele gamma al ten beste. Aanval, razernij en huilbui toe. Op voldoende pillen zwevend om een apotheek mee te beginnen. Ach, mamaatje, onz' Elvire... Ze vreest mij, en zo dwingt ze mij om vreselijk te zijn. Naar haar wou ik niet toe. Maar de bewaarder zei: ga. Het is je moeder niet.

Ik ging dus maar.

Ik ga.

Is dit een vrouw? Kort, zwart stro, geklit tegen een smalle schedel. Blauwe rook. Astma – twee keer gebruikte ze een soort van puffer. Spijkerjack en grijns. Veel lach- en andere rimpels. Littekens als van lang vervlogen jeugdbrand. Bruine ogen en vergeelde tanden. En haar vingers tonen eelt. Haar naam, zegt ze, is Hannah Gramadil. Van Madrigal. Want alles, zegt ze, moet verbasterd worden. Wat voeten heeft, wordt op zijn kop gezet. ~~(Bargoens uit bijbeltaal. Gestotter uit alexandrijnen.)~~

We zitten een kwartier tegenover elkaar door het glas te staren waar de gaatjes zitten. Ik neem haar zwijgen voor begrip. Zo kijkt ze mij ook aan. Ze schrijft op een papier. Worden we afgeluisterd, vraagteken. Ze neemt mijn zwijgen voor een ja. Ze zegt dat ze begrijpt. Dat ze meeleeft en dat ik sterk moet zijn. En dat ze terug zal komen.

Ze sprak van vrijheid en ze liet een leegte na. Ze ging en nooit voorheen had ik een zuster. Nooit vreesde ik een vreemde die zozeer een vriendin zou worden. Haar echte voornaam is gevaar.

Nu kauw ik weer op ongehoorde woorden. 'Mitsgaders' en 'teneinde'. Of zwerfzucht, chromosoom. (Wanneer word ik jou weer gewoon?)

Ik wacht. Maar weet nu dat het wachten loont.

De Decker kon zijn ogen amper geloven. Op de valreep – het laatste papier – vond hij dan toch een bruikbare aanwijzing. De speld in het korenveld!

Hannah Gramadil.

Hij schreef de naam op de achterkant van een oud bierviltje, schoof dat in zijn binnenzak, borg het dagboek samen met de blocnootjes en de tapes weer op in zijn aktetas, stommelde recht, rekte zich uit, kreunde en zocht naar een Gitane. Alle pakjes waren leeg. Buiten begon de dag al te krieken. Nog even en het Paleis van de Rechtvaardigheid kwam weer tot leven. Als hij ongemerkt naar buiten wilde glippen, zou hij zich moeten haasten.

'Hannah, Hannah,' mompelde hij even later, terwijl hij de stoel onder de klink van zijn deur vandaan haalde. 'Hannah Gramadil, van Madrigal... Of is het Madrigal, van Gramadil?' Met zijn aktetas in de hand, stak hij zijn hoofd door het deurgat en keek hij de gang in eerst links, dan rechts. Niemand. De kust was veilig. Hij spoedde zich naar beneden en liep in z'n dooie eentje door de lege, grote hal met zijn kolossale pilaren. Zijn voetstappen weergalmden. Fragmenten uit Katriens dagboek speelden door z'n kop. Het leek wel of Katrien ze op zijn lijf geschreven had. 'Ze sprak van vrijheid en ze liet een leegte na,' mijmerde hij, bijna neuriënd. 'Wanneer word ik jou weer gewoon?'

Hij spiedde door een kier van een zijdeurtje naar het verlaten plein voor het Paleis van de Rechtvaardigheid. Ginds, op een hoek van de overkant, stond zijn Renault, onbeheerd, onbewaakt, vergeten door de paparazzi. Als hij stevig doorstapte over de kasseien, was hij er in minder dan een minuut. Hij voelde zijn aktetas wegen. Zijn tijdbom. Zijn Excalibur.

'Ik wacht. Maar weet nu dat het wachten loont.'

2

ONDERWEG NAAR NERGENS

1

MOBIELE GESPREKKEN

'WAAR ZIT GE, BROER, in Genève of in Lausanne?' vroeg Leo, genietend van zijn roekeloosheid. Een paar weken geleden, vlak na de dood van Dirk en de daaropvolgende huiszoeking in de kantoren van zijn tapijtenfabriek, zou hij dit niet hebben gedurfd – een eigen lijn gebruiken om zijn broer te bellen. Nu kon het hem niet meer schelen. Hij belde met wie hij wilde, wanneer hij wilde en van waar hij goesting had. Een mens moest risico's nemen, dat was het zout op de patatten. De Decker kon onmogelijk ál zijn lijnen laten aftappen. Daar had die kloot het budget niet voor. En het verstand nog minder.

Het was anderhalve week voor Katrien zou ontsnappen uit haar cel, met alle mediatumult vandien. Die nieuwe ophef van geen kanten verwachtend, belde Leo naar Herman vanuit zijn splinternieuwe Mercedes met Luxemburgse nummerplaat. Handenvrij, sprekend tegen de achteruitkijkspiegel, waarin een microfoontje verwerkt zat. En over de autostrade vlammend tegen honderdzeventig per uur, constant op het linkerbaanvak, en al van ver claxonnerend en met zijn lichten knipperend wanneer een idioot vóór hem het waagde van datzelfde baanvak gebruik te maken.

Het was al eens gebeurd dat hij, in volle vaart, zo dicht op een deux-chevaux in reed dat hij het gat ervan raakte. Bám, tegen dat speelgoedbumpertje. In een Amerikaanse film zaagt ge dat ook soms. Alleen speelde in een Amerikaanse film nooit een deux-chevaux mee en ging een aangereden wagen daar gemakkelijk over de kop. Hier nooit. Zelfs dat deux-chevauxke niet. Het schommelde wild op en neer, dat wel, en het slingerde naar het rechterbaanvak. Een aangeschoten gans, waggelend met haar kont.

In een professionele film zou zoiets nooit getolereerd worden. De aangereden wagens daar – lange sleeën, altijd iets Chevroletachtigs dus knap van lijn, maar niet zo betrouwbaar als een Duitse bak natuurlijk – veranderden na één tik in machtige beesten. Stalen buffels die in volle vaart magistraal door hun poten stuikten, in slowmotion om hun as tolden of honderd meter ver op hun zij voortdenderden, in wolken van glas en stof en wegschietende wieldoppen. Voor dat kaliber van wagens, al waren ze dan niet zijn smaak, zou Leo zijn hoed hebben afgenomen. Maar voor dit hier?

'Ik zal u eens zeggen wat er scheelt met ons volk,' had hij betoogd – de nijdig claxonnerende deux-chevaux achter zich latend en alweer plankgas gevend – tegen de secretaresse die naast hem zat. (Een nieuwe. Haar eerste werkdag. Lang leve de Interimbureaus.) Het meisje hing verstijfd en bleek in haar autogordel, haar blik gefocust op de verte, alwaar zich reeds een nieuwe wagen aandiende op het linkerbaanvak. De afstand verminderde zienderogen. 'Vlamingen zien de dingen te klein,' doceerde Leo. 'Ze kopen een deux-chevaux op afbetaling, ze rijden links en ze zijn kwaad als ge ze inhaalt met uw Mercedes. Verstaat ge? Ik ben zo niet. Als ík mij zou hebben aangepast aan de wetten en gewoonten van dit land, ik zou nooit gestaan hebben waar ik nu sta. Aan de top van de tapis-plain in heel Europa.'

Hij schakelde, onnodig, om in één beweging zijn hand te kunnen leggen op dat schoon kind haar knie. Maar het kalf had het lef om haar been weg te trekken. En ze bleef star voor zich uit kijken.

Bon, had Leo gedacht. Die krijgt binnen de week haar C-4. Er staan er genoeg te wachten. En zo te zien heeft ze toch hangtieten.

VANDAAG ZAT LEO ZONDER SECRETARESSE in zijn Mercedes, anders had hij zijn broer al bij al toch niet gebeld. Een mens moest ook weer niet te veel risico's nemen. Niets zo gevaarlijk als een getuige. Al eens een valse factuur? Tot daaraan toe. Zelfs een blocnootje of een gefoefelde vergunning, dat deerde niet. Aan alles viel een mouw te passen. Behalve aan een pottenkijker met een kwaaie inborst en een goed geheugen. En hoe noem je anders een wijf met een diploma?

'Hoe is het eten ginderachter in Zwitserland, Herman,' vroeg hij, 'alle dagen kaas met gaten, zeker? En chocolat met stukskes nougat? Herman? Herman!...'

De verbinding was weer eens verbroken. Hoe dat toch mogelijk was? Daar kon Leo zich duvels over opwinden, niet gewend afhankelijk te zijn van iets dat niet wilde functioneren.

Als een toaster hem in de steek liet, stond hij al te stampvoeten. Een balpen die niet wilde schrijven vloog door de kamer. Maar als een draadloze telefoon het aandurfde uit te vallen? Dan begon Leo helemaal te schuimbekken. Zeker als het zijn autotelefoon was. Een autotelefoon kondt ge moeilijk door uw venster smijten en nog moeilijker onder uw voet leggen om er eens goed op te gaan staan. En hij kon toch niet met heel zijn nieuwe Mercedes in de gracht rijden? Alhoewel... Had hij de verzekering kunnen krijgen dat hij het zou overleven met niet meer dan een schaafwond, was hij al meer dan eens van puur colère tegen de vangrail gepoeft. Met plezier.

Hij was geboren en getogen in deze godvergeten klotestreek, vloekte hij – met zijn brede vingertop naar de onooglijke redialtoets tastend, zonder zijn ogen van de weg af te nemen – geworteld en gewassen in deze negorij die eeuwenlang een uithoek was geweest van zelfs dit hottentottenland. Maar hij en de zijnen, zij hadden zich toch maar schonekes opgewerkt. En nog niet te weinig ook, want vandaag de dag werd het gat dat zij bewoonden door Pol en klein Pierke, buitenlandse snobgazetten op kop, bezongen en bestoeft als het Dallas van Europa.

En toch deden onze telefoons niets anders dan uitvallen, godverdomme.

Onlangs, tijdens een zakenlunch, had hij het daar eens uitgebreid over gehad willen hebben met een paar klanten, dikke vissen uit het Brusselse die hem een contract in hun voordeel wilden komen afluizen. Direct na het voorgerecht had hij zijn grief pardoes op tafel gesmeten, zijn gezelschap tot stilte dwingend met een toon die ze niet van hem gewend waren. (Zijn familieleden kenden die toon beter. Iets triomfalistisch maar met een verzuurde ondergrond. Iets van trotse verongelijktheid, de toon van de martelaar-tegen-wil-en-dank.) Hadden de schone heren uit Brussel al gehoord hoe men het hier tegenwoordig noemde? Leo vroeg dat wijzend met zijn duim over zijn schouder, alsof daar heel de Westhoek lag te wachten op een veroordeling. 'Ik heb het,' zei hij, zich nog één zijsprongetje permitterend voor hij echt zijn gal zou beginnen te spuwen, 'voor het eerst zo horen betitelen door ons Steventje. Mijn favoriete kozijn. Een echte kei. De jongste en briljantste zoon van mijn broer Herman.'

Dat gezegd zijnde, stak Leo van wal: 'Ze noemen het hier het Dall...'

Wat vroegt ge? Of hij dan een broer was van Herman Deschryver? Jaja. Dat was de vader van Steventje, inderdaad. Wist ge dat dan niet? De beroemde Herman Deschryver, jawel. Enfin, beróemd... In bepaalde kringen, nietwaar. Beetje haute finance, stukske Vlaams Economisch Verbond, een kaartclub of twee.

Niets internationaals gelijk hij, met zijn tapis-plainfabriek. Ieder zijn stiel, nietwaar. Schoenmaker blijft bij uw leest! Haha. Maar goed, om dus terug te komen op: 'Het Dall...'

Wablieft? Jaja. Herman Deschryver was één en dezelfde als de beleggingsadviseur. De grote beleggingsadviseur, inderdaad. Er waren er grotere, maar Herman was een van de grootste, dat viel niet te ontkennen. Van dit landje, dan toch. En Herman wás de bekende-verzamelaar-van-schilderijen, ja. Als een mens dat schilderijen kon noemen. Expressionisten, kubisten, rare tisten. Heel de muur hing vol. Ook een manier om behang uit te sparen. Van die veelzijdige Deschryver was hij, Leo, een broer – juist, ja. Enfin, 't was eerder omgekeerd. Herman was een broer van hem, haha. Zodus, om terug te komen op: 'Het Dall...'

Ja, zegt dat wel: Herman had ook nog in de regering gezeten. Goed gezien van u. Wat een geheugen, wat een geheugen. Regering Waterschoot, dat klopte, ja. Regering Waterschoot I en... Wat dacht ge? Allez, ge mocht eens raden. Waterschoot I en...? Voilà. Ge waart er pal op. Waterschoot II. Een echt genie, gij. Hadden ze ú nog niet gevraagd? In een regering moest een mens ook maar tot twee kunnen tellen, dus ge maakte veel kans, haha. Wat zeidt ge? Nee, Herman had dat niet slecht gedaan, in die regering. Bijlange niet. Slécht, dat konden we niet zeggen. Au contraire. Maar – niet om zijn eigen broer af te vallen – het was premier Waterschoot zelf geweest die al het zware werk had gedaan. Toch, toch. De gazetten mochten schrijven wat ze wilden. Daar waren het gazetten voor. De waarheid was altijd ingewikkelder. Waterschoot was de grote man geweest en Herman meer de marionet. Toegegeven, dat was misschien een beetje een te sterk woord, 'marionet'. Hij wilde zijn broer niet neerhalen. Verre van. Want wie kende niet het spreekwoord: 'Wie zijn neus schendt, schendt zijn aangezicht', nietwaar. Haha. Maar over neuzen gesproken, meer bepaald papieren neuzen: zijn broer was alleen maar het uithangbord geweest voor de fiscale bollenwinkel van Waterschoot die dankzij de familienaam Deschryver zijn kiezers weer wat vertrouwen wilde inboezemen.

Maar enfin! Ge gingt toch niet met hem beginnen discuteren? Hij kon het toch weten, zeker? Het was zíjn broer, niet die van u. Vijf minuten geleden wist ge nog niet eens dat het zijn broer wás, en nu gingt ge u al beginnen moeien. Plus daarbij, als onze grote bankier zo beroemd en zo belangrijk was geweest, waarom was hij het dan afgetrapt uit Waterschoot II? Zomaar in het midden van de legislatuur en zonder een goeie reden? Gaaft daar dan eens een uitleg voor, gij met uw goed geheugen! Zijn familie? Niet beginnen zeveren, jongen. Waart ge met onze voeten aan het rammelen? Wie verliet er nu een regering voor zijn familie! Waar gingen we dat schrijven? En tussen haakskes: het ging hier niet over Herman de bankier en de belegger en de verzamelaar van schilderijen van kust mijn kloten, het ging hier over: 'Het Dallas van Europa'. Wilde gij het nog horen? Ge hadt het maar te zeggen. Als ge het niet meer moest horen dan sloeg hij ogenblikkelijk de boeken dicht, liet hoofdschotel en dessert vallen, en dan werd er over dat nieuw contract met u later nog wel eens geklapt, hij wist nog niet precies wanneer. Dus wat werd het? Hadt ge honger of hadt ge goesting om het af te trappen?

Wat zeidt ge?

Kondt ge dat eens herhalen, en deze keer wat luider?

Hoezo: 'niets'! Wat betekende dat, 'niets'? Dat ge honger hadt of dat ge goesting hadt om het af te trappen!

Aha! A la bonne heure. Want hij had ook honger. Gelijk een paard. Garçon? Garçon! Voor iedereen een nieuw glaaske! En rap een beetje!

Voilà, zie. Champieter eerste klas.
Allez, zand erover. Ja? Gezondheid!
'Het Dallas van Europa,' nu.
Was iedereen er klaar voor?

ALS GE HET AAN LEO VROEGT – niet dat hij ooit al in Dallas was geweest – was de titel van 'het Dallas van Europa' geen fluit overdreven. Zelfs de Duitsers moesten niet komen zeveren, en die kaaskoppen al zeker niet. Hadt ge de tabellen al eens goed bekeken van onze productiviteit? Of van het aantal botsingen waarbij onze zware camions betrokken waren? Ge moest daar niet mee lachen, dat was een zeer betrouwbare barometer. Als ge hem niet geloofde, moest ge maar eens navraag doen over hoeveel camions er nog maar wilden verongelukken in de Borinage of in de binnenlanden van de Limburg. Heel wat minder, daar mocht ge uw lul voor op een kapblok leggen. Cijfers waren nooit zomaar cijfers, ge moest er altijd juist dat ietske meer achter gaan zoeken. Dan kwam de waarheid vanzelf naar boven borrelen.

Niet overtuigd? Neemt dan maar eens de tabellen ter hand van het aantal Noord-Franse bendes die de grens oversteken, om in het Kortrijkse de vitrines en villa's leeg te komen plunderen. En vergelijkt die maar eens met tabellen van Vlaamse bendes die de grens in omgekeerde richting oversteken. Ge zult nogal verschieten. Die tweede soort tabellen bestaat niet, want die tweede soort bendes bestaat niet.

Wie stak er nu de grens over om te gaan pikken in Rijsel? Als ge daar gingt winkelen, wist ge toch al genoeg? Veel chichi, akkoord, gelijk overal in Frankrijk. Maar ze vroegen drie keer te veel voor een waterige koffie – een *plastieken* filter, als 't God blieft – hun wafels waren niet om te fretten, ze maakten worstenbrood met curryworsten in, en als ge in een kledingzaak een kostuum zaagt van uw goesting, dan hadden ze alleen de kleine maten in stock. En ge moest niet peinzen dat die verkoopster ook maar één woord Vlaams wilde babbelen. Dan verschoten ze ervan dat hun zaken slecht liepen. En dat hun jonge gasten, van wie de helft makakken, op zaterdagnacht de grens overstaken om ocharme in Harelbeke een geldautomaat open te breken.

Dat hadden hij en de zijnen niet nodig, zie. De Vlaming tout court had dat niet nodig. Gaan pikken? Wij? De grens over, in Frankrijk? De tijd van de travaux de saison in de suikerij was voorbij. Dan begonnen we nog liever weer patatten te planten, aan onze kant. Overnieuw beginnen te boeren. Nee, zeker? Elk op zijn erf van maar een voorschoot groot, in de vetste modder die ge maar kunt bepeinzen, met maar twee koeien en één geit en veertien spruiten die tering kweekten gelijk een hond luizen. En maar vlas kweken en uw oogstje te rotten leggen en over de hekel halen voor een halve frank per week. En maar honger lijden, gasten, en maar op onze miserie sjieken – zaagt ge het voor u? Zuchtend in de nijptang van ons klimaat. Onder de nukken van pater pastoor. Gelijk we dat tot voor één, twee generaties allemaal hadden gedaan, tiens.

Pas op, op zich was daar niets verkeerds aan. Ge moest daar zelfs het nodige respect voor opbrengen. Maar het was wel afgelopen, nu, verstondt ge? Niet dat Leo veel af wist van vaderlandse geschiedenis – hij had dat, eerlijk gezegd, ook niet nodig gehad om een Europese topfabriek uit de grond te stampen – maar hij wist één ding. Deze gewesten hadden vijfhonderd jaar geleden gebloeid gelijk brem in het putteke van de zomer. En op 't eind van de twintigste eeuw stonden ze klaar om die bloei grandioos over te doen: in 'het Dallas van Europa' – verstondt ge het nu? Ah ja! Want in Dallas, daar zat al het geld bijeen van heel Amerika – of niet soms?

En, zonder stoefen: van al die zich te barsten bloeiende bremstruiken hier te velde was hij, Leo Deschryver – excuseert hem – een van de felste en de grootste. Het was toch waar, zeker? Moest hij zich schamen of zo? Hij stond aan de top van de tapis-plain in heel Europa. Feiten waren feiten. Het ging hem voor de wind. Er passeerde geen jaar of hij bouwde bij. Aan zijn fabriek én aan zijn huis. Hij verloor er soms zijn weg in. In zijn fabriek, niet in zijn huis. Alhoewel? Met zijn nieuwe manege? Daar moest hij trouwens zijn secretaresse dringend eens wat paarden voor laten kopen, een Arabische hengst of drie, een paar mustangen. En een merrie, dat hij kon fokken voor Waregem Koerse. Want een manege waar geen paarden in staan? Een mens zou voor minder de weg verliezen in zijn eigen kot, haha.

Nee, néé. Hij mocht niet klagen. Er waren er véél die hem het licht in zijn ogen niet gunden. Of die siroop smeerden aan zijn kin. Zelfs de vakbond kroop in zijn kont. Wie kon dat zeggen, de dag van vandaag? Wie – behalve hij en een dozijn streekgenoten van hem? Het kruim van deze kanten en contreien?

Zo was dat, vloekte hij in zijn Mercedes – de redialtoets eindelijk vindend en indrukkend. Hij en de zijnen lieten de Vlaamse, ja heel de Belgische economie draaien gelijk zot. *Zij* gaven het werkvolk meer jobs dan het eigenlijk wilde – kijkt maar naar de vacaturegazetten, iedere week een vuist dik en nog was er geklaag. *Zij* dokten aan belastingen en lonen het honderdvoud af van hun concurrenten die al waren verhuisd naar Spleetoogwakije en Rijstkakistan. *Zij* stonden hun beste managers en advocaten af om onderbetaald minister te worden in een staat die maar beter kon ontploffen. *Zij* werden gepraamd om overal maar te investeren en te sponsoren en zich nationaal te laten verankeren. Maar als puntje bij paaltje kwam dan waren het *hun* telefoons die niet marcheerden. Was dat rechtvaardigheid? Dat men maar goed oppaste, aan de zogenaamde top. In

Dallas, het echte, was een president neergeschoten. In het Dallas van Europa konden er ook malheuren gebeuren. Zelfs aan ons geduld en onze goedheid waren er grenzen.

Er steeg alleen gezoem en geborrel op uit zijn vier 80-watts boxen. Leo sloeg van kwaadheid met zijn vuist op het notenhouten stuur en begon opnieuw naar de redialtoets te tasten. In Brussel zou zijn telefoon wel marcheren, kookte hij. Daar was nondedju maar één ding dat marcheerde in heel dat Brussel, en dat waren de mobiele telefoons. Niet moeilijk. Er stonden meer zendmasten dan verkeerspalen. Allemaal bekostigd en neergepoot met kapitaal van mannen gelijk hij. Terwijl hier? Bij ons in de Westhoek? Met moeite één mastje. Wist gij het staan? Eén mastje, maar. Hij had het horen zeggen van een kenner. Een zielig, een onzichtbaar, een onvindbaar mastje. Alsof ze ons in ons gezicht wilden wrijven dat we niet moesten denken dat we nu géén boeren meer waren omdat we ons nu een telefoon konden permitteren waar het nieuwste model Mercedes aan vast zat.

Hij zou straks eens naar zijn secretaresse bellen, zie. Dat ze ál zijn aandelen in álle telefoonfirma's op de beurs mocht smijten, Vlaams verankerd en Belgisch verzekerd of niet, en zonder te kijken naar de koers. Verkopen! Eens zien of ze hem dan nog altijd een boer zouden vinden, als hun noteringen kelderden gelijk een tractor in een zwembad.

Maar aan dat voornemen zou Leo nooit toekomen. Want hij kreeg eindelijk aansluiting. Hij hoorde in zijn boxen het geborrel ophouden en het toestelletje van zijn broer overgaan. Meteen verschoof zijn woede, van de falende telefoontechnologie naar zijn enige broer. Zijn beroemde, zijn moderne kunst verzamelende, zijn afwezige broer. Hij was benieuwd hoe lang die klootzak nu weer zijn telefoon zou laten overgaan voor hij wilde opnemen. Altijd vond onze oudste wel een manier om zijn evennaaste te koeioneren, zijn broer in het bijzonder. Hij hoorde een klik, gevolgd door de stem van Herman: 'Hallo, hallo?'

Dat stemmetje alleen al. Dat ijzige. Dat bescheten half-Hollandse accent van de beter opgeleide Vlamingen. Alsof ze constant zitten te solliciteren naar de job van nieuwslezer. En geen spoortje ergernis, geen fluim ongeduld. Alsof alles maar de normaalste zaak van de wereld was. Hallo, hallo. We hebben in geen weken gebeld, en wat is het eerste dat hij zegt? 'Hallo, hallo.' Weet ge wat? Laat het hem nog maar een paar keer vragen. Laat hem maar efkes in de waan dat zijn lijn al direct opnieuw is uitgevallen.

Zijn homerische toorn van daarnet ten spijt, zat Leo alweer te grinniken. Dat is nog het enige voordeel, dacht hij, van een lijn die bekend staat als kaduuk. Als een gesprek u niet aanstaat, kunt ge nog altijd zeggen: 'Wat zegt ge? Sorry maar ik ga ophangen want ik ben u kwijt.' Hij minderde wat vaart om beter te genieten van de loer die hij zijn broer ging draaien. 'Hallo, hallo?' hoorde hij Herman opnieuw vragen. Hij gniffelde. Niet te luid, hield hij zich in, straks hoort Herman mij. Laat het hem nog maar een paar keer zeggen. Hallo, hallo? En dan zeg ik: 'Sorry, broer, maar ik versta u niet.' En ik hang op.

'Leo,' hoorde hij Herman rustig zeggen in vier boxen tegelijk, 'het spijt mij maar ik vrees dat ik u weer kwijt ben.' En met die woorden hing broer Herman op.

EEN MINUUT LATER ging het zaktelefoontje over van Herman Deschryver, ex-minister en ex-bankier. Het toestelletje lag naast hem te biepen, maar hij negeerde het. Hij keek voor zich uit. Ook hij was met een noodgang aan het rijden, eveneens op het linkerbaanvak. Hij bevond zich op dezelfde autostrade als Leo. Hij reed zelfs vlak achter zijn jongere broer aan.

Herman verplaatste zich niet meer met zijn vertrouwde, door de bank betaalde BMW maar met een Citroën die in zijn bestaan al drie keer van eigenaar was veranderd. En zoals Herman er nu uitzag (vermagerd, verhakkeld, vervuild) was hij ervan overtuigd dat Leo hem niet eens zou herkennen, ook al zou hij een blik werpen op de bestuurder van een oude Citroën.

Behalve van zijn wagen had Herman zich ook van zijn driedelige pak verlost. Hij had het verbrand langs een Franse tolweg. Zoiets had hij nog nooit gedaan, ook niet in zijn jeugd: iets bijeenproppen, er wat benzine overheen sprenkelen en er van ver een aangestreken lucifer op gooien. Na de vierde poging lukte het. Een plofje, gevolgd door blauwe vlammen die steeds zwarter werden. Een deugddoend rooksignaal was opgestegen. Wat het vertolkte had Herman niet kunnen benoemen. Maar de verbranding had hem een correct gebaar geleken. Misschien had het iets te maken met Dirk Vereecken, die was ook gecremeerd. De weg van alle vlees, de weg van alle vrees.

Herman had zijn handen gewarmd aan de kortstondige gloed en wegrijdend had hij in zijn achteruitkijkspiegel het rookpluimpje nagekeken, vergenoegd. Zelfs zijn wegkankerende maag was daarna een paar dagen mild voor hem. Het zuur steeg hem althans niet meer bij elke bruuske emotie of beweging hoog in de keel.

Sinds de verbranding van zijn maatpak droeg Herman alleen nog kleren die hij vond in de shops van de tankstations. Overal in Euroland geleken die geruststellend op elkaar, van aanbod tot indeling. Zelfs de pralines en de kauwgom waren dezelfde, van Denemarken tot Spanje.

Op goede smaak en kwaliteit lette Herman niet meer. Niets van wat hij kocht hoefde nog lang mee te gaan. Nu bijvoorbeeld – terwijl het zaktelefoontje naast hem lag te biepen en hij achter zijn onwetende broer aan reed – droeg hij een schreeuwerig hemd met banaan- en ananasmotieven, boven een veel te wijde jeans en Chinese sportschoenen, nog ijzingwekkend wit. Op en onder de achterbank lagen, naast vuile sokken en onderbroeken, tal van andere overhemden, in diverse kleuren en patronen, de meeste met witte, korstige vlekken op de voorkant. Hij moest dringend eens gaan wassen maar het kwam er maar niet van. Hij had nog nooit een voet gezet in een wassalon en wilde niet voor het oog van kansarme huismoeders staan stuntelen tot zij hem uit compassie raad kwamen geven, of erger nog: hem goedbedoelend het wasgoed uit de handen namen. Dat zou hem tot waterlanders van zelfmedelijden hebben gedreven, vervolgens tot zelfhaat, en via die haat tot afkeer jegens de hulpbiedende vrouwen. Hij zou ze hebben uitgescholden tot hij er weer triest van werd, enzovoort. Een cirkel van vernedering. Nee, bedankt. Hij wilde liever 's nachts gaan. Als geen vrouw zijn wasgoed kon zien, laat staan hem.

Eén keer had hij urenlang voor zo'n wasserette gestaan, in een nieuwbouwbuurt vol seriewoningen en tot vlak voor het krieken van de dag. Onderuitgezakt in zijn chauffeursstoel, de ene sigaret na de andere opstekend, geregeld in een hoestbui losbarstend. Hij was er nog niet aan gewend om te kettingroken. Op straat was geen levende ziel te bespeuren geweest. Twee katten copuleerden op het fietspad, één keer passeerde in de verte een combi van de rijkswacht. De straatlantaarn boven hem viel met een interval van exact drieëntwintig minuten uit en floepte kort daarop weer aan, zoemend, steeds feller wordend, dan weer uitvallend.

De ochtend had gegloord zonder dat Herman zijn Citroën had verlaten. Door de vitrine en de glazen deur van de wasserette heen kon hij ze nog steeds zien staan, wachtend op hem. In het gelid tegen de muur, badend in buislamplicht: de centrifuges en de wasmachines. Vierkante goden, gehurkte totems in aluminium of in wit email. Met hun muilen der vergetelheid wijd opengesperd. Hij had zich niet kunnen voorstellen dat hij hun ooit zou voederen met iets dat hij op zijn lichaam had gedragen. En dat hij aan hun zijde op een stoeltje zou zitten wachten tot ze zijn intiemste bezittingen – gesteriliseerd en onpersoonlijk gemaakt in hun tollende magen – weer uitbraakten in zijn handen. Ze deden dat voor iedereen, zonder onderscheid des persoons. Er ging iets bedreigends uit van dat gebrek aan selectie. Hoeren van de hygiëne, dat waren ze. Om het even wie kon zijn vuile goed in hen kwijt, in ruil voor een paar munten en een bekertje waspoeder.

Dan stak Herman nog liever alles in brand langs de kant van de weg. De kleren in de shops van de tankstations waren toch spotgoedkoop. Het was bijna duurder ze te wassen dan ze te vervangen, niet? Het waren wegwerpkleren en daar was niets fouts mee. Integendeel. Zo waren ze toepasselijk. Wegwerpkleren voor wegwerplijven. *(Ik heb nog hoop en al twee maanden.)*

Wassen was iets onnatuurlijks, had hij besloten, zijn Citroën startend. Het was niet van deze tijd. Wat vuil was moest maar vuil blijven. Zo bezat het op zijn minst een identiteit.

Hij was de buurt uitgereden vóór de eerste forens de voordeur van zijn sociale woning achter zich kon dichtslaan om naar zijn werk te vertrekken.

HERMAN LIET HET ZAKTELEFOONTJE OVERGAAN. Vijf keer, acht keer. Eerst mijn pils opdrinken, dacht hij, een halfvol flesje aan zijn lippen zettend. Zijn haar was kleverig en in de war, hij had een dun baardje en hij droeg een plastic zonnebril waarvan het ene oor al was afgebroken. De bril rustte, zeker terwijl Herman dronk, in wankel evenwicht op de rug van zijn neus. Hij was in weinig nog de man die, de dag na de dood van zijn schoonzoon, zijn Brusselse kantoor in aller ijl had verlaten.

Zijn sleutelbos bezat hij nog. Plus zijn identiteitspapieren – maar op zijn ogen na geleken de fotootjes niet meer. Plus zijn creditcards, in het handschoenkastje – hij had ze in tweeën geplooid om zichzelf te beletten ze nog te gebruiken. Plus de twee boordevolle reiskoffers in de bagageruimte – alleen van het baar geld nam hij nu en dan wat.

Ook het biepende toestelletje was nog steeds hetzelfde dat zijn broer hem, weken geleden, per koerier had laten bezorgen toen hij in Luxemburg hun geheime kluizen was gaan leeghalen. Herman had er al een hele tijd niet meer mee gebeld. Wie had hij moeten bellen? Hij liet het dag en nacht aanstaan, dat wel, en hij week hij er geen moment van, wachtend op een oproep van Leo. Dat was de afspraak. Daar hield hij zich aan.

De laatste niet verbrande brug.

Zijn vaart niet minderend gooide Herman het lege flesje door het open raam, greep het biepende onding van de passagiersstoel en bracht het aan zijn oor, zijn stuur met alleen nog de linkerhand losjes controlerend en het gaspedaal volledig ingedrukt houdend. Verlichtingspalen zoefden hem links voorbij, telkens een zucht lucht door het open raampje naar binnen stotend. De vangrail, nog dichterbij dan de palen, floot. Door de snelheid werd de rail een golvend, stalen lint dat op ternauwernood één meter van Hermans zijde begon en, dansend en de Mercedes van Leo passerend, tot aan de einder reikte, daar waar de autostrade zich oploste in een mythisch punt. De perspectiefwerking van dit vlakke land was adembenemend. Letterlijk een landschapsgedicht.

Vroeger, dacht Herman ontroerd, zou ik mij hiertoe nooit hebben laten verleiden. Telefoneren tijdens het rijden. Bedachtzaamheid zou mij de vluchtstrook hebben doen opzoeken, of een parking. Nu schep ik een buitenissig genoegen in het tarten van gevaar. Het exalteert en tormenteert me tegelijk. De moderne mens die ik, buiten mijn wil om, geworden ben, heeft geen kern; hij slingert van hot naar her, beleving verwarrend met beweging, emoties met kicks. Altijd sneller, steeds gewaagder. Zo diep ben ik gezonken. Als ik kon, ik reed nóg harder. Waarom? Hoop ik op een bloedig ongeval? Wil ik mij laten opslokken door dit lijnenspel? 'De beroemde politicus-bankier, voorgoed verdwijnend in een weids verschiet...' Kitscheriger kan het niet. Ik zwelg in een bizarre vreugde die grenst aan mijn donkerste driften maar ik ben niet bij machte mij eraan te onttrekken. Ik geniet en toch zit ik te snikken... Er moet toch een manier zijn om het einde in de ogen te kijken zonder zielig of cynisch te worden, laat staan de twee tegelijk. *(God, ontferm u. Geef mij de kracht om weer mezelf te worden. Wijs mij opnieuw een zwaartepunt, een evenwicht. Verleen ze mij en ik zal mij leren te beheersen.)*

'Hallo,' sprak hij, zich vermannend, 'met wie spreek ik?'

'Met wie peinst ge,' hoorde hij Leo vragen, 'met Boer Wortel?'

MIJN BROER IS GEEN GELUKKIG MENS, dacht Herman. Nu hij de stem van Leo zo lang niet meer had gehoord, trof het hem des te pijnlijker. Die arme Leo beseft het niet maar zijn ziel wordt in tweeën gekerfd door het ravijn van het Niets. Het litteken van wie leeft zonder spiritualiteit. Wat Leo ook verwerft, en in welke hoeveelheden ook, hij blijft – onverzadigbaar en mistevreden – een bodemloos vat. Begrip is te klein, ik zou deernis moeten voelen.

'Dag Leo,' zei hij.

Hij wilde er van alles aan toevoegen. Allerlei hartelijks. Maar het lukte hem niet. Hoe doe je zoiets, na al die jaren? Over de telefoon dan nog. En tegen honderdvijftig, honderdzestig per uur. Waar te beginnen? Met de mededeling dat hij Leo al kilometers lang op de hielen zat? Het hartelijke moest maar wachten, tot straks, tot later. Op een beter moment. Als het ijs gebroken zou zijn, de tijd rijp voor verbroedering.

Hoe kon het toch dat zij – in dezelfde schoot verwekt – zover uit elkaar waren gegroeid? Nog meer dan in hun prilste jaren. Toen Herman zijn communie deed, een jaar voor Leo, had deze de nacht vóór de plechtigheid verse hondendrollen gedeponeerd in Hermans gelakte schoentjes.

Op z'n achttiende mocht Herman naar zijn eerste bal. Leo, de jonge kolos, mocht gelijk mee. Maar in de plaats van blij te zijn voor het gewonnen jaar, nam hij veeleer wraak. Al na een uur was hij apedronken en probeerde ieder meisje naar wie Herman nog maar keek te schofferen, eerst verbaal, daarna metterdaad. Toen Herman ten langen leste om schandaal te vermijden aankondigde naar huis te willen gaan, was Leo met hem op straat beginnen te vechten, zonder te waarschuwen, páts, een klap voor Hermans kop. Maar reeds na de eerste klap die hij, de bullebak, van de zwakkere broer had teruggekregen, was Leo op het trottoir vóór de balzaal neergezegen, op z'n kont. Huilend als een kleuter, 'het doet pijn, ge doet mij pijn'. Zo troosteloos en extra dronken lijkend dat de taxi hen niet mee had willen nemen en dat ze de vijf kilometer naar huis te voet hadden moeten afleggen. Herman Leo ondersteunend, Leo om de paar honderd meter opnieuw met Herman vechtend maar hulpeloos neerzijgend zodra hij ook maar één klap terugkreeg. 'Ge doet mij pijn, waarom doet gij mij pijn, broer?'

'Ge klinkt zover,' hoorde Herman Leo vragen, 'zit ge al in Liechtenstein, misschien? Het schijnt dat ze daar wreed schone wijven hebben. Laat u eens goed gaan en pakt er ineens twee. Maar past op met die buitenlandse teven. Ziet dat ze u genoeg van onze kluiten overlaten om daar de nieuwe rekening te openen, want ge gaat die nog terribel vandoen hebben om de batterij advocaten te kunnen betalen die hier uw stront zullen moeten opruimen.'

Neem het hem niet kwalijk, dacht Herman. Die grofheid is maar een bescherming. Iedereen heeft recht op een harnas. Vulgariteit is het zijne. Leo is een product van onze scabreuze volksaard, meer dan ik dat ben. Ik heb dan ook alle kansen gekregen om mij ertegen te wapenen. Hij niet. Hij kan er niets aan doen. De vogel zingt zoals hij is gebekt.

Maar tegelijk – hij kon het niet helpen – voelde Herman ook de afschuw jegens zijn broer weer de kop opsteken. Een afschuw die des te scherper was precies omdát ze beiden in dezelfde schoot waren verwekt. Is dit een broer die spreekt tot zijn broer, dacht Herman, kregelig wordend. Is het werkelijk te veel gevraagd, zelfs van een ongelikte beer, om in dramatische omstandigheden enige kiesheid aan de dag te leggen? Mijn dochter zit achter de tralies, beschuldigd van moord; onze jongste zuster is overleden; zijn tapijtenimperium ligt in de waagschaal, samen met de broodwinning van duizenden werknemers; mijn carrière en mijn goede naam zijn reeds onherstelbaar beschadigd; ik rijd nu al een paar weken lang rond met het gros van ons familiekapitaal, met genoeg bewijzen erbovenop om allebei de koffers en het leeuwendeel van ons vastgoed te laten confisqueren, ons beiden te doen veroordelen en mijn schoonzoon postuum te bezwadderen; ik heb in al die tijd, door zijn toedoen nota bene, geen contact gehad met mijn hulpbehoevende vrouw, mijn twee treurende zussen, mijn ruggengraatloze zoon, mijn minderjarig kleinkind en mijn twee dochters; ik kreeg hen alleen te zien door een verrekijker tijdens de uitvaart van mijn enige schoonzoon en op respectloze foto's in de kranten... Mijn God! Werd ooit één man in vredestijd beproefd door meer ellende? Ik ben aan het einde van mijn Latijn, het noodlot houdt mij in zijn worggreep, *ik heb minder dan twee maanden.*

En wat doet mijn broer? Hij maakt grappen. Hij alludeert op lichtekooien. Hij geniet van onze neergang omdat het in de eerste plaats de neergang is van mij.

Die triomf gun ik hem niet, dacht Herman. Hij zag, nog geen twintig meter voor zich, in de Mercedes Leo's kruin boven de hoofdsteun. De kruin bewoog. Misschien zat Leo zelfs te lachen – om hem en met hem, zijn enige nog in leven zijnde broer.

Herman voelde meteen het zuur weer opzetten in zijn keel, maar zijn kwaadheid gaf hem de kracht de golf te onderdrukken. Er waren grenzen aan wat je moest verdragen van een tapis-plainpummel. 'Hoe is het met Katrien?' vroeg hij. Het lukte hem om afgemeten te klinken. Onverschilligheid – het was

jammer het te moeten constateren maar alleen zo dwong je respect af van de respectlozen.
'Wat zegt ge,' hoorde hij Leo vragen, 'ik versta u slecht.'
'Hoe is het met Katrien,' herhaalde Herman, nog toonlozer dan daarnet.
'Aan het laweit te horen, zit gij ook in uw auto.'
'Leo?' dreigde Herman.
'Is dat uw radio, die speelt? Wat voor negermuziek is dat?'

HET WÁS DE RADIO VAN HERMAN. Onderweg naar nergens had hij de zwarte muziek ontdekt. Beter gezegd: hij trok zich op aan soul.

De Citroën had hij zich, handje contantje, ergens in de Elzas aangeschaft. Een behoorlijke occasie, niet te opvallend, niet te gammel, en in het zwart betaalbaar zodat er geen sporen naar hem konden leiden. Herman wilde verdwijnen en als hij iets deed, dan deed hij dat goed.

Er lagen vier nieuwe banden op, radiaalbanden zelfs, en er stak een goeie radiocassetterecorder in, stereo. Zonder cd-speler, evenwel. Herman had om die reden eerst de koop nog willen uitstellen maar hij was gehaast. Hij wilde van die gemakkelijk te traceren BMW af. Ik laat er later wel iets moderners in monteren, had hij zich voorgenomen. Maar dat was er niet meer van gekomen. Al die moeite, en voor hoe lang maar?

Van lieverlee was het hem steeds beter bevallen om geen andere keuze te hebben dan een radio. Het dwong hem tot een ander contact met de buitenwereld. Minder controle maar, gek genoeg, meer vrijheid. Je hoefde maar aan een knop te draaien en te luisteren naar wat er uit de ether viel. Wat waardeloos was, werd weggedraaid, alle gepraat op kop. Wat intrigeerde, werd luider gezet.

Al gebeurde het maar zelden dat hij iets luid zette. Verwonderlijk was dat niet. Hij was altijd al streng geweest in zijn muzikale selectie. Waarom zou hij, achteraf beschouwd, een cd-speler hebben laten installeren met een magazijn voor twintig schijfjes? Er was maar één cd geweest die hij, sinds zijn vlucht uit Brussel, in zijn BMW had beluisterd, telkens weer. *Die Kunst der Fuge,* het meesterwerk dat de blind geworden Bach vlak voor zijn dood had gecomponeerd. Een hemels monument van heldere noten. Het had Herman begeleid bij zijn omzwervingen. Het had zijn wanhoop verklankt en het rijmde, merkwaardig genoeg, met om het even welk panorama. Frivool bij een onweer in het Zwarte Woud, deemoedig in de ochtendlijke Alpen. Verstrooiing schenkend bij files, berusting bij zware industrie. Met Bach op de achtergrond was Herman er zelfs in geslaagd om naar zijn ogen te kijken in de achteruitkijkspiegel, zonder ze meteen in walging weg te moeten draaien.

Maar na een tijd gaat zelfs perfectie tegenstaan. The same things cannot always be admired. Allengs had Herman zich erop betrapt dat hij ernaar terugverlangde *Die Kunst der Fuge* voor de eerste keer te mogen horen. Zich te mogen laten overweldigen door iets wat groter was dan het onmiddellijke begrijpen, aangrijpender dan menige echt gebeurde ramp. Helaas. Hij had reeds zo vaak mogen genieten van Bachs meesterwerk dat hij er nu alleen nog het gezwoeg van de pianiste in hoorde. De muziek was zo'n vertrouwd onderdeel van zijn werkelijkheid geweest dat zij hem op den duur even banaal was beginnen te lijken als het kartonnen boompje dat, bengelend aan de achteruitkijkspiegel, voor dennengeur moest zorgen.

Het slotwerk van Bach was van monument tot melodieus behang verworden. Geen enkele passie is bestand tegen gewenning, had Herman gedacht.

Op een nacht, ergens tussen Kassel en Berlijn, had hij in zijn Citroën de knop van zijn radio omgedraaid tot hij was blijven stokken bij een vrouwenstem. 'Onmiskenbaar een zwarte matrone,' was zijn eerste gedachte geweest. Zijn tweede gedachte: 'Ik moet stoppen op de vluchtstrook of ik veroorzaak een ongeval.' Hij had het water in de ogen staan.

Hij bleef verbijsterd luisteren op de vluchtstrook. Zijn motor draaide, passerende personenwagens vertraagden, trucks denderden rakelings voorbij. De Citroën trilde telkens door de luchtverplaatsing. Maar niets kon Hermans trance verstoren. Dit moest muziek zijn uit het continent dat hij het meeste haatte. De Nieuwe Wereld. De wieg van de grootstedelijke jungle die het best werd verpersoonlijkt door Manhattan, het Rome van vandaag. De decadente monetaire navel van deze eeuw van hoogmoed en verval. New York, New York, met zijn ontmenselijkte dubbeltoren van Babel, het World Trade Center. De poel waar Herman zijn oogappel Steven twee keer was kwijtgespeeld. Een keer aan 'Stephen', zoals zijn zoon zich bij diens eerste bezoek al had herdoopt, uit adoratie voor dat hellegat met zijn wetten van lege vorm en makkelijk gewin. En een tweede keer aan John Hoffman, de doortrapte joodse zakenadvocaat met wie Steventje al na vijf seconden vlotter had lijken op te schieten dan hij in zijn hele leven had gedaan met zijn verwekker, of zelfs met zijn favoriete ome Leo. Uitgerekend uit dat land des verderfs kwam deze muziek. Maar er klonk ook een oudere, wijzere wereld in mee. Primitief in de zin van ongeschonden. Het was een schokkend en verscheurend lied. Niet berekend op de eeuwigheid maar blakend van het leven. Gebracht met een ritmiek die was gespeend van iedere verfijning. Gestoeld op teksten die nergens de gemeenplaats te boven gingen. Begeleid op instrumenten die eerder mishandeld dan gestreeld leken te worden. Het had, kortom, alles bezeten om de vroegere Herman tot afgrijzen te drijven. Maar het sloeg de huidige Herman ondersteboven in zijn vierdehandse Citroën. Hij bleef luisteren tot het lied was afgelopen en begon daarna frenetiek aan de knop te draaien, in de ijdele hoop die stem terug te vinden.

Zo hoorde hij voor het eerst de zangeres wier naam hij daarvoor nooit had gehoord, wier foto hij nog nooit had gezien, en bij wie hij zich niet één voorstelling kon maken. Was ze inderdaad een matrone of eerder een rietstengel? Hoe oud was ze? Met die negroïde types wist je het nooit. Ze had hem in de oren geklonken als een bewaarengel uit de ether.

Zij was the Queen of Soul, zo zou hij later leren.

'Niet rond de pot draaien, Leo,' zei Herman in het telefoontje. 'Wat zeggen de advocaten van Katrien?' Zijn radio stond luid. Een lokale zender speelde dan ook James Brown. *Papa's got a brand new bag.*

'Zijn de liederen van Peter Benoit ineens niet goed genoeg meer?' hoorde hij Leo gnuiven. 'Of dat klassieke gepingel dat ge altijd draaide, hoe heette dat ook weer – kust mijn foefen?'

'*Die Kunst der Fuge,*' zei Herman. 'Hou op met mij te jennen. Katrien heeft mij nodig, Elvire niet minder. Is de kust nog niet veilig? Zeg mij wanneer ik terug kan komen.'

'Wat zegt ge?' vroeg Leo. 'Ik hoor u slecht.'

'Wanneer,' vroeg Herman, met tegenzin zijn radio stiller zettend, 'kan ik terugkomen?' *(Niet meer dan maar twee maanden.)*

'Ten vroegste of ten laatste?' vroeg Leo.

'Stop daarmee,' zei Herman. 'Wanneer!'

'In alle eerlijkheid?' vroeg Leo.

'In alle eerlijkheid.'

'Misschien wel nooit.'

(MERCEDES:) 'Maar zijt toch blij dat ge nog niet terug moet komen, broer. Geniet eens van uw leven. Hoert en boert gelijk God in Zwitserland. Hier zijn alle beerputten veranderd in vulkanen. Katrientje heeft niet alleen haar vent z'n kop aan gruzelementen geschoten maar heel ons land erbij. Er scheelt iets met dat meiske.'

(Citroën:) 'Jij was al met je louche zaakjes bezig voor zij werd geboren.'

(Mercedes:) 'Had zij indertijd onze Daan niet over zijn stroomdraad doen rijden, dan hadden wij jaren later nooit haar vent als boekhouder in dienst genomen.'

(Citroën:) 'Dirk was professor in belastingrecht.'

(Mercedes:) 'Dirk was geen Deschryver.'

(Citroën:) 'Daan had dat nooit beter kunnen doen.'

(Mercedes:) 'Daan zou zijn zaken niet hebben neergeschreven, in blocnootjes bijgod, en ze dan jarenlang bewaren in zijn schuif. De Decker en zijn mannen stonden zich bij de huiszoeking te bepissen van het lachen: die schuif was niet eens op slot. Ik heb de originelen wel direct teruggekregen, maar iemand, ge moogt raden wie, moet ze gefotokopieerd hebben en stuurt ze nu stukske bij beetje naar de pers. Het is dat Katrien hem al kapotgemaakt heeft, ik had anders Dirkske met plezier zelf de strot dichtgenepen.'

(Citroën:) '...'

(Mercedes:) 'Herman? Hallo? Hoort ge mij?'

(Citroën:) 'Kan er iets meer respect af voor wie ons ontvalt?'

(Mercedes:) 'Maakt dat uw dochter wijs. Dat ze Dirk de maag uit zijn middenrif knalt en de hersens uit zijn bol? In ieder huishouden gebeurt wel wat. Maar dat zij haar schoon mondje voor 't eerst weer opentrekt op die jongen zijn koffietafel? En dan nog wel om te bekennen dat ze hem eigenhandig om zeep heeft geholpen? We zaten nog met de boterkoeken en de pistolets in onze mond. Als ge dat respect noemt? Terwijl er meer politie en pers aanwezig waren dan supporters op een voetbalmatch. Het heeft één voordeel. Dat de gazetten nog meer dáárover schreven dan over onze affaires.'

(Citroën:) 'Jouw geknoei.'

(Mercedes:) 'Hebt ge de papieren uit de kluizen al eens goed gelezen, broer? Niemand is onschuldig.'

(Citroën:) 'Ik heb laten begaan, daaraan ben ik schuldig. Katrien niet. Ze trekt af en toe het noodlot aan, dat is al erg genoeg. Wat zeggen haar advocaten?'

(Mercedes:) 'Dat ze meer poen willen.'

(Citroën:) 'Wat zeggen ze van haar kansen?'

(Mercedes:) 'Dat die stijgen als zíj meer poen krijgen.'

(Citroën:) 'Wat denk jij van haar kansen?'

(Mercedes:) 'Dat die stijgen als we haar neerschieten.'

(Citroën:) 'Leo!'

(Mercedes:) 'En 't zou ons de erelonen van die geldwolven besparen.'

(Citroën:) 'Als je zo begint, kunnen we beter ophouden.'

(Mercedes:) 'Mag een mens al niet meer zwansen?'

(Citroën:) 'Wat zegt zij zelf tot haar verdediging?'

(Mercedes:) 'De hond z'n kloten.'

(Citroën:) 'Moet het echt zo grof?'

(Mercedes:) 'De bok z'n ballen, dan.'

(Citroën:) 'Heb je haar al bezocht?'

(Mercedes:) 'Het spijt mij, broer. Daan elektrocuteert ze, Dirk schiet ze neer, Marja bezorgt ze een attaque... Als ze nog maar naar mij kijkt, staat het zweet al in mijn handen.'

(Citroën:) 'Katrien is niet het monster dat jij van haar maakt. Ze is eigenlijk nog altijd een kind. Ze heeft hulp nodig.'

(Mercedes:) 'Vertelt dat aan de peuter die zijn nekske brak in het zwembad dat zij leeg liet lopen. Of vertelt het aan haar eigen broerke...'

(Citroën:) 'Leo!'

(Mercedes:) 'Als ik terugdenk aan dat treurspel?'

(Citroën:) 'Ik waarschuw je!'

(Mercedes:) 'Ik zwijg al. Maar ik zeg u één ding. Ik denk aan dat ventje elke keer als ik Katrien moet zien.'

(Citroën:) 'Jij trekt je handen van haar af! Ik kom onmiddellijk terug en ik neem de zaak over!'

(Mercedes:) 'Komt naar huis en ge maakt het alleen maar erger. De hel is losgebroken. Dat moet toch doorgedrongen zijn tot ginderachter? De maffia heeft een minister afgeschoten. Een Waal, maar in het buitenland noemen ze dat een Belg en worden wij er mee op aangekeken. Typisch. Er is een bende die warenhuizen overvalt, telkens van dezelfde keten. Voor de prijs van één halflege kassa knallen ze iedereen af die voor hun voeten loopt. Precies een Amerikaanse film, met dit verschil dat in een film de gangsters bij hun klodden worden gepakt. Een tweede kinderkiller is al wel geklist. Er was weer eens een lijkske ontdekt. Naar een dozijn andere wordt nog gegraven. Met tractoren, als 't God blieft, en op de terreinen van failliete steenkoolmijnen. Tussen de bergen ijzerslakken en de slecht afgesloten schachten. En als ze daar eens goed beginnen te graven? In de Borinage, bij die Franstalige gangsterclans van Luik tot Charleroi? Godweet wat komt daar dan nog allemaal naar boven.'

(Citroën:) 'Wat heeft onze familie daar in vredesnaam mee te maken?'

(Mercedes:) 'Alles wordt op één hoop gesmeten en gij en ik hangen daar iedere keer tussen. We zijn bekender dan destijds de Kennedy's. Er passeert geen dag of onze naam verschijnt in de gazet.'

(Citroën:) 'Laat jij dat gebeuren? Neem een advocaat en laat hem officieel protesteren.'

(Mercedes:) 'Protest genoeg, maar niet daartegen. Iedere dag wordt er betoogd, voor het Parlement, voor het Paleis van de Rechtvaardigheid, op elke Grote Markt. Door comités die uit de grond spruiten gelijk champignons. Bejaarden, mongolen, onderwijzeressen. Ze snotteren en zwaaien met witte vlaggen en witte ballons. En ze eisen het ontslag van iedereen. Politiekers, rechters, rijkswachters, boswachters, alles wat een bef heeft of een uniform. Plus – en dat typeert die pipo's toch genoeg? – alleman die wat meer geld verdient dan zij. En de geldbranche trekt zelf dat beeld nog schever. Het ene schandaal na 't andere. Banken, mutualiteiten, syndicaten. De diamantsector ook, maar ja, wat wilt ge? Russen en joden bijeen. Maar zelfs onze voetbalclubs uit eerste klasse, de sponsors van onze wielerploegen – noem maar op. Er is verdomme meer zwart dan wit geld in omloop. Had ik dat geweten, we hadden er nog een flinke schep bovenop kunnen doen, gij en ik.'

(Citroën:) 'Als alles dan zozeer in vraag gesteld wordt, kan ik evengoed terugkeren. Laat het hele proces dan maar gemaakt worden en de schuld verdeeld. Ik zal niet aarzelen om mijn verantwoordelijkheden te nemen.'

(Mercedes:) 'Gij ook al?'

(Citroën:) 'Hoezo? Heb jij je verantwoordelijkheden al genomen, dan?'

(Mercedes:) 'Ik ben niet zot. Iemand anders des te meer. Zit ge neer?'

(Citroën:) 'Ik ben aan het rijden, Leo. Natuurlijk zit ik neer.'

(MERCEDES:) 'Ja, ja, maar zit ge héél goed neer?'

(Citroën:) 'Ja.'

(Mercedes:) 'En hebt ge uw gordel aan?'

(Citroën:) 'Ja!'

(Mercedes:) 'En staan uw achteruitkijkspiegels goed?'

(Citroën:) 'Zeg wat je te zeggen hebt!'

(Mercedes:) 'Chevalier-de Vilder heeft eergisteren in een Brussels hotel zijn kaas gelaten.'

(Citroën:) 'De kolonel?'

(Mercedes:) 'Weer ene die zich een houten frak mag laten aanmeten om in zijn put te gaan liggen rotten.'

(Citroën:) '...'

(Mercedes:) 'Herman? Hallo?'

(Citroën:) 'Lach niet met de doden, Leo. Het sterven staat, vroeg of laat, ieder van ons te wachten. Ook jou.'

(Mercedes:) 'Niet zo. Het was zelfmoord.'

(Citroën:) 'En moet ik daarvoor neerzitten, met mijn gordel om?'

(Mercedes:) 'Voor hij zijn pijp aan Maarten gaf, heeft hij een brief geschreven naar alle journalisten. Hoe de vork in de steel zat bij een paar aankopen van Defensie. De vettigste details voorop. Datums en facturen.'

(Citroën:) 'Toch niet...?'

(Mercedes:) 'Toch wel. Het nummer van de Zwitserse rekening vanwaar gij en ik een koppel bonussen hebben uitgedeeld.'

(Citroën:) 'Wij hebben smeergeld doorgesluisd?'

(Mercedes:) 'Niet de volle pot, natuurlijk, zo debiel was zelfs Vereecken niet.'

(Citroën:) 'Jullie hebben smeergeld in eigen zak gestoken?'

(Mercedes:) 'Uw partij heeft poen genoeg en uw bank nog meer. En Chevalier-de Vilder zei ook niet nee.'

(Citroën:) 'En hij heeft dat nu pas bekend?'

(Mercedes:) 'Het straffe is dat men hem dat zelf gevraagd had. Enfin, dat hij een béétje de schuld op zich zou nemen. Een groot schandaal lost men het best op met een klein zoenoffer. Alleen: de kolonel heeft dat offeren iets te letterlijk genomen. Maar er is goed nieuws ook.'

(Citroën:) 'Ik houd mijn hart vast.'

(Mercedes:) 'Door zijn zelfmoord is de aandacht voor Katrien verslapt. Wat stelt een simpele huishoudmoord nog voor in een opera van deze proporties? Niemand die het nog bij kan houden.'

(Citroën:) 'Blij dat jíj het opmerkt.'

(Mercedes:) 'Een nadeel is dan weer dat, sinds de brief van de kolonel, uw advocaten nog meer kluiten vragen. En dat we dat geld niet hebben. Het is te zeggen, we hebben het wel. Gij hebt het godzijdank intijds weggehaald uit Luxemburg. En toch hebben we het niet want het is zwart. En daarom kunt gij nog niet terugkomen, broer. Het moet eerst witgewassen worden.'

(Citroën:) 'Ik was niets wit. Vergeet het.'

(Mercedes:) 'Luistert eerst! Niemand weet waar ge uithangt, iedereen vraagt al weken naar u – als we nu eens zeggen dat ge ontvoerd zijt?'

(Citroën:) 'Door wie, als ik mag vragen?'

(Mercedes:) 'Fundamentalisten, Rooie Legers, gewoon crapuul – ge zijt ontvoerd, punt uit. We betalen een kolossale losprijs. Zogezegd, natuurlijk. Ge wordt vrijgelaten, ge komt verhakkeld terug en we geven een internationale persconferentie om dat te vieren. Twee vliegen in één slag. Uw verdwijning is verklaard en gij hebt de sympathie. Want we leven in een tijd van slachtoffers. Vandaag de dag zijn dat vedetten.'

(Citroën:) 'Ik heb weinig aanleg voor het spelen van vedette.'

(Mercedes:) 'Het is pourtant gemakkelijker dan minister spelen. Als er op die persconferentie één scherpslijper een lastige vraag stelt, zet ge uw donkere bril op en ge zegt dat ge u nog wat slap voelt. Want ge hebt in geen weken zonlicht gezien, laat staan warm eten. En ge begint te janken. Het zou schoon zijn als ge wat vermagerd zijt en dat ge u ook een paar dagen niet scheert. Dat geeft goed op foto's, zeker in zwart-wit. En ge kermt u verloren, zelfs met die zonnebril op. Dat ge iedere dag moest leven met het vooruitzicht dat ge kapot gingt gaan, gefolterd zoudt worden, dat ge de geest zoudt geven in helse pijn, zoudt creveren gelijk een konijn dat langs de baan...'

(Citroën:) 'Ik zie het plaatje voor me, Leo. Dank je.'

(Mercedes:) 'Het losgeld is verdwenen, natuurlijk. Maar de verzekeringsmaatschappij van een kennis van mij betaalt het ons terug. In het wit. Want wat blijkt? Wij hadden al jaren bij hem een anti-kidnapverzekering.'

(Citroën:) 'Zo'n verzekering bestaat niet.'

(Mercedes:) 'Wedden?'

(Citroën:) 'Een polis met terugwerkende kracht?'

(Mercedes:) 'Hij regelt dat wel.'

(Citroën:) 'Dat valt niet te regelen.'

(Mercedes:) 'Hij heeft al straffer zaken geregeld voor vijftien procent.'

(Citroën:) 'Vijftien procent! Voor gesjoemel op gesjoemel?'

(Mercedes:) 'Als ik nog twee keer met hem ga eten, is het maar twaalf percent. Wat denkt ge?'

(Citroën:) 'Geen sprake van.'

(Mercedes:) 'Herman! We hebben liquide middelen nodig tegen dat de processen beginnen. Zodra een proces loopt, is een topadvocaat het enige dat telt. Hij alleen kent de mogelijke procedurefouten. Er zijn er duizend maar alleen hij kan juist die ene in stelling brengen die het 'm lapt.'

(Citroën:) 'Ik denk er niet aan.'

(Mercedes:) 'Gij zijt de laatste hoop, van ons en van uw dochter, broer. Dus blijft nog efkes weg, duikt onder en ziet dat niemand u herkent.'

(Citroën:) 'Mij zal niemand herkennen, Leo.'

(Mercedes:) 'Ge weet maar nooit wie ge in het buitenland tegen het lijf loopt. Dus plakt een valse snor op. En laat uw haar blonderen. Maar zorgt dan wel dat uw snor dezelfde kleur heeft. Anders valt ge nog altijd op.'

HERMAN ZETTE ZIJN ZAKTELEFOONTJE AF, gooide het op de passagiersstoel en minderde vaart. Want de Mercedes vóór hem deed dat ook. Die dook zelfs naar het rechterbaanvak, zonder te waarschuwen met zijn richtingaanwijzers.

Herman haalde zijn broer in en schoot opnieuw plankgas de einder tegemoet. Hij hoefde zijn achteruitkijkspiegel niet te gebruiken om te weten wat Leo intussen uitvrat. Parkeren op de vluchtstrook, uitstappen, zich uitrekken, en dan foeterend over een beekje en een prikkeldraad klimmen. Dat was de kortste weg naar zijn bedrijf dat als een gigantische betonnen schuur langs de autostrade lag. De eerstvolgende afrit bevond zich vijf kilometer verderop. Dat was vijf kilometer te ver voor Leo, in wiens natuur het niet lag een andere weg te nemen dan de kortste.

Herman had zijn broer niet de hele tijd geschaduwd. Soms stond hij 's morgens met draaiende motor te wachten op kruispunten waarvan hij wist dat Leo er zou passeren. Andere keren hield hij 's avonds de wacht bij Leo's bakstenen villa annex twee tuinhuizen en manege. Meestal echter bespiedde hij overdag de fabriek. Urenlang.

Hij posteerde zich dan op een weinig gebruikt parallelweggetje, aan de overkant van de autostrade, op een heuveltje. Tussen hem en de fabriek dreunde onafgebroken de snelweg, met zijn dubbele bloedbaan van eeuwigdurend verkeer. Panta rhei – alles rijdt. Het ene been in de Citroën en het andere op de begane grond, de ene elleboog rustend op het openstaande portier en de andere op het dak – zo begluurde Herman de betonnen schuur met behulp van de verrekijker die hij nog in Frankrijk had gekocht. Hij had een prima inkijk op het centrale kantoor, waar Leo zijn bureau had.

Tijdens het turen zocht hij op de radio naar muziek van

zijn gading, tussen het vele gepraat en de smartlappen op de ether in. Zo hoorde hij, daar op zijn spionkop, voor het eerst *Time is tight* van Booker T. & The MG's.

De timing was perfect. Hij draaide aan de knop en hoorde een stem nog net het nummer aankondigen in het Frans. Op de achtergrond was het bluesorgeltje al aan zijn slepende intro begonnen. Herman liet de knop los. De diskjockey zweeg en de elektrische gitaar viel in, aanvankelijk al even slepend. Daarna versnelde ze en barstte samen met de basgitaar en het slagwerk los in een weemoedig swingende beat. Herman knikte instemmend mee en zette zijn kijker aan zijn ogen. Hij zag Leo in diens kantoor op de maat van de muziek om een jonge secretaresse heen ijsberen, het meisje toeblaffend zonder geluid. Zij had lange benen en opgestoken haar en ze luisterde met gebogen hoofd toe. Haar armen, gekruist voor de borst, omklemden een ordner. De snelweg gromde, de radio vibreerde.

Herman stelde scherp op het meisje. Leo ging met zijn rug naar haar toe staan, zij lichtte kort haar hoofd op. Trotse ogen, trillende onderlip. De muziek juichte, Hermans hart sprong op. Goed zo. Ze weerstond Leo. Ze minachtte hem. Er was schoonheid, er was wilskracht, ondanks alles. En ofschoon *Time is tight* de stem moest missen van the High Priestess of Blues, kwamen Hermans waterlanders weer opzetten. De betonnen schuur vertroebelde, het beeld van de blaffende Leo en het trotse meisje verwaterde, de voorbijstuivende wagens losten zich op in de mist van de aandampende kijkerlenzen.

De gitaar jankte er niet minder om.

Op het einde van de werkdag had Herman, verrekijker in de aanslag, Leo opnieuw die draad en dat beekje over zien klimmen. Hij hoefde niet te kunnen liplezen om te weten wat de foeterende Leo zoal uitkraamde. En de huidige Herman (ongewassen, ongekamd, ongeneeslijk) mocht dan iedere vorm van stiptheid hebben afgezworen; hij mocht zich dan hullen in wegwerpkleren; en hij mocht dan voor het eerst in zijn bestaan het 'laisser faire, laisser aller' der gemakzuchtigen huldigen – toch stak zijn ergernis de kop op als hij zijn broer zo zag stuntelen. Leg toch een plank over die beek, stumper. Knip op zijn minst die draad door.

En toen zijn broer op een andere avond de fabriek had verlaten met een halfvolle, zwarte plastic zak over zijn schouder en zelfs bijna ten val was gekomen bij het nemen van de dubbele hindernis, had Herman pas goed staan knarsetanden. Wie heeft er nu duizend werknemers in dienst en sjouwt zelf plastic zakken naar zijn wagen? Sterker: wie gaat elke dag nog zelf op controle naar zijn betonnen schuur?

Hij voelde het zuur weer stijgen in zijn keel maar hij weigerde zich in te houden, hij bleef zich opwinden. Onze managers hebben niets in de strijd te gooien, knarste hij, tenzij noeste, onafgebroken arbeid. Zonder visie, cultuur of existentiële bekommernissen. In hun ogen is dat tijdverlies. Wij blijven wroeters. Kortstondig omhooggestoten in de vaart der volken, minder door eigen verdienste dan dankzij onze centrale ligging. Epicentrum van Europa. Dezelfde ligging die ons tot voor kort veroordeelde tot internationaal slagveld en favoriet wingewest van vlot te onderdrukken lijfeigenen en plaggenhutbewoners. Benieuwd hoe lang het duurt voor we weer in de grond zullen staan krabben. En blij dat ik het niet meer mee zal hoeven te maken.

De braakaanval was gekomen met zijn gekende kracht. Herman had zich voorovergebogen achter de Citroën, om zich op zijn spionkop te onttrekken aan het zicht van het voorbijrazende verkeer. Zoveel eergevoel was hem nog wel overgebleven.

Vandaag, terwijl hij Leo plankgas voorbijschoot, belette datzelfde restant aan eergevoel hem om vijf kilometer verderop de afslag te nemen en via het parallelweggetje terug te keren naar de spionkop. Hij had genoeg van die schobbejak. Hij was toe aan rust, aan troost. Aan een ander landschapsgedicht dan dat van autostrades.

Hij reed naar een van het half dozijn locaties waarvoor hij zijn doelloze omzwervingen door godgans Europa had gestaakt en waarvoor hij, verteerd door heimwee en beducht voor zijn lot, heimelijk was teruggekeerd. En uit het half dozijn koos hij de locatie die ogenschijnlijk het minst met hem te maken had.

Niet zijn eigen villa. Die was hij gisteren al gaan begluren, in de hoop zijn twee zussen terug te zien. Ze waren er niet.

Niet de gevangenis waar Katrien haar dagen sleet. Aan de voet van die bunker had hij al een paar keer gestaan. Vanuit zijn Citroën was hij met zijn verrekijker alle ramen langsgegaan, in de hoop een glimp op te vangen van zijn oogappel. Hij had niemand opgemerkt en was doorgereden voor hij achterdocht kon wekken.

Niet de Vlaamse Ardennen waar zich, in een profijtige landschapsplooi met de kleuren van een Memlinc-schilderij, de weide bevond waar Dirk Vereecken was verstrooid.

Niet Brussel, waar zich dicht bij het Atomium de loft van Steven bevond. (Hij was altijd tegen de aanschaf van dat niet te verwarmen krocht geweest.) Hetzelfde Brussel waar zich in de binnenstad zijn eigen statige kantoor bevond, met zijn schat aan schilderijen. (Hij had tonnen tijd en massa's geld besteed aan het verzamelen ervan en nu leken ze hem alleen maar armzalig toe.) Ook daar, voor het bankgebouw, had hij de voorbije week een ochtend lang postgevat, verbaasd dat zijn mededirecteuren en het personeel gewoon waren komen opdagen om te werken. Ook Steventje kwam kwiek aangestapt. Geen spoor van paniek, nog minder van smart. Het was duidelijk. Pa Deschryver was misbaar. Niet nodig. Reeds vervangen.

Geen van deze plaatsen zocht Herman op. Hij reed integendeel nog dieper de Westhoek in.

Steeds verder naar de kust toe, tot hij belandde bij de kwintessens van deze streek. Een soldatenkerkhof uit de Grote Oorlog. De eerste Wereldbrand van deze eeuw.

DE WITTE KRUISEN waren met mathematische precisie over het bolstaande perceel verdeeld. Zelfs in de dood kent een soldaat het gelid. Zijn uniform wordt nog altijd door de staat bekostigd en onderhouden: de omheining was even wit als de kruisjes, het gras groen genoeg om tot wanhoop te stemmen en naar eeuwige vrede te doen verlangen. Het zomerde buitensporig.

Op Herman na was er geen levende ziel te bespeuren. Hij zat te roken op de grond, met zijn rug tegen een wiel geleund. Het raampje van het portier stond open, er speelde een cassette die hij gekocht had in een tankstation, in een grabbelton met winkeldochters. Een buitenkans, een presentje van de voorzienigheid: een verzamelaar van zijn Spirit in The Dark.

Eindelijk had hij een foto van haar gezien. Brede lippen. Een bijenkorfkapsel. Een dikkige neus. Inderdaad een matrone. Maar wat een stem. 'She was continuing,' onderwees het inlegblaadje, 'what Ray Charles had begun: the secularization of gospel. Turning church rhythms into personalized love songs.'

Leo had gelijk gehad, hoezeer het Herman ook tegenstond. Hij kon niet zomaar opduiken. En hoe langer hij wegbleef, des te heikeler werd het om weer aan de oppervlakte te komen. Hoe moest hij zijn verdwijning verdedigen tegenover zijn dochters, zussen, vrouw? Laat staan de pers. Een onbesuisde terugkeer zou de belangen schaden van Katrien, van de hele familie en haar patrimonium. Dat mocht hij niet riskeren. Hij bezat niet veel troefkaarten en maar weinig tijd om ze te spelen. Hij moest er het beste van zien te maken. Maar een ontvoering?

Sigaret na sigaret opstekend keek hij naar de kruisen en zag het ten dode opgeschreven Oude Continent. Tachtig jaar geleden, dacht hij, werd hier het kruim van een generatie gesmoord in bloed en Yperiet, in blinde aanvalsgolven en bajonetstoten. Toen is het begonnen. De overgang van oud naar nieuw, even dodelijk als de pest in de Middeleeuwen. De macht komt niet uit de loop van een geweer alleen. De Verenigde Staten leenden geld aan alle oorlogvoerende partijen en kwamen als enige overwinnaar uit de bus. Een kleine eeuw later regeren zij de wereld. Het klatergouden kalf ligt in het Verre Westen, coast to coast. En iedereen offert. Mijn eigenste erfopvolger, mijn enige zoon die naam waardig, noemt zich Stephen. Hij aanbidt een advocaat uit Manhattan, huwt een kleurlinge uit Miami en droomt van Los Angeles. Maar hij slaagt er met zijn jachtige, versnipperde levensstijl niet eens in zich tot het vaderschap te verbinden. Zodra ik de geest geef, verhuist hij naar gene kant van de oceaan en komt nooit meer terug. Wat laat ik achter?

'Zij is de enige roos op die mestvaalt,' dacht hij, de muziek meeneuriënd, 'de Koningin der Ziel, de Hogepriesteres van het Uur Blauw.' Hij zag twee eksters neerstrijken en van kruis naar kruis wippen, achter elkaar aan, sprongsgewijze verdwijnend in het kerkhof. De vroegere Herman zou daar, beheerst ironisch, bij hebben gedacht: Kijk eens aan! Alle Menschen werden Brüder, wo dein sanfter Flügel weilt... De huidige Herman knikte mee met de punchline van *When the battle is over*. Ironisch was hij niet meer, en beheerst nog minder. Tot zijn schaamte voelde hij zijn ogen weer vochtig worden. Ach wat... Ook de klassieken dwaalden soms, troostte hij zich. Schreven zij niet: Homo solus, aut deus aut demon? Een man alleen is een god of een duivel... De klassieken hadden die keuze nog. Ik niet. Ik ben geen van beide. Ik ben niets. Wee mij. Hij inhaleerde driftig. Hij voelde de rook bijten in zijn longen. 'Woe is upon me, Lord. Oh yeah.'

Nog anderhalve week, en Katrien Deschryver zou ontsnappen uit haar cel.

2

NIETS VERANDERT, ZESTIEN KNOOP

Eerste brief aan Herman - (Milou, een week voor Katriens ontsnapping)

WAARDE BROER, Madeleine is er faliekant tegen dat ik u schrijf. Ge kent ze. 'Wij zijn tekst en uitleg verschuldigd aan niemand,' zegt ze. 'Als iemand zich bij iemand moet verexcuseren, dan zijn het al de anderen bij ons, Herman op kop.' Maar ofschoon ik vind dat ze overschot van gelijk heeft, kan ik het niet over mijn hart krijgen om u zonder boe of ba in het ongewisse te laten. Madeleine mag dan wel iedere dag zeggen dat gij het toch ook zijt afgetrapt zonder een gebenedijd woord, toch kan ik mij er niet toe brengen haar te volgen in haar weerwraak van 'stilte op alle fronten'. Wie kwaad met kwaad vergeldt is het goede niet waard en diep vanbinnen koester ik nog altijd de hoop dat er voor uw verdwijning een aannemelijke explicatie bestaat. En dat er een dag komt waarop wij die aannemelijke explicatie mogen vernemen zodat wij ons kunnen verzoenen zonder al te veel littekens te kweken.

Want er zijn wonden geslagen, Herman. Diepe. Madeleine zegt vijf keer daags dat ge voor haar part moogt doodvallen voor haar neus, dat ze dan nog over u heen zal stappen zonder u te kennen. Zover zal zij het niet drijven maar ze is lelijk op haar hart getrapt. Ik niet minder maar ik kan daar beter tegen. Als oudste van de drie dochters moest ik van kindsbeen af ook maar de rots zijn in de branding. Miloutje? Die laadt alles wel op haar schouders. Miloutje? Die gaat wel op de eerste rij staan om de zwaarste kloppen op te vangen. Miloutje is er ver mee gekomen. Nooit heeft ze geleerd te laten merken welke stormen in haar waaien – *toujours sourire, le cœur douloureux.*

Maar als ik nu de beginregels van mijn eigen brief eens herlees? En ik zie het woordje 'hart' al drie keer opduiken, zelfs één keer in het Frans? Dan kan ik bijna niet voortschrijven, rots of geen. Mijn hand beeft en mijn oog loopt vol want ik moet denken aan onze jongste zuster met dat kwetsbaar hart van haar, dat tegelijk te groot was en te klein voor deze wereld. Ik weet van pijn en kwaadheid met mijzelf geen blijf en ik zit naar asem te happen en te zweten. ('Opvliegers,' zei Marja, want zo heetten vapeurs in haar kruiswoordraadsel in *De Standaard.*) Als ik niet uitkijk, voel ik mij nog schuldig ook. Dan maalt het in mijn kop: het was nog niet aan haar, het was aan mij, als oudste. Maar ik, ik overleef mijn operatie – een dubbele vleesboom als 't God belieft, van gemakkelijk vijf kilo en een half pond. En Marja blijft erin, met ocharme haar attaqueske waarvan de dokters achteraf zegden: 'Als uw zuster één elektroshock had kunnen krijgen, een halfke zelfs, dan was ze er al doorgesparteld.' Is het niet triestig? Marja kreeg te weinig van wat Daan te veel gekregen heeft. Twee ambulancen stonden er. De ene had geen elektroshockmachine bij en de andere zijn batterij was plat. En zo is het altijd iets.

Ik mis haar, niet te beschrijven. Ik zit hier moederziel alleen, de deur is dicht, het raam is toe, niemand ziet of hoort mij, aan de deur hangt het bordje met 'Niet storen'. Maar vraagt mij niet om luidop voor te lezen wat ik juist geschreven heb. Ik zou het niet kunnen, mijn keel schroeft dicht. En ik bén dan de sterkste van de drie. Enfin, van de twee.

Maar het is niet omdat ik u schrijf, dat ik een knieval doe. Waar zit ge, broer? Mijn verstand schiet tekort. Laat gij uw zuster begraven zonder één bloemstuk, een woord van troost, een traan? Madeleine vindt het nog een groter schandaal dan uw afwezigheid op Dirk zijn uitvaart. Ongelijk kan ik haar niet geven.

Maar ook bij Dirk hebben we u gemist. Gij, met uw gezag, hadt kunnen verhinderen dat ze die jongen cremeerden. Het was de eerste keer dat wij het meemaakten en wij vonden het geen zicht. Een beetje stof en een handvol gruis? In openlucht? Dat is vragen om problemen. En waar moeten wij, de nabestaanden, op Allerzielen nu onze pot chrysanten zetten? Alles naast mekaar, zeker. Op één en dezelfde gazon. Zodat de gierigaards meeprofiteren van andermans bloemen. Nee, geeft ons dan maar een zerk met een naam erop. Ieder 't zijne.

Die van Marja is besteld. Het schoonste marmer. Ik kan het niet helpen maar als ik het woord 'zerk' nog maar zie staan, moet ik direct denken aan een deksel. Geen marmer maar een betonnen plaat die we over haar heen zullen schuiven om haar zo rap mogelijk te vergeten... Gij hadt die ramp kunnen beletten, Herman. Gij alleen kunt handen steken aan uw Katrien wanneer die haar crisen krijgt. Wij zijn lelijk van haar verschoten. Ons uitschelden, waar volslagen onbekenden bij staan? Na al de moeite die wij ons voor dat kind hebben getroost? Zelfs na de grootste rampen stonden wij klaar, haar tante Marja misschien nog het meest.

Alhoewel... De waarheid heeft haar rechten. Onze Marja hád de neiging om Steventje wat voor te trekken, ten koste van de andere pagadders. We hebben haar genoeg gewaarschuwd, maar ze wilde niet luisteren. Zo was Marja ook. We moeten dat durven toegeven. Lief en vriendelijk, al wat ge wilt, maar koppig gelijk een ezel. Ze heeft Steventje rotbedorven. Zijn geniepig karakter komt door haar, het is spijtig dat het gezegd moet worden. Maar soit, van de doden niets dan goeds. Niemand is perfect. Steventje is daar wel het beste bewijs van. Ook hij is niet naar de begraving geweest. 'Marja heeft gekozen voor Katrien,' zei hij, 'wel, stuurt de doodsbrief maar naar haar gevang.' We hebben die jongen nog nooit zo vol venijn gezien. Zijn ogen wijdopen, schuim op zijn lippen. Ik zeg tegen Madeleine: 'Kom, kind, we zijn hier weg, voor er nog meer woorden vallen.' En effectief, wat denkt ge dat uw jongste ons naroept? 'Ik kom alleen als ge kunt garanderen dat er nog een tante doodvalt.' Daar konden wij het mee doen. In wat voor een familie leven wij?

Want onze Leo is ook niet naar de begraving gekomen. We moesten hem verschonen, zei hij, maar hij moest dringend met iemand gaan eten. Stelt het u maar voor. Gaan eten als uw zuster in haar put wordt gelegd. 'In het belang van de familie,' durfde hij besluiten voor ik mijn stem had teruggevonden en hij de hoorn al lang en breed op de haak had gesmeten. Daarna mócht hij van Madeleine al niet meer komen, zelfs al had hij teruggebeld om zich te verexcuseren. Wat hij trouwens niet gedaan heeft. Het was dik tegen onze goesting dat we hem op de doodsbrief hebben gezet. Maar ik zeg tegen Madeleine: 'Als we zo beginnen, kunnen we niemand op de doodsbrief zetten.' Want uw vrouw en de negerin van Steventje zijn ook niet gekomen.

Elvire, dat viel nog te begrijpen. Ze kon niet. Ze was weer in haar zwart gat gevallen, na een fameuze opflakkering bij Dirk zijn uitvaart. Geen zuster van het Wit-Gele Kruis bracht soelaas. Geen pil bracht verademing. Geen baxter was sterk genoeg om haar uit haar bed te halen. Tenzij ze 's nachts haar bedpan liet voor wat die was en – tegen kasten en deuren vallend, en met haar baxterzak achter haar aan hotsend op zo'n kapstok op wieltjes – naar de wc strompelde. Daar zette ze zich naast de pot en liet alles lopen. Ik zeg het gelijk als het is. Om de andere dag vonden we ze op de vloer in haar eigen vuil. De zusterkes van het Wit-Gele Kruis konden er bij het opruimen ook niet mee lachen. En het was – excuseert als het bot klinkt – misplaatst, zoals uw Elvire van 's morgens tot 's nachts bleef janken over de dood van Marja. Het ging precies om háár zuster. 'Het is mijn schuld,' kermde ze op haar kopkussen, 'ik heb Marja nooit naar waarde willen schatten. Zij was de enige die mij kwam troosten, de enige die om mij gaf.' Plezant om te horen, voor Madeleine en mij. Alsof wij tweeën niet ook al die jaren aan Elvires eeuwigdurend ziekbed hebben gezeten en haar pillen hebben geteld en haar nukken hebben verduurd. Doet het ons maar eens na. Nu ook weer: Madeleine en ik die zelf inwendig kapot gaan van miserie, maar die evengoed op een stoel blijven zitten naast een zothuis dat onze ellende afpakt en daar zoveel cinema rond maakt dat we op den duur al blij zijn dat de rijkswacht niet binnenvalt wegens burengerucht. Ten langen leste waren wij het die tegen haar moesten zeggen: 'Allez kom, Elvire. Trekt er een streep onder, meiske. Wat gebeurd is, is gebeurd.' Ze begon er alleen maar luider van te janken. Ge moogt zeggen wat ge wilt, Herman, en ge moogt kwaad zijn ook, maar zij is geen vrouw voor u. Ze is alleszins geen Deschryver en ze zal het ook nooit worden.

Hetzelfde gaat op voor die negerin. Dat was ten minste één voordeel aan onze ambras met Steventje. Dat we zijn Alessandra er niet bij moesten pakken. Ik zag die schijtkont in staat om naar Marja haar begraving te komen op hoge hielen en in een cocktailkleed met blote rug gelijk bij Dirk. We hebben getelefoneerd om te zeggen dat we daar niet van gediend waren en dat ze bij haar Steventje mocht blijven. Of ze het verstaan heeft is de vraag. Dat woont hier al zolang en spreekt nog altijd geen letter Frans of Vlaams.

Ook uw andere zoon, van wie de naam niet mag vallen, was er niet. Ik vond het pourtant de moment om iets goed te maken en Marja had dat zeker ook gevonden. Maar Madeleine kwam erop tegen. 'Het is niet omdat er iemand doodvalt, dat er opeens zoete broodjes moeten worden gebakken.' Daar zit ook veel waarheid in. En als puntje bij paaltje kwam, vond ik het adres van Bruno niet. Ik heb het dan maar zo gelaten. Hij zou toch niet hebben willen komen.

Dus om een lang verhaal kort te maken: we stonden wij daar schoon, met ons getweeën, in de mis en aan het graf. Want geburen of kennissen hadden we uit eerlijke schaamte gesmeekt om ons in alle intimiteit afscheid te laten nemen van Marja. Zo konden ze niet zien hoezeer wij in de steek gelaten werden. De pastoor zag het wel. Die konden we moeilijk smeken om weg te blijven. Hij keek ons aan met ogen zo groot gelijk potdeksels, maar hij durfde niets vragen. Nog nooit hebben wij ons zo gekwetst gevoeld.

Achteraan in de kerk stond wel die ongezonde onderzoeksrechter, in zijn eentje, een sigaret te roken. In een kerk. Het was al een schandaal op een schandaal dat hij zich durfde te vertonen. Om wat te doen – te wachten op u? Of op nog een sterfgeval? Hij nam alles op. Wat bedisselt hij nu weer? We voelden zijn ogen gaten branden in onze rug terwijl we op het kerkhof achter de kist en de pastoor aanliepen. Een kuchende, ongeschoren, rondloerende cowboy die het gemunt heeft op ons en onze familie: dat was heel onze rouwstoet. Want zelfs Gudrun was er niet, met Jonaske.

Dat knaagde nog het meest. Wat heeft dat baaske ermee

te maken? Zijn pa is doodgeschoten, zijn ma gevangen, zijn groottante gestorven, zijn bompa verdwenen. En zijn tante Gudrun begint ernaast te trappen, juist gelijk haar moeder. Ze klampt zich aan haar kozijntje vast gelijk aan een gordijn. Ze heeft de villa achter zich gelaten en is met dat baaske naar Oostende getrokken, een hotel met vol pension, het kan precies niet op. 'We komen niet naar de begraving,' zei ze aan de telefoon, 'Jonaske heeft al te veel verdriet moeten zien.' Maar zelf doet ze niets anders dan snot en slinger produceren en dat ventje in haar armen klemmen tot hij er ongemakkelijk van wordt.

Nu heeft Gudrun altijd al wat een slag van de molen gehad. Maar haar affaire met die muzikant heeft dat er niet op verbeterd. Als ge het mij vraagt, was het niet alleen zijn drumstel waar hij op sloeg. Maar een drumstel kan er beter tegen, zo te zien. Als ze zo doorgaat, versmacht ze Jonaske nog eens zonder het te beseffen. Maar als we er iets van zeggen, scheldt ze ons uit voor rotte vis.

Madeleine zegt – en ik kan haar daarin volgen – dat wij veel te inschikkelijk geweest zijn al die jaren. Wij zijn dat beu. Niemand kijkt naar ons om? Dan kuisen wij onze schup ook af. Wij zitten op een boot. Een cruise. Marja zou dat zo gewild hebben. Ze heeft het genoeg gezegd: 'Gaat gij tweeën maar naar de kust, ik beredder het wel alleen.'

Toentertijd heb ik dat nooit gewild, en Madeleine legde zich daar na wat vieren en vijven ook elke keer bij neer. Maar nu is het gedaan met ons te laten koeioneren. Het leven is al kort genoeg. We willen ook wel eens een stukske van de wereld zien, te beginnen met de zee. Op ons gemak. Binnen een paar weken leggen wij aan op de Canarische Eilanden, waar iedereen zo de mond van vol heeft. Om te winkelen en één nacht te slapen. Dan varen we reizekens terug.

Als ge thuis moest komen en ge vindt deze brief, dan kunt ge uw excuses altijd terugfaxen naar het nummer hieronder. (Maar maakt uw brief niet te lang want ze vragen schatten van mensen, zelfs voor het ontvangen van een fax. En niet alleen voor een fax. Alles kost ons hier een rib uit ons lijf. Een handdoek huren aan het zwembad is duurder dan een fles wijn thuis. Maar Madeleine zegt: 'Voor die keer dat ik en gij op vakantie gaan? We mogen ons al eens verwennen.')

Vele groeten van uw diepbedroefde zuster Madeleine.

Eerste brief aan Gudrun - (Madeleine, twee dagen later)

GUDRUN, ZIJT GE NIET BESCHAAMD! Wat geeft u het recht om in de briefwisseling te neuzen van uw pa, en daarna uw tante Milou een dreigbrief te faxen van zoveel bladzijden! Is het zo dat wij u hebben gekweekt? Ge waart beter in Oostende gebleven, dan waren we van u vanaf geweest. Dankzij uw epistel wil Milou niet meer opstaan, door niets te troosten, verkommerend in haar smal bed en piepkleine kajuit die boven de machinekamer ligt zodat ze met moeite een oog dichtdoet. Op haar leeftijd! Ge moet niet vragen hoe dat schaap er voorkomt. Akkoord, ze had naar mij moeten luisteren en van eerstaf betere hutten reserveren. Maar nu zit alles vol, het valt niet meer te veranderen, al maak ik mij nog zo kwaad tegen dat serpent van het onthaal, tot ik bijna geen asem meer heb. En ik zit al met een hoge bloeddruk omdat ik mijn zuster, door uw toedoen, moet zien lijden terwijl ze voor de eerste keer in haar leven serieus op vakantie gaat. Zijt ge nu content?

Ik heb Tony, onze steward, verwittigd dat ik niets meer in ontvangst neem, dus ge moet niet hopen van ons nog meer op stang te kunnen jagen, laat staan op zotte kosten. Die jongen begreep er niets van. Hij sloeg een arm rond mijn schouder, 'Wat scheelt er toch?' In troostende beleefdheid mij opnieuw aansprekend met madame Deschryver in de plaats van Madeleine. Is het niet ten hemel schreiend dat een vrouw van mijn jaren op meer consideratie mag rekenen van een geüniformeerde wildvreemde dan van haar eigen vlees en bloed?

Ik, voor mijn part, ik trek het mij niet aan. Schrijft maar. Mij doet het niets. Het loopt van mij af, gelijk regen van een eendenrug. Het is uw tante Milou waar ik mee inzit. Wat zijt ge van plan? Haar de dood indrijven gelijk Katrien uw tante Marja? Ge zijt goed bezig. Uw tante heeft koortsen, ze wil niet meer naar mij luisteren, ze braakt gal, ze heeft geen vocht meer over om tranen van te brouwen en ze was al wat onpasselijk. Van al dat op en neer deinen want een schip mag nog zo groot zijn – dat van ons heeft vier verdiepingen, drie restaurants, en bovendeks een zwembad en twee tennisvelden – dat schommelt altijd nog een beetje. En zeebenen heeft uw tante niet, nooit gehad. Mij mogen ze in het midden van een storm in een wastobbe in de oceaan smijten, ik eet mijn boterhammen fluitend op. Maar Milou? Die kijkt op tv naar een documentaire van Jacques Cousteau en staat na vijf minuten al te kokhalzen in de keuken.

Het was pourtant haar eigen keuze, deze boot. Ik heb gezegd: 'We vertrekken, punt.' Zij mocht beslissen waar naartoe. Wat haar dan bezield heeft om een cruise te kiezen? Waarschijnlijk heeft ze van vliegtuigen nog meer schrik dan van schepen (in haar afwijkingen trekt ze op uw pa) en wou ze evengoed toch naar de Canarische Eilanden. Om mee te kunnen babbelen in de bridgeclub, want daar zijn er genoeg die ons al jaren de ogen uitsteken met hun verhalen over palmbomen en altijd zon en hotels met vijf sterren.

Strikt genomen zou ik haar niet mogen verdedigen. 'Schrijft niet,' had ik gezegd, 'laat ze allemaal sudderen in hun vet.' En ze schrijft toch, achter mijn rug om. En gij zijt achterbaks genoeg om te rommelen in die mens zijn paperassen en ge vindt natuurlijk haar jeremiade. Eigen schuld, dikke bult, denkt een mens dan eerst. Maar liefde let niet op gebreken, Gudrun. Wie aan Milou raakt, raakt aan mij. En ze ís kwetsbaar. Zeker sinds haar operatie heeft ze moeite met overeind te blijven. Figuurlijk en letterlijk, dat mens. De eerste dag al, toen we zwaar weer hadden, in volle Noordzee, en er niets te doen viel tenzij om het halfuur een frisse neus te proberen halen zonder weg te waaien... Als Milou niet aan mijn arm hing, lag ze wel over de reling, zo groen gelijk gras. Ze wist van de wereld niet meer af. Een volledige middag duurde het, voor ik haar uitgelegd kreeg dat onze boot dan wel de 'Maria-Esmeralda' heette maar dat die naam volgens Tony (dat is onze steward), geen uitstaans had met de dochter van koning Leopold en Liliane Baels. Boten moogt ge niet naar bastaardprinsessen noemen, zegt Tony, 'om het schippersongeluk niet te tarten'. Ik vertelde het Milou honderd keer na maar het ging er maar niet in. Op sterven na dood was ze, van dat beetje gewiegel. Zo broos is de tante die gij probeert te gronde te richten.

Maar ik laat dat niet passeren. Ik dien u van repliek. En graag.

Wat mij het meest choqueert is dat uw brief voor driekwart over Dirk gaat en maar nauwelijks over Marja. Ik vind het ook niet plezant wat er is gebeurd met Dirk, Gudruneke. Maar om van hem ineens een martelaar te maken? Uw schoonbroer was een azijnpisser, een boekhouder van wie zelfs Leo geen hoge hoed op had, een professor over wie de studenten niets deden dan klagen, en een schoonzoon die niet omkeek naar uw ma en ambras had met uw pa. Voilà. En als vader wist hij niet wat aan te vangen met zijn kind. Hij deed precies altijd of het ging om de kleine van een ander. Een kind voelt dat. Hebt gij Jonaske zien wenen om zijn papaatje? Ik niet. En ook in de rest van zijn huwelijk was Dirk verzuurder dan een pastoor zonder meid, als ge begrijpt wat ik bedoel. Katrien had heel wat beter kunnen krijgen, op alle vlakken. Het is ons verstand altijd te boven gegaan dat ze juist met hem op de proppen kwam, een gefrustreerde sukkelaar zonder kapitaal of connecties, en die zo lelijk was bovendien.

Gelijk het nu mijn verstand te boven gaat dat gij Katrien lijkt te benijden om hem. Altijd hebt ge haar benijd, al toen ge kleuter waart. Elke keer als Katrien van ons een kleedje kreeg en het aantrok om voor ons op de salontafel te dansen gelijk een kleine mannequin, stondt gij in het deurgat naar haar te loeren met een gezicht gelijk een donderwolkske. Toen al. Waarom? Katrien droeg alles met moeite twee, drie keer en gaf het dan al aan u, zo goed gelijk nieuw, met een kus erbovenop. Nog waart ge niet content. Het was 'nooit zo schoon gelijk bij Katrien'. Hebt gij uw tantes ooit horen klagen omdat zij in hun jeugd alles hebben moeten afdragen van mekaar – ik alles van Milou, en Marja alles van mij, tot de onderbroekskes toe? Zo ging dat, toentertijd. Wij vonden dat normaal. Maar gij komt er verdorie dertig jaar later nog op terug, in een brief aan uw twee rouwende tantes. Beseft gij niet hoe zielig dat ge klinkt? Temeer omdat ge, tussen de regels door, die afdragerkes van toen vergelijkt met Dirk Vereecken nu, en dat die paljas volgens u als echtgenoot miskend zou zijn geweest door iedereen. Miskend? Natuurlijk, naast uw drummer is iedere vent een modelhuisvader. Ge moogt in uw pollekes wrijven dat uw batteur u al na een jaar op straat heeft willen zetten zonder u finaal de kop in te slaan – weliswaar zonder meubelen of een rotte frank, om van kroost goddank te zwijgen.

Maar zelfs in dat laatste ligt uw jaloezie voor het oprapen. Zijt eens eerlijk! Is het niet uit pure afgunst dat ge Jonaske iedere dag omzeggens wurgt? Ik verschiet er niets van dat hij zijn armke heeft gebroken. Thuis versmacht ge die jongen, maar op een speelplein in Waasmunster verliest ge hem subiet uit het oog. Geeft die kleine eens ongelijk? Ik zou ook direct weglopen en op de hoogste schuif-af kruipen die ik kan vinden. Maar dat die schuif-af oud en verrot is, dat is úw schuld. Zijn er geen modernere speeltuinen? België staat vol. Maar nee, gij moet per se van Oostende helemaal naar Waasmunster trekken. En is het alleen maar zijn armke? Of durft ge niet schrijven dat hij al zijn ribben heeft gebroken? Zorgt maar dat de plaaster goed gelegd is of Jonas blijft de rest van zijn leven zitten met een krom pootje, dankzij u. Sorry dat ik het zo cru stel. Maar als gij moogt uitspuwen wat er op uw lever ligt, dan ik ook.

Daarom: mijn maag keerde om toen ik moest lezen wat ge ons aanwrijft omtrent Elvire. Waar waart gíj, Gudruneke, toen uw moeder in haar eigen vuil lag te wenen? Ge waart op de computer aan het spelen met uw kozijntje. Of ge sleepte die kleine tegen zijn goesting mee naar kindertheater waar geen zinnig mens een touw aan vast kan knopen – we zijn één keer meegegaan, merci, nooit weer. Als dat al theater is?

De doodenkele keer dat ge uw moeder wel hebt geholpen, hadt ge het beter kunnen laten. Gíj hingt vol van kop tot teen, en zíj was aan het huilen van de pijn. Dat is geen werk voor leken. De zusterkes van het Wit-Gele Kruis zullen mij niet tegenspreken. Mensen van jaren die vallen, die moogt ge niet oprapen. Ge moet ze laten liggen, voor hun eigen bestwil. Plus daarbij, ge bekent het in uw brief nu ook, dat ge geen handen meer kunt steken aan uw moeder. Maar waarom schuift ge de consequentie daarvan in onze schoenen? Vroeg of laat moest Elvire toch naar dat gesticht. Het is een pijnlijke maar een juiste beslissing die ge hebt genomen. Elvire zit daar op haar plaats. Ze wordt er alleszins beter verzorgd dan door haar zotte dochter, of door twee bejaarde schoonzussen waarvan de een zelf slecht ter been is en de andere bijgevolg de zorg moet dragen voor drie. Er is een grens, zelfs aan mijn krachten. Ik word er ook niet jonger op. Waarom, denkt ge, waren wij toe aan wat rusten en veel gezonde zeelucht?

Daarom vind ik het ronduit laf wat ge schreeft. Dat wij om Marja zouden 'rouwen op een plezierboot'. Schaamt u, Gudrun. Veel plezier is er hier niet bij. En we hebben zeker geen lessen in leed te ontvangen van iemand gelijk gij, met uw opgeschroefd gesnotter en uw vulgaire chantage. Chantage, ja. Voert uw dreigementen maar uit. Belt maar naar uw nonkel Leo en leest hem de fax van Milou maar voor. Ik ben benieuwd of hij aan de telefoon wil komen. En vertelt alles ook maar aan uw moeder. Drijft dat mens ineens maar in een coma. Dat is voor haar misschien nog 't beste, in dat naargeestig gesticht waarin ze door haar eigen dochter is gedumpt. En waarom vertelt ge alles niet ook aan uw oogappelke? Ge hebt zijn armen al gebroken, waarom niet ook zijn hartje? Vertelt het hem, geniet van zijn traantjes én van het feit dat gij alleen hem nog kunt troosten. Oefent u maar flink, meiske, voor een moederschap dat u evenmin te beurt zal vallen gelijk het ons ooit overkwam. Een vrouw op de drempel van de overgang kan rare sprongen maken. Ik weet waarvan ik spreek. Het is voor niemand gemakkelijk, mijn zoeteke.

Maakt ons maar zwart bij iedereen, als dat u kan plezieren. Mij kan het niet schelen. Maar beseft goed dat ge uw tante Milou diep zoudt kwetsen. Ik weet niet of dat mens het overleeft. Ik wik mijn woorden. Maar bon. Neemt gij uw beslissing maar, in eer en geweten. Uw keuze is simpel. Ge voert uw plan uit en ge krijgt de dood van uw tante op uw kerfstok. Ofwel biedt ge uw excuses aan.

Dat kan. Natuurlijk kan dat. Ik ben geen onmens. Spijt kan altijd. Eén regeltje volstaat. Dat mag Tony ons wel nog overhandigen, heb ik hem gezegd. Eén regeltje, Gudrun. Meer is er niet nodig. Een paar simpele woorden en de spons wordt direct gehaald over al wat lelijk en vuil is, en wat ongezegd had moeten blijven. Ook van onze kant, dat geef ik toe.

Maar gij moet eerst over de brug komen. De jonkheid heeft zijn kop te buigen voor de ouderdom.

Uw tante Madeleine.

Tweede brief aan Gudrun - (Milou, vijf dagen later)

LIEVE NICHT GUDRUN, gooit deze fax niet in kwaadheid weg. Leest eerst. Gunt uw tante Milou die tweede kans, ik smeek het u. In naam van vroeger.

Pas op, ik kan begrijpen dat ge uw tante Madeleine niet hebt willen antwoorden. Ik wist eerst niet dát ze geschreven had, en ze wil nog altijd niet vertellen wát. Veel barmhartigs zal het niet geweest zijn. Maar ge kent ze toch? Een hart zo klein gelijk een boon, haar grote mond ten spijt. Akkoord, in mijn brief stond ook al weinig lieflijks. Maar het was nooit mijn bedoeling dat mijn belijdenis u onder ogen kwam. Ik had die dag een donkere bui en dan komt alles er op zijn felst uit – dat moet juist gij toch herkennen? Uw brief was van hetzelfde kaliber. Maar kunnen we niet wederzijds een groot kruis trekken over al dat trammelant? Familie moet ge nooit verloochenen, we zullen mekaar nog nodig hebben. Wij, bijvoorbeeld, zitten met een probleem.

En het is natuurlijk weer mijn schuld. Ik durf er amper over te beginnen, zo dwaas is het. Ge gaat het niet geloven. We zitten op een verkeerde boot.

Het is uitgekomen door een stom toeval. Wij hadden verwacht dat we, almaar dichter komend bij Gran Canaria, ook steeds beter weer zouden krijgen. En we wilden profiteren van ieder straaltje zon, om daar niet te arriveren gelijk twee melkwitte zeehonden die op het strand door alle bruingebranden worden uitgelachen.

Maar na een tijdje waren wij nog de twee enigen die al van 's morgens in zwemtenue naast het openluchtbad gingen liggen. En we konden de andere passagiers daarin geen ongelijk geven, zo fris en overtrokken werd het, meer en meer. Madeleine en ik hebben eens een vol uur in de mist gelegen, met een deken opgetrokken tot onder onze kin maar nog altijd klappertandend van de kou. 'Amaai,' zei ik, 'als het dat is, wat we mogen verwachten op die Canarische Eilanden? Dat belooft.'

Op een goeie morgen bleef het zwembad dan afgedekt met het groot zeil. Toen we daarover gingen reclameren bij die heks van het onthaal, kregen we het in de loop van de woordenwisseling te horen. We zijn niet op weg naar de Canarische Eilanden. We zijn op weg naar IJsland.

Ik begrijp zelf niet hoe het is kunnen gebeuren. Ik heb tot en met de kapitein erbij geroepen om het uit te zoeken. Maar alle papieren spreken tegen dat ik een klacht zou kunnen indienen.

Maar wie denkt daar nu aan, om zijn eigen tickets tot in de puntjes na te lezen? Madeleine heeft het ook niet gedaan. Geen wonder. Het zijn allemaal kleine lettertjes, een regelrechte puzzel waar ge een uur lang op zoudt moeten zitten studeren met uw leesbril op. Konden ze dat niet wat simpeler maken, voor twee vrouwen op jaren?

Het is dezelfde rederij maar een andere cruise. Ik moet een verkeerd nummer hebben ingevuld. Het was ook mijn eerste keer, de zenuwen zullen mij parten hebben gespeeld. En ik was nog altijd van slag vanwege uw tante Marja. Ik peins zelfs dat daar het paard gebonden ligt. Dat ik mij onbewust heb willen vergissen. Omdat ik vond dat ik nog niet mocht afreizen van de grond waarin zij pas begraven lag, en dat ik mijzelf voor die vlucht op de vingers wilde tikken. Is dat zover gezocht, misschien? Het is ofwel dat, ofwel toegeven dat ik zo lomp ben gelijk het achterste van een varken, gelijk Madeleine haar oordeel luidt. Dan kies ik liefst het eerste. Mijzelf troostend met de gedachte dat verdriet gelijk een waterleiding werkt: draait ge hier een kraan dicht, dan spuit het er ginder in kracht verdubbeld uit. Zo gaat dat toch? De mens, ge kunt gij daar niet aan uit.

Madeleine is daar nog een beter voorbeeld van. De eerste dagen hier op de boot straalde ze van gezondheid en contentement, ik heb haar nooit zo weten lachen en fratsen uithalen. Nu ligt ze te treuren in haar kajuit en geeft geluid noch beeld. Hoe meer ze gebaart dat het niets met mijn vergissing te maken heeft, hoe meer ik het tegendeel vrees. Ik kan mijn hart niet eens uitstorten bij Tony. Ze hebben die jongen overgeplaatst en ons in ruil een oude nurkse bok gegeven die een uur in de wind stinkt naar okselzweet. Als ik informeer naar de reden van die wissel, valt er een ijzige stilte. De kapitein geeft bezet als ik naar hem vraag en die koe van het onthaal draait haar rug al naar mij om als ze mij nog maar ziet, om ons betaald te zetten dat we op onze rechten staan. Madeleine wil zelfs niet helpen reclameren om Tony terug te halen. Ik vroeg het één keer, ze kreeg een huilbui. Ik moest die jongen met rust laten, ik moest alles laten rusten, niets had nog belang. Ze stak haar hoofd onder haar kussen en ze zweeg weer... Probeert u dan maar eens níet schuldig te voelen. En intussen heb ik niemand meer als aanspraak.

Zelfs in het restaurant zit ik eenzaam aan een tafeltje. In het begin dachten Madeleine en ik nog dat de andere mensen samenkliekten omdat ze elkaar van vroeger kenden, of omdat ze ons te oud vonden. (Te oud! Als ge eens wat beter kijkt, achter de facelifts en de lagen schmink? Ik zeg niet dat we de jongsten zijn maar het scheelt niet veel.) Maar sinds ik, bij toeval, gedwongen luistervink kon spelen bij een gesprek tussen vier met goud en juwelen behangen mummies, ken ik de ware reden. Ze weten dat wij van de familie Deschryver zijn en ze mijden ons.

Gudrun, kind, ge hebt er geen gedacht van hoezeer onze naam door het slijk wordt gesleurd. Zelfs hier. Er is geen ontsnappen aan. We varen wij nu naar IJsland – nóg roddelen de mensen achter ons gat. Ze zeggen dat onze Katrien gaan lopen is – is dat zo? Ik luister niet naar het boordjournaal. We zijn juist op vakantie gegaan om ons van niets nog iets te moeten aantrekken. Wel? Is het waar? Ik hoop van niet. De mensen hier flansen er nu al zoveel achterklap bij, dat ge u afvraagt: 'Is dat nog over ons, dat ze het hebben?' Ik kreeg goesting om over de reling te kruipen en in het diepe te springen, waar de schroef het water tot schuim vermaalt. Schandalen, oplichterij, overvallen. Plus de moorden op die kindjes. Het wordt in één geut verteld en in die geut spelen wij een hoofdrol. Wij! En ofschoon ge weet dat het niet klopt, voelt ge toch een vage schuld.

Van één ding ben ik blij. Dat koning Boudewijn dit niet meer mee heeft moeten maken. Voor zijn Fabiola vind ik het des te triestiger. Niets dan miskramen gehad, en dan moeten toezien hoe een schurk, die zo lang zo vrij is blijven rondlopen, mag smossen met de onschuld zelve. Ge zoudt voor minder bij de Charismatieke Beweging gaan. Ik ben er ook rijp voor.

Daarom ben ik zo blij dat gij u over Jonaske hebt ontfermd. Echt waar. Een van mijn weinige lichtpunten is te denken aan die kleine. Is het niet raar? Mijn ouders komen elk uit een gezin van twaalf, ik had drie broers en twee zusters, gij drie broers en één zus. De Deschryvers zijn altijd een kroostrijk nest geweest. Nu planten ze zich voort in maar één kind. Het gewicht van al onze verwachtingen en kwalen komt ooit op zijn schoudertjes terecht, ocharme.

Gelukkig is Jonas bij u in goeie handen. Ik meen dat. Alleen, ge moogt hem niet te veel verwennen, zoeteke. Dat is geen verwijt! Ik weet hoe dat gaat. Jonas doet mij wat denken aan u, toen gij jong waart. Eén dag in het bijzonder, één moment uit uw jeugd, blijft spoken door mijn kop. Zeker sinds ik weet dat we naar IJsland varen... Sneeuwt het daar? We hebben niets mee dan ons zomergoed. Van de andere kant: sneeuw is altijd schoon. Mijn dierbaarste herinneringen spelen zich af op witte dagen. Er zijn mensen die wit een vrolijke kleur vinden. Ik niet. Vrolijk is zo beperkt als omschrijving. Er gaat iets schoons in wit schuil maar ook iets triestigs, iets breekbaars, plechtigs. Daarom droeg ook ik wit bij Marja haar begraving. 'Waarom niet?' zei ik tegen Madeleine, 'het is de kleur van de hoop. Wit is eerlijk, wit is alles. Gaat gij maar gelijk een kraai. Ik ga in het lelieblank.'

Die bewuste dag, dat moment uit uw jeugd, had het ook gesneeuwd. Voor één keer kon dat geen kwaad. Het verkeer kon niet gehinderd worden want er was geen verkeer, op hier en daar een ambulance of een brandweerwagen na. Het was een autoloze zondag, de tweede geloof ik. Herinnert gij u dat niet meer? Ge waart misschien een jaar of dertien, veertien. Een sproetenkopke met een beugel, met spillebenen en een plooirok. Ergens in de jaren zeventig. Oliecrisis, hartje winter. Onze eerste minister – die met zijn altijd gekrenkte ogen – zei op tv: 'We zullen moeten leren besparen. De wereld wordt nooit meer gelijk hij was.'

Maar gedurende die paar zondagen werd de wereld wel degelijk gelijk hij ooit was. Gelijk in mijn jeugd. Geen draaiende motor te horen. En in het midden van elke straat een paar kleine gasten die met sneeuwballen smijten en glijbaan spelen. En ouders die staan te kijken in het gat van hun deur... Voor mij had die oliecrisis gerust wat langer mogen duren.

De deurbel gaat, ik doe open en wie staat daar? Met een slee met paarden en dekens en een koetsier in kostuum? Uw nonkel Leo. Waar hij die koets vandaan had, ik weet het nog altijd niet. Zo is Leo. Ge zoudt denken: een nurks (en dat is hij ook). Maar hij kan van die momenten hebben? Dan is geen kost of moeite hem te veel en dan moet iedereen delen in zijn plezier. Hij had zelfs voor thermossen gezorgd, vol warme wijn met kaneel en honing. 'Rap,' zegt hij, 'trekt een pull-over aan en zet een muts op. En draait Elvire in een donsdeken, er is plek voor iedereen.' Zelfs Brunoke stond te springen, hij die nooit iets wilde doen in groep. Alleen uw pa wou weer niet mee natuurlijk, die had nog een dossier af te werken. Katrien en gij stonden te pruilen en aan zijn mouw te trekken, maar Herman gaf niet toe. Hij zwaaide ons zelfs met moeite uit, omdat we weigerden te beloven om zijn Elvire geen warme wijn te drinken te geven.

Overal waar we passeerden kwamen de mensen aan hun venster staan gapen. Wandelaars applaudisseerden voor de trekpaarden – Brabantse, twee rasbeesten, opgetuigd met bellen en pluimen en een geborduurd dekkleed en alles. En dat voor twee van die brede boerenpaarden. Dat moet een aardige cent gekost hebben.

We zongen alle liedjes die we kenden. 'Mie Katoen, komt morgennoen' en 'Tineke van Heulen'. En 'De purperen hei' – in het putteke van de winter, in de geburen van Kortrijk! Gelachen dat we hebben... Elvire deed ons helemaal in onze broek doen omdat ze, verdwaasd door haar medicamenten, naar de mensen zwaaide met een slap handje, precies wijlen koningin Elisabeth. De meeste mensen zwaaiden terug, openbloeiend gelijk wij, onder die scherpe, winterse zon. De stad zag er helemaal anders uit, toverachtig wit, feestend zonder feest. En het schoonste moest nog komen. De autostrade.

We draaien een klaverblad op, omhoog, naar het viaduct. Het onderstel van onze slee knarst over de sintels en de zoutkorrels in het ijs, de paarden knikken met hun koppen van de inspanning, hun hoeven tikken nijdiger dan daarvoor, soms schuiven ze wat uit, hoefijzer op ijs. Pas als we helemaal boven zijn, komen we tot stilstand. De paarden asemen stoom uit, hun dekkleden dampen. Wij stappen uit, gaan over de reling hangen en happen naar lucht bij het zicht.

Een laken zonder eind, in de breedte zowel als in de lengte. Alles in het wit. Zelfs op de zwanennekken van de straatlantaarns ligt een dot watten. De autostrade zelf, beginnend onder ons, trekt een kaarsrechte, dubbele vouw in dat laken van sneeuw. En die vouw is afgebiesd, zeg maar, met besneeuwde vangrails en plastieken paaltjes, hun rode oogske amper zichtbaar. Waar de middenberm moet zijn, staat iemand kastanjes te roosteren boven een walmend, roestig vat. En geen auto te bespeuren, zover het oog reikt. Wel wandelaars. Tientallen, honderden misschien, die flaneren waar ze nooit daarvoor hebben geflaneerd. Gemoedelijk, gezapig, verwonderd. Met vader en moeder, met kroost, en met zelfs iets van trots. Maar nog altijd – ik kon het eerst niet geloven – aan de juiste kant. Echt waar. De gaande rechts, de komende links. Als toch iemand het lef heeft om tegen de draad in de lopen, wordt hij zodanig scheef bekeken dat hij beschaamd over de vangrail klimt. En al heb ik het later nergens meer gehoord, nooit vergeet ik het geluid van zoveel sneeuw die knerpt onder zoveel schoenzolen, op een plaats waar anders het gebrom en het gebulder geen einde kent.

Ik herinner me dat we, ergens te midden van de velden, nog in een brasserie zijn beland waar een echt feest aan de gang was, en dat we op voorspraak van Leo mochten aanschuiven, gratis en voor niets. A volonté Lierse vlaaikes en ouderwetse bierpap gelijk als 't moet – met Rodenbach en Kriek Lambiek, plus rijst met blauwe pruimen. En dat op die warme wijn! Ge moet niet vragen... Madeleine heeft de rest van de week met diarree gezeten. En gij met uw eerste liefdesverdriet.

In dat café was een jonge garçon die een oogske had op Katrien. Iedereen had het door, alleen zij niet. Enfin, zo gebaarde ze toch, met de nonchalante wreedheid van de bijna-zestienjarige. Die jongen sloofde zich uit, hoogrood en zwetend, telkens weer voorbijlopend, roepend, 'Trappist van 't vat!' of 'Een broodje kaas!' Zich een ongeluk bukkend naar de servet die hij een paar keer liet vallen vlak naast Katrien. Maar zij negeerde die jongen straal.

Gij niet. Weet ge dat nog? Gij sprongt van uw stoel op om die servet op te rapen, en later het bierkaartje dat hij ook al had laten vallen. Ge raapte alles op om het aan hem terug te gaan geven. Die jongen werd horendul van u, Madeleine en Marja konden hun lach niet inhouden. Nog later hielpt ge hem ongevraagd met afruimen, peper- en zoutvaatjes achter hem aan dragend, plus alle servetten, hem zo de kans ontnemend een paar keer extra in de buurt van Katrien te komen. Gij dartelde in zijn spoor mee, zelfs naar andere tafels, zo koket gelijk maar mogelijk was voor een dertienjarige sprinkhaan met sproeten en een beugel. Ge zoudt hem zijn dienblad uit zijn handen hebben genomen om u behulpzaam te maken.

Niet één keer bedankte hij u. Hij snauwde u zelfs weg maar gij gaaft niet af, glimlachend met uw hoofdje schuin, vragend naar zijn naam en de uwe alvast op een bierkaartje schrijvend, met uw tongpunt tussen uw lippen. Daarna gingt ge, om indruk op hem te maken, buiten spelen. Vlak voor het raam. Roetsjend over een glijbaan, woest en wild gelijk ge toen kondt zijn. En natuurlijk kwaamt ge ten val, gelijk altijd. Alle twee uw knieën open. Het was rap gedaan met spelen.

Op de terugweg in de slee (het werd al donker) kwaamt ge nasnikkend op mijn schoot gekropen, onder de deken die rook naar stallen en stro. Ge trokt mijn handen op uw ijskoude dijtjes met hun gebloemd vlees, en ge vielt in slaap met uw armen om mijn hals. Maar niet nadat ge mij eerst in mijn oor hadt gefezeld: 'Hij heet Marcel en hij heeft mij toch twee pleisters gegeven. Maar ik heb ze wel zelf op mijn knieën moeten plakken.'

De dag daarna zijn wij samen, gij en ik alleen, uw eerste lange rok gaan kopen. Een splinternieuwe. Weet ge dat niet meer?

Gudruneke, laat ons niet langer in onmin leven. Vergeeft mij wat ik heb geschreven en schrijft mij een schone brief terug. Hij moet niet zo lang zijn gelijk die van mij – wat moet een mens anders al doen, op een boot, behalve schrijven en afzien? Met een kattebelleke ben ik al content. Schrijft het mij, toe. En informeert ook eens of er geen manier kan worden gevonden om ons van dit schip af te halen. Wat moeten uw tantes in IJsland gaan doen? Er moet toch iets bestaan gelijk een speedboot die ons tegemoet komt varen en die ons in één moeite door naar huis brengt? Aan uw nonkel Leo durven wij niets te vragen. Ge kent hem toch? 'Die op vakantie kunnen gaan, moeten kunnen afzien ook. Kermis is een geseling waard.' Hij lacht ons uit in ons gezicht. Hij begrijpt niet hoezeer wij lijden.

Gij zijt onze hoop. Laat iets van u horen. Alstublieft.

Uw liefhebbende tante Milou.

Derde brief aan Gudrun - (Milou, een week later)

GUDRUN, WAAROM SCHRIJFT GE MIJ NIET? Waarom laat gij mij in het ongewisse, juist nu ik u het meest nodig heb? En ik voel mij al door Jan en alleman verlaten en verraden. Komt mij nu alstublieft niet vertellen dat ook mijn favoriete nichtje de naastenliefde niet wil opbrengen om mij te antwoorden. Al was het maar om mij de groeten te doen van Jonaske. Of om te zeggen wat er op haar lever ligt. Wat ook de woorden waren die gevallen zijn, ik heb er spijt van, mijn kind. Hoeveel keer moet ik dat herhalen voor ge mij gelooft? Vergeeft een oud ziek mens die met haar tijd niet mee kan, die haar leven in rook ziet opgaan en die van 's morgens tot 's avonds eenzaam ronddoolt op een schip waarop ze nooit één voet had mogen zetten.

Uw tante Madeleine wil nog altijd niet tegen mij spreken, ze laat mij niet eens binnen in haar kajuit, ze zegt dat ik lamenteer en dementeer. Zo razend is ze, omdat ik u geschreven heb. Ze had dat nooit te weten moeten komen maar die teef van het onthaal heeft de factuur bij haar onder de deur geschoven, met opzet peins ik. Zo gaat dat hier. Zo gaat het in heel de wereld. Wat zijn wij voor schepsels? Altijd weer moet er van alles achter de rug worden geregeld. De een mag dit niet weten van de ander, de ander dat niet van een derde. Tot niemand er nog wijs uit geraakt en het enige dat overblijft de misverstanden zijn, plus de miserie.

Ik word nog zot en 't zal mijn eigen schuld zijn, bovendien. Ik had nooit moeten beginnen aan zo'n cruise. Een boom van dik over de zestig laat zich niet verplanten, een Vlaamse boom nog minder en al zeker niet naar een boot. Nooit kende ik de waarde van een woord gelijk heimwee tot ik dobberde op deze kouwelijke plas, in dit spookschip met zijn opgetutte mummies en zijn potsierlijke luxe. Het lapke grond waarop wij grootgebracht zijn, en waar iedereen zoveel over zaagt – we kunnen het maar beter niet verlaten. Het leven is er lang zo slecht nog niet. Wat is de reden dat een mens gelijk ik op vakantie zou moeten gaan? Vroeger jaren bleef iedereen in zijn kot en men was niet ongelukkiger dan nu. 'Een boer is overal hetzelfde,' zegt Leo dan en hij heeft groot gelijk. Vakantie is voor rijke zotten, niet voor mij. Ik moet maar naar dat klotsend water rond mij kijken, kilometers in het rond, of ik weet het al: ik ben ontheemd, aan het einde van mijn krachten. Geen uur of ik word mottig van dat wiegen. Geen dag of ik verbijt mijn tranen van ellende. En ik durf het nauwelijks bekennen maar van de nacht heb ik geslaapwandeld.

Enfin, als dat is wat het was. Het kan met evenveel gemak een nachtmerrie geweest zijn. Van het slag waaruit ge maar niet wakker schiet.

Ik sta in mijn eentje op de voorplecht in mijn nachtpon – ik vertel het maar gelijk het is. Mijn handen zijn zonder ringen of bracelets maar ik heb wel mijn sacoche bij, stevig onder mijn elleboog geklemd, precies of ik ben bang dat ze mij gaan beroven.

Ik zie geen kat. De wind snijdt in mijn vel gelijk een keukenmes, mijn blote voeten vriezen vast. Er is iets veranderd, maar wat? De motoren. Ze daveren niet meer gelijk in mijn kamer. Ze zwijgen. En ik zou zweren dat er ijsschotsen op het water drijven en heel in de verte zelfs twee bergen. Maar ze liggen te ver om ertegen te varen, godzijdank. Is dat nu het befaamde noorderlicht, vraag ik mij af. Want de lucht wordt rood gelijk bloed, met alleen een spierwitte bol erin. Janneke Maan. Het rood wordt met de minuut feller en maakt zich van alles meester, op de schotsen en de ijsbergen in de verte na. De boot, het water, mijn handen – het ziet ál rood. Van het geklots van de golven hoor ik niets, het schip deint niet meer. Het staat stokstijf op het wateroppervlak stil gelijk een tafel op een marmeren vloer. Ik hoor geluid van mens noch dier. Eindelijk rust, volkomen kalm – daarvan zou ik toch op mijn effen moeten komen? Maar nee, het duizelt mij. Mijn maag speelt op en dan gebeurt het. Waarom, dat weet ik niet. Het gebeurt. Een besef treft mij gelijk de klop van een hamer. Het is te treurig en te uitzichtloos om het hier te herhalen. Donkere gedachten wil ik niet neergeschreven zien staan. Het moet maar genoeg zijn te vermelden dat ik denk: 'Wat zou het verschil zijn, Miloutje, had uw lijf nu eens nooit gegeten, niet geasemd, nooit bestaan?' En ge zult het niet geloven, mijn zoeteke, maar ik begin te schudden en te beven over heel dat lijf van mij. Zo heb ik eens een missionaris, terug uit de Congo, op zijn ziekbed een aanval van malaria zien doormaken – onder vijf dekens en nog versteven van de kou. Maar waar zou ik malaria opgelopen moeten hebben? Het vriest hier dag en nacht. Toch kan ook ik mij niet rechthouden. Ik zak op mijn knieën. Die kaduke, gezwollen knieën van mij. 'Ossenknieën,' zegt Leo, die schavuit. En nog klem ik die sacoche onder mijn arm. Ik hoor mijzelf zuchten en janken en op dat moment zie ik het voor mij staan. Een paard. En het is precies of ik dat hier verwacht. Zo'n paard zonder staart, alleen een knot. Een schone bruine knol met oogkleppen en twee manden aan zijn zadel. Zo'n dik en hoog gevaarte gelijk ze in Oostduinkerke gebruiken om te vissen op garnaal. Er hangt trouwens een net aan, dat vol zit met van die beestjes. Ik eet ze zo graag, gekookt en roze, met de hand gepeld. Ik heb nog uren – al die uren, ochot – met Marja zo gezeten in onze keuken: met een geblokte voorschoot opgespannen tussen onze knieën, met daarop een berg lege lijfjes met de poten er nog aan, en lege roze kopjes met sprieten. En met vóór ons op het tafelblad twee kleine hopen – links de ongepelde, rechts de gepelde. En met ertussenin een flinke koude citroenjenever.

Nu zien die garnalen in het net nog grijs en ze bewegen, in de hoop van te ontsnappen, weg van mekaar. En vraagt mij niet waarom, maar het zien en horen van die diertjes geeft de doorslag. Ik kan mij niet meer houden. Ik begin te janken als een kind van zeven jaar. Dat niet alleen. Ik schaam mij om het u te zeggen maar ik zeg het gelijk het is. Ik voel hoe ik mijn water niet kan ophouden. Dat is iets heel ergs, als dat u overkomt. Het sijpelt eerst, Gudruneke. Mijn water sijpelt uit mij weg, hoezeer ik ook mijn best doe om het tegen te houden. Dan stroomt het, warm en affronterend, langs mijn oude dijen naar beneden, tot het rond mijn koude brede knieën een plaske vormt. Er slaat wat damp van op. Ik schaam mij zo. Die geur, die ik herken en waarvoor ik mij generr... Zo rook ik na mijn operatie ook.

Ik overweeg juist om in mijn sacoche te zoeken naar een papieren zakdoek of twee, als ik een hand voel op mijn schouder. Het rare is, dat ik niet eens verschiet. Maar ik stop wel met snotteren. Het is een visser. Een stevig gebouwde mens, wat jaren ouder nog dan ik misschien.

Hij ziet niet rood. Hij niet en zijn paard niet en de maan niet. Maar hij heeft wel een blauw oog en korsten rond zijn lippen en een vuile baard. Kwam ik hem tegen in de stad, ik zou de straat oversteken. Nu ben ik blij dat hij voor mij staat. Ik kijk naar hem op. Hij schudt zijn gekwetste kop. 'Ge moet u zoveel zorgen niet maken, madammeke,' zegt hij. 'Mijnheer,' slik ik, 'ge moest eens weten hoe het met mij gesteld is, ge zoudt dan wel anders piepen.' Hij glimlacht en zijn hand streelt over mijn hoofd, heel lichtjes, maar genoeg om deugd te doen. Hij zegt: 'Ik heb uw zuster gezien, ze stelt het wel. Ze komt echt niets tekort.' 'Wie,' vraag ik – ik hoor mijn stem bibberen – 'Madeleine of Marja?' Maar hij legt zijn vingertoppen op mijn lippen en hij sust: 'Maakt u zoveel kopzorg niet. Uw zuster stelt het wel. Laat al uw wanhoop varen.' Hij haalt een in tweeen gevouwen briefke papier te voorschijn en steekt het in mijn sacoche. 'Leest maar,' zegt hij, 'hier staat alles op.'

Dat is het laatste wat ik mij herinner. Ik weet niet hoe ik terug in mijn bed ben geraakt, en of ik het eigenlijk wel verlaten had. Maar toen ik wakker werd, waren mijn lakens nat en kouwelijk. Plus, ik kon nergens mijn sacoche nog vinden. En het was nog wel een cadeau voor mijn vijftigste verjaardag, van u en de andere kinderen. Ik ben daar helemaal de put van in. Het is maar materie, dat weet ik, en er zijn schoonder sacochen. Maar niet die. Niet diezelfde. En nooit zal ik nu weten wat er op het briefke van de visser stond.

Doet iets, Gudrun. Schrijft gij mij dan een briefke. Laat gij op z'n minst iets van u horen. In naam van vroeger. Alstublieft.

Uw tanteke, Milou.

Vierde brief aan Gudrun - (Tony, acht dagen later)

GEACHTE MEVROUW DESCHRYVER, ik schrijf u namens en op aandringen van uw beide Tantes, alsmede op zeer dringend verzoek van de heer Kapitein plus mevrouw Thijssens van het Onthaal.

Om kort te gaan: uw beide tantes zijn geheel en al radeloos, en hetzelfde kan worden gesteld van zowel de bevoegde bemanning als de scheepsarts en de beroepsanimatoren. De problemen die zich hebben gesteld lijken onoverkomelijk en zijn bepaald uniek. Niemand van mijn collega's werd ooit geconfronteerd met misverstanden van deze omvang en voortdurendheid – laat staan dat het mij al overkwam wiens tweede overtocht dit slechts is, zo mogelijk tevens de laatste.

Doch ter zake. Uw beide tantes sturen aan op de hoogst ongebruikelijke procedure van het vroegtijdig stopzetten hunner cruise. Een vraag waarop nooit wordt ingegaan tenzij in geval van medische hoogdringendheid. Echter, gezien hun gezondheidstoestand – zowel lichamelijk als geestelijk (waarmee ik alleen maar wil zeggen dat uw beide tantes op zijn minst een depressie hebben) – heeft het management besloten zijn akkoord te verlenen aan hun onmiddellijke repatriëring, temeer daar deze stap door verscheidene andere passagiers niet direct wordt gecontesteerd.

Normalerwijze – uw tantes hebben u daar in hun schrijvens wellicht attent op gemaakt? – worden de kosten integraal in rekening gebracht. Zeker wanneer de passagier zelf verantwoordelijk is voor de foute boeking. Doch de heer Kapitein heeft de rederij ertoe kunnen overhalen de helft bij te dragen, let wel: ten uitzonderlijken eenmaligen titel. En onder de strikte voorwaarde dat de heer Deschryver, uw oom, schriftelijk borg staat voor het andere deel der niet onaanzienlijke kosten.

Helaas mochten uw tantes noch wijzelf tot op heden enig antwoord ontvangen van uw oom noch van zijn bedrijf, en dit op onze nochtans herhaaldelijke pogingen tot contactname, hetzij per telefoon, fax of e-mail. Vandaar dit schrijven. Is het mogelijk dat u zich persoonlijk zoudt vergewissen van het waarom van zijn stilzwijgen? Of – hoewel Madeleine mij verbood deze vraag te stellen, stel ik ze toch, op bevel van de heer Kapitein en mevrouw Thijssens van het Onthaal: verkeert ú soms in de mogelijkheid om borg te staan voor de helft van de vervoerskosten? Gelieve daarbij te noteren, dat het ons en onze rederij een plezier zal zijn de helikopter naar de helihaven van uw voorkeur te zenden, zolang het maar om een Belgische helihaven gaat.

Uw spoedig antwoord tegemoet ziend, verblijf ik, hoogachtend, Tony Abramowicz, steward van de 'Maria-Esmeralda'.

3

SALSA BRUXELLOISE

ALESSANDRA FUENTES WAS DOL op shoppen in De Panter. Ze stapte monter naar de karretjeshaven vóór de ingang, haalde uit haar krokodillenleren geldbeugel een muntstuk te voorschijn en duwde het in het apparaatje dat op het buitenste boodschappenkarretje was gemonteerd. Het apparaatje klikte en spuwde aan de andere kant een beugel uit die met een korte ketting vastzat aan het apparaatje op het volgende karretje. Zo stonden, kettinggewijs verbonden, meer dan dertig karretjes in elkaar geschoven dankzij hun opklapbare rug.

Theoretisch gesproken konden klanten hun winkelkarretje achterlaten op de plek waar ze hun boodschappen in hun auto hadden geladen. In de praktijk deed niemand dat. Ook al ging het om een bespottelijk laag bedrag, ieder bracht zijn karretje omwille van het onderpand terug naar de overdekte haven, volgzamer dan wanneer die handeling met dwang en onder controle verplicht ware gesteld. En voor elke hufter die zich toch te goed voelde om twintig passen heen en terug te lopen voor slechts twintig frank, stonden twee spijbelende Marokkaantjes klaar om het wagentje terug te brengen en de vruchten der nederigheid te incasseren.

Efficiënte miniatuursystemen als deze, waarbij mensen tot gehoorzaamheid werden verleid in plaats van geprest, vormden voor Alessandra het symbool en het bewijs dat zij leefde in de beste der werelden. Akkoord, zij had haar mazzel een handje geholpen maar boffen deed ze niettemin.

Vrijheid was een groot woord maar het viel het best af te meten aan kleinigheden. Een vrouw moest je zoiets geen twee keer uitleggen, waar ook ter wereld. Kreeg maar eens nood, in een socialistische heilstaat, aan oogschaduw of aan een verantwoord ruime keuze qua tampons. Nou! Je mocht al blij zijn als de kameraden (revolutie was een mannenzaak, altijd) er bij hun vijfjarenplan aan hadden gedacht om maandverband te produceren in the first place. Hun prioriteit lag bij sigaren en baseballbats. En als ze toch aan hygiënisch verband hadden gedacht, gebruikten ze als basismateriaal nauwelijks gerecycleerde poetsvodden. Bond zoiets maar eens tussen je benen, als je humeur al niet op rooskleurig stond.

Als je om schmink vroeg, zuchtten de compañeros dat lippenstift voor hoeren was en dat je voor wimpers en wenkbrauwen maar brokjes houtskool moest gebruiken. Volgde je die raad op, en liet je je diezelfde avond in het halfdonker op de schoot van je vriendje tot tranen toe ontroeren door een smartlap van Miguel Matamoros en het aansluitende liefdesgefezel van de hitsig geworden melkmuil onder je, dan kon je de ochtend daarna je zwartgeworden zakdoek en zondagse jurk, plus zíjn beste hemd naar de stomerij brengen – die negen keer op tien gesloten was omdat de elektriciteit weer eens was uitgevallen... O wee als je durfde te protesteren. Dan was je antirevolutionair en zwaaide er wat, in het buurtcomité.

Niet dat er op Cuba geen winkelkarretjes bestonden. In de toeristenshop a plenty. In de pesoshop al heel wat minder. Nogal wiedes. Niets was meer beledigend dan een boodschappenwagentje in een communistische nering. Alessandra zag zich al staan, naast haar nichten – die ze nooit in den lijve had ontmoet en die ze alleen kende van onscherpe foto's en klagerige brieven. Hoe hielden die drommels het vol? Een uur lang aanschuiven met je bonnenboek in je handen om welgeteld één ei en één ons rietsuiker in je kar kwijt te kunnen. Dat heette winkelen, op Cuba. Als je überhaupt een kar te pakken kreeg want de meeste stonden, verkeerd geleverd, drie kilometer verderop weg te roesten in een zijsteeg. Of ze stonden omgekeerd in een volkstuintje over een konijn dat maar niet dik genoeg wilde worden voor de slacht... 'Patria o muerte' stond er dan op de muren van regeringsgebouwen geschilderd. Niet echt een keuze, als je het Alessandra vroeg.

Nee, dan moest je de karretjes van De Panter zien. Het was een wonder. Hoe ze uitnodigend glommen. Niet één met roest, niet één waarvan een wieltje haperde of piepte. Alles getuigde van doelmatige vindingrijkheid. Zelfs de vorm van het onderpandapparaatje en de reclame op de plastic beschermkoker van de stuurstang oogden weldoordacht klantvriendelijk. Idem dito de rubberen ring-met-lip waaronder waardebonnen konden worden geklemd; de brede oranje haak in het rasterwerk van de rug, waaraan je je handtas kwijt kon; het rekje dat je onder de laadbak vandaan kon trekken om er een krat frisdrank op te plaatsen; het tweede rekje in de rugzijde dat, opengeklapt, een zitbankje voor kleuters werd... Wie bedacht het allemaal?

En dat de boodschappenwagentjes, boven op hun reeds vernuftige accessoires, zich ook nog zonder moeite in elkaar lieten schuiven? Dat bleef het geniaalste. Had Alessandra haar eigen kar, haar BMW, hier even gemakkelijk kunnen parkeren, dan had ze die ongetwijfeld wat vaker uit zijn garage gehaald. Nu kwam ze de paar honderd meter van de loft naar De Panter toch maar liever te voet. Als je iets niet kon volbrengen met de nodige bravoure, dan liet je het beter achterwege, ook al ging het om iets essentieels als autorijden.

(Zo essentieel was autorijden hier niet. De ene Belgische stad lag dichter bij de andere dan Miami North bij Miami South. Geen wonder dat wielrennen hier de nationale sport was.)

(Haar kregen ze zo'n ding niet op. Een vrouw op een fiets? Even belachelijk als een poedel op een surfplank. Kijk maar rond, naar die Belgische slonzen. Je kwam niet meer bij. Wat dachten ze? Dat ook Alessandra haar kont zou neervlijen op zo'n gezwollen gezondheidszadel of, erger, op zo'n bruinleren vossenschedel waarvan de snuit in je intiemste deel prikte? Leren fietsen – what was next? Straks dachten the locals dat zij van plan was om hier te blijven wonen. No way, José. Alessandra wilde maar één ding blijven, zichzelf, en zij had goddank poen genoeg om dat te bewerkstelligen. Integratie was voor spicks and niggers. De echte. Nooit zou zij zich aanpassen. She was here for business only. Klus geklaard, met de noorderzon vertrokken. Wacht maar af.)

(Overigens: zij was getrouwd met een Deschryver. Hoe veel meer geïntegreerd in de Belgische samenleving kon een mens geraken? Eat your heart out, Turkse teven.)

Met een fiets, nee dus. En met haar BMW, zelden. Maar met een boodschappenkarretje rijden, dat deed Alessandra wel. En hoe. Zij had het opgedreven tot een hogere vorm van elegantie. Van improvisatorische swing. Anderen duwden een karretje, zij danste ermee – het verschil tussen slaapwandelen en een tango. Dat ze geregeld door inheemse ouwe wijven werd nagekeken alsof ze betoeterd was, kon haar niet schelen. Ze genoot van winkelen en zij wist tenminste waarom.

Het was haar Rumba de La Libertad.

ZE BORG HAAR GELDBEUGEL OP in haar handtas, hing die aan de oranje haak van haar karretje, greep de stuurstang beet en keerde zich om, naar de draaideur die toegang gaf tot De Panter. Ready to roll. Toch hield ze zich nog even in. Het was de kunst te wachten op het juiste moment.

Daar maakte Alessandra een bloedserieus spel van.

De draaideur – met haar doorsnede van zeven meter en haar drie glazen vleugels voor evenveel compartimenten – vormde een sluis waarin een dozijn klanten paste, met inbegrip van hun karretje. Het spel bestond erin om het obstakel van de draaideur te nemen zonder een ogenblik te hoeven stoppen of zelfs te vertragen. Heupwiegend doorlopen, je neus in de lucht, alsof er geen draaideur en geen andere klanten in je weg stonden. Wat niet mocht gebeuren, was dat de deur door jouw schuld ophield met roteren. Want op het uiteinde van elke vleugel was een foto-elektrisch oog gemonteerd en als iemand te laat tussen oog en deurstijl naar binnen probeerde te glippen, hield de deur op met draaien tot het oog weer vrijkwam.

Om de een of andere reden, vond Alessandra, bracht een stilstand bad luck. De deur moest blijven draaien of je dag was naar de verdommenis, en misschien wel je hele week of maand of jaar. Een beetje bijgeloof kon geen kwaad. Maar zij hoefde daarvoor naar de pendelaar noch de santería, zij bezat haar eigen ritueeltjes. Deze draaideur was bijvoorbeeld haar Rad van Fortuin. Ze wachtte ook nu weer tot ze de kans schoon zag voor een foutloos parcours. Of het nu ging om een vijfjarenplan of om een spel van vijf seconden: timing was alles.

(Een week of twee geleden was haar schoonzus ontsnapt uit haar cel, zonder een spoor na te laten. Dat nieuws had Alessandra even koud gelaten als wanneer Katrien levenslang zou hebben gekregen. Ze vond haar schoonzus een barbiepop met zombieneigingen. Alvast daarin vormden Alessandra en Stephen een eensgezind koppel: hun afkeer van Katrien. Niet te begrijpen, dat zovelen dweepten met die ongelukskabouter.)

(Van haar eigen familie zat de hélft in de bak. So what? Het leven ging door.)

(Het was met die miniatuurfeeks nu zoals met Bruno, de verstoten broer van Stephen. Die had ze na de ruzie op hun trouwpartij nooit meer hoeven te ontmoeten. Ze had hem van de dansvloer zien wegstappen na een woordenwisseling met pa Deschryver en al verstond ze toen nog geen woord Vlaams, ze had meteen geweten: 'Dat is alvast één Deschryver minder aan wie ik mijn tijd en energie zal moeten verspelen.')

(Exit Bruno, ciao Katrien, dag-met-het-handje tante Marja. En pa Deschryver even spoorloos als zijn dochter... Het ging vooruit!)

Ze stond klaar, haar wagentje voor zich uit. Leunend op haar ene been, met haar andere voet verveeld op de grond tappend, de stilettohak als steun. Er zaten weer eens twee klunzen vast in de sluis omdat ze met hun wagentje het Boze Oog versperden.

Zouden die Belgmensen dan nooit eens leren wat schwung betekende?

HET WAS NIET TE GELOVEN. De klunzen verhinderden al een minuut de doorgang. De deur stond pontificaal stil. Tableau vivant als Belgenmop. Een van de drie compartimenten stond tussen de twee deuropeningen geblokkeerd, een kerel gijzelend die reeds woedend op het glas tikte om de twee te wijzen op Het Oog.

Tevergeefs. Jansen en Jansens begrepen er niets van. Ze reden elk met hun wagentje in en uit hun compartiment, in de hoop de deur alsnog in beweging te krijgen – terwijl ze op die manier Het Oog juist om de beurt afschermden. De deur verroerde even maar viel schokkerig weer stil. Achter de gegijzelde kerel, in het warenhuis zelf, vormde zich al een kleine file van klanten met volgeladen wagentjes, en aan Alessandra's kant kwam een bejaard koppel aangelopen met een leeg wagentje. De toestand was duidelijk. Het zou een tijdje duren voor de deur dit had verwerkt. Wachten werd de boodschap.

Waarom ook niet? Alessandra had alle tijd. Geen gejaag. Daar ging het bij winkelen net om. En wachten had ook goede kanten. Het dreef de spanning op. Niet ieder voorspel speelt zich af in bed. Ze bleef het gestoethaspel van de twee aanzien maar weigerde zich erdoor te laten ontstemmen. De Heer moet zijn getal hebben, dacht ze, terwijl ze vergenoegd haar oog liet glijden over het warenhuis.

Van alle De Panter-vestigingen ging haar hart het meest uit naar deze, die om de hoek lag van het gerenoveerde kantoorpand waar haar echtgenoot twintig hoog een te gekke penthouseloft bezat. Te gek toch naar de normen van Brussel, dat niet aan een zonovergoten oceaan lag, niet aan een veelbezongen rivier en niet aan de voet van een mythisch bergmassief.

Alessandra had bij haar afreizen niet goed geweten welk

beeld ze zich dan wel had moeten vormen van haar toekomstige thuishaven. Bij haar aankomst was één oogopslag door het vliegtuigraampje al voldoende geweest. Haar vermoeden werd in de daaropvolgende weken ruimschoots bevestigd. De hoofdstad van Europa lag smack in the middle van een stuk platteland vol betonnen koekoeksklokken en groot uitgevallen hondenhokken, met daartussen slecht onderhouden snelwegen, en met daarboven eeuwige wolken. Nog een geluk dat de loft van Stephen uitzag op dat ouderwets futuristische geval, het Atomium, met zijn negen glimmende ballen. Anders had Alessandra haar jaloezieën en gordijnen de hele dag dicht kunnen laten en had ze nog altijd een beter uitzicht gehad.

In het begin had ze dat vaak genoeg gedaan. De gordijnen dicht laten. In haar nest blijven liggen tot valavond. Af en toe met een wegwerplover derbij – pizzaboy, escortebink – maar meestal in haar eentje. Naar CNN kijkend of naar de Engelstalige series op een van de vijfentwintig andere kanalen die hier op de kabel zaten. Of ze ging in haar nachtpon of nakie zitten e-mailen en chatten met haar folks, die ze bij het afscheid een computer met handleiding cadeau had gedaan. Let's keep in touch, okay? Na jaren wist ze nog altijd meer af van de verste kennis van vroegere buren dan van de intiemste vrienden van haar man.

(Geen eerlijke vergelijking. Stephen had geen vrienden en zeker geen intieme. Hij had geen tijd. Hij had haar. Hij had een baan en geen zin in banden. 'Ik heb een dealer en een schoon wijf,' zei hij tegen elke nieuwe barman in de Sixty Sax, 'what more does a man need?' 'How about me?' antwoordden de meeste barmannen, zijn voorkeur en zijn financiële bagage kennend.)

(Mister Hoffman, die was een soort van vriend. Maar die

woonde goddank in New York en hij kwam goddank zelden over en als hij kwam hoefde zij hem goddank niet te ontmoeten. En Stephens makker kon je hem niet noemen, hij was eerder diens idool. Daar maakte Hoffman misbruik van. Een advocaat uit Manhattan maakte van alles misbruik. Zeker van mensen die zo gek waren hem te zien als hun idool.)

(Ome Leo leek lang de enige boezemvriend maar ook daar kwam onlangs de kink in. Welke? Waarom? Steven praatte er niet over, zelfs niet tegen haar. Dan nog kwam Leo qua vriendschap het dichtst in zijn buurt. Zolang hij maar uit de buurt van Alessandra bleef. Dat scharrelvarken hield zijn poten niet thuis.)

(Wat een familie.)

Het was verbazingwekkend, had Alessandra vaak geconstateerd, hoe vlot je dag kon verstrijken als je niets om handen had. Voor je 't wist stond je echtgenoot weer voor je neus, terug van zijn werk op de bank, en kon je opgetut en aan zijn zijde een trendy hap gaan eten in de binnenstad. Daarna dansen in de Sixty Sax, the only Club met kloten in this town... Strutten, drinken, slikken, sletten... Wat flirten in de vestiaire of een auto, met de een of andere hengst waar het altijd-prijs-paleis vol van liep... Terwijl Stephen aan zijn gerief kwam aan de bar of in de dark-room... Ieder 't zijne. Tot in de vroege uren lol. De dag daarna the same stramien. Et cetera. Alles went. Zelfs de echt.

Let wel, ook in de eerste jaren was ze nu en dan wezen winkelen in De Panter-Afdeling Atomium. Niet voor de lol maar omdat ze een paar spullen nodig had die de werkster had vergeten mee te brengen. Zeep, rijstkoeken, suikervrije jam. Of om van het gezeur van Stephen af te zijn wanneer ook die een paar vergeten spullen dringend nodig had. Italiaanse koffie, scheerschuim. En schoensmeer natuurlijk. Die jongen poetste zijn schoenen zelf, maniakaal. Alles voor de vorm. En biefstuk, in grote hoeveelheden, desnoods voor in de diepvriezer.

(Stephen, die overdag weinig anders at dan een reep chocolade of een vanillepudding met jam, kon om vijf uur 's morgens thuiskomen na een nachtje Sixty Sax en, onderwijl naar films en porno kijkend op het Betaalkanaal, tot Sandra's onverminderende afgrijzen ook een T-bone-steak beginnen te bakken. Hij schrokte hem bijna zonder te kauwen op, het bot afkluivend tot er geen vezel meer aan zat. Of een Agnus Beef entrecote, zo groot als de koekenpan en nog flink bloederig vanbinnen. Met een droge boterham erbij of inderhaast gebakken frites die hij in de jus doopte. En nog bleef hij zo mager als een lat.)

(Daarna, met volle maag, ging Stephen nog twee uurtjes liggen slapen. Onrustig, agressief, worstelend met zijn oorkussen. Haar, zijn echtgenote, met zijn gemompel en gesnurk uit de echtelijke kamer verdrijvend naar de logeerkamer, ook al sliepen ze sowieso reeds in tweelingbedden om elkaar niet tot last te zijn. Om acht uur stond hij op, wekte haar net zo goed in het logeerbed, dronk de espresso die ze voor hem zette in één teug op, snoof een lijn en toog naar zijn werk.)

('Nog een jaar,' zei hij vaak in het goud van de morgenstond dat gul werd gereflecteerd door de negen ballen van het Atomium, 'nog een jaar, misschien zelfs minder.' Het klonk de laatste tijd eerder wanhopig dan beslist. Zij kroop hoe dan ook opnieuw in haar nest.)

Maar toen ze in de eerste jaren in De Panter kwam, had Alessandra zich bewust afgesloten. Zij had aankopen verricht, producten ingeslagen, geld laten liggen. Maar gewinkeld had ze niet. Winkelen was gewennen, was gedijen, was genot. Zover had zij nooit betrokken willen geraken. Deze plek was haar even vreemd als het land eromheen en dat hoorde zo te blijven.

Pas onlangs had ze zichzelf toegestaan hier werkelijk te komen winkelen. De kentering had plaatsgevonden na de uitvaart van Dirk Vereecken. Alessandra had Elvire toen naar huis gebracht omdat in de herrie iedereen het mens leek te vergeten, zelfs leek te wíllen vergeten.

Alessandra vergat Elvire niet. Of beter gezegd: niet meer.

Kijk nu! Jansen en Jansens hadden het geheim van het Boze Oog ontdekt! De deur begon opnieuw te draaien.

HAAR SCHOONMOEDER WAS NATUURLIJK EVEN ZOT als die draaideur ginds, die eindelijk weer om haar as wentelde. Maar gestoord of niet, op de uitvaart van Vereecken had Elvire geleden aan een lucide, praatgrage bui.

(Prozac, en nog geen kleine dosis ook. Die verzalige monotone, macaber opgewekte glimlach. Dat chemische geluk.)

(Niets voor haar. Jubeltak, sneltablet, oké. Op tijd en stond een lijntje eierschaal, al eens een champignon. Dat ging erin als koek, met het gewaarborgde effect. Prozac niet. Niks geen optimisme, nada vrolijkheid. Alessandra werd er juist depressief van. De wereld viel aan niet te lijmen gruzelementen, niet te rijmen flarden. De draad was zoek, de tijd schoot uit zijn kom. En ze ging stemmen horen. Die van Santos amongst others.)

(Santos. Siempre Santos.)

Alessandra was na de uitvaart naast Elvire beland. Niemand had naast een van hen beiden willen plaatsnemen.

(Stephen was geen moment gaan zitten; die stond zo zichtbaar droog te geilen op de barman dat zelfs Alessandra zich had gegeneerd. Zag dan werkelijk niemand in die familie kuttenkoppen hoe de vork in de steel zat bij hun Steventje?)

Eerst had Alessandra zitten balen. Zie ons hier zitten, moeder en schoondochter. The nutcase naast de negerin. De familie Deschryver eert haar leprozen met een dubbele ereplaats. Maar algauw had ze – eerst uit baldadigheid, later puur om the fun of it – luidruchtig zitten tateren met haar schoonmoeder.

Voor het eerst spraken ze langer dan vijf minuten met elkaar en in meer dan enkel de gemeenplaatsen der familiale hoffelijkheid. De boomlange, breekbare Elvire had zich warempel bediend van een mank en grappig Engels. De zoveelste autodidact die haar talenkennis (wat heet?) dankte aan de internationale commerciële kanalen plus een overdaad aan vrije tijd. Van soaps wist ze zelfs meer af dan Alexandra. Ze hadden weetjes uitgewisseld en, of all things, sigaretten. Dat leverde een merkwaardig plaatje op: de doorzichtige Elvire die, scheef grijnzend en onder haar zwarte hoedje met de achterovergevouwen voile, doorging over Sally Spectra's lovers, met een filtersigaret tussen haar ouwe lippen, te midden van de stijgende beroering in de gelagzaal van een crematorium... Great! Ook Elvire had geglommen van plezier. Waar Prozac al niet goed voor was.

Pas toen Marja was ineengezegen en de twee andere tantes begonnen te gillen, had Alessandra beseft dat er iets grondig scheefliep. Elvire echter was blijven lachen en, zich vooroverbuigend naar waar Marja lag, had ze – met terloopse knipoog richting Alessandra – gekird, luid genoeg om door elkeen te worden gehoord: 'Marja dear, what are you doing on the floor? Pull yourself together, scheetje. You *can* walk, if you try.'

Madeleine en Milou waren bij hun betreurde Marja gebleven, iedereen naar buiten jagend. Stephen was woedend weggelopen, Gudrun was huilend weggereden met Jonaske, en Leo was dronken weggescheurd in zijn Mercedes. De gasten waren afgedropen zonder afscheid te nemen en Katrien was ijlings teruggevoerd naar haar cel, achternagezeten door de pers... Dus had Alessandra zich maar over Elvire ontfermd, haar de BMW in helpend om haar naar het bastion, de ouderlijke villa, terug te brengen.

Halverwege die terugtocht was hun gesprek al snel geen gesprek meer geweest. Het was ontaard in een beangstigend opgewekte monoloog van Elvire. Om de paar minuten begon het schaap opnieuw aan precies dezelfde anekdote, telkens woordelijk eender verteld – intonatie, lachjes, alles. Een onontwarbaar voorval uit een strandserie die Alessandra haatte omdat ze haar te veel deed terugdenken aan vroeger. Elvire was wel steeds luider beginnen te spreken, zelfs toen Alessandra de autoradio al had afgezet.

Ze hadden net op tijd de villa kunnen bereiken. Een gealarmeerde zuster van het Wit-Gele Kruis stond hen al op te wachten. 'I have to go now,' had Alessandra gezegd tegen haar schoonmoeder. Die zat net weer in het midden van haar verhaal en praatte gewoon voort. Alessandra had de motor afgezet. Elvire begon opnieuw aan haar verhaal. Het bleef even onontwarbaar. Alessandra had haar schoonmoeder dan maar een kus op de wang gegeven. Dat deed het mens stilvallen. Ze keek Alessandra aan. Zonder glimlach, opeens. Zonder licht in haar waterige ogen. Zo zaten ze naar elkaar te kijken – moeder naast schoondochter, lijkbleek naast bijna zwart, België naast de Caraïben. Crashend naast bloednuchter, en beiden niet goed wetend wat te doen.

De zuster had de patstelling doorbroken door het portier te openen en Elvire bij de arm te grijpen: 'Laten we gaan, liefje. Kom.' 'Yes, yes, of course,' had Elvire gezegd. Maar ze weerstond het trekken aan haar mouw. Ze klemde zich zelfs vast aan de passagiersstoel. Haar natte ogen schoten paniekerig heen en weer.

'Mevrouw Deschryver!' had de non aangedrongen.

Elvire had Alessandra weer aangekeken, doodsbang. Die had gesust: 'It's Sandra, remember?'

'I know, I know,' had Elvire gefluisterd, om zich heen kijkend, haar handen tot klauwen verkrampt. Nog één keer had ze Alessandra aangekeken, in doodsangst, vol verwijt. Toen had ze de stoel losgelaten en was uitstappend weer aan de anekdote begonnen – zelfde bewoordingen, intonatie, alles. Opnieuw manisch opgetogen.

(Maar vlak voor de villa was Elvire gestruikeld. De zuster moest haar lange patiënte met inzet van het gehele lijf ondersteunen opdat het mens niet tegen de geëmailleerde tegeltjes zou slaan. Toen Sandra ook nog had gezien dat Elvire zich aan een tuinlantaarn vastklemde, haar handen niet liet losmaken en zelfs begon te wenen, was ze zonder omkijken weggereden.)

(Santos. Ze had niet willen gaan kijken. Naar iemand die in zijn gezicht geschoten is, ga je niet kijken.)

De daaropvolgende dag had Sandra wroeging noch treurnis gevoeld om Elvire. Ze vond het allemaal ontzettend sneu voor haar schoonmoeder, maar medelijden ging haar te ver. Ze was maar de schoondochter en toch had ze Elvire, in tijden van beproeving, een leuke middag bezorgd. Ze had haar zelfs een kus gegeven en haar bijtijds in de handen van een bevoegde zuster weten over te dragen. Dat was meer dan Elvires twee dochters konden zeggen.

Verder had Alessandra er niets mee te maken en ze kon er nog minder aan veranderen. Als men dat onverschilligheid wenste te noemen, moest men dat vooral niet laten. Zij wist wel beter. Het was zelfbescherming. Jarenlang had ze zich afgesloten van dit land en deze familie, bevreesd dat ze zou worden geconfronteerd met situaties precies zoals deze en dat ze zich, door emoties misleid, verantwoordelijk zou gaan voelen, of erger: schuldig. Wie schuld voelde, was betrokken en wie betrokken was, zat vast. Nooit zou Alessandra Fuentes zich laten vastpinnen.

Dankzij Elvire had ze bewezen dat ze zich al die tijd zorgen had gemaakt om niets. Ze kon ontreddering, zelfs hulpbehoevendheid, in het gezicht zien, ook bij iemand die ze aardig vond, en toch doodgemoedereerd afscheid nemen zonder kwel of kommer. *Het ging haar niet aan.* Die lijn kon ze trekken, even onberoerd als de lijn die ze 's morgens van haar handspiegel opsnoof met de huls van een balpen.

Die gelijkmoedigheid, veroverd in het aanschijn van Elvire, kwam geen moment te vroeg. Sandra begon zich de laatste tijd te vervelen, overdag. De channels zonden bijna allemaal dezelfde sitcoms uit, vele ook nog eens in herhaling. Ze kon sommige replieken meescanderen. En je kon na jaren moeilijk elke dag met Florida gaan zitten chatten en mailen dat je iedereen ginder miste. Alles sleet. Liefde op afstand net zo goed als liefde op elkanders lip.

(Hoe kan een kogel verdwalen? En toch nog een neus verbrijzelen. Plus een verhemelte. En alles wat daar achter zit. Baby Santos. Sexy Santos.)

Sinds de uitvaart was Alessandra bijna dagelijks gaan winkelen in De Panter. Niet alleen deze, alle vestigingen hadden klasse.

Al konden ze natuurlijk van geen kanten tippen aan de Coco Walk in Coconut Grove. En nog minder aan haar favoriet op Highway US 1. Daar dacht ze nog vaak aan.

Ook nu weer, wachtend tot de draaideur de file helemaal had opgeslokt en weer uitgespuugd, hoefden haar gedachten maar even af te dwalen en páts – ze zag zichzelf weer shoppen in The Falls. Tijdens haar moment de gloire.

De vroege ochtend na de nacht waarin Stephen haar ten huwelijk had gevraagd.

STEPHEN HAD PROESTEND OM HAAR HAND GESMEEKT maar toch net echt: op z'n knieën en met een bos rozen in zijn fikken. En nog wel in de singles bar op Ocean Drive waar zij werkte vóór de toog. Daags daarvoor, na het aanhoren van zijn condities en het nauwgezet bedingen van de hare, had ze reeds haar officieuze jawoord gegeven. (Hier had ze jaren op gewacht.) Nu deden ze het over, voor de vorm. Een man op zijn knieën, met de uiteinden van planten in zijn handen en met de geijkte woorden op zijn lippen. (Alles voor de vorm.)

(Maar eerlijk is eerlijk: denkend aan Miami moest Sandra altijd eerst denken aan Santos. De mens is een reflexmachine. Doch de herinnering duurde maar kort. Voor lijden had Alessandra weinig talent. Voor spijt nog minder.)

(Meestal zag ze de ontwijkende laatste blik waarmee Santos in *Versailles Restaurant* van haar en Stephen afscheid had genomen, zonder te waarschuwen dat dit een afscheid was. Waarschijnlijk had hij het zelf niet geweten.)

(Santos, siempre Santos.)

(Maar op die korte flits na zag ze meteen zichzelf. Daarvoor had ze talent in overvloed.)

Op haar (toen nog) versleten stilettohakken beende ze door The Falls. Op zegetocht, op wraakexpeditie. Gewapend met de platina AmEx-card van mister Steven Deschryver, haar kersverse aanstaande die in het duurste hotel van het Art Deco District zijn roes lag uit te slapen met een Filippijnse rentboy in zijn armen. Want Stephen was na haar jawoord van euforie zelfs te dronken geworden om een der andere gay klanten te versieren, van wie sommigen hem nochtans hadden proberen te verlokken, aan de bar staand met hun afgetrainde torso's en hun zuinige tuitmonden en hun langoureuze knipogen.

'Ik hou nu eenmaal van betalen,' had Stephen – het filipinokuiken reeds bepotelend – zijdelings tegen haar gesmoezeld. Zij stond nog met die bos rozen in haar handen op hun verstrengeling toe te kijken. 'Wat moet een mens met amateurs, sweety?' had hij gezegd tussen twee kussen in. 'In dat opzicht ben ik het met mijn ouwe eens. Wat gratis komt, is nooit veel soeps. Laat de zon maar opgaan voor den drol, ík werk met professionelen. Waarom denk je dat ik *jou* ten huwelijk vraag?' Dat had ze wel op prijs gesteld. Zijn duidelijkheid. En dat hij die filipino had meegetroond naar het hotel en haar ongemoeid op de sofa had laten slapen, geen enkele poging ondernemend om de schijn van verloofde hoog te houden. Geen gepoespas of sentimenteel geschipper of gesmeek om een experimenteel triootje... De deal was kraakhelder van bij de eerste nacht.

En van bij die eerste ochtend. Eindelijk mocht ook zij eens door The Falls trekken met een ongelimiteerd budget. Het huwelijk als instituut kon, wat haar betrof, meteen niet meer kapot. Binnen de kortste keren was ze beladen geraakt met papieren pakken en designer zakken, van Gucci over Bloomingdales tot Ralph Lauren. Marcherend tussen het rustgevende gebladerte van de aanplant en de watervallen waaraan de mall zijn naam ontleende. Nagestaard door iedereen. Mannen om het draaien van haar heupen, vrouwen om de hoeveelheid van haar tassen, gays om de strijdlust van haar strut. Queen Creole had zo te zien haar slag geslagen en ze nam de wereld tot getuige. Als het aanzoek van die Belgman straks toch een grap bleek te zijn, had ze het voorschot alvast geïncasseerd.

Stephen had echter, bij zijn solitair ontbijt op bed om drie uur in de middag, niet eens raar opgekeken van de rekeningen.

'Prima, die helpen thuis mijn transcontinentale *coup de foudre* geloofwaardiger te maken. Er mankeert maar één detail.'

Zijn houten kop ten spijt, ging hij samen met haar terug naar The Falls en kocht in een juwelierszaak een ring met een joekel van een diamant. 'Ik wist niet dat de liefde zo schitterend kon zijn,' spon Alessandra, in de winkel op een poefje neergezeten, 'so many fucking splendoured.' Ze hield haar hoofd schuin en keek naar de rug van haar hand die ze, aan een gestrekte arm, bewoog alsof ze vertraagd gedag wuifde. De diamant ving het licht en flonkerde. 'Doe wat je wilt,' kreunde Stephen, zijn ogen tot spleetjes knijpend en z'n kredietkaart op de toonbank gooiend, 'maar laat hem niet zo blikkeren, oké?'

Een dik jaar daarna waren ze in het huwelijk getreden. Met een hoogmis in de kathedraal, een receptie in de bank voor de voltallige Vlaamse en een deel van de Brusselse beau monde, gevolgd door een braspartij in een gerestaureerd kasteeltje. Sandra had een bruidsjurk mogen dragen waarvan haar familie in Little Havana een jaar had kunnen leven. Maar als naar verwanten werd geïnformeerd, glimlachte ze droef: 'Ik ben een wees.' Het nam de kennissen van de familie Deschryver extra voor haar in.

(Als ze die leugen nu eens het in het Nederlands of desnoods het Frans had kunnen herhalen, had ze misschien ook een grein sympathie kunnen persen uit Stevens drie tantes, die nu geen woord begrepen van wat ze zei en die – excuseert! – ook geen woord wilden begrijpen. Het was zo al erg genoeg, dat Steventje zich vergooide. 'Dat kweekt gelijk de konijnen,' voorspelde de flapuit van de drie, Madeleine, reeds tijdens het voorgerecht – een huwelijksbootje van echt bladerdeeg en *vol au vent* zoals het moest, met echte gehaktballetjes en het vlees van jonge hanen. 'De bruidsschat van een kafferwijf bestaat uit niets dan affronten en hovaardij,' gnuifde Milou. Die had nog zo haar best gedaan om met Alessandra een gesprek aan te knopen. In ruil voor haar moeite had ze van dat Bruin Geval eerst een neerbuigende blik gekregen, en daarna een glorieuze blote rug. 'Ze mag van mij direct opnieuw vertrekken naar haar oerwoud.')

(Alleen tante Marja had haar Steventje verdedigd. 'Gunt die jongen toch een kans.' Maar over Alessandra zei zelfs zij geen woord.)

Prima! De laatste uit de rij wachtenden stapte reeds de draaideur in zonder die te blokkeren. Nog even en ook Sandra kon haar kans wagen in haar privé-roulette.

Niet ongeduldig worden, nu.

Nog héél even wachten.

Faites vos jeux!

ALS ALESSANDRA VANDAAG DE DAG, na een paar jaar huwelijksbedrijf in Brussel, door de dubbele beglazing van Stevens penthouse heen de schimmels en de mossen zag tieren op het houten dakterras (waarvan ze hoop en al twee maanden per jaar gebruik kon maken om te ontbijten, en slechts anderhalve week om ook te zonnen) dacht ze niet alleen aan Sexy Santos of The Falls. Ook aan de rest. Het hele nest.

Het fijne zand van South Beach. De bodybuilders op hun jetski's en de surfers met hun paardenstaart, balancerend op de top van brekende golven. Europees fragiele meisjes die op skeelers voorbijzoefden in Lummus Park, gekleed in niets dan een topje en een tanga en de koptelefoon van hun walkman. Cruising on Ocean Drive in a Cadillac convertible; café Cubano drinken in de Calle Ocho; meelopen in betogingen tegen Fidel; naar toespraken luisteren van Más Canosa, live op Radio Martí.

Op dit eigenste moment speelden in de parken van Little Havana, duizenden kilometers hiervandaan, de ouwe mannen domino in hun hemdsmouwen, onder hun slappe hoedje kauwend op een stompje gesmokkelde Cohiba. En bij de vuurtoren op het strand kwamen raccoons uit de duinen gekropen om de vuilnisbakken om te gooien en leeg te vreten. Ze konden je vinger eraf bijten en je hond dol maken. Sandra dacht zelfs aan de Everglades, die ze nog nooit had bezocht – strictly tourist territory – maar het was geruststellend te weten dát het er lag. Met zijn flamingo's en zijn alligators en zijn uitgestrekte wildernis van water.

En ze dacht natuurlijk ook aan de pelikanen van Miami. Als er één categorie van beesten heilig was voor haar, dan waren het deze reuzenvogels. Als kind had ze ervan gedroomd op hun rug mee te mogen vliegen. Haar benen geklemd om hun bevederde flanken, haar armen om hun hals en haar hoofd gevlijd tegen hun donzige slaap. Zo zou ze van dichtbij de buidel onder hun snavel kunnen zien trillen in de wind. Steeds hoger zouden ze vliegen en diep beneden hen, daarginds, zou de visrijke oceaan kabbelen, spiegelend als een plas gebroken glas... Pelikanen konden, met hun vleugels wijd gespreid, minutenlang zweven. Ze cirkelden, bij Bal Harbour en Golden Beach, om de toppen van de veelkleurige torenflats waarvan niet eens werd geflúisterd dat ze waren opgetrokken met zwarte winsten uit narcotica en wapenhandel. Daar werd luidop mee gelachen, zelfs gepronkt. Dit was Miami, in deze eeuw uit een moeras gerezen en nu al metropool par excellence. Hier vond je, buiten New York en L.A., de grootste dichtheid van celebrities en miljonairs per vierkante kilometer en de grootste kolonie bejaarde joden in de States. Onbedreigd op één in de statistieken qua aantal verslaafden, moorden en modellen. En met het hoogste percentage plastisch chirurgen van de hele wereld. This was the Capital of the Caribbean.

(Als je Havana niet meerekende, of course. Het echte. De ware Capital op nog geen driehonderd kilometer van Key Biscayne – daar mocht een mens niet goed aan denken. Dat zo'n eiland daar zomaar lag, in zee, omspoeld, koppig, met achter zijn smalle stranden ondoordringbaar groen, vol plantages en tabak en vliegtuigvelden en snelwegen en al, en bijna niets daarvan dat behoorlijk werd gebruikt. En met een paar miljoen vermisten als bewoners. Achterblijvers. Achtergelatenen. Commies? Kiss my ass.)

(Ze herinnerde zich, uiterst vaag, een galmend huis met een binnenkoer waarover lijnen hingen, gespannen van het ene balkon naar het andere en doorhangend van de pas gewassen lakens. Pianomuziek had weerklonken, een zware bloemengeur had haar bedwelmd. Door de straat passeerde een carnavalstoet met op kop een dronken man verkleed als paard. De man had haar verkozen boven haar vriendinnetjes en hij had haar opgetild, hoog boven zijn hoofd. Iedereen wees naar haar en lachte. De man had haar op z'n schouder gezet en meegetroond, hinnikend, dansend, galopperend op de maat van de muziek, een paar straten ver, de hele wijk.)

(Zij, vooraan in die stoet, op een mannenschouder. Als een Madonna van Lilliput. Hoofden keken haar aan, zover ze kijken kon. En het voelde alsof het zo moest zijn. Alsof het altijd zo zou blijven.)

(Ze zag ook telkens weer een ander, hoog gebouw, lichtblauw geschilderd. Het was een hotel en het was gevuld geweest met vreemde, blonde mensen. Ze streelden haar over het hoofd en spraken onverstaanbaar. Ze had op het dak mogen zwemmen. Uit het kinderbadje stappend had ze zich in een spiegel kunnen zien. Een blauw kader met in het midden daarvan een verbaasd bruin kind in een oranje mini-bikini, met kroeshaar en twee ontbrekende voortandjes. Alle volwassenen droegen zonnebrillen en hielden een glas in de hand vol ijsblokjes en groene blaadjes en ze luisterden naar haar handenwringende grootvader. Niet lang daarna hadden ze uit Havana moeten vertrekken. En hoewel haar meegereisde verwanten later pertinent beweerden niet bij die wijk van wal te zijn gestoken, herinnerde zij zich als enige, bij hoog en bij laag, dat ze – misselijk door de deining en door de uitlaatgassen van de buitenboordmotor – uitgerekend dat blauwe, vierkante hotel met zijn kinderzwembadje op het dak als laatste gebouw had zien verdwijnen achter de einder. Het laatste spoor Havana, kantelend in schuimgetopte golven.)

(Vertrokken in Key West stond je met een goeie speedboot in een paar uur al op de Malecón. Wanneer legden ze die ouwe baardaap in zijn uniform eindelijk om? Dan hield die stomme boycot op en kon ze met haar Amerikaanse familie naar de Cubaanse aan de overkant snellen. Verwonderd, gekwetst. Herenigd en toch nog gescheiden – zo zouden ze in elkaars armen liggen te huilen. Precies zoals gebeurd was met Duitse families, na de Val van de Muur.)

(Maar dan met betere muziek. En met meer rum en met minder bier.)

(Santos. Baby Santos met zijn brede lippen en zijn onthutsend blauwe ogen, en zijn handen als van een pianist.)

Zolang De Baard de geest niet gaf, zou Sandra zich houden aan haar deal. Stephen was de ideale echtgenoot. Weinig thuis, luttel handtastelijk en zelden jaloers. Bekend met de beste dealers van downtown Brussels en erfgenaam van een gigantisch kapitaal. Ze had het slechter kunnen treffen. Drie van haar neven hadden de oversteek naar Florida gewaagd op een zelfgebouwd vlot. In Varadero van wal gestoken, nooit meer wat van zich laten horen. Verdronken of door haaien opgevreten. Wie durfde dan te klagen over Brussel?

Als de deal afliep, was ze hier zeker weg. En dat moment van de waarheid was nabij: waar zat de ouwe Deschryver? Had hij wél zijn kop al neergelegd, misschien? Dan mocht hij dat wel even laten weten, liefst morgen al en via een notaris die zijn testament kwam uitvoeren.

Het was toch godgeklaagd. Haar leven hing af van twee oude zakken en van hun bereidheid om het bijltje erbij neer te leggen. Fidel zag er de laatste jaren goddank hoe langer hoe slechter uit, en patriarch Deschryver had er altijd al slecht uitgezien. Het zelfkwellende type, een te mijden mannenslag. Onder vier ogen had pa Deschryver haar nooit meer dan een paar zinnen waardig geacht. In het gezelschap van vreemden had hij er nooit voor teruggedeinsd haar te affronteren door de lof te zingen van het moederschap – tot nauwelijks verholen jolijt van Stephen. ('Stop it, Stephen!' schold ze, zodra ze weer alleen waren. 'Have your own kids. Shouldn't be a problem, you get fucked more than I do.')

Alles wat pa Deschryver tegen haar in het Engels had gezegd, had hij zelf meteen ook in het Spaans vertaald – boekenspaans, aristocratisch Castiliaans. Met grote bewegingen van zijn anders zo kalme, benige handen. Alsof zijn schoondochter met veel moeite onderwezen diende te worden. Een uit de koloniën herwaarts gesleepte leghen die het geslacht Deschryver voor uitsterven moest vrijwaren. Het was al een wonder dát hij aandrong op een kind uit haar gekleurde schoot. Hij moest wel erg verlegen zitten om nazaten dat hij daar al vrede mee kon nemen.

(Ze zou het verdorie moeten doen, puur om hun smoelen te zien. Neuken met een Nigeriaan en zijn negerkind werpen als was het de spruit van Steven. Het liefst een meisje, zodat het stamvaderlijk geslacht Deschryver nog altijd ten einde kwam. Een schreeuwlelijk roetzwart moppie, Conchíta of Manolita of Chiquita. Met kroeshaar, zonder luier en zeikend als een bange cavia. Wat had Alessandra dolgraag zo'n kleinkind op de schoot van opa en zijn twee zeugen van zussen neergepoot. Op foto vastgelegd, graag.)

(Jammer van die negen maanden. En dat je buik daarna aan vellen hing. En dat je borsten gingen hangen.)

(En dat je met dat kind bleef zitten, ook. Je kon het er moeilijk weer in duwen, na de pret.)

Waar verbleef hij, pa Deschryver? In de grond of onder water, als het effe kon. Hem zou ze niet missen. Zijn vrouw wel, een beetje toch, dat maffe mens. En Stephen, ja. Hem zeker. Een huwelijk kon van twee geliefden aartsrivalen maken; haar en Stephen had het tot oude vrienden gekneed. Maar hem zou ze niet hoeven te missen. Hij eindigde toch in de States. Niet gemaakt om hier te leven. Dat hadden zij en hij gemeen. Maar de rest van die familie? Dumpen maar, zei Stephen steeds.

Wie was zij om hem ongelijk te geven?

Eindelijk! De deur had het rijtje wachtenden helemaal afgewerkt en wentelde nu leeg en gezapig rond. Het Boze Oog loerde, tevergeefs. Geen klant diende zich aan.

Dit was het moment voor een vlekkeloos parcours. Sandra's dag zou perfect beginnen. Niemand kon haar nog tegenhouden. Ze duwde haar karretje al in de richting van de deur toen ze een stem hoorde. 'Tante Sandra, tante Sandra, wacht op mij!'

Het was Jonas, die over de parking op haar kwam toegelopen, met zijn armpje in het gips.

'waar bleef je nu?' zei Alessandra tegen Jonaske. 'Ik was al bijna vertrokken zonder jou.'

'Iemand stak voor,' pruilde Jonas, een plastic tasje bijeenfrommelend, 'ik heb alle flessen dan maar in de bak voor gekleurd gegooid maar ik kon moeilijk bij het gat. Er zijn er twee gevallen, kapot natuurlijk.' Hij keilde de prop in het karretje.

'Maakt niets uit,' zei Alessandra, 'snel, klim erop, voor er weer een opstopping aankomt.' Ze hielp hem plaatsnemen op het half uitgetrokken frisdrankrekje van haar kar.

Jonas ging er met beide voeten op staan en greep met zijn goede armpje, het rechter, de stuurstang beet. Het gipsen armpje hield hij voor zijn buik alsof het nog in een mitella hing. Zijn hoofdje met de stugge rosse pijpenkrullen en de sproeten stak boven het wagentje uit. Het ventje keek verrukt. Vorige week had hij, samen met Sandra, nog naar een huurvideo van *Ben Hur* gekeken.

'Ben je er klaar voor?' vroeg Alessandra.

'Aanval-leuh!' kraaide Jonas. Als hij lachte had hij kuiltjes. Hij was gegroeid als kool. Een hele jongen al. Mocht reeds naar de grote school. Maar nu, met die heisa om zijn ouders en zijn gebroken pootje, was het toch beter dat hij nog wat thuis bleef, bij bekenden, bij geliefden. Zijn tante Sandra stootte het wagentje in gang. Jonas z'n lijfje werd wat achteruit geworpen maar hij loste de stuurstang niet. Een held lost de teugels nooit, zeker niet bij de beslissende charge. 'Harder,' gilde Jonas. In gedachten legde hij de zweep over twee volbloed hengsten. De twee sikkels die uit de naven van zijn strijdwagen staken, maaiden het vijandelijke voetvolk neer. Hun rangen weken. De overwinning lag in het verschiet. 'Harder!'

Alessandra gehoorzaamde haar neefje. Ze duwde het boodschappenkarretje harder voort, naar de nog steeds lege draaideur. 'Watch it, people of De Panter,' zei ze. 'Here come Jonas and his auntie Sandra!'

Was Alessandra er niet in geslaagd om, weken daarvoor, haar crashende schoonmoeder zonder wroeging of schaamte achter te laten in de handen van het Wit-Gele Kruis, dan had ze waarschijnlijk meteen de deur dichtgegooid voor de neus van Gudrun toen die onaangekondigd voor de loft stond met aan haar hand het rosse aapje van Katrien en Dirk.

Sandra had nooit sympathie gevoeld voor haar jongste schoonzus. Ook geen haat. Wat viel er te haten aan een gescheiden vrouw met de inborst van een eeuwige kwezel? Gudrun wekte meer een mengsel op van medelijden en lachlust. Dat kalf was een afgietsel van haar zus maar dan zonder schoonheid en geheimenis. Van Katrien kon je veel zeggen maar niet dat het haar aan stijl ontbrak. Van Gudrun kon je bitter weinig zeggen, en over stijl al helemaal niets.

Gudrun droeg haar ziel op haar gezicht. En veel lachen deed die ziel niet. Gudrun leek te lijden aan alles wat haar onder de ogen kwam – zichzelf op foto's van vroeger en zichzelf in spiegels van nu; het kraakpand waarin ze had samengehokt met haar drummer en de ouderlijke villa waarin ze na de scheiding opnieuw had moeten intrekken; de vetzucht van haar tantes en het uitgemergelde van haar ma; de regen wanneer ze bad om zonneschijn en de zon wanneer ze rekende op regen voor haar zelfgeplante erwten. Wat zich ook aandiende, Gudrun zuchtte eronder en deed geen enkele moeite om dat te verbergen. Niet dat ze huilde, of stampvoette, of schold. Ze zette alleen een permanent gekweld gezicht op, een masker van smart dat ze niet meer af kon zetten. In haar nabijheid durfde je met moeite te genieten van een praline, laat staan van je leven.

Nooit verwoordde ze het op die manier maar zelfs in ellende voelde Gudrun zich gepasseerd. Zíj brak hoogstens een antiek bord of gooide hooguit een pot goudverf om. Zíj reed hoogstens de motor van haar tweedehandse wagen stuk, of hielp hooguit de rozenstruik verdorren die ze met pesticiden van bladluis had willen redden... Niets van dat alles leek te tellen. Katrien kreeg de aandacht. Die veroorzaakte rampen; Gudrun had alleen maar pech. Haar drummer was hertrouwd (twee keer al); de man van Katrien was neergeschoten. Dat gaf een goed beeld van de verhoudingen. Gudrun was verlaten en kinderloos en over het hoofd gezien. Haar zus stond om de andere dag met haar foto in de krant.

En Katrien mocht dan wel bekend staan als moordenares, nog kreeg ze fanmail en regelrechte aanzoeken. Gudrun kon het weten. Zij las alle brieven die in de postbus van de villa werden besteld. Zij beantwoordde de meeste, voor sommige het handschrift en de signatuur van Katrien imiterend om de onbeschaamdste briefschrijvers de huid vol te schelden en de hardnekkigste steunbetuigers af te schepen. Uren had ze al verspild aan die plaatsvervangende correspondentie.

Zelf ontving ze geen post, op wat rekeningen en circulaires na.

Volgens haar ontging iedereen de essentie: niet de feiten zijn gruwelijk maar de mate waarin ze op ons wegen. Zij, Gudrun, werd door haar bescheiden pech opgezadeld met meer verdriet dan de koelbloedige Katrien door al haar rampen. Zij, Gudrun, torste het volle pond; dagelijks, uur na uur. Katrien niet. Katrien torste weinig. Het was al wreed genoeg dat te moeten constateren van je eigen zus, maar het was onmogelijk dat ook nog eens luidop te verkondigen. Deed je het, ging je geheid door voor een afgunstig stuk chagrijn en waren de verwijten niet van de lucht. Om niet ook die last op zich te laden, zweeg Gudrun dus maar over dat ultieme onrecht. En zo was ze eens te meer toch de dupe van Katrien. Die ze echter ondanks alles niet ophield te aanbidden.

(Het bleef altijd je zuster.)
(Het bleef de ma van Jonas.)
(Het bleef de weduwe van Dirk.)

'Here come Jonas and his auntie Sandra,' kraaide Jonaske zijn tante na.

'ALS IK JONASKE ZIE, zie ik Dirk,' snikte Gudrun zodra Alessandra haar had binnengelaten in de loft. 'Hij lijkt op zijn moeder maar toch het meest op zijn pa; dat wordt mij soms zo machtig dat ik ongelukken zou begaan; ik wil te veel mijn best doen, ik bemoeder hem nog dood; hij heeft door mijn schuld zijn armpje al gebroken; voor hetzelfde geld was hij steendood, voor altijd weg zoals zijn pa; maar ik moet hem wegdoen, hoe ongevoelig dat ook klinkt; het is juist een teken van te veel gevoel, begrijp je?; het is voor zíjn bestwil; ik ben niet geschikt voor deze rol.' Ze keek Alessandra aan als een stervende non.

Sandra zweeg. Jonas had tijdens de litanie op de grond zitten spelen met een miniatuur ziekenwagentje. 'Wioe-wioe-wioe,' zei hij, terwijl hij het wagentje tegen de poot van het salontafeltje deed rijden.

Gudrun knikte in zijn richting. 'Dat doet hij sinds de uitvaart. Soms een uur. Wioe-wioe. Hij is een kind, hij weet niet beter. Maar wat moet ik hem zeggen? Dat niemand hem nog wil? Zijn oma in 't gesticht, zijn moeder in de bak, zijn opa opgegaan in rook. Aan nonkel Leo wíl ik het niet vragen en Bruno heeft met ons gebroken. En de twee tantes zijn op reis met een plezierboot – dat zijn nu die twee heiligen, zij zullen wel gaan liggen feesten in de zon.' Ze liet opnieuw een stilte vallen. 'Wioe-wioe,' zei Jonas aan haar voeten. 'Naar wie had ik kunnen komen dan naar jullie?' besloot Gudrun. Ze vroeg het zacht en in het Engels.

'Let's ask the boy,' gaf Alessandra als enige antwoord.

Eerst haalde Jonas zijn schoudertjes op om zich meteen weer te verdiepen in het parcours van zijn ambulance. Toen dat langs het PlayStation van nonkel Steven liep, verloor Jonas alle interesse voor het autootje en gooide zich op de controller, 'wioe-wioe' ruilend voor 'paw-paw'.

Maar toen zijn tante Gudrun, voor hem op haar knieën gezeten en weer snikkend, hem midden in een spelletje Terminator had weggehaald van de controller; en toen ze de jongen bij de schoudertjes had gevat als om te beletten dat hij ze weer zou ophalen; en toen ze hem met aandrang had gesmeekt of hij het fijn zou vinden om hier een paar dagen te verblijven, 'Lekker bij tante Sandra en nonkel Steven!'; en toen ze hem had bezworen dat ze hem heel, heel erg zou missen; en toen ze hem had verzekerd dat hij haar te allen tijde mocht bellen om met haar naar het toneel te gaan of naar het Stedelijk Zwembad, zodra zijn armpje uit het gips was; en toen ze hem vervolgens (met wrange glimlach) had gevraagd of hij haar, zijn tante Gudrun, niet ook een ietsiepietsie zou missen? – had Jonaske, zichtbaar in de war, getwijfeld of hij nu ja of nee moest antwoorden. Maar toen tante Sandra, achter de rug van tante Gudrun, knipoogde als wilde ze zeggen: 'Doe maar, jongen, laat tante Gudrun nu maar gaan, zeg ja' – knikte Jonaske ja.

'We zien wel wat het geeft,' dacht Alessandra zodra ze haar schoonzuster, na dier duizend dankbetuigingen en excuses, de deur had uitgewerkt. 'Stephen moet maar een kinderjuf in dienst nemen. Hoeveel kan dat ocharme kosten? En ik houd zelf ook wel een oog in 't zeil.' Ze had genoeg jongere broers en neven bemoederd om zich bij kinderen op haar gemak te voelen. Santos had ze bijna helemaal in haar eentje grootgebracht. Dus dit rosse kliertje zou haar niet van haar stuk brengen, ook al was hij dan de kleine van Katrien.

(Santos. Baby Santos.)

(Wie noemde zijn boreling nu Jonas? In Cuba niet één moeder. Jonas was bijbels voor 'Hij-die-wordt-opgeslokt-door-een-grote-vis'... Er waren op een eiland subtielere manieren om het lot te tarten. Niet één Cubaan die door een vis was opgeslokt werd ooit weer uitgespuwd.)

Sandra stevende met haar boodschappenwagen recht op het Boze Oog af. Tussen haar armen op het drankenrekje staand, jutte Jonaske zijn twee oorlogshengsten op. Een hindernis kwam op hen af. Geen draaideur maar een omgevallen boom, een ravijn, een wad. De jongen klemde zich met zijn rechterhandje extra stevig vast, klaar voor de sprong.

'Harder, tante Sandra. Harder!'

EEN KINDERJUF KWAM ER NIET en de dagen werden weken. En Alessandra raakte eraan gewoon om blote kindervoeten te horen lopen op het parket. Haar dagindeling leed eronder en haar man begreep er niets van. 'Al jaren wil je niet dat we zelfs maar een huisdier kopen,' zei Steven, 'nog geen kanarie. Nu haal je een spruit binnen, en wat voor een. Een wees, met moeite zeven, het kakkenestje van de familie. Dat is toch smeken om problemen.'

Niet dat Steven onhebbelijk was tegen zijn neefje. Verre van. Eindelijk had hij iemand om Terminator en Velocity Five tegen te spelen, want voor spelletjes had Sandra goesting noch aanleg. Alleen vertikte Stephen het om ook daarbuiten rekening te houden met de kleine. Zíjn leven zou niet worden omgegooid, zeker niet door een familielid, al was het nóg zo jong en hulpeloos. (Stelling nummer duizend-en-zoveel van Stephen Deschryver: Kinderen waren niet hulpeloos. Ze konden net zo goed a pain in the ass zijn als iedereen. Het waren volwassenen in het klein, met minder haar op hun fluit maar met meer noten op hun zang.)

Dus ging Stephen nog altijd, hoewel steeds meer in zijn eentje, naar de Sixty Sax tot vijf uur in de morgen en bij thuiskomst bakte hij biefstuk, rammelend met pannen en bestek als vanouds. Als Jonas, die op de sofa sliep, wakker schrok en weende, zei Stephen tegen de verbolgen Sandra: 'Als het hem niet bevalt, mag hij verhuizen.' Als Jonas daarentegen, wakker geworden door de geur van friet, in zijn pyjama aanschoof en twee porties friet met mayonaise en zure uitjes binnenspeelde terwijl de ochtend amper gloorde, zei Steven tegen de verbolgen Sandra: 'Hij is in de groei, hij móet veel eten.'

Onverwachts nam hij Jonas mee om een balletje te trappen op het grasveld naast het Atomium; even onverwachts daagde hij niet op als hij beloofd had om de jongen te trakteren op een tekenfilm. Als Alessandra hem dat verzuim inwreef en hem probeerde af te dreigen met de tranen die Jonaske had gestort, haalde Stephen zijn schouders op: 'Jij hebt hem in huis gehaald, niet ik.' Het was al erg genoeg dat hij, in zijn eigen kot for fuck's sake, zijn pornocollectie moest verstoppen en zijn ander geestverruimend gerief heimelijk diende te snuiven, slikken of rollen, allemaal opdat Jonaske het niet zou merken. Hij schikte zich met tegenzin in die huiselijke clandestiniteit, minder om een kinderzieltje te sparen dan om verklikking te voorkomen. (Stelling tweeduizend-en-zoveel: Kleine gasten staken overal hun neus in en hadden een veel te grote mond.)

Wat Stephen wel weigerde, was binnenshuis te allen tijde gekleed te gaan. Een kamerjas, dat harnas van de nuffigheid, kwam er bij hem niet in. Dat had hij gezworen op de dag dat hij de meervoudige betutteling in de ouderlijke villa had verruild voor de ongebreidelde vrijheid in zijn loft. Hij liep – na het ontwaken, na een douche, tijdens het zonnen – in zijn blote reet rond als dat hem uitkwam. Pas met een kind in de buurt viel op hoe vaak hem dat eigenlijk uitkwam. Op den duur sloeg hij, zeker als hij 's morgens zo'n halve volle-blaas-erectie had, uit gêne toch maar een handdoek om.

Onnodig, echter. Jonaske keek niet op van een poedelnaakte nonkel. Dat ergerde Steven geen klein beetje. Hij, zo oud als Jonas nu, zou zeer zeker hebben gegluurd naar het adamskostuum van een volwassen vent, dat kon hij zich levendig herinneren. Dat Pinocchio des te nieuwsgieriger keek naar de naaktheid van tante Sandra, ergerde Stephen zo mogelijk nog meer. En La Sandra deed natuurlijk geen moeite om 's jongens curiositeit wat af te remmen. Het had geen kwaad gekund als ook zij wat vaker een handdoek had omgeslagen of haar negligé had gedragen of op z'n minst een onderbroek – zij die toch de mond vol had van 'we moeten proberen dit kind minstens het begín van een opvoeding mee te geven'. Opvoeding? Stephen had de kleine al eens de badkamer zien binnenglippen terwijl Sandra in haar ligbad lag te weken, *Vogue* lezend, wijdbeens, met haar ene poot over de rand bengelend. Steven wilde niet preuts of ouderwets klinken maar dat was toch geen aanblik voor een ventje van die leeftijd. Straks kreeg het nog meer nachtmerries.

Ondanks zijn irritaties was nonkel Steven snel bijgedraaid. Sandra's demarche had ook afwisseling gebracht. Een mens mocht nog zo zijn best doen, na een paar jaar ontaardde zelfs la dolce vita en superieur geslemp in botte sleur. Als er één ding was dat Stephen haatte, was het wel sleur. Maar niets werkte blijkbaar beter om de geplogenheden van alledag overhoop te halen dan een onderdeurtje als langdurige logé. Zo'n kind kon verdomd grappig uit de hoek komen. De last nam Steven dan maar op de koop toe.

De kleine jaloezie ook. Hij stelde ze verbaasd vast maar ze was er, ontegensprekelijk. Het stak hem dat Jonaske zich meer hechtte aan zijn exotische tante dan aan hem. Maar ach, waarom niet? Het kereltje had een roerige tijd achter de rug en geen man kon troosten zoals een vrouw. Moedertaal heette niet voor niets moedertaal. Daar had hij zich bij neer te leggen, zoals elke vent. Bovendien, de kinderliefde deed Sandra zichtbaar goed. Ze werd er wat ronder van, ze lachte meer, en meer van harte. Sinds de uitvaart van Vereecken leek ze hoe dan ook verlost van een onrust die haar daarvoor soms dagenlang had doen bokken. Ze straalde enfin, aan de zijde van dat rosse joch.

En ze sprak er zowaar wat Vlaams tegen. Daar had ze meer

van opgepikt dan ze tot nu toe had willen laten blijken. Haar woordenschat hoefde niet groter te zijn dan die van een kind van zeven – prima opstap voor wie spelenderwijs een taal onder de knie wou krijgen. En Jonas leerde van haar zijn eerste zinnetjes Engels en Spaans. Straks kreeg de familie Deschryver er na ome Stephen nog een tweede wereldburger bij!

Zijn kleine afgunst mocht dan grotendeels bedwongen zijn, Stephen had niet kunnen nalaten om op een mooie dag – terwijl hij de *Financieel Economische Tijd* zat te lezen en Alessandra weer aan het dollen was met Jonaske – langs zijn neus weg te poneren: 'Toch spijtig dat pa Deschryver de hort op is. Hij had ons bezig moeten zien. Perfect gezin van drie.'

De heftige reactie van Sandra had hem verbouwereerd achtergelaten. 'You dirty bastard,' had ze gesist, Steven een oorveeg verkopend en de deur met een klap achter zich dichtgooiend. Haar echtgenoot voor het eerst in dagen in z'n eentje opzadelend met de zorg om Jonas, die ontroostbaar huilde en zelfs geen zin had in een robbertje Terminator.

Sandra had weinig spijt van de oorveeg die ze Stephen had verkocht. Het kon geen kwaad op tijd en stond een duidelijke grens te trekken. Niet alles moest zomaar bespreekbaar zijn, ook niet tussen twee zakenpartners.

's Nachts, bij haar terugkeer, spelde ze het Stephen uit zonder dat hij er één woord tussen kreeg. (Hij had enkel willen tegenwerpen dat hij het niet kwaad had bedoeld, meer als grap, maar Alessandra rolde al over zijn verweer heen. Nijdig fluisterend want Jonas sliep eindelijk, en hij was al zo moeilijk in dromenland gesukkeld op zijn sofa.) Stephen moest eens goed naar Alessandra luisteren. Het was met liefde en toewijding dat ze zich over gindse kleine ontfermde maar niemand moest daar overhaaste conclusies uit trekken, zeker hij niet. Ze had de taak van kloek op zich genomen om nota bene zíjn familie uit de nood te helpen doch voor haar – het mocht onaangenaam klinken maar klaarheid loonde – was Jonas een soort van huurkind. Op haar moederschap stond een vervaldatum. Knoopte Stephen dat goed in zijn oren? Ooit wilde ze kinderen van zichzelf maar pas *veel* later en *niet* in dit pokkenland en *niet* met Stephen, sorry. Kinderen maakte je niet met vrienden, je maakte ze met hun vader.

Inmiddels, dat zou ook hij toch moeten toegeven, werd Jonaske er niet slechter van. Het baasje bloeide op en had het reuze naar zijn zin. Maar ooit zou Jonaske de plaat moeten poetsen naar zijn officiële voogd, goedschiks, kwaadschiks. Zij zou de taak wel op zich nemen om dat die jongen diets te maken, te gepasten tijde, eerder niet. En met pijn in het hart, jawel. Maar precies daarom was het beter als men zich in dit kot niet té veel ging hechten aan mekaar. Dat gold nog altijd voor hen beiden ook. Meer had ze niet te zeggen. Right?

(Stephen had geknikt. Zonder eraan toe te durven voegen: 'Wie heeft ooit wat anders beweerd, misschien?')

'Here we come!' Alessandra en Jonaske stormden naar voren – zij haar ideale boodschappenkarretje voortduwend, hij staande op zijn strijdkaros. Precies getimed en ongehinderd passeerden zij het eerste Boze Oog.

Achter hun rug sloot een van de drie glazen vleugels het compartiment af, hen meteen op de hielen zittend. De vleugel vóór hen deinsde met dezelfde snelheid weg. Sandra minderde een weinig vaart. Ze stapte keurig in the middle van het compartiment en met de trage vaart van de wenteling. Dat was de kunst. Dat was de Rumba. Zij en Jonas waren de enigen, van de andere kant kwam er niemand aan. Alleen een panne kon de deur nog blokkeren.

'Harder!'

'Kan niet, liefje. We zijn er zo!'

Kortstondig wandelden Sandra en haar leenkind in het luchtledige. Passerend door een sas van nu naar nu, van hier naar hier. De wand vóór hen week steeds meer en gleed ten slotte voorbij de deurstijl: het warenhuis werd geopenbaard. Sesam! Zoetjes schoof hun driehoekige gevangenis open. Tot het compartiment geen nor meer was maar een nis waaruit Sandra (glimlachend) en Jonas (met een overwinningskreetje) te voorschijn konden treden, onbelemmerd en vrij. Het geluid tegemoet van kassa's en gedempte gezelligheidsmuziek. Achter hen sloot de nis zich alweer.

De gelegenheidsroulette had beslist. Het lot had gesproken. Dit was het begin van een schitterende dag.

Op dat moment ging het alarm af.

EERST DACHT ALESSANDRA NOG dat iemand met gestolen waar naar buiten was gelopen en het alarm had doen afgaan door een niet verwijderd beveiligingsplaatje op de buit.

Maar dit alarmsignaal klonk veel luider en doordringender dan het elektronisch gejeremieer om wat gejatte prêt-à-porter. 'Wioe-wioe-wioe,' aapte Jonas het alarm na. Hij was van het stilstaande boodschappenwagentje gestapt en hield zijn goede armpje geheven. Zijn handje draaide, palm naar boven, slapjes rond ter hoogte van zijn hoofdje – zijn versie van een flikkerlicht op het dak van een politiewagen. Hij keek verwachtingsvol op naar zijn tante Sandra. Met haar in de buurt gebeurde er altijd wat. Lekker spannend. 'Wioe-wioe.' Waarom keek zij zo raar?

De achtergrondmuziek was weggevallen en had plaatsgemaakt voor een vrouwenstem. 'Aandacht, aandacht,' waarschuwde deze, gejaagd en gespannen, maar duidelijk verstaanbaar ondanks het gesnerp van het alarmsignaal. Caissières en klanten hielden allen hun hoofd geheven in verwondering – van de eersten hing de rechterhand doelloos boven het numeriek klavier, de anderen stonden met een geopende portemonnee in de handen of hadden een reeds voor de helft gevulde tas voor zich staan. Men luisterde roerloos. 'Mogen wij onze geachte cliënteel met aandrang verzoeken rustig te blijven,' zei de stem, 'en zich kalm maar onverwijld van de kassa's te verwijderen. Ga niet naar de centrale draaideur aan de voorkant maar naar de achterkant van het gebouw. Er is geen reden voor paniek. Ik herhaal. Verwijder u onmiddellijk van de kassa's, ga níet naar de grote draaideur aan de voorkant.'

Dit was het teken om massaal een stormloop te wagen op precies de grote draaideur aan de voorkant, de dichtstbij zijnde uitgang, dezelfde waarlangs Alessandra en Jonas nog maar net De Panter hadden betreden.

De caissières lieten hun kassa's voor wat ze waren en snelden weg, met hun schorten nog aan; klanten gooiden hun aankopen neer of lieten hun halfgevulde boodschappenzakken achter; wachtenden in de rijen vóór de kassa's elleboogden zich naar voren; er werd gevloekt om de wagentjes die zich niet opzij lieten stoten in de smalle doorgangen; een rek vol pepermuntjes en drop viel om; een fles whisky kletterde op de grond en brak; een moeder haalde haar gillende kind uit zijn buggy; het alarmsignaal bleef onverminderd snerpen; geliefden riepen elkaars naam; een oude man werd opzijgeduwd en kwam met een akelige schreeuw ten val; een jonge snuiter kroop op de lopende band en sprong over de lege stoel achter de kassa; vier, vijf anderen volgden zijn voorbeeld... In luttele seconden ontstond een meute, en die meute stoof recht op Jonas en Alessandra af.

'Ze zijn er,' riep een lijkbleke vrouw, haar boodschappentas van zich afgooiend, 'we gaan eraan.' Ze botste op Jonaske en smakte samen met het jongetje tegen de grond. Jonas kwam terecht op zijn gipsen armpje en schreeuwde het uit van de pijn. 'De Bende,' riep de vrouw, overeind strompelend, zonder acht te slaan op de kleine. 'We gaan eraan.' Het mens snelde naar de draaideur die met horten en stoten ronddraaide omdat de hele meute haar stormenderhand probeerde te passeren, beide Boze Ogen in de schermutseling geregeld afschermend.

De paniek werd er alleen maar groter op. Een vechtpartij ontstond. Het alarmsignaal hield niet op met snerpen, de vrouwenstem bleef haar boodschap tevergeefs herhalen.

Alessandra had al veel gehoord van De Bende, maar zij had er altijd om moeten lachen. In België, een bende? Eén en dezelfde die nu al drie vestigingen had overvallen van alleen maar De Panter? En die telkens aan de haal was gegaan met belachelijk weinig geld, maar net zo goed reeds een half dozijn klanten had neergeknald?

Dit was doelgerichte afpersing, klaar als een klont. Haar moest je niets wijsmaken. Zij kwam van Miami en daar had zíj een boel stellingen aan overgehouden. Met de trots van de autodidact had ze die Stephen voorgehouden, als tegenwicht voor zijn genummerde theorieën. Stelling número uno: racketeering ging vanzelf over zodra de slachtoffers dokten, en dat deden ze na verloop van tijd allemaal. Geen toeval dus, dat het na die drie overvallen zo stil was geworden rond De Bende. Driemaal was scheepsrecht, De Panter had voorzeker opgehoest. Zodoende (stelling número dos): het was nu extra veilig in alle vestigingen van de keten. Want racketeers hadden één voordeel. Ze beschermden hun wingewest tegen andere parasieten, fanatieker dan om het even welke beveiligingsfirma.

Met politiek, zoals sommige kranten wilden, had dat allemaal niets te maken. ('Die prietpraat ware nog iets voor Bruno geweest,' had Steven gezucht, toen weer zo'n palestijnensjaal van een studentenorganisatie op de televisie betoogde dat De Bende een fascistengroepering met een geheime agenda moest zijn.) En, stelling number twenty something: met toenemende gewelddadigheid in dit groot uitgevallen gehucht had het nog minder te maken. Get real! Je kon in Brussel 's nachts in je blote kont van Noord naar Zuid rennen zonder iets kwijt te geraken dan wat calorieën. Ze had dat vaak genoeg bijna in de praktijk gebracht, dus ze wist waarover ze het had.

Nam dan maar eens als welgestelde vrouw in je eentje the Metrorail richting Miami International, bij valavond of bij nacht, tien meter bovengronds hangend, weg van de beschermende verlichting van downtown. Zo tergend lang als ginds 'the Metrosnail' op zich had laten wachten, zo pokkensnel kon je onderweg bij het uitstappen de keel worden overgesneden om één tube lijm. Waarom dacht je dat er tussen Biscayne Bay en Golden Beach meer plastisch chirurgen woonden dan in Frankrijk en Duitsland samen? Sure, ze teerden behoorlijk op de nose-jobs voor de kleinkinderen van de joodse bejaardenkolonie, en op de tietvergrotende ingrepen voor bimbo's van alle slag. En okay, er waren eveneens plenty drugsdealers die met 'een nieuwe look' niet een nieuwe haarsnit en een vers kostuum bedoelden maar een compleet herknede tronie annex verse vingertoppen. Maar bovenal wilden tal van gewone burgers, boeven en politici zich plastisch laten oplappen nadat ze onzacht in aanraking waren gekomen met het doordeweekse leven in een échte metropool.

Als je in Miami sprak over 'de bende', kreeg je maar één antwoord: 'Over welke heb je het?' In sommige wijken waren the gangs heer en meester – enfin, toch in hun eigen straat. Om elke straat en steeg werd gevochten. Messen schoven tot aan het heft tussen twee ribben, pepperspray spoot, Uzi-kogels verdwaalden. (Santos, siempre Santos.) En dat er dan in heel België één bende bestond die probeerde een slaatje te slaan uit een volledige warenhuisketen? Het had Sandra altijd koud gelaten. Die gangsters hadden tenminste smaak. In hun plaats had ze ook voor De Panter gekozen.

'Tante Sandra!' piepte Jonaske. Hij zat wijdbeens op de grond en hield met zijn goede hand zijn gipsen armpje vast. Er struikelde iemand over hem heen. De jongen kreeg een lelijke trap tegen zijn hoofdje. Opnieuw schreeuwde hij het uit van de pijn en keek op naar zijn tante, die verstijfd voor hem stond.

'Help me, tante. Het doet pijn.'

ZE KEEK JONASKE VANUIT DE HOOGTE AAN met open mond. Iemand liep tegen haar boodschappenkarretje aan, rukte het uit haar handen en duwde het opzij. 'Kijk toch uit, kutwijf!'

Nog bewoog Sandra niet. Vluchtenden stoven langs haar heen, ze kreeg een duw en viel bijna. Ze zag hoe het onderlipje van Jonas begon te trillen. Het baasje voelde zich verraden, dat was duidelijk. Nog even en hij zou van zijn verlamde tante wegkijken, in zijn eentje opstaan en weglopen, met de stroom mee. Hij riskeerde vertrappeld te worden. Ze had hem gisteren zijn eerste sambapasjes geleerd. Hij was dol op son en dol op haar.

(Vaak viel hij op haar schoot in slaap terwijl ze samen naar een natuurfilm keken. Ze bracht hem dan naar de sofa en kleedde hem voorzichtig uit. Dat witte velletje van hem bleef haar intrigeren. Het was zo zacht en kwetsbaar. Van dichtbij keek ze naar zijn pijpenkrullen en naar zijn oogleden, waar de rosse wimpertjes onnatuurlijk regelmatig stonden ingeplant. Zelfs op zijn billen stonden sproetjes, zelfs op de binnenkant van zijn knietjes. Zijn adem rook zoetig, nog altijd die van een kleuter. Wee als het potje Alpenhoning dat ze in De Panter voor hem had gekocht toen hij weer eens verkouden was. Als hij zijn ogen slaperig opendeed, leken zijn blauwe kijkers op die van een biggetje. Zo noemde ze hem vaak, 'mi cochinillo'.)

(De eerste keer dat ze samen hadden zitten zonnen, op het dakterras, had ze moeten lachen om zijn stijve rode pikkie, waarvoor hij zich schaamde en waarmee hij pronkte tegelijk. Hij had haar rug mogen insmeren met dezelfde olie waarmee ze hem had ingesmeerd. Een wit handje vol sproeten streelde haar glimmend bruine rug, langer dan nodig. Hij wilde daarna zelfs haar voorkant insmeren. Van die taak ontsloeg ze hem, monkelend en hoofdschuddend: 'Smeer jij jezelf nog maar eens in.')

(Die avond had Jonas een zonneslag. Sunblock? Daar had

Sandra nog nooit van gehoord. Zij had niet eens echte zonnebrandcrème in huis, zij kon voort met olijfolie als het moest. Jonas zag er ongezond rood uit, hij rilde en kreeg blaren op zijn lip. Zijn koorts steeg zo hoog dat Sandra, op een zondag of all days, een dokter had gebeld die twee volle uren op zich had laten wachten maar die zich bij zijn binnenkomst niet de huid liet volschelden: 'Het is anders wel uw schuld, mevrouw. Als u wilt, haal ik er de politie bij. Mishandeling door nalatigheid.' Elke beweging deed Jonas pijn, alles trok tegen. Ze smeerde hem eindeloos in met alles wat ze vinden kon aan zalfjes, ten slotte zelfs – al had de dokter het afgeraden – met koelkastkoude room. Dat hielp, kermde Jonaske, dat voelde lekker aan. Haar donkere hand vulde zich met kille room. Die stak eerst akelig klinisch af tegen zijn paarsige buikje en verhitte borst, leek dan te smelten op zijn vel en begon al na tien minuten zurig te ruiken als naar het overgeefsel van een boreling. Tante Sandra bleef tot 's morgens naast hem waken, zelfs nadat Stephen al was teruggekeerd uit de Sixty Sax en op haar bevel was gaan slapen zonder biefstuk om Jonas niet helemaal misselijk te maken door de geur. Zijn koorts mat ze zoals bij een baby, in zijn aarsje, want zijn mond met de blaren en zijn oksels met hun zachte, knalrood verschroeide plooien deden hem te veel pijn. Ze verdroeg nauwelijks de aanblik van dit verzengde kind op haar sofa. Twintig kilo pijn, gekromd van de ellende en zijn tranen verbijtend, met een thermometer in zijn kont, moederloos en vaderloos, door de ene tante gedumpt bij de andere... Er scheelde altijd wat met hem. Het kleinkind van Elvire, zeg dat wel. Zijn breuk wilde maar niet genezen, dit was al het derde verband, straks groeide zijn armpje echt scheef. Hij kreeg longontsteking in het midden van de zomer en gaf per week minstens een keer over, zonder aanleiding. In de armste wijken van

Miami zou hij kansloos zijn geweest. In de duurste wijken zou hij worden weggelachen, vanwege zijn lijf dat nooit goudbruin zou kunnen worden en, alle gymnastiek ten spijt, nimmer goedgebouwd gezien zijn dwergachtige moeder en wanstaltige vader. Jonaske, door geen lichaamsarchitect ooit te corrigeren. King of the nerds en nog geen zeven.)

'Tante Sandra, ze doen me pijn!'

Jonas draaide zijn blik al weg van haar. Hij keek naar de draaideur die ze daarnet samen waren gepasseerd en die nu geblokkeerd stond. Een van de compartimenten zat geklemd tussen de twee stijlen. De gevangenen van de driekantige nis schreeuwden om bevrijding. Een van hen hamerde met zijn vuist op het glas. Jonas keek er met grote ogen naar.

'Doe iets, tante Sandra...'

(Ze had Jonas het nieuws weten te besparen dat zijn ma ontsnapt was. Zo kon het de jongen geen verdriet doen dat mama hem niet opzocht, de teef, of zelfs maar een lief briefje schreef, of een bericht insprak op het antwoordapparaat – wat ze trouwens ook niet had gedaan toen ze nog in de bak zat. Steven speelde het verzwijgspel mee, zij het met tegenzin: 'Wat doe je als Jonas het uitvlooit? Vandaag of morgen staat Katrien toch voor de deur. Jonas zal je nooit meer vertrouwen, en mij erbij.' Maar Jonas vlooide niets uit. Katrien leek hem niet eens te interesseren. Niet één keer had hij naar haar geïnformeerd – een feit dat Sandra vervulde van trots en gêne tegelijk. Als ze eerlijk was, moest ze bekennen dat ze juist hoopte dat Jonas' moeder niets van zich zou laten horen. Akkoord, als Katrien toch de stilte verbrak, zou ze er niet meer onderuit kunnen, dan zou ze het moeten vertellen, voor het eerst met Jonas over zijn moeder sprekend. Maar zolang Katrien wegbleef, kon Sandra hem maar beter in het ongewisse laten. De jongen had al genoeg te verduren gehad.)

(Niet dat het altijd zo gemakkelijk was, om de waarheid verborgen te houden. Naar het journaal op de televisie werd alleen gekeken als Jonas al sliep. Dat hij niet naar school ging, waar hij de waarheid had kunnen vernemen op de speelplaats, werd geweten aan zijn gezondheid. Een leugentje dat Jonas maar al te graag slikte. Het meest heikele was dat, sinds Katrien de benen had genomen, Stevens loft in de gaten werd gehouden door agenten in burger. Jonas merkte daar niets van, zo voorlijk was hij nu ook weer niet. Sandra merkte het des te meer. Zij kon een stille ruiken op vier straten afstand, getraind als ze was door haar voormalige job in the singles bar, waar ook andere deals werden gesmeed dan one-night-stands. Ze bleven voorlopig op afstand, maar als ze opdringeriger werden, konden the pigs alles verknallen.)

(Eén keer had Sandra vlak voor de loft die kettingrokende onderzoeksrechter zelve menen op te mogen merken, in een bestofte Renault, haar en Jonas door de voorruit op de korrel nemend met een camcorder. Als Jonas er niet bij was geweest, was ze die kerel op z'n nummer gaan zetten. Nu zweeg ze en trok Jonas mee – het lokaas waarmee men duidelijk hoopte Katrien opnieuw in te rekenen. Sandra beende zo snel mogelijk met Jonas weg.)

'Tante Sandra, help mij dan!'

HET WAS DE VROUWENSTEM die Alessandra uit haar verlamming bevrijdde. Het 'wioe-wioe' van de sirene stopte abrupt en de stem galmde uit boven het meteen verstommende kabaal van de meute. 'Geachte klanten, tot onze opluchting kunnen wij melden dat het om een loos alarm ging. Ik herhaal: het ging slechts om een loos alarm. De directie excuseert zich voor mogelijke overlast, vraagt uw begrip en dankt u voor het in haar gestelde vertrouwen.'

Terwijl de stem haar melding begon te herhalen, dook Sandra verlost op Jonas toe. De kleine haakte zich snikkend aan haar vast. Zij sloeg haar armen om hem heen en beschutte hem met haar hele lichaam. 'Rustig, honey, rustig maar,' zei ze in z'n oor. Een kerel die rakelings langs hen heen snelde, verkocht ze een klap met haar vuist: 'Kijk waar je loopt, hufter.' Sandra schrok van haar eigen stem en van de kracht van haar klap. De kerel draaide zich om als wilde hij haar van repliek dienen maar toen hij haar in het gezicht keek, mompelde hij een verontschuldiging en droop af. Hij was zichtbaar geschrokken.

Toen ze over de schouder van Jonaske zichzelf weerspiegeld zag in een ruit, begreep Sandra waarom.

Achter die ruit woedde nog steeds volop de paniek. Huilende mensen hadden zich, in een zomers weertje, verscholen achter plantenbakken of drukten zich plat tegen de grond; her en der lagen boodschappenwagentjes op hun zij; aankopen waren aan scherven gevallen; een straal melk meanderde over het zwarte asfalt naar een laaggelegen rooster; een sinaasappel rolde traag weg; auto's stonden in een rij voor de uitrit; de roodwitte slagboom zwaaide doelloos op en neer, telkens op de motorkappen van twee wagens die, op elkaar gebotst, de doorgang belemmerden...

(Pas vanavond, op het late journaal – ze had opnieuw gewacht tot Jonas sliep – zou Sandra de toedracht leren van het loos alarm. Een andere vestiging van De Panter was overvallen, op maar een paar kilometer van de loft vandaan. De eerste burger die de ordediensten had gewaarschuwd, sprak in zijn verwarde angst enkel van een overval op 'De Panter vlak bij het Atomium'. Zodoende had het Interventieteam van de rijkswacht ontruimingsinstructies doorgebeld naar een verkeerde vestiging. Pas halverwege de rit naar de plaats des onheils had het team correcte gegevens doorgekregen. Het arriveerde te laat om de Bende zelfs maar te zien wegscheuren in haar Volkswagen Golf. De wagen was een uur later teruggevonden in een bos langs de snelweg – uitgebrand, zonder kentekenplaten en met weggevijld chassisnummer.)

(Het ging om de bloedigste raid tot nu toe. Er was geschoten op alles wat bewoog, caissières, kinderen, moeders, bejaarden. Koelbloedig, systematisch, paramilitair. Zelfs een hond die, buiten aan zijn leiband vastgemaakt, had staan blaffen naar de gemaskerde overvallers, was met één exploderende kogel in de kop uitgeschakeld. Een wegkruipende gewonde was met een nekschot geëxecuteerd. De overval had tien minuten geduurd. De balans luidde acht doden, een dozijn zwaar verminkten en tientallen gewonden. Voor een buit die minder bedroeg dan Stephen in één lucky day verdiende op de beurs.)

De kreten en claxonstoten drongen zwakjes door de ruit heen, waarin Alessandra zichzelf ook kon zien hurken met dat schokkende en hikkende jongenslijfje in haar armen. Het was haar gezicht dat de langslopende kerel angst had ingeboezemd. De moordzucht viel ervan af te lezen. Niemand raakte ongestraft dit kind aan, dat haar bescherming genoot.

Maar in gedachten begon Alessandra te vloeken om dit beeld. Zie haar daar zitten, dacht ze, stupid bitch. Op haar hurken in de hoofdstad van een land waar ze nooit heeft willen wonen. Wat dacht je dan? Dat jij je niet zou laten vangen? Je leeft al mee, sweetie. Je zit vast. Aan dit klotekind, dan nog, het rosse aapje van Katrien en Dirk. King of the nerds, mi cochinillo. Eigen schuld.

Jonas huilde in haar armen en ze streelde hem over zijn krullen. 'Rustig, sweetie, cool it. Je tante Sandra is hier toch?' Maar ze slaagde er niet in haar blik af te wenden van de ruit.

4

DAGBOEK VAN EEN VOORTVLUCHTIGE

Vaarwel, oh stoofvlees met puree. Voorbij, oh ochtenden waarin onzichtbare vrouwen op mijn muren tikken, vloekend op elkaar of biddend om een god. Adieu, toilet. Vaarwel, mijn bed. Dag spiegel, waarin de eendagskoning troont met pluimen op z'n kop.

Ik ben op uitbrekersvoeten.

De eerste maal trekt elke show een massa. Maar wat valt er daarna nog te beleven? De verrassing is eraf, de deining wordt gedoe. Zo ging het ook toen ik te vaak verschijnen moest in het Paleis.

De eerste keer was er publiek te over, een leger paparazzi en twee camera's van de tv. De vierde keer ternauwernood nog één fotograaf. De vijfde keer (vanmorgen) ging zelfs De Decker niet meer mee. En juist toen gebeurde het, als viel het uit de lucht.

Kroniek van een kolderieke vlucht. Ik arriveer met slechts twee rijkswachters aan mijn zij. Mijn boeien hoeven niet – dat hebben zij op eigen hout beslist. Het schaadt hun eigenwaan in mij gevaar te moeten zien (twee bonken tegen één te korte stengel riet). Maar ook schaadt het de schoonheid die ik in hun ogen duidelijk geniet. (Altijd word ik gevleid. Zelfs weggenomen boeien worden pasgeld van de charme. Een wapen in de strijd ~~van knipogen en toespelingen.~~)

Op de bovenste verdieping wachten mij formaliteiten. Na vervulling zullen we weer samen naar beneden gaan, gedrieën. Met de lift. Daar ontspint de anekdote zich. Ik sta te wachten naast de ene uniformverslaafde, in de openstaande kooi. De andere komt in de lange gangen aangelopen met een dossier dat hem, twee meter vóór de meet, ontglipt. Papieren waaieren de tegels op. De eerste lacht en stapt de kooi uit om te knielen, bladeren verzamelend als een kind kastanjes in het bos – lukraak, gretig, om ter meest. Competitie en indruk maken, het zijn roepingen. (Wie anders draagt er graag zo'n uniform?)

Ik sta secondelang als hun getuige in de kooi maar merk – tot mijn verbazing en de hunne – hoe plotseling de ijzeren deuren dichtgaan, automatisch. De uniformverslaafden laten de papieren vallen en snellen toe. Te laat. Hun nagels krassen weg op de naad van staal. Hun vloeken worden afgesneden. Ik daal meteen en laat hen achter op een plek waar zij nog moeten zoeken achter welke deur een ouwerwetse trap verscholen zit.

Ik hoor mijn adem razen.

Beneden opent de kooi zich voor een vertrouwd beeld. Ik sta oog in oog met Hannah, mijn bezoekster, nu ten voeten uit. Zwart kort haar en bruine ogen. Ze is kleiner dan ik dacht maar even stomverbaasd als ik. Ze vindt het juiste woord: 'Perfect!' (Ik krijg kreet noch klank uit mijn strot.)

Ze trekt me bij de hand de kooi uit en de hele zaal door met de zuilen: 'Snel!' Niemand kijkt ons na. (Is dit nu de arena waarin ik bijna werd verscheurd door menigten? Waarin ik, aan de zijde van mijn kwelgeest, ben vastgelegd op negatieven, voor altijd?)

Haar oude auto staat vlakbij. Ze duwt me op de achterbank, beveelt me stil te liggen en gooit een deken over me heen die ruikt naar motorolie. We zijn de eerste straat al uit wanneer ik de sirenes hoor. Daar zijn de toesnellende maatjes al van de papierenrapers.

Meer dan een halfuur rijden we.

We worden niet gestopt.
We zijn de dans ontsprongen.

Sinds ik gevangen heb gezeten, besef ik pas de waarde van de meeste woorden. 'De buitenwereld' zal nooit eender klinken, nu ik erin ontsnappen mocht. *Elk* woord betekent meer dan wat er staat. Een toevlucht is een plaats én een persoon. Een heler is een dief én een genezer. En wie heler wordt, is nog vollediger dan daarvoor.

Precies zo liggen onze kaarten. Dat voel ik, onomstotelijk, reeds na één dag. Hannah is mijn toevlucht en mijn heler. En heler maakt zij mij.

Ik kan het zelf nog niet geloven. Ik ben vrij.

3

WEERWERK

1

EEN BEEST MET VEEL GEZICHTEN

DIRK VEREECKEN HAD REUZENLOL. Reikhalzend verkneuterde hij zich in de drukte. Hij stond, hartje Brussel en samen met tante Marja en kolonel in ruste Yves Chevalier-de Vilder, op de trappen van het Paleis van de Rechtvaardigheid, te midden van te hoop lopende perslui, op de ochtend van Katriens ontsnapping. Koud een uur of twee was er verstreken sinds zij – 's lands beroemdste dochter, weduwe en moordenares – het hazenpad had gekozen, uitgerekend via deze zelfde monumentale trappen. En reeds stroomden de mediatroepen toe, aangetrokken door de belofte van ophef en verbijstering.

De koorts die de grote dagen kenmerkte hing in de lucht. Hier zou een nieuwe, onvergetelijke episode worden geschreven in het verhaal waar geen film of feuilleton tegen opkon: de werkelijkheid. In vergelijking met de fantasie beschikte zij over onklopbare troeven. Ze was onuitputtelijk, niemand kon haar auteursrechten opeisen en haar acteurs hoefden niet betaald te worden. Mede daardoor lagen haar opbrengsten hoger dan die van menige musical. De mijnbouw vereiste nog op z'n minst de eigendom van een terrein en het boren van een schacht; de productie van wagens vereiste minimaal de bouw van een fabriek en een lopende band. De actualiteit vergde niets. Zij was een scharrelkip met gouden eieren en zonder vaste eigenaar. Wie haar het eerst bij de vlerken kon grijpen, was binnen.

'Hupsakee,' juichte Dirk, wijzend naar een uithoek van het plein dat voor het Paleis lag. 'Daar heb je er nog een!'

Een logge reportagewagen kwam het plein opgedraaid, voorzichtig hobbelend over de grijsblauwe kasseien. De schotelantenne op een hoek van het dak trilde met de schokken mee. De chauffeurscabine was gekroond met een hippe doch totaal overbodige spoiler. Daaronder beschermde een getinte voorruit de anonimiteit van de bekende reporters die naast de bestuurder zaten om de plek aan te wijzen vanwaar ze straks hun stand-up voor de camera ten beste wilden geven.

Aan de buitenkant van de wagen waren de beide portieren, alsook de zijkanten en het dak van de laadruimte, beschilderd met het veelkleurige logo van de televisiemaatschappij. Ook op de achterkant was het logo parmantig groot aangebracht; het liep over een raamloos en centraal geplaatst deurtje dat toegang verleende tot de hoogtechnologische studio binnenin. De wagen rondde langzaam het plein, wurmde zich daarbij steeds meer naar de buitenkant van het verkeer en baande zich, claxonnerend en dwars over het trottoir hobbelend, een weg door een groep toeristen, om ten slotte post te vatten naast de uitstekende trappenpartij van het Paleis.

Aan de andere kant stond reeds de reportagewagen van de concurrentie opgesteld. De bestuurder had net, om zijn mobiele studio stabiel en schokvrij maken, de hydraulische steunvoeten laten zakken – één uit elke hoek onder de laadruimte. Ze waren op het trottoir neergeknarst en hadden de reportagewagen opgetild tot die nog amper op zijn wielen rustte. De bestuurder, in een overall met op de rug, de schouders en het borstzakje telkens het logo van zíjn televisiemaatschappij, haalde in de schakeldoos nu ook een tweede hendeltje over. Uit een taartvormige verhoging op het dak rees, met veel gezoem, een uitschuifbare zendantenne de lucht in. Hoog daarboven, buiten de dampkring, zweefde de satelliet die het verslag zou opvangen en meteen weer doorstralen naar Moeder Aarde, zij het kilometers verderop. Dra stopte het gezoem en stond de fallus van de rechtstreekse berichtgeving geheel en al opgericht. 'Bravo,' riep Dirk, 'geen half werk! We gaan ertegenaan!'

Yves Chevalier-de Vilder daarentegen stond op het punt om in tranen uit te barsten. 'Van deze escalatie draag ik mee de schuld,' zei de kolonel met trillende onderlip, 'nooit had ik mij mogen verlagen tot die pillen en die drank en die afscheidsbrief. Op wat is mijn verzetsdaad in hotel *Victoria* uitgelopen? Mijn carrière werd door dit journaille geminimaliseerd, mijn stoffelijke resten zijn beschimpt, mijn nabestaanden te schande gemaakt. De verwarring waarin mijn vaderland verkeert heb ik alleen maar vergroot, terwijl niemand de grandeur van mijn geste naar waarde heeft willen schatten... De eeuwige Schiller wist het al: "Vijandig is de wereld, vals van zinnen. Eenieder houdt alleen maar van zichzelf."'

'Yveske, ge moet nu ook niet alleman willen scheren over dezelfde kam,' suste Marja, terwijl haar kolonel het nu echt op een snikken zette. 'Ik ben hier toch nog?' Ze kuste hem op de wang, streelde hem over het hoofd en hield hem voor dat hij het zich niet moest aantrekken want dat er ergere dingen waren in het leven.

'Erger misschien,' zei Dirk, 'maar koddiger? Dat weet ik nog zo niet.' Hij wees naar een derde reportagewagen die aan kwam rijden en sloeg zich op de dijen. 'Niet te geloven! CNN. Mijn Katrien op fucking CNN. En allemaal omdat ze míj heeft omgelegd...'

Marja, in wier armen de kolonel hing te snikken, zond haar

aangetrouwde neef een berispende blik toe. 'Ge moet u zo fel niet op de borst kloppen. Er is nood aan faits divers, hoe onnozeler hoe liever. En dan weten ze ons Belgenlandje wel te vinden. Als het komkommertijd is. Waar hebben wij het aan verdiend?'

'Nu ben ik ook al een komkommer,' hikte Dirk, 'ik heb nooit geweten dat de dood zo schoon en vindingrijk kon zijn!' De tranen rolden ook hem over de wangen.

Het is toch straf, dacht Marja. Twee zo grote tegenpolen. De extase van de een, naast de tristesse van de ander. Dirks mayonaise der verzoening om al wat scheef loopt, naast Yves' kabbelende-thee-met-melk-vertwijfeling om al wat nutteloos is. En dat die zich uiten op dezelfde wijze: tranen met tuiten. Ze hebben meer gemeen dan ze zelf denken. Het zouden broers kunnen zijn. En ik zie ze alle twee om te liever, tot op de bodem van mijn hart. Meteen snoerde ontroering haar de keel dicht, omdat ze na een leven van remmingen en dienstbaarheid eindelijk de geneugten mocht smaken van haar tomeloze en onverschrokken liefde voor alles en iedereen.

En zo stonden ze op den duur nog met hun drieën te janken op die trappen.

De reportagewagen van CNN hobbelde onderhand drie, vier keer rond het plein, steeds trager, op zoek naar een geschikte, nog niet ingepalmde plek.

Op een plattegrond van Brussel vormde dit plein niet meer dan een speldenprik. Niettemin zou straks een rechtstreeks beeldverslag hiervandaan de hele planeet rondsuizen en voor altijd gegrift staan in het geheugen van miljoenen.

FEITEN EN FICTIE, zich steeds intenser verstrengelend, liepen als een lopend vuurtje door het korps dat de wacht hield op de trappen. Dat Katriens vluchtweg in alle vermetelheid hieroverheen had geleid, leek tot nu toe het enige te zijn wat vaststond.

De voortvluchtige zou immers bij het buitenlopen herkend zijn door een suppoost van het Paleis. Maar omdat de brave borst haar uit verbouwereerdheid geen duimbreed in de weg had gelegd, durfde hij zijn eerste, onbevangen getuigenis niet voor de camera's te herhalen uit vrees voor sancties. Dat werd althans van collega tot collega doorverteld achter de rug van de hand, en niet zonder cynische toets. ('Die suppoost is de enige die nooit zal gaan lopen uit dit duivenkot. Al de rest kan zó ontsnappen.')

Een andere bron zou bevestigd hebben dat Katrien Deschryver zich bij haar ontsnapping ophield in het gezelschap van een onbekende. Meer dan waarschijnlijk een handlanger die, zo werd van diverse kanten gefluisterd, als eerste de trappen was afgesneld, doodkalm en – let wel! – hand in hand met de hem achterna stuntelende Katrien. ('Is er dan toch een vrijer in het spel,' grinnikte een fotograaf. Twee minuten later belde de eerste correspondent deze veronderstelling reeds voor waar door. Een kwartier later brainstormden zijn hoofd- en eindredacteur reeds over een pakkende titel. Iets kort en krachtigs rond het woord 'duivelskoppel', en met daaronder een bloedstollend appetijtelijke foto van De Zwarte Weduwe tijdens de asverstrooiing van haar man. Uitgelezen voer voor de frontpagina, als opener zelfs. Tenzij vanmiddag onverwacht een atoomoorlog uitbrak, of ons land zich al even onverwacht dan toch in tweeën deelde.) ('Alhoewel, zelfs dat laatste haalt het niet bij die dochter van Deschryver – je moet eens kijken wat een lekker wijf dat toch wel is. En niet één traan ten teken van rouw. Een echte moord-griet, haha! Nee, dat kan niet in de titel, hoor, zelfs niet in het onderschrift. Dat gaat over de schreef. Bel het maar door aan onze cartoonist. Die moet hier überhaupt mee aan de slag.')

Naar verluidt zou het vluchtersduo vervolgens doodgemoedereerd het plein zijn overgelopen om te verdwijnen in een ondergronds metrostation, als een stel tortelduiven dat zijn toeristische uitstap had beëindigd en zich thans spoedde naar de volgende bezienswaardigheid. ('Iets in de lijn van die Katrien. café *La Mort Subite*?' 'Nee, Manneke Pis. Om na weken van opsluiting nog eens een fluit te zien.')

Eenmaal onder de grond leek het tweetal in rook te zijn opgegaan. Geen van de bewakers kon zich een beeldschone vluchtelinge herinneren. ('Terwijl ze anders al hitsig fluiten naar een Marokkaanse met een handdoek op haar kop.') Ook de videobanden van de bewakingscamera's (die een zelfverklaard investigative journalist had mogen bekijken tegen onderhandse betaling en onder de strikte belofte zijn bronnen geheim te zullen houden) hadden maar één uitsluitsel gegeven: de vogels waren gevlogen en elk spoor ontbrak.

Het was een mysterie.

Maar het was ook een schande. Een moordenares, afstammend uit een invloedrijke maar in grootschalige corruptie verwikkelde familie, kon zomaar het grootste der gerechtshoven langs de voordeur verlaten. Op klaarlichte dag, ongeboeid, met de vingers in de neus en door niets of niemand gehinderd. Zo ging dat toe, in dit land dat niet alleen in het hart van Europa lag maar er ook het hart van beweerde te zijn.

Een spijtig voorval kon je Katrien Deschryvers uitbraak niet meer noemen, murmelde men op de trappen – opeens zonder welke cynische toets dan ook; plechtig eerder, zelfbewust, somber van verantwoordelijkheidszin. Deze blunder was een vingerwijzing van onze structurele verrotting. Hier was eens te meer een onvergeeflijke bestuursfout gemaakt. Iemand – en waarom niet élke betrokkene? – diende verantwoording af te leggen, in het openbaar en wel meteen. De pers had weinig macht maar die ene rol in het dagelijkse drama van de democratie zou ze zich niet laten ontfutselen.

Met potloden, microfoons en camera's in de aanslag wachtten de journalisten bijgevolg op de komst van de ene overblijvende persoon die ze, in naam van lezers, luisteraars en kijkers, nog konden aanklampen en op de rooster leggen. Overal elders hadden ze bot gevangen. De minister van Justitie bleek geheel onverwacht te vertoeven op een onaangekondigde missie naar het buitenland; de minister van Binnenlandse Zaken zat al even onaangekondigd met vier Grondwetspecialisten bijeen in topconclaaf om de volgende precaire stap in de Staatshervorming voor te bereiden; en de premier liet, uit respect voor het regeerakkoord, doorverwijzen naar zijn ministers van Justitie en Binnenlandse Zaken – het ware ongepast te spreken in hun naam, dat moest het persgild toch begrijpen? De twee (slechts twee!) rijkswachters die volgens de geruchtenmolen Katrien hadden begeleid, waren onmiddellijk na het voorval in shock door hun collega's weggevoerd naar de dichtstbijgelegen kazerne, waar ze waren ondervraagd door hun oversten. Die weigerden evenwel om zelfs maar een persbericht vrij te geven vóór het onderzoek volledig zou zijn afgerond.

Wie bleef er dus nog over? De verantwoordelijke onderzoeksrechter, Willy De Decker. Een mythomaan volgens velen, een genie volgens weinigen, een alcoholist volgens iedereen. Hij was bij het grote publiek zo goed als onbekend en, voor zover gekend, gehaat. Maar hij was beter dan niets. En hij had (gelukkig) een markante kop, hij bezat een (helaas onaangename) stem, hij was (goddank) betrokken tot over zijn oren en hij hield (een meevaller) kantoor in dit tot de verbeelding sprekende gebouw.

Wat een droom van een locatie was dit toch! Zo verzon je ze niet: het toneel van een flater was tegelijk een tempel van de rechtspraak. Bovendien was dit een ouderwets pittoresk decor, met al die trappen en die zuilen en dat plein en zo... En in een portiek vlak bij de ingang was door een waakzaamheidscomité een schrijntje ingericht voor al die meisjes die waren ontvoerd en omgebracht door die veel te laat gekliste seksmaniak. Het was een waar gelegenheidsaltaartje met handgeschreven afscheidsgedichten en protestleuzen en witte lintjes en elke dag verse bloemen (liefst lelies) en met twee burgerbewakers op een stoel – vandaag een oud-strijder met al zijn medailles op zijn borst en een werkloze kinderverzorgster met een opgefrommelde zakdoek in haar vuist. Zelfs de lichtinval was artistiek. Alles wat een camera droeg, stond te watertanden bij de gedachte aan de persfoto van het jaar. CNN maakte uit verveling alvast een interviewtje met de kinderverzorgster, om zeker genoeg sfeerbeelden te hebben mocht er verder weinig nieuws te rapen vallen.

Maar geduld! Die De Decker kwam geheid opdagen! Hij was er de man niet naar om zich te verstoppen en nog minder om te zwijgen. Hij bezat de moed van de eenzelvigen. Hij zou de grondstof wel verschaffen die alle anderen de pers onthielden. En meer moest dat niet zijn, voorlopig. Katriens ontsnapping zou eindelijk ook echt bestaan want ze had dan toch nog beelden opgeleverd – sorry: beelden én geluid. De middagjournalen zouden kunnen openen met een knaller en de ether zou tot morgenvroeg eindeloos kunnen kauwen op steeds dezelfde soundbit. Eén kapstokje was voldoende, één uitspraak van die De Decker, één ontkenning of niet mis te verstane grimas, één beschuldigende vinger in de richting van om het even welke politicus of dienst... De domino's van weerwoord en ontkenning zouden daarna vanzelf wel beginnen te vallen. Dit werd de pilootaflevering van een nieuwe vervolgthriller. Who dunnit? Live op uw tv, elke dag op uw transistor. Allemaal dankzij onderzoeksrechter De Decker.

Niet dat de pers jegens hem erkentelijkheid diende te voelen. Erkentelijkheid was nimmer op zijn plaats. Laten we elkaar geen sissy noemen. Feiten waren feiten. En per slot van rekening wás de man verantwoordelijk geweest voor Katriens bewaking. Directer en concreter dan een minister die, als puntje bij paaltje kwam, ook maar de gijzelaar was van een systeem waarin ondergeschikten als De Decker de flaters konden begaan waarvoor in een normaal land direct koppen zouden rollen – pas op: van hoog tot laag. Nogal wiedes, trouwens. Waarom zou een De Decker wél gespaard worden en zijn oversten níet? Dit waren geen tijden voor compassie. Iedereen gelijk voor de wet. Ook die van het geschreven en het audiovisuele woord.

'Daar issie,' wees Dirk Vereecken, 'dát wordt pas lachen, met die schlemiel!' Aan de overkant van het plein hees een zichtbaar vermoeide en misnoegde Willy De Decker zich uit zijn Renault. Op de trappen begonnen de eerste fotoapparaten al te klikken; na elke klik zoemde kort een motortje dat het toestel volautomatisch instelde voor de volgende foto.

Willy boog zich, met zijn kont naar de verzamelde pers, in zijn Renault voorover om zijn aktetas van de chauffeursstoel te pakken. Zoomlenzen gonsden in en uit. Reporters trokken zaktelefoontjes te voorschijn om hun elders nog op de loer liggende collega's te alarmeren. 'Hij is er,' siste het van alle kanten, 'haast je, ik wacht buiten, op de trappen.'

Kolonel Chevalier-de Vilder, zich eventjes losmakend uit Marja's omarming, keek op en zag Willy De Decker op het Paleis afkomen. Tegelijk hoorde hij het klikken van de tientallen camera's en van de recorders die alvast in werking werden gesteld. 'Zo klinkt een vuurpeloton dat aanlegt ook,' kermde kolonel Chevalier-de Vilder, 'die arme man heeft geen schijn van kans. Hij wordt standrechtelijk gevonnist waar we bij staan.'

'Arme man?' vermaande Marja haar kolonel. 'Die schobbejak verdient niet beter. Hij heeft het zelf gezocht.'

WILLY DE DECKER WIST NIET wat hem overkwam. Hij had barstende koppijn van een kater en van te vroeg te zijn gewekt met slecht nieuws. Hij was zonder koffie en zonder zich te wassen linea recta naar de gevangenis gereden waar hij in de cel van Katrien eerst zijn hoofd minutenlang in haar kussen had begraven, dan in woede was uitgebarsten en haar weinige meubelen aan gruzelementen had geslagen, tot hij onder de matras haar dagboek had aangetroffen. Uit stomme verbazing om al dat bekribbelde papier was hij even stilgevallen, had zich daarna voor de kop geslagen, was nog woedender geworden dan daarvoor, was ook Katriens lavabo beginnen te slopen, en had ten slotte bijna gevochten met tussenbeide komende cipiers. Hij had geweigerd zich te verontschuldigen, was naar buiten gestormd en had zich met doodsverachting opnieuw in de ochtendspits gestort met zijn kaduke Renault, zich hierheen spoedend doch om de vijf voet opgehouden en tot razernij gedreven door files en wegomleggingen.

En nu stond hij eindelijk op de trappen van het Paleis. Hij was gewend hier in en uit te lopen als was het zijn eigen woonst – hij sleet aanzienlijk meer uren hier in zijn kantoor dan in zijn doorrookte, verwaarloosde flat. Maar nu kon hij geen voet meer voor de andere zetten en geen woord meer uitbrengen op de koop toe.

Dat eerste was niet verwonderlijk. Hij zat klem. Hij was omgeven door een onontwarbaar, trapsgewijs aaneenklonterend kluwen van journalisten die achter hem opkeken en voor hem uittorenden. Ze zwaaiden met hun microfoons, namen hem met hun camera's in het vizier en schreeuwden hem, elkaar verdringend, hun vragen toe.

Velen van hen kende hij persoonlijk. Hij had hun meer dan

eens tips toegespeeld, zelfs hele en halve dossiers, foto's en blauwdrukken. Zij hadden bij hem, op zijn kosten, mogen fotokopiëren. Hij had in ruil mogen bellen naar hun documentatiediensten, om wederrechtelijk verkregen informatie te checken. Zo hadden hij en zij jarenlang elkaar wetens en willens gebruikt – hij om in de doofpot belande schandalen weer op te rakelen, zij om hun tanende cijfers op te krikken met eerste klas onthullingen. Ze hadden, samen, staan sakkeren in de gangen van het Hof van Beroep na weer een vrijspraak van een witteboordenbandiet; ze hadden, samen, pinten gepakt in de volkscafés waar De Decker zijn hart had verloren; ze hadden, samen, in de vroege uurtjes en stomdronken op de achterkant van bierviltjes met een paar pijlen en sleutelwoorden de oplossing uitgetekend van ettelijke wereldproblemen en het lokale politieke regime; ja sommige trawanten van het kluwen dat hem nu leek te willen pletten, hadden ooit de status van vriend benaderd, voor zover dat mogelijk was bij een Einzelgänger als De Decker.

Maar vriend of niet, allemaal hadden ze met hem hun voordeel gedaan. De loonslaven van de persindustrie net zo goed als de cowboys van de vrije nieuwsgaring. De fotografische artistiekelingen van de salontafelmagazines net zo goed als de schnabbelende columnisten van de zaterdagse bijvoegsels. En via hen zelfs de politicologen en de sociologen, zelfs de gastheren van de politieke talkshows, zelfs de literatoren zoals die kleine ronde fluitketel met zijn bril die meer met zijn smoel op de tv kwam dan dat hij boeken schreef. Zij allen hadden goede sier gemaakt met zíjn dossiers en zíjn onkreukbaarheid.

En nu waren ze en masse uitgelopen om zijn ondergang te bewerken. Ze stonden voor hem als voor een betichte en ze riepen hém ter verantwoording voor de uitwassen van een systeem dat hij al jaren bestreed. Zij wisten dat maar al te goed en toch gaven ze hun bloeddorst de vrije loop. Ongenadig, des te harder brullend naarmate ze vaker met hem hadden samengewerkt, als om zich al bij voorbaat in te dekken tegen de verdenking van partijdigheid en vriendjespolitiek. Wolven werpen zich op de gewonde wolf, dacht De Decker, terwijl het vragen bleef neerstriemen. Of nee. Dat klopt niet. Ik ben geen wolf onder de wolven. Dan zou ik een van hen hebben moeten zijn en dat ben ik niet. Nooit geweest. Zij zijn, als puntje bij paaltje komt, de trouwste paladijnen van het Systeem. Wat zij hier en nu presteren is daarvan het duidelijkste en platste bewijs. Ik moet hier weg, ik heb hier niets mee te maken, ik schrijf hen af, tot de laatste man.

Hij probeerde met duwen en trekken een wig te drijven door de schare, of alvast één trap hoger te komen. Maar hij struikelde en kwam bijna ten val. De muur van mensenlijven – heel even meegevend, dan weer elastisch terugverend – hield hem overeind. Zijn poging had als enige resultaat dat zijn medestanders van voorheen vreesden dat hij probeerde te ontkomen. Ze begonnen nog harder te roepen om opheldering. Koppig probeerde De Decker opnieuw om de trap te beklimmen maar hij kwam geen voet vooruit. Ze waren met te veel en ze eisten zijn vel. En indien niet zijn vel, dan op zijn minst een schreeuw, een uitval, een verklaring, om het even. Zíj zouden straks zijn uitlatingen wel duiden, interpreteren, expliciteren, om ze daarna nog beter in stelling te kunnen brengen tegen derden.

Maar De Decker sprak, schreeuwde noch vloekte. Zijn stem was hem ontvallen.

Dat was hem nooit eerder gebeurd, zelfs niet als hij om zeven uur 's morgens, strontzat lallend en met een zere keel van het vele roken, de straatstenen werd op gekegeld door een cafébaas.

Of als zijn baas overdag onverwachts de deur van zijn kantoor openstak om keihard 'Onnozelaar!' te roepen – De Decker riep, na het verschieten van de eerste keren, tegenwoordig van alles terug, ook lang nadat de deur opnieuw was dichtgeslagen: 'Derderangsmongool!' 'Kust mijn kloten!' 'Hangt de rode vlag uit bij je wijf? Heb je daarom aandacht nodig, paljas?' Ze konden veel zeggen van De Decker maar niet dat hij op zijn mondje was gevallen. Contrarie, dat was juist zijn probleem – zo had toch al in menig tuchtrapport te lezen gestaan.

Nu echter keek De Decker sprakeloos naar de onderkoelde kikkerogen van de videocamera's rondom hem, de openspattende flitslichten van fotoapparaten die door paparazzi van de tweede en de derde rang boven de hoofden van hun voorgangers werden gehouden en op goed geluk gericht en afgedrukt, hij keek naar de microfoons die als versteende ploertendoders op hem gericht bleven en naar de friezen van het Paleis die uitstaken en waarvan hij nooit eerder had gezien dat ze zo pompeus waren. En hij beet niet van zich af, zoals hij anders zelfs reflexmatig zou hebben gedaan. Hij sloeg zijn ogen steeds hoger op, naar de wolkeloze, plasticblauwe hemel die hij zo zelden zag op dit uur van de dag en die zich smalend boven hem spande en waarin, lichtjaren ver, sterren suisden en zwarte gaten en wolken gruis die groter waren dan onze oceanen, en hij kreeg geen woord meer over zijn lippen. Hij kon maar één ding denken: die sloerie heeft me aangestoken.

De journalisten verdwenen en De Decker stond niet meer op de trappen van het Paleis, omgeven door schuimbekkende tronies. Hij zag alleen nog Katriens gezichtje zoals dat tijdens ondervragingen had opgeblikt naar hem.

(Zijn kantoor is duister en hangt ook nog vol met rook van

zijn Gitanes. Hij heeft zijn bureaulamp gericht op haar bovenlijf. Haar hoofd ligt weerloos achterover op zijn linkervuist. Hij houdt haar haren stevig bijeengeklemd. Hij kan haar stevige, pezige nek tegen zijn kneukels voelen kloppen van de angst. Toch knijpt hij zijn vuist nog harder samen. Hij weet dat dit pijn doet en nog geeft ze geen kik. Haar lippen zijn gezwollen en vochtig – en van een glanzend, gespannen soort van roze, onecht zoals het wilde vlees op de littekens van de laatste makker die hij in het korps heeft gehad en die werd neergestoken bij de haven, zes keer tot aan het heft, en die daarna nooit meer de oude werd en die hij in de kliniek bezocht heeft, dag aan dag, totdat het niet meer nodig was omdat de sukkelaar uiteindelijk toch crepeerde, buikvliesontsteking alsjeblieft, om van de rest te zwijgen: hoge koorts en braakaanvallen en vliegend schijt en wartaal en openspringende naden vol pus en niets dat hielp tenzij een overdosis morfine, op den duur.

Hij ziet Katriens perfecte gebitje flikkeren tussen haar roze lippen. Uit haar ene oog lopen tranen, uit het andere niet. Wat denkt ze wel? 'Spreek dan. Geef antwoord,' smeekt hij, waarna hij uithaalt met het plat van zijn andere hand, zo hard als hij maar kan. Ze kreunt niet eens. Ze begint alleen maar uit haar neus te bloeden, akelig traag. Met bloed dat zo onbezoedeld rood ziet – het rood van olieverf, van geplette papavers – zo onnatuurlijk zuiver en uitdagend dat hij er alleen maar kwader van wordt. Ze doet het erom. Ook het ivoor van haar gebitje kleurt waterig rood. 'Spreek! Zeg iets tegen me!'

Ze knippert met haar ogen – groen, groot, bodemloos, lange wimpers. IJskoud vernederend. Leeg van minachting. Ze hoeft niets te zeggen. Ik weet het. Ik ben niets. Mijn bezieling, een klucht. Ik ben door haar besmet.)

De Decker kreeg onvrijwillig een duw en zijn hoofd raakte een televisiecamera. Meteen bevond hij zich weer in het oog van de media-orkaan op de trappen.

Sommige vragen waren nog driester en persoonlijker geworden. Alleen die drongen tot hem door. De rest bleef klankpap die om hem heen kolkte, zonder samenhang. Hoeveel heb je je laten toeschuiven, De Decker? Hoeveel, om dat wijf te laten lopen? Was je daarom niet zelf bij de verplaatsing aanwezig? Heeft dan iedereen zijn prijs? Hoeveel was het, Willy? En waar staat het? In Luxemburg of Liberia?

Als enige antwoord tilde De Decker zijn aktetas op, omklemde ze met beide armen voor zijn borst en veranderde van tactiek. In de plaats van hogerop te proberen geraken, draaide hij zich zonder waarschuwing een kwartslag naar rechts en duwde, met zijn trouwe tas als stormram en stootkussen, de journalisten daar – die juist dachten dat hij zich tot hen wilde richten en niet tot de anderen – uit alle macht weg. Hij gooide zijn hele lijf ertegenaan. Een paar van de persmuskieten kwamen ruggelings ten val, maaiend met hun armen, anderen meetrekkend. Een televisiereporter, wiens microfoon als met een navelstreng vastzat aan een neerstuikende televisiecamera, ging verbaasd glariënd door de knieën. Er kletterden nog meer apparaten de trappen op.

De Decker dook in het gevallen gat. Hij trapte op een hand, er kraakte een bril, iemand schreeuwde van de pijn. Maar De Decker hield de pas niet in. Hij ontsnapte uit het wurgende kluwen, bleef slechts een paar meter rennen over dezelfde brede trede en sloeg dan resoluut linksaf. Hij koos de onbelemmerde weg naar boven, twee treden nemend per stap, terwijl achter hem gehuil opsteeg van verontwaardiging en woede.

Zo ging de onderzoeksrechter die Katrien Deschryver had laten ontsnappen zelf op de loop. Vastgelegd op scheef gekadreerde foto's. Live en bibberig doorgestraald naar elke uithoek van de planeet.

Recht het Paleis van de Rechtvaardigheid in en nagezet door het puikje van de wereldpers.

'WAT HEB IK JE VOORSPELD?' juichte Dirk Vereecken. Hij holde in het kielzog van de hardnekkigste vertegenwoordigers van de Vierde Macht achter onderzoeksrechter De Decker aan. 'Moet je zien hoe die kerel rent! Een kip zonder kop.'

Een paar meter achter Dirk aan volgde kolonel Chevalier-de Vilder, aan wiens hand Marja met haar korte beentjes moeite had om bij te blijven. Het lukte haar net, omdat de kolonel haar meetrok en omdat Marja niets hoefde te torsen, dit in tegenstelling tot de voortvluchtige en zijn achtervolgers. De Decker sjouwde zijn zware aktetas die hem in zijn bewegingen hinderde. De anderen zeulden een allegaartje mee van tuigen en toestellen, tot en met microfoonhengels, koptelefoons, draagtassen in alle afmetingen – bij eentje hing aan een schouderband zelfs een laptop te stuiteren op zijn heup... Het was een merkwaardige processie die aldus het Paleis kwam binnenstuiven. De suppoost wreef zich de ogen uit, al voor de tweede keer die dag.

'Is het niet om je een kriek te lachen?' kraaide Dirk Vereecken vanuit de voorste gelederen. 'Walk this way! Do the chickenrun!' Onderzoeksrechter De Decker, zwaar hijgend, was net afgeweken van de rechte lijn richting marmeren trappen, haaks afslaand voor een van de zuilen. Hij bleef voorthollen, zij het steeds moeizamer, bijna hinkend van de inspanning.

De achtervolgers namen dezelfde scherpe bocht, iemand struikelde over de voeten van een voorganger en kwam ten val, een tweede bleef met zijn microfoonhengel haken achter de zuil en tolde om zijn as. Maar de anderen gaven niet af, ze bleven De Decker volgen, nog steeds vragen afvurend.

De kolonel en Marja hingen intussen al aan het staartje. De kolonel weende. 'Dit is verschrikkelijk,' zei hij, 'mensonterend.' Marja, die naar adem hapte, wist desondanks uit te brengen: 'Nu vind ik toch ook dat ze overdrijven.'

De Decker slaagde er niet in zijn belagers af te schudden. Hij probeerde eerst nog zijn pas te versnellen maar zijn rokerslongen en zijn kater speelden hem te veel parten. Hij slalomde dan maar twee, drie keer tussen de zuilen, zonder echter iemand af te schudden. Hij maakte één keer rechtsomkeert en liep tegen de stroom van zijn achtervolgers in. Van pure verbazing weken zij uiteen en zetten pas opnieuw de achtervolging in toen hun slachtoffer reeds lang en breed gepasseerd was.

Maar ten langen leste liep de onderzoeksrechter zich klem. Hij moest wel. Hij kon niet meer. Hij was in een doodlopende gang beland, op het einde waarvan zich een lift bevond. Dezelfde waaruit die ochtend Katrien was ontsnapt.

De Decker drukte de knop in om de lift naar de begane grond te roepen. Hij hoorde hoe, achter hem, de premiejagers van het nieuws de gang instroomden, roepend, hijgend. De eerste flitsen lichtten de nauwe gang reeds op. Ik wil ze niet meer zien, dacht De Decker. Al die smoelen, die verraders. Hij liet zijn aktetas op de vloer vallen en begroef, vooroverleunend tegen de muur, zijn gezicht in zijn handen, nog altijd kermend en puffend van de geleverde inspanning.

Ik heb genoeg van het Beest gezien, dacht hij. Het heeft zich aan mij getoond in al zijn vunze glorie. Het zit echt overal. Het heeft niet één maar tientallen gezichten. Zo wachtte hij de komst van de lift af en een nieuwe stortregen van beledigende vragen.

Die stortregen bleef echter uit. De reporters hielden halt in een halve cirkel die De Decker heel wat meer ruimte bood dan hij kort daarvoor buiten op de trappen had mogen genieten. Niet alleen afmatting deed de persjongens stilvallen, maar ook het beeld dat ze voor zich zagen en waarbij elk woord tekortschoot. Een verantwoordelijke onderzoeksrechter bedekte, in het Paleis van de Rechtvaardigheid zelve, zijn gezicht. Vlak naast de liftdeur waarlangs zijn hoofdverdachte op louche wijze was ontsnapt. Schaamte, woede, wanhoop, inkeer – alles in één verstild gebaar.

Dit was een statement zo groot als een koe. In een taal die geen ondertitels nodig had om overal ter wereld groene ruggen op te brengen.

De lift liet op zich wachten.

(Straks, boven in zijn kantoor, zou De Decker zijn deur aan de binnenkant barricaderen met een stoel. Hij zou daar nog maar net mee klaar zijn, of de telefoon zou al overgaan. De Decker zou reflexmatig opnemen en de stem van Leo Deschryver herkennen. Hoe komt die klootzak aan mijn rechtstreeks nummer, zou hij denken zonder in te haken. Dit was per slot haar oom, haar verwant, haar vlees en bloed. Hij zou het onverholen leedvermaak horen in de stem van de tapijtboer, die in al die weken niet één keer zelf had gebeld om te informeren hoe het met zijn nichtje was maar die nu wel van zich liet horen omdat hij teerde op revanche en op anders niets. 'Willy De Decker? 't Is hier de Leo. Ge weet wel. Raadt eens? Ik wil een nieuwe huiszoeking. Ik heb er de smaak van te pakken, jongen, van huiszoekingen. En gij? Allez, zeg! Wilt ge Katrien terugvinden of wilt ge haar niet terugvinden?' Door deze vraag zou De Decker alvast zijn stem terugvinden: 'Een huiszoeking gebeurt nooit op verzoek van een verdachte, mijnheer Deschryver.' Hij zou Leo nog horen beginnen te jennen: 'Maar Willy, dat is mijn goed recht, betaal ik niet genoeg belastingen misschien?' Toen pas zou hij de hoorn op de haak gooien en het snoer uit de muur trekken, zoals hij van eerstaf had moeten doen.)

(Morgenochtend, bij het krieken van de dag, zou De Decker het doodstille Paleis weer kunnen verlaten. Zonder lastig te worden gevallen en eindelijk wat wijzer geworden, na het uitpluizen van Katriens dagboek. Hij zou strijdlustig dingen mompelen als: 'Hannah Gramadil, van Madrigal... Of is het Madrigal, van Gramadil?' En ook, vertederd: 'Ik wacht. Maar weet nu dat het wachten loont.')

'Zevenennegentig, achtennegentig, negenennegentig,' giechelde Dirk in het oor van De Decker die, nog altijd wachtend op de lift, zijn ene arm tegen de muur had gelegd en zijn gezicht bleef verbergen, dit keer in de plooi van zijn elleboog. 'Hónderd,' kraaide Dirk. 'Je mag komen hoor, Willy!' Hij dook weg achter een plant.

De journalisten deden inmiddels onverdroten hun werk, in een onbehaaglijke, onkiese stilte die enkel werd verbroken door het geklik en het automatisch gezoem van de fotoapparaten, en het diepe, aanhoudende gezoem van de dalende lift. Niemand sprak. Niemand gniffelde. Niemand kuchte.

Kolonel Chevalier-de Vilder stond tegen dezelfde muur geleund als de onderzoeksrechter. Hij zag hoe het infrarood van een fototoestel over het achterhoofd van de onderzoeksrechter kroop. De kolonel liet vol medeleven zijn tranen de vrije loop. 'Een echte executie duurt tenminste maar een fractie. Dit duurt langer dan een marteling. Hoe wreed... Zo hebben ze ook mij neergehaald en het blazoen van mijn nagedachtenis bezoedeld. Onmensen zijn het. Sycofanten, parasieten!' Hij klopte De Decker op de schouder, wapenbroeders onder een. 'Ik sta aan je kant.'

Marja, aan de andere zijde, streelde de onderzoeksrechter intussen over het bezwete achterhoofd. 'Dit verdient niemand,' fezelde ze, 'zelfs gij niet, ocharme.' Ze kuste hem teder in de nek. 'Maar trekt het u niet aan, mijn zoetje. Alles gaat voorbij. Alles, verstaat ge?'

Toen kwam eindelijk de lift en kon de onderzoeksrechter ongehinderd ontsnappen uit de doodlopende gang.

2

WAPENZUSTERS

TOEN HANNAH TIEN JAAR OUD WAS, werd ze aangetroffen voor de badkamerspiegel. Ze stond op een poef, haar kin en wangen vol schuim dat ze probeerde weg te scheren met behulp van een apparaatje waarin een wegwerpmesje zat vastgeroest. 'Wat mijn vader kan, dat kan ik ook,' gaf Hannah ter verklaring. Ze had haar vader op dat moment twee jaar niet meer gezien. De aaneengekoekte haartjes op het verroeste mesje waren van hem. Veel meer had hij niet achtergelaten en brieven schreef hij niet vanuit zijn vaderland. Ze noemde hem Het Varken. Voor haar moeder had ze geen bijnaam want die had ze nooit gekend. 'Gestorven in het kraambed of gaan lopen toen ze mij zag rollen uit haar kruis,' was de favoriete uitleg die ze, schouderophalend, gaf als iemand haar verwekster te berde bracht.

Op alles had Hannah een antwoord.

Wat ze ook had, was astma. En geen klein beetje. Dat belette haar niet om op haar veertiende kettingroker te worden. 'Ik hoest mij toch al verloren,' zei ze, 'niemand die het verschil zal horen.'

Toen ze jaren later toch aanvallen kreeg die zo heftig waren dat ze, half gestikt, blauw aangelopen, in aller ijl naar een ziekenhuis moest worden gebracht, stopte ze een week of twee. Daarna begon ze opnieuw, zij het met mentholsigaretten. 'Menthol, dat opent de longen.' Een maand later gooide ze die lelijke witgroene pakjes weg en stapte weer over op haar vertrouwde tabak, verpakt in geplastificeerde zakjes met de kop van een kapitein erop die, hooghartig rokend, een storm trotseerde. 'Menthol, dat is niet te doen. Dan kan ik evengoed tandpasta paffen. Straks slaan mijn tanden groen uit.' Dat haar tanden inmiddels geel uitsloegen, vond ze geen bezwaar. Evenmin dat de toppen van haar rechter wijs- en middenvingers bruin werden van de nicotine-aanslag. Manicure was voor burgertrutten. 'Uw hand moet uw karakter tonen.' Eelt, dat was meer iets voor haar. Eelt en nagels met zwarte randen, en afgekloven nijnagels, en wratjes op de zijkant van haar duim. Hannah op en top.

Ze hield van lichamelijke arbeid, het liefst in openlucht. Op tijd en stond haar pint, haar sojaburger en haar sushi. Voor de rest had ze genoeg aan haar goed gevulde voorraadkast vol astmapuffers, vitaminepreparaten en zalfjes tegen haar vaak opzettend eczeem. 'De hel zal niet bestaan uit vlammen, mannekes. De hel bestaat uit jeuk.'

Veel vrienden had ze niet.

Het kon door dat eczeem komen, maar huid en korsten en schilfers en zo? Daar had Hannah iets mee.

Op haar tiende voor die spiegel staande op haar poef, had ze met het scheermesje haar gezicht opengehaald. Twee, drie sneetjes, ongewild – behendig zijn met instrumenten, dat kwam later pas. Er parelde bloed in het schuim, de wondjes prikten. Maar huilen deed Hannahtje daar niet om, en malen nog veel minder. Andere kinderen verzamelden postzegels of sleutelhangers, Hannah vergaarde littekens. Ze maakte ze met opzet, bij voorkeur op – alweer – haar handen, hoe schilferig rood die soms vanzelf al van het krabben waren. Eén keer drukte ze, voor een weddenschap, een sigaret uit op de rug van haar linker. Honderd ballen opgestreken plus haar gelijk gehaald. Dat was al tof op zich. Maar in de twee weken daarna mocht ze ook het ontstaan en de evolutie volgen van de korst, totdat er enkel een rond plekje overbleef waar haar huid lichter en glanzender was, maar ook harder dan het vel eromheen. Geen porie meer te zien. En zon of geen zon, het plekje bleef bleek. Echt iets bijzonders. Raadsel der natuur.

Andere opsmuk had Hannah niet nodig. Dat bleef zo, haar leven lang. Ringen? Armbanden? 'Een duif, díe is geringd. En bracelets, dat dragen in Amerika gevangenen rond hun knoesels, met zo'n bol erachteraan. Ziet ge mij al lopen?' Een tatoeage zou ze wel uitproberen. Eén keer. Iets kleins, een Chinees karakter waarvan de tatoeagezetter beweerde dat het 'onbuigzaamheid' betekende. Hij wilde het dan ook onder haar navel aanbrengen, of nog liever in haar lies. Zij koos voor haar rechterschouder. Thuisgekomen had ze er al spijt van. Ze bekeek haar pezig lijf van alle kanten, met een handspiegel, in een ruit... Zo'n tatoeage was geforceerd en artistiek. En bovendien niet goed gedaan want de kleur verbleekte na een jaar, van zwart naar sepia, alsof het een oude foto en geen tatoeage betrof. 'Als het niet vanzelf verdwijnt, snijd ik het er wel eens af, vandaag of morgen.' Het was dat de tattoo zo klein was en mettertijd meer leek op een geboortevlek, plus dat Hannah met het ouder worden minder in spiegels en in ruiten keek, anders had ze haar voornemen nog uitgevoerd ook.

Haar haar droeg ze kort. 'Coupe rattenkop.' Het wilde toch niet krullen en de kleur was onbestemd. Pas toen het de eerste sporen van grijsheid begon te vertonen, zou ze het laten verven. Ravenzwart. Nog altijd kort, maar nu ook met gel tegen haar schedel geplakt, leek het van ver op een plastic helmpje, of op een nauwaansluitend charlestonmutsje. Niemand anders droeg het zo en dat beviel haar wel, niet zijn zoals om het even wie. Haar wenkbrauwen, waarvan ze vroeger had betreurd dat die niet borsteliger waren, tekende ze voor het eerst bij tot ze overeenstemden met het zwart op haar kop. Het gaf haar donkere, diepliggende zigeunerogen nog meer nadruk en het kostte haar per morgen niet meer dan een minuut. Wat wil een mens meer?

Andere schmink zou ze nooit dragen. Tenzij vegen autosmeer op haar wangen en haar voorhoofd mochten doorgaan voor make-up. Wat haar betrof, wel. Ze was koket op haar manier, eelt en littekens ten spijt. Om nog te zwijgen van haar hoekige manier van stappen. En van haar headbangen op muziek van onbekende heavy metal-groepen.

Er was maar één sieraad dat ze duldde en waaraan ze zelfs gehecht was. Het waterdichte sporthorloge met chronometer dat ze gekocht had met het eerste geld dat ze zelf had verdiend. In een garage. Als jobstudent begonnen als caissière aan de carwash, lag ze een jaar later in overall en met een leercontract te sleutelen onder wrakken. 'Machines zijn mijn lang leven,' zei ze, zich te pletter hoestend tijdens haar eerste schafttijd als professioneel mecanicien. Men lachte maar voelde dat ze de waarheid sprak.

Van alle machines hield ze het meest van oude auto's en van nieuwe moto's. Maar ze hield ook veel van de kalenders die hoorden bij die laatste. Daar kon ze lang en dromerig naar zitten te kijken. Met een flesje pils in haar jeukende poten.

Haar achternaam was toen nog Madrigal.

HAAR EERSTE MACHINE was een racefiets geweest. Een met een jongensframe. 'Andere waren er niet,' zei ze naar waarheid. Niemand die haar geloofde. Hoe oud zal ze toen geweest zijn – veertien, vijftien?

Ze komt de klas uit en ze ziet in de fietsenstalling een groepje slungels samentroepen. De langste buigt zich vorover, er klinkt een doordringend gekriep, zijn maten lachen. Hannah daar direct naartoe, ze duwt die kring open: 'Wat denkt ge dat ge aan het doen zijt?' Die gast heeft een zaag in zijn poten, gestolen uit de les metaalbewerking, en hij is bezig haar fiets te corrigeren. 'Als ge per se een buis wilt, poes, komt dan maar zitten op die van mij.' Zijn maten slap van het lachen, natuurlijk.

Hannah kijkt hem aan met een opgetrokken wenkbrauw, ze plaatst haar handen op haar rechte heupen en ze laat haar hoofd heen en weer wiegen – zoals ze in een natuurfilm een slang heeft zien doen, en in een Hollywoodfilm een brede vrouw met een glinsterende avondjurk en een scheve mond. Vooral die scheve mond vond ze oké. Kunnen spreken uit één mondhoek. 'Jongske,' zegt ze zo tegen die gast, nota bene een kop groter dan zij zelf, 'als ík eens op uw buis kom zitten, zijt ge zelf een vrouwenvelo.' Ze haalt haar knipmes boven, opent het met één beweging en zwaait ter hoogte van zijn kruis een Zorro-teken. Messen, daar had ze ook iets mee. 'Fwiet-fwiet-fwiet... Dág, buis!'

'Wie gaat ge daarvoor meebrengen,' proest de gast. Zijn makkers lachen mee, high-fivend. Straks ging rare Hannah weer eens op de vuist. 'Steekt dan, zothuis. Als ge durft.'

Ze had veel goesting om te steken. 'Als ge durft' – dat moest niemand zeggen tegen haar, daar kon ze niet goed tegen. Maar dit hier? Dat zou toch te simpel zijn geweest. In de kring van snullen staande, dacht ze aan haar lijfspreuk: 'Doet nooit wat venten vragen.' Ze bracht haar knipmes dus maar naar haar eigen voorhoofd. Zonder verpinken volgde ze de haarlijn van haar coupe rattenkop.

Hoewel de snee ondiep was en snel en spoorloos zou genezen, welde het bloed gretig te voorschijn. Niet alleen háár gezicht veranderde van kleur. Die gast trok wit weg en een van zijn maten viel in katzwijm.

Daarna werd Hannahs racefiets door iedereen met rust gelaten.

Die scheve mond bij het uitdelen van sneren oefende ze tot het een tic was. Meer nam Hannah niet over van de Hollywoodgodin, die ze nochtans bewonderd had op het eerste gezicht. Maar van avondjurken hield ze niet. 'Het waait al genoeg tussen mijn benen.' Haar levenslange uniform zou bestaan uit wat ze al gedragen had op school. Jeans, van dezelfde stof een jack, onder dat jack een donker T-shirt zonder opschrift ('Ik zeg zelf wel wat ik te zeggen heb'), en onder dat T-shirt geen bh ('Met mijn cup kan ik evengoed twee pannenlappen kopen'). Dat uniform moest haar helpen om haar enige angst te bezweren: ouder worden en, ouder wordend, veranderen.

Want Hannah wilde blijven wat ze was. Altijd smal en wispelturig, dwars en radicaal. Niet te kloppen als het erom ging iemand schaakmat te zetten met woorden of op de vuist te gaan als dat eens een keer níet lukte. Maar wat ze vandaag met grote stelligheid beweerde, ontkende ze morgen nog stelliger. Eén ruggengraat gaf haar gedachtegoed nog wat vaste vorm: ze vond de meeste vrouwen kut en alle mannen klote. En ze deed haar best, in woord en daad, die ruggengraat aan iedereen te tonen.

Zo had, reeds in de vakschool, haar verschijning de weinige

meisjes bevangen met zwijgzaamheid, de jongens met onbehagen en de leerkrachten met verwarring.

Een plichtbewuste lerares nam haar na de schooluren apart om haar voor te bereiden op het volwassenenbestaan, dat voor iemand als zij 'heel wat moeilijkheden' maar ook 'heel wat moois' in petto had. Het gesprek duurde geen tien minuten. 'Haalt die arm weg van mijn schouder of ik klaag u aan bij de directeur en bij de vakbond.'

Hannah Madrigal zou zelf wel alles leren. Als zíj het wilde. Liefst the hard way.

Wat dat betreft, mocht ze niet klagen over haar leven.

HAAR EERSTE LIEF, die haar 'mijn Hannah-van-de-hak-op-tak' noemde, was een goedlachs moederdier uit Antwerpen, zo dik als Hannah mager, en zo oud als Hannah jong. Had Rubens nog geschilderd, zij kon direct model gaan staan.

'Mijn affaire met die zeekoe' – zoals Hannah hun liefde later zou bestempelen – duurde een half jaar. 'Oké,' zei Hannah de nacht na de breuk, hangend aan de toog van *The Shakespeare*, 'dat is drie maanden langer dan sommige apensoorten vrijen en vijf maanden langer dan sommige beesten leven. Als ge het zo bekijkt, was het wel de moeite. Schol.'

Zij was het die gebroken had, want volgens haar lag de schuld gehoopt en geknoopt bij de andere. Zij mocht dan bekend staan als 'van-de-hak-op-de-tak', het was de vriendin geweest die van de ene naar de andere had gesprongen, zolang de del in kwestie maar hoge hakken droeg en ook anderszins kon doorgaan voor een takkenwijf. De objectieve buitenstaander vroeg zich af hoe de vriendin dat voor mekaar gekregen had, dat springen en de rest. Had Hannah het niet zelf gezegd: 'Háár jaarringen hangen aan de buitenkant'? Maar Hannah had zo haar vermoedens en dat was genoeg. Ze was bedrogen als Ons Heer door Petrus maar in haar dictionaire was het woord vergeving al jaren uitgekrast. En nagels dóór uw handen, gelijk bij Christus, dat ging zelfs Hannah iets te ver, qua littekens.

De vriendin, niet langer goedlachs, mocht nog zo haar onschuld bepleiten – smekend en bezwerend, haar jonge lief beschuldigend van paranoia – Hannah hakte, Hannah brak. 'Een afgelikte boterham moet niet bedelen om nieuwe confituur.' Ze dronk zich in *The Shakespeare* laveloos en ging een week niet werken van ellende. Daarna was het leed geleden. Mes erin, streep eronder, zand erover.

Als ze niet alles kreeg, dan kreeg ze liever niets.

Toch bleken die zes maanden bepalend voor de rest van haar leven. Zij, die nooit had willen veranderen, was niet dezelfde meer. 'Bullshit! Ik ben níet veranderd. Ik ben opengebloeid. Ik ben geworden wat ik diep vanbinnen altijd al ben geweest. Van dinges – hoe heet dat? – naar een vlinder. Van knop naar bloem, enfin.'

Dit was dan blijkbaar, wat Hannah al was geweest in knop en pop en diep vanbinnen. Ze kon drinken als een Zwitser, ze was het jongste lid van de Belgische Dikes on Bikes en haar vriendin (een anarcho-communiste van de ouwe stempel) had haar behalve haar G-spot ook een andere bron van passie doen ontdekken. Haar P-plek: de politiek. Geen van die drie roepingen gaf ze ooit nog op, al kwam ze nooit exact te weten wie Karl Marx nu eigenlijk was geweest. Haar sympathie ging trouwens uit naar Rosa Luxemburg, van wie ze nog minder af wist.

Maar om een politiek beest te zijn, hoefde Hannah biografieën noch manifesten te lezen. Zij had het in zich, vond ze, van nature. 'Vrijen leert ge ook niet uit een boek.' Zij hield van discuteren en nog meer van haar gelijk te halen. Was dat dan niet de essentie van politiek? Bovendien moest de ideologie die bij haar zou passen nog uitgevonden worden. Ongetwijfeld door haarzelf. Wie zou er anders in geslaagd zijn om juist die opeenstapeling van volkswijsheden en gestolen terminologieën, van hele inconsequenties en halve analyses, aaneen te smeden tot het schokvrij wereldbeeld dat haar bezielde?

'Politiek, dat is alles bij mekaar iets simpels. De wereld steekt verkeerd ineen en dat moet maar eens veranderen. Actie! Wie te lang palavert, doet ten langen leste niets. Kijkt maar eens rondom u. Een overdaad aan praat, een mankement aan daad.'

Ondanks haar afkeer van palaver geraakte ze na haar 'affaire met die zeekoe' in een Leuvense vrouwencommune verzeild.

IN DE LEUVENSE VROUWENCOMMUNE bleef de politieke actie voorlopig nog beperkt tot het eigen lijf. Het niet scheren van oksels en schenen gold als een daad van verzet. Het drukte bovendien serieus de badkamerkosten.

De weerstand beperkte zich immers niet tot het bannen van Ladyshave alleen. Parfum werd net zo ongenadig geweerd als lippenrood, dat sowieso te mijden viel omdat het alleen verkrijgbaar was in fallische stiften.

Ook de grootste oorlogen beginnen met een eerste schot. Naar analogie daarvan zag dit Leuvens commando van meer dan een dozijn amazones zichzelf als een mespunt van buskruit die, mettertijd, het hele rollenpatroon tot ontploffing zou helpen brengen.

In een eertijds riant en thans vervallen pand – een gezamenlijk aangekocht herenhuis (oh ironie) – vond alvast hun eerste schermutseling plaats tegen de estheticaterreur. De cosmetische industrie had de vrouw, wereldwijd en in een monsterverbond met het judeo-christelijk patriarchaat, een schoonheidsideaal aangepraat dat onhaalbaar was, met maar één bedoeling: haar tot zelfonderdrukking te bewegen. Want wie de vrouw beteugelde, droeg de kosmos in de palm van zijn hand. Geen enkele communarde mocht collaboreren door zich een keurslijf uit de damesbladen te laten aanmeten. Communardes moesten integendeel de echte trend setten door ongegeneerd te zijn wat ze waren, dochters van Moeder Natuur, zusters van het Vrije Leven. Maquillage was uit den boze. Epileren, verraad. Lingerie, hoogverraad.

Moeder Natuur is echter niet voor iedereen even gul. De meeste communardes hadden weinig te epileren en ze waren ook zonder schmink nog bevallig genoeg om te worden nagefloten door stratenmakers. En ten slotte schaften ze zich toch maar een stevige bh aan omdat het dansen van losse borsten de stratenmakers nog hitsiger scheen te doen fluiten. Nee, dan had Hannah meer geluk. Ze bezat nog steeds geen boezem die naam waardig en ze mocht zich dan al nodeloos hebben proberen te scheren op haar tiende, nu – volwassen – kon ze pronken met een heuse zij het flinterdunne snor. Ze had dat kneveltje weliswaar gebleekt (onder protest van de hardliners) maar aan één kant was het net lang genoeg om er een piepkleine punt aan te draaien. Ze kon die zelfs in haar mondhoek steken en erop zuigen.

Op de werkvloer leverde haar dat menige schimpscheut op, in het herenhuis menig compliment.

Volgens het maquis van amazones vigeerde de snor bij de man als een provocatie. Het was de totem van zijn eeuwenoud machismo. De man, chauvinist als hij was, zag dat zelf ook zo, zeker in Latijnse landen. Bij de vrouw echter vigeerde, waar dan ook ter wereld, de snor als een ereteken. Een bewijs dat zij gekozen had voor weerstand. Er was echter nog heel wat werk aan de winkel voor élke vrouw dat zo zou willen zien. Een overtuigingsstrategie moest dringend op poten worden gezet.

Daarover werd in de commune vrijwel iedere avond vergaderd in de zitkuil, tussen zeewiersoep en volle rijst. 'De Duitsers,' zei dan bijvoorbeeld de bolleboos van het gezelschap, 'díe hebben er alvast een prachtig woord voor.'

'De Duitsers?' joelde een Nederlandse inwijkelinge – een boomslanke blondine zonder baan. 'Typisch! Zo begint fascisme altijd. Met het opkleven van etiketten. En dan weten die moffen wel van wanten, natuurlijk.'

'Iets benoemen lijkt me eer een daad van poëzie,' pruttelde

de bolleboos tegen. Ze was een docente psychologie met kunstambities.

'Oh ja?' vroeg de Mechelse vriendin van de Nederlandse – een buldogtype met een bril en een archeologieopleiding. 'Ik ben reuzebenieuwd naar die Duitse poëzie van jou. Kom op! Hoe betitelt een mof de gelaatsbegroeiing van zijn dochter?'

Aller ogen richtten zich nu op de bolleboos. Die kuchte en sprak: 'De Duitsers noemen dat: Der Damenbart.'

De zitkuil hoonde. 'Niet te geloven!' 'Zie je wel?' 'Nou breekt mijn klomp!'

'Hoezo?' vroeg de bolleboos.

'Die definitie vertrekt vanuit het axioma dat baardgroei fundamenteel des mans is,' legde de Nederlandse ongeduldig uit.

'Zo gaat het steeds,' viel haar vriendin haar bij, 'echt álles is ervan doortrokken!'

'Neem het woord "mens",' kapittelde een filologe, 'dat is een dubbelmeervoud dat ook al afstamt van "man", en niet van "vrouw". Terwijl wíj het toch zijn, die alle leven dragen? De koran en de bijbel mogen zeggen wat ze willen, de eerste mens was een vrouw.'

Er werd instemmend geroepen en op het tafelblad geklopt.

'Der Damenbart, verdorie,' mopperde de Nederlandse. 'En wat is dan het Duitse woord voor kittelaar? Der Damenpiemel?'

Om de boel te jennen, zei de bolleboos van ja.

Kort daarna raakte de zitkuil bijna handgemeen. En Hannah had nog niet eens aan de discussie deelgenomen.

AANVANKELIJK HAD HANNAH NIET DEELGENOMEN aan de strategiegesprekken omdat ze zich er niet klaar voor voelde. Ze had zich afgezonderd en had – reflexmatig zuigend op het puntje van haar ondergrondse ereteken – alles gelezen waarop ze de hand had kunnen leggen. Dat was het grootste voordeel van een commune. Er lagen kranten en tijdschriften en boeken bij de vleet, en toch kostten ze je geen bal. Hannah las zich een ongeluk, alles dooreen. Precies zo, alles dooreen, nam ze de kennis ook in zich op en legde navenant verbanden. Samenhangender werd haar gedachtegoed er niet van.

Na verloop van tijd voelde ze zich eindelijk onderlegd genoeg om deel te nemen aan de strategiediscussies. De zitkuil raakte nu ook werkelijk handgemeen.

Voorheen hadden haar medecommunardes, die allen een hogere opleiding hadden genoten, Hannah bewonderd zoals filosofen in de achttiende eeuw bewondering koesterden voor *le sauvage noble*. Hannahs ruwe kantjes werden vergeven, zelfs verguld. Per slot van rekening verdiende smalle Hannah, een volksmeid én een wees, als enige van de communardes haar brood met haar handen en in een onvervalst mannenbastion – een garage, godbetert. Daar lag het ware front, het Passendale van de oorlog der geslachten. Hannah hield zich er in haar eentje kranig staande, onder het constante spervuur van kleinering en verlokking, zonder compromissen, zonder klagen. Alleen al daarvoor verdiende zij respect.

Bovendien hadden de communardes nog nooit een ongeschoolde gezien met zo'n onverzadigbare leeshonger. Dat kind leerde en verteerde razendsnel. Al haspelde ze geregeld begrippen en termen dooreen, haar manie vervulde iedereen van trots. Hannah was hun eigen geniale wolfskind. 'Hannah Hauser,' knikte één amazone, zich niet bewust van de sombere ondertoon die meezinderde in zulke profetie.

Toen het wolfskind echter begon deel te nemen aan de discussies en niet naliet iedereen van voor tot achter de les te spellen, sloegen de gemoederen snel om. La sauvage gedroeg zich als een gelijke? Ze kon conform behandeld worden. Lik op stuk. Ze moest niet denken dat zij de enige was met een eigen wil en een luide stem.

Hannah voelde de explosie groeien maar ontmijnen had ze niet geleerd, in geen enkel boek of blad. Integendeel. Hoe meer ze wrijving tegenkwam, hoe meer ze wrijving zocht. Het kwam steeds vaker voor dat sommige amazones dagenlang niet wilden spreken tegen haar. Wanneer ze het, na dagen, toch deden, was het met hoge stem en veel gebaren.

Wat Hannah ook antwoordde, het viel verkeerd want nooit vormde haar scheve mond het woord 'sorry'. De schampere woorden die hij wel vormde, sneden des te dieper. Ten slotte sprak de helft der amazones helemaal niet meer tegen haar. De maaltijden in de zitkuil verliepen nu in shiften.

Toen ook nog eens drie van de koppels als om strijd naar de zaadbank waren gelopen en ze alle drie gezegend werden met een mannelijke boreling – die samen ieders nachtrust roofden door van vroeg tot laat hun keel open te zetten om aan de een of andere borst te mogen hangen – begon Hannah, die elke morgen het vroegst moest opstaan voor haar werk, voor het eerst te denken aan verhuizen.

Emotioneel was dat een zware dobber. Verhuizen was een nederlaag. Het was vluchten, je wapenzusters in de steek laten. Hannah aarzelde en bleef, met proppen in de oren slapend en nog altijd op de tanden bijtend om niet op te staan en 'die drie blèters eens één keer met hun kopkes tegeneen te knotsen'. Ze deed haar best, echt waar, om zich erdoorheen te slaan zonder wrok of klacht.

Maar de meemoeders prikten een handgeschreven communiqué aan de keukenmuur. Ze eisten dat ieder lummeltje van hun drievuldig ersatzgebroed moest kunnen opgroeien in een gemeenschapshuis waar geen monteursmop zijn gender-onschuld kon schaden, en waar geen heavy metal zijn muzische vorming kon verminken; dat hun kroost moest kunnen floreren in een nest van geborgenheid waar geen discussies werden gevoerd op basis van stemverheffing, en aan welks muren niet één kalender hing met bespottelijk schaars geklede ventenfantasieën – steevast opgespoten dellen, ruggelings en wijdbeens gedrapeerd op het zadel van de nieuwste Moto Guzzi. Voor Hannah was de maat vol. Een kenner van littekens weet hoe men wonden slaat. Ze spuwde haar gal, nam elke amazone op haar zwakke plek, ieder koppel op zijn tere punt, en onthulde en passant een paar geheim gebleven liaisons. De stilte in de zitkuil werd even groot als grimmig.

Ter afronding wenste Hannah alle tuinbroekfeministes een golf van incest toe hoewel 'geen hond ooit heet zou worden van een slaapzak op twee benen, gelijk elk van u eruitziet'. Met in de ene hand haar valies en in de andere reeds de deurklink, noemde ze het herenhuis nog gauw een hedendaags begijnhof, een lesbisch klooster zonder god, een sekte zonder samenzang en haar jarenlang verblijf alhier een marteling. Mes erin, stop eruit, zand erover. Zo smakte ze de deur achter zich dicht.

En stak ze meteen weer open voor haar aller-, allerlaatste woorden tot de sprakeloze communardes. Het lag al maanden op haar maag. 'Er zijn maar twee kuilen waar ik ooit nog een voet in zet. Eén met kapotte auto's, en één met een arduinen zerk boven mijn kop. Al wie in een put gaat zitten om te fretten, is niet goed bij zijn verstand. Salut!'

Ze trok de deur dicht en de wereld in. 'Een zeugma' heette dat. Parate kennis, dat had ze dan toch overgehouden aan haar tijd als communarde.

Al deed een zeugma haar ook denken aan haar affaire met die zeekoe. Ze hoopte hartgrondig dat ook dát mens intussen al was doodgevallen. En dat ze flink wat andere tuinbroeken had meegenomen, om samen gezellig verantwoord alternatief te gaan liggen composteren in de commune van de een of andere kerkhofgrond.

Voor gerechtigheid was het hart van Hannah groot. Voor haat was het nog groter.

OM AF TE KICKEN VAN DE TUINBROEKEN reed Hannah aan de kop van een sliert Dikes on Bikes naar het Zilvermeer bij Mol, waar haar favoriete Finse heavy metal-band zijn reputatie waar zou proberen te maken op een weekendfestival.

Haar tentje stond naast de tent van de Limburgse Hell's Angels. Zij was de enige van de Dikes die er niet aan dacht om te verkassen. 'Ik was hier het eerst.'

Het geslaagde optreden van de band zorgde voor een geïmproviseerd kampvuur en een nachtelijke verbroedering. 'Verzustering,' corrigeerde Hannah, klinkend met een Hell's Angel van het tweede echelon. Ze had de deur van die commune blijkbaar niet hard genoeg dichtgeslagen. Zich verzetten tegen een onderdrukkende woordenschat, het zat er nog altijd in.

'Verzustering?' grijnsde de Hell's Angel van het tweede echelon, Hannah van kop tot teen opnemend. 'Ge zijt gij zeker voor de wijven?'

'Gij niet, dan?' vroeg Hannah, een joint rollend.

De Hell's Angel moest lachen. 'Gij zijt anders echt mijn type.'

'Gij ook,' zei Hannah, 'moest ge tieten hebben en geen lul.'

De Hell's Angel van het tweede echelon moest opnieuw lachen. De sfeer was optimaal. Maanlicht, kampvuur, drank. Drie joints en evenveel uur later vroeg de Hell's Angel wat hij niet had moeten vragen.

Hannah gaf hem nog een tweede kans door te doen alsof ze hem niet gehoord had. Ze vond hem niet onsympathiek. Hij had een schone moto en iedereen maakte fouten. Zij had nog maar juist een dozijn oude vriendschappen opgezegd. Een nieuwe zou geen pijn doen en deze jongen hield ten minste van dezelfde muziek als zij. Geen slecht begin. 'Nog een trekske?' vroeg ze dus maar, de joint doorgevend en hopend dat de

Hell's Angel van het tweede echelon zijn bek zou houden. Ze had nog maar drie keer moeten puffen vanavond, terwijl het hier toch vol pollen hing en stof en rook, en er niet ver hiervandaan een chemische fabriek stond en een kerncentrale.

Maar de Hell's Angel hield zijn bek niet. Hij vroeg het opnieuw. 'Weet ge waarom dat gij voor de wijven zijt?'

Ze gaf hem een derde kans. 'Omdat ik beter kan beffen dan gij?' Dat kon toch tellen, qua hint.

De Hell's Angel lachte weer maar hij stopte veel te snel met lachen en vroeg het voor de derde keer. Echt een aanhoudertje. 'Weet ge het echtig en techtig niet? Waarom dat gij voor de wijven zijt?' En hij voegde er nu zijn conclusie aan toe: 'Omdat ge de juiste vent nog niet zijt tegengekomen, Hannahtje.'

Zijn kansen waren opgebruikt. Hannahtje stond traag op, plaatste haar handen in haar zij, trok haar mond scheef en wiegde met haar kop. 'Ik ben de juiste vent nog niet tegengekomen?' Ze keek hem aan vanuit de hoogte. 'Ik ben de juiste vent nog niet tegengekomen?'

'Nee,' zei de Hell's Angel, vol vertrouwen achteroverleunend op zijn ellebogen en alvast zijn benen spreidend.

'En uit al die miljoenen wandelende zaadzakautomaten,' zei Hannah, 'uit die tweeëneenhalf à drie miljard testosteronkwekerijen die over de aardbol krioelen gelijk vliegen over een dooie rat, zijt uitgerekend gij de juiste vent?'

'Yep,' knipoogde de Hell's Angel.

'Hebt ge u al eens goed bekeken?'

'Hebt gij mij al eens goed bekeken?'

'Juist daarom. Gebruikt gij vannacht uw vuist maar als piston. Een wijf zit er voor u niet in. En niet alleen vanavond.'

Ze keken mekaar in de ogen. De krekels tsjirpten als vanouds. Er knisterde een vonk uit het bijna gedoofde kampvuur.

Zeg nooit tegen een Hell's Angel van het tweede echelon die een stuk in zijn kloten heeft en zo stoned is als een stenen brug dat hij niet de juiste vent is. Zeg nooit dat hij zijn vuist maar moet gebruiken omdat er voor hem geen vrouw inzit, vanavond noch daarna. Zoiets zeggen is voor een burgerman al redelijk riskant. Voor een vrouw is het zelfmoord.

Hannah heeft dat mogen ondervinden. Het tweede echelon heeft haar eens goed gearrangeerd, op de oevers van het Zilvermeer. Zijn naam was Jean en hij haalde er zijn maten bij, van alle echelons. Ze hadden allemaal gedronken en geblowd en ze werden allemaal razend, want zelfs nu kon Hannah haar scheve babbel niet houden, zodra ze toch de kans zag die te roeren. Ze lieten haar voor dood achter en met genoeg wonden en kneuzingen om maandenlang te staren naar de evolutie van korsten en van kleuren.

Sindsdien was het voor Hannah een uitgemaakte zaak. Opnieuw was ze iets geworden dat ze, in pop en knop, altijd al was geweest. Mannenhaatster. Het waren zwijnen, allemaal, en niet alleen haar vader. Maandenlang scheerde ze zich kaal. Coupe Dachau. Ze maakte ambras in haar garage tot ze ontslagen werd zonder dopgeld, ze trapte het uit eigen beweging af bij de Dikes on Bikes, om een eigen splintergroep te leiden die al snel uiteenviel in nog kleinere groepen, tot Hannah in haar eentje overbleef. Ze deelde kamers in kraakpanden met leden van alle mogelijke politieke groupuscules en met junkies van alle mogelijke narcotica. Belastingen betaalde ze niet meer, dat was een erezaak. Ze leefde van reparaties in het zwart en van kruimeldiefstal in de nacht en ze kweekte een fanatieke sympathie voor Ulrike Meinhof – al snapte ze niet wat Ulrike gezien had in die Andreas Baader.

Zo radicaal wilde ze de hele wereld veranderen dat ze alvast begon bij zichzelf en haar verleden. Slaven keerden bij hun vrijlating de namen van hun vroegere meesters om. Olsen werd Neslo. Hannah bleef, ook op zijn kop gezet, nog Hannah. En Madrigal werd Lagirdam, akkoord. Maar Gramadil klonk zoveel schoner.

Zo was Hannah Gramadil geboren.

De opstand begonnen.

Eén tegen allen.

Maar toen een man en meisjesmoordenaar te laat werd opgepakt; toen een onderzoek aan het licht bracht dat Justitie, dat bolwerk van machtsgeile rechtse ballen, structureel had gefaald door die kinderkiller te snel vrij te laten en zijn dossier psychologisch noch politioneel op te volgen; toen burgercomités als paddestoelen uit de grond sproten om dit falen aan te klagen, en via dit ene falen de hele rechtspraak aan de kaak te stellen – toen trof Hannah Gramadil haar laatste tijdelijke schikking met de massa. Ze sloot zich bij de Witte Beweging aan, in de hoop de collectieve woede te kunnen kanaliseren ten behoeve van haar eigen revolutie.

Het was in die hoedanigheid, als bewaakster van het altaar bij de ingang van het Paleis van de Rechtvaardigheid, dat ze tot haar verbazing Katrien Deschryver had zien binnenleiden in het gezelschap van slechts twee rijkswachters.

Na Ulrike Meinhof, was Katrien Deschryver Hannahs grootste idool.

KATRIEN DESCHRYVER WAS NU AL EEN PAAR DAGEN VRIJ maar had ze kunnen praten, ze zou tegen haar reddende engel nauwelijks hebben durven bekennen wat haar op de lever lag: haar nieuwe vrijheid was geen vrijheid.

Of ze nu in haar vroegere cel zat of in dit kraakpand – veel verschil maakte het niet uit. Ze bezat opnieuw een lavabo, maar nu vuil en zonder spiegel. Nog steeds geen stoel of tafel, wel opnieuw een matras, die echter op kapot parket lag en stonk naar oude kaas. Nieuw waren twee bestofte en aan de buitenkant dichtgetimmerde ramen. Veel licht lieten ze niet door. Aan het afbladderend plafond hing één flets peertje dat gestolen elektriciteit verbruikte. Wat was haar winst? Het eten was wat beter, ja. En het peertje kon 's nachts worden gedoofd.

In het donker tikte ook niemand meer op de verwarmingsbuizen, geen onzichtbare vrouwen vloekten of maakten nog kabaal in de nacht. Maar Hannah was er, in haar kamer hiernaast. Ze lag met een koptelefoon op te luisteren naar ketelmuziek, ingehouden meescanderend met de punchlines, of hoestend, soms puffend met een van haar pompjes. Ondanks de koptelefoon was haar muziek vaak tot hier te horen door de muren van bordkarton heen. Waarom was die Hannah nog niet doof? En ging dat arme kind dan nooit eens slapen?

Nooit had Katrien iemand ontmoet die zo lief en raar was tegelijk. In haar handen voelde ze zich uiteraard veiliger dan bij De Decker of de cipiers, en beschermder dan oog in oog met de paparazzi. Maar ook eens gaan wandelen of winkelen? Laat staan terugkeren naar de ouderlijke villa, of contact opnemen met wie dan ook, te beginnen met familie? Dat stond Hannah niet toe. Ze verbood het niet, maar ze maneuvreerde tot ze haar zin kreeg. Goedbedoeld. Maar de facto was ze, alle goede zorg ten spijt, niets meer dan een nieuwe cipier, met een uniform van jeans en T-shirt. Ze wilde Katrien niet delen met de buitenwacht.

'Geduld! Onze gelegenheid komt nog, binnenkort al,' had ze reeds de eerste dag uitgelegd, 'het is buiten te gevaarlijk. Als ze u oppakken, dan mij erbij, dit keer. Doet mij dat niet aan! Blijft liever binnen en wacht tot de drukte bekoeld is. Ze mogen zich onnozel zoeken, in dit kot vinden ze ons nooit. Ik zorg intussen voor alles wat ge nodig hebt. Hier, potlood en papier! Maakt gauw een lijstje. Eén ding moet ge mij al niet meer vragen.' Ze schoof Katrien een in wit papier verpakt kartonnen doosje toe, met gouden strik errond. 'Het zijn uw favoriete. Ik weet alles van u. Allez! Maakt het maar open.' Zo weinig als de mooie Katrien sprak, zoveel taterde de smalle Hannah. Weliswaar zonder scheve mond. Die reserveerde ze voor de ogenblikken dat ze sprak over De Decker of de rijkswacht. Over iedereen eigenlijk, tenzij Ulrike Meinhof of Katrien.

Katrien hoefde haar cadeau niet uit te pakken. Afgaand op het inpakpapier en het etiket – gouden letters, groene achtergrond – wist ze al wat het bevatte. Hier had ze naar verlangd, vaak meer dan naar haar garderobe of haar verwanten. Dat was het eigenaardige aan gevangenschap. Je nam een mens zijn hebben en houden af, en van alle spullen die hij miste stonden de domste het hoogst in de toptien. Niet de waardepapieren, niet de taffen blouses. Maar verse aardbeien met room. Muziek van Ima Zumac. Cigarillo's. Of dit hier: chocoladen zeevruchten.

In haar cel had ze daarvan gedroomd tot zij hun smaak werkelijk weer op haar tong had kunnen proeven, jankend wakker wordend met een lege, droge mond. Onder haar bed registreerde het recordertje dan geluiden en woorden waarover De Decker zich uren later de kop zou breken in zijn morsige kantoor.

Elf of twaalf zal Katrien geweest zijn toen ze voor het eerst een chocoladen zeepaardje had gezien zoals het was – de vorm, en niet langer alleen maar de materie die ze zo lekker vond.

Ze stond in haar eentje in het souterrain van de ouderlijke villa, het niemandsland met zijn halve, betraliede boogvensters. Ze was op een hete dag weer steels hierheen geslopen, verlokt, betoverd door het verbodene. Op blote voeten trippelend door de propere garage, met vanmiddag slechts een van de BMW's van pa Deschryver. De kantelpoort stond open, de zon brandde een rechthoek op de betonvloer. Katrien stak het deurtje van de kelder open. Een muffe koelte waaide haar tegemoet. Resoluut stapte ze het schemerduister in. Licht stak ze niet aan. Ze was hier liever zo. De trap kraakte, zelfs onder haar tengere gewicht.

Hier hingen geuren die Katrien nooit boven rook – tenzij ze in de keuken met haar neusje boven de fruitschaal ging hangen als daar een stoofappel vol bruine vlekken in lag te rotten.

Zonnestralen, strak en afgelijnd als spiesen, vielen door de betraliede boogramen naar binnen, door stof en spinrag snijdend. Ze troffen hier een weckpot, daar een handvol glinsterend antraciet. Katrien sloop recht op haar doel af. Ze wist het kartonnen doosje te staan, hoog op een schap. Op goed geluk graaide ze erin, op haar tenen staand. Haar hand deed de zilverpapiertjes tussen de lagen zeevruchten ritselen. Terug op haar voetzolen rustend, keek ze naar haar handpalm. Een van de zonnespiesen viel er als bij toeval op. Boven, in haar kamer, had Katrien een vergrootglas waarmee ze kranten in brand kon steken, de dikste letters eerst. Zwart vatte sneller vuur dan wit.

Het zeepaardje was wit noch zwart. Katrien bekeek het van dichtbij. Het bestond uit twee aaneengeklitte spiegelbeeldprofielen, samen een centimeter dik. Die centimeter vertoonde in het midden een naad, rondom. Het paardje voelde nog koel aan en was gemarmerd – lichtbruin met witte, golvende aders. Zijn gelaatstrekken waren, net als zijn borstvinnen en naar achter opgekrulde staart, grof en levenloos. Zijn mond slordig gegoten, zijn oog niet veel meer dan een putje. De hiërogliefen in Katriens geschiedenisboek waren even simpel qua lijn maar feller qua kleuren; toch deed dit diertje haar denken aan zo'n Egyptische muurtekening. Ze draaide het met haar wijsvinger op zijn andere zij. Een identiek doods oog keek naar haar op vanuit haar zonovergoten palm. Maar deze kant van het paardenlijfje, dat zopas in de plooi van haar levenslijn had gerust, vertoonde op zijn flank reeds een doffe smeltglans. Als ze het op een schoteltje in de zon plaatste, zou het dan uiteenvloeien, als roomijs? Of alleen maar wak worden, als een slak in zout? Ietwat ineenzakkend, meteen uitdijend als je er met je wijsvinger op duwde, zelfs een oogje kwijtspelend... Ze bracht het paard naar haar mond en onthoofdde het. Het smaakte niet naar de zee. Op dat moment hoorde ze de auto komen aanrijden.

Ze was net terug boven in de garage, de kelderdeur gesloten en wel, toen hij kwam binnengestapt door de garagepoort. Optorenend en breed, tegen het middagschijnsel scherp afgelijnd, uitgesneden in het zonnevierkant op de betonvloer, zijn gezicht onherkenbaar in de slagschaduw. 'Waar is uw pa?' De stem van ome Leo. Katrien deinsde zwijgend en met een gebalde vuist terug, tot haar rug de garagemuur raakte. Zou hij het merken? Haar speeksel voelde stroperig aan: dik, zoet... Haar tong kleefde bijna aan haar verhemelte. 'Wat scheelt er,' vroeg ome Leo, uit het vierkant stappend. Nu pas zag ze zijn gezicht.

Hij knielde met een frons voor zijn nichtje neer. Ze keek hem bewegingloos aan. Hij zag haar gebalde vuistje en trok het met zachte dwang open. 'En zijt ge daarom zo beschaamd?'

vroeg hij met een monkeling die ze niet kende. De stilte woog. Ze voelde dat ze haar blik neer moest slaan en ja knikken. 'Dat geeft toch niet,' lachte nonkel, 'zolang er maar een hondje in de buurt is.' Hij boog zich guitig naar haar toe en duwde zijn grommende, blaffende mond op haar geopende hand. 'Waf, waf.'

Hij smakte tot er van het dode zeepaardje geen spoor meer over was. Hij raakte met zijn lippen zelfs haar pols aan en likte één voor één haar vingertopjes af. Het kietelde niet. 'Voilà zie,' zei hij. Maar hij lachte niet meer. Ze voelde hem kijken naar haar blote voeten. In de verte zwol het geluid van een naderende wagen. 'Dat zal uw vader zijn,' zei nonkel Leo, moeizaam overeind komend, zich het stof van de knieën kloppend maar de blik van zijn nichtje geen moment lossend.

'Eet zoveel ge wilt,' zei Hannah, 'ik breng straks al een nieuw dooske mee. Maar doet voor niemand open als ik weg ben! Ons wachtwoord is uw nieuwe naam. Heb ik die al verteld?'

Katrien schudde van nee.

'Katrien wordt, op zijn kop gezet, Neirtak,' zei Hannah. 'Maar ik vind Niertak zoveel schoner. Daar kunt ge u iets bij voorstellen en het klinkt gewoon heel goed. Oké?' Ze wachtte als op een toestemming. Hoe had Katrien die moeten geven? 'Deschryver wordt omgekeerd iets onuitspreekbaars,' zei Hannah reeds, 'ge moet dat eens proberen, daar is geen touw aan vast te knopen. Waarom dan niet gekozen voor iets dat zoveel juister is? Gooit het eens helegáns dooreen – wat krijgt ge dan? Dryvreesch. Verstaat ge? Dat past u gelijk een handschoen. Want gij zit in de klem van een drievuldigheid. Uw man, uw vader en uw zoontje.'

Ze keek Katrien afwachtend aan, een beetje idolaat, een beetje zelfvoldaan. 'Ik weet van u echt alles.' Opnieuw die blik. 'Niertak Dryvreesch... Ik vind het lang niet slecht gevonden. En gij?' Weer die blik. 'Ik weet dat ge niet spreekt na spijtige voorvallen. Maar uw ontsnapping gaat ge toch geen spijtig voorval noemen?' Wat wilde dit malle, smalle mens toch? 'Allez, Katrientje. Zegt het eens. Eén keertje maar... Uw nieuwe naam!' Ze zei hem zelfs voor, zoals je een kleuter mama voorzei. 'Niertak Dryvreesch... Allez, toe!'

Katrien keek haar redster aan. Ze ontdekte geen grein dwang, geen zier kwaadaardigheid. Hannah had enkel een simpel, doodeerlijk verzoek willen doen. En voor het eerst sinds lang en voor ze het goed besefte, voelde Katrien woorden uit haar mond vallen. 'Niertak Dryvreesch.' Het was gebeurd. Het had geen pijn gedaan, het had moeite noch concentratie gevergd. Ze had gesproken. Zonder voorafgaande hulp van haar tantes, zonder haar gebruikelijke koboldenvertoning, de hysterische huilbui. Zonder de woede ook, die haar had doen uitbarsten aan de koffietafel waar iedereen haar al had veroordeeld voor een moord die ze niet had gepleegd.

Ze had gesproken op doodgewoon verzoek van deze vrouw die in haar geloofde en die haar vertrouwde, die haar nam voor wat ze was en haar afschermde voor alles wat haar probeerde in te kapselen.

'Ziet ge wel!' zei Hannah Gramadil. Ze gaf haar nieuwe wapenzuster een amicale klap op de schouder en verliet, zonder nog meer van Katrien te verlangen, het kraakpand langs een sluipweg om boodschappen te gaan doen.

TIJDENS EEN VAN DE KEREN dat Hannah het kraakpand had verlaten om boodschappen te doen, deed Katrien wat ze zou haten mocht iemand haar dat fiksen. Ze ging een kijkje nemen in de kamer van haar afwezige gastvrouw. Ze schrok niet weinig.

De muur achter Hannahs matras hing vol met foto's, vloer tot zoldering. Veel afbeeldingen van moto's en van rockbands met kaalgeschoren vrouwen, sommige getatoeëerd tot op hun voorhoofd, andere met piercings door navel, tong of tepels. Voor zover de zangeressen al gekleed gingen, voerde zwart leer de boventoon. Veel prenten ook van Ulrike Meinhof, met meerdere versies van telkens hetzelfde beeld, voor eeuwig vastgelegd door een bewakingscamera: de terroriste bij een aanslag, een Kalashnikov in de handen, geweldbereid, in korrelig zwart-wit, een icoon. Maar het leeuwendeel van de foto's toonde haar, Katrien Deschryver.

Meteen schroefde Katriens keel zich dicht en sloeg de paniek toe. In geen weken had ze zichzelf gezien, tenzij in de spiegel boven haar gevangenislavabo. Nu keek haar veelvoudige beeltenis op haar neer vanaf de muur boven Hannahs bed, in zwart-wit of kleur, in close-up, in profiel, in kikkerperspectief, soms zelfs alleen maar haar mond. Het was vernederend. Ze kon met moeite ademen.

Nillens willens moest ze terugdenken aan de Academie van Schone Kunsten waar eerst haar leraar en daarna een medestudent haar eindeloos hadden gefotografeerd. Daar hadden voor het eerst de bevallige monsters hun verwekster in het gezicht gekeken, van bij hun langzame geboorte in de ontwikkelaar, het rode vruchtwater van de doka. De allereerste stoet van diva's en deernen was daar ontstaan, allen getooid met dezelfde tronie – de hare. Dezelfde academie die door Katrien, geheel onopzettelijk, in de as was gelegd. Het enige van de door haar veroorzaakte ongevallen waarvoor niemand haar ooit de schuld had gegeven, terwijl ze die schuld juist met plezier op haar schouders had willen laden.

Nu was er opnieuw zo'n stoet opgedoken, onverwachts. De schepsels zagen misprijzend neer. Katrien kon geen voet meer voor of achter zetten. Er stond opnieuw iets vreselijks te gebeuren, ze voelde het. Haar adem schuurde alsof zij het was, die astma had.

Ze verwachtte dat Hannahs kamer elk moment langzaam kon kapseizen, steeds verder, kreunend als een aanleggend tankschip. Ze zou achteruit wankelen tot ze met haar rug tegen de muur stuitte. Zeven meter vóór haar zou de wand vol afbeeldingen omhoog rijzen naarmate zij zakte, steeds meer tegen de muur aan gedrukt vanwege de stijgende zwaartekracht. In het midden van de linkerwand, precies op de as van de wenteling, bevond zich de deur, reeds niet meer te bereiken, zo steil liep de vloer al af. Hannahs matras gleed haar kant op, steeds sneller. Een bierbak volgde schrapend dat voorbeeld, de muziekinstallatie ook, nadat ze eerst was omgevallen. Een leeg flesje rolde steeds wilder botsend op haar toe. Het peertje aan het plafond zou schommelend steeds feller oplichten en zou kort daarop ontbranden, vonken sproeiend tot vóór Katriens voeten, Hannahs kamer hullend in een felle, rode rook. Uit haar eigen, belendende kamer zou het gekrijs opstijgen van een dier, mishandeld door onbekenden. Ten slotte zouden de spelden, waarmee de foto's aan de muur tegenover haar waren bevestigd, losschieten als werden ze aangetrokken door een reusachtige magneet die zich achter Katrien bevond. Aan snelheid winnend zouden de spelden met tientallen, misschien wel honderden op haar af komen suizen, haarfijne kogels, onbestaand kaliber. En ze zou niet eens de tijd krijgen om haar handen voor haar gezicht te slaan, terwijl aan de andere kant haar afbeeldingen reeds zouden neerdwarrelen op het hellend vlak van versleten parket.

Niets van dit alles geschiedde.

Het duurde lang voor Katrien haar ademhaling weer onder controle had. Daarna ging ze, gehypnotiseerd, toch maar eens die wand van dichtbij bekijken.

De meeste foto's moest Hannah uit recente dagbladen en magazines hebben gescheurd. Katrien had ze nog nooit gezien. Ze probeerde ernaar te kijken als ging het om iemand anders.

Zie daar: een kleine goedgebouwde vrouw met zonnebril, in gedachten verzonken op een strooiweide. Kijk ginds: dezelfde vrouw, onaangedaan uit een politiecombi stappend, geen poging ondernemend haar gezicht te bedekken. Daarboven: nog steeds datzelfde vrouwmens, nu omringd door rijkswachters, te midden van een massa met op de achtergrond de zuilen van het Paleis van de Rechtvaardigheid. En hier: opnieuw dat mens, nu op de monumentale trappen naast onderzoeksrechter De Decker staand. Zo hingen er een paar. Het gezicht van De Decker was telkens uitgekrast, met een pen of met een mes.

Het huiveringwekkendste was echter dat Katrien ook echte foto's van zichzelf ontdekte. Hoe waren die hier in godsnaam beland? Twee kleine vierkante kiekjes met gekartelde randen en verschoten kleuren. Katrien als kleuter (een nieuw overgooiertje showend), Katrien als bakvis (pronkziek zuigend op de top van haar pink). Plus een zwart-wit kunstfoto op ansichtformaat: Katrien als bruid naast Dirk Vereecken, wiens gezicht eveneens was uitgekrast, zo te zien met een schroevendraaier.

In de papieren van Hannah – slordig opgeborgen naast de matras, in een van haar sporttassen die ze te allen tijde klaar had staan om vierklauwens op de vlucht te kunnen slaan – vond Katrien de verklaring, in een map met brieven. Ze herkende het handschrift meteen.

Niemand anders schreef zo miezerig, zo dun, zo tekortgedaan. Zo schreef alleen Gudrun.

GUDRUN HAD HANNAHS FANMAIL voor Katrien beantwoord met een klaagzang in episodes over haar eigen leven. Geen detail had het wicht overgeslagen. Het was bijna te gênant om te lezen. Een biecht aan een onbekende.

Hoe ze zich in de steek gelaten voelde door haar twee 'in den vreemde flierefluitende tantes' en haar 'onverschillige nonkel Leo'. Tekst en uitleg, naald tot draad. Hoe ze 'snikkend van spijt maar noodgedwongen' ma Deschryver in een gesticht, en 'ons' Jonaske warempel bij Steven en die teef van een Alessandra had 'moeten' dumpen – dat laatste onder de strikte belofte dat de twee geen marihuana zouden blowen wanneer de jongen het zag, en dat ze hem beter zouden proberen te behandelen 'dan zijn gevallen moeder' doorgaans deed.

Vooruit maar! dacht Katrien. Hang onze vuile was maar buiten, scripta manent, waarom niet?

Pa Deschryver had 'schampavie gespeeld', schreef Gudrun, en hij wilde niets van zich meer laten horen, 'zelfs niet aan mij, zijn jongste dochter, die toch de boel hier in haar eentje nog een beetje rechthoudt.'

Het is maar wat je rechthouden noemt, dacht Katrien, steeds kregeliger wordend.

Over haar gedode schoonbroer schreef Gudrun uitvoerig en huilerig, over haar gevangen zus uitvoerig en jaloers. Maar dat ze met de impotente Dirk ook een verhouding had pogen te hebben? Dat verklapte ze niet, hoor. Evenmin dat ze vermoedde dat Katrien hem om die reden uit de weg had geruimd.

Ze herinnerde zich de bittere verwijten die haar bij haar terugkomst uit Zuid-Frankrijk door Gudrun voor de voeten waren geworpen in de ouderlijke villa, vlak voor De Decker haar was komen arresteren, en ze voelde opnieuw de kwaadheid opzetten van destijds. Ik? vroeg Katrien zich af. Die arme Dirk moedwillig neerschieten? Voor zoiets banaals als overspel, dan nog wel met Gudrun? Waar had die sloor het recht vandaan gehaald om mij niet eens een kans te geven? De mogelijkheid van een jachtongeval was niet één keer in Gudruns koker opgekomen. Een passionele moord wél, tuk als ze was op treurspelkitsch met haarzelf als de centrale tragédienne. Ik zou weloverwogen doodslag hebben moeten plegen? Op een man van wie ze mij te donder zelf stond in te peperen dat hij niets voor mij betekende, dat ik hem als een overschotje van mijn bord had afgeschraapt en weggegooid – haar bloedeigen woorden... Zielig is ze, zonder concurrentie. Vanaf welk punt wordt zelfbeklag een ziekte? Naar een wildvreemde kan ze ellenlange epistels pennen, maar mij is ze in de bak niet één keer komen opzoeken. Nog geen kattebel met excuses heb ik gekregen. Waar is de Gudrun van vroeger gebleven, met haar sproeten en haar pit, onvoorwaardelijk aan mijn kant, wij tegen de rest, tegen de gouvernantes, tegen Steven en Bruno, tegen iedereen?

Katriens woede zakte amper weg toen ze in de latere brieven anekdotes las uit hun gezamenlijke jeugd, door Gudrun met net genoeg vertedering uit de doeken gedaan om tussen de regels door de indruk te sterken dat ze, ondanks alles, nog immer opkeek naar haar beroemde zus, ja zelfs naar haar terugkeer snakte. Katrien was slechts matig onder de indruk. Toe maar, dacht ze, gooi onze levenswandel maar op de straatstenen, kind. Wat zie je in die Hannah dat je er zo ongeremd je hart bij uitstort? Voorzeker een geval van kraakpandsympathie. Je hebt heimwee naar je wittebroodsjaar, waarin je zelf van bouwval naar ruïne mocht verhuizen om je elke dag beurs te laten timmeren door je slagwerker. Zoiets kweekt een band, natuurlijk. Krotbewoners ondereen. Maar wie zegt dat die Hannah niet werkt voor een of ander boulevardblad, aan wie ze dit soort stroop en roddels voor veel poen kan verkopen? Wat weten we van die op haar kop gezette vogelschrik? Voor hetzelfde geld heeft ze me niet bevrijd maar gekidnapt. Het is toch niet normaal, zoals dat wijf mij hier gekerkerd houdt?

Katriens kwaadheid schoot nu alle kanten uit, niemand sparend – een adder in het nauw tegenover een rattenkolonie, niet wetend waar eerst te bijten, schijnaanval na schijnaanval plaatsend. Ze zat nog volop onder de adrenaline na haar angsttoeval van daarnet.

Maar waarom zou ik gekke Hannah op de korrel nemen? vroeg ze zich alweer af. Mijn familie is veel erger. Als ik dit hier allemaal lees en het eens op een rijtje zet, welke reden heb ik dan nog om terug te willen keren naar de vergeetput waarin zij leven? Wie zit er eigenlijk gevangen? Ze vreten mij op, mijn hele leven al, met huid en haar. En op straat lopen er ook al genoeg rond die mij te grazen willen nemen, die maniak van een De Decker als eerste. Misschien moet ik mij er maar mee verzoenen dat dit krocht mijn thuis wordt tot het einde mijner dagen, dat eczema-spook mijn enige gezelschap, en mijn enige vrijheid dat ik van de ene naar de andere kamer mag lopen zonder gefouilleerd of afgetroefd te worden.

Haar boosheid milderde maar eerst bij het lezen van de laatste brief, om plaats te maken voor stomme verbazing. Want na veel omzeilingen en uitvluchten had Gudrun daar eindelijk de vraag beantwoord die Hannah klaarblijkelijk in ieder van háár brieven had gesteld. Het klonk meer als een toegeving aan een dreinend kind dan als een verbintenis. Toch stond het er. In blauwe inkt op briefpapier met de hoofding van pa Deschryver. Ja, ondergetekende, Gudrun Deschryver, verleende hierbij de toestemming aan de genaamde Hannah Gramadil om een steunfonds op te richten. En ze deed dat warempel mede in naam van de begunstigde, de genaamde Katrien Deschryver.

Hierna was de briefwisseling opgehouden. Geef die Hannah eens ongelijk, raasde Katrien in gedachten nog even voort, zo gek is die tante blijkbaar niet, zodra ze had losgekregen wat ze zocht, had ze geen boodschap meer aan het gedaas van Gudrun.

Toen pas drong het ten volle tot Katrien door. Er bestond een steunfonds te harer ere. Zogenaamd officieel. In het leven geroepen en ongetwijfeld voorgezeten door Hannah. Het moest in die rol geweest zijn, dat zij Katrien was komen opzoeken in de cel. Schriftelijk beëdigd en met de zegen van Gudrun, en in de overtuiging dat Katrien niet alleen van dat plan op de hoogte was maar er zelfs mee instemde... Hannah Gramadil had zich opgeworpen om op het publieke forum Katriens belangen te verdedigen.

Het was een farce. Een nieuwe ramp. Hier kon niets dan heibel van komen. Er moest paal en perk aan worden gesteld, en wel meteen.

Maar toen Hannah glunderend terugkeerde met in elke arm een boordevolle papieren tas waarop het logo prijkte van warenhuizen De Panter – Katrien had inmiddels de brievenmap weer opgeborgen en wachtte in haar eigen kamer – wist zij, Katrien, niet hoe ze haar bevrijdster diets zou moeten maken dat er van zo'n steunfonds niets in huis zou kunnen komen.

Niet alleen kon ze nog steeds nauwelijks spreken (elke dag verleidde Hannah haar tot het stotteren van weer een paar nieuwe woorden) maar ze kon het gewoonweg niet over haar hart krijgen om Hannah dan maar in geschrifte teleur te stellen. Het leek zo ondankbaar, opeens.

Per slot van rekening had dit mens haar verlost en was ze zichtbaar verrukt, zelfs dol op Katriens aanwezigheid. Waarschijnlijk stelde dat steunfonds niet eens wat voor. Een hobby was het, minder nog: een hartenkreet van een vereenzaamde zonderlinge. Meer moest je er niet achter zoeken. Het was trouwens goed te weten dat er toch iemand was die het zo vurig wilde opnemen voor Katrien Deschryver, zondebok van Jan en alleman.

Hannah zette de tassen op de grond neer en begon ze uit te laden. 'Ik heb héérlijke tonijnsushi bij,' zei ze, alsof ze een goudschat had aangetroffen, 'en superverse avocadorolletjes. En er is fantastisch nieuws.' Ze haalde ook diverse kranten en zelfs een nieuw doosje chocoladen zeevruchten te voorschijn, en keek Katrien in de ogen. 'Er staan grote zaken te gebeuren, er beweegt van alles, het land staat op de rand van een omwenteling. Morgen is het aan ons! Dan kunnen we eindelijk naar buiten treden.' Als in een reflex, een gebaar van gewoonte, stak ze haar vrije hand uit en legde die vol op Katriens wang.

Katrien schrok niet. Ook niet toen de ruwe hand voorzichtig streelde. Er kwam een gepijnigde trek om Hannahs ogen. 'En zo zacht van vel, ook nog,' mompelde ze. 'Niet te geloven. Sorry.'

Ze trok haar hand weg en verliet de kamer. Even later hoorde Katrien uit het belendende vertrek het geluid komen van een puffer en gedempte ketelmuziek.

'EN DAAROM VERKLAREN WIJ, geneesheren van de DVHW, ons solidair met elke actie van de brede basis die een ondermijning kan betekenen van de imperialistische structuren die als enige verantwoordelijk moeten worden gesteld voor deze verdwijningen en deze moorden, en wel hierom: het wereldwijd ongecontroleerde kapitalisme reduceert zelfs de onschuld van onze kinderen tot koopwaar zoals het, gewetenloos en decadent, álles tot koopwaar zal reduceren zolang als de bourgeois en zijn lakeien er centen voor dokken die ze ons, arbeiders, onrechtmatig afhandig hebben gemaakt om te beginnen.'

Zo besloot de woordvoerder van de Dokters Voor Het Werkvolk zijn twintig minuten durende vraag. Hij was een man met een grijze krullenbol en een treurig brandende blik.

Veel applaus volgde er niet, een antwoord evenmin. Weinigen onder het talrijke gehoor hadden de vraag begrepen, die minder een vraag was geweest dan een mislukt opruiend betoog. De paar vergadertijgers onder de menigte hadden de portee van het geleverde betoog maar al te goed gesnapt. Reeds na een halve minuut hadden zij in hun lessenaar zitten te kreunen. Ofwel hun geestverwanten wanhopig aankijkend, ofwel in zichzelf gekeerd het hoofd buigend, hand over de ogen en gedurende de rest van 's mans tussenkomst tal van termen en zinsneden gissend nog vóór ze door hem werden uitgesproken. Zij applaudisseerden op het einde van opluchting, niet omdat ze instemden.

'Oh nee! Niet hij weer,' had ook Hannah uit haar mondhoek gekermd tegen Katrien zodra ze de man het spreekgestoelte had zien inpalmen. Ze kende hem uit haar vorige leven, haar zes maanden verkering met de anarcho-communiste. Die had meer dan één uitgaansavond verbrod door een toogdiscussie te beginnen met een Dokter Voor Het Werkvolk. 'Gaat nu maar een potje kaarten, het eerstkomende uur,' zuchtte Hannah tegen Katrien, 'tenzij ge de loftrompet wilt horen steken over Stalin. Als dat hier zo doorgaat, draait de vergadering helemaal de soep in.'

Ze stonden in het deurgat van een overvol universitair auditorium toe te kijken op een defilé van sprekers. Ofschoon ze lang voor het aanvangsuur waren gearriveerd, hadden ze bij hun binnenkomst alle stoelen reeds bezet aangetroffen. Velen van de aanwezigen hadden zich, gedeeltelijk of zelfs geheel, gekleed in het wit. Kinderen zaten bij ouder of grootouder op de schoot, in hun knuistje het touw van een witte ballon.

Het auditorium was, door rector en studentenverenigingen, gratis ter beschikking gesteld voor een basisdemocratische volksvergadering die zou moeten beslissen over de actiemiddelen van de nabije toekomst.

Want de Witte Beweging stond op een keerpunt. Vergaan of overleven. Het protest van de afgelopen weken was weliswaar massaal geweest, maar te versnipperd en zonder lijn. Scholieren waren tijdens de lesuren spontaan gaan betogen op straat; brandweerlui waren op eigen initiatief uitgerukt om gerechtshoven nat te spuiten ('Mister Proper!' had een van de spuitgasten op het avondjournaal gegrijnsd, terwijl hij zijn brandslang op een open raam richtte en de hendel overhaalde). Patriotten en inwijkelingen hadden schouder aan schouder met eieren en rot fruit gegooid naar ordetroepen, tijdens een niet-geplande manifestatie vlak bij het federale parlement.

Maar wat nog ontbrak was een alles overkoepelende, bundelende gebeurtenis. Een symbolisch evenement waar de overheid niet langer naast kon kijken omdat ze weerklank zou vinden tot in de verste uithoeken van het buitenland. De Witte Beweging moest in staat zijn zoiets te bedenken en uit te voeren. Zij had als voordeel dat massa's zich moeiteloos door haar lieten mobiliseren. Als nadeel had ze dat niemand wist wie wat besloot.

Het organogram van de meeste organisaties en bedrijven zag eruit als een kegel: brede voet, smalle top. Het organogram van de Witte Beweging zag eruit als een laboratoriumcultuur onder een microscoop. Kleine en grote cellen bewogen naast elkaar, sommige versmolten, vele botsten. In twee andere universiteitssteden vonden alvast concurrerende volksvergaderingen plaats.

'En die lul van een moderator laat maar begaan,' stond Hannah in het deurgat te sakkeren. 'Een overdaad aan praat, gelijk altijd!' Katrien, vermomd met hoofddoek en zonnebril, kon haar geen ongelijk geven. En ze wist waarover ze het had. Zij had nooit een verhouding gehad met een anarcho-communist, maar toch had ze in haar leven menige politieke meeting bijgewoond, weliswaar van een heel ander slag.

Congressen van de partij van pa Deschryver.

KATRIENS VADER HAD HAAR, zodra ze aan de universiteit studeerde dan toch, gedwongen om aan zijn arm te verschijnen op congressen van zijn partij. Al verried zijn gezicht het niet, hij had haar voorbij zijn partijgenoten naar de eerste rij geleid alsof ze een trofee was, een te vergeven bruid, een offerande. Voor het eerst in zijn schik op zo'n congres – dat niet zijn normale habitat was, zoals zijn bank of een studiecentrum dat waren. Hier was het te druk, met te veel volk opeengepropt, en met onder dat volk te weinig evenknieën voor iemand met zijn curriculum en palmares.

Voor hem was een partij goddank geen vervangparochie. Hij was op rijpe leeftijd genood als sympathiserende specialist en hij bleef zich te allen tijde het wantrouwen bewust van de leden van het eerste uur. En nog meer de afgunst der gepasseerden: 'Wie hier uit het niets minister wordt, krijgt evenveel krediet als een bajesklant bij een investeringsbank.'

Voor hij Katrien meezeulde was pa Deschryver altijd in zijn eentje naar de congressen gegaan.

Correctie, ma Deschryver had hem één keer vergezeld. Midden in de begrotingsspeech van Waterschoot had ze een toeval zonder voorgaande gekregen en moest worden afgevoerd. Pa Deschryver was bewegingloos blijven zitten tot de speech van Waterschoot ten einde was. Daags nadien zag het ene blad hierin een bewijs van de harteloosheid van de bewindsploeg; in het andere werd Herman geprezen om zijn moed en zelfopoffering, bijna zelfs geroemd om zijn huwelijkstrouw. (Een man van zijn allure met een geval als Elvire aan zijn zij! 'Ieder draagt een kruis, maar het zijne is enorm.' Zo stond het er niet maar de goede verstaander las er niet naast.)

'Het is onontbeerlijk voor jou, Katrientje, voor later,' had pa

Deschryver haar thuis voorgehouden toen ze de eerste keer weigerde zich door hem te laten escorteren. ('Zich weerspannig betonen,' noemde pa Deschryver dat.) 'Ik kan jou verdorie introduceren bij de schaarse zielenadel van dit land.' Dat zei hij sissend, op die ijzige toon van hem als hij kwaad was. 'Ook de anderen zul je leren kennen, de werkpaarden, de zwoegers. De kurk waarop onze natie drijft zolang het niet moet gaan om innerlijke beschaving.' Zijn stem niet één keer verheffend en toch toornig, gekwetst tot in zijn kern. 'Niemand is zo ondankbaar dit te weigeren, Katrientje, níemand.'

Aan Gudrun vroeg hij het nooit. Aan Steven met tegenzin, en pas toen die eindelijk zijn diploma had behaald. Steven kwam mee, met evenveel tegenzin.

Bruno kwam dan weer uit eigen beweging, maar onverwachts. Hij droeg toen nog een parka en lang haar. Samen met medestudenten stond hij bij een congres in Oostende te betogen in de lobby, tegen de Belgische wapenhandel, de blijvende uitbuiting van Zaïre, het gesjoemel op de dienst Ontwikkelingssamenwerking, wat al niet... Door zijn loutere aanwezigheid beschaamde hij zijn vader, die de lobby binnenstapte met een filmploeg in zijn zog. Hun blikken kruisten niet als die van twee verwanten. Zeker niet toen Bruno, zijn blik niet afwendend, samen met het groepje luidkeels begon te scanderen. Harde leuzen tegen een hard beleid. ('Leuzen zijn leugens,' zei pa Deschryver weken later aan de ontbijttafel, toen de tantes een poging ondernamen om de spanningen te doen uitpraten. Meer dan drie woorden had pa Deschryver zelden nodig om een discussie te voeren én te beslechten.)

Toen Katrien voor de vijfde keer van universitaire studierichting was veranderd en voor de derde keer gezakt bij een tweede zit, had pa haar niet meer meegevraagd naar de congressen.

Maar ze herinnerde zich maar al te goed de sfeer. Een gezapigheid van het serieuze soort. Met georkestreerd applaus, zelfs na een uitval die zo wollig was verwoord dat men enkel aan de gevallen stilte merkte dat hier de handen op elkaar moesten. Nooit hadden noodzaak en inzet passioneel door die congreszalen gezinderd. Daarvoor waren de echte beslissingen reeds te lang genomen geweest, achter de schermen, in kasteeltjes, op canapés. Zelfs de ongeschreven pikorde van wie-zit-waar? was door niemand overtreden.

Maatpakken hadden overheerst naast strenge mantelpakjes voor de schaarse vrouwen op eerste rang. De meest beoefende bezigheid was het handje-schudden met de militanten geweest. Dranken en hapjes toe.

Een gemoedelijk ritueel van een onverstoorbare stam.

HOE ANDERS GING HET ERAAN TOE in dit auditorium! Noodzaak zinderde door in ieder woord, en de inzet leek er bijwijlen één op leven en dood. Applaus of boegeroep rolden met flukse regelmaat stormachtig door de bonte drom.

En toch had Katrien nooit eerder zo'n machteloos vertoon bijgewoond. Iedere spreker nam te veel tijd, negeerde wat een vorige had aangebracht of brak het af tot op de grond. En realisme of teamspirit waren niet de meest in het oog springende kenmerken van de opgeworpen plannen.

Een spring-in-'t-veld met het uitzicht van een piepjonge notaris verdedigde met vuur het voornemen om op de Brusselse Grote Ring in Vilvoorde met ontbloot achterste over de vangrail van het viaduct te gaan hangen. Met als doel zich, voor het oog van internationale camera's, te ontlasten op een zestig meter lager gelegen en pas failliet verklaarde autofabriek. Dit om de gevoelens van de Witte Beweging kenbaar te maken jegens 'zowel de multinationale bedrijven als het tekortschietende vaderland'.

Een oud-strijder stommelde meteen het podium op om te riposteren dat sinds de Bevrijding met België zelf niets fout was gelopen maar met zijn verkozenen des te meer. Zíjn voorstel behelsde een optocht van gedecoreerde overlevenden van beide Wereldoorlogen, met het nationale dundoek wapperend van de eerste tot de laatste gelederen. Ze zouden vertrekken in Waterloo en uit voorzorg op de voet worden gevolgd door autocars en ziekenwagens, want ze zouden als eindpunt slechts vrede nemen met het koninklijk paleis in het hart van de hoofdstad. Daar zou de oudste vaderlander vanuit zijn rolstoel een geluidsversterkte smeekbede richten tot de huidige koning en de weduwe van de vorige, hun beiden bezwerend dat ze hun aanzienlijke invloed moesten aanwenden om ons land krachtdadig te zuiveren van smetten. 'En ik bedoel wel degelijk: álle smetten,' besloot de oud-strijder met een hoofdknik.

Waarna de woordvoerders van achtereenvolgens een migrantenorganisatie, een homo-zelfhulpgroep en een Vlaams-nationale zangvereniging in hun wiek geschoten kwamen vragen of de oud-strijder met 'álle smetten' misschien doelde op hen? Tot verbijstering van de andere oud-strijders riep hun spreekbuis telkens ja, met dezelfde gedecideerde hoofdknik.

Waarna – zonder nog het podium te bestijgen – een actiegroep ter bestrijding van xenofobie en genetisch gemanipuleerde soja álle oud-strijders ervan begon te beschuldigen dat ze zelf de smet waren op het blazoen van hun land. Dat resulteerde in steeds chaotischer woordenwisselingen in het midden van het auditorium, die op hun beurt overstemd werden door de geoefende stemmen van de Vlaams-nationale zangvereniging. Die zat in een bovenhoek en stelde de naoorlogse repressie van de Belgische staat jegens de helft van hun leden aan de kaak door het collectief brullen van 'Amnestie nu! Amnestie nu!'

Dat goot geen olie op de branding, eerder op het vuur. Een heidens kabaal brak los. De Toren van Babel bleek zich te kunnen bevinden in een zaal die nog geen dertig meter hoog was en waar normaliter niets dan wijsheid werd doorgegeven. De eerste toehoorders begonnen moe, ontmoedigd of verbolgen het auditorium te verlaten.

'Snel,' zei Hannah, 'het is aan ons, nu. Iemand moet ingrijpen. Straks hangt iedereen hier in de gordijnen en is het kalf verdronken nog voor het is geboren.' Ze maakte rechtsomkeert en elleboogde zich door de nieuwsgierigen die het deurgat vulden naar buiten.

Katrien kon niet anders dan haar bevrijdster volgen.

'BESTE VROUWEN EN MANNEN VAN BELGIË!' riep Hannah door de microfoon op het spreekgestoelte. Haar stem bezat het doordringende timbre van wie zonder twijfels door het leven gaat. En het jargon van de Leuvense zitkuil had ze niet helemaal achter zich gelaten: 'Mag ík hier eens iets in de groep smijten, alstublieft?'

Haar vraag, ofschoon met aandrang gesteld, bleek onvoldoende om het kolkende auditorium tot rust te brengen. Hannah koos dus maar voor een andere aanpak. Ze rechtte haar rug en liet een lange stilte vallen, dramatisch de zaal inkijkend met haar kop in de nek, alle rijen langsgaand in de hoop stilte af te dwingen met haar zigeunerogen, haar gebleekte kneveltje, haar littekens, haar pekzwarte haren helmpje – haar algehele uitstraling van geheimzinnige excentriekeling.

Tevergeefs. De zaal bleef razen, haar straal negérend. Dat was Hannah nog niet vaak overkomen. 'Komaan zeg, beste vriendinnen, waarde makkers,' smeekte ze dus maar, gespeeld hees, fluisterend, met haar lippen nagenoeg óp de microfoon. 'Lieve mensen' fezelend tegen een meute waarvan zij het overgrote deel minachtte en het andere deel haatte – zij, verstokte eenlinge, solitaire desperada.

Niemand luisterde. De zaal bleef kolken, losgeslagen. Een wild paard dat geen toom erkent, laat staan een berijder. De grove middelen dan maar, dacht Hannah. Opnieuw zette ze haar klep open, haar uitroep lancerend als was het een oneliner: 'Beste iedereen die denkt: Wat staat er nu weer voor een zothuis achter die microfoon?'

Heel even leek de verbale chaos af te nemen. Een paar toehoorders lachten instemmend, er klonk wat gedruppel van cynisch applaus, dat echter snel weer oploste in de stampei... Het auditorium kolkte alweer voort. Men had geen boodschap aan een schreeuwend manwijf dat eruitzag als een Joegoslaaf die in zijn jeugd was mishandeld en pas onlangs was ontsnapt uit een Bosnisch concentratiekamp. Hannah gaf hun nog één kans: 'Mensen!' riep ze. 'Ik vraag vijf minuten van uw tijd! Als ik u dan niet wijzer heb gemaakt, moogt ge míj afmaken in de plaats van mekaar! Wat denkt ge daarvan?' Het hielp geen barst.

Bon, dacht Hannah, zuchtend. Dan maar de echt grove middelen. Die lui van tegenwoordig zijn alleen nog stil te krijgen met spektakel. Ze haalde haar mes te voorschijn, knipte het traag open en plaatste het lemmer op haar haarlijn, vlak boven de linkerslaap. Dit deed het altijd, hoe bizar ze het ook zelf bleef vinden. Dat een beetje lichaamsvocht iets kon bewerkstelligen waar rede en smeekbeden niet toe in staat waren? Onverklaarbaar.

Ze zou alleen dit keer op z'n minst zó proberen te snijden dat het niet te veel in haar ogen liep.

Katrien zat in haar eentje naast het podium, in het raamloze kantoortje waar professoren nog snel even hun notities konden doornemen of zich opfrissen vóór ze begonnen te doceren. Door de halfopen staande deur had ze Hannah op het spreekgestoelte zien plaatsnemen, de uit het beeld blijvende meute toesprekend zonder resultaat. Het gehuil en het geraas waren blijven voortduren. Er werd met Hannah gewoon geen rekening gehouden en dat viel Katriens reddende engel zichtbaar zwaar.

Katrien was maar wat blij geweest dat ze hier in dit kantoortje kon zitten, veilig en alleen. Ze was het, zelfs na die luttele paar weken gevangenis, niet meer gewoon zoveel mensen te moeten gewaarworden in haar directe nabijheid. En hoewel de honderden ruziënde monden nu onzichtbaar waren, toch bleven ze Katrien bang maken. Ze deden haar terugdenken aan de spitsroeden die De Decker haar had gedwongen te lopen in het Paleis van de Rechtvaardigheid, in de hal en over de brede trappen. Ze was weerloos geweest, toen, kansloos verloren tegen al die koppen, al die lijven. Zoals ze hier ook zou zijn, mochten de aanwezigen te weten komen wie ze was.

Hannah had haar nooit mee mogen tronen. Het was al een klein mirakel dat ze nog niet ontmaskerd wás. Zonnebril en hoofddoek – kon het opzichtiger en doorzichtiger tegelijk? Straks werd ze ter plekke weer opgepakt. Gebeurde hier eindelijk eens wat sensationeels. Het liep andermaal vol journalisten en fotografen, die zich stierlijk verveelden. Er moest er maar één zijn zoomlens uitproberen op haar, en hop! Het spel zat op de wagen. De voortvluchtige mascotte van de roddelpers was herkend. Ze zouden haar opjagen, opnieuw samendrommend rond haar, in de zaal zelf, of op de gang. Of samenklonteren hier voor dat deurtje, als vluchtelingen voor een veldkeuken. Vleeseters waren het, wolven. En de andere aanwezigen waren geen haar beter. Hoe die Hannah het aandurfde hen te trotseren? In het licht van schijnwerpers en zonder een krimp te geven? Katrien vond het bewonderenswaardig.

Maar toen Hannah na vier pogingen haar strijd om aandacht niet had willen staken, was Katrien haar bevrijdster allengs ook pathetisch gaan vinden. Hou er nu eens eindelijk mee op mens, had Katrien zich plaatsvervangend geschaamd. Je hoort toch dat niemand ook maar één moer om je geeft? Waarom aandringen? Ze had Hannah evenwel steeds verbetener zien worden, en profile, vloeken verbijtend, al haar trucs uitproberend, voortdurend bliksemende oogopslagen de zaal in sturend, nu hoog, dan laag. Maar tussendoor had Hannah ook een korte zijdelingse blik gegooid naar waar ze wist dat Katrien zich bevond, in het donker achter de deur, als had ze haar ontsnapt idool om steun gevraagd, of om excuses.

Katrien had zich erop betrapt dat dit gebaar haar vertederde. Wat was die Hannah toch een wonderlijk wezen... Hoe extreem ze ook tekeerging, er schuilde weinig slechts in haar, dat had Katrien duidelijk kunnen voelen. Laten we toch weggaan lieve Hannah, had ze gedacht. Bespaar jezelf en mij deze afgang. Je hoeft je niet te bewijzen, ik ben je dankbaar genoeg. Wat hebben we hier verloren? Dit hele gebeuren leidt tot niets, die beweging wordt een flop. Dat voelt een kind toch aan z'n water?

Op dat moment zag ze hoe Hannah een mes te voorschijn haalde, het traag openknipte en er bijna sierlijk haar voorhoofd mee opensneed. Katrien was niet de enige wier adem stokte. Het hele auditorium viel stil.

'Zo,' zei Hannah even later tot de muisstille zaal, met haar tongpunt een druppel bloed oplikkend die langs haar scheve mondhoek rolde.

'Ik ben blij dat ik eindelijk uw aandacht heb.'

'VANEIGENS ZIJN ER EEN PAAR ZAKEN die u en mij verdelen,' zei de bloedende Hannah Madrigal tot het muisstille auditorium. Ze had haar mes ter zijde gelegd en haar armen gespreid, handpalmen naar boven. Ze draaide haar lichaam lichtjes van links naar rechts en terug, de bovenste rijen aankijkend, als om aan de hele zaal goed te tonen wat ze zichzelf had aangedaan. Een predikant zonder kazuifel.

'Maar is dát waar het hier vanmiddag om gaat? Ligt daar de pony gebonden? Dan kunnen we er evengoed mee ophouden, mensen, als we alleen maar willen kijken naar wat ons verdeelt.'

Er trok, voor het eerst na de consternatie, een goedkeurend gemompel door het auditorium. Het was niet meer dan een rimpeling over een aquarium, maar toch: een signaal van algemene instemming, voor het eerst die middag.

Hannah genoot. Ze had niet te diep hoeven te snijden. Er bengelde wat bloed aan haar kin. Het drupte op haar jack. Een druppel spatte uiteen op de tip van haar motorlaars. 'Elk van u, gij én ik,' ging ze voort, 'burgers gelijk wij, wij hebben maar één kracht. Die kracht ligt in wat ons verbindt.'

Dat moet zij nodig zeggen, dacht Katrien in haar kantoortje, hoofdschuddend van geamuseerd ongeloof. Alsof Hannah niet juist alles opzoekt wat haar onderscheidt van de rest. Ze had, na de aanvankelijke schok, meteen gevoeld dat Hannah maar een spel speelde. Het effect was groter dan de pijn. Desalniettemin, zo hoorde ze, oogstte Hannah haar eerste applausje. Klein, lauw maar ontegensprekelijk: een applausje zonder boegeroep of gefluit. Te merken aan het flitslicht dat op de half naar buiten opengedraaide deur viel, trok iemand op de eerste rij zelfs al een foto van dit merkwaardige mens, dat zich had gemutileerd om de Witte Beweging weer op het spoor van de verzoening en de wijsheid te rangeren.

Wat Katrien echter niet kon zien was dat een paar professionele fotografen al veel langer beelden hadden geschoten, van bij de eerste druppel die over het gezicht van Hannah was gerold. Zij hadden geen flits gebruikt, de schijnwerpers leverden prima contrastrijk licht. Maar ze kwamen nu naar voren geslopen, de ene na de andere, steeds dichter bij het spreekgestoelte, op hun tenen om de spanning niet te verbreken, de magie van het moment die voorbij kon zijn vóór ze was vastgelegd voor eeuwig. 'Wie is die halvegare?' vroeg een reporter aan zijn collega. Die haalde zijn schouders op, bladerend in zijn papieren.

Televisiecamera's liepen, homerecorders zoemden, bandrecorders ook.

En Hannah? Die zong onverdroten de lof van de massa. De kracht van de eenheid. De onverzettelijkheid van een verenigd volk waar niemand werd buitengesloten omdat zulks een verzwakking zou betekenen van de solidaire rangen. Wat ze zei klonk van langsom meer opzwepend. De twisten van daarnet werden vergeten en het applaus werd van lieverlee voller en guller. Het auditorium had, eindelijk, zijn leider gevonden.

Nog even en Hannah Hauser was Hannah D'Arc geworden.

KATRIEN ZAT IN HET KANTOORTJE ademloos te luisteren en te kijken naar een dubbele metamorfose. Om te beginnen de gedaanteverwisseling van Hannah die – bloedend maar daardoor des te geloofwaardiger, van paria naar zelfbewuste martelares – de teugels in handen had genomen en ze zich niet meer liet ontglippen. Wie had dat nu gedacht? Madrigal was een geboren volksmenner.

Maar ten tweede was er ook de transformatie van de zaal, die zich opeens maar wat al te graag liet mennen, zich nu zelfs naar de teugels neigde, blij niet meer te moeten aarzelen of te tobben, te kunnen galopperen in rechte lijn... Een wild paard was niet eens de goede vergelijking. Een zware moto klopte beter: Hannah bereed deze zaal als was die een Moto Guzzi. Ze was één met haar machine en ze gaf plankgas.

En toch klopte er iets niet. Dit was niet de echte Hannah, voorvoelde Katrien. Dit was maar een deel van haar, een fractie in de tijd. Dit was haar voorspoed voor de val. Zo dadelijk zou ze pijnlijk van de baan glijden en crashen, zoals haar altijd overkwam. Het waren geen risico's die zij nam. Het waren bochten in haar geijkte parcours van zelfdestructie. Naarmate de bochten scherper werden, zou haar stuurkunst roekelozer worden. En er scheelde überhaupt wat met haar remmen.

Opeens wist ze aan wie Hannah haar deed denken. Haar broer Bruno. Zich in het gezicht snijden zou ook iets geweest zijn voor hem.

Bruno, bars en dwars als kind al. Als puber onuitstaanbaar en lachwekkend van schutterigheid, prima pispaal. Als goed vierentwintigjarige uit het plaatje gestapt na een ruzie met pa. Uit het oog verloren, nooit meer tegen het lange lijf gelopen, nimmer beklaagd. Met zijn eetstoornissen en zijn vlagen van (eerst) godsdienstwaanzin, (daarna) politiek engagement en (ten slotte) onbeschoft cynisme.

Hij en Katrien hadden een jeugd gedeeld, een villa, twee ouders, een half dozijn gezinsleden en een paar huisdieren. Daar bleef niets van over. Ze had hem in jaren niet gezien, ze miste hem voor geen meter en ze was er zeker van dat dat gevoel wederzijds was. Ze kon zich er niet toe brengen dat op welke manier dan ook te betreuren. Zelfde bloed, ander volk? Makkelijk zat. 'We hangen aaneen,' zei tante Marja nochtans altijd. 'We móeten,' zei tante Milou. 'Het is wij tegen de rest,' zei tante Madeleine. Wat zouden drie ouwe vrijsters anders zeggen? had Katrien elke keer gedacht. Het was Bruno geweest die (reeds in zijn cynische periode verkerend) deze gedachte op een goede keer ook luidop formuleerde. Dat leverde het laatste moment op dat hem verbond met Katrien: hun blik van verstandhouding terwijl tante Madeleine Bruno kwaad de mantel uitveegde, tante Marja verdrietig naar een zakdoek en tante Milou lijkbleek naar een pilletje voor haar hart zocht. Waarop Bruno doodgemoedereerd concludeerde: 'De waarheid kwetst, geloof ik?' En de kamer verliet voor ze alle drie begonnen te kijven.

Van al de zaken waar Katrien in haar cel naar had teruggverlangd, kwamen prullaria als chocoladen diertjes op nummer één. Net zo stond van alle gebeurtenissen, alle emoties die ze samen met Bruno had beleefd, één onbeduidend feit vooraan in haar geheugen gebrand. Zij en Bruno staan op een plein in het centrum van de stad.

Ze zijn hierheen gefietst om wilde kastanjes te verzamelen. Oneetbare, keiharde kastanjes, mahoniebruin en glimmend. (Hun oogst zou thuis volslagen nutteloos een herfst en een winter lang schimmel liggen te vergaren, zoals ieder jaar. Eerst afzonderlijk, in hun respectieve slaapkamer, later op één hoop, op zolder of in het souterrain. Pas in de lente zouden de kastanjes door de werkster of een van de tantes worden herontdekt en naar de tuin gebracht, waar in een hoek een verroest olievat stond. Daarin werd het oude papier verbrand, meestal door Steven en ome Leo. Nu deden ook de wilde kastanjes rook opstijgen. Eindelijk waren ze van enig nut: samen met de zwaluwen heraut spelen van de lente.)

(In de herfst werd naast het vat een vreugdevuur van aardappelloof aangestoken. De rook was bedwelmend scherp. De wierook van het platteland. In de gloeiende sintels werden aardappeltjes gegooid die zij – Gudrun en Katrien, Steven en de tantes, nonkel Leo en soms zelfs de wankelende Elvire – hadden bijeengeraapt op de omgewoelde, bolle akkers rond de villatuin. Geblakerd waren de aardappeltjes weer uit de sintels geharkt, met roetzwarte handen voorzichtig opengepeuterd en met veel geblaas opgegeten, met stukjes roet en al erbij, ietwat sleeuw maar lekker kruidig door de vlammen en het loof. De zwijgende aardappeleters van familie Deschryver. Twee ontbraken er steevast op het appel. Pa en Bruno. Toen al meer gelijkend dan hun lief was.)

Een man met een leren hoed op en een dorsvlegel in de handen verschijnt op het plein. De man ranselt het gebladerte, het regent bolsters met doornen. Een paar dozijn kinderen, elk van hen met een plastic tas in de handen, volgt juichend in zijn spoor, de bolsters indien nodig kapot trappend. Ze heffen hun knieën telkens hoog en stampen hun voeten hard neer, een regendans. Opeens staan Bruno en Katrien tegenover elkaar – blote knieën onder een korte ribfluwelen uniformbroek van de scouts, tegenover blote knieën onder een korte plissé rok. Tussen hen in, op de grond, de grootste bolster die ze ooit hebben gezien. 'Van mij,' waarschuwt Bruno. Hij heft zijn voet en trapt de vuilgroene bolster open met zijn hak van zijn bottine. In wit vruchtvlees ligt een klamme reuzenkastanje te glimmen. Bruno wil zich bukken maar hij krijgt een duw. Het is de man met de leren hoed. 'Voor u,' zegt hij tegen Katrien, met een hoofdknik naar de kastanje. De man staat met gespreide benen, zijn armen rustend op de dorsvlegel, te kijken naar Bruno terwijl Katrien zich bukt naar de kastanje, met haar rug naar de man toe.

Bruno ziet het gebeuren en denkt maar vijf seconden na. Zonder een stap te verzetten keert hij, ter hoogte van zijn borst, zijn plastic tas binnenstebuiten. Het regent kastanjes zonder bolster op zijn bottines. Hij draait zich om en gaat naar huis. Te voet.

Als ooit, na een hersenbloeding of dementie, Katrien slechts één beeld zou overblijven van haar met Bruno gedeelde leven, zou het dit zijn. Een volstrekt zinloos detail uit meer dan twintig jaar.

Het was, wist ze, nog altijd meer dan Bruno zich van haar zou willen herinneren. Mes erin, stop eruit, et cetera.

Gejoel deed Katrien opschrikken in haar kantoortje. Wat ze gevreesd had en voorvoeld, vond plaats.

Hannah Madrigal was bezig om uit de bocht te vliegen.

HANNAH MADRIGAL had de toehoorders uit haar hand kunnen doen eten tot ze bij de clou van haar sermoen was aanbeland.

De aanzet had nog gesmeerd gelopen. 'Het is onnozel,' had Hannah geroepen, perfect getimed inhakend op net wegstervend applaus, 'om ons te beperken tot die paar verdwijningen en die enkele moorden. Die vlieger gaat niet op, de verrotting zit veel dieper!' Een opnieuw daverend applaus was haar ten deel gevallen. 'We moeten tot op het bot durven gaan!' Daverend applaus. 'Het probleem met wortel en al uittrekken!' Daverend applaus. 'En dat probleem heeft maar één naam.' Applaus. 'En het wordt hoog tijd dat er eens een naam wordt genoemd.' Daverend, aanmoedigend, nieuwsgierig applaus. 'En die naam is: man!'

Als uit gewoonte was er opnieuw een applaus opgestoken. Maar het had heel wat minder krachtig geklonken. Vele toehoorders fronsten de wenkbrauwen. Sommigen vergewisten zich er bij hun buren van of ze Hannah wel correct begrepen hadden.

'Kijkt naar de feiten,' was die inmiddels onverstoorbaar voortgegaan, 'en ge ziet al de helft van de oplossing.' Het bloed op haar gezicht was al wat geronnen. 'Het zijn venten die tekortschietende wetten maken, venten die de verkrachtingen begaan, venten die de moorden plegen en venten die de schandalen in de doofpot willen steken.' Ze had een pauze laten vallen maar er was nauwelijks nog applaus gekomen.

De reporters, routiniers van menig vergaderslagveld, knikten elkaar toe: jawel hoor, maak nu je borst maar nat. De magie van het moment ís gebroken. Fotografen keerden zich alvast om, klaar om het publiek te kieken. Zo dadelijk zouden daar de meest expressieve koppen te schieten vallen.

'We moeten die ketting van ons af smijten,' had Hannah gekraaid. Eindelijk kon ze beginnen aan de speech die ze al zo lang had voorbereid. Al het voorgaande was maar kattengespin geweest om de aandacht te vangen en de zaal op te warmen voor haar ware boodschap. 'Wij van het AVBF, het Algemeen Vrouwenbevrijdingsfront, staan klaar om die strijd te voeren! Als symbool en eerste actiepunt van onze kamp nemen wij dan ook de verdediging op van een unieke vrouw. Zij is opgestaan tegen de onderdrukking, door alvast af te rekenen met haar eigen vent... Katrien Deschryver!'

Ze had het uitgeschreeuwd in een doodse stilte. Als enige antwoord was door één aanwezige boe geroepen.

'Katrien Deschryver heeft ons landje de rechte weg getoond. Op haar methodes valt misschien een en ander aan te merken maar haar motivatie was te goeder trouw.' De boeroeper had gezelschap gekregen. 'Katrien Deschryver is twee keer een slachtoffer! Een keer van de mannen in haar leven en een keer van de mannen in de rechtspraak.' Het boegeroep zwol aan. 'Katrien Deschryver hoort niet thuis in een gevang. Wij zijn blij dat ze ontsnapt is en wij eisen een onpartijdig onderzoek. Haar vervolging is een gerechtelijke dwaling. Wij tekenen officieel protest aan!'

De zaal was alles kwijt, zijn leider, zijn berijder, zijn Jeanne D'Arc. Het gejoel en gefluit was honderdkoppig, het pandemonium opnieuw ontketend, nog heftiger dan tevoren aangezien de Witte Beweging zich nu voor een tweede keer belazerd voelde. Hannah kwam niet meer boven het kabaal uit. Ze deed nochtans haar best, haar mond scheef, haar handen in de zij, haar kop wiegend.

Maar de organisatie had het snoer van haar microfoon er uitgetrokken.

In haar kantoortje zat Katrien inmiddels te trillen op haar stoel. Dat mens is knetter, dacht ze. Compleet krankjorum. Ze zag opeens de onbestaande prentkaart vóór zich waarvoor Hannah stellig een ongeluk had willen begaan. Een prent in bijbelse kleuren, voorstellende de wraakgodin Niertak Dryvreesch, bij valavond in een mythisch bos, met het rokende jachtgeweer nog in haar handen en haar zieltogende echtgenoot aan haar voeten op het mos. Liefst in veelvoud, zodat Hannah ze op haar wand naast iedere zwartwitfoto kon spelden van Ulrike Meinhof, met haar Kalashnikov en de door haar terechtgestelde bedrijfsleiders en bankdirecteurs... Mijn moeder zit in een gesticht, dacht Katrien, maar dit hier laten ze vrij rondlopen. Ik moet hier zo snel mogelijk weg. Hier heb ik niets meer mee te maken.

Nog niet goed bekomen van de emotie hoorde Katrien hoe een nieuwe gebeurtenis in de aula de beroering deed omslaan in geroezemoes. 'Hannah Gramadil?' vroeg een geluidsversterkte stem. Zelfs het geroezemoes viel nu stil. Daardoor werd het klikken en zoemen van dozijnen fotoapparaten hoorbaar tot in Katriens kantoortje, alsook het harde stappen van meerdere schoenen en misschien zelfs laarzen op de trappen, als stormde een goed georganiseerde troep mensen het auditorium binnen met de vaste bedoeling ze te bezetten.

'Hebt ge het tegen mij?' Hannah kon zich dankzij de stilte weer verstaanbaar maken. 'Heb ik iets aan van u, of zo?'

'Is uw naam Hannah Gramadil, juffrouw?'

Al klonk de stem zo te horen door een megafoon, Katrien herkende ze meteen.

Het was onderzoeksrechter De Decker.

HET WAS NIET omdat de Witte Beweging zich belazerd voelde en ze Hannah Gramadil voor gestoord hield, dat alle aanwezigen daarom ook vanzelf de kant kozen van onderzoeksrechter De Decker en zijn mannen. Integendeel.

Oud-strijders én Vlaams-nationale zangers, jonge ouders én actievoerders ter bestrijding van xenofobie en gemanipuleerde soja, ze waren het allemaal roerend eens. Ordediensten waren dezer dagen sowieso niet bijster geliefd. En zoals die De Decker hier was komen binnenstormen? Met zijn cohorte van rijkswachters in uniform en van stillen in regenjas en met een zendertje in hun oor? Dat was een schande. Het leek hier wel een politiestaat.

Er was een tijd geweest, niet eens zo lang geleden, dat onderzoeksrechter De Decker zich had mogen verheugen in het vertrouwen van de Beweging. Door sommigen was hij zelfs betiteld met 'Witte Ridder' vanwege zijn niet aflatende strijd tegen overheidsmalversaties en het systematisch toedekken ervan. Door zijn oversten tegengewerkt en door politici geboycot, was zijn aura van moderne Don Quichot steeds feller gaan schitteren in de ogen van de man in de straat.

Doch de manier waarop hij uitgerekend Katrien Deschryver had laten ontsnappen op klaarlichte dag en uit het grootste gerechtshof van het land? Dat had zijn reputatie een lelijke knauw gegeven. 'De beste stropers maken de beste boswachters,' zo wilde het spreekwoord. Blijkbaar werkte het andersom ook: de beste boswachters kenden de knepen van het stropen op hun duimpje. En boswachter De Decker was na al die jaren overstag gegaan, dat was zonneklaar. Had je gezien hoe hij was gaan lopen, het Paleis van de Rechtvaardigheid in, toen hem een paar lastige vragen waren gesteld? Hoe hij uit eerlijke schaamte zijn smoelwerk achter zijn arm verborg toen hij, ironisch genoeg, in het nauw werd gedreven vlak bij de lift waar dat kreng in het niets was opgelost? En buiten, op de trappen, was hij tevoren al slaags geraakt met een paar journalisten van wie er twee in de ziekteverzekering waren terechtgekomen. Dat zei toch genoeg?

Zo'n kerel moest bijgevolg niet denken zijn blazoen op te kunnen poetsen door hier zomaar binnen te vallen en een show op te voeren, omdat er toevallig een malloot mens de verdediging op zich had genomen van Katrien Deschryver. Dat was, hoe achterlijk ook, dat mens haar goeie recht. Zo'n actiegroep als die van haar – zo hij al echt bestond – was natuurlijk van God los, nog minder dan een karikatuur. Maar als dát het criterium moest vormen, mocht je morgen de helft van de actiegroepen oppakken en naar een goelag deporteren. Tot nader order was het hier een vrij land, en vrijheid gold voor simpelen van geest evengoed als voor iedereen.

Nee, als de toehoorders een keuze hadden moeten maken tussen deze twee gevallen engelen dan lag hun sympathie bij het arme schaap, dat haar gezicht had opengekerfd om vijf minuten van jubel en roem te oogsten; niet bij een dubieuze onderzoeksrechter die na jaren van kapsones en stemmingmakerij even corrupt bleek te zijn als al de rest.

Zo lagen de kaarten, toen Willy De Decker en Hannah Gramadil – ten overstaan van een alweer kolkend auditorium en een persgild dat andermaal een hoogdag van nieuwsgaring mocht beleven – oog in oog kwamen te staan, op het podium waar kort daarvoor was opgeroepen tot de verdediging van 's lands bekendste voortvluchtige. Beiden waren eenlingen, beiden vochten tegen de overmacht van een zelf in kaart gebracht Systeem, beiden vestigden hun hoop op Katrien Deschryver om dat Systeem te helpen verslaan.

Maar het ging duidelijk niet om hetzelfde Systeem. 'Als ge mij nog één keer juffrouw durft noemen,' zei Hannah, die had postgevat in het deurgat van het kantoortje, alweer met wiegende kop annex handen in de zij, 'doe ik u een proces aan, desnoods tot in Straatsburg.'

'waar is katrien,' vroeg Willy De Decker. Hij kon zich amper verstaanbaar maken in het kabaal. Journalisten en nieuwsgierigen probeerden zich door het kordon te wurmen dat De Deckers manschappen, zij aan zij, hadden aangelegd om iedereen van het podium af te houden. De dwang die ze daarmee dienden te hanteren viel in slechte aarde. De aanwezigen voelden zich geschoffeerd en geprovoceerd. Blijkbaar kaderde dit politieoptreden in een strategie van de overheid om de Beweging te intimideren of op z'n minst in een kwaad daglicht te stellen. Zoiets zouden ze niet over hun kant laten gaan. De druk op de ketel nam zienderogen toe.

'Katrien wie?' daagde Hannah uit. Ze genoot, zich bewust van de hernieuwde steun van haar publiek. 'Katrien Hepburn? Katrien Van Overschelde? Katrien Loopt-weg-en-laat-u-niet-meer-zien?'

'Je weet wie ik bedoel,' antwoordde De Decker. Hij probeerde zoveel mogelijk dreiging in zijn stem en gelaatsuitdrukking te leggen. Meer kon hij zich niet permitteren.

Hij bevond zich, als hoogste vertegenwoordiger van het gezag, tussen drie, vier vuren. De zaal en de pers had hij vanzelfsprekend al tegen zich in het harnas gejaagd; maar hij had het gevoel dat ook de helft van zijn manschappen met één oor vijandig stond te luistervinken.

Niet de rijkswachters – die zinden enkel op wraak, tot alles bereid om de vrouw in te kunnen rekenen die hun twee collega's had beschaamd. Maar de stillen, hem door zijn directe overste toegewezen, vertrouwde De Decker voor geen haar – zij waren waarschijnlijk alleen bereid om het opsporen van de beroemde vluchtelinge te saboteren. Families als de Deschryvers hadden overal hun mannetjes zitten. Hetzelfde gold nog meer voor politieke bonzen als Herman Deschryver, wiens partij decennialang haar mongolen had mogen parachuteren in alle overheidsdiensten, gerechtelijke politie voorop. Het zou niet de eerste keer zijn dat De Decker voor zijn ogen een onderzoek getorpedeerd zag worden door een zogenaamd blunderende collega, die nadien de hand boven het hoofd werd gehouden door desnoods de minister zelve.

Was het dan toeval te noemen, dat de stillen veel bruter dan de rijkswachters het opdringende publiek van het podium leken te weren? De Decker wist wel beter. Zij wakkerden tersluiks het oproer aan in plaats van het te voorkomen. Hij zou op eieren moeten lopen om een uitbarsting te vermijden. Temeer omdat dit kortharige serpent met haar bebloede kop weigerde zich te laten wegleiden, al was het maar naar dat kantoortje. Hij durfde haar niet eens aan te raken, nog niet bij de elleboog, overtuigd als hij was dat het mens zich meteen met de nodige stennis zou laten neerploffen, in de hoop het auditorium voorgoed te doen exploderen.

En God wist wat er dan allemaal nog kon gebeuren. Hij had zich al belachelijk genoeg gemaakt in de pers. En hij zag die tante in staat om in het gewoel nog te ontsnappen, ook. De stillen zouden het haar alleszins niet beletten.

'Och, díe Katrien bedoel je,' sneerde Hannah. De fijne snee op haar haarlijn was al een zachte korst van gestold bloed geworden, een wijnrood diadeem. 'Die heet geen Katrien meer. Die heet Niertak. Niertak Dryvreesch, om volledig te zijn.' Ze straalde onder en ondanks haar vlekkerig mombakkes van opgedroogd bloed. Maar de snel wisselende emotie speelde haar keel toch parten. Ze had verschrikkelijk nood aan een pufje. Haar hand gleed naar een zak in haar jack terwijl onderzoeksrechter

De Decker zich nog altijd stond af te vragen wat hij aan moest met haar mededeling, deze nieuwe naamgeving voor Katrien. Wat bedoelde die tante daarmee? Niertak Dryvreesch... Was het een hint? De een of andere code?

Een van de stillen, tevens expert in massabewaking bij staatsiebezoeken, had in het kordon staand niet enkel het auditorium in de gaten gehouden maar ook, schuin achter hem, de verdachte tot wie zijn chef het woord voerde. Uit een oogkoek zag hij nu een schoolvoorbeeld van mogelijk gevaar. De hand van de verdachte gleed naar een zak in haar jack. Ze had daarnet al een mes tegen zichzelf gebruikt, de kans was groot dat ze nog meer wapens op zich droeg. Een tweede mes, pepperspray, een klein pistool. De man aarzelde niet. Zijn opleiding had hem alle twijfels en vrees ontnomen. Hij liet het kordon in de steek en dook uit alle macht op Hannah. Ze rolden samen over de grond.

Hannah zette het meteen op een krijsen dat horen en zien verging, in hun worsteling de stille alvast een rechtse hoek verkopend. Een tweede stille verliet nu het kordon en dook op zijn beurt op het koppel, om Hannah het krijsen te beletten en zijn collega te helpen, die reeds een tweede klap had mogen incasseren. Hij kreeg zelf meteen een knie in de maagstreek geplant.

De rijkswachters grijnsden, niet van plan leden van een andere politiemacht bij te staan. Camera's flitsten, camera's zoemden.

De Decker zag grauw. Het auditorium ontplofte zoals hij had gevreesd: een woedende menigte doorbrak, dankzij de twee gevallen gaten, het kordon. Met maar één doel. Een onschuldige sympathisante ontzetten.

In het kantoortje zat Katrien inmiddels onder een bureau weggekropen te sidderen op haar hurken. Onzichtbaar in de slagschaduw had ze een prima uitzicht op het podium. In de worsteling was de deur helemaal opengegooid geraakt.

Ze wou dat ze nooit uit die verdomde lift was gestapt aan de hand van iemand die ze van haar noch pluimen kende. Ze wou dat ze, om te beginnen, nooit met Dirk was gaan jagen in Zuid-Frankrijk. Of nee: ze wou dat ze hem nooit tegen het lange lijf was gelopen en met hem had moeten trouwen. Ze wou dat ze niet was wie ze was – een Deschryver, een beroemdheid, een weduwe zonder spijt, een vrouw, een dochter, een nicht, een moeder zonder roeping, een bang en machteloos stuk onbenul. Ze was niets en iedereen verlangde van haar alles.

Ze hoorde de mensen in het auditorium tekeergaan, er werd nu alom gevochten en geroepen en gescandeerd, heel in de verte klonken zelfs al sirenes. Dit hele misbaar, ontstaan om haar, was ondraaglijk. Had ze de verzekering kunnen krijgen dat haar verschijning de ophef niet nóg zou hebben vergroot, ze was opgestaan en had zich stante pede bij De Decker aangegeven.

Nu bleef ze zitten, vol ongeloof starend naar de commotie, in de onmogelijkheid verkerend wat dan ook te ondernemen. Ze vervloekte zichzelf. En meteen gebeurde het dan toch.

Niet in de kamer van Hannah, met de wand vol foto's.

Maar in dit stoffige kantoortje. Het maakte slagzij.

Oh nee, dacht Katrien, niet nu. Niet dit. Alsjeblieft. Maar ze kon niet verhinderen dat het kantoortje steeds meer achterover ging hellen.

Het deurtje van het auditorium steeg almaar hoger, het bureau waaronder ze schuilde zakte daarentegen steeds dieper, tegen de muur kantelend, meer en meer op zijn rug steunend dan op zijn poten. Een kapstok viel om en rolde naar het bureau toe, een prullenmand schraapte naar beneden.

De beelden van het vechtende auditorium die uit het deurtje naar binnen vielen, vervormden en vervaagden. Het kabaal kreeg eerst een akelige galm en stierf, vervormd, weg.

Katrien, die ook meer en meer achteruit moest leunen tegen de muur achter haar, verwachtte dat elk moment de verschrikking van het rode zusterlicht zich over haar uit zou storten. De terreur van vlammen, van gekrijs achter het behang, het stampen van onzichtbare turbines, de geur van bloed en rozen. Maar ontsnappen was onmogelijk. Ze zat opgesloten in de uitsparing onder dit ijzeren, groengrijze meubel. Verstijfd en weerloos als een plaasteren beeld in een nis. De visser of de Gille – ze waren weer in aantocht.

Doch in de plaats daarvan begon uit het nog altijd stijgende deurtje wit licht te stralen. Er klonk een koor op van kinderstemmen die zongen in een onbestaande taal. Steeds luider zongen ze.

En toen het kantoortje de volle negentig graden over z'n zij was gerold, zodat het bureau volledig op zijn rug lag en Katrien ook, bleek hoog boven haar de deur een luik te zijn geworden in de zoldering. Uit dat luik viel een strakke bundel van het meest sublieme witte licht dat Katrien ooit had mogen zien.

En daaruit kwam zij neergedaald. Voor het eerst sinds lang.

3
___

DAGBOEK VAN EEN VOORTVLUCHTIGE (II)

...en daaruit komt zij neergedaald. Voor het eerst sinds lang. De dwergvrouw, broertje. Weet je nog? De lilliputter met haar bochel, gezeten op haar blinde herdershond, ~~een Mechelse scheper~~, die is gezadeld als een paard, met stijgbeugels en oogkleppen en al. Speciaal voor haar. Miss Lilliput. De stemmen zingen wonderbaar.

Glimlachend daalt zij af, zwevend als aan onzichtbare draden, tot vlak boven mij. Ze kijkt mij met haar bolle ogen aan, haar zware hoofdje schuin gehouden, nu links, dan rechts. Ik kan geen spier bewegen. Haar voorhoofd is hoog en rond en veel te groot, haar achterhoofd zelfs monsterlijk gezwollen. Maar haar oortjes zijn zo delicaat als die van een Griekse buste. Hoe komt iemand zoals zij, mismaakt, gebocheld, aan zulke korte gouden krullen? En aan die ogen zonder zorg of haat?

Ze draagt korte laarsjes en een Engels ruiterpak – zwarte pofbroek, jasje van rood fluweel, maar zonder hoed. Haar hond, met blinddoek, geeuwt. Zij fronst haar hoge voorhoofd, haalt haar teugels strakker aan en klakt eens met haar kleine tong. Haar mondje heeft smalle lippen, spitse tandjes. Haar kin is veel te klein voor zo'n groot hoofd. De hond gooit zijn kop eerst op en neer en luistert dan weer naar haar leidsels.

Opnieuw kijkt ze mij aan, nog steeds wat uit de hoogte, nog altijd in de witte, vierkante zuil van licht. Haar zware hoofd draait links, weer rechts – een non die op een slagveld nieuwsgierig checkt: is deze nog in leven, ja of nee?

Het gezang zuigt door zijn schoonheid alle zuurstof weg. Straks raak ik mijn bewustzijn kwijt. Bezoekt zij mij dan tevergeefs? Nee. Ze heeft besloten dat ik toch de moeite waard ben. Ze buigt voorover uit haar zadel. Zij spreekt me toe, in raadselen als altijd. Haar stem is hoog maar trager dan de onze: 'Kijken is gevaarlijk. Maar tellen kun je leren. Wat één is, kan er twee verbergen. Wat drie is, zijn er meestal meer. Vergis je niet! Verlies je niet. Verga zonder te sterven...' Ze knikt me lachend toe.

Daarna, met koor en licht en hond, is zij verzwonden.

Zij heeft gelijk. Een Drievreesch ben ik niet. Met jou erbij, zijn het er vier. Maar van die vier is er slechts één, die is door mij. De vader niet, de broer niet, noch de man. Ik heb verzuimd.

Wat ben ik meer? Jouw hoeder of een moeder?

Ik moet naar Jonas toe. Nu ik nog kan.

Vergeef mij. Duid het mij niet euvel. Hou van mij.

(Verpleeg mij. Heel mij. Kom. Besta.)

TWEEDE BOEK

*J'aurais voulu montrer aux enfants ces dorades
Du flot bleu, des poissons d'or, ces poissons chantants.*

[ARTHUR RIMBAUD]

4

KWEEK

1

STILLEVEN, BEWOGEN

OFSCHOON STEVEN IN DE SIXTY SAX met ontbloot bovenlijf pogode op een kubusvormig dansverhoog waarop normaal gezien alleen professionele lichaamsartiesten uit hun dak en schaamschelp gingen; en ofschoon Stephen genoot van het uitzicht op de samengestroomde lekkerste lijven van het Verenigde Europa die net als hij kronkelden en sprongen als designer spasten; en ofschoon hij zweette onder een waaier van veelkleurige zoeklichtbundels en arabesken van laserstraal; en ofschoon hij zwijmelde in een walm van taxfree parfum en onversneden okselmuskus; en ofschoon hij zweefde in een waas van sneltablet gemixt met lijntjes eierdop; en ofschoon hij zwolg in de waan dat hij, als een der oudste mannenmajorettes hier aanwezig, toch nog steeds een der aantrekkelijkste was; en ofschoon hij met slappe pols en redelijke sjanskans zwaaide naar de nieuwe barman die dankzij sportschool en gewichthefferspap een groter koppel tieten torste dan menige countryzangeres; en ofschoon hij uit de bol ging van dit slag muziek die klanken uit de hellesmidse mengde met herrie uit machinekamers van een zinkend stoomschip – ofschoon dit alles en veel meer, kon ome Steven zich niet echt verliezen in z'n pogo. Hij had z'n buik vol van die kleine van Katrien.

(Zijn zuster was nu al weken op vrije voeten en nog steeds geen spoor of teken. Men begon te spreken van haar dood.)

Het was Stephen nog maar zelden overkomen. Dat iets hem zozeer op de lever lag dat hij het niet kreeg weggedanst, -gesnoven of -gerookt. Vroeger gebeurde dat al eens na een aanvaring met zijn baas en pa, de nestor van de familie Deschryver. Nu kwam het door gedoe omtrent een benjamin die niet eens Deschryver heette.

Vóór de komst van het pretbedervertje was hij – Steven, Stephen – de benjamin geweest. De lieveling van tante Marja, de oogappel van ome Leo, de laatste hoop van Herman Oerpapa. Die aura had Jonas bij diens geboorte overgenomen. Niets op tegen. Zo'n aura kwam kinderen toe, niet een toekomstig bank- en beursgenie dat nu nog Steven Deschryver heette maar binnen een paar jaar misschien al Stephen Cohen of Stephen Fischer. Standplaats: The Big Apple. Compagnon: Big John. (Zijn hoop, zijn redding. Mister Hoffman. 'John.')

Er zaten dus best goede kanten aan een wisseling der generaties. Maar bij de diefstal van zijn aura had het moeten blijven. Nu kostte dit kind hem ook... – nee, niet zijn echtgenote. Zijn hartsvriendin. Zijn Sandra, boezembitch en bloedzuster, met de pleegwijn van haar moppen, met de balsem van haar swing. (not bad, die 'balsem van haar swing', grijnsde Stephen; je bént geboren copywriter; altijd al de creatiefste der familie; te inventief om dood te vallen als een Vlaams bankier en verder niets)

Hij danste als in trance voort op zijn verhoogde vierkante meter. Aan de buitenkant onverschillig, vanbinnen: Waar bleef de teef? Op een nacht als deze? Niet te missen voor ieder party-animal? Of zou ze toch nog komen, straks? Was dit haar nieuwste kneep soms, om hem te pesten? Pas verschijnen when she was least expected? Hij miste haar. Zijn hippe, zwoele tegenspeelster die hem door getrouwde venten werd benijd als bedgenote en door seksueel verbouwde venten als model. Zijn platonische concubine, zijn geheime geisha met wie hij averechtse huwelijksgeloften had gesloten die ze al snel hadden uitgebouwd tot een wederzijds bevredigend pact door dik en dun. Partners in de letterlijkste zin.

Heel af en toe hadden ze zelfs geneukt. Bij toeval, voor de lol. Om eens te kijken wat het gaf. Na afloop hun respectieve klaarkomfantasieën vergelijkend en voorziend van schatercommentaar. Twee topacteurs in de sitcom van het mondainste huwelijk uit la Flandre profonde. Met maar één lachband, die van hun getweeën, elk moment van elke dag. Mijnheer en madame Deschryver-Fuentes, aangenaam, enchantés. Geen ogenblik had Sandra met die rol geworsteld. Wie deed het haar na? Zij was the top, the works, een lot van tien miljoen – and Stephen meant real dollars, geen vorte franken van dit ten dode opgeschreven koninkrijk.

En zo iemand raakte hij kwijt aan een hummeltje met ros haar dat hem de laatste tijd steeds meer versloeg op Terminator en Velocity Five. (Geen wonder! Het minderjarig mormel kon oefenen van vroeg tot laat. Geen job, geen seks, geen zorgen. Ome Steven zal de rekeningen wel betalen. En wie hield zijn prille handje vast, zelfs bij het geeuwen? Tante Sandra. Dezelfde die, niet eens zo lang geleden, met pa Deschryver had gebakkeleid omdat de ouwe weer had aangedrongen op gezwinde moederdriften van haar kant.)

Meestal veranderden wijven pas nadat ze een spruit uit eigen schoot hadden geworpen, knarsetandde Stephen, dartel dansend op zijn carré. Sandra was al omgeslagen nadat een vreemde spruit haar in de schoot was geworpen door een schoonzus die ze niet kon luchten. Een spruit die, alstublieft, was uitgebroed door haar andere schoonzus, die ze helemaal niet kon horen of kon zien. Op één punt kon hij hetero's geen ongelijk meer geven. De vrouw was een mysterie.

(Een ander mysterie was dat van Sandra en zijn buddy, ome Leo. Loerend door een kier had Stephen ze in de loft betrapt. Hij was niet tussenbeide gekomen. Hij was, nou ja, ruimdenkend in die zaken. En hij bezat op Sandra noch op Leo een claim. Volwassenen verstrengelden zich zoveel ze wilden. Deed-ie zelf ook. Maar hij presteerde nooit in eigen kot, waar de ander onverwachts binnen kon komen vallen. Zoiets heette tact en goede smaak.) (Wel had het Stephen behoorlijk gestoken dat geen van beiden in de weken daarna ook maar één woord had gelost. Akkoord, er lang en breed mee uitpakken had hij ook niet tof gevonden, maar helemaal niets? Vooral van haar viel het hem tegen. Geen schatercommentaar dit keer, geen uitwisseling van weetjes. Zulks was, wel beschouwd, veel erger dan wat interfamiliair gefrutsel. Pas nu voelde Steven zich de buitenstaander. En hoe meer die twee zwegen, hoe zekerder hij was van hun verraad.) (Anderzijds de twijfel: wás het wel gebeurd? Hij had eerder die avond twee klappen op zijn waffel gekregen, zijn ene oog had dichtgezeten en hij had een lijn te veel gesnoven. De geest kon bokkensprongen maken, dan. Temeer: hij wist niet meer hoe hij die nacht in zijn sponde verzeild geraakt was. Black-outje. Kon gebeuren. Maar het laatste beeld wist hij wel nog: de kop van Leo tussen haar gespreide benen met op de achtergrond de maan en de negen ballen van 't Atomium.) (Aan de twee protagonisten het ware verloop vragen, dat durfde Steven niet. Als hun verhaal niet spoorde met zijn memorie, stond hij knap voor lul. Sandra beledigd. Leo eerst in tranen van het lachen; daarna bloedernstig informerend of Sandra het niet écht met hem zou willen aanleggen; nog net niet vragend of Stephen geen rendez-vous wou arrangeren; ome Leo stond voor niets.) (Ten slotte had Steven het er maar op gehouden dat er geen reet gebeurd was, behalve in zijn kop.) (Maar de twijfel bleef.) (De argwaan ook.) (Dat laatste beeld niet minder.) (Nou en of.)

Misnoegdheid! Muizenissen! Jonas! Plus al het overwerk op de bank, sinds pa Deschryver was verdwenen... Straks kon een mens zich niet eens meer ontspannen in zijn favoriete tent, de trots van clubbing Brussels. (De Sixty Sax met zijn beroemde gladde dansvloer, groter dan een tennisveld en met oplichtende tegels. De Sixty Sax met zijn galerijen, drie verdiepingen hoog, gemaakt uit metalen roosters en onderling verbonden met brandladders, nochtans bedoeld voor kijklustigen met stramme knoken. Een voormalige garage, thans voorzien van alle lichteffecten en snufjes die onontbeerlijk zijn in hedendaagse tempels van vertier. Video, laser, drag queens, strippers van beiderlei kunne. En met op elke verdieping een ander soort bar. Bier, wijn, champagne. Cocktails beneden. 'The best in the Benelux.')

Misschien bracht een tabletje extra wat soelaas. Zonder te stoppen met dansen, zocht Steven in z'n met zijde gevoerde broek. (Dries van Noten, een droom voor je kloten; leuk – opsturen als slogan? te gelde maken?) Hij vond er maar eentje. Het laatste. Hij moest dringend naar het Plein van Fontainas en niet voor lullenkoek alleen. De jubeltak was ook al op en alle eierdop gesnoven. En sinds het ettertje resideerde in de loft, was zelfs ieder spoor van paddestoel verbannen. (een doordenkertje, dat 'spoor van paddestoel'; leuk) Het nieuwsgierig baaske mocht zich zo eens vergissen. Hongerig voor de geopende koelkast staand, op blote voetjes, bereid om whatever in zijn allesvretertje te proppen, en dan in een tupperwarepotje stuitend op zo'n boleet, al dan niet verpakt in koude omelet. Konden ze een halfuur later weer de dokter van dienst bellen, om zich na de diagnose door die Kruk van Hippokrates opnieuw te laten bedreigen met een proces. Verwaarlozing, vergiftiging, geestverruimende verlokking van een halfwas... Exit, champignons!

Stephen stopte het tabletje in zijn mond, zakte soepel en perfect op de maat door z'n knieën, greep een flesje Mexicaans luxebier dat op de hoek van zijn hoogstaand vierkant stond te blinken en nam er, alweer rechtverend, een gulzige slok van. De eigenaar van het flesje, die zo-even nog ontecht tegen de danskubus had staan leunen, begon meteen te molenwieken. Zijn woorden gingen in de dreun verloren maar zijn plots weinig coole grimas zei genoeg. Een biertje kostte hier zoveel als drie champoedels op een ander. De jongen bleef maar wijzen, van het flesje naar zichzelf en terug. Zijn ogen schoten haat en doodslag. Zijn hoofd stak boven Stephens dansvloertje uit als een bal die klaarlag voor een strafschop.

Maar Steven gaf hem zijn flesje terug, met een verontschuldigende knipoog en een flap van liefst tweeduizend knotsen. Big Spender maakte vrienden. A young executive kon zich dat permitteren. Voilà! Hij kreeg de knipoog al geretourneerd, een jongensduim ging omhoog, een mooie glimlach verdreef de woede. Stephen was weer eens de patentste. Zo gemakkelijk ging dat hier. De nacht was jong, de tent bloedheet, de show maar pas begonnen.

En Stomme Sandra wilde dit alles missen? Ze mocht sudderen in het vet dat ze de laatste weken had vergaard. (Al vier kilo erbij! Je begon het goed te zien. Voorspoed kweekte spek. En wie was zij helemaal? Zonder Santos had hij haar nooit ontmoet, nimmer naar haar omgekeken. Hij kende haar vanwege hem. Dát was de rangorde, niet omgekeerd.)

'Nothing really matters,' zongen de boxen want even mochten melodieën het mechanische gestamp verdringen. Wie danste, imiteerde de zangeres die alom op videomonitoren het goede voorbeeld gaf in haar million-dollar clip. 'Love is all we need.'

Ook Stephen werkte zich te pletter. Hij kon dit uren volhouden met maar af en toe een kleine pauze mits hij draaide op de juiste brandstof. Hij hopte, draaide, shakete zich in bochten. Wipte goedgetimed omhoog, zonder bij het neerkomen zijn landingsvierkant ook maar één keer te rateren. (zelfs hier heb je talent voor; modern dancing, showing off; the vogue) Híj zou niet vastroesten zoals de rest, including Sandra. Altijd wakker, moving target, lekkere locomotion. 'Wie stil bleef staan, verstarde./Wat niet bewoog, bedierf./Iets ongeroerds, verhardde./Wie rust verlangde, stierf.'

Nee, Stephen zou niet eindigen als peulvrucht.

Hem kreeg the Body Snatcher niet te pakken.

Zijn pogo was geen dans meer. Zijn pogo was een credo.

DE JONGE VLAAMSE VRIJGEZEL en aspirant-bankier Deschryver, inderhaast op zoek naar een ersatzbruid, had nog nooit zo'n knappe gast gepijpt als Santos in Miami. Meteen zijn eerste nacht al.

Santos: geil, gezond, goedkoop en groot geschapen. Niet overdreven lang, niet overdonderend gespierd, niet overmatig mededeelzaam. Het lijf van een surfertje, met het gezicht van een jonge held op van die Italiaanse schilderijen. Maar dan twee tinten donkerder gebeitst. En toch nog helderblauwe ogen. En desondanks ook van die volle lippen. Maar dan zonder kroeshaar op zijn kop. Far out! Vermenging is verrijking. Santos: een zinnebeeld, een beeld der zinnen. Het embleem van een hitsig modieuze melting-pot.

Voor Steven tevens het levende blijk dat zijn gok zal afbetalen. Dit is de stad waar het gebeuren moet. Hier vind je alles, hier is alles mogelijk. Capital of the Caribbean, schurende scharnier tussen de twee Amerika's, Latijns bruggenhoofd in het monoculturele Engelstalië, droom van de helft der Cubanen en droom van heel de Europese jetset, artiest, etalagist tot modetrut. Wat valt er meer te wensen? Zon, glamour, zwarte poen met hopen en zát goedkope arbeidskracht.

Santos claimde eenentwintig lentes. Steven schatte hem op negentien. Stephen eer op sweet eighteen.

De jongen stript in een bar op Collins Avenue, up North. Het adres heeft Steven als tip verkregen van een losse scharrel in de Sixty Sax. Leden van de flikkervakbond maken elkaar in alle steden graag en gratis wegwijs: 'Check it out, man! Vlak na de afslag van Sunny Isles Causeway. Vier blocks voor het Wolfie Cohen's Rascal House.'

Dat laatste blijkt een heerlijk traditionele deli waar dagelijks de helft van de kolonie bejaarde New York-jidden in de rij staat, brunch tot supper. Stephen voelt zich er direct thuis. Het is ook daar dat hij voor het eerst (met de boy aan het ontbijt, na een nachtje zonder slaap) de hand van Santos' sister drukt. 'You can call me Sandra,' zegt het mens. Omdat Steven zijn ogen niet van haar broertje af kan houden, ziet hij eerst niet dat ook haar schoonheid goed zou uitkomen op Italiaanse schilderijen. Doch zij zou als model niet alleen haar huidkleur tegen hebben gehad. In de Renaissance vloekten vrouwen niet zo geestig als zij thans, tegen de legendarisch onbeschofte diensters van het Rascal House.

Het doet Stephen alsnog zijn kop omdraaien om poolshoogte te nemen. 'Sandra, hey? Not bad at all.' Haar scherpe tong, dat is het eerste. Haar bruikbaarheid, dat zal pas later komen. De doorgehakte knoop nog later. Als Santos al een poos is doodgeschoten.

Daags na hun eerste handdruk raakt Steven met Sandra aan de praat in de tent waar Santos werkt – de bar waar zij werkt, op Ocean Drive, zal hij pas later leren kennen. Voorlopig zitten ze nog ginnegappend en cocktail slurpend te wachten aan een toog met de vorm van een hoefijzer. In het midden daarvan loopt één barman te bestellen in cowboypak, inclusief een Stetson, boots met sporen, neprevolver. Zijn stoplapmop bij grote drukte luidt: 'Don't shoot until you come, folks.' Hij is de enige die dan lacht.

Waar het hoefijzer open is, staat een discobar met microfoon. Daarachter Calamara Jane, een beschonken travestiet die de jongens annonceert. Ze beginnen een na een te strippen voor de bar en eindigen, in enkel boots en tanga, op het aluminium blad van de toog. Het hele hoefijzer langs dansend en door hun knieën gaand wanneer een klant genoeg heeft neergeteld.

Niet één passeert onopgemerkt de bochtige catwalk van aluminium maar enkel Santos oogst een megabijval. Het hoefijzer schreeuwt om nog een draai, weer een bukbeurt, nog een kickboxtrap – zijn ene been in stand, het andere hoger schoppend dan zijn hoofd, zijn lijfje fel gespannen maar moeiteloos in balans. Santos doet het allemaal. Daarna, de benen weer wijd geplaatst en onverdroten heupdraaiend, haakt hij zijn delicate duimen onder de bandjes van zijn tanga en stroopt die naar beneden, tot zijn schaamhaar zichtbaar wordt – keurig rechtgeknipt, gemillimeterd, een lichaamsgazonnetje. ('My sister's doing,' lispelt hij later, onder vier ogen. Steven gelooft hem meteen.) Dan draait de jongen zich bruusk om, met de rug naar zijn publiek, en trekt nog immer draaiend met de heupen zijn zoutwitte tanga langzaam down, tot de bandjes rusten in de plooien van zijn knieën. Facing enkel Calamara Jane, die met bolle ogen en een hapmond naar Santos' kruis staart en zich, ten behoeve van de hilariteit aan het hoefijzer, koelte toewuift met een Spaanse waaier. Zich opnieuw bruusk omdraaiend, facing the audience, duwt Santos zijn heupen vooruit, de tanga doelloos als een draad gespannen tussen zijn knieën. Maar hij gebruikt nu wel zijn beide handen om zijn garnituur aan het publieke gezicht te onttrekken. Zijn vingers zijn smal als die van pianisten.

Het hoefijzer applaudisseert ritmisch en uitzinnig. Santos' zuster glimt van trots. Maar Stephen merkt toch op dat zij niet meeklapt. De lokale geplogenheden nopen nochtans na ieder nummer tot spontaan applaus en krijsen. Zoniet word je door Calamara Jane de huid vol gescholden tot jolijt van de verrassend gemengde crowd. (Daddies, dudes and dickheads, eendrachtig verhit. Maar tevens opgetutte halfnotabelen met vrouw en vriendenkring. Plus moddervette mama's te midden van hun zwerm gillende flikkermaatjes. Bijna iedereen snuift eierdop haché, al hangen er plenty bewegende bewakingscamera's. 'Kijk uit,' zegt Alessandra, wijzend op zo'n ding. 'Tenzij je het niet erg vindt in één archief te belanden met folks als deze.' Stephen snuift desalniettemin. Sandra ook.) Maar wat La Fuentes ook uitvreet of nalaat, nooit wordt ze te kakken gezet door Calamara Jane. Waarschijnlijk geniet ze ook hier al de reputatie zelfs een stand-up comedian te kunnen killen met één repliek.

Na hun toogdans mengen de jongens zich in onderbroek tussen hun publiek. Calvin Klein rules. Op vermoeden van welgesteldheid worden mannen uitgekozen tegen wier rug of dijen de jongens ongevraagd beginnen aan te rijden tot hun kruis zichtbaar gezwollen raakt. Lang duurt dat niet. Sommigen zijn zich eerst gaan oprukken achter de coulissen van visnet. Ze blijven bij het schurken van je wegkijken en mijden elk gesprek, al doe je nog je best om wat contact te leggen. Alleen als je een green back onder de elastiekband schuift, kan er een hoofdknik af en soms een 'Thank you, man'. Een green back van vijf of meer mag je vooraan onder de elastiekband schuiven. Van tien af mag je hand heel even melken. Ook dan gebeurt het zelden dat je wordt gehonoreerd met oogcontact.

Santos echter kijkt iedereen páts in de ogen, zeker van dichtbij. Zelfs zonder dat ging The Black But Blue-Eyed Angel elke nacht naar huis met het gros van de buit. Maar hij doet meer. Hij gaat ook elke nacht naar huis met de gulste donateur. Onverzadigbaar, zo betitelen hem eensgezind zijn klanten (smachtend) en zijn werkgenoten (smalend).

De eerste drie dagen van Stevens eerste verblijf in Miami, heet de gulste donateur iedere nacht Deschryver. 'Waar heeft die jongen al dat geld voor nodig,' vraagt hij de vierde nacht hoofdschuddend aan Sandra. Santos is net de deur uit met een bejaarde. De ochtend daagt. 'Don't ask,' zegt Sandra. De eerste keer dat hij een schijn van somberte ziet schuiven over haar gezicht. 'Please.'

Hij zwijgt. Ze drinken samen een aller-, allerlaatste.

Sodeju, paraplu: waar bleef ze nu? De Sixty Sax was volgestroomd. 'Nothing really matters.' The sun was black, the time was blue.

Waarom brachten ze Jonaske niet naar een internaat? Steven had die leerschool ook doorgemaakt, hoor. Hij was niet veel ouder geweest dan baviaanmans. En in zijn tijd waren internaten ook al uit de mode. Een obsessie van zijn ouwe. De twee jongens moesten mordicus op katholiek internaat – elk naar een ander, zoals pa zelf en ome Leo in hún tijd. Geen bezoek en maar om de veertien dagen naar huis.

Het leek hardvochtig maar het wende snel. Niet alle tradities waren bij voorbaat idioot. Steven had er leren kaarten en gokken, en zijn eerste fluiten afgezogen. 'Love is all we need.'

NOG LATER OP DIE WEEK – zijn eerste in Miami – nodigde de jonge Vlaamse vrijgezel en aspirant-bankier Deschryver broer en zuster Fuentes samen uit, voor een meerdagentrip. Alle kosten op rekening van het huis: de bank in Brussel. (Slechts één adres voor al uw investeringen, ook die in 't buitenland.)

Broer en zus lieten het zich geen twee keer zeggen.

Ze rijden gedrieën in een purperen Cadillac Convertible all the way naar Key West, over bruggen en schiereilanden, voorbij de Everglades daar in de verte. Alessandra apetrots achter het stuur. Stephen met Santos op de achterbank. Onverzadigbaar indeed. Nooit meegemaakt. Die jongen zóent zelfs met z'n ogen open. Alles met z'n ogen open, behalve slapen. Hij snurkt. Maar weggedut of wakker, praten is er zelden bij. Voor een goeie babbel moet Steven zich nog altijd richten tot de chauffeuse.

In Key West gaan broer en zus samen staan staren naar de golven, hun koppen tegeneen, mismoedig, beteuterd, pathetisch hunkerend. Wat ze fluisteren ontgaat Stephen. Hij laat hen en gaat winkelen in Duval Street (dezelfde shitshops als overal). Daarna whisky sippen in Sloppy Joe's, het stamcafé van Hemingway. (vol Japanners; alle in T-shirts met slogans waarvan maar één de kift verwekt: 'Mean people suck/Nice people swallow'; had kunnen zijn van jou, denkt Stephen Copywriter; had móeten zijn van jou)

Die avond, in een dancing smack in the middle van Boom Town, staat Santos alweer ratten te vangen met zijn volmaakte kont geperst in te krappe sportshorts, als Stephen aan de toog de zus probeert te complimenteren. Met een hoofdknik richting Santos: 'Weet je wat mijn ideaal is, honey? Jouw knappe hersens in zijn knappe lijf.' Ze proest. 'En dat noem jij een compliment? Ik ben voor jou afstotelijk? En hij voor jou te dom?

Bedankt. Please try again.' Hij doet het. Zij lacht al heel wat minder als ze hoort waar hij echt op aanstuurt. Hun knappe lijf en hersens alsnog verenigd maar dan naast hem, links en rechts, in één en 't zelfde bed, vannacht nog, straks. Ze schudt in ongeloof haar hoofd: 'Don't push your luck, pall.' En noemt hem zelfs geen prijs waarop hij af zou kunnen dingen.

Die nacht slaapt hij met Santos. Zij alleen. De nacht daarna the same.

Tegen de tijd dat ze per Purple Cadillac terug in Miami arriveren, is Stephen al un poco uitgekeken op gorgeous onverzadigbare Santos. Het is weer nacht, de jongen slaapt op de achterbank in Stevens armen. Hij zou van dichtbij naar dat ademend gezichtje kunnen kijken – een snurkende, donkere Italiaanse held die zich nog maar amper scheert en die door de voorbijschietende straatlantaarns afwisselend wordt belicht en in de schaduw gesteld; licht, schemer; licht, schemer; enzovoort. Maar zoevend over MacArthur Causeway slaat Stephen liever acht op het gezicht van hoe een echte stad eruit moet zien.

Honderden auto's worden over een donkere baai geleid dankzij een viaduct waarvan de kilometerslange flank is gemarkeerd met één streep neon, jukebox-blauw. Achter dat blauw twee stoeten zonder end: één komend (witte koplampen), één gaand (rode achterlichten). Links van het viaduct, aan de ene oever van de baai, liggen gigantische cruiseschepen aangemeerd, met meer lichtjes dan een wolkenkrabber tijdens de kerst in New York City. Uit de andere oever, rechts, torenen hyperhippe bouwsels op die de cruiseschepen naar de kroon steken qua aantal lichtjes en ze qua hoogte tien keer overtreffen. En al die lichten – boten, bouwsels, de twee stoeten en de streep in jukebox-blauw – weerspiegelen zich op het oliezwarte water dat gestaag onder het viaduct door deint, gezwollen van geheimenissen.

Hier te mogen rijden, elke dag. Hier te mogen leven. Hier geboren zijn en nooit meer Steven heten. Laat staan (semper dixit pa Deschryver:) 'Steventje'.

De dag daarna (zijn laatste hier) laat hij zich, zonder Santos, een geleide tour offreren door Alessandra. Zij voert hem naar een centraal gelegen wijk met oude laagbouw. Wat heet oud? Een jaar of zestig, zeventig. Honderdtwintig jaar geleden bestond Miami uit moerassen en twee houten hutten.

Steven ziet tot zijn verbijstering heuse villa's tussen lommerrijke bomen, scrupuleus onderhouden asfaltbaantjes, beangstigend groene gazons. Een stuk Europa. Brasschaat in de subtropen. (Of nee: een kopie van het Vlaamse getto voor parvenuvilla's in de Provence, genre *Plus est en vous*, het rustieke kot-met-zwembad van Katrien en haar Dirk.) Sandra verzucht achter haar stuur: 'A husband living here, in Coral Gables... Daar zit ik al jaren op te wachten.'

Het is de eerste keer dat Steven denkt: Ik zou het verdorie kunnen vragen aan haar. En dat Stephen denkt: Ze moet wel vrede willen nemen met een loft. Een tuin is iets voor boeren. Een villa iets voor losers.

Die middag zijn ze aan het zwemmen in the Venetian Pool, op DeSoto Boulevard. (Die namen! Stephen sprak ze uit als winnende lottonummers.) Alweer te midden van Japanners, nu in Speedo Swimwear, plonzend tussen namaakgrotten, watervallen, stenen brugjes. Sandra lacht: 'Dit heb ik nu nog nooit gedaan. Ik voel me als een fucking tourist in mijn eigen leven.'

Hij vraagt meteen: 'Zou je dat kunnen?'
'What?'

'Leven like a tourist. Niet voor een weekendje. Een jaar of twee. Ten hoogste.'

Ze lachte nog meer: 'If the price is right, I will do anything.'

'I like to move it, move it.' Zo bonkte het vele jaren later uit alle hightechboxen in the Sixty Sax. Net zo flikkerden de monitoren. 'Move it!' Stephen gehoorzaamde op zijn vierkant voetstuk, uittorenend boven iedereen.

'Make it! Move it!'

Maar zijn bezeten pogo ten spijt hield hij nauwlettend de toegang in de gaten. Zou ze dan écht niet komen? Het was nog wel haar favoriete feest vanavond, Foam Event. (En misschien had zij nog een tabletje bij zich. Of op z'n minst een lijn.) (Zijn brandstofwijzer neigde naar het rood.)

'Fake it!'

TOEN DE JONGE VLAAMSE VRIJGEZEL en aspirant-bankier Deschryver kort daarna voor de tweede keer in Miami International landde, was het al meer voor Sandra dan voor Santos. Die jongen zou hooguit the secret bonus worden van het huwelijk dat hij kwam arrangeren. (Wie weet deed hij wat van zijn prijs af, wanneer ze verwanten waren.)

Hij zit met een verraste Alessandra gitzwarte koffie te slurpen in *Versailles Restaurant*, hij staat zelfs op het punt al een tipje van de sluier te lichten – Hoe doe je zoiets? Loop je snel van stapel? Wacht je beter een paar dagen? – als Santos langskomt en hen beiden aan de tafel treft. Zijn schoonheid is getaand. Hoe kan zoiets, in amper een paar weken? Hij kijkt hem noch Sandra in de ogen, mompelt iets ten afscheid en is verdwenen voor ze 't weten. De dag daarna is hij morsdood.

Onschuldige passant bij bende-oorlog. Zo wil het de familie. De politie denkt er anders over. 'What's the difference,' zegt Alessandra, de enige keer dat hij haar ziet huilen om hem. 'Hij blijft dood.' Ze heeft hem opgevoed, zegt ze. Meer dan hun grootvader, zijn juffen, zijn streetbuddies, wie dan ook. Hij is hier geboren maar ze hadden willen teruggaan, samen, ooit.

Voor Steven het weet, ligt ze te huilen in zijn armen. Voor hij het beseft, is ze al gestopt met huilen en excuseert zich, zijn armen van haar afplukkend... Taaie tante. Aanleg voor doorbijten en realisme. De lakmoesproef is nu wel geleverd. Dit wordt zijn vrouw.

(Na die huilbui zal Sandra nooit meer over Santos spreken. Toch niet tegen hem. Maar ook niet in haar Brusselse e-mails aan familie, later, na de trouwpartij. Stephen leest haar computerpost stiekem na; zijn computer staat in netwerk met de hare, zonder dat ze 't weet. Nooit komt Santos digitaal ter sprake.)

(Maar Sandra's zwijgen is waardig, ingegeven door pijn. Een eerlijk, gezond soort zeer. Een wond die genezing zoekt onder de zalf der stilte.)

(Heel wat anders dan het stinkende zwijgen van de Deschryvers. Daar heerst schaamte, spijt, verwijt. De stilte als een zwachtel die de etter moet verhullen.)

(Steventje had nog geroepen, met zijn hoge kinderstem. Hij had het gevaarte zien aankomen. Het gevaarte én het gevaar. Katrientje had kunnen ingrijpen. Katrientje deed het omgekeerde.)

(Hij kende de dag nog uit zijn hoofd. Ieder woord. Geëtst, gebrand, getatoeëerd. Hij droeg de gebaren mee. In netvlies, hart en hersenen. Daar stond het naakte feit geboekstaafd voor altijd, in flarden, schokken, flitsen. Dat smal gezicht, nog ongeschonden, dat zozeer geleek op jeugdfoto's van hem.)

(Hij bezat er eentje waar ze alle twee op stonden. Een arm over elkanders schouder, een tweeling bijna, hij en hem. Een zwart-wit relikwie. Altijd goed verborgen. Alle andere afbeeldingen werden verwijderd, verscheurd. Verbrand in het roestende vat, achter in de tuin. Tot het onzeglijke was weggewist uit het archief en het vocabulaire van elke Deschryver. Retouche totale, perte totale.)

(Wat niet verteld wordt, is daarom niet onbestaand.)

(Ze móest het hebben zien aankomen.)

(Het wantrouwen begon. De politie, pa: 'Vertel het nog eens, Steventje. Wat heb je écht gezien?')

Er schokt Steven in Miami aan het sterven van Santos maar één ding: dat het hem zo weinig schokt. Hij is ontsteld, dat wel, en Stephen ook. Een onmens is hij niet. Hij heeft die jongen gestreeld, die mond gekust, die neus beroerd met die van hem. Hij is oprecht ontroerd door Sandra's tranen.

Maar tegelijk lijkt het... Nou ja... Alsof hij dit verwacht heeft, eigenlijk. Ergens wel. Alsof deze dood, geïncasseerd aan de andere kant van de oceaan, al in de sterren stond geschreven nog vóór hij in Zaventem opsteeg. Dit is toch duidelijk een geval van voorbeschikking, pur et dur? De tweede lakmoesproef, zeg maar. Want hoe wreed het ook mag klinken, dit moet de ware reden zijn waarom hij reeds zijn eerste dag alhier is blijven kleven aan Santos en niet aan een der duizend andere perfecte lijven rond Miami Beach. Er móest blijkbaar een band ontstaan tussen hem en Alessandra. Een echte. Een hechte.

Maar zij mag die niet kennen, nooit. Verbonden door verlies? Ze zal weigeren hem te volgen, ongeacht wat hij haar biedt. Zo goed kent hij haar al wel. Sweet Santos als onderpand? Een broertje dood, als emotionele pasmunt? No way. De deal moet zuiver zakelijk zijn en enkel gaan om haar. Al heeft de jongen toebehoord aan velen, hij is onaanraakbaar. Haar alleenbezit. No trespassing. Don't even think of it.

(Zou zij het weten? De details? Als ze gingen neuken haalde Santos – reeds naakt – uit zijn sporttas een pennenzakje te voorschijn. Zo'n plastic ding. Buisvormig, met bovenaan een rits en op de zijkanten Walt Disneytekeningen. Vroeger gevuld met potloden en vlakgom. Nu met beveiliging en tubes. Op één elleboog steunend smeerde Santos alvast zelf zijn geschoren aarsje in, speelde daarna worstenvuller met een condoom en de lul van Stephen, ging vervolgens op zijn gespierde rugje liggen en spietste zich, all the way, op zijn toekomstige zwager vast. Die had een tijd nodig om zijn ogen weg te draaien, van het aandoenlijke pennenzakje met de tekeningen naar het even aandoenlijke, zwarte rimpel-

zakje van de Italiaanse jonge kleurling, die hem lag aan te kijken met zijn blauwe kijkers eindelijk half gesloten, van goed gespeeld genot.)

(En nóg wilde die jongen zoenen.)

Steven gaat na de begrafenis kies huiswaarts, naar deze zijde van the Atlantic. Maar dra keert hij terug naar gene zijde, naar de singles bar op Ocean Drive, om op z'n knieën en met een bos bloemen in z'n poten te vragen om de hand van Alessandra Fuentes. Die zegt niet nee. Hij heeft haar alles uitgelegd, de dag ervoor. De dag daarna koopt hij haar een joekel van een diamanten ring in The Falls, haar uitverkoren mall op Highway US 1.

Niet één keer valt de naam van Santos.

En zo gebeurde het dat de jonge Vlaamse vrijgezel en aspirant-bankier Deschryver – reeds drie maanden na hun eerste kennismaking in het Wolfie Cohen's Rascal House te Miami – zijn verloofde in het thuisland ter keuring voor kon komen stellen. Niet in de villa, dat kwam later, 's avonds. Eerst in het kantoor te Brussel, dat met de dure schilderijen. 'Alessandra dear? Meet my father. And this is uncle Leo.'

De trouwerij volgt nog geen jaar daarna.

'Move it!'
(Was dat Sandra niet? In dat deurgat, daar, bij de vestiaire?)
'Keep the beast in my nature under ceaseless attack.'
(Slechts déjà-vu. Waar bleef ze nu?)

'IT'S RAINING MEN, HALLELUJAH.' *(bis)* Die hit mocht nooit mankeren op topavonden in the Sixty Sax. De dansvloer juichte, de spanning steeg – nog even en het schuim werd gelost. In de nek gelegde koppen zongen alvast in koor, slag om slinger zwaaiend in de maat: 'Hallelujah.' Ledematen, heupen, schouders, alles in cadans van: 'Hallelujah.' Handen hoog, vingers priemend, vuisten schaduwboksend naar een onbestaande punchball boven het hoofd: 'Hallelujah!'

Steven deed het in z'n uppie allemaal mee, op zijn platform van één bij één. Maar mijn God, wat ging het loeiend snel en hard. Hij stond te sterven om een lijn. Hier iets tanken? Geen standwerker te zien. Hij had trouwens net zijn laatste tweeduizend ballen weggeschonken om de Popi Jopi uit te hangen. Als hij wilde scoren moest hij nu naar buiten. Een uur kwijt, minstens. Om bij terugkomst zijn dansplatform ingepalmd te zien door zo'n geföhnde poedel met een snor en gouden kettinkje. Forget it! Stephen bleef hier. Bite the bullet, baby. Watch that video. Dance. Misschien kwam Big John onverwachts nog binnenvallen. Hoffman, die had altijd spul op zak.

Maar waar bleef zíj? Steven keek naar Sandra uit. Doch Stephen – zwoegend op z'n hoogplateautje, going through the motions zonder ziel en toch zwetend als een rund met BSE – dacht: Als dat mens zo doorgaat kan ze kiezen. Tussen mij en haar valiezen.

Ze werkte al weken op zijn kloten. Besefte zij de ernst niet van de situatie? Het ging ook om haar belang. Het keerpunt was nabij, het eind van hun beproeving aangebroken. En net nu beet zij in het zand.

Net nu Steven in volle crisis pa mocht vervangen en kon bewijzen dat hij daar meer dan rijp voor was... Excuus: net nu

Stephen zijn ouwe díende te vervangen om het patrimonium te vrijwaren – hij hield nog graag een bank over voor hij haar zou transplanteren naar de States... En net nu Steven voor de steeds beter gedocumenteerde onthullingen over ome Leo's fiscale strapatsen een tegenwicht kon leveren door Vlaanderens grootste bank efficiënt en transparant te runnen, dankuwel... En net nu Stephen de ontsnapping van zijn beroemde zus en alle geruchten dienomtrent diende te weerspreken door onverkort op post te blijven, open en bloot zijn plicht vervullend, zonder voedsel te geven aan nog meer speculaties nadat een zothuis een fanclub voor Katrien had opgericht en rondbazuinde daarvoor de toestemming te hebben verkregen van zijn familie...

Zijn familie! Zet ze eens op een rij? Leo, pa, Katrien. Zijn zotte ma, Gudrun De Halfzachte, die zombie van een Bruno, de twee tantes met wie er ook al onmin was... Well, héll! Steven was plots de rots van het gezin. Vroeger trut der trutten, nu de stut der stutten. Hij? De dukdalf in de branding. Het was ver gekomen. Hallelujah.

En *net nu* dus, tijdens een professionele storm van twaalf beaufort en tegen elke afspraak in, kwam Schone Sandra niet meer opdagen bij officiële gelegenheden. Madam verscheen in Brussel noch in Brugge. Hem te schande makend. Haar afwezigheid riep vragen op. Men speculeerde steeds openlijker over een crisis in de echt. Steven stond versteld van wat hij hoorde rondvertellen. En Stephen stond te stampvoeten als hij weer een gekaapte bedrijfs-e-mail te lezen kreeg. Slecht nieuws reisde snel, op vleugels van verbeelding. Meer een Stuka dan een postduif. Of nee, een combinatie van die twee: er werd gebombardeerd met stront. Dat kwetste hem niet weinig. Het ging per slot van rekening om zijn echtgenote. En om hem. Alessandra en hij hadden écht in een pijnlijke huwelijkscrisis kunnen verkeren. Veel verschil in discretie zou dat blijkbaar niet hebben gemaakt. In leedvermaak nog minder. Wat maakte dat van hen – zijn werknemers, zijn vertrouwelingen? Gieren, klikkers, parasieten. En wat maakte het van hém, hun baas? Burgerman, risee. Alles wat hij niet wenste te zijn. Een loser. Huns gelijke.

De roddelbladen, die vanwege hun oplage steeds meer focusten op de onuitputtelijke familie Deschryver en haar telgen – 'ónze Kennedy-clan' – gooiden het meest met drek. Serieuze kranten spraken, voorlopig nog op de faits-diverspagina, schande van de roddelpers maar mengden inmiddels hun verontwaardiging met krek dezelfde roddelmodder. Straks dromden de persmuskieten nog de Sixty Sax binnen, om daar de reden te zoeken voor hun schipbreuk! Nou, ze deden maar. Was het meteen van de baan. En de ouwe was toch pleite. 'Hallelujah,' godverdomme. Dance!

Zou ze echt niet komen? Steven checkte, hijgend, zwetend, wit als watten, de toegang. Fuck. (Het zou toch beter zijn als hij hier met Alessandra aangetroffen werd.) Dance now. Move it. Shake it.

Dat ze alle officiële bullshit oversloeg, tot daar aan toe. Daar kon Stephen zich nog iets bij voorstellen. Hij ging er ook van over zijn nek. (Maar het hoorde wél bij de job, hoor. Iemand moest het doen. Steeds weer hij. Waar zat pa? Vrij en blij. Ontsnapt, zoals Katrien. Wie kon de bonen doppen? Bibi. Instantbobo.) Doch dat Sandra ook the night-life spijkerhard opzijgeschoven had, met hem erbij? Onvergeeflijk. Hij had nood aan deze nachtelijke uitlaatklep. De druk van overdag was immens. Ze wist verduiveld goed dat hij zich maar eerst met haar aan z'n zij kon ontspannen, dollend, rellend. Zonder dat had hij het niet gered, al die jaren. Zij ook niet. Hij en zij, een winning team.

En net nu weigerde zij, al had ze heel de nacht gemaft, om 's morgens voor hem het espressootje te zetten waarvoor ze vroeger zonder morren uit haar nest was komen rollen, desnoods al na twee uurtjes, met slaapogen en wild uitstaande haartooi. Dat was niet meer dan een attentie geweest, sure. Maar het waren de attenties die de boekdelen spraken. Eén espressootje in de ochtend? Dat verklapte veel. Zeker als het wegviel. Eén doodenkel, stom, onnozel espressootje. Als je dat al niet meer mocht verlangen? Van de vrouw met wie je tenslotte toch je leven deelde? Dat samenleven kostte hem anders genoeg, hoor. Handenvol, en niet alleen aan geld. Hij had ook gevoelens, of wat dacht je? Vanzelf ging het allemaal niet. Het was keihard werken. Maar één espressootje was dan al te veel gevraagd. Eén klein, rottig espressootje. Zelfs zonder opgestoomde melk. Hij hoefde het al niet meer. Ze mocht stikken in haar espressootje. Waar bleef ze nu? Hallelujah. Shake your bootie.

Tegenwoordig stond hij, om zeven uur vijfenvijftig, zijn das te knopen, hij liep en passant naar de logeerkamer om Sandra aan te porren hem te helpen, en misschien dat klote-espressootje *eindelijk* nog eens te zetten, zoals vroeger. En wat deed ze? Ze gaf hem, sissend en onder een kussen vandaan, op zijn donder. Dat hij Jonaske niet mocht wakker maken. Want Pipo lag languit tegen haar aangeklit te pitten. In pyjama, dat nog net wel. Maar Sandra was onder de logeerlakens zo poedel als een pier, daar durfde hij zijn aktetas op te verwedden. Alsof dát dan zo gezond was, met een voorlijk kind als Jonas. De puberteit begon steeds vroeger. (Dat kwam omdat ons vlees vol met hormonen zat. Waarom dacht je dat hij zoveel biefstuk vrat?)

Stephen had wel in de mot wat er speelde. Wat Sandra in het baviaantje had gevonden, en wat ze in hem met terugwerkende kracht probeerde goed te maken. Een dezer dagen beet hij niet meer op zijn tong. Dan kreeg ze het op haar brood, smack in haar muil. 'Als je ook van Jonas een succesvol strippertje wilt maken schat, dan zul je er geld op moeten toeleggen, dit keer. Voor de plastisch chirurg alleen al.' Dat hij het nog niet gezegd hád, kwam omdat Steven wist dat ze dan meteen met slaande deuren zou vertrekken, voor altijd. Voor zover ze hem niet eerst nog naar de keel zou vliegen. Allemaal zonder dat hij de naam van Santos ook maar één keer zou hebben hoeven uit te spreken. Waar bleef ze? Shake your moneymaker.

Maar ze moest niet denken dat hij haar kapsones nog veel langer verdroeg. Elke keer als Steven haar iets verweet – het mocht nog zo terecht zijn, en nog zo omzwachteld verwoord – kaatste zij de bal terug door te beginnen te kankeren op mister Hoffman. Een vol uur kon ze tekeergaan. Het leek wel of ze jaloers was. Op John! De gal droop van de muren. Het was belachelijk. Steven hoefde dat gekat niet meer te slikken. Ze had een zwakke plek, en wat voor een! Straks zei Stephen het tóch. Met naam en toenaam. 'Santos, Jonas... Het scheelt alleen wat letters, honey, en een jaar of vijftien, zestien.' Spijtig dat hij haar niet kon waarschuwen zonder de clou reeds te verklappen. 'Hallelujah.' Hop, die benen. Hoog, die armen. Watch that video. Move it.

(Kan iemand mij een lijn lenen? Mijn vrouw komt zo, met prima marchandise.)

Kijk uit! Daar kwam eindelijk het schuim.
De dansvloer kolkte van 't gejuich.

JOHN HOFFMAN (voormalige straatkat, nu maatpakboef en topjurist) was steeds vaker naar België gekomen nadat hij, in z'n kantoor, de doodzieke pa Deschryver (vliegangst, hoogtevrees) zozeer had geschoffeerd dat die daarna nooit meer naar New York had willen reizen. Om te beginnen had Hoffman de gewezen Belgische minister twee uur laten sudderen in de wachtkamer terwijl hun afspraak al maanden van tevoren was vastgelegd. Vervolgens had hij Deschryvers begeleider, diens jongste zoon, eerst afgesnauwd, daarna de jongen poeslief toegesproken met de voornaam alleen. Die 'blijk van vulgariteit' (dixit een weer kokhalzende pa tijdens de terugvlucht) was door Steven geretourneerd, 'John', nog wel met kennelijk plezier.

Want Steven was, in tegenstelling tot zijn verwekker, in a Total New York State Of Mind geweest.

Hij had die ochtend bij het ontbijt Brooklyn Bridge mogen zien vanaf de topverdieping van het World Trade Center. Voor het eerst: de Brug van Breukelen plus al het andere dat zich uitstalde in een boog van driehonderdzestig graden om de Tweelingtoren van het WTC, van hoog tot laag, zover het oog kon reiken. Ginds de Empire State, en ginds de Chrysler Building. Beneden in the avenues de piepkleine limousines, gele taxi's, fietsers, drommen natives aaneenklonterend vóór de zebrapaden. Hoog daarboven een politiehelikopter, als een libel wiegend tussen de vierkante reuzenrietstengels van alweer andere wolkenkrabbers, die oprezen uit de oevers van de Hudson River. En daar lag Central Park. En ginds... Et cetera. Hij was hier nooit geweest en kende het allemaal. En zeggen dat dit bijna Nieuw Amsterdam had geheten.

Pa Deschryver had dit uitzicht met ontbijt bedoeld als een les, zoals de hele trip. Om zijn jongste met één blik de verloedering van de grootsteedse mens te kunnen demonstreren zonder er meer woorden aan vuil te hoeven maken dan: 'Ziedaar, Steventje. De gruwel van *La Ville*, zoals reeds visionair door Masereel in hout gesneden.' Voor Steven echter was dit panorama een openbaring. Een rite de passage, voorgoed verminkend, toch bevrijdend. (Een belediging was het ook. Pas hier, in wat zijn vader als *La Ville* betitelde, bonkte zijn hart, suisden zijn oren. Zijn leven was tot nu toe een vergissing. Een complot van minne geesten om hem te binden aan hun lot, zesduizend kilometer hiervandaan.)

De ritus werd met een enkel woord bezegeld in het kantoor van Hoffman. Eén naam. Steven zei hem als eerste, ooit. Hij stelde zich tot afgrijzen van pa voor als Stephen. Hoffman verleende gratie door 'Stephen' over te nemen, vanzelfsprekend, achteloos, zoals alles in deze beschaving, deze stam. Maar casual of niet, Johns aanvaarding was een tweede doop geweest voor Steven, reborn Stephen.

Zijn eerste doop had plaatsgevonden zonder zijn toestemming, op de leeftijd van zes weken, in de kathedraal. Voltrokken door de kardinaal, een vriend des huizes die later op het doopfeest en over een goed glas Châteauneuf du Pape een feestrede zou houden, Steven ter ere – zoals hij dat gedaan had voor iedere nazaat van Herman en Elvire. Stevens tweede doop, in The Big Apple, geschiedde bij zijn volle bewustzijn en met een gebed van slechts die ene naam in plaats van met een litanie vol doopgeloften, een handvol water en een snuifje zout. Hij droeg geen wit kleed dat een erfstuk was, met paarlemoeren knoopjes en afgezet met kant. Geen duim zalfde op zijn voorhoofd een kruisje. Deze kathedraal was een pantheon van beton en staal, meer dan zesentachtig verdiepingen aan kantoren, opgedragen aan the one and only heilige koe: Big Money. En deze kardinaal, ten slotte, droeg geen mijter maar een maatpak. Hij was geen vriend des huizes en zou het ook nooit worden. De vriend van weinigen. The Right Dishonourable Reverend Hoffman.

Het werd mettertijd zelfs meer dan een wederdoop. Een wissel, een IOU van 'Stephen' aan 'John'. Contract getekend met erkentelijkheid en bloed. (Hadden ze het geweten, Stevens familieleden zouden óf geschamperd óf gesakkerd hebben. Marja: 'Jongen, kijkt toch uit met weldoeners uit den vreemde.' Leo: 'Wel, 't is proper. Ben ik dan van geen tel meer?' Bruno: 'Broer Broekenman speelt Faust.' Elvire, grienend: 'Natuurlijk wil hij weg. Het is mijn schuld. Mijn jongste heeft schrik. Hij lijkt te veel op mij.')

'Just drop in, any time,' had John bij het afscheid in zijn kantoor gegrijnsd. Tegen Stephen only. De ouwe vormelijke bankier, schutterig naast de jongeman staand en zijn hand uitstekend, was door Hoffman straal genegeerd. Een vader voor lul zetten in front of his kid? En daar manifest genoegen in scheppen? John Hoffman had wel meer van dat slag hobby's.

'I'm serious, Stephen! Pop in!'

(Het zien van The Bridge en haar omgeving, gevolgd door zijn wederdoop in het hart van Manhattan – het waren weer twee barstjes erbij geweest in Stevens kanis. Er waren er nog gevolgd, à volonté. Kerf: het achterbakse commentaar op hem en Alessandra dat hij had afgeluisterd, uitgesproken door de vrouwen in de villakeuken, op de avond dat hij zijn toekomstige bruid was komen voorstellen. Haarscheur: de twee klappen die Bruno hem verkocht had nadat ze in de dark-room van sauna *Corydon* ongewild met elkaar de oudste dans der mensheid hadden bedreven en – pas bij het buitenkomen en tot wederzijdse walg – elkaar hadden herkend. Fissuur: het verraad van tante Marja, wier lieveling hij altijd was geweest, maar die desondanks vlak voor haar attaque op Vereeckens koffietafel niet had willen kiezen tussen die zogezegde lieveling en haar ware coryfee – de coryfee van iedereen, Katrien. Kloof: Marja's dood, toch wel, desondanks, wat een schok, een week lang niet naar de Sixty Sax geweest, opnieuw katers van alcohol en eenzaam janken in de nacht. Kras: de twijfel omtrent het verraad van ome Leo met fucking Alessandra.) (Barsten genoeg. Krassen zat.)

(De eerste, diepste, was zijn eigen hoge stem geweest. Steventje, de kroongetuige naar wie niemand wilde luisteren. Hij had het pourtant gezien. De aard van het beest, Katrien. Het gevaarte, het gevaar. Steventje had nog geroepen. Een enkel schreeuwtje maar. En krák. Een hamer sloeg het eerste wak.)

Hallelujah. Touch my talents.
Grab my gifts.

(Al jarenlang valt Stevens hoofd voorzichtigjes aan diggelen. Vierkante korrels veiligheidsglas, voorlopig nog rechtop, ondanks hier en daar een gat. Bijeengehouden door hun dikte en de spanning van hun lijst. Nog steeds ziet hij de wereld die daarachter wentelt. Maar als de zon schijnt op het splinterende glas? Dan heeft zelfs Little Stephen nood aan jubeltak noch sneltabletten. Hallelu. Touch my. Grab.)

(Maar het was nacht nu, zonder zon.)
 (Waar bleef ze toch?)
 (Het schuim is daar.)
 (Don't shoot until you come.)

Gejuich om het schuim oversteeg de muziek. Hier was men voor gekomen, van heinde en verre. Duizend ballen neergeteld, weken van tevoren. De Sixty Sax stond wijd en zijd bekend om thema-avonden als deze. Eén nacht lang: par excellence pretpark voor verveelde rugridders en hun talrijke gevolg, le tout Bruxelles branché.

Fetisj Feest! Toegang enkel in leer of latex, zwart de voorkeur – tot en met een masker dat alleen de mond vrijliet, zodat ook lelijke donders eindelijk eens aan hun trekken kwamen qua tongen en de rest. Champagne opgediend in damesmuiltjes met stilettohakken. Tepelknijpers konden nog, maar verder geen geweld. Voor echte pijn moest men maar op een ander zijn. Dit was een feest voor nette mensen.

Sailor Orgy! Matrozenpakjes bij de vleet. Driekantige witte mutsen zonder klep en met pompon. Witte pantalons met spannend kruis, of zonder kruis met schaamschelp only. Gestreepte hesjes zonder mouwen, korte coupe, en op de schouder een afwasbare tatoeage. Een gebroken hart met daaronder op een banderol: 'Querelle, je t'aime.'

En heden: Foam Event! Lekker geile natte lijven, schaars gekleed of in onthullend plakkerig katoen. Worstelen, duwen, kopje onder gaan in het onschadelijke bellensop. Niet boven komen, kruipen. Onopgemerkt elkaar besluipen in de beschutting van een wit moeras. Interesse? Une adresse. Le Sixty Sax, waarvan La Sandra zélf altijd beweerde: 'The only club met ballen in this town'. (Waar bleef ze dan?)

Het schuim borrelde te voorschijn onder de weinige tafeltjes vandaan. Zelfs uit een gat, vooraan in de kubus (waarop Steven nu stond te bewegen als een dolgedraaide semafoormachine, een agent op een kruispunt in Jakarta), welde een worst van bellen op. De hagelwitte schuimkoppen begonnen reeds de dansvloer op te vullen die rondom was afgezet met een rand van een meter hoog. Men swingde nu in een gevelde wolk die onverstoorbaar zwol. The dresscode was die der verkiezingen van Miss Wet T-shirt, al genoot ook een ontbloot bovenlijf de aanbeveling zolang het maar voorzien was van een platte wasbordbuik of siliconentieten. Daaronder swimwear, spantex, tanga's, broeken voor coureurs. Nog meer daaronder: combatboots tot blote voeten. Shake your beauty. Suck my senses. All nite long.

'Would you rather have butter or guns?' klonk het uit de boxen. De hele dansvloer zong het mee. Maar niemand die een antwoord gaf. Men had het veel te druk met zich te amuseren. Badend door het opgeklopte eiwit, maaiend door de mousse-moesson, struinend door het luchtige beslag. Watch that video: op, neer.

Heen en weer.
Moving target.
Snelverkeer.

(Waar bleef ze nu? Tedju.)

STEVEN HAD ZICH EERST GEVLEID GEVOELD omdat de New Yorkse rat speciaal voor hem zo vaak naar het kleine België kwam. Hoffman gedroeg zich daarbij als een voorbeeldig toerist met ietwat zakelijke voorkeuren. Hij liet zich, van paardenrennen tot opera, van businessclub tot nachtbar, rondleiden en introduceren door de jongste Deschryver, die trotse shooting star van het Brusselse establishment, die vriend van wereldburgers.

Niet langer was Steven de zwijgzame begeleider van een Teiresias, een oude blinde ziener die op hem leek, een classicus – pa Deschryver in Manhattan. Hij was nu, op zijn terrein, het praatgrage escorte van een machtige gezant, een veldmaarschalk van het Vranke Westen. En John Hoffman, die Napoleon van the Big Apple, volgde, knikte, keek, vroeg uit. Hij prees grootmoedig wat hem aanstond en sprak niet als hij knulligheid ontwaarde.

Maar evenmin liet hij na om, bij elk bezoek, in Stevens bed eraan te herinneren dat hij niet voor niets Big John werd geheten, ondanks zijn gedrongenheid. Nadien, onder het genot van een Chesterfield, met een kussen in de rug en een whisky in de hand, hernieuwde Big John ongevraagd zijn belofte aan het nog nahijgende escorte naast hem. Hij, Hoffman, stond paraat om na de dood of pensionering van de ouwe Deschryver als vers vennoot de bank van Stephen te helpen overhevelen naar de navel van de Nieuwe Wereld. No sweat, dear boy. A perfect plan. To us!

John pendelde zelfs eens op één dag heen en weer. New York-Parijs en terug per Concorde, een fortuin. Daartussen transit Parijs-Brussel, weg en weer met de City Hopper, ook niet mals. En dat alles alleen maar om zich het Palais de la Bourse aan de boulevard Anspach te laten showen; om daarna in hotel *Métropole* zich zo heftig te verstrengelen met zijn toekomstige jonge compagnon dat er rode vlekken achterbleven in de lakens; om vervolgens op de Grote Markt een doos pralines aan te schaffen voor zijn New Yorkse mignon van het moment; en om zich ten slotte na een diner – *Comme chez Soi*; op kosten van Steven – met de taxi opnieuw naar Zaventem te laten te snellen, net op tijd.

De veldmaarschalk zwaaide vanaf de achterbank naar Steven, die op de place Rouppe in z'n eentje achterbleef. Vereerd, een beetje duizelig en met samengeknepen billen.

Het was Stephen die het eerst argwaan begon te koesteren. Hij botste bij het dagelijks beheer van papa's bank op een dossier waarin, handig verscholen achter stromannen, de naam van Hoffman opdook, en niet als figurant. Het was zonneklaar dat de maarschalk gebruikgemaakt had van informatie die hem door Steven argeloos was verstrekt.

Puur legaal stak het dossier correct ineen. Maar Stephen rook de uitgekookte ontwijkingsconstructies. Op zich niet nieuw. Waar dienden banken anders voor? En hij was het al gewend van ome Leo, die het helaas veel boertiger aanpakte. Maar dat Big John van zíjn aanpak niets had gelost? Het lag Little Stephen op de maag. Temeer omdat er na dat ene dossier nog een ander volgde.

Telefonische steekproeven in het New Yorkse voedden Stephens achterdocht. Een insinuerend artikel – naamloos, op het Internet – staafde haar. Mister Hoffman werd aan gindse kant van the Atlantic gebrandmerkt als een zeer tanende vedette.

Alle voorzichtige vragen dienaangaande, telefonisch of op de man af, werden door Hoffman weggewuifd. 'Sorry, hoor.' 'Geen tijd gehad.' 'Ben ik dat echt vergeten?' Ten slotte zei John, al heel wat minder achteloos: 'Now don't you become a paranoiac schmuck, my boy.'

Het was dit 'boy', dat steeds vaker terugkwam, dat Stephen

zekerheid verschafte. Hier was vriendschap noch vennootschap in het spel. Hij werd misbruikt. Door een vent van waarschijnlijk een heel end in de vijftig, met luidens analisten alleen de reputatie van topadvocaat doch zonder de bijbehorende opleiding. Zijn jongens klaarden naar het schijnt al het werk – het team van briljante jonge zakenadvocaten die zijn kantoor draaiende hielden. Als ze noten op hun zang kregen, opslag vroegen of een buikje kweekten, ontsloeg John ze en wierf vervangers aan. Pas geslaagde, goedgebouwde twintigers, van schamele komaf en dus bereid tot moord en mishandeling voor een baantje in Manhattan. Kandidaten te over. Enfin, vroeger toch. Het carrousel sloeg naar verluidt de laatste jaren steeds meer aan het haperen. Sommigen van de vroegere jongens bestreden Hoffman, met zijn eigen wapens en met succes.

Over alles heette John te liegen. Leeftijd, voorouders, gewonnen zaken. De dreigbrieven die hij zou ontvangen van gedupeerde tegenstanders. Hij zou niet eens een jood zijn, pas besneden op zijn dertigste – dat werd gefluisterd door de een, gebriest door de ander, met vuur ontkend door een derde. Dat was misschien nog het meest tekenende aan John. Als men het in zijn afwezigheid had over hem, werd er geroepen, geschuimbekt of gesmiespeld. In zijn aanwezigheid alleen gezwegen of geslijmd.

In dat laatste kwam geen verandering, al zonk de zon van John nog zo snel. Ook na een nederlaag werd met de maarschalk in zijn bijzijn niet gespot. Stephen maakte zo'n typerende party mee, in een bijna volledig glazen penthouse ergens in Manhattan. (Het nachtelijke panorama van De Nieuwe Navel sloeg Steven zo mogelijk nog onthutsender in het gezicht dan overdag.) John domineerde de ruimte, het gezelschap, de gesprekken. Aan de lopende band wisecracks en versleten bakken, de meeste zogenaamd ten koste van zichzelf en van zijn stiel.

'Wat zijn honderd advocaten op de bodem van de Hudson River?' Hij wachtte geen suggesties af. 'A good start.' Nasale bulderlach, doodsklap op je rug. 'A good start!' Hij herhaalde elke clou een keer of vier. Alvast dat had hij gemeen met ome Leo.

Maar van één ding kon je zeker zijn: bij die eerste honderd advocaten op de bodem van the River zou je mister Hoffman nimmer aantreffen. Bij de laatste honderd evenmin. Een man als hij ontsprong altijd de dans. Zijn familienaam zou niet eens Hoffman luiden. Who knew? Who cared? Hij maakte er zelf grapjes over. Het was zoveel leuker te genieten van een slechte dan van een brave reputatie als je advocaat was in The States. En wie droeg daar om 's hemelswil zijn ware naam? Of dacht je soms dat Elvis Elvis heette, boy? En Liberace Liberace? (Of Stephen Stephen.)

Naarmate het wantrouwen van Stephen groeide, leek Hoffman er zijn lol in te vinden om zijn gedoodverfde compagnon te koeioneren. Zelfs onder vier ogen, man tot man. Bij het ontwaken, na opnieuw een nachtje *Métropole*, duwde hij het hoofd van Steven meteen weer in zijn kruis: 'I love the smell of smegma in the morning. Don't you?'

Nog liever zeikte hij Steven af in groot gezelschap. 'Sweetie, could you please shut up? For like the rest of the fucking evening?' Omdat Stephen het had aangedurfd aanmerkingen te spuien in plaats van wierook. Toen Stephen toch volhardde in gesputter, brulde Hoffman: 'Go powder your nose, bitch.' Hij deed dat elke keer als Stephen die avond nog maar zijn mond opentrok.

De eerste keer had Stephen nog meegelachen, zij het groen. De vierde keer ervoer hij het als een nekslag en trapte het af. Temeer omdat het gezelschap die vierde keer nog harder had gelachen dan de vorige drie. Wie denkt hij dat hij is, dacht Stephen, kokend de nacht instappend. Die ouwe zak behandelt mij als een rentboy met maar iets betere connecties dan een Roemeens bloemenverkopertje in onze cafés. Ik ben verdorie toch ook zelf jurist? Binnenkort beheerder van een portefeuille die zelfs naar de normen van Manhattan geen kattenpis is? En ík heb daarvoor geen geniale ondergeschikten nodig, sorry to say so. Ik hoef dit niet te slikken.

Maar Steven slikte het. Hij keerde uit de nacht deemoedig terug naar het gezelschap en hield zijn mond. Hij vreesde Hoffman. Die man wist steeds meer af van het zich verenigende Europa en het uiteenvallende België. Surfte zich waarschijnlijk suf op het Web. Sloot steeds meer deals in Brussel en Parijs. Een paar kleine zelfs al openlijk als Hoffman, zonder stroman. Schermutselingen, proefballonnen.

Op zich is dat allemaal niet slecht, gokte Stephen. Láát hem studeren, láát hem zich inwerken. Dan zal hij mijn voorstel beter naar waarde kunnen schatten, later, ooit. (Wanneer, at last?) De expertise en de spijkerharde reputatie van een ouwe ijzervreter als Hoffman zal nog goed van pas komen. Want het blijft een waagstuk, zo'n internationale configuratie opzetten, met als derde medespeler of all people ome Leo. Die nog van niets weet, bovendien. Dat wordt op zich een harde dobber. Leo en Hoffman, samen? (Wanneer, wanneer?)

Doch Hoffman dreef zijn provocaties almaar verder. Ongehoorde klootzak. Hij testte zelfs Alessandra op een cocktail-party uit. (Waar ook weer? Manhattan? Brussel? Fuck. Alles liep dooreen.) John en Sandra waren zo al niet dol op mekaar. 'He's trouble,' had Sandra gezegd, na haar eerste twee minuten in zijn nabijheid. Zij kende mannen. Zij had gewerkt in a singles bar. 'A whole lot more than trouble,' concludeerde ze, na twee uur op de cocktail-party. (Toch Parijs?) Het leek of John haar had gehoord. 'So! This must be the little wife,' zei hij, het vertrek doorkruisend in hun richting, pas voor het eerst het woord tot Alessandra richtend. Hoffman sprak luid. Gesprekken stopten. 'And this must be Big John,' riposteerde Sandra, neerkijkend op de kale kruin van de gedrongen advocaat. Nog meer gesprekken vielen stil. (Londen?) Hoffman barstte uit in lachen. 'Well, well. A tuna fish with brains. Of nee, excuus. Jij komt uit Cuba aangezwommen. It's not a tuna, it's a fucking shark I smell.' Sandra, in de stilte maar onzekerder dan anders: 'It takes a shark to smell one.' Hoffman, opnieuw in lachen: '*Moi?* A shark! How dare you insult me, you nigger bitch. See you in court!' Hij draaide zich bulderend om, Sandra zijn brede rug tonend, en de plooien van zijn korte nek. (Rome?)

'I never want to see that man's face again,' had Sandra geknarsetand tegen Stephen terwijl ze in een taxi naar hun hotel sneden tegen honderdzestig. (Parijs! Ze hadden place de la Concorde gerond!) 'Never ever. You hear?' (Nee, place de la Madeleine.) Sandra verwachtte instemming, begrip, één woord van gedeelde afkeer. Maar Stephen beet op z'n kiezen. Hij kon zich niet permitteren de haat te voeden tegen een man die hen zou moeten helpen met verkassen. Wait and see. Come to me. En Hoffman wist reeds veel te veel om zonder zorg met hem te kunnen kappen. Geen paniek! Kill my coldness. Appletree.

Misschien viel alles wel nog mee, geduld.

Shit gebeurt. Tanden bijten.

Ingescheurd.

Hey? dacht Steven. Wat scheelt er toch?
What the fuck is hier aan de hand?

'You get me horny in the morning,' zong de dansvloer die geen vloer meer was maar een bad vol schuim. Steven molenwiekte nog altijd mee. Op, af. Moed der wanhoop, strontbekaf. De ambiance was nu echt wel op haar hoogtepunt. Sun shining high, you know how I feel. Slechts twee componenten van nowadays genot ontbraken nog in de Sixty Sax. Nummer een. Een zwerm ballonnen, bontgekleurd, daalde over het dansvolk neer. Nog meer jubel. Dan de top. Nummer twee. Never stop. Never drop. Deejay drukte op een knop.

En toen gebeurde het.
 Auw.
 Birds flying high, you know how I feel.

Wat een krak. Wat een knal.
 De periodebliksems barstten los.
 Uit glazen stolpen in de nok.
 Licht, geen. Licht, geen.
 Duisternis. Dan halogeen.
 Blind, ziend. Schok, verdiend.
 ('Onze stroboscopen in actie!')
 ('The best in the Benelux!')
 Gestolden en verknipten
 Sloegen naar ballonnen.
 Pompeï in the moonlight.
 Tot aan hun heupen in de melk.
 Bewegend slechts per flitsen.
 Een prentenpolka, schoksgewijs.
 Een filmpje, te traag afgedraaid.
 Ballonnen hingen telkens
 Meters verder in de lucht.

Lichtdrukmalen, zware platen.
Dwarrelend naar de grond.
Witte tegels, zwarte tegels.
Keukenvloeren. Koele kont.
Knikkers vallen. Exploderen.
Splinters bloeien. Ruiker, bloem.
Aan en uit. Wild gefluit.
Uit de bol en door de ruit.

Mijn God! dacht Steven – voorlopig meer verwonderd dan in paniek. Het is zover. Geen twijfel aan. Ik ben aan het crashen. Jaren geleden. Jeetje. Ik ben gatverdamme aan het crashen. Dat kan ik me niet permitteren. Morgen dat dossier. Veertien afspraken.
    Mijn leven voor een lijn.

Hij keek naar beneden. Niet te geloven. Aan-uit, aan-uit. Alles doods, kleur eruit. Hij zag dat hij op zijn knieën zat. Hoe lang al? Pats in het midden van zijn vierkante zuil. Verheven. Ten toon. Niemand die keek. Vóór hem dat bad. Vol schokkerige kolking. Gedissecteerde lol van lichamen. Crashen, krassen, geen verschil. Het kostte hem bovenmenselijke moeite om Stephens rug rechtop te houden en niet voorover te doen vallen. Waar blijft ze toch? Verkassen.
    (Misschien komt John nog wel.)

Watch that video. Altijd spul.
    Make it, move it.
    Pijpenkrul.

STEVEN DESCHRYVER, SHOOTING STAR van het Brusselse establishment, vocht krampachtig terug ofschoon hij reeds vóór het begin van zijn worsteling op zijn knieën zat. Er waren er die stierven van een teveel aan pillen. Hij was aan het crashen van één pil te weinig.

Plus dat hij zijn lange lijf verplicht had om zonder ondersteuning all the way te gaan. Tot op de bodem zeg maar, dacht Stephen Copywriter monkelend maar vol afschuw starend naar het sop vóór hem. Het leek steeds dichterbij te komen. Wit, weg. Wit, weg. De stroboscopen bleven ranselen. Steven voelde korrels vallen in z'n kop. De lijst stond onder druk. Stormwind zeven, wild gejuich. Hij wilde niet vooroverstuiken en kopje ondergaan in discoschuim. Do it any way you wanna. Bliksemflitsen, nauwgezet als metronomen. I knew that we could slide. Muziek, geknars dat snijdt, gedonder. Liever dood dan dit. Geef niet op, dacht Steven met malende kaken. Zak niet weg. Waar blijft ze nu? Hou vol.

Die kop erbij. Petrol.

(Nee, denk niet aan *haar*, niet nu. Bij haar is het iets anders. De dokters hebben niets gevonden. In haar genen zit het niet, zij is gewoon zo. Zij krijgt het zelfs als ze tien jaar niet slikt. Dat stripje Xanax, dat je uit haar handtas hebt gestolen vóór je rijexamen, wat bewijst dat? Die paar Prozacjes, af en toe; die schaarse slok rohypnol in de badkamer? Nonkel Leo, van hém heb je het. Hij houdt van een goed glas, van een sigaar op tijd en stond. Meer is het niet, bij jou. Meer niet!)

Steven kreeg wat meer controle over Stephen. Voorzichtig, dacht hij, goed zo, rustig maar. Laat je achteroverzakken. Met je kont op je hielen. Hou dat bovenlijf rechtop! Niet gaan

hellen nu. Let niet op die muziek. Je kunt het, Stephen.
Je hebt één vierkante meter.

(Sinds Alessandra Jonaske, dat bleekgezicht par excellence, eerst op hun terras had laten aanbakken als een vergeten oliebol en daarna met het manneke, hersteld en wel, terechtgekomen was in een vals alarm, speelde ze fulltime motherbeast met eeuwig uitzicht op de ballen van 't Atomium. Altijd in die loft. Als wilde ze alvast qua gevangenschap de echte moeder van het mormel overklassen. Tegelijk weigerde ze de jongen te zeggen dat Katrien ontsnapt was en nog steeds niet teruggevonden. Ze had ome Steven verboden daarvan te reppen. Het heette nefast te zijn voor de kinderziel. Dat zijn zuster geen contact nam met haar spruit, bezoek noch ansichtkaart besteedde. Alsof het omgekeerde, wilde betuigingen van moederliefde, Jonaske niet evenveel hadden verbaasd. Niet één keer had hij naar Katrien gevraagd. Je mocht van dat ettertje zeggen wat je wilde, stom was hij niet. Had je al eens Terminator tegen hem gespeeld?)

Blijf zo maar even zitten, Stephen. Geen probleem. Niemand let op je. Kom op krachten. Stop met beven. Sluit je mond.

(Het maakte Sandra zelfs blij dat Katrien geen contact nam. Ze wilde Pipo voor zichzelf. Dat was geen deel meer van de deal. Ze moest kiezen. Ze was nog altijd meer zijn wederhelft dan opvangdilettante in een kindercrèche.)

Rustig, Stephen. Niemand ziet je. Er zijn er zat die gekker doen. Neem je zakdoek. Voorzichtig! Hou je recht! Laat maar, laat maar. Iedereen is hier zeiknat. Tijd genoeg, straks. Om je voorhoofd af te betten. En je kin.

(Als hij eerlijk was? Hij zou dat mormeltje ook missen. Met zijn slecht genezen armpje. Jonas kon soms zonder reden tegen je aan komen flodderen. Ontwapenend. Je had van die hondjes ook. Platte neuzen, trieste oogjes.)

Probeer eens om je kont schuin van je hielen af te laten schuiven? Doe maar naar links. Daar is meest plaats. Rustig, Stephen! Je kunt het. Zie je wel?
Bravo.

(Soms, als hij samen met Jonaske uitgezakt lag te zappen in de fauteuil – hij met een gin-tonic, de kleine languit tegen hem aan met een pak chips in zijn tengeltjes – moest Steven denken aan hemzelf en nonkel Leo, jaren geleden. Zij waren als enige Deschryvers opgestaan in het midden van de nacht. Hij, in pyjama en een kamerjas van pa die reikte tot de grond, had de voordeur zachtjes opengemaakt voor Leo. Ssst! Ze slapen! In het deurgat een kleumende kolos met stinkende asem. In de ene hand een fles cognac voor zichzelf, in de andere een peperkoek voor zijn petekind – verpakt in een geel cellofaantje, op de koek zelf een naam, gespoten in sierlijke, suikeren letters, 'Steven'. Ze installeerden zich getweeën, knus tegen elkaar aan, in de sofa die overdag het onbetwistbare domein van pa Deschryver was. Een televisie lichtte blauwig op – een huurtoestel, zeer tegen de zin van pa binnengehaald door zijn koppige broer Leo, peetvader van zijn jongste, onder de strikte voorwaarde dat het toestel reeds de dag daarna opnieuw zou worden verwijderd. Alvast de meisjes had pa verboden die nacht op te staan, en tot zijn opluchting was Bruno niet eens geïnteresseerd. Want televisie was, cultureel gesproken, erger dan het Paard van Troje. Pedagogisch niet verantwoord, spiegelde het een ordeloos wereldbeeld voor en verhief trivialiteit tot hoofdzaak. De aanleiding van de huur vormde daarvan het beste bewijs. Een rechtstreeks verslag van The Rumble in the Jungle, de zogenaamde boksmatch van de eeuw, live uit Kinshasa, ons voormalig Congo. 'Dat heeft die Mobutu toch maar schonekes geflikt,' zei ome Leo, de internationale tapijtengigant, met gemeende bewondering. Foreman versus Clay. 'Ali, boma ye!' gilden de toeschouwers in Kinshasa. 'Wat wil dat zeggen, nonkel,' vroeg Steventje, zijn mond vol peperkoek. 'Dat wil zeggen: "Ali jongen, dat kan mijn bomma ook",' knorde ome Leo. 'Ge moet eens kijken hoe hij zich laat achteroverhangen in de koorden. Alleen een oud wijf durft dat. Terwijl er zoveel echte negers op staan toe te kijken. Ik dacht dat hij kon dansen? En die andere zot maar kloppen, op zijn armen, op zijn darmen. Moeten we daarvoor een tv huren en ons in het midden van de nacht uit onze tram laten rollen? Wel, merci!' Hij was blijven mopperen tot ook tante Marja, de oekazen van haar oudste broer ten spijt, in kamerjas verscheen en in de keuken warme chocolademelk ging maken, voor bij de peperkoek, die ze voor de helft mee opat. En veel van de cognac verdween ook in háár warme melk. Zelfs Steventje kreeg een slokske. Daarna waren ze met hun drieën zodanig lacherig geworden dat ze niet eens hadden gezien dat in Kinshasa, in de ether, in de nacht, in de achtste ronde, Cassius Clay dan toch uit zijn verdediging en uit de touwen kwam. Hij sloeg die fooraap van een Foreman knock-out en ging daarna zelf van zijn stokske, puur van de hitte en de uitputting en de alteratie. Toen ze het gedrieën dan toch zagen, in de herhaling, dansten ze als indianen de living rond. 'Ali, boma ye!') (Tot pa Deschryver was wakker geworden en nog een hele scène had gemaakt, harde woorden tussen hem en Leo, onderbroken door nutteloze smeekbedes van tante Marja, en een kwaad jankende Steven die naar zijn kamer was gelopen, zo hard met de deuren slaand dat iedereén was wakker geworden en in pon of pyjama opgedoken in de living, Elvire inbegrepen ondanks haar slaapmiddelen, nog meer heisa verwekkend, pa en Leo slaags, de tantes kijvend, Elvire neerzijgend met een crisis.) (Ome Leo had zich daarna vier maanden niet vertoond in de villa tenzij heel even 's anderdaags, om de gehuurde televisie terug te komen halen, met niemand een woord wisselend. Binnen en buiten, als was er niemand aanwezig, zelfs niet zijn petekind.)

En haal nu langzaam je benen onder je lijf vandaan, Stephen, één voor één! Niet letten op het licht. Concentreer je. Je kunt het.
    Vooruit!

(Hoe mensen, elkaar zo nabij, zo hemelsbreed konden verschillen? Pa en Leo. Bruno, hij. Katrien en hij. Ze zouden alles doen om uiteen te lopen. De tantes niet, dat waren klonen. Hij en Leo: dikke maten. How come? De ene klit. De ander split. Daar valt geen touw aan vast te knopen. Het gebeurt, point final. Hij en Sandra? Koek en ei, nu niet meer – waarom? Chemie, losse onderdelen, soep. Hij en John, hetzelfde. Hij en Gudrun, insgelijks. Toeval, tegenstelling, chaosleer. Jonaske: een gis en grappig kind, in een verpakking die hem nu al ongelukkig maakt. Santos: een verpakking die deed dromen van geluk, gevuld met het verstand van een zwakzinnige.) (Santos, dát was een Elvire! Par nature. Hij! Niet jij.)

Goed zo. Hang die benen nu maar over de rand. Niet letten op de dansers! Niets mee te maken. Concentreer je, Stephen. Het gaat goed. Het gaat fantastisch.

(Het was geen fun om na een feestje in je eentje naar huis te gaan, en geen fun om in je eentje de lift in te stappen, en geen fun om in je eentje de poepdure loft te betreden, en geen fun om niemand te zien omdat ze allebei al lagen te maffen in de logeerkamer... Dan maar weer biefstuk bakken en televisiekijken. Films op het Betaalkanaal. 's Nachts meer het Anaalkanaal. Wat scheelde er toch met die fucking echte mannen? Was het een mode, een kekke sport? Een vrouw normaal pakken bleek alleszins uit den boze. Het was... Steven wilde niet preuts of ouderwets klinken, maar... Enfin! Dit was toch niet iets voor een vrouw! Dat venten zoiets deden, bon. Bij hen was dat ervoor gebouwd. Prostaatmassage, inner force, natuur. Daar bestonden boeken over. Maar bij een vrouw was het toch iets... *Anders,* tiens. Waar bleef de puurheid? Waar de zorgzaamheid? Het zag er zo vernederend uit, bij hen. Niets geen lust, alleen geweld. Rare jongens, in de porno-industrie. En zouden die vrouwen dat nu zelf ook leuk vinden? Het was anders geen gezicht. Je moest eens kijken, naar die... die... Het stond helemaal opengesperd, blind aan het gapen. Een karpermond met een kattensnor. En die dellen trokken het nog een beetje verder open, ook. Ze keken in de lens, vingerend bij de vleet. Inzoomen en alles. Toe maar. Je biefstuk kon je vergeten. Je goesting was over. En die hengsten onder hen maar tekeergaan, langs achteren, zelf onzichtbaar blijvend. Hun zwiepende balzak, dát was nog een beetje geil. Maar voor de rest?) (Zou Sandra dat ook al hebben gedaan? Met die pizzaboy? Of op de achterbank van haar BMW, met de een of andere vreemde ziektedrager? Dan had ze het evengoed aan hem kunnen vragen. Hij zou het anders wel geweigerd hebben.) (Hoe vraag je zoiets, aan je vrouw? 'Schat, heb jij je al eens in je stortkoker laten zitten? Já? Wat leuk voor je.' Het was gewoon vies.)

En nu – niet schrikken! – steun je op je handen en schuif je je bekken naar voren, tot alleen je zitvlak nog op de zuil rust en je benen helemaal naar beneden hangen. Niet beginnen te janken! Je kúnt het. Probeer het maar. Ik help je wel.

Niet letten op dat licht!

(Als ome Leo zo'n dik maatje is, waarom heb je hem dan nooit gevraagd óf en waaróm hij je bedroog in je eigen loft met je eigen vrouw? En waarom heb je datzelfde nooit gevraagd aan Sandra?) (Misschien stond je toch te crashen voor je eigen voordeur, loerend door een kier, je oog nog scheef van de klap van Bruno, zekerheid heb je nooit, viel het überhaupt nog uit te maken wat er echt gebeurde?) (Misschien heb je niet eens de rug gezien van ome Leo maar van een ander zwijn met zijn postuur dat voor haar neer had mogen knielen.) (Maar zij was het geweest, all right, te horen aan haar Spaans geneuzel, te merken aan haar hoofd met toeë ogen.) (Waar blijft ze toch?)

En nu – rustig ademhalen! – steun je met je beide handen op de rand, terwijl je ook je zitvlak langzaam van de zuil laat afschuiven. Stop met grienen! Ja, wees gerust: onder dat schuim zit een vloer. Je voelt ze wel als je er bent. Nee, je gaat niet kopje onder, je bent lang genoeg. En nee, je zult niet vallen. Als je maar luistert naar wat ik zeg. Komaan. Doe het!

Of ik geef je een duw.

(Katrien has always all the luck. Zij kán ontsnappen. Wanneer hij? Wanneer wie?)

Stephen stond eindelijk met beide voeten op de vloer. Wankel, tot aan zijn navel in discoschuim. Op zijn lippen ander schuim, met kleinere bellen, steviger, kleveriger, zelfgemaakt. Hij hield zich aan de kubus vast, bevreesd dat er dansers op hem zouden botsen, hem alsnog omver doen vallen. Hou vol! Wit-weg, licht-zwart. Hij was eindelijk gewend geraakt aan die stroboscoop. Hij maakte zich op om, voetje voor voetje, naar de uitgang te schuifelen langs de muur. Hij bezat zelfs een aardige kans om dat te halen. Onderweg geen drukte. Iedereen stond op de dansvloer, uit de bol te gaan. Maar toen drukte de deejay weer op de knop en de stroboscoop sloeg af. Kleuren ontploften, boxen braakten, alles roetsjte, rollercoaster, jeetje. Stephen crashte nu pas echt. Zijn knieën knikten en bogen door. Zijn bibberende lijf begon te zakken, het schuim te stijgen rond zijn borst. Titanic, here I come.

Hij duwde zijn gezicht nog tegen de kubus.

Zijn neus werkte als rem, omhooggedrukt.

Een snotspoor op een zuil.

Zijn vingers klemden zich om de rand.

Zijn armen strekten zich steeds meer.

Het sop stond bijna aan zijn witte lippen.

What's the deal, is it really real?

Schuim tot schuim, you are my meal.

De tijd liep in een grindbak vast.

Het regende metaal en glas.

Muziek begon vervormd te kwijnen.

Gebruis verdrong zich in zijn oren.

De tijd schoot uit zijn sponning.

En Steven zag, voor hij ten onder ging,

In kleur en op dozijnen monitoren

(Watch that video, break your heart)

Dan eindelijk toch zijn Sandra

Maar spiernaakt op haar knieën

Haar dubbel kutgat naar de camera gekeerd

En achter haar een man op jaren

Korte nek, blote kont, vlees met putjes, rug met plooien

Die rug herkende hij en ook die kale kruin

Een maarschalk met een paardenlul

(Sun shining high, you know how I feel)

Nu waren beiden toch nog opgedaagd

Hij hing alleen nog aan zijn nagels vast
Zo zag hij hoe Big John haar binnendrong
Voor iedereen tentoon op monitoren
Waar bleef dan zorgzaamheid en charme
Had hij gekund, hij had gemold
Had hij gedurfd, hij had gedood
En schoon hij wist dat dit niet kon
En schoon hij reeds in schuim verzonk
(zijn nagels krasten in de zuil)
en schoon hij inzag dat hij dit verzon
(net als met ome leo toen, wellicht, i hope)
was daarom nog zijn pijn niet weg
was daarom nog t besef niet klein
net voor ik helemaal verdwijn
let s face it   fuck   ik ben jaloers
straks ben ik nog   een hetero aan t worden
in love gevallen   op mijn eigen vrouw

ook dat nog
blub

(waar blijft ze toch)

2

KIND EN MOEDER

EINDELIJK HAD GUDRUN een roeping ontdekt die bij haar paste. Het parcours had niet bepaald gelopen over rozenbladen. Wat de jongste dochter van Deschryver ook had ondernomen, het was op misverstanden uitgedraaid of faliekant geflopt. Vergeleken met de tragedies die haar beruchte zuster uitlokte, waren haar tegenslagen keukencatastrofes. Doch ook Gudrun trok ze aan in overvloed. Aldus hadden de zussen behalve hun postuur van kindvrouw nóg iets gemeen: wat malheuren betrof – bij de een in het groot, bij de ander in het klein – leken ze op de magneet op papa Deschryvers bureau, die schuilging onder een wirwar van kleurige paperclips.

Anders dan Katrien, had Gudrun er steeds een vreemd genoegen in gevonden de wirwar van haar fiasco's te ontrafelen, de onderdelen telkens weer op een rijtje leggend; steeds hetzelfde logische, chronologische loopje; een ketting van ineengehaakte paperclips. Alsof elk van haar tegenvallers enkel had bestaan bij de gratie van de strop daarvoor en van de pech die nog moest komen. Op die krakkemikkige ketting had Gudrun dagelijks de rozenkrans van haar mislukkingen gebeden. Bitterder wordend na iedere stonde.

Het overhaaste huwelijk met haar drummer was uitgemond in een even overhaaste scheiding. Aan haar terugkeer naar de ouderlijke villa was een knieval in de living voorafgegaan. 'Ik ben te goed voor deze wereld,' had pa zijn dochter toegebeten, ten teken dat ze haar vroegere kamer weer mocht betrekken.

Die nederlaag (ze was indertijd vertrokken met ruzie en met de voorspelling dat ze de hulp van niet één Deschryver meer behoefde) had haar veranderd, zoals een volbloedveulen dat na dwang en ontbering wel het zadel accepteert maar daarna nooit prijzen wint bij het draven. Gudrun verwerd van extraverte, energieke meid tot eenzelvige, vroegoude kween. Nimmer ging ze nog buiten voor de lol, ze frequenteerde amper nog leeftijdgenoten en sleet haar volwassenheid in het huis van haar jeugd, tussen vier oude vrouwen en een norse vader.

Haar enige en kortstondige lichtpunt, de romance met haar schoonbroer, had bestaan uit een paar steelse tongzoenen en wat puberaal gefrutsel, waarvoor ze zich jegens de impotente Dirk had geschaamd en jegens de onwetende Katrien schuldig had gevoeld. Toen ze vernam dat Katrien Dirk had neergeschoten, sloeg het schuldgevoel tegenover een verwante om in haat tegenover een rivale. Ze kon in de moord op Dirk niets anders zien dan een amoureuze weerwraak.

Die gloednieuwe wrok knipte hun aloude zusterband in tweeën. Doch elke keer als Gudrun dacht aan vroeger deed de sellotape van het sentiment zijn herstellende werk. Zij was de enige geweest die, na weer een catastrofe, de in ongenade gevallen Katrien had durven steunen, in het geheim weliswaar. Zij had haar oudere zus 's nachts bevrijd uit haar quarantaine – een dubbele cel: de door iedereen gemeden woonkamer plus de oude kamerjas waarin Katrien zich had gewikkeld als in een cocon, uitgestoten, met de vinger gewezen, geschandvlekt... Zo beschouwd was Katrien al van jongs af vertrouwd geweest met vrijheidsberoving. Met ontsnappen ook: in het halfdonker had Gudrun haar bij de hand weggeleid, van de fauteuil naar hun slaapkamer, en was bij haar in bed gekropen. Ze had de grote Katrien tot het ochtendgloren mogen troosten; haar over het hoofd strelend, sussend – een omkering van de gang der zaken want normaal was het Katrien, de allemansprinses, die soelaas had moeten schenken aan Gudrun, het opgewonden standje, het potten- en vazenbrekertje.

Gudrun was ook de enige geweest tegen wie Katrien in dagen van uitsluiting spreken kon. Alleen in het holst van de nacht en in Gudruns bijzijn vormde Katriens mond nog woorden. Telkens dezelfde, hortend, fezelend: 'Ik kon er niets aan doen.'

(Zelfs na die rampzalige keer waardoor het met ma Elvire definitief de verkeerde kant opging en pa het hele gezin het verbod oplegde om, 'voor ieders bestwil', nog gewag te maken van het gebeurde. 'Ik kon er niets aan doen,' stotterde Katrien, in de daaropvolgende nacht, in het bed, over het hoofd gestreeld door haar zus. De bewaarengel gesust door het stervelingetje op wier schouder hij zelf hoorde te zitten.)

Maar elke gedachte aan de gedode Dirk knipte Gudruns herstellende sellotape meteen weer door, de zusterband opnieuw in stukken achterlatend.

Het nepmoederschap over Jonaske, dat Gudrun zich op de schouders had gehaald om Dirk te gedenken en Katrien te overtroeven, was een te zwaar juk gebleken. De kleine dreigde onder haar wurgende zorg neurotisch te worden. Hij had in Waasmunster zijn armpje gebroken voor haar ogen. Nooit vergat ze het geluid van brekend bot en de schreeuw van de jongen. De dokter – de eerste de beste naar wie ze met het huilende baasje was heengeijld – had Jonas' pootje schandelijk slecht in het gips gelegd. Zonder dat Gudrun haar beklag kon doen, de arts had haar zelf gewaarschuwd: 'Het is niet mijn specialiteit, zo'n ingewikkelde breuk.' Zíj was het geweest die had aangedrongen op de ingreep, omdat ze het wenen van Jonas niet langer had kunnen aanzien zonder te bezwijmen van zelfverwijt...

Ten langen leste had ze de pagadder in zijn eigen belang opgedrongen aan Steven en Alessandra. Het viel al zwaar te moeten erkennen dat Jonas bij haar slechter af was dan bij die twee snobs. Nog zwaarder viel het, afscheid te moeten nemen van het laatste wat haar in den vleze kon herinneren aan haar onfortuinlijke minnaar. Want Alessandra en de tantes mochten zeggen wat ze wilden, Jonas had veel van Dirk. Te veel. Die ogen, die oortjes. Soms was het ondraaglijk naar hem te moeten kijken.

Haar gesnuffel in de briefwisseling der afwezigen – pa en Katrien – had primo geresulteerd in een verscheurende ruzie met de twee langstlevende tantes, wier cruisebootfaxen Gudrun niet eens meer wilde lezen, laat staan beantwoorden, nadat ze door tante Madeleine was uitgemaakt voor al wat lelijk was. Secundo had ze zich, bij het beantwoorden van Katriens fanmail, juist wel laten verleiden tot een uitvoerige briefwisseling met ene Hannah Madrigal. Een haar onbekende vrouw die eerst allercharmantst en luisterbereid had geleken. Ze had Gudrun aangespoord om haar rozenkrans van paperclips ook eens te bidden op verduldig papier, als leesvoer voor een objectieve buitenstaander. 'Vrouwen doen dat te weinig, waarde Gudrun, ze worden tegengewerkt, door hun opvoeding, door mannenconventies, ingekankerde gêne.'

Gudrun had zich begrepen gevoeld. Ze had eindelijk haar hart kunnen luchten, haar ongeluksgebed zingend als was het een elegie, sommige feiten aandikkend (haar relatie tot pa), andere verzwijgend (haar relatie met Dirk). De biecht laat zich gemakkelijk spreken tegen een wildvreemde want niet alle details hoeven te kloppen.

Al gauw was echter gebleken dat die Madrigal alleen maar uit was op het afluizen van weetjes omtrent Katrien. (Altijd weer: Katrien.) Met groeiende aandrang was ze Gudrun zelfs beginnen te smeken om schriftelijk in te stemmen met de oprichting van een steunfonds 'voor uw ten onrechte gekerkerde, moedige zus'. (Katrien, Katrien, Katrien.) Na lang de boot te hebben afgehouden, en nog altijd tegen heug en meug, had Gudrun ten slotte een summier woordje van dank en steun verzonden aan haar pennenvriendin.

Meteen staakte Madrigal de correspondentie. Gudruns daaropvolgende brieven, vol verwijten, kwamen onbesteld terug. 'Woont niet meer op het aangeduid adres.'

Gudrun had niets meer van Madrigal vernomen. Ze was al bijna het hele idee van een steunfonds vergeten toen ze in een universitair auditorium deelnam aan een volksvergadering van de Witte Beweging en een maf mens zag dat zich vooraan op het podium in het voorhoofd sneed.

Eerst was Gudrun geïntrigeerd geweest, zoals iedereen. Ze had zich laten opjutten door de excentrieke martelares. Ze had geapplaudisseerd en uit volle borst gejuicht om het eerste deel van haar toespraak. Toen waren de verwarring en ten slotte de schok gekomen. Bij de mededeling van het mens dat haar organisatie, het Algemeen Vrouwenbevrijdingsfront, de verdediging op zich wilde nemen 'van een unieke vrouw die tegen de onderdrukking was opgestaan door alvast af te rekenen met haar eigen vent: Katrien Deschryver'.

Gudrun, perplex maar des te helderder, begreep het meteen. *Dit was Hannah Madrigal.* Mijn God. Had ze vooraf geweten hoe dat schaap eruitzag en sprak, ze had nooit haar klaagzang van mislukkingen durven uitstorten juist bij haar. En lieve hemel. Het wás dat manwijf ernst. Met dat steunfonds. Met die hele fanclub voor Katrien.

In de hoop niet herkend te worden als een Deschryver, had Gudrun wijselijk het auditorium verlaten. Net op tijd. Kort na haar vertrek, zo leerde ze 's anderdaags uit de kranten, was in de zaal een hels kabaal losgebroken, waren onderzoeksrechter De Decker en zijn manschappen langs alle ingangen tegelijk binnengevallen en was er, eerst op het podium en later in de hele zaal, een vechtpartij in regel ontstaan. Die kwam pas tot bedaren nadat een lijkbleke, zichtbaar aangeslagen De Decker had beloofd dat de genaamde Hannah Madrigal ongemoeid zou worden gelaten. Madrigal was, onder gejuich, als een heldin naar buiten gedragen op de schouders van vijf splinternieuwe leden van haar Bevrijdingsfront, die bij de uitgang meteen ook geld hadden ingezameld om de werking van het front op te kunnen starten. ('Vele aanwezigen lieten zich van hun gulste zijde zien,' schreef een krant, 'naar eigen zeggen uit protest tegen de nakende politiestaat.')

Aan al die heisa was Gudrun op het nippertje ontsnapt. Niettemin was haar aftocht uit het overvolle auditorium ook nu reeds met de nodige moeite verlopen. Ze had zich met haar kleine tengere lijf een weg moeten banen door de opeengepakte menigte, terwijl ze ook nog een rolstoel voor zich uit duwde.

In die rolstoel had haar beschermelinge gezeten, die ze nog meer heisa om Katrien wilde besparen. Want de zorg om haar, dát was Gudruns nieuwste roeping. De zorg om Elvire.

De door iedereen vergeten mama Deschryver.

ELVIRE HAD IN HET GESTICHT een van de felste opflakkeringen meegemaakt in haar manisch-depressieve bestaan. Niemand van de verpleegsters, het keukenpersoneel, haar lotgenoten of hun bezoekers was erop voorbereid geweest. Verdwenen was het uitgemergelde wrak met de naar elkaar toe groeiende schouders, dat de hele dag in een hoekje van de kantine voor zich uit had zitten te prevelen en zelfs haar vieruurtje onaangeroerd liet. Verdwenen de zielenpoot met het vogelkopje, wier schichtige groene ogen zich in de tijdschriftenkamer om het minste treurige bericht hadden gevuld met mist of achterdocht. Verdwenen de stakker, die 's nachts beschaamd om hulp had geroepen vanaf het bed waarop ze was vastgebonden.

Hier stond, uit het niets, een boomlange vrouw op met een rechte rug, een beschuldigende blik en een eisenpakket. Want er moest gehandeld worden. Iedereen moest bijspringen. Snel een beetje. Het land ging naar de bliksem. Persoonlijke beslommeringen moesten wijken.

De nieuwe Elvire had rust noch medicijnen vandoen. De onbeklimbare bergen, die anders reeds bij dageraad voor haar opdoemden en haar voor de rest van de dag belemmerden ook maar iets te ondernemen, waren geslonken tot molshopen. Ze stapte er gezwind en zelfs wat minachtend overheen, niet langer bij voorbaat moe en moedeloos.

Tot 's avonds laat behield ze haar geestdrift en verschroeiende werkkracht. Haar incontinentie was verdwenen en omvallen deed ze niet meer. Na een hazenslaap van twee uurtjes stond ze integendeel alweer adressen over te schrijven uit het bestand van de gekaapte gestichtscomputer. Of ze telefoneerde, bazig en over een met hoogdringendheid aangevraagde noodlijn, naar alle instanties die volgens haar in gebreke waren gebleven, om ze hoogstpersoonlijk de mantel uit te vegen. In haar eigen kamer kwam ze nog nauwelijks, een hoek van de kantine diende haar tot kantoor. Vanuit die hoek jutte ze iedereen die in haar gezichtsveld verscheen op tot hulp en bijstand. In een paar dagen tijd coördineerde ze, samen met een nabijgelegen schooltje en een streekkrant, een zelf opgezette tombola; ze dirigeerde een zelf bedachte briefschrijfactie naar alle dagbladen en politieke partijen; ze creëerde vruchtbare contacten met tal van andere nieuwe comités, lukraak gekozen, afgaand op krantenberichten en telefonisch verkregen tips... Was Elvire alsnog een berg tegengekomen, ze had hem eigenhandig verzet.

Maar een prettige aanblik bood ze niet. Eerder grimmig geëxalteerd. Nog altijd manisch. Niemand in het gesticht durfde tegen haar in te gaan. Haar streven was nobel en ze deed weinig kwaad. En ze was per slot de vrouw van een ex-minister. Elvire zelf schoof intussen haar pillen hoogmoedig ter zijde en lachte de omzwachteld verwoorde twijfel aan haar plannen weg. Ze betitelde tegenwerpingen zelfs als lafheid of luiheid en chanteerde in één beweging de grootste cynici tot het doneren van een gift. Want actievoeren kostte handenvol geld, beste mensen.

Niemand kon op tegen Elvires overredingskracht die intens genoeg leek om nieuwe kruisvaarten uit te lokken.

Na anderhalve week – een record – zeeg Elvire ineen achter haar computer, liet alles lopen en sliep twee dagen aan een stuk, zonder slaapmiddel. Toen ze haar ogen weer opentrok, zag ze de bergmassieven opnieuw voor zich opdoemen, imposanter dan ooit. Op slag werd ze haar onmachtige, lijdende zelf. De oude Elvire. Ineengedoken, schichtige blik, griënen, geheugenverlies en kuren. Ze moest 's nachts opnieuw op haar bed worden vastgebonden. Doch minder stevig dan voorheen want de voorbije crisis had veel van haar krachten gevergd. ('Nog twee zulke opklaringen en haar zon gaat nooit meer op,' zei een te hulp geroepen zuster van het Wit-Gele Kruis, die Elvire reeds vroeger had verzorgd.)

Het enige wat weer een glimlach op haar lippen kon toveren, waren haar vertrouwde soaps. Ze volgde er nog altijd een dozijn tegelijkertijd, van middag tot avond met geen stokken weg te slaan uit de televisiekamer. Maar in tegenstelling tot vroeger begon Elvire de personages van de verschillende reeksen dooreen te slaan, of nog erger: te vergeten. Niemand van de andere kostgangers kwam nog een beroep doen op haar voorheen verbazingwekkende geheugen, vol intriges en stambomen en echtbreuken.

Aldus verloor Elvire het beetje aanzien dat ze vóór haar opflakkering in het gesticht had genoten. En ze was al zo geïsoleerd. (Ze was per slot ook de vrouw van die zogenaamd verdwenen bankier, en de schoonzus van die corrupte tapijtenboer. En een van haar kinderen pleegde moorden. En zelf wist ze de helft van de tijd waar noch wie ze was. Over wat begon je met zo iemand te praten? Over het weer?)

Een paar dagen nadat Elvire was ontwaakt en opnieuw oog in oog stond met haar bergmassieven, arriveerde Gudrun in het gesticht. Ze had Jonaske net achtergelaten bij Alessandra en was linea recta hierheen gereden. (Als ik niet deug voor moeder, laat mij dan op zijn minst uitmunten als dochter.)

'Ik neem je weer mee naar huis,' had ze gefluisterd tegen Elvire die, in de televisiekamer in een fauteuil gezeten, kopschuw naar haar dochter opkeek. Elvire kromp zelfs wat ineen toen Gudrun op de houten armleuning kwam zitten en haar over het korte, grijze haar begon te strelen. Mama was nog vermagerd, zag Gudrun. Ook op haar voorhoofd kreeg ze al ouderdomsvlekken. (Dit is de enige rol die jou nog overblijft, misschien de enige die je ligt: wijd je aan wie jou het leven schonk. Zolang het nog kan.)

'Ik heb een vergissing begaan,' fluisterde Gudrun. 'Jij verdient het niet hier te worden achtergelaten.' (Gedumpt. Daarin had die dragonder van een tante Madeleine overschot van gelijk gehad. Je hebt je moeder gedumpt tussen onbekende dementen en terminale kamerplanten. Om maar te zwijgen van die bokkige verpleegsters.)

'Ik haal je hier weg. Ik heb eindelijk tijd gemaakt voor jou! Dat had ik veel eerder moeten doen. Het spijt me zo.'

'Wie ben jij,' weende Elvire, de hand afwerend. 'Laat mij met rust of ik roep een verpleegster.'

GUDRUN BEGREEP. Ze begreep Elvires vertwijfeling, haar vergetelheid, haar heldere momenten, haar donkere dagen die konden uitgroeien tot soms wel een heel weekend. Gudrun begreep het ál. Want mama Deschryver had haar nodig en dan mocht ze niet langer tekortschieten. Mama Deschryver had haar gemaakt.

Elvire was altijd een van de weinigen geweest die meer op Gudrun verzot was dan op Katrien. Katrien, de perfectie zelve, was als grap of als straf ontsproten aan haar schoot van smarten en depressies; een godenkind ontvallen aan een zwerfhond. Gudrun was een mensenkind. Een dochter met genoeg tekortkomingen en alledaagse tegenslag om zich ermee te kunnen verzoenen dat het wel degelijk ging om een spruit van haar, Elvire. Gudrun had ze vertrouwd, Katrien gevreesd.

Telkens als die laatste aan haar ziekbed kwam staan, was Elvire zwijgend naar de andere kant weggekropen en had gebeefd tot de kleine harpij weer wilde afdruipen. Gudrun had onmiddellijk op haar voeteneinde mogen plaatsnemen om kaart met haar te spelen. Haar jongste dochter had haar begrepen van kleins af aan.

Gudrun begreep haar ook nu. Ze begreep het witte comité en ze begreep de tomeloze inzet die Elvire zich ervoor had getroost. Ze kende Elvires inlevingsvermogen met de flarden van leed die ze sprokkelde in haar vele kranten. Elvire had die altijd al uitgespeld wanneer ze niet sliep of naar de televisie keek. Door de vernietigende kracht van Elvires verbeelding kon de ellende die schuilging in één foto of één schreeuwerige kop haar al meer aangrijpen dan alle miserie in haar onmiddellijke omgeving. Gradaties in medevoelen had Elvire daarbij nooit gemaakt en het object van haar smart bleef onvoorspelbaar.

De dood van een leeuwenwelpje in de Zoo van Berlijn kon haar even diep ontredderen als een windhoos op de Filippijnen of een aardbeving in Guatemala die honderden slachtoffers had gemaakt. Haar hart kende grenzen noch doelgerichtheid.

Het verwonderde Gudrun dan ook niet dat de moord op zes vreemde meisjes Elvire sterker in beroering had weten te brengen dan die op een schoonzoon. Elvire leek die zelfs te hebben vergeten. Ook al ging het dan om Dirk, Gudrun begreep. Zo stak mama nu eenmaal ineen. Elvire vroeg trouwens ook nooit naar Katrien, terwijl die vaak genoeg figureerde in de pulpkranten die haar voorkeur wegdroegen. En ze sloeg ook veel andere misère over, godzijdank.

Ter ere van haar moeder zon Gudrun op een manier om het witte comité voort te zetten, zij het op een laag pitje en niet meer vanuit het gesticht. De oplossing bestond erin dat de dagelijkse leiding en de karige kas werden overgedragen aan iemand van het nabijgelegen schooltje. En dat ze voortaan nog slechts met hun tweetjes – Elvire in een rolstoel, Gudrun daarachter als zorgzame duwer – betogingen en vergaderingen zouden steunen door louter aanwezig te zijn. Maar dan wel zoveel mogelijk, over het hele land, het Franstalige gedeelte inbegrepen. In universiteiten, voor gerechtshoven of gewoon op straat, tussen jong en oud. Ze hadden toch tijd zat. En het was meteen een fijne uitstap voor hen beiden.

De rest van de tijd brachten ze door in de ouderlijke villa, die nu galmde van leegte en merkwaardig klam aanvoelde voor de tijd van het jaar, zelfs overdag. Het was er nog nooit zo stil geweest. Op alle kasten lag stof doch Gudrun wilde geen werkster meer over de vloer. Dat leverde alleen maar meer geroddel op. En zelf had ze haar handen al vol genoeg aan Elvire. Haar medicijnen alleen al. Doosjes en strips en potjes en preparaten. Van het ene drie korreltjes voor het ontbijt, van het andere een dragee voor het slapengaan. Eén vergissing kon al kwalijke gevolgen hebben.

Laat het stof dan maar liggen, en de tuin verkommeren.

Wie zou er trouwens aanstoot aan hebben moeten nemen? De tantes waren blijkbaar van plan om heel de wereld rond te spelevaren. Nonkel Leo kwam niet op bezoek. En Steven en Alessandra waren nimmer tuk geweest op visites aan de boerenbuiten. Ze vertoonden zich ook nu niet. Terwijl ze toch een grootmoeder blij hadden kunnen maken met het zien van haar enige kleinkind.

Gudrun zei er niets van. Ze viel liever dood dan Steven en zijn Sandra te bellen. Maar ze vond het wel weer typisch van die twee.

'waar is iedereen gebleven?' Zo begon Elvire meestal aan een van haar heldere momenten, in de stoffige living bang om zich heen kijkend. Alsof ze van de ene nachtmerrie was wakker geschrokken in een andere en al direct in janken kon uitbarsten.

Gudrun ontmijnde geduldig de angsten van haar moeder. Afwezigheden verdoezelend hier, leugentjes om bestwil in stelling brengend daar. Ze leerde het hele register te bespelen. Meelevend: 'Wat jammer nu! Madeleine en Milou zijn boodschappen doen. Koopjes in Antwerpen. Ze zijn nét de deur uit.' Schouderophalend: 'Allez, waar zou pa nu kunnen zijn? Hij is op de bank, natuurlijk. Altijd maar werken. Je kent hem toch?' Berispend: 'Maar je hebt Jonaske daarnet nog gezien. Jawel! Hij was hier. Weet je het niet meer? Dat stoute geheugen toch! Maar hij was heel blij jou te zien. Hij heeft zijn oma een dikke, dikke kus gegeven.' Doch altijd gebruikte Gudrun als laatste en doorslaande argument: 'Ik ben hier toch? Dus zo alleen ben je niet. Je dochter blijft bij jou. Ja? Voor altijd.' Telkens wist ze Elvire ervan te overtuigen zich geen zorgen te maken.

Maar na iedere donkere periode en elk angstig ontwaken, moest ze haar moeder opnieuw sussen, opnieuw het hele register bespelend... Van lieverlee begon ze wel steeds dezelfde uitvluchten te gebruiken. Zelfs eender verwoord op den duur. Een mens kon er niet eeuwig nieuwe bedenken. En trouwens, de anekdotes die Elvire vertelde waren ook altijd woordelijk eender.

Behalve heldere momenten waren er ook halfheldere. Elvire schrok op en riep iets uit in de trant van: 'Het is onze fout, de schuld van iedereen, wat hebben wij gedaan om het te verhinderen?'

Gudrun wist dan nooit waarover Elvire het had. Over de dood van Dirk. Of de moord op de meisjes. Of de manier waarop Katrien tante Marja over de kling had gepraat tijdens de koffietafel. Of nog altijd dat ene, dat Elvires definitieve aftakeling had ingeluid. Of – wie weet – alles tegelijkertijd. Dat ware alleszins echt iets geweest voor Elvire. Een algeheel mea culpa, in naam van iedereen, voor alles wat scheef was gelopen zowel thuis als daarbuiten, waar ook ter wereld.

Er waren ook ronduit mooie momenten. Elvire was er in het gesticht aan gewend geraakt om geholpen te worden met eten. Gudrun nam die taak met plezier over. Ze bond haar opgetogen moeder een geblokte theedoek om en voerde haar een boterham met confituur, in reepjes gesneden, 'soldaatjes', gesopt in koffie. 's Morgens fruitpap – hapje voor mama, hapje voor Gudrun, et cetera. En om de paar avonden Elvires lievelingskost, puree met gehakt uit de oven.

(Er waren ook heldere momenten waar Gudrun niets van af wist. Elvire ontwaakte dan uit haar nachtmerrie zonder in een andere nachtmerrie te belanden, en bijgevolg zonder op te schrikken. Ofschoon ze nog steeds in dezelfde living en dezelfde fauteuil zat, bevond ze zich in een geheel andere realiteit, die niet in het minst bedreigend was dit keer.

En in die realiteit zag ze haar jongste dochter zitten, haar Gudruneke. Ruim dertig inmiddels en er nog ouwelijker uitziend door de bittere rimpels in haar voorhoofd en om haar ogen. Gudruneke zat aan de tafel kousen te stoppen zoals Milou en Marja vroeger. Aan diezelfde grote tafel waar zo menig feest was gevierd. Al die doopfestijnen, al die communies en oudejaarsdiners. Telkens hetzelfde verloop. Van schuimwijn voor, tot Irish Coffee na; van aperitieftoastjes met smeerpaté, tot een marsepeinen biscuitkieken als dessert; en met daarna zelfs nog pralines van Leonidas en amandelkoekskes van Jules Destrooper. Plus alle gangen en wijnen daartussen. En de dag daarna een tweede feest: de resten, opgewarmd en wel.

Elvire kon zich de keer herinneren dat zelfs deze massieve eiken tafel te klein was geweest. Kort na de geboorte van Steventje. Zijn nonkel Daan leefde nog. En de kardinaal en de gouvernante hadden mee aangezeten, en zelfs de toenmalige tuinman, een alleenstaande, die door Madeleine was uitgenodigd onder protest van Herman en haar twee zussen. Maar Madeleine had voet bij stuk gehouden. 'Het is kerstdag, we móeten een eenzame uitnodigen. Maar dan liefst ene die we toch een beetje kennen.' Die jongen had van heel de avond geen gebenedijd woord durven te zeggen, op een hoek gezeten op een taboeret, geïntimideerd, met nog geen halve meter bewegingsruimte voor zijn ellebogen, een kristallen wijnglas brekend op de koop toe. Met z'n vijftienen hadden ze aangezeten, de kleine kadeeën inbegrepen.

En nu zat Gudrun er in haar eentje kousen te stoppen. Voor wie? Voor wat? Elvire zag dat Gudruns haar al een paar grijze strepen vertoonde. Nauwelijks merkbaar, maar toch. Mijn kind krijgt grijs haar, dacht Elvire. Het is tegen de natuur. Niet dat het gebeurt. Maar dat ik het meemaak. Tweehonderd jaar geleden zou Gudrun beschouwd worden als de oude vrouw. En zie mij hier nu zitten.)

WAT DE VERPLEEGSTERS VAN HET GESTICHT Gudrun ook mochten aangeraden hebben, ze kon het niet over haar hart krijgen om haar moeder 's nachts vast te binden op bed. Dan waakte ze liever naast haar, eerst op een veldbed, later op een logeerbed dat ze met veel moeite tot in de ouderlijke slaapkamer had weten te maneuvreren.

Toch verraste Elvire haar soms nog door in het oog van de nacht op te springen, over haar slaapdronken dochter heen duikelend naar de wc te strompelen maar in de gang hachelijk ten val te komen.

Gudrun vond haar, reeds in haar ontlasting. 'Het spijt mij zo,' snikte Elvire. 'Dat geeft niet,' zei Gudrun, 'je moet je niet schamen.' Ze hielp Elvire zonder aarzelen op de been, ondersteunde haar tot in de badkamer en hielp haar zich weer schoon te maken.

Pas wanneer Elvire weer tot rust was gekomen, nam Gudrun de tijd om de gang te reinigen en ook zichzelf wat op te frissen. Ze stond er zelf verbaasd van dat ze haar weerzin zo gemakkelijk had kunnen overwinnen – de uitwerpselen, de stank, de wederzijdse schaamte. Het was vooral mededogen dat ze had gevoeld. En zelfs een ontroerend soort van dankbaarheid. Dit is het, dacht Gudrun, nachtpon en ondergoed van Elvire in de wasmachine proppend, samen met haar eigen kleren. Het patrimonium, het matrimonium. Fruitpapjes, wassen, verschonen. De cirkel is rond. Zuiverder kan een erfdeel niet zijn. Ik doe eindelijk iets even essentieels terug als wat zij heeft gedaan voor mij.

Maar ik vind wel dat ze luiers moet leren dragen. Daar hadden ze in het gesticht groot gelijk in. Dat mag ik niet over mijn kant laten gaan, dat ze dat blijft weigeren. Een beetje consideratie met wie haar verzorgt, mag ze wel hebben. En ik heb er vroeger toch ook gedragen?

Er waren ook pijnlijke momenten. Pijnlijk voor Gudrun, gezien wat die zich getrooste en ontzegde. Zoals die keer, na weer een angstig ontwaken van Elvire, overdag in de living. Gudrun had opnieuw het hele register van de ontmijning bespeeld en eindigde met haar gebruikelijke 'Gudruneke, je dochter, blijft bij jou. Ja? Voor altijd'.

Maar Elvire was niet gesust. Ze had Gudrun zo lang aangekeken met haar holle groene kijkers, dat de stilte op zich al een vernedering werd. En toen had ze ook nog eens gezegd: 'Ik heb geen dochter die zo heet. Waar is Katrientje, mijn appelsientje? Ze heeft het zo moeilijk, ocharme, ik ben bang in haar plaats. Dat kind kan er niets aan doen, ze heeft het van mij. Het is allemaal mijn schuld.'

En dan was er ook dat moment waarvan Gudrun niet wist wat ze ervan moest denken. Midden in een nacht, dit keer. Het regent pijpenstelen. Elvire schiet wakker maar ze strompelt niet de gang in. Ze blijft pardoes midden op haar bed zitten te kreunen. Ze heeft voor het slapengaan haar gebruikelijke valiumpje geslikt, meer niet.

Gudrun, op het bed kruipend, haar moeder in de armen nemend: 'Wat scheelt er nu weer?'

Elvire, stotterend: 'Hij is komen waarschuwen.'

Gudrun: 'Wie?' Denkend: O jee, dat wordt weer een van haar anekdotes. Maar al na twee zinnen begrijpt Gudrun dat het om iets anders gaat. Dit verhaal heeft zij althans nog nooit gehoord.

Elvire, hikkend: 'Alles zag weer eens rood. Zoals die keer, in dat groot theater. Toen ik weer in mijn eentje op de twaalfde rij in het pluche zat, en dat oude ventje voor mij optrad met zijn rubberlaarzen en zijn gele regenjas... En zijn sigaartje in zijn mond... Onder een kleurloze strandbal stond hij... En in zijn handen droeg hij... Droeg hij een lichaampje onder een laken... Hij had zo'n prachtige stem... En hij wilde mij helpen, zei hij... Hij wilde mij laten zien wat er onder het laken zat... Hij wilde het mij tonen... En ik moest naar de gevangenis... Om te waarschuwen, zei hij... En ik ben gegaan... Ik ben gegaan... Weet je dat niet meer?'

Gudrun, liegend: 'Toch wel, toch wel. En wat zei hij dit keer?'

Elvire: 'Was hij het maar geweest!... Het was die andere, nu... Die met zijn pluimenhoed en zijn zwartgeschminkte karbonkels... Met zijn bellen en zijn trommels en zijn buik van rottend stro... Hij staat op stelten vooraan op het podium van de opera en hij laat zich voorovervallen... Hij duikt recht die lege zaal in... En hij kruipt grijnzend over de stoelen, zijn pluimenhoed wiegt ervan, steeds dichter naar mij, rij per rij, bijna tot op mijn schoot... Ik ben de enige die daar zit, weer op de twaalfde rij en met mijn handtas op mijn knieën... En die trommels maar roffelen, en die bellen maar tekeergaan... En eerst als zijn ogen nog maar een hand van mijn ogen verwijderd zijn, begint hij te spreken... Met een micro tegen zijn keel... Zijn stem is geen stem... Een kraai met een mes in haar keel... Zijn woorden zijn schoon maar hun betekenis zo lelijk... Hij zegt dat alles wat ik ken kapot zal gaan... Hij zegt dat alles allang aan het bederven is... Maar dat desondanks het ergste nog moet komen... En zijn ogen lopen leeg terwijl hij spreekt... Er vallen druppels op mijn handtas... En achter hem, op dat podium, vallen één na één de spots in vlammen naar beneden... En hij zei... Hij zei: Zegt tegen iedereen... Zegt tegen Katrientje dat... Dat... Zegt dat...'

Elvire plooide dubbel van het kermen. 'Ik ben het vergeten. Hoe is dat nu toch weer mogelijk?' Ze keek smekend op in het schemerdonker. 'Ik ben het vergeten! Maar er staat ons weer iets gruwelijks te wachten, Gudrun. Begrijp je? Binnenkort.'

Gudrun begreep er niets van. Maar om haar moeder te sussen gaf ze dat niet toe. Ze zei integendeel dat ze begreep. Wel een keer of drie zei ze dat, Elvire over het hoofd strelend zoals indertijd Katrien.

Daarna ging ze naar beneden om in de voorraadkast een nieuw pak wegwerppluiers aan te breken.

3

BROEDERMIN

(MERCEDES:) 'Wilt ge het nu eens eindelijk laten doordringen in die betonnen koker van u? Als ge niet op stel en sprong terug naar huis komt, kunt ge over heel de nest een kruis trekken, voor de rest van uw leven.'

(Citroën:) 'En waarom zou ik de rest van mijn leven, zoals jij dat zo gul omschrijft, komen spenderen aan het oplossen van jouw amateuristische gedonderjaag?'

(Mercedes:) 'Amateuristisch? Ik sta aan de top van de tapisplain in heel Europa, broer. Waar staat gij?'

(Citroën:) 'Jij hebt gezegd dat het niet veilig is om dat over de telefoon mede te delen.'

(Mercedes:) 'Ge staat nergens. Ge hebt u met veel hoerenchance en een deel van míjn poen binnengekocht in een bank die alleen in België groot wordt genoemd. En ge hebt u binnengeslijmd in de politiek, dat is waar. Dat vond ik straf. Amaai. Ik ben er nog altijd niet goed van. Maar zodra de grond wat te heet wordt onder uw voetzolen, gaat ge lopen. Twee keer al. Eerst uit die fameuze politiek en nu uit uw job. Wel, het is hoog tijd om ook eens terug te keren, Herman. Zegt waar ge zit en ik stuur een helikopter. Waar brandt de lamp? Toch niet in Liberia?'

(Citroën:) 'Jij was het die mij aanraadde om op te rotten.'

(Mercedes:) 'Hadt ge in vroeger jaren wat meer naar mij geluisterd, we hadden vandaag de dag nooit zo diep in de stront gezeten. Maar bon, als ge tegenwoordig toch zo volgzaam zijt? Springt dan in een auto, stapt op een trein, kaapt een vliegmachien, koopt een deltavlieger, maar zorgt dat ge hier staat.'

(Citroën:) 'Ik heb vliegangst.'

(Mercedes:) 'Zwémt dan naar hier! Als ge ginderachter ook maar een beetje de gazetten hebt gevolgd, zoudt ge dat toch uit uw eigen moeten weten. Wie is hier de amateur?'

(Citroën:) 'Hoe kan een amateur jouw superprofessionele geklungel komen oplossen?'

(Mercedes:) 'Míjn geklungel? Ik heb Dirk Vereecken in dienst genomen om u en uw dochter een plezier te doen. En ik heb hem niet neergeschoten.'

(Citroën:) 'Laat Katrien erbuiten.'

(Mercedes:) 'Buiten is wel het juiste woord. Nog een die gaat lopen als het wat te heet wordt onder haar voeten. Zo vader, zo dochter. Nonkel Leo zal de boel wel rechthouden. Uw Steventje ligt ook al voor pampus.'

(Citroën:) 'Míjn Steventje? Waar is jouw Steventje naartoe?'

(Mercedes:) 'Kan uw toontje iets minder uit de hoogte, alstublieft?'

(Citroën:) 'Wat scheelt er met die jongen?'

(Mercedes:) 'En kan die negermuziek op de achtergrond wat zachter?'

(Citroën:) 'Wat mankeert hem?'

(Mercedes:) 'Stapelzot word ik, van dat gedoe uit de rimboe.'

(Citroën:) 'Leo! Wat scheelt er met Steven?'

(Mercedes:) 'In mekaar gestuikt, opgefret van de stress, een abces, te veel aan zijn miereneter gesnokt...'

(Citroën:) 'Leo!'

(Mercedes:) 'Moet ik een tekening maken? Die jongen is voor de eerste keer in zijn leven uit zijn schulp moeten komen, en páf! Het zijn er geen meer zoals gij en ik, mannen van onze generatie.'

(Citroën:) 'Ligt hij in het hospitaal?'

(Mercedes:) 'Zoudt ge voor de verandering niet eens vragen hoe het gaat met mij? Ik krijg ook de seskens van de stress. Zo'n jonge hond wordt wel weer opgekalefaterd. Maar tegen wanneer? Dát is ons probleem. Morgen begint er op uw bank al een vervanger te werken die ik van haar noch pluimen ken.'

(Citroën:) 'Een vervanger?'

(Mercedes:) 'Steventje heeft u toch ook vervangen? Niemand is onmisbaar. We mogen vandaag dood vallen, ik en gij, morgen is dat gat in de rangen allang gedicht. Sneller zelfs dan de put waarin ze ons zullen kiepen, rapper dan de kevers onze knoken schoon kunnen knagen, vlotter dan de mollen onze...'

(Citroën:) 'Dank je, Leo! Ik zie het plaatje voor me, dank je. Wie is die vervanger?'

(Mercedes:) 'Ik zeg u juist dat ik hem niet ken! Zet die ketelmuziek helemaal af, dan verstaat ge mij misschien.'

(Citroën:) 'Hoe heet hij?'

(Mercedes:) 'Van Drollegem, Van Kakterop, Van Piesterin...'

(Citroën:) 'Stop dat gezwets. Wat weet je van hem?'

(Mercedes:) 'Eén ding, maar dat is ruim genoeg. Hij krijgt de dossiers van Steventje toegeschoven. En een deel van die dossiers gaat over u en mij. Voelt ge mij al komen? Het bankgeheim kunnen we op onze buik schrijven. Alles lekt maar uit, tegenwoordig. Privacy? Dat bestaat niet meer. In wat voor tijden leven wij?'

(Citroën:) 'Kunnen onze advocaten niets in stelling brengen?'

(Mercedes:) 'Die zijn nog niet eens begonnen met de voorbereiding van de inleiding op de aanzet naar het proces van uw Katrien. En haar ontsnapping doet daar weinig goed aan. Als dat meiske zich nu toch maar eens zou willen aangeven, uit vrije wil, en met wat pers en tv-ploegen erbij, en vol berouw, voor zover ze daarin slaagt. Dat zou de zaken serieus versimpelen, de aandacht afleiden en de factuur binnen de perken houden. Geen dief zo geraffineerd als een advocaat, die we verdomme geld moeten geven om te verkrijgen wat niet meer dan ons goed recht is. En elk van hun rapportjes laat weken, maanden op zich wachten. Nee, dat die gasten maar met hun geparfumeerde poten van onze dossiers afblijven. Alleen gij kunt die nog komen arrangeren.'

(Citroën:) 'Ik arrangeer niets. Ik heb mij nu al te veel in de nesten laten werken. Vraag maar aan Steventje of hij jou niet iemand aan de hand kan doen.'

(Mercedes:) 'Steventje is nog dagen buiten strijd. En het slag volk dat hij mij al aan de hand gedaan heeft? Salut! Die Hoffman is op bezoek geweest.'

(Citroën:) 'John Hoffman uit Manhattan?'

(Mercedes:) 'Kent gij een John Hoffman uit Mechelen, misschien?'

(MERCEDES:) 'Hoffman kwam een voorstel doen. Ik versta misschien niet veel Engels maar hij was nog geen vijf zinnen ver of ik wist al waar de klepel hing. Een overnamebod, en geen al te proper. Een Frans-Duitse groep als financier, hij als architect en marionet. Ik vraag mij af waar die gier zijn informatie over mijn bollenwinkel vandaan heeft. Ik heb daar wel een schijtbruin gedacht van, en als dat klopt, zal de jongen nog rapper terug in de kliniek liggen dan hij er uitkomt. Maar intussen heb ik het mijnheer Hoffman al eens ferm in zijn gezicht gewreven. Of hij soms dacht dat we hier in Texas waren, bij de cowboys? En dat zijn vlieger niet zou opgaan want dat mijn santenkraam te stevig verankerd is, dankzij uw bank, uw partij, en ons volk en zo.'

(Citroën:) 'Jij hebt Hoffman bedreigd?'

(Mercedes:) 'Dat is mijn volste recht. Mijn fabriek is niet zomaar een fabriek. Iedereen zegt het. Tapis-plain van Deschryver? Dat is een pijler van onze economie en heel ons cultureel erfgoed. Moet ik mij daarvoor schamen, of zo?'

(Citroën:) 'Jij hebt Hoffman, in mijn naam, afgedreigd met mijn bank en mijn partij?'

(Mercedes:) 'Ik zal eens gaan zitten wachten tot mijn commerce onder mijn kont vandaan wordt getrokken door een insolvabele jood uit New York. Ik heb eens wat navraag laten doen over dat Johnneke. Drie man, drie meningen – en niet één positieve. Een beroepsoplichter, een veroordeelde advocaat, een stroman van de maffia... En volgens mij is hij zelfs dat niet. Gewoon crapuul met een grote muil. Op het einde van ons gesprek stelde hij mij voor om de zaak te laten vallen, in ruil voor tien miljoen. Ik wist genoeg. Dat hij zijn truken maar gaat uithalen in Loempianesië. Níet hier. Níet met mij.'

(Citroën:) 'Leo, als dat bod géén farce is, zal Hoffman jouw dreigementen in de media te grabbel te gooien. Iedereen zal in jouw geschel onzekerheid en paniekvoetbal zien. Je zult verbrand zijn bij politici, uitgelachen worden door commentatoren en krediet verliezen bij beleggers. En zo zal Hoffman jou efficiënt de grond in hebben geboord, met je eigen steun. Hij is een tactisch genie. Jij bent geen partij voor hem.'

(Mercedes:) 'Een reden temeer voor u om naar huis te komen, broer. En het gaat niet om mijn fabriek alleen. Denkt eens twee seconden na? Heel de familie staat op het spel. Want als tegelijk met dat bod ook nog eens de dossiers van uw Steventje uitlekken? Dan zit die jongen, samen met u en ik, zo diep in de drek dat we alle dríe zullen mogen leren snorkelen.'

(Citroën:) 'Ik zie weinig verschil met de huidige situatie.'

(Mercedes:) 'Herman! Gij kunt dat nog rechtzetten! Gij, met uw prestige en uw vakkennis en si en la. Gij, het genie dat wél een partij is voor paljassen gelijk John Hoffman!'

(Citroën:) 'Vorige keer bezwoer je mij om te allen prijze weg te blijven.'

(Mercedes:) 'Mag ik dan geen fouten maken? Zijt gij perfect? Beziet het zo: als gij terugkomt, dan misschien uw zotte dochter ook. Ze kijkt al heel haar leven naar u op. Geeft gij het goed voorbeeld. Haar vaudeville heeft lang genoeg geduurd. Het begint duchtig tegen ons te werken.'

(Citroën:) 'En hoe kom ik terug, Leo? Als wat? Toerist, redder in nood, huurling? Verloren Zoon, beschuldigde?'

(Mercedes:) 'Ik stel voor dat ge terugkomt als uzelf. Die hebben we het meest nodig.'

(Citroën:) 'Hoe staat het met mijn ontvoering?'

(Mercedes:) 'Afgeschoten. Te veel cinema en te weinig tijd om ze te ensceneren. En de klootzak van die verzekeringen vroeg vijfentwintig procent.'

(Citroën:) 'Hoe verklaar ik mijn verdwijning dan wel?'

(Mercedes:) 'Bedenkt iets! Gij zijt het genie! Zegt dat ge uw geheugen kwijt waart. Een slag van de molen, gelijk uw Elvire. Zegt dat het besmettelijk is. Dat kan later, bij het proces tegen Katrien, nog van pas komen ook. Voilà. Niets dan voordelen. Komt toch terug!'

(Citroën:) 'Ik weet niet, Leo.'

(Mercedes:) 'Hoezo, "ik weet niet"?'

(Citroën:) 'Ik moet er eerst eens over nadenken.'

(Mercedes:) 'Wat valt er na te denken? Ge hebt geen keus.'

(Citroën:) 'Hallo, hallo?'

(Mercedes:) 'Hoezo, hallo, hallo?'

(Citroën:) 'Hallo, Leo?'

(Mercedes:) 'Herman! Hebt niet het lef!'

(Citroën:) 'Hallo!'

(Mercedes:) 'Ik verwittig u!'

(Citroën:) 'Het spijt mij broer, ik vrees dat ik u kwijt ben.'

(Mercedes:) 'Hérman!'

(Citroën:) 'Tuuuuuuuuuuuuuuut...'

HERMAN DESCHRYVER BEVOND ZICH op zijn spionkop en tuurde door zijn verrekijker naar de overkant van de autostrade. Hij stond in zijn vertrouwde houding – half in, half uit zijn vierdehandse Citroën, zijn ene elleboog rustend op het openstaande portier, zijn andere op het dak. Als hij niet bewoog kon hij zonder al te veel pijn geruime tijd zo blijven staan. Al het andere deed zeer – rijden, eten, slapen, denken, tanken, winkelen in tankstations, douchen in motels voor truckers...

(Hoeveel weken nog maar? Minder dan een maand?)

Hij stonk naar verzuring en wanhoop en hij ging nog altijd gehuld in bonte wegwerpkleren. Hij bewaarde ze alleen niet meer op de achterbank. Telkens wanneer ze op borst, buik of dijen te opzichtig onder de korstige vlekken waren komen te zitten, kocht hij een nieuwe plunje en stak de oude in brand, precies zoals hij gedaan had met zijn driedelige maatpak.

Het leek al jaren geleden dat hij, langs de kant van een Franse tolweg, voor het eerst dat plofje had gehoord en gezien waarmee een aangestreken lucifer kon openbloeien tot een vlammetjeskroon, dansend boven een prop van met benzine doordrenkte kleren. Herman keek er van dichtbij naar, iedere keer weer. Hij hield van die warme gloed op zijn gezicht. De vlammenkroon begon al snel te walmen, een deugddoend rooksignaal de hoogte inj agend. Op de begane grond vrat ze inmiddels al die kleurige stoffen aan, inclusief transparante knoopjes, drieste bestikkingen, modieuze veters... Hoe goed of hoe slecht hun kwaliteit ook mocht geweest zijn, reeds na een paar minuten waren de kleren onherkenbaar. Stinkend, smeltend, smeulend. Allengs uiteenwaaiend op pechstrook of parkeerterrein, terwijl ook de vlammenkroon steeds kleiner was geworden en ten slotte plots verdween.

Het enige wat na een uur nog overbleef, was een zwarte vlek op zwart asfalt.

En zo hoort het ook, dacht Herman telkens. Dit is een vurig voorsmaakje, een prelude van hel en purgatorium. Vagevuur of voorgeborchte, in beide heerst er hitte. De ene zengt de ziel, de andere zuivert ze. Maar de huls, die vergaat altijd. Het lijf is niets. Kijk maar naar mij. Mene, tekel ufarsin – 'gij werd gewogen, maar de schaal bewoog zich niet'.

Wel droeg Herman al sinds een paar weken steeds dezelfde zonnebril. Een goedkoop lor van verguld plastic, vliegeniersmodel, met spiegelglazen. Als de zon niet scheen of als hij door zijn verrekijker wilde turen, droeg hij de zonnebril omhooggeschoven op zijn voorhoofd, vlak boven de haarlijn. Zijn dunne haar zelf hing van zijn slapen en kruin zwartgrijs neer, plakkerig en dun, reeds flink over zijn oren en opkrullend in zijn nek. Nooit eerder had hij het zo lang gedragen. Voor het eerst in zijn leven had hij ook een heuse baard en snor. In geen tijden was hij nog herkend als ex-bankier of ex-minister Deschryver.

De laatste keer dateerde van toen hij in Luxemburg, in grand café *La Passerelle*, had zitten te wachten op het eerste mobiele telefoontje van Leo. In die koffietempel voor feestende couponnetjesknippers was een opgetutte rentenierseweduwe – naar eigen zeggen een fan van zijn politieke werk – voor Hermans tafeltje verschenen, met nog taartrestjes in haar mondhoeken. Het oude schaap had zich na wat inleidend gekeuvel in zijn armen gegooid en had hem zelfs in de hals gekust. Hij had niet anders gekund dan haar terug te kussen op dezelfde, kuise wijze. *(Heb mededogen. Ook zij had maar een paar maanden meer, had ze in zijn oorschelp bekend. Ook zij leed en zocht. Ook zij.)* Benieuwd wat dat mens thans van mij zou vinden, dacht hij vaak. Benieuwd of ze mij ook nu nog in de nek zou willen kussen. (En benieuwd of ze überhaupt nog in leven is. Maar die gedachte verdrong hij.)

Als hij 's morgens, pas wakker geworden in een motelkamer of op de achterbank van zijn Citroën, zichzelf ontwaarde boven de lavabo of in de achteruitkijkspiegel, kon hij ook zelf nog altijd schrikken. Het enige wat mij mankeert is een oorring en een paar rotte tanden, dacht hij dan, met zelfs een poging tot grijns. Die grijns sloeg vaak genoeg om in een snik: Mijn God, ik ben veranderd in wie ik altijd heb gehaat.

Nooit echter was zijn afkeer groot genoeg om hem tot een radicale ommezwaai te bewegen. Een bezoekje aan de kapper? Of een manicure, een kleermaker? Een dokter? Het lokte Herman niet. Toe maar, had hij integendeel gedacht, zijn snik alweer omzettend in een montere treurnis. Vooruit dan! Láát het vuilnis maar naar buiten komen. Laat mij maar zijn wie ik haat, laat mij maar haten wie ik ben. Ik verdien niet beter. Ecce homo, ecce signum. Ziehier de moderne mens, het toonbeeld van zijn tijd.

Maar in het tempeest van emoties waarin hij leefde sinds hij zijn Brusselse kantoor vierklauwens en in maatpak had verlaten, hield zelfs die montere treurnis niet lang stand. Ze werd op haar beurt weggeblazen door diverse aandriften, van schuldgevoel tot banaal heimwee en alles wat daartussen lag, zolang het maar resulteerde in gesnif en zelfbeklag. Het waren de blijken van een algehele karakterzwakte waarvoor Herman – hij, die eertijds de Spartaan van de budgettaire controle werd genoemd – zich diep schaamde.

En dan was er nog altijd zijn wegkankerende maag. Herman mocht dan geleerd hebben te anticiperen op haar furieuze krampen, toch verraste zij hem soms nog, na zo'n ochtendlijke zelfinspectie. Ook zij liet hem maar eventjes genieten van zijn montere treurnis en sloeg dan onverbiddelijk toe door zijn ogen vol mist te spuiten en hem te zegenen met een braakaanval. Eens te meer werd hij, kortstondig samenkrimpend, zoals de stenen waterspuwer op een hoek van een kathedraal tijdens een wolkbreuk. Uit zijn wijd opengesperde mond en over zijn peperdure stifttanden spoot een straal zurig slijm. Als Herman geluk had, stond of het autoraampje open of stond hijzelf nog voor de lavabo. Als hij geen geluk had, kon hij de volgende dag weer nieuwe kleren gaan kopen.

Als hij voor een lavabo stond, kon hij de straal in de witte wasbak horen kletteren. Hij hield zijn ogen stijf gesloten opdat hij zichzelf in de spiegel niet hoefde te zien als een demonische waterspuwer. Na de kramp zocht hij op de tast een kraantje. Hij draaide het open om de stank te verjagen en om zich straks het zicht te besparen van de besmeurde wasbak. Want de laatste tijd dreven er in zijn kwak zuur steeds meer rode draden, zoals in het troebele wit van een bevrucht, per vergissing opengemaakt ei.

Herman had, op zijn spionkop staand, net zijn zaktelefoontje afgezet, de lijn met Leo moedwillig verbrekend. Hij had het toestelletje op de chauffeursstoel gegooid, met een beweging die hem een grimas en een kreun had ontlokt. Maar dat had hem niet belet om onafgebroken te blijven turen door zijn kijker, die hij met zijn linkerhand gericht hield op de overkant van de autostrade.

Hij droeg een zwart hemd met drukke palm- en papegaaimotieven boven een glimmend ultramarijne trainingsbroek en vuile sportschoenen. In zijn wagen speelde op de radiocassetterecorder de tweede verzamelaar van the 'Do Right' Diva die hij in een wegrestaurant op de kop had kunnen tikken. Zij was the fabulous Queen of Soul. Zij had Hermans enige steun uitgemaakt op zijn zwerftocht door het Oude Continent. Zij had hem Bach doen vergeten. Op het inlegblaadje van deze cassette stond ze afgebeeld als een sixties version van de Koningin van Sheba. Lange oorbellen, een tiaravormige hoed en een laag uitgesneden jurk, bestikt met veelkleurige kralen en beschilderd met Afrikaanse motieven. Binnenin meldde het inlegblaadje: 'She became a person of true power for many of us, in decades of mass exhilaration and horror.' Op dit moment zong ze *Since you've been gone*. Ofschoon Herman wist dat elke beweging met pijnscheuten werd bestraft, kon hij de verleiding niet weerstaan om met zijn ene voet zachtjes de maat mee te tappen.

Godzijdank zong ze niet *Going down slow* of *Drown in my own tears*. In dat geval waren zijn ogen meteen vol waterlanders gelopen en had hij niets meer door zijn beslagen verrekijkerlenzen kunnen zien. Wat hij zag, had hij niet willen missen. Voor geen geld ter wereld.

Het geld van heel de wereld? Wat had Herman daarmee moeten aanvangen? Hij bezat al een fortuin. Het bevond zich nog steeds in de koffer van zijn wagen. Een schokkend groot vermogen, dagelijks binnen handbereik. Hij deed er niets mee dan zich het hoogstnoodzakelijke aanschaffen.

Misschien moest hij, een dezer, toch maar eens het lef hebben om al die kraaknieuwe bankjes uit hun reiskoffers te voorschijn te halen en op een hoop te gooien, op pechstrook of parkeerterrein. Om ook boven dat papierbergje een walmende vlammenkroon te doen ontstaan.

LEO DESCHRYVER KON ER MAAR NIET BIJ. Zijn beroemde, zijn schilderijen verzamelende, zijn in den vreemde op z'n kont luierende broer, had opgehangen. In volle gesprek. Sterker nog. Met dat treiterige nieuwslezerstoontje van hem had Herman zelfs gedaan alsof de lijn vanzelf was uitgevallen.

Maar de lijn was niet vanzelf uitgevallen. Natuurlijk was de lijn niet vanzelf uitgevallen! Een lijn die uitviel, dat klonk heel anders. En Herman zelf klonk dan ook heel anders. Acteren had die droogpruim nooit gekund. Met iemands kloten rammelen des te beter. Dat kalf had opgehangen. Zonder uitsluitsel te geven. Zonder in te gaan op een redelijk voorstel. Opgehangen, alstublieft. Op een moment als dit. Terwijl de cirque op exploderen stond. Terwijl elke rat de zinkende wastobbe al in rugslag had verlaten. Terwijl alles weer op de schouders terechtkwam van altijd weer dezelfde. Dezelfde die anders wel door iedereen beschouwd werd als een boer. Maar dan wel een boer die te allen tijde andermans kloterij kon opkuisen. Een boer die godverdomme op een schone keer ook wel eens zou zeggen 'Ge kunt ze allemaal kussen, jongens', om daarna zijn goesting te gaan doen in het buitenland, in Frankrijk, een klein châteauke met een wijngaard en alle dagen verse croissants, en een glaaske Pernod op tijd en stond. Als hij zijn fabriek niet had gehad, was het allang zover geweest. Opgehangen, godverdomme.

Leo was kwaad. Zeer kwaad.

Hij zat in zijn Mercedes, geparkeerd op de vluchtstrook die zijn betonnen schuur flankeerde. Grijze wolken hingen laag. Leo sloeg met zijn rechtervuist op zijn notenhouten stuur en keek naar zijn linkerhand. Daarin lag het nieuwste model zaktelefoontje dat hij nog maar pas vanmorgen was gaan kopen, bij het winkelen constant over zijn schouder blikkend om te zien of hij niet werd gevolgd. De laatste tijd had hij steeds meer het gevoel dat hij in de gaten werd gehouden, van alle kanten, iedere seconde. Er waren journalisten die meer van hem af wisten dan hij zelf. Er waren controleurs die zijn rekening beter konden maken dan al zijn revisoren samen. Een vrij land kon je het niet meer noemen. Was het hiervoor dat we de Koude Oorlog hadden moeten winnen?

Het toestelletje lag in zijn reuzenpalm te wachten, niet veel groter dan een mestkever in een kinderhand. Leo duwde met zijn brede vingertop op het redialtoetsje. Tegen beter weten in.

In de gegeven omstandigheden durfde hij het niet meer aan om een van zijn eigen lijnen te gebruiken, en al zeker niet de handsfree van zijn Mercedes. Ze zaten hem te dicht op de hielen. Hij hoorde ze al blazen in zijn nek. Deze keer was het serieus. Al zijn lijnen werden afgetapt. Zijt maar zeker. En een toestelletje als dit? Dat moest hij niet langer dan een dag of twee gebruiken. Ze konden tegenwoordig alles traceren, met satellieten. Hij had daar een documentaire over gezien, op tv. Als ze wilden konden ze een kleurenfoto maken van het klontje suiker dat ge juist van plan waart te laten vallen in uw tas koffie. Op voorwaarde dat ge buiten op uw terras zat, natuurlijk. En dat het schoon weer was. Maar zelfs binnenshuis en bij regen waart ge niet veilig. Ze konden van alles.

Leo's nieuwe toestelletje maakte geen verbinding. Herman had zijn eigen apparaatje carrément afgezet. In een situatie als deze! Leo klopte opnieuw met zijn vuist op zijn stuur, haalde diep adem en duwde toch nog eens het redialtoetsje in. Hij kon en wilde het simpelweg niet geloven.

Het ging niet meer om Willy De Decker alleen, die achter Leo's vodden aanzat. De verzamelde Gestapo had in hem de volmaakte zondebok gevonden om de eigen stommiteiten en luilakkerij te maskeren. Hij was een gemakkelijk slachtoffer; hoge bomen, veel wind. Allemaal jaloezie. Ze zochten hem, van Bijzondere Belastinginspectie over btw-controle tot en met de douanen van alle omringde landen. Zelfs bij Justitie broeide het. Er was in de pers hoe langer hoe meer sprake van dat onderzoeksrechter De Decker op een zijspoor zou worden gerangeerd, na zijn debacles van de afgelopen weken en gezien de geruchten van corruptie. Het feit dat De Decker uitgerekend Leo nog steeds niet had geklist werd aangedragen als bewijs. En Katrien was nog altijd 'zogezegd' voortvluchtig, lachte men, die kreeg Willy 'zogezegd' maar niet te pakken. Er stond al een vervanger klaar voor hem. Weer een vervanger! Weer een nieuwe speler van wie Leo toeten noch blazen zou af weten! Er waren geen zekerheden meer in het leven.

En in zo'n situatie had zijn broer het kleffe lef om op te hangen, zonder boe of ba. *Opgehangen*, godverdomme.

Zijn toestelletje maakte opnieuw geen verbinding.

De maat was vol. Leo stapte uit.

Met dat gloednieuwe telefoontje in zijn knuist.

Herman, aan de overkant glurend door zijn verrekijker, zag zijn broer uit de Mercedes stappen. Het achtergronddecor werd geleverd door de betonnen schuur, met pal daarvoor de prikkeldraad waarover Leo altijd klom. De zon brak net door het wolkendek, de schuur en de vluchtstrook lichtten op. Leo stond in het midden van die gloed en barstte uit in machteloze toorn.

Herman hoefde niet te kunnen liplezen om te weten wat zijn schuimbekkende broer zoal uitkraamde tegen het telefoontje in zijn rechterhand. Auto's en vrachtwagens flitsten door het stralende beeld, de snelweg dreunde en gromde onafgebroken. The High Priestess of Blues zong in de Citroën juist het slot van *Since you've been gone*. Herman zag hoe zijn broer het toestelletje op de grond smeet – er sprong al een dekschild af – en er vervolgens met zijn volle gewicht een voet op plaatste. Het toestelletje begaf. Wagens bleven voorbijflitsen. Maar Leo's woede was nog lang niet bekoeld. Hij begon met zijn hiel in te hakken op wat restte van het telefoontje. Als door de voorzienigheid geënsceneerd vervolgde the Queen of Soul haar bloemlezing net met *Respect*. Leo hakte en stampte mee op de openingsbeat: 'What you want, baby I got it!' Leo bleef maar dansen. 'Just a little bit,' zong het achtergrondkoortje.

Jawel, dacht Herman, grijnzend, z'n pijn verbijtend. Praise the Lord. Er is rechtvaardigheid. Er is humor. Er is hoop. Op dat moment scheurde het wolkendek ook boven de spionkop kapot, de majesteitelijke zon ruim baan gevend. Een van haar stralen trof Hermans zonnebril, het vergulde vliegeniersmodel met de spiegelglazen.

Herman zag in zijn verrekijker zijn broer verstijven. Zijn aandacht was getrokken. Zijn bezwete hoofd draaide naar de flikkering die hem vanuit een ooghoek was opgevallen. Zijn logge lijf draaide mee.

De tapijtengigant was de brokstukken van het toestelletje aan zijn voeten vergeten. Onthutst staarde hij naar de overkant van de autostrade, over het voorbijrazende verkeer heen. Hij keek naar de top van een kleine heuvelrug. Daar liep een parallelwegje, wist hij. Hij bracht werktuiglijk een hand omhoog en plaatste ze boven zijn ogen, om ze af te schermen van het felle licht dat hem belemmerde scherp te zien.

Een asgrauwe indiaan aan de rand van een Belgische autostrade.

Had ook hij een verrekijker gehad, dan hadden de twee broers elkaar pal in het gezicht kunnen kijken. En dan was Leo misschien nog meer geschrokken dan nu.

HERMAN KON GOED BEGRIJPEN dat zijn broer Leo in paniek in zijn Mercedes was gesprongen om in een noodgang weg te scheuren, bij het invoegen bijna een ongeval veroorzakend. De kans was groot dat hij inmiddels al in Luxemburg zat, of bij deze of gene obscure koerier die in zijn dienst wel naar het renteniersparadijs zou snellen.

Die arme Leo moet gevreesd hebben dat hij bespied werd door de fiscus, dacht Herman niet zonder leedvermaak. En dan had Leo alle reden gehad om zich betrapt te voelen. Kort voor hij met Herman had getelefoneerd, was hij weer het beekje en de prikkeldraad over komen stuntelen, alweer eigenhandig zeulend met een zwarte plastic vuilniszak, dit keer een goedgevulde. Voor hij, sakkerend, de zak in de koffer van zijn Mercedes had kunnen deponeren, had Leo een hoek ervan opengehaald aan de prikkeldraad. De zak was onder het eigen gewicht verder opengescheurd, een deel van zijn inhoud aan de openbaarheid prijsgevend. Zo had Herman het geheim van Leo's plastic zakken kunnen ontsluieren.

Het was te bespottelijk voor woorden.

Herman was na het voorval weer dieper de Westhoek ingereden, steeds verder naar de Noordzee toe, tot hij opnieuw bij een van de begraafplaatsen was uitgekomen die dateerden uit de Grote Oorlog.

Bikschote, Poelkapelle, Langemark. Ooit gehuchten, later bakermatten van de mitrailleurtactiek, thans opnieuw gehuchten. Hier dreef voor het eerst de groenbruine wolk van chloor laag over de modder voort, geler wordend naarmate ze de geallieerde loopgraaf naderde. Hier reed de eerste, primitieve gevechtstank zich vast. Hier werd shell-shock na dagenlange granaatbeschieting voor het eerst erkend en wetenschappelijk beschreven. Herman hield ervan hier te picknicken. Zo hij al honger had.

Leunend tegen een voorwiel van zijn Citroën, zo min mogelijk bewegend, had hij een paar sigaretjes gerookt. Nu kauwde hij langzaam op een stuk brood en een droog worstje en keek hij uit – zonder verrekijker, voor de verandering – over de glooiende akker vol witte kruisjes. Het gras geurde al naar de avond, wilgen wiegden pijnlijk mooi en vol. Deze grond was doortrokken van het bloed en de lichamen van duizenden die nooit waren teruggevonden. Hun namen in steen gebeiteld, hun knoken spoorloos. Jongens van zeventien, mannen van twintig. The Spirit in the Dark zong nu toch *Going down slow*. In de verte gromde nog steeds de autostrade.

Door zijn waterlanders heen en ondanks zijn behoedzame gekauw, moest Herman opnieuw lachen om de verschrikte kop van zijn broer. Zo kon Leo vroeger ook kijken als hij verloor met schaak, of met kaarten, en zelfs met knikkeren. Leo verloor altijd. Hij stond erom bekend. 'Ik krijg niets cadeau, nooit, nergens. Iedereen krijgt alles maar in z'n schoot gesmeten. Ik moet ervoor zwoegen of ik krijg niets.' Op z'n zestiende schreeuwde hij dat, rood aangelopen. Tijdens hun allerlaatste schaakpartijtje. Hij stond schaakmat en brak het houten bord doormidden.

In de plastic zakken had geld gezeten. Het is toch niet te geloven, dacht Herman. Mijn broer stuurt mij naar Luxemburg om ons familiekapitaal in veiligheid te stellen. En wat doe ik? Ik gehoorzaam. Intussen is hij achter mijn rug alweer bezig een nieuw roversnest te creëren voor zichzelf. Hij bevindt zich internationaal in de spits van zijn branche, niemand zal het ontkennen. Maar om de week sleept hij letterlijk een vuilniszak baar geld uit zijn betonnen schuur naar buiten, eigenhandig. Een manager met een omzet en een personeelsbestand van die omvang. Dat is toch van een knulligheid en een stijlloosheid waar je verstand bij stilvalt? Ik begrijp niet dat ik het ooit zover heb kunnen laten komen. Zowel hij als ik rijden nu rond met een autokoffer vol illegale pecunia. Ik met nieuwe biljetten, hij met beduimelde. Ik met reiskoffers, hij met vuilniszakken. Is dat niet de ultieme schertsvertoning? Het enige wat nog mankeert is een frontale botsing, waardoor de kofferdeksels van onze wagens gelijktijdig openspringen en mijn reiskoffers en zijn plastic zakken broederlijk de lucht in worden gekatapulteerd. Op het hoogste punt van hun vlucht mogen ze dan open waaieren, ten bate van het verzamelde Vlaamse klootjesvolk. Elk bankje dat ze te pakken kunnen krijgen, is er eentje bij voor hun eigen zwarte spaarpot, in kousen, onder matrassen, onder stokoude tafelzeilen... Dit land is een tekenfilm. Mensen als Leo reduceren mensen als mij tot poppetjes van inkt en tekstballonnen. En ik laat het allemaal maar gebeuren.

En nu wil hij ook nog dat ik stante pede terugkom. Onder het voorwendsel dat ik mijn gezin moet komen redden. In werkelijkheid alleen maar om hém uit de penarie te helpen. Om hem tegen Hoffman te beschermen zonder dat hij geld hoeft uit te geven aan een advocaat. Om mijn broer de tapijtboer de kans te geven nog jarenlang iedere week over een prikkeldraad en een beekje te kunnen kruipen met een vette bult op zijn rug, alsof hij een boer is in de jaren vijftig die langs sluipweggetjes boter binnensmokkelt uit Nederland. Zwart geld in zwarte zakken, potjandorie.

Ik denk er niet aan. Ik doe het niet. Dat hij maar een andere slaaf van zijn belangen zoekt! Ik kan niet zomaar opdagen op het onverwachts. Dat is nu eenmaal de consequentie van mijn overhaaste daad, op Leo's advies nota bene. Mijn terugkeer zal goed voorbereid moeten geschieden, vergezeld van een aanvaardbare uitleg, of ik doe meer kwaad dan goed. En dan kan ik beter wegblijven.

'Mister?'

Herman schrok. De plotselinge beweging deed hem pijn, hij kreunde. Hij keek op.
 Voor hem in het halfduister stond, opgedoken uit het niets, een meisje van misschien maar vijftien jaar.

HET MEISJE WAS GEHULD in verfomfaaide kleren en droeg een paardenstaart die werd bijeengehouden met een eenvoudig elastiekje. Ze had een bleek gezichtje met wallen onder de ogen. Over haar schouder hing een barstensvolle draagtas. Ze wees naar de resterende homp brood en twee worstjes die naast Herman op een theedoek lagen, naast een slecht geopend karton melk. 'Hunger. Please?' Ze had een meelijkwekkend mondje en een Oost-Europees accent. Iets Joegoslavisch, Albanees, Roemeens... Hoe dan ook afkomstig uit de etterende flank van het Oude Continent.

Herman begreep. Hij knikte en kreunde lichtjes. 'Be my guest,' zei hij, met zijn magere, bebaarde kin wijzend naar de theedoek en de melk. Ondanks zijn liefde voor the Queen of Soul hield hij nog steeds niet van de smaak van de Engelse taal op zijn tong. Het was een passende lingua franca voor dit tijdsgewricht, de eeuw van hoogmoed en verval. Waar hij kon sprak hij Spaans, Duits of desnoods Frans, zeker tegen Engelstaligen, de hoogmoedigen onder hoogmoedigen. Maar voor dit meisje maakte hij met plezier een uitzondering. 'Please!'

Het meisje liet het zich geen twee keer zeggen. Ze hurkte neer en begon te schransen, zo gulzig van de melk drinkend – haar hoofd achteroverhoudend, haar gespannen keeltje klokkend – dat uit een mondhoek een straal melk naar beneden liep. 'Thank you,' zei ze, 'thank you so very very much.'

Is het niet wraakroepend? dacht Herman, het schrokkende meisje gadeslaand. Hij voelde zijn ogen weer vol mist lopen. Ik zwerf door Europa, in de grond alleen maar omdat ik te veel geld heb. Zij heeft niets. Zij móet zwerven. En ze kan niet eens terug naar huis want dat is hoogstwaarschijnlijk in vlammen opgegaan. *(Mijn God waarin ik niet meer kan geloven, wees dit kind genadig. Help haar, meer dan ik het ooit kan.)*

Vlakbij, aan een afrit van de autostrade, was een grote parking die internationaal berucht stond als draaischijf van de mensenhandel. Hij had het dossier nog onder ogen gehad, als minister. Alle officiële instanties waren op de hoogte, tot en met Interpol. Maar tja, er viel bitter weinig tegen te beginnen. De mensenhandelaars bleven hun ladingen droppen, hele groepen, hen vaak overlatend aan hun lot, indien ze hen onderweg al niet beroofd hadden van hun schaarse kostbaarheden.

Herman hoopte maar dat er niet nog meer vluchtelingen tot hier zouden komen afzakken om te bedelen om voedsel, want dit weinige was alles wat hij had en hij vond het vreselijk om mensen in nood te moeten afwijzen. 'Which country do you come from?' vroeg hij, zo vriendelijk mogelijk. Hij moest er vreselijk en gevaarlijk uitzien in de ogen van dit kind. Het was al een wonder dat ze hem überhaupt had durven te benaderen. Dat ze dat toch had gedaan, bewees hoe groot haar honger moest zijn geweest.

'Do not know,' antwoordde het meisje achterdochtig, de mond vol. Ze had haar draagtas naast zich neergelegd.

Ze was een kiene, zelfstandige meid, zag Herman nu. Een overlevertje. Goed zo. Dan heeft ze een kans om het te maken, waar ze ook belandt. Zij mag niet ten onder gaan. Zij niet. Ze heeft de oogopslag en sommige van de gebaartjes van Katrien, op die leeftijd. 'Where would you love to go to?' vroeg hij, mild, geruststellend, met een ingehouden kreun. Hij haatte dit Engels, dit koeterwaals van de wereldwijde vervlakking.

'Britain,' antwoordde het meisje trots.

'And what is your name?' vroeg Herman.

'Violetta,' zei het meisje. Het brood en de worstjes waren op. Violetta veegde met de achterkant van haar hand haar mond schoon en begon hartverscheurend te snikken.

HERMAN WIST EERST NIET wat te doen. Hij keek het tafereel werkeloos aan, zich schamend omdat het meisje zoveel meer reden had tot schreien dan hij, terwijl hij in de afgelopen weken geen uur had beleefd zonder minstens één bui van waterlanders. Hij zag Violetta schokschouderen, het meisje had zich op haar knieën laten neerzijgen en hield haar gezicht verborgen in haar beide handen. Achter haar schemerde het soldatenkerkhof met zijn wiegende wilgen. The Queen of Soul zong op de achtergrond onverdroten voort. In de verte zoemde het verkeer.

Haar jeugd is geroofd en vertrapt, nu al, dacht Herman verontwaardigd en toch ontroerd. Het mooiste, puurste wat er op aarde bestaat is zo'n meisje als dit, op de drempel van het leven zelve. Ze zou op dit moment thuis, met een hartsvriendinnetje, moeten giechelen en luidop dromen van de buurjongen of een zanger. Ze zou haar moeder moeten leren bijstaan bij de taken en de privileges die nu eenmaal der vrouw zijn. Haar lijfje, nog vol belofte, zou de kans moeten krijgen om in alle rust en eenvoud open te bloeien. Sommigen van die negermeisjes op oude foto's stralen dat wonder in bijna rituele mate uit. Dat huiveringwekkende mysterie van de argeloosheid die op het punt staat zich over te geven. Die prille borstjes, de voorzichtig opzettende tepelhof, dat buikje reeds van een jonge vrouw. En dan die ogen vol ontzag maar toch ook al met dat tikje koketterie... Alleen grote kunstenaars weten dat vast te leggen – nee: op te wekken – zonder vulgair te worden.

Hij kwam moeizaam overeind en nam, nu eveneens op zijn knieën gezeten, het meisje in zijn armen, voorzichtig want elke beweging deed hem pijn. Violetta drukte zich meteen stevig tegen hem aan. 'Don't worry,' suste Herman, 'it will be all right, soon.' *(Niet meer dan een paar weken.)* Violetta knikte met haar hoofd, nasnikkend. Ze drukte zich nog steviger tegen hem aan. Het vervulde Herman van een warmte die hij in lang niet had gevoeld. 'Don't you worry, now. Cry, if you feel like it. Cry.' Opnieuw vader, opnieuw ijkpunt van veiligheid en kracht. Maar op een andere manier dan hij het vroeger zou hebben gedaan.

Ik had niet zo vaak zo bars moeten zijn, dacht Herman vol spijt. Waarom altijd zo gestreng? Violetta begroef haar hoofdje haast in zijn oksel, zo blij leek ze te zijn met zijn steun. Misschien moest hij haar maar wat van het geld uit de koffers geven. Zij kon het alleszins beter gebruiken dan hij.

Maar tegelijk kreeg hij het benauwd. Hij was in lang niet meer zo dicht bij iemand in de buurt geweest. Het was zelfs geleden van zijn bezoek aan grand café *La Passerelle* in Luxemburg dat hij nog iemand in de armen had gehouden. De renteniersweduwe van bij de tachtig, die zich aan hem had opgedrongen.

Herman hield sowieso al niet van omarmingen en aanrakingen, maar de schraalheid van dat mens haar boezem had hem helemaal van streek gemaakt. Het was de leegte zelf die hem had gekweld. En nu was er iets soortgelijks aan de hand. Ook dit jonge kind wreef een beklemmende leegte tegen hem aan: haar boezem die nog moest groeien. Haar borsten, die zouden rijpen tot ze mannenhanden konden vullen en die, twee mannenhanden vullend, nog wat extra zouden zwellen. Een jongeman zou ooit haar tepels strelen en als bruidegom er verliefd in bijten, zijn kroost zou zich eraan mogen laven. Mijn God, dacht Herman ontzet, vergeef mij het kolken van mijn brein. Want alles waar hij aan kon denken was: En zoveel schoonheid, dit mysterie van het leven, is uiteindelijk gedoemd om te eindigen als de schraalheid van dat rentenierswijf. Hij voelde zich onwel en in het nauw gedreven. Toen zei Violetta ook nog iets in zijn oor.

Herman hoopte dat hij haar niet goed begrepen had, zo geschokt was hij. 'What did you say?' stamelde hij. Nee, hij had zich niet vergist. Hij had het kind wel degelijk goed begrepen. Ze siste het opnieuw, klip en klaar, met haar meelijwekkend mondje bijna op zijn oor: 'Fucky-fucky? Fifty Deutsche Mark.'

Kort daarna scheurde Herman over de autostrade, zwetend, miserabel, een braakaanval nabij.

Leo heeft gelijk, dacht hij. Ik heb geen keuze, ik moet teruggaan. Homo homini lupus, de mens is de mens een wolf. Ik heb nog zoveel te beschermen. Ik heb twee dochters, een kleinzoon, twee zussen, een vrouw. Ik heb een deerniswekkende zoon die in het hospitaal ligt en getrouwd is met een uitheemse etalagepop die geen vinger uitsteekt om zich nuttig te maken. Mijn verlossing ligt in mijn terugkomst. In mijn confrontatie, mijn meervoudige strijd, oog in oog met beschuldigingen waarvan sommige waar zijn en de meeste nonsens. Ik moet die kamp maar durven aan te gaan. Kome wat er komt... Gebeure wat gebeuren moet... Ik vlucht niet meer. Nooit meer.

Hij tastte naast zich op de chauffeursstoel, tot hij zijn zaktelefoontje vond. En zonder ook maar een ogenblik vaart te minderen, drukte hij Leo's thuisnummer in.

4

DE PIJNBANK VAN BRUNO

BRUNO DESCHRYVER VERAFSCHUWDE het stadspark bij nacht maar hij kwam er steeds vaker, op zoek naar een verlossende kwelling – of was het een kwellende verlossing?

Hij struinde er ook nu weer rond. Hij had het wandelpad al een tijd verlaten omdat het grind onder zijn voeten knarste. Nu drong hij stapje voor stapje door in het dichtbegroeide struikgewas. Onder eeuwenoude eiken en ruisende platanen. Langs brem en rododendron. Met wat tegenslag hier en daar belandend in een braamstruik. Met veel tegenslag zelfs trappend in een hondendrol.

Hij struinde rond in het holst van dezelfde nacht als die waarin zijn ouwe – niet eens zover hiervandaan over de autostrade razend in zijn Citroën – besloten had om weer op te duiken. Had Bruno dit geweten, het had hem even weinig kunnen schelen als wanneer ook zijn zuster Katrien besloten had om weer op de proppen te komen. Of als wanneer zij en pa Deschryver samen besloten hadden om voorgoed onder te duiken in Siberische zoutmijnen en nooit meer wat van zich te laten horen. Ze vlooiden maar uit wat ze wilden. Hem liet het koud.

Hij moest zowat de enige Vlaming zijn die de niet aflatende stroom artikelen over de Deschryvers in zijn krant consequent oversloeg. Inclusief de portretten van de in het nauw gedreven tapijtbaron en de gevallen jonge bankiersgod. Die laatste was hoop en al anderhalve maand aan de slag geweest, ocharme. In een toppositie die op basis van talent en intelligentie eigenlijk aan broer Bruno toebehoorde. Ten bewijze: nu reeds was Steventje aan een smadelijke vervanging toe, die wederom koren vormde op de geruchtenmolen. 'Heeft ook de jongste Deschryver iets op zijn kerfstok?' 'Wat is de ware reden van de wissel?'

Indien hij er genoeg geld voor had bezeten, Bruno had reeds lang een versnelde procedure tot naamsverandering ingezet. Met de paar verzekeringspolissen en landbouwkredieten die hij als freelancer wekelijks verpatste, zou hij er echter nooit komen. Hij betreurde zijn onterving dan ook om slechts één reden. Dat hij nooit zijn aandeel in het patrimonium van de Deschryvers zou kunnen aanwenden om alvast één telg van hun stamboom weg te laten krabben.

Welke nieuwe achternaam hij daarna geadopteerd zou hebben? Bruno wist het niet. Had een mens wel een achternaam nodig? De familie waartoe hij thans behoorde beperkte zich bij haar contacten tot de voornaam, en dat hoefde niet eens de correcte te zijn. Zelf bezat ze niet één overkoepelende achternaam en al zeker geen stamboom. En Bruno had van haar niet één erfdeel te verwachten ofschoon ze reusachtig veel uitgebreider was dan het kleine dozijn sujetten dat zijn jeugd had vergald.

Het ging om het enige soort familie dat Bruno nog wilde dulden. De leden lieten zich opzoeken wanneer je dat zelf maar wilde. Geen emotionele chantage, geen achterklap, al liet je weken, maanden, desnoods jaren niets van je horen. Je hoefde weinig en liefst niet met ze te praten en ze verlangden niet dat je een ander cadeautje meebracht dan jezelf. Bevielen ze je op het eerste gezicht maar matig, kon je ze zonder heisa en tijdverlies links laten liggen; op naar de volgende. Na één bezoekje zag je de meesten nooit meer terug en toch verschaften ze je – hoe kortstondig ook – een genot dat je van je echte familie godzijdank niet hoefde te verwachten. (Nou ja, op die keer met Steven na, in sauna *Corydon*. Maar dat was een ongelukje geweest, dat telde niet.)

Doch het meest opmerkelijke aan Bruno's nieuwe familie waren haar huiskamers.

Die van de gemiddelde Vlaamse familie zag eruit als een schietkraam van buffetkasten vol heiligenbeeldjes, vakantiesouvenirs en fotohouders met gezinskiekjes. Prominent in een hoek prijkte de televisie met daarop een vaasje plastic bloemen op een kanten lap. Aan de muur hingen ingekaderde zeezichten of zonsondergangen boven akkers vol korenschoven. Op de vloer, van muur tot muur, lag hoogpolige tapis-plain; onder het salontafeltje zelfs nog een extra karpetje met een vagelijk oosters motief. Aan de zoldering hing een kroonluchter met veel kristal en krullen, die alleen brandde als er gasten waren. Echt knus werd het pas wanneer die gasten weer waren opgedonderd, de luchter kon worden uitgedaan en de staande schemerlamp aangestoken.

Om inkijk te belemmeren stond op de vensterbank, hetzij bloedserieus (bejaarde koppels), hetzij ironisch bedoeld (hippe stellen), een batterij sanseveria's in houten sierpotten met koperen beslag. Maar bejaard of hip, wanneer de nacht naderde liet elk gezin de rolluiken naar beneden ratelen tot er geen streepje licht meer naar buiten viel, als golden nog steeds de verduisteringsvoorschriften uit de Tweede Wereldoorlog.

De huiskamers van Bruno's huidige familie waren zelf schemerig tot helemaal duister. Je hoefde niet aan te bellen en een kopje thee hoefde je niet te verwachten. Je moest ze ook zelf weten te vinden want uitgenodigd werd je niet en in het telefoonboek of een reisgids vond je ze niet. Beter gezegd, ze stonden er wel in maar dan onder andere namen. Zoals het Centraal Station (de toiletten), het Stedelijk Zwembad (de kleedhokjes plus het stuk braakland achter de fietsenstalling) of het stadspark bij nacht.

Vooral in die laatste huiskamer was het volgens Bruno goed toeven, omdat je er geen hand voor ogen kon zien. Hij kwam er dan ook alleen als de maan niet scheen of als de wolken dik en laag hingen, en liefst beide. Zo werd hij, behalve naamloos, ook aangezichtloos, zelfs bijna lichaamloos. Een schim die hem de kans gaf om niet langer te zijn wie hij was – een leptosoom, een Deschryver, een anomalie, een kunstnicht, zichzelf.

Hij parkeerde zijn wagen vlakbij en betrad het uitgestrekte park langs een van de zij-ingangen. Slenterend maar zonder omwegen te maken begaf hij zich naar het meest afgelegen gedeelte, waar weinig wandelpaden heen voerden en waar de bosschages soms ondoordringbaar werden van het kreupelhout. Waar ook de lantaarns niet werkten – kapot gegooid of in een eeuwigheid niet meer vervangen – en waar de politie zelden patrouilleerde en bijna nooit met honden.

Daar, in het aardedonker bevond zich een openluchtversie van de dark-room uit sauna *Corydon*. Op zomeravonden rook het er zelfs naar dennenhout, net als in de Zweedse droge sauna. Maar in het park was dat aroma puur natuur. En je hoefde er die vreselijke muziek niet bij te nemen die te allen tijde uit verborgen boxjes dreinde in 'De Corridor', zoals de *Corydon* heette bij het plebs onder de bruinwerkers.

Bruno hield halt, zijn hoofd half geheven. Was dat geen geritsel van andere voetstappen dan de zijne? Hij wachtte een minuutje. En nog eentje. Platanentoppen ruisten, een krekel deed zijn werk. Heel in de verte gromde het verkeer.

Niets. Hij vervolgde zijn weg.

Naar het donkere hart van het park.

BRUNO WRONG ZICH BEHOEDZAAM tussen twee struiken door. Voor hij zijn volle gewicht liet rusten op een voet, beproefde hij ermee of hij niet op het punt stond om op een dode tak te trappen. Indien wel, wurmde hij de tak opzij, buitenkant voet, en verplaatste dan pas zijn gewicht.

Het was de geschiktste manier om je in dit deel van het park voort te bewegen, op voorwaarde dat je het erg langzaam deed en na elke stap een tiental seconden wachtte. Je kondigde zo je komst aan maar tegelijk waarschuwde je dat het om een lid van de familie ging.

Opnieuw hield hij even halt, de oren gespitst. Vergiste hij zich? Wind woei voorzichtigjes. Een uil riep oehoe. Doch een ritselende stap kwam er niet.

Hij zette er dan maar zelf een.

Het ging, net als in een echte dark-room, om een subtiel spel vol ongeschreven wetten, seinen die je nergens kon studeren maar die je moest leren aanvoelen. Geritsel kon, gekraak verontrustte. Hijgen kon, kuchen duidde op alarm. En lachen was altijd uit den boze want lachen doodde de lust.

Het was allemaal een kwestie van aanleg. Op klaarlichte dag of in het schijnsel van een lantaarn was Bruno hopeloos en hulpeloos, een kruk, een stoethaspel, een slungel zonder uitstraling. In het donker veranderde hij in een natuurtalent. Een poema van de passie, zeg maar. Een groot kenner van de code der signalen.

De verdwaalde wandelaar bijvoorbeeld, of de zatte student, strompelde hier met veel misbaar rond, gemakkelijk te herkennen en dus te mijden. Je moest zelfs uitkijken dat je niet ongewild voor zijn neus opdook. Een hartaanval of een vechtpartij was zó uitgelokt wanneer een brave ziel in het pikdonker op een onbekende botste, wiens broek uitnodigend openstond bovendien.

De zedenpolitie – zo wilden de geruchten die Bruno in De Corridor had opgevangen; zelf had hij het nooit meegemaakt – maakte dan weer te weinig geluid om een familielid te kunnen zijn. Zij bleven tegen een boom aankleven, wachtend tot ze wervend werden aangesproken door iemand die zijn leuter al uit zijn gulp had hangen. Dan pas sloegen ze toe, de klachten van uitlokking wegwuivend of wegslaand, al naargelang hun graad van afkeer.

Bruno had alle begrip voor die afkeer. Wat hier gebeurde kon niet door de beugel. Het was laag, onbeschaafd, verdierlijkt, ontdaan van alle waardigheid. Daarom deed hij het ook. Want hij werd er wel zo geil als boter van.

Hij struinde voort, tussen bomen met kurkige basten, door kruidig struikgewas. Net niet te veel ritselend, maar ook net niet te weinig. Tegelijk wervend en offrerend. Geregeld hield hij stil, om opnieuw met half opgeheven hoofd te luisteren. Diende zich iemand aan, ja of nee?

Het had iets van de jacht. Maar dan het soort van jacht waarbij jager en prooi niet zeker waren van hun rol, en waarbij die rollen in een vingerknip konden wisselen, zelfs binnen één en dezelfde jachtpartij. Het had ook iets van het rijk der inbrekers. De gentlemen-inbrekers, wel te verstaan. Want behalve het onbeschaafde karakter van de daad was er toch ook een zekere bravoure mee gemoeid. Het gebeurde toch maar mooi in alle openbaarheid – zij het 's nachts, in een verlaten park, en in een uithoek daarvan. Er kón toch altijd nog gevaar loeren. Het onbeschaamd trotseren van die waterkans verhoogde het genot van de betrokken gentlemen aanzienlijk.

En die inbrekersaard had Bruno ook al op een ander moment geholpen. Bij een echte inbraak. Niet zo lang geleden.
 In de ouderlijke villa.

IN DE WETENSCHAP DAT ZIJN VADER AFWEZIG WAS, had Bruno de villa een paar keer in de gaten gehouden, zowel 's nachts als overdag. Opmerkelijk genoeg bleken alleen Gudrun en mama Elvire er nog te resideren.

Bruno zag ze veelvuldig wandelen in de tuin – Elvire in een rolstoel, Gudrun als verpleegster. Ze gingen ook vaak het huis uit, allebei volledig in het wit gekleed, alsof ze echt patiënt en ziekenzuster speelden. Een taxi haalde hen op. De chauffeur nam Elvire in zijn armen en deponeerde haar op de achterbank, terwijl Gudrun de rolstoel samenvouwde en in de kofferbak legde. Ze reden weg en kwamen pas uren later terug. Gudrun duidelijk bekaf, Elvire nog altijd even zwaarmoedig ineengezakt als bij haar vertrek.

Tijdens een van hun uitstapjes was Bruno langs de villatuin naderbij geslopen. Eerst voorbij het roestige verbrandingsvat en de moestuin, dan over het gazon, over de kiezels van het terras, ten slotte ook de veranda langs. Zijn hart klopte sneller dan anders maar toch beheerster dan wanneer hij nooit zou hebben deelgenomen aan de nachtelijke jacht in het park. Hij kon de spanning aan.

Een huissleutel had hij niet meer, van voor- noch achterdeur. Die had hij beide weggegooid op de dag van de breuk. Maar hij bezat nog wel zijn kennis over dit huis. De tralies van een van de boogramen van het souterrain waren ooit weggebroken voor een verbouwing en daarna niet opnieuw aangebracht. De pater familias zat op zijn centen. Hij had geoordeeld dat een uitneembaar venster met matglas voorlopig voldoende zou zijn als vervanging – wie weet kwam er later nog een verbouwing en dan moesten dezelfde kosten twee keer worden gemaakt. Ten langen leste waren de ontbrekende tralies vergeten geraakt.

Behalve door Bruno. Hij had als jonge kerel langs dit valraam vaak genoeg ongemerkt kunnen ontsnappen, tegen de vaderlijke oekazen in. Eerst om misvieringen bij te wonen van bevrijdingstheologen die pa Deschryver oplichters en opruiers noemde; later voor protestmarsen en bezettingen die pa kluchten en schandalen noemde; en ten slotte voor ontmoetingen en etablissementen waarover pa in alle talen zweeg.

Bruno ging op zijn achterwerk in de kiezels zitten en trapte met de hak van zijn schoen het glas in. Hij had niet eens gecheckt of het grendeltje nog klem zat of anderszins van buitenaf opengepeuterd kon worden. Dit mocht gerust lijken op een inbraak. Want dat was het ook. De weeë geur van vergeten fruit en stoffig karton sloeg hem tegemoet, terwijl rinkelende stukken glas beneden op de keldervloer nog meer aan diggelen vielen.

Hij liep van kelder tot zolder rond als een toerist zonder gids of kompanen. De villa zag er, ofschoon wat stoffiger en rommeliger, frappant hetzelfde uit als jaren geleden. Zelfs zijn vroegere kamer was amper veranderd.

Indien hij had gekund, hij had haar uitgebroken en op een stort gegooid, of op de bodem van een of andere zee. Nu beperkte hij zich tot het minutieus doorzoeken van alle fotoboeken en andere verzamelnesten van kiekjes, van de koekdoos in de keuken tot het nachtkastje in de slaapkamer van Elvire en die van zijn vader. Elke foto waarop hij zelf voorkwam, stopte hij in een plastic tasje. Tot zijn verbazing en woede raakte het zakje snel gevuld.

Ook de foto's zelf deden hem knarsetanden. Moet je die niet zien, dacht hij. Van kindsbeen af het zachte ei. Met je bolle blikken, dat naturelle slappe handje op je dertiende al, dat precieuze misdienaarsmondje. Die kostschoolmadelief, gekleed in een gordijn – in een complot met de leraar Nederlands het hele internaat gedwongen om een toneelstuk te spelen. Niet eens een klucht maar iets over Salome. Waarschijnlijk nog van Oscar Wilde, ook. De stuitende voorspelbaarheid van zo'n keuze... En natuurlijk nog jarenlang daarna gedweept met die monsterlijk zeemzoete tekeningen van Aubrey Beardsley, zoals iedere andere jonge bruinwerker. Een leven van clichés. Zo'n leraar Nederlands moest worden opgehangen. Bruno Salome, verdomme. Hij had het helemaal vergeten. Nochtans geschminkt en alles, zo te zien. Handjes in theatrale wanhoop ten hemel gestrekt, gekruld als die van een Balinese danseres met reuma. Pispaal, mikpunt, altijd treurig, en terecht. Om te kotsen, dat was het.

Dit moest weg. Het was tijd voor een postnatale abortus.

Hij ontvlucht de villa zoals hij ze is binnengedrongen, hij schramt zich bij het naar buiten kruipen zelfs aan een scherfje glas dat nog uit het kader steekt. Buitengekomen raapt hij het boordevolle tasje op, dat hij eerst door het valraam naar buiten heeft gegooid. In zijn kontzak zit een boordevolle portefeuille geprangd, want het baar geld dat hij op zijn strooptocht is tegengekomen, heeft hij niet laten liggen. Het is tenslotte slechts een peulenschil van wat hem toekomt. Hij verwijdert zich zonder overhaasting van de villa. Achter in de tuin gekomen keert hij het plastic tasje binnenstebuiten boven het verroeste vat en steekt er de fik in, met behulp van wat droog gras en een paar klaar liggende dennenappels en droge takjes. Met plezier ziet hij de foto's ineenkrullen en zwart worden en opgaan in vlammen en rook. Om de verbranding te versnellen, roert hij in het vat met de steel van een oude bezem en gooit er ten slotte ook wat kleine houtblokken in. Zo. Wat zijn ene broertje vergund is geweest, heeft ook hij zich toegeëigend. De bezem laat hij expres in het vlammende vat staan.

Het geld verbrandt hij niet.

Wat was dat? Bruno, in zijn gang gestuit, luisterde opnieuw met schuin en half geheven hoofd naar de geluiden in het park. Hij dacht dat hij geritsel had gehoord. Hij wachtte.

Een vogel verroerde in een eik, muggen zoemden. Bruno zette een ritselende stap voorwaarts.

Het antwoord kwam goed getimed. Eén ritselende stap. Reeds wat dichterbij dan daarnet. Een wandelaar was dit niet.

Bruno wachtte in spanning. Hoog in het geboomte knapte iets. Hij zette weer een stap en wachtte op een antwoord.

Er gebeurde niets. Toen zag Bruno het.

Het rood oplichtende oog van een sigaret in het donker. Gedurende een paar tellen lichtte het oog op. Direct gevolgd door weer een ritselende stap. Tegelijkertijd kwam ook het rode oog al dansend een beetje dichterbij.

Dit was geen agent. Dit was een jager.

Of een prooi, dat was nog niet duidelijk.

Ik hoop maar één ding, dacht Bruno. Dat hij geen snor heeft.

Minuten later, stap voor stap ritselend genaderd, traag en geduldig en woordeloos als in Japans ballet, stonden de twee tegenover elkaar. Er kon geen stap meer genomen worden, zo dicht stonden ze nu.

Bruno kon de ademhaling van de andere horen en voelen. De geur van bosgrond mengde zich met die van brandende tabak. 'Hello,' zei hij zacht, zijn ogen tot spleetjes samenknijpend, in de hoop te kunnen zien of hij te doen had met een snorremans.

'Hye,' antwoordde de man met een veelbelovend rauwe stem.

Vervolgens nam hij weer een trek. Zijn hele gezicht lichtte rood op, lang genoeg om duidelijkheid te verschaffen.

Prima. Geen snor. En zelfs niet onknap. Zij het ietwat bonkig. Met doorlopende wenkbrauwen. Een jaar of vijf à tien ouder dan ik. Kastijdende ogen, dunne lippen. Ik denk niet dat ik vanavond de jager ben. Hij voelde hoe de man de sigarettenrook uitademde in zijn gezicht.

'Ik heet Johnny,' fluisterde Bruno.

'Ik ook,' zei de man.

Zijn ware naam was Cedric. Cedric De Balder. Openbare aanklager bij een assisenhof.

En een liefhebber van de liefde die pijn mocht doen.

CEDRIC DE BALDER KWAM ZICHZELF TRAKTEREN op een snelle wip in het park omdat hij een nieuw hoogtepunt te vieren had in zijn carrière. Enfin, nieuw... Eíndelijk een hoogtepunt. Eindelijk een bekroning. Vanmiddag was hem een van de spraakmakendste zaken van de afgelopen jaren toegewezen. Ophef en bekendheid verzekerd. Bovendien een makkie van jewelste. De moord van die Deschryver op haar man.

Slachtoffer en corpus delicti waren terecht, de vingerafdrukken klopten en er bestond een spontane bekentenis, afgelegd in het bijzijn van tientallen getuigen en geregistreerd op de band. Dat werd smullen, straks, voor de jury. Nu nog de hoofdverdachte zelf terugvinden en de klus was al voor negenennegentig procent geklaard.

Dát zij ontsnapt en ondergedoken was, met bezwarende hulp van buitenaf, betekende voor een openbare aanklager natuurlijk de klap op de vuurpijl. Knappe advocaat, die dat nog in een argument à decharge zou kunnen ombuigen. Dat soort geniale pleitbezorger kon zelfs het tapis-plainimperium van Deschryver zich niet veroorloven. Want dat soort pleitbezorger bestond eenvoudigweg niet. De Balders handen jeukten nu al om de overbetaalde strafpleiters met hun kantoren op de avenue Louise om de oren te kunnen slaan met zijn vlammend requisitoir. Wie kon hem nog wat maken? Wie hield hem af van een klinkende overwinning?

Toegegeven, hij had eerst zelf versteld gestaan van de beslissing van de Raadkamer. Maar als je er even over nadacht viel alles in zijn plooi.

Er liepen in dit land weinig magistraten rond die hun benoeming niet te danken hadden aan de rechtstreekse steun van de politiek. Je kocht een lidkaart van een regeringspartij, je betuigde ten huize van een paar strategisch gekozen bobo's je aanhankelijkheid, en hop. De koehandel binnen de regeringscoalitie trok zich op gang, tot jij je benoeming op zak had.

Als je vrederechter werd, maakte het verder niet veel uit. Eens benoemd deed je je zin. Promotie zat er niet meer in, dus verdere politieke aanhorigheid jegens wie dan ook was zinloos. Voor een ambitieus rechter in de rechtbank van eerste aanleg lagen de zaken anders. Het Hof van Beroep werd niet voor niets het Hof van Promotie genoemd. De weddenschalen lagen er een pak hoger maar de te begeven posten waren navenant schaars. Een lidkaart alleen was geen garantie meer voor de overstap. Elke kandidaat bezat er nu een, de meesten al jaren en van de grootste partij. Sommigen legden het slimmer aan boord en kochten een kaart van minstens drie partijen. Dan nog was het geen luxe als je ook de kerkfabriek, een vrijmetselaarsloge of de Lion's Club in stelling kon brengen, en het zou De Balder niet verbaasd hebben mochten sommige uitgekookte kandidaten zelfs díe drie combineren in de hoop een spoedige bevordering af te dwingen.

Wat men in ruil voor zo'n aanstelling terugdeed, bleef een weinig besproken raadsel. Iedereen wist hoe iedereen aan zijn post was geraakt maar het was zelden een onderwerp van gesprek. Men had, van huis uit, leren zwijgen over alles wat onkies was of onaangenaam.

Maar met wat goede wil kon je dat ook discretie noemen, en zelfs een deugd. Niet alles hoefde in een negatief daglicht te worden gesteld. Ook De Balder hield niet van overdrijven. Als je wilde kon je overal complotten zien. Zo liepen er genoeg rond, zelfs in overheidsdienst. Die lul van een onderzoeksrechter, Willy De Decker, was een goed voorbeeld. Nestbevuiling was die man zijn hobby en lang leven. Maar wat had hij ooit al hard kunnen maken van zijn insinuaties? Regelrechte corruptie was De Balder niet bekend. Hem was nooit wat voorgesteld, en hij was toch ook benoemd dankzij zo'n kaart? Als je hem ernaar vroeg, hij zou ze niet eens meer weten te vinden.

Akkoord, er deden zát indianenverhalen de ronde, in de coulissen van de kantine, of in de cafés rond de gerechtshoven. Maar gebeurde dat dan niet overal, over de hele wereld? Een kleine beïnvloeding hier, het vroegtijdig doorspelen van informatie daar, de vertraging van een netelig dossier ginds... Geen enkel systeem is waterdicht. En zelfs dit bleven moeilijk te bewijzen beschuldigingen, je hoefde geen aanklager te zijn om dat te beseffen. Maar handelde een magistraat die een dossier liet aanslepen onder dwang, op simpele aanvraag, of op eigen initiatief? Of was hij gewoon overwerkt? Het fijne kwam je nooit te weten. Misschien was dat fijne er ook niet. De achterstand wás enorm, in alle Hoven. Iedereen líep overwerkt en gefrustreerd rond. Maar om daar nu direct een samenzwering in te zien?

Trouwens, de laatste tijd was er een kentering merkbaar, ten goede. Dat kon niemand ontkennen. Er werden steeds meer vergelijkende examens ingesteld die het belang van een partijkaart serieus ondermijnden. En ook de pers was veranderd. Decennialang had iedere partij eigen bladen en kranten onderhouden, en de staatsomroep vol partijpatriotten gedouwd. De laatste tijd echter speelden de media onvervaard hun eigen rol. Niet steeds positief, akkoord. Maar wel steeds onafhankelijker – de commercie nu even buiten beschouwing gelaten.

Het was deze mogelijke druk van de kritische pers, die De Balder zijn ophefmakende moordzaak had bezorgd. Bewijzen kon hij het niet maar hij voelde het aan zijn water.

Er hingen de familie Deschryver verscheidene processen tegelijk boven het hoofd. Een moord, een paar keer grootschalige fraude, poging tot omkoperij... De technisch ingewikkeldste en mediamiek saaiste dossiers betroffen het tapis-plainimperium. Daarvoor waren rechters en aanklagers benoemd die – voor zover dat dus enige rol hoefde te spelen – hun benoeming inderdaad te danken hadden aan de partij van Herman Deschryver. Het was trouwens moeilijk om een college van rechters te vinden waarvan dat niet het geval zou zijn, dus veel hoefde de publieke opinie er niet achter te zoeken.

Deed ze dat toch, kon men verwijzen naar de saillante moordzaak van Katrien. Die zou trouwens, zoals iedere moordzaak, veel breder in de pers worden uitgesmeerd. Het zou voor iedereen gemakkelijk te controleren vallen dat hier opvallend weinig van de acteurs hun benoeming hadden te danken aan de partij van Katriens vader. De openbare aanklager was meteen het beste voorbeeld.

Zodra hij zijn aanstelling had vernomen, had De Balder begrepen dat zijn taak dubbel zou zijn. Sowieso de beschuldigde zwaar aanpakken gezien de ernst van haar misdaad. Maar daardoor ook aan de publieke opinie bewijzen dat een beschuldigde met de naam Deschryver niet moest rekenen op een voorkeursbehandeling. De Deschryvers waren als iedereen. De ene keer werden ze zeer zwaar bestraft, de volgende keren mogelijkerwijs veel milder... De Balder kon zich vergissen maar volgens hem stond Leo Deschryver op het punt om zijn nicht op te offeren om zijn imperium te redden.

Maar bewijzen kon je zoiets nooit. En die andere processen konden De Balder geen moer schelen. Niets mee te maken. Het was hooguit goed om weten dat hij zelfs geen poging tot druk van buitenaf te verduren zou krijgen. Veel verschil had dat trouwens niet uitgemaakt. De Balder had aanmoedigingen noch vrijbrieven nodig, en naar goede raad luisterde hij niet. Daar stond hij om bekend. Hij bezat een reputatie, hij was een signaal van doortastendheid en ongebondenheid. Precies daarom was hem eindelijk deze grote zaak toevertrouwd.

Hij zou zich met verve kwijten van zijn opdracht. Als steeds zou hij met het grootste vuur de zwaarste straf eisen. Verzachtende omstandigheden bij voorbaat weghonend, geen spaander heel latend van het profiel van keurige dochter en echtgenote dat de verdediging ongetwijfeld nu al aan het construeren was. Hij zou die Katrien Deschryver de grond inboren, wegvegen uit de samenleving, uitbannen.

Hij zou dat mens vernietigen, eens en voor altijd.

Wat ook weer niet betekende dat De Balder vooringenomen was tegen de beroemde familie op zich. Hij stond absoluut objectief.

Tegenover ieder van haar leden.

'zo! je verdiende loon, johnny,' siste Cedric De Balder tegen Bruno Deschryver, op de open plek in het meest afgelegen gedeelte van het park. 'En niet te veel zuchten en kreunen, jongen. Of je krijgt nog harder op je lazer.'

Bruno stond voorovergebogen in de nacht, achter een houten zitbank waarvan hij met beide handen de rugleuning vasthield. Overdag zaten op deze bank oma's en kinderjuffen te kouten, kantoorpersoneel verorberde er op zonnige middagen de lunch, verliefde koppeltjes koerden hier in de valavond tegen elkaar op.

Nu stond Bruno hier in het donker met zijn broek en slip op de enkels, terwijl een onbekende man hem met de vlakke hand een pak rammel verkocht. Zijn kont stond al roodgloeiend. 'Zo!' siste de man na elke klap. Het geluid van de klappen, vlees op vlees, klonk wonderlijk op in dit nachtelijk stukje natuur. Zelfs de krekels vielen steevast even stil. 'Zo!'

Tussen twee van zijn klappen in deed de man telkens iets anders onverwachts. Hij wrikte met zijn voet Bruno's voeten verder uiteen, tot jeans en slip het niet meer toelieten. Hij likte de zachte achterkant van Bruno's knieën. Hij trok onverhoeds Bruno's hoofd bij het haar achterover en liet even onverhoeds weer los. En telkens kwam daarna weer die klap. 'Zo!'

Soms streelde hij Bruno onder diens T-shirt over de rug, langzaam, tergend zacht, spottend teder, helemaal tot aan Bruno's nek en terug, tot in de bilnaad, zelfs extra teder over het verhitte vlees van Bruno's billen. Dan trok hij zijn hand plots weg. Bruno wist wat er ging komen, hij hield zijn adem in. Er gebeurde niets. Net als Bruno dacht dat de man weg moest zijn gegaan, kwam de klap, weer harder dan de vorige. 'Zo, jongen! Dat was er niet naast.'

Bruno kreunde. Hij kon het niet helpen. Hij vond het weerzinwekkend en geweldig. Dit had hij nog nooit meegemaakt. Dit was wat hij zocht. Hij had een keiharde stijve. In sauna *Corydon* had hij, na het voorval in de dark-room, zijn broer twee keer op diens bek geslagen en daarbij zijn eigen hand bezeerd. De pijnscheut was gepaard gegaan met een verzaligd gevoel. Toentertijd had hij gedacht dat het slechts ging om het genoegen van de vergelding, de zoete smaak van een eindelijk gemaakte afrekening. Nu wist hij beter. Het had, toen al, gegaan om eenzelfde scheut van euforie en pure lust.

Hij voelde de hand van de man omhoog kroelen langs de binnenkant van zijn dijen. De hand woog teder zijn kloten en melkte zijn stijve met korte, smijdige rukjes. Nog even en Bruno kwam, nu al. De hand verdween en sloeg meteen. 'Zo!'

Bruno kromp ineen van de pijn maar spande zijn rug direct weer in een holle boog, zijn billen nog beter aanbiedend voor de volgende klap. Die kwam niet. Het was verschrikkelijk. Hij wilde die klap. Hij wilde gekleineerd en mishandeld worden. Hij wilde gestraft worden voor wie hij was. 'Alsjeblieft,' mompelde hij.

'Wat scheelt er,' vroeg de man, vlak bij zijn oor. 'Wil je dat ik er mee ophoud, of zo?'

'Nee,' hijgde Bruno, 'niet stoppen.'

'Wil je dat ik je sla, Johnny? Is het dat echt wat je wilt?'

'Ja.'

'Met twee woorden, dan. Zeg: Johnny, ik wil dat je me slaat.'

'Johnny, ik wil dat je me slaat.'

'Meen je dat nu echt?'

'Ja, Johnny.'

'Serieus?'

'Serieus, Johnny.'

'Sorry, Johnny. Kindjes die vragen worden overgeslagen. Ik ga je niet slaan. Ik ga je neuken. Wat zeg je daarvan?'

Op dat moment vielen ze allebei stil. Voor hen, aan de overkant van het wandelpad waarlangs de bank stond opgesteld, klonk uit het struikgewas een ritselende stap op.

Kort daarop stond Bruno nog altijd voorovergebogen achter de bank. Hij verging van de pijn. Het was fantastisch. Het was de eerste keer. Hij geloofde niet dat de man veel glijmiddel had gebruikt, hooguit wat spuug, waarschijnlijk met opzet, zo schrijnde het meer. Droeg hij een condoom? Het kon Bruno niet schelen. Een mens moest maar vertrouwen hebben. Je moest van iets kapot. De pijn ging al weg. Ze werd iets gans anders.

Cedric De Balder ging tekeer als in zijn jonge dagen. Hier had hij nooit van durven dromen. Wat een traktatie. Een schimmenspel met drie. 'Ga op die bank staan,' siste hij tegen de tweede jager, die daarnet uit de bosschages was opgedoken, stap voor stap. Cedric had hem tijdens het neuken van de ander al staan melken met zijn rechterhand, de klaphand. 'Vooruit!' zei hij. Aan het gestommel te horen werd zijn bevel opgevolgd. De wind speelde in de toppen der platanen. De aarde geurde en ook sparren verspreidden hun bouquet. Ik doe al aan research, grijnsde De Balder, onophoudelijk stotend. Als ik de zaak van die Katrien wil behandelen, moet ik toch weten hoe het aanvoelt, 's nachts, in een boomrijke omgeving, en op jacht?

Bruno hoorde het gestommel ook. De tweede man moest nu voor hem staan, met diens schoenen op het zitvlak van de rustieke bank, met diens kruis op zijn ooghoogte. Het volgende moment voelde Bruno hoe hij bij zijn haar naar de bank toe werd getrokken en hoe een gigantische fallus in zijn voormalige misdienaarsmondje werd gewrongen. Bruno had nog nooit zo'n dikke eikel geproefd. Het was walgelijk. Het was precies wat hij wou. Ging het om een zwarte? Hij had een monstrueus groot lid. Bruno voelde twee klauwen van handen die zijn hoofd grepen als was het een meloen en die meloen werd heen en weer geschoven, steeds sneller, terwijl ook de man achter hem onverminderd voort bleef stoten. Bruno werd twee keer genomen. Het was smerig. Het was lekker. Onwillekeurig moest hij denken aan het lopend buffet, steeds hetzelfde, in de feestzalen uit zijn jeugd, in feestzalen overal in deze contreien.

Zo'n buffet werd steevast 'de Breugeltafel' genaamd, vanwege zijn overladenheid en de aanwezigheid van rijstpap. En iedere keer had er eentje gelegen. Centraal, op een sierspiegel. Tussen antieke kommen met salade en tomaten en hard gekookte eieren en kreeftenpoten. Naast verzilverde dienbladen met asperges en gerookte zalm onder een laagje gelatine. Naast gekookte aardappeltjes met kruidenmayonaise, beulingen met appelcompote, garnalencocktails en tien soorten brood. Iedere keer: een opgevuld biggetje... Zo voelde Bruno zich. Op zijn buikje, bruingeroosterd, oogjes kwijt. In zijn opengesperde, grijnzende mondje een citroen. En naast hem lag een mes.

Met veel geritsel maar zonder een woord verwijderde de tweede jager zich niet lang daarna van de open plek. Zo waren de conventies, na het hoogtepunt.

Maar de eerste jager verbrak alle codes. Hij verwijderde zich niet. Hij boog zich integendeel opnieuw over Bruno en fluisterde zonder te sissen in diens oor: 'Kan ik euh... Kan ik je iets te drinken aanbieden?' Dat vroeg de bezitter van de hand die kon strelen en slaan als geen andere.

Tot zijn eigen verwondering antwoordde Bruno, terwijl hij zijn kleding fatsoeneerde: 'Ja.'

5

DAGBOEK VAN EEN VOORTVLUCHTIGE (III)

Alles heeft zijn tijd, ook de tijd zelf. Hij is een vijg en die moet rijpen voor ze valt. Maar die val komt geheid. Laat de hemelschijf haar werk dus maar doen. Zij en de zwaartekracht. Hou jij je gedeisd en wacht af.

Dat is het devies van mijn cipier met het zwarte helmpje. Alleen zegt zij dat anders. Zij zegt: 'Ge moet niet zo zagen.' En: 'We moeten onze tik afwachten.' En: 'Gelooft mij nu eens! Vertrouwt mij. Na alles wat ik voor u al heb gedaan.'

Ik geloof haar, ik vertrouw haar, maar wat heeft ze voor mij al gedaan? Ik zit nog altijd gekerkerd. Om de andere dag in een ander pand. Steeds op de loop, steeds minder hoop.

Vroeger had ik tenminste een vorm van rust. Nu ben ik een gedwongen zigeuner. Ondergedoken, verjaagd. Wat is mijn winst? Mijn vrijheid, een waan. Een vlucht, mijn bestaan.

Vroeger vloekten en kermden de vrouwen zonder dat ik ze zag, in belendende cellen. Nu word ik aangegaapt door de zeloten die Hannah rond zich heeft vergaard. Al een tiental. Vrijwilligers, apostelen, een klein bataljon. Ze vergaren fondsen en verdedigen mijn zaak. Ze verspreiden vlugschriften en ontwerpen op het Internet een site met foto's van mij plus een petitie die mijn vrijspraak bepleit. Hun teller draait dol. Ze bedotten de boel.

Voor elk van hen beteken ik iets anders. Voor niemand van hen ben ik mezelf. Ze ontvoeren mij van hot naar her en verbergen mij als een luik van het Lam Gods. Tegen de buitenwacht zwijgen ze – maar voor hoe lang? Waar er meer zijn dan twee, bloeit loslippigheid op. ~~Een klaproos, een babbelbloem.~~ Niet ieder geheim trotseert de platheid van alledag.

(Jij wel. Wanneer? En waar? Verschijn. Wil zijn.)

Als haar zeloten zo naar me zitten te staren, ben ik toch weer blij dat Hannah er is. Zij grijpt in, dirigeert, wijst af. Ze vindt voldoende werk uit om iedereen te vermoeien. Maar ook hier: Tot wanneer? Idealen verwarmen slechts zo lang als ze gloeien. Er zijn er van brons, er zijn er van dons. We zullen nog moeten zien uit welk rijshout deze zijn gesneden.

Bij Hannah geen twijfel. Zij gloeit als koper in lava. Ze beschermt en schermt af. Ze is te goeder trouw, ze is niet goed wijs. Ze is lief en beschadigd, onherroepelijk zichzelf. Uitgekookt naïef, lichtzinnig geslepen. Maar ze is de laatste tijd ook steeds meer in paniek. Ze weet dat ze dit niet lang meer volhouden kan. Maar haar twijfels vermomt ze in grootspraak, in woede op luie zeloten en domme De Deckers.

In mijn bijzijn wil ze niet falen.

Oprechtheid gebiedt de biecht van één baat. Elke dag spreek ik wat meer, dankzij haar en haar raad. Toch kan ik zelden iets melden. Mijn tong is nog moe. En Hannah weet alles al. Alles van mij.

Behalve details. Ze vroeg me naar jou. Ik stokte als steeds. Ik ben bijna klaar. Ooit moet het eruit. Weldra? Ik moet nog leren delven, eerst. Ik herinner me weinig, behalve wat feiten. De schok sloeg me rot. En alles slijt. Ik ben te veel kwijt. Alleen red ik het niet. De mist is te dik. De modder te vet.

Help me, sta me bij. Kom terug. Ik kwam toch ook?

Vertel en vergeef. Vul aan en begrijp.
Leer mij te weten wat ik het meeste vrees.
Onderwijs mij de sloop van mijn eigenste vlees.

Om mij te troosten meldde Hannah dat het eindelijk was gelukt. Een van de zeloten heeft de huidige ersatzmoeder kunnen waarschuwen zonder geschaduwd te worden. Het zwarte serpent stemde node in.

Het uur U is morgen. Op een plek beveiligd door horden. Wij worden speld in het veld, ei in de wei. Een vlo in het stro.

Wat zeg ik hem? Hoe maak ik de jaren goed?

Noem ik hem mijn kleine? Mijn have, mijn bloed?

Ik hoop dat ik spreken kan in zo'n stoet. Hannah gewaagt van honderdduizend trawanten, op stap in één stad. Honderdduizend zielen op twee benen. Honderdduizend verwanten.

(Ze spreekt altijd van meer dan er is.)

(Nooit zal ik zijn wat ze wil dat ik ben.)

Morgen. In openbaarheid verborgen.

5

ZEE VAN ZIELEN

MILOU EN MADELEINE KONDEN HUN GELUK NIET OP. Eindelijk zat hun eens iets mee, in plaats van altijd alleen maar tegen. Ze hadden hun bagage achtergelaten in het tijdelijk depot, bij een vriendelijke mens, al sprak hij geen woord Vlaams, en ze stapten nu strijdlustig de Noordstatie uit, richting Jardin Botanique. En ze waren lang niet de enige.

Goed uitgeslapen en fris gewassen hadden ze vanmorgen in Zeebrugge voet aan wal gezet. Ze waren met een taxi direct naar het station gereden en hadden de eerste de beste trein richting Brussel genomen, ook al moesten ze dan een paar keer overstappen. Omdat ze eerste klas reden, hadden ze in de reeds goed bezette wagons toch nog een plaatske aan het raam kunnen bemachtigen. Milou met de rijrichting mee. Want ze mocht dan zo goed als matrozenbenen hebben gekweekt, achterstevoren in een rijdende trein gaan zitten? Daar werd ze toch nog altijd mottig van.

En dat zou spijtig zijn. Er viel zoveel te bekijken. De hele weg wezen Milou en Madeleine elkaar landschappen aan die ondanks al hun vertrouwdheid fonkelden als gloednieuw. Dat er, om te beginnen, een streek bestond die even plat was als de zee waarop ze al die weken hadden rondgedobberd? Dat was hun nooit eerder zo scherp opgevallen als nu. De trein denderde door polders en velden en het vervulde de twee zussen van warmte dat uitgerekend zij dit schone platte land mochten bewonen. Met zijn einders zonder einde, met zijn kasseiwegels afgezet met knotwilgen. En kijkt eens daar? De torens van Brugge, de torens van Gent. Alles zag er zoveel schoner uit, als ge het een tijdje niet meer hadt gezien. Alleen spijtig van die koterijen, en van die masten overal. En van al die auto's en tractoren, en die varkenskwekerijen. Maar dat was letten op het negatieve en daar was het nu de tijd niet voor. Het was nu de tijd voor puur geluk. 'Het schoonste ogenblik van elke reis, is thuis te komen, als in 't paradijs.'

Ze konden zich er zelfs niet meer toe bewegen om enige wrok te koesteren, hoezeer ze daar met hun tweeën ook op hadden zitten broeden, heel de terugvaart. Tijdens hun heenvaart had niemand hun brieven vol wanhoop willen beantwoorden, op die doodenkele scheldkanonnade van Gudrun na. Leo, die pummel, was zelfs doof gebleven voor de smekende telefoontjes van de steward tot en met de kapitein. Ten langen leste, op hun plaats van bestemming gearriveerd, hadden Milou en Madeleine dan maar hun conclusies getrokken. Temeer omdat Milou van vliegtuigen nog een heiliger schrik had dan van schepen. Ze zouden de kelk tot op de bodem legen: ze gunden zich een weekske om te recupereren, zich grondig te verzoenen en elkaars fouten te vergeven, en daarna scheepten ze zich opnieuw in. Die tickets waren nu toch betaald.

Het beste makend van hun terugvaart, hadden ze op den duur vrede gevonden met het leven op een cruiseboot. ('Een mens? Ge wordt gij alles gewoon, miserie ook.') Stukske bij beetje hadden ze zich zelfs op hun gemak leren voelen met dat heen en weer wiegen van 's morgens tot 's avonds, met de achterklap in het restaurant en met de gezelschapsspelletjes op het bovendek. Met motoren die maar niet ophielden met zachtjes te daveren, en met het uitzicht op al dat water – kilometers in het rond geen levende ziel te bespeuren dan wat meeuwen en een zeehond of twee. Ten slotte hadden ze zich zelfs verzoend met madame Thijssens van het Onthaal. Alleen spijtig van Tony. Die jongen was steward moeten worden op een andere lijn. ('Het is misschien maar beter zo,' zei Madeleine, 'voor iedereen.')

Hoe dichter ze hun geboortebodem, de grond waarin hun jongste zuster begraven lag, waren genaderd, des te meer hadden ze hun hart voelen opbloeien. Ze hoopten één ding vurig. Dat ze intijds arriveerden om in levenden lijve de evenementen mee te kunnen maken waar de boordradio de laatste week maar niet over had kunnen zwijgen.

En voilà, dat was gelukt. Niet eens op het nippertje. Milou en Madeleine waren zelfs aan de vroege kant, al stonden er op de boulevard du Jardin Botanique reeds vele duizenden klaar zoals zij. Alleen wat meer in het wit gekleed en ook in hun gezicht heel wat bleker. 'Ge hebt gij op een boot niet veel zon nodig,' zei Milou, nu toch met een krullende neus om haar zeevaartavontuur. 'De wind en het zout geven u al een gezonde kleur.' Madeleine knikte: 'Daar kan geen zonnebank tegenop.'

Om hun gebrek aan witte kledij en bleke gezichten goed te maken, kochten Milou en Madeleine bij een van de inderhaast opgestelde stalletjes op de place Rogier een ruiker witte bloemen en elk een witte ballon, die ze vastmaakten aan het oor van hun sacoche. Zo gingen ze staan wachten, tot de mars begon, bij het begin van de boulevard Adolphe Max. Waar ze de bloemen zouden neerleggen, wisten ze nog niet. Maar de meesten hadden er in hun handen, dus waarom zij niet?

Voorlopig zat er geen beweging in de massa. Niemand wist wie de ordewoorden zou geven of de leiding op zich zou nemen. Maar dat deerde niet. Milou en Madeleine hadden geduld. Hier aanwezig te zijn was al veel waard. Het deed deugd zich opgenomen te weten in een zo grote groep van mensen die het beste voor hadden en het kwade bestreden wilden zien. Iedereen besefte dat het waarschijnlijk weer geen fluit zou uithalen, maar dit weinige hadden ze toch niet achterwege willen laten. Want wie weet? Als ze met genoeg waren? Meer dan de voorspelde honderdduizend? Het kon geen kwaad om dan eens goed op de tafel te kloppen. 'Wij tweeën doen dat ook veel te weinig,' zei Madeleine, met nu toch iets van die vergeten wrok.

Leo en Herman zouden het niet graag gehoord hebben, maar om zich heen kijkend waren Milou en Madeleine eindelijk weer wat blij om Belg te zijn. Er waren hier landgenoten van alle slag en gezindten, Vlaams en Frans door mekaar, over de taalgrens heen verenigd door verontwaardiging en tristesse. Veel ouders met jonge kinderen, meestappend aan de hand of slapend in buggy's. Grootouders, padvinders, religieuzen, oudstrijders, noem maar op. En daartussen verspreid natuurlijk weer dat legertje journalisten van over heel de wereld. Fotografen liepen rond, knielden neer en kiekten ongegeneerd al wie hun voor de voeten liep. De eerste televisiereporters stonden, met een microfoon in hun knuist, al te praten tegen een camera die zelf met een kabel was verbonden aan een vrachtwagen met een antenne op het dak. In de lucht hingen een paar helikopters, en niet alleen van de rijkswacht.

Het deed Milou en Madeleine terugdenken aan de begrafenis van Boudewijn. Toen waren ze zelfs twee dagen achtereen helemaal naar hier gekomen. Aanschuivend in een eindeloze rij hadden ze, twee keer, een laatste groet gebracht aan de grote vorst onder zijn vliegengaas. 'Had die mens dit mee moeten maken, dan had hij nú zijn attaqueske wel gekregen,' zei Milou, doelend op de vermoorde kinderen. 'Maar nee! Hij zou juist heel content geweest zijn,' zei Madeleine, doelend op de mars.

'Ik vind dat madame hier groot gelijk heeft,' zei een vriendelijke heer die naast hen stond. Hij wees op Madeleine. 'Maar het blijft spijtig te moeten constateren dat alleen wat ons pijn doet, ons bijeenbrengt. Nietwaar?' Milou en Madeleine beaamden het van ganser harte. Ze kenden de man van toeten noch blazen en toch vonden ze het heel normaal dat hij hen aansprak alsof ze elkaar allang te vriend hadden. Precies dat herkenden ze het meest van Boudewijns begrafenis. Die trieste en toch trotse solidariteit. Alleen waren er nu, in tegenstelling tot bij de koninklijke begrafenis, mensen met bordjes waarop stond: 'Wij zijn woest.' 'De doofpot loopt over.' 'Nu is de maat vol.'

'We zijn al met veertig-, vijftigduizend,' riep een vrouw die een transistorradiootje tegen haar oor drukte, 'en het komt nog maar goed op gang.' Ze riep het tegen niemand in het bijzonder. Toch brak er rond haar spontaan een applausje los, terwijl in de kring daarbuiten het nieuws werd doorverteld. Heel de Rogierplaats en de Kruidtuinlaan stonden al vol, en een stuk van de Antwerpselaan. En nog kwamen de mensen aangestroomd uit het Noordstation en, de hoek omslaand, uit de Koningsstraat.

'Wanneer begint die mars hier?' riep iemand anders in de omgeving van Milou en Madeleine. Het antwoord bleef eerst uit. 'Eigenlijk begint ze ergens anders,' antwoordde dan toch een man, die geen transistor maar een zaktelefoontje tegen zijn oor gedrukt hield. 'Op het plein bij het Paleis van de Rechtvaardigheid.' Hij borg zijn telefoontje op. 'Ik ga daarheen. Hier blijf ik niet, hier heeft het geen zin. Wie gaat er mee?' Hij vertrok met een tiental mensen in zijn spoor.

De rest bleef staan, inclusief Milou en Madeleine. 'Het maakt niets uit,' zei die laatste. 'We zijn hier nu. We tellen mee. Dat is toch het principaalste? Als het te lang duurt, gaan we winkelen in de rue Neuve. Misschien moeten we elk een wit ensembletje kopen, of op zijn minst een witte foulard.' Milou zei: 'Wit is altijd schoon.' Madeleine: 'En de Grote Markt is hier vlakbij.' Milou: 'De Falstaff is nog dichter.' Madeleine: 'En een stuk chocoladetaart van Wittamer zou er ook wel ingaan.'

(Hier lopen wij nu. Onder een stalen hemel met hier en daar een

wolk waarvan de gouden randen in brand staan door het geweld van Zuster Zon. Een hemel, hard en eerlijk, gelijk ge hem ook kunt aantreffen op een schilderij van een Vlaamse Primitief. Zo zijn onze hemels al eeuwenlang.

Maar daaronder ligt een stad te blinken waarvan wij tot voor kort, eerlijk gesproken, niet goed wisten wat wij ervan moesten denken. Ze ligt op heuvels, gelijk Rome en Parijs. Ze is de hoofdstad van Vlaanderen, van België, van Europa en van het hele westerse bondgenootschap. Maar zelf komen wij er niet veel. En als we er komen, is het om te werken en zo snel mogelijk weer naar huis te vertrekken. Want wij hebben, nog eerlijker gesproken, nooit veel liefde gevoeld voor deze stad.

Vroeger wel, toen ze nog bruiste. Toen Parijzenaars hier wakker werden en zich de ogen uitwreven omdat ze niet goed wisten waar ze waren, thuis of toch op een ander. Maar sindsdien streken hier naar onze goesting wat al te veel vreemdelingen neer op vaste basis. Wij hebben het niet over de arme sloebers alleen. Wij hebben het ook over de rijke luizen en de multinationale bedrijven en de ambassades. De politieke lichamen die ons de hemel beloofden maar die parasieten bleken te zijn. Die onze schoonste huizen opslokten, die van Victor Horta het eerst, en ze weer uitspuwden als loodsen van beton en bunkers van lelijk glas. En daartussen werd het steeds onaangenamer maneuvreren met onze gezinswagen. Zo leerden wij onze rug te keren naar dat bruisende Brussel van weleer.

Maar nu zien wij, dankzij deze glorieuze dag, dat wij ons grandioos hebben vergist. Want potverdikke, onze viervoudige hoofdstad? Ze mag er zijn, met al dat volk op de been, met al dat leven overal. En als ge eens wat rond gaat stappen, zult ge moeten bekennen dat, precies door al dat vreemde, hier iets in de lucht hangt wat ge nergens vindt in onze contreien. Iets kosmo-

politisch, iets bruisends van vandaag de dag. De wereld is hier thuis. Nu wij nog.

Maar met wat tijd en boterhammen komt ook dat dik in orde. Het heeft jaren geduurd maar ze hebben Brussel eindelijk wat opgekalefaterd. En we gaan het u zeggen gelijk het is. Die Leopold II? Als koning was dat een stuk crapuul maar als boulevard valt hij geweldig in de smaak. Hij heeft allure. En van het Jubelpark en het Atomium moeten wij, als wij eerlijk zijn, hetzelfde zeggen. En als we dan toch bezig zijn met opsnijden? Het Park van Brussel, het Koninklijk Paleis, de Kunstberg... Jongens, ge kijkt uw ogen uit. En dan heb ik het nog niet over de moderne bouwsels gehad, gelijk die glazen pedaalemmer van het Ministerie van de Vlaamse Gemeenschap, hier op Rogier. Niet zo hoog gelijk in Londen of Chicago, maar toch ook lang niet mottig. Ze beginnen het te leren.

Maar een ding moet ons toch van het hart. Dat Paleis van de Rechtvaardigheid... Met zijn wanstaltige tieten van koepels en zijn zuilen gelijk de benen van een patiënt met elefantiasis... Het mag liggen waar het ligt – op een heuvel en vlak bij de fameuze Marollen – dat blijft een luguber lelijk geval. Stapt daar maar eens binnen, als u een rechtszaak wacht. Kafka is er niets bij.

En dan dat plein ervoor, met zijn ongelijk liggende kasseien... Met zijn parkeerplaatsen, afgeboord met wat betonnen zetstukken die inderhaast in het geel geschilderd zijn... Allez, op wat trekt dat nu? Zelfs voor het verkeer is dat plein een ramp. Zeker nu, terwijl steeds meer mensen zich hier verzamelen met witte ballonnen in hun hand. Ze weten niet of hier iets te gebeuren staat en zo ja, wat er dan zou moeten gebeuren. Ze staan hier maar en ze stremmen de circulatie. Apart zien ze er heel gewoon uit. Voor de meesten is dit de eerste keer dat ze van zich laten horen, zomaar, op straat. Maar als groep gaat van hen zo'n grote kracht uit dat de rijkswachters gauw doen alsof het om een reguliere betoging gaat en de straten afsluiten en het verkeer beginnen om te leiden.

Gelijk ze dat tegenwoordig al twee tot drie keer per week moeten doen. Want dat krijgt ge, natuurlijk, als de wereld zelf zich goed voelt op uw schoot. Waarom zou zij dan op een ander gaan betogen? Nee, dan staat ze iedere keer weer voor úw deur, te zwaaien met borden en vlaggen en spandoeken. Dat zullen we er moeten leren bijnemen, mettertijd.)

Leo Deschryver keek met dubbel misprijzen naar de Witte Mars. Om te beginnen had die processie van lapzwansen ervoor gezorgd dat zijn Mercedes onbruikbaar was. De beste manier om slechte punten te halen bij een tapijtbaron. Leo kon niet meer voor- of achteruit, zijn wagen werd omstuwd, een rotsblok in een rivier van protest. En hij kon nu al voorzien dat het nog uren zou duren voor zijn bolide kon worden bevrijd.

Gewend om altijd de kortste weg te nemen, was hij ook nu door blijven rijden, tegen het advies van agenten in, ook nadat hij in straten was beland waar de voetgangers al de hele rijweg in beslag hadden genomen. Claxonnerend en met zijn lichten knipperend, was hij zich een weg blijven banen. Als ze niet met zovelen waren geweest, had hij zijn kop door het raampje gestoken om te vloeken dat ze beter allemaal naar huis zouden gaan om hun handen uit de mouwen te steken. Daar zou ons land heel wat beter bij varen dan bij dit collectief lanterfanten en staan snotteren in mekaars armen.

Toen de mensenvloed steeds dichter was geworden, was Leo verplicht geweest om stapvoets te volgen, wat op zich al een belediging was: zijn Mercedes gereduceerd tot de snelheid van slenteraars. Toen hij ook nog eens met een hoek van zijn bumper een kinderwagentje had aangetikt, waren woedende omstanders met hun vlakke hand op zijn carrosserie en zijn ruiten beginnen te meppen, eerbied eisend voor de rechten van het kind, zeker op een dag als deze. Sakkerend had Leo dan maar het contact omgedraaid, had de handrem opgetrokken en was uitgestapt.

Nog steeds bokkig stond hij nu, half leunend, half zittend op de kofferbak, te kijken naar de passerende dierentuin en hij kauwde op zijn tweede misprijzen: dat niemand hier enig noemenswaardig initiatief ontvouwde. Ja, er werden wat witte bloemen verkocht, hier en daar. En ballonnen, zegt dat wel. Maar ballonnen, dat tikte niet aan, het mochten er dan duizenden zijn. En bloemen? Dat verwelkte al voor de helft vóór ge ze verpatst hadt. 'Had ik nu een hotdogkraam gehad,' dacht hij, 'ik zou nogal poen binnenscheppen.'

Maar het beste ware toch geweest, bedacht hij, als hier een kraam had gestaan met kleine matjes. Vierkante stukskes tapisplain, in 't wit en schoon afgebiesd. Juist groot genoeg om onderweg, als ge wat moe werdt, op uw kont te gaan zitten zonder u vuil te maken. Want veel zitbanken stonden er niet, in het Brussel van de politici en de andere schone heren.

Als dat geen businessplan was! Matjes, opgerold verkocht, en met een gouden strik errond – presentatie was alles. En achteraf was zo'n matje een schone souvenir. Ge kondt het voor uw deur leggen om te stoefen tegen uw geburen. Misschien was het zelfs mogelijk om er, met een eenvoudig opdruksysteem, à la minute en à la carte een slogan op te zetten. 'De Witte Mars: Ik was erbij!' 'De Witte Mars: Tot op het bot!' Daaronder dan de datum en de initialen van de klant. Duizend ballen per stuk. Als de naam voluit moest: nog eens de helft erbovenop. Een winst van een paar honderd procent.

Waarom stond zo een kraam hier niet? Hij zou direct eens

naar zijn secretaresse bellen, zie. Dat ze een C-4 mocht klaarleggen voor zijn chef verkoop. En voor de mannen van de afdeling promotie erbij, allemaal. Dat ze zo'n stunt durfden te missen! Hier hadden ze de journaals mee kunnen halen, over heel de wereld. Naamsbekendheid, goodwill, bestellingen – álles hadden ze binnen kunnen rijven. Voor wat betaalde hij hen eigenlijk? Alle goeie ideeën kwamen van hemzelf. En dan verschoten ze ervan dat hij aan de top stond en zij niet.

In zijn kwaadheid had hij zijn zaktelefoontje ook metterdaad getrokken om zijn secretaresse te bellen. Maar net voor hij haar nummer wilde vormen, ging het telefoontje zelf al over. Het was weer een nieuw toestelletje. Van de week had hij er nog twee andere kapot getrapt. Leo's verzuurde kwaadheid op zijn chef verkoop en de afdeling promotie verlegde zich op slag. Hij drukte het antwoordknopje in. 'Zijt gij er al, broer? Het spijt me, maar ik geraak niet tot ginder. Gij zult naar hier moeten komen.'

Herman zag door zijn verrekijker de wassende vloed van mensen aanspoelen. Bijeengepakt op de Rogierplaats hadden ze geen ordewoorden of richtlijnen meer afgewacht maar waren uit eigen beweging en in volle wanorde begonnen aan het traditionele parcours van iedere betoging. Van het Noord- naar het Zuidstation, over een verkeersslagader die recht door Brussel liep en gevormd werd door de Adolphe Maxlaan, de Anspachlaan en de Lemonnierlaan.

Precies in het midden van die ader lag een pleintje, en aan dat pleintje lag de Beurs van Brussel. Een neoclassicistisch geval met een brede trappenpartij die links en rechts werd geflankeerd door een verhoog met een stenen leeuw erop. Boven aan de trappenpartij rezen zes lichtgrijze zuilen omhoog. De architraaf werd bekroond met een driehoekige fries vol Romeins aandoende goden en dienaars van de welvaart en de eerlijke commercie. En zelfs daarboven, op het dak, stonden nog stenen engelen en een bemande strijdwagen en opnieuw een paar leeuwen neer te kijken op wat er vandaag weer zou passeren – een niet aflatende stroom van wagens en bussen, of andermaal een eindeloze stoet van betogers.

Ergens tussen die stenen engelen lag Herman Deschryver, rustend op zijn ellebogen en met zijn verrekijker over de rand van het dak blikkend. Opnieuw in een keurig pak, zijn haar kort geknipt en van zijn snor en baard alleen een ringbaardje overgehouden, om onherkenbaar te blijven. Hij droeg een paar gloednieuwe leren schoenen en hij was nog vermagerd. Met roken was hij gestopt, het had geen zin zich nog zieker te maken dan hij al was. Hij had eerst een taak te vervullen voor hij zich wilde toestaan te gaan. *(Hoeveel weken nog? Hoeveel dagen?)*

Naast hem lagen een aktetas en een diskman met een oortelefoontje waaruit, nauwelijks hoorbaar, klassieke muziek opborrelde. *Die Kunst der Fuge.* Herman bewoog zich zo weinig mogelijk omdat elke beweging hem nog altijd pijn deed. Met zijn linkerhand hield hij de kijker voor zijn ogen, met zijn rechter hield hij het telefoontje tegen zijn oor. Als minister had hij vaak genoeg politiebeelden kunnen zien van betogingen die hier waren langsgetrokken, van verwaarloosbaar kleine tot verontrustend grote. Afgaande op die ervaring, kon hij nu al zien dat dit geen bagatel werd. Hij schatte het aantal betogers op reeds zeventig- à tachtigduizend en nog was het einde niet in zicht. 'Waar bevind je je dan wel,' antwoordde hij in het telefoontje, zo toonloos mogelijk. Leo was de boel weer aan het verbruien. Hij had hier een uur geleden al moeten staan.

(Leo:) 'Ik weet het niet eens. Ik zit vast. Er stond al een file lang vóór de Welriekende Dreef. En nu geraak ik met geen mogelijkheid bij u. Wacht, ik zal eens gaan kijken naar het straatnaambordje, dan kunt gij tot hier komen. Gij kent uw weg, in dat warrig Brussel.'

(Herman:) 'Dat was niet de afspraak. Jij komt tot bij mij.'

(Leo:) 'Gij zit helemáál in het midden van de heksenketel. Het is toch simpeler dat gij naar hier komt?'

(Herman:) 'Ik kom niet zomaar op de proppen. Dit mag niet mislukken. Ik wil eerst met eigen ogen zien dat je niet gevolgd wordt.'

(Leo:) 'Natuurlijk word ik gevolgd! Door een paar tienduizend onnozelaars met een ballon in hun poten. Wel, koopt er zo ook een, broer, dan zijt ge een van hen. En rept u met een gerust gemoed naar hier. Wie zou u in de mot moeten krijgen? Ge loopt in de grote hoop verloren en niemand verwacht u nog. En de weinige politie díe er is, weet niet wat eerst uit te vogelen om toch nog wat orde te scheppen, de sukkelaars.'

(Herman:) 'Koop jij maar zo'n ballon, Leo. En rep jij je maar hierheen, als een van hen.'

(Leo:) 'Ik? Te voet?'

(Herman:) 'Ik bel je wel als ik je zie.'

(Leo:) 'En als ge mij nu eens niet ziet? Dan sta ik daar schoon te schilderen met mijn ballon. Te kijk voor iedereen. Ik ga mij niet belachelijk maken.'

(Herman:) 'Je doet wat ik zeg, Leo. Of je kunt fluiten naar het geld en de papieren.'

(Leo:) 'Kunnen we niet ergens halverwege afspreken?... Herman?... Herman, hebt niet het lef!... Hérman!'

Herman had wel het lef. Hij zette zijn toestelletje af. Hij had door zijn kijker een vertrouwd gezicht gezien, vooraan in de massa. Twee vertrouwde gezichten, zelfs.

Ze moesten als een van de eersten van de Rogierplaats vertrokken zijn. Het waren zijn vrouw en zijn jongste dochter. Zijn vrouw zat zelfs in een rolstoel. En ze kon, zo te zien, haar pret niet op.

Elvire zat onder de Prozac. Dit keer leek het medicijn adequaat te werken. Dat viel nooit te voorspellen. Elvire werd er ofwel extra depressief, ofwel geheel extatisch van. Gudrun had het er, met het oog op deze hoogdag, toch maar op gewaagd. Ze had haar moeder vanmorgen het medicijn gegeven bovenop de andere pillen. Met goed gevolg, goddank.

Elvire zat nu al uren met een rechte rug in haar rolstoel, met een hemelsbrede glimlach om haar mond en met verzaligde pretlichtjes in haar ogen. Ze had nog niet één nieuwe luier nodig gehad. Ze knikte naar al die vriendelijke mensen rondom haar, zwaaiend met een slap handje zoals wijlen koningin Elisabeth dat altijd deed in haar staatsiekoets. En zoals Elvire dat zelf ook al had gedaan, toen ze met z'n allen die uitstap hadden gemaakt, op een autoloze zondag, met de paardenslee.

Veel van de Witte Wandelaars zwaaiden naar Elvire terug, vooral de kinderen. Want aan de handvaten van haar rolstoel waren ballonnen bevestigd en dat was best wel een komiek gezicht. Straks steeg dat oud mens nog op, met stoel en al.

Gudrun was blij dat ze haar moeder dit kon laten meemaken, al was het maar de vraag of Elvire zich bewust was van wat er gebeurde. Gudrun hoopte dat de opflakkering lang genoeg zou duren om het einde van de Mars te halen. Ze waren zo vroeg mogelijk naar Brussel gespoord. Als Elvires stemming nu omsloeg, hadden ze op zijn minst toch deze paar uren gehad.

Als oudgediende van de Witte Beweging had Gudrun als een van de eersten besloten om niet langer te wachten op iets dat toch nooit komen zou: een bevel, een richtlijn, een beslissing. Wie zou die hebben moeten geven of nemen? Zij had het Rogierplein verlaten en was kordaat de Adolphe Maxlaan ingeslagen, de manifestatie aldus officieus openend. Elvire, die ze voor zich uitduwde, was de eerste van de stoet geweest. Zij leidde de Witte Mars. Ze had navenant waardig gezwaaid naar de mensen die uit hun ramen hingen om naar de optocht te kijken. Sommigen hadden teruggezwaaid. Heel in de verte, aan het einde van de drie boulevards, lag het Zuidstation. Met gemak een uurtje wandelen, zeker met die rolstoel erbij. Gudrun en Elvire waren na de eerste meters al door velen voorbijgestoken.

Over ditzelfde traject had Gudrun nog gelopen met haar eerste vriendje, een punkertje. Tijdens de betogingen tegen de plaatsing van Amerikaanse kernraketten, in de jaren tachtig. Ze zou er niet van opkijken als mocht blijken dat deze mars even druk werd bijgewoond. Ze had net een vrouw horen zeggen dat de kaap van de honderdduizend al was overschreden. De vrouw wist het van een journalist die het zelf had horen zeggen van een rijkswachter. 'En als die het al zeggen? Meestal tellen die er met opzet de helft naast, om het protest te minimaliseren.' Ook dat was dus nog steeds geen zier veranderd, dacht Gudrun met een dappere glimlach.

Destijds was ze samen met dat vriendje opgestapt om hem een plezier te doen, meer niet. Bruno, met een band van de ordedienst om de bovenarm, had haar op de betoging zelf nog een bolwassing gegeven. 'Hersenloos wicht, je weet niet eens waarom je hier loopt.' Hij had zich omgedraaid, had niets meer met haar te maken willen hebben.

Maar aan deze betoging nam Gudrun wetens en willens deel. Ze was hier niet alleen voor Elvire. Ze was hier vooral voor die kinderen. De vermoorde en de andere. Voor het kind in het algemeen. Zelf zou ze nooit moeder zijn, haar besluit stond nu vast. Zij had andere taken op zich genomen, die haar beter lagen. Maar dat wilde niet zeggen dat ze niet langer begaan was met het lot van de kleinsten onder de kleinen. Een kind was zuiverheid, onschuld en toekomst in een. Het kon geen kwaad om dat de hand boven het hoofd te helpen houden, te allen tijde, te allen prijze. Zulks was de roeping, de plicht, van elke vrouw, elke man, iedereen.

(Maar Gudrun was hier ook voor zichzelf. De diepere reden daarvan kon ze niet exact formuleren. Het was een intens gevoel dat geen formuleringen verdroeg. Niemand hoefde er het fijne van te weten, het was privé. Doch de teneur viel grotendeels samen met de wat onbestemde boodschap van de mars zelf: Het is nu genoeg geweest. Laat het nu eindelijk stoppen. Laat alles in orde komen. Alsjeblieft.)

Zij en haar moeder waren bijna ter hoogte van het Beursgebouw toen Gudrun stokte. Voor zich zag ze de laatste persoon die ze hier had verwacht, in deze ambiance van combattieve rouw en verbolgenheid. Het was ongehoord dat die schoft zich hier zelfs maar durfde te vertonen. Bruno zou het, toentertijd, een provocatie hebben genoemd. Vandaar misschien dat de man zo gejaagd voortstapte: hij was zich ook zelf van zijn misplaatstheid bewust. Al kon zijn gejaagdheid natuurlijk ook te maken hebben met de journalisten en fotografen die in zijn kielzog volgden. Zij vormden een onopzettelijk escorte. Als zij er niet waren geweest, was de man zeker uitgefloten en uitgescholden. Nu liet men hem passeren, minachtend zwijgend zodra men hem herkend had als onderzoeksrechter Willy De Decker.

Gudrun hield even halt, zogezegd om Elvires neus te snuiten. Dat was nergens voor nodig maar ze wilde haar moeder het zicht besparen van die vreselijke man. Ze ging voor Elvire staan, het beeld afschermend van de onderzoeksrechter die achter haar rug voorbijsnelde.

Elvire toeterde luid en speels in het zakdoekje, zonder dat er snot kwam uit haar oude neus. Toen Gudrun het doekje weer wegnam, gaf Elvire een knipoog. Daarna ging ze gewoon weer voort met het groeten van haar onderdanen, in haar rolstoel met de ballonnen, terwijl haar dochter haar steeds verder voortduwde in de richting van het Zuidstation.

Op het dak van het Beursgebouw, tussen de engelen van steen, had ook Herman een glimp opgevangen van Willy De Decker. Zie je wel, dacht hij – een aanval van zuur onderdrukkend, de eerste pas vandaag. Ze liggen op de loer. Leo en ik zullen voorzichtig moeten zijn. Ik wil niet opgepakt worden vóór ik zelf alles op een rijtje heb kunnen zetten. Het initiatief moet bij ons liggen, niet bij hen.

Hij volgde De Decker in zijn kijker en fronste de wenkbrauwen. Hij zag de onderzoeksrechter afstevenen op een standje dat bestond uit schraagtafels en houten banken, met links en rechts daarvan een oude trailer. De spandoeken die daarop hingen waren van hieruit onleesbaar, vanwege de te scherpe hoek.

De Decker begon voor het standje ruzie te maken met een rare snuiter met een smal gezicht en kort zwart haar, geheel gekleed in jeans. Wat was zijn rol? Wat had De Decker hem te verwijten dat het, van beider kant, zulke heftige emoties op deed laaien? De journalisten en fotografen stelden zich duidelijk dezelfde vraag. Ze luisterden mee of maakten foto's, daarmee het opstootje alleen maar vergrotend.

'Wil je mij kwijt?' beet Willy De Decker op de begane grond, in de Anspachlaan.

'Wie niet,' riposteerde Hannah met scheve mond en handen in de zij.

'Geef me twee minuten onder vier ogen en ik leg je haarfijn uit hoe je van me afraakt,' zei De Decker.

'Ik heb daar geen twee minuten voor nodig,' zei Hannah.

'Het is ook voor jou een oplossing,' zei De Decker. 'Want jij kunt geen kant meer uit.'

'Is dat een bedreiging?'

'Dat is een constatering. Geef dat nu toch eens toe.'

'Zelfs als dat zo was, waarom zou ik dat dan toegeven aan u?'

'Omdat ik in hetzelfde geval verkeer. Ik kan ook geen kant meer uit. Ik gooi de handdoek in de ring. Ik stop ermee.' De Decker zag dat Hannah verbaasd was door zijn boude eerlijkheid. Prima. Nog even en ze hapte toe.

De zaak wás haar boven het hoofd gegroeid, en ze besefte het ook zelf. Daarover waren al zijn geheime rapporten formeel. Gramadil was ten einde raad. Ze zocht een uitweg voor het steunfonds, voor zichzelf, voor Katrien. Helemaal achterlijk was ze niet.

'We moeten elkaar niet meer bevechten, Hannah, we hebben elkaar nodig, jij en ik. Gun mij mijn twee minuten.'

Goed zo. Haar mond stond al niet meer scheef.

'Wat heb je te verliezen? Wat kan ik je in godsnaam maken, Hannah? Hier, te midden van al dit volk?'

Hannah keek naar de passerende massa wandelaars, van wie er velen knikten of zwaaiden naar haar. Na haar stunt in de universiteit was ze in één klap beroemd geworden. Ze keek ook naar haar zeloten en naar de journalisten. De eersten keken verbaasd tot kwaad naar hun leidsvrouw terug. De tweeden keken verlekkerd – bereid om Hannah te steunen tegen De Decker, maar even bereid om haar te verscheuren indien ze niet langer wenste overeen te stemmen met het beeld van martelares dat ze zelf in hun bijdragen van haar hadden gecreëerd.

'Twee minuten maar, meer niet, Hannah,' pleitte De Decker.

Hannah aarzelde nog steeds.

'Of durf je niet, misschien?'

Die was raak. Hannah keek De Decker strak aan en zei: 'Oké. Maar geen seconde meer.'

Het kostte haar heel wat spraakwater om de journalisten af te poeieren en haar zeloten te kalmeren. Maar als Hannah eenmaal een beslissing had genomen, zette ze door.

'Deze kant op,' beet ze tegen De Decker, met haar kin wijzend op een van de versleten trailers. Haar wapenzusters hielden de persjongens op afstand, onder dier fel protest.

'Dit kan maar beter de moeite waard zijn,' waarschuwde Hannah, achter De Decker aan de trailer betredend. 'Of ik laat geen spaander van u heel.'

Herman, hoog boven de grond, op het dak van het Beursgebouw, tussen engelen en leeuwen van steen, had door zijn kijker gezien hoe De Decker en die snuiter zich hadden verzoend.

Wat zijn ze van plan? Wat is hier aan de hand? Vlak voor mijn neus?

Zijn twee zussen stonden intussen op de place Rogier, nog steeds niet goed wetend wat te doen. Ofwel de stoet volgen naar het Zuidstation. Ofwel naar het Paleis van de Rechtvaardigheid trekken – daar zou worden gespeecht. Ofwel gaan winkelen in de rue Neuve. Ofwel toch maar blijven staan.

Ze kozen voor het laatste. Het was zo prachtig en pratique,

om de mensenzee aan u voorbij te kunnen laten trekken, in plaats van er zelf langs te moeten lopen. Er was juist gezegd dat ze al met zeker honderdvijftigduizend waren. En nog kwamen er mensen uit de Noordstatie gestroomd. 'Dit had onze Marja nog mee moeten kunnen maken,' zei Milou. 'Ze zou hier graag gestaan hebben, samen met ons tweeën.'

'Ze is zij hier aanwezig,' zei Madeleine, naar de ruiker witte bloemen kijkend. 'In onze gedachten.' Ze was niet minder ontroerd dan Milou. 'Maar van de andere kant, Miloutje, zijt ook wat blij. Met Marja haar klein hart? Wie weet wat er weer gebeurd zou zijn. Misschien is het maar beter zo. Alles heeft zijn reden.'

In de trailer verklapte De Decker aan Hannah niet hoe hij tot zijn beslissing was gekomen. Dan had hij veel meer dan twee minuten nodig gehad. Hij stak integendeel direct van wal met de conclusie die hij vanmorgen om zes uur had getrokken in zijn werkhol, hier vlakbij in het Paleis, na een volledige fles cognac en twee pakjes Gitanes.

'Jij zorgt ervoor dat Katrien zich uit eigen beweging weer aandient bij de gevangenis. In ruil zorg ik ervoor dat haar dossier mij uit de handen wordt genomen. Voor altijd. Dan is ze van mij verlost.'

'Wat koop ik daarvoor,' zei Hannah. 'Dat dossier wordt binnenkort toch uit uw poten gegrist. En Katrien is nu al van u verlost.'

'Maar ze hangt nu vast aan jou. En dat doet haar zaak ook geen goed. Ze moet af van ons allebei. Ze moet zo snel mogelijk terug naar haar cel, om in alle rust haar proces af te wachten. Dit maakt de zaken alleen maar erger. Je weet dat ik gelijk heb.'

Hannah likte heel even haar lippen voor ze sprak: 'Wat doet

u denken dat ze vasthangt aan mij? Ik heb alleen maar een steunfonds opgericht.'

De Decker overhandigde haar een lijst met adressen: 'We hebben een infiltrant in dat fonds van jou. Ik weet alles. Ook waar Katrien op dit moment is.' Zijn wijsvinger wees naar de laatste regel van het blad.

Hannah keek van de lijst naar De Deckers gezicht en terug. Haar gezicht wit als een trommelvel met nerven – haar littekens. Haar mond samengeknepen van woede. Ze had zich er toch weer in laten luizen. Venten, agenten, niet te vertrouwen varkens, allemaal.

'Ik zou Katrien nu al kunnen laten oppakken, onmiddellijk. Maar dat zou alleen maar onnodig veel heisa verwekken. En daar is noch zij, noch jij bij gebaat.'

Hannah legde de lijst ter zijde. 'Doet het,' zei ze. 'Laat haar oppakken. En ziet wat er dan gebeurt. Hebt ge uw bekomst nog niet gehad in de universiteit?'

'Goed,' zuchtte De Decker. Dit had hij wel van Hannah verwacht. Wat hij tot nu toe had gezegd, was alleen maar het lokaas geweest. Het voorspel. Nu kwam het voorstel. Het echte. Een waar zelfs Hannah Madrigal niet nee op zou zeggen, en waardoor Katrien eindelijk terug in haar cel zou belanden, waar ze thuishoorde: 'Ik kan ervoor zorgen dat ook haar openbare aanklager van zijn taak wordt ontheven.'

'Die bloedhond?'

'Cedric De Balder, ja.'

'Kan dat dan zomaar? Een rechter opzijzetten?'

'Hij is slechts openbaar aanklager. Maar zelfs al was hij rechter geweest, dan nog: Ja, dat kan. Er gebeurt van alles op het hoogste niveau. Je moest eens weten wat ik allemaal weet. Alles kan.'

Hij zag dat ze onder de indruk was. Eindelijk had hij de gemeenschappelijke snaar gevonden tussen haar en hem. 'En één laatste ding.' Het was tijd om ook de snaar te bespelen die ze niet gemeenschappelijk hadden maar die Hannah helemaal over de streep zou trekken. Een leugentje om bestwil. 'De opvolger van die De Balder is een vrouw.'

Niet iedereen was naar Brussel afgezakt. Niet iedereen wist van de Witte Mars af. Er waren er zelfs die zo'n volkstoeloop geen donder kon schelen. Ze hadden zich afgezonderd. De liefde ging voor. Zeker de liefde op het eerste gezicht.

Al was 'op het eerste gezicht' een wat rare uitdrukking voor twee mensen die elkaar voor het eerst in het donker hadden ontmoet. En die nu nog steeds, in het halfduister van een goed geëquipeerd kamertje in sauna *Corydon*, elkaars echte naam niet wensten te weten. De realiteit zou het genot alleen maar banaal maken. 'Dieper, Johnny,' kreunde Bruno. 'Harder. Vooruit!'

Hij lag op zijn rug met zijn benen omhoog, in een soort van gynaecologische schommel. Hij was naakt. Het was stuitend. Het was subliem. Het was pijnlijk. Het was precies wat hij wou.

'Zouden we niet beter wat voorzichtiger zijn,' vroeg De Balder, gewoon als zichzelf, zonder te sissen. Hij was gekleed in zwart leer, met veel sierspijkers en gespen en uitsparingen. 'De eerste keer is altijd...'

'Hou op, Johnny,' beet Bruno. 'Doe wat ik zeg! Vooruit.'

Cedric De Balder gehoorzaamde, al was hij dan de scherprechter en werd de andere verondersteld het weerloze slachtoffer te zijn. Hij had nog nooit iemand ontmoet als deze lange, gekwetste jongen die, letterlijk, met alle geweld genomen wilde worden en daarbij geen grenzen scheen te kennen. Van nul naar zenit, in slechts een paar dagen. Waar moest dit eindigen?

Hij trok zijn hand pesterig langzaam maar uiterst voorzichtig terug, liefdevol zelfs. Vervolgens boog hij zich over dat lange, magere lijf heen en siste in het van verlangen trillende oor: 'Jij hebt hier niets te willen, Johnny. *Ik* ben de beul. Ik doe wat ik wil. En jij gaat eerst vergiffenis vragen. Heb je dat goed gehoord?'

'Ja, Johnny,' zei Bruno trots.

'Waar wacht je dan op?'

'Het spijt me, Johnny,' smachtte Bruno, 'ik smeek je. Vergeef me. En nu aan de slag. Alsjeblieft.'

Bruno voelde hoe de hand die kon strelen en slaan als geen andere treiterig over zijn wang streelde, dan langzaam afdaalde. Over zijn keel, zijn borst, steeds lager.

De hand voelde glibberig aan. Het was afstotelijk. Het was groots.

'Het is bespottelijk,' riep Dirk Vereecken, om zich heen kijkend. 'Hupsakee! Daar heb je zelfs een stel pinguïns met een witte ballon!'

Hij liep samen met Marja en kolonel Chevalier-de Vilder tegen de richting van de Witte Mars in, over de boulevard Anspach. Hij had Gudrun en zijn schoonmoeder van ver herkend, maar om de aandacht van Marja en de kolonel af te leiden wees hij gauw naar het groepje in het zwart geklede religieuzen die traag en waardig aan kwamen stappen, a capella zingend.

Dirk had geen zin om Gudrun te ontmoeten. Elvire desnoods nog wel, maar van zijn ex-maîtresse werd hij altijd wat kriebelig en korzelig. En daar had hij absoluut geen zin in. Hij wilde zwelgen in zijn vette, vadsige extase.

Waar de religieuzen voorbij schreden, weken de rangen der

gewone wandelaars uiteen en werd er beschaafd geapplaudisseerd. De zusters negeerden het applaus en bleven geconcentreerd de lof zingen van de Allerhoogste, Wiens steun ze afsmeekten voor alle zwakken, de kleine kinderen eerst. De zusters hadden elk een ballon vastgemaakt aan de pols van een van hun samengevouwen handen. Bij elke statige stap dook de ballon boven hun hoofd met een klein rukje naar beneden, om meteen daarna weer op te springen, als een bol wit hondje dat aan zijn leiband rukte. 'Is het niet om je te bescheuren,' gierde Dirk, naar de gelijkmatig op- en neerspringende ballonnen wijzend.

'Dirkske,' zei Marja, die mee stond te applaudisseren terwijl ze haar aangetrouwde neef bestraffend aankeek, 'ge moogt lachen zoveel ge wilt, maar ik heb graag dat ge af en toe uw manieren houdt, ook.' Ze draaide haar hoofd liefdevol naar de zingende zusters. 'Ge moet op zijn minst toegeven dat ze hun best doen. Die meiskes verlaten hun klooster misschien maar één keer per jaar.'

'Geen wonder dat ze lopen te zingen,' zei Dirk. 'Je zou voor minder.'

Kolonel Chevalier-de Vilder stond inmiddels op het punt om in janken uit te barsten. 'Het is overweldigend,' zei hij, 'het is mooier dan alles wat ik ooit heb gezien of gelezen.' Hij had op een plantenbak plaatsgenomen en keek over de verkeersader uit, die nu al van de Rogierplaats tot aan het Beursgebouw gevuld was met een zee van mensen. Boven de hoofden danste en deinde een bijna even grote zee van witte ballonnen mee.

'Het enige wat mankeert,' zei Dirk, 'is een windbuks met honderdduizend loodjes.'

'Yveske heeft groot gelijk,' wees Marja Dirk terecht. 'Het ís schoon. En toch vergist hij zich ook. Want er is geen reden om daar triestig van te worden.' Ze nam het hoofd van haar kolonel in haar poezelige pollen, trok het naar zich toe en gaf Chevalier-de Vilder een pakkerd, hier, open en bloot, te midden van al dat volk, jong en oud dooreen. 'Dit is een feestdag van compassie en bekommernis, Yveske,' zei ze. 'Dan gaat gij toch niet beginnen te zaniken, mijn zoetje? Tijdens een hooglied van de liefde?'

'Juist dat vind ik zo verscheurend mooi,' zei de kolonel. 'Op het einde van de eeuw waarin de massavernietiging is uitgevonden, komt een massa op straat om affectie en zuiverheid af te smeken. Tegen beter weten én de gang van de geschiedenis in. Dat is toch weergaloos? Na alles wat er is voorgevallen? In deze tijden, in dit land?'

'Waarom altijd die aandacht voor het kwalijke en het afbrekende,' zuchtte Marja. 'Er zijn toch ook schone dingen in het leven?'

'Maar dit is toch beeldschoon? Het is een dieptragische roep om reiniging. De klassieken hebben het best verwoord wat zich hier afspeelt. "Facere candida de nigris." Uit de somberte toch nog een schittering wekken. Uit de duisternis een nieuwe dageraad scheppen.'

'Dat was mijn specialiteit ook,' lachte Dirk. 'Van het vele zwart zoveel mogelijk wit zien te maken. Ik ben er ver mee gekomen.'

'Ge moogt alle twee zeggen wat ge wilt,' zei Marja, 'ik vind het wreed schoon op zich. Punt.'

'Ik vind het historisch verpletterend,' snikte de kolonel.

'Ik heb in jaren niet zo gelachen,' zei Dirk.

Het is niet niks, dacht Steven, tot zijn verbazing ontroerd. Het is dikke bullshit, dacht Stephen, geërgerd door het vertoon van zoveel onmachtige stroperigheid.

Hij lag op de sofa in zijn loft te kijken naar de televisie, nog volop herstellend van zijn crash in de Sixty Sax. Dat hij vervangen zou worden, had niemand hem al durven meedelen, zelfs Alessandra niet. Hij verkeerde integendeel in de overtuiging dat hij, heel binnenkort, opnieuw en met open armen zou worden ontvangen op kantoor. Wellicht zelfs met een vermeerderd prestige want hij had nu bewezen dat hij bereid was om zich halfdood te werken in dienst van de holding. Een inzinking stond a young executive goed, als het maar niet te vaak gebeurde. Misschien moest hij maar leren opscheppen over een maagzweer, ook. Als hij zo voortging, zou hij er trouwens rap een kweken.

Honderdtachtigduizend wandelaars waren er al geteld, meldde een televisiereporter vanaf de dichtbevolkte trappen van het Beursgebouw. En nog bleven de mensen toestromen, van heinde en verre.

De camera zwenkte over de massa en Stephen voelde zich onpasselijk worden. Hij liep over van de minachting. Wat denken die losers nu? Dat ze op deze manier ook maar enige impact hebben? Ze hebben niet eens een eisenpakket. Ze hebben niemand die in hun naam spijkers met koppen kan slaan. Ze laten zich inpakken waar ze bij staan. Met die typische, onderdanige, zogenaamd beleefde knulligheid van de Belgman, die alleen maar onmondigheid is en achterlijkheid en schijnheiligheid en vermomde achterbaksheid. Witte ballonnen, goddammit. Ze hadden niets beters kunnen kiezen. Ze zijn wat ze dragen. Veel lucht, een dun vel, en geen sikkepit kleur. Een scheet in een fles heeft meer karakter. Die stinkt tenminste. Zie ze lopen! Straks gaan ze terug naar hun villa's en hun turfholen en hun plaggenhutten, en de helft slaat op de trein zijn eigen kinderen al half de kop in. Voor zover ze ze niet eerst bespringen. Lees de statistieken er maar op na. Wie hier meeloopt, heeft iets goed te maken. Het is één groot bezweringsritueel van al wat vunzig is in het eigen hart. Een farce, een verkleedpartij. Massa's als deze zijn gevaarlijk. Als ze op hol slaan zijn ze even moorddadig en meedogenloos als datgene waartegen ze ten strijde beweren te trekken. De macht van de straat is de macht van de haat.

Maar Steven dacht precies het tegenovergestelde. Erg bevorderlijk voor een spoedig herstel was zoiets niet.

Hij voelde opnieuw de schrikbarende verstarring opzetten die hem ten onder had doen gaan in het schuim van de Sixty Sax. Hij moest het rustiger aan leren doen. Zich niet meer opwinden. Get himself together again. Het niet erg vinden dat John Hoffman hem nog niet één keer had gebeld. En ome Leo ook niet. En zijn werknemers ook niet. Zelfs zijn secretaresse niet. En Gudrun ook niet. Pa al helemaal niet.

En niet liggen te mokken omdat Sandra met de kleine was gaan wandelen zonder dat ze had willen zeggen waar naar toe.

Alessandra was met Jonaske naar De Panter gewandeld. Het was er opvallend kalm. Op de parking stonden minder auto's dan anders. Ze hadden een wagentje uit de rij bevrijd, Jonaske had – tussen Sandra's armen staand – plaatsgenomen op het drankenrekje en hij had al victorie gekraaid terwijl ze nog maar op de draaideur toeliepen. Zijn pijpenkrullen deinden, zijn apensmoeltje met de kleine spitse tanden kneep samen van de pret. 'Aanvalleuh!'

Alessandra joelde niet mee. Nu ze zich achter de kleine bevond hoefde ze het niet langer te verbergen. Haar gezicht stond op storm. Ze hadden eigenlijk niet eens een karretje nodig, ze kwamen maar één product kopen. Een doosje chocoladen zeevruchten.

Sinds hij wist dat ze zijn moeder zouden gaan opzoeken, was Jonas om dat cadeau beginnen te dreinen. Hij had in geen weken om Katrien gevraagd maar toen zij in zijn herinnering werd gebracht, was hij dolblij. Met dezelfde kinderlijke opwinding die hij tentoonspreidde om ieder gloednieuw speeltje of avontuur. Waw! Nu kon hij mama vertellen dat hij zijn armpje had gebroken maar dat het al bijna genezen was, dat nonkel Steven niet tegen zijn verlies kon bij Terminator, en dat tante Alessandra hem de samba had leren dansen en zo... Verder dan dat scheen de kleine zich geen vragen te stellen.

Alessandra stelde ze zich wel. Wat wilde die Katrien? Als ze die teef eens in haar handen kreeg, zou daarna meer dan één plastisch chirurg zijn brood goed kunnen verdienen. Wekenlang had die ongelukskabouter niets van zich laten horen en dan staat daar opeens, in een afgelegen straat, voor Alessandra een Moto Guzzi met daarop een dik vrouwmens in motorpak en met een handgeschreven boodschap voor Fuentes, Alessandra. Meer een bevelschrift. Vóór Sandra iets kan vragen is de koerier al weggescheurd. Leuke manier van communiceren. In Miami wordt op die manier gedeald.

Even had Alessandra overwogen om de informatie omtrent het geheime rendez-vous aan de politie door te geven. Maar voor klikken had ze nooit talent gehad en ze wilde het Jonaske niet aandoen. Hij zou het haar later, als hij groot was, kwalijk kunnen nemen. Ten slotte had ze maar besloten op het bevelschrift in te gaan.

Ze had het Jonas verteld als een geheimpje. 'Niets zeggen tegen nonkel Steven! Dan maakt hij zich weer zorgen, en hij is al zo ziekjes.' De vreugdesprongen van Jonas hadden haar meer pijn gedaan dan ze verwacht had. Zeker toen de kleine in zijn uitgelatenheid ook een paar keer tegen haar opsprong.

Toen hij per ongeluk op haar teen terechtkwam, had ze zelfs voorgewend dat hij haar heel erg veel pijn had gedaan. Ze was uitgevlogen, een overdreven kreet van gekwetstheid. Jonas was ontsteld stilgevallen. Hij was sip achter haar aan blijven lopen, de hele loft door, om te zeggen dat het hem speet. Hij had niet opgegeven, van langsom droeviger wordend, van langsom meer zeurend om verzoening. Sandra had zich moeten inhouden om hem geen draai om de oren te geven. In de plaats daarvan was ze ten langen leste toch voor hem neergehurkt en had hem vergeven, met een kus op het voorhoofd erbovenop. Hij was meteen weer terug naar het PlayStation gehuppeld, om te oefenen voor de dag dat ome Steven genezen zou zijn.

Doch Sandra was niet van plan om Katrien zomaar haar gang te laten gaan. Ze zou haar met the kid laten praten, sure, desnoods onder vier ogen, dat kon allemaal best. Maar daarna zou zij, onder vier ogen, Katrien eens goed haar vet geven. Zij verdiende zo'n leuk en pienter kind niet, amen en uit. De manier waarop ze er eerst niet naar omkeek en het vervolgens weer aanhaalde, was schandalig. Zo evenwichtig was Jonas nu ook weer niet. Het was al een wonder dat het kind geen zenuwtic had ontwikkeld, na alles wat het had meegemaakt. Het moeilijke werk, de hele opvoeding zeg maar, liet Katrien over aan wie zich maar over het baasje wilde ontfermen. En als het haar uitkwam sommeerde ze hem op bezoek te komen, op audiëntie, alsof het een fucking werknemer betrof, een knecht, een volwassene. It was a disgrace.

Jonaske juichte op zijn drankrekje. Hij en zijn auntie Sandra liepen de draaideur van De Panter in, alweer zonder dat ze was stilgevallen. Zijn strijdkaros had de hindernis genomen.

Ze waren kampioen. Ze betraden de veroverde stad, het warenhuis. Sesam, open u.

Op dat moment ging het alarm af.

Op datzelfde moment, in het hart van de hoofdstad, zei Willy De Decker in de trailer tegen Hannah Gramadil: 'Als je Katrien ongezien aan de poort van de gevangenis kunt achterlaten, blijf je zelf buiten schot. En Katrien zelf zal niets lossen. Die kan zwijgen als het graf.'

'En gij?' vroeg Hannah.

'Ik trek mijn handen af van alles. Het dossier, jou, Katrien.'

'Hoe weet ik dat zo zeker?'

'Hier,' zei De Decker. Hij schoof Hannah een recordertje toe. Het ding draaide. 'Heel ons gesprek staat erop. Zelfs wat ik daarnet al heb gezegd, buiten.'

Hannah bekeek het apparaatje, meer verwonderd dan verontwaardigd.

'Als ik je belieg, kun je het gebruiken tegen mij.' Hij boog zich voorover naar het toestelletje. 'Met mijn uitdrukkelijke toestemming. Onderzoeksrechter Willy De Decker.'

Hannah keek hem aan, overbluft. Wat had die vent nog meer in petto? Ze moest toegeven: ze had zich in hem vergist.

De Decker tikte inmiddels een Gitane uit zijn pakje. 'Er is maar één ding dat ik je nog wilde vragen, Hannah. Puur uit nieuwsgierigheid. Ik heb het nergens terug kunnen vinden. Niet in de archieven, niet in de blocnootjes van Vereecken. Wie of wat is Niertak Dryvreesch?'

'Dat is iets tussen Katrien en mij,' zei Hannah. Ze zette het recordertje af. 'Zegt gij mij liever één ding. Hoe spelen we die gasten van de pers kwijt?'

'Niet,' zei De Decker. Hij glunderde, voor het eerst sinds lang.

Hannah keek hem vragend aan.

De Decker stak triomfantelijk op, inhaleerde en blies krachtig uit. 'Dat is juist het tofste. Wij gaan de pers gebruiken, in plaats van omgekeerd. En zonder dat ze het in de mot hebben.'

In de andere versleten trailer zat Katrien woedend en gekrenkt te kijken door een raampje. Onherkenbaar achter een bestoft gordijntje, en dubbel woedend en gekrenkt omdat ze in de onmogelijkheid verkeerde iets te laten merken van haar hoog oplaaiende emoties.

Hoe had ze die moeten laten blijken, dan? Hannah was nog altijd maar de enige tegen wie ze enkele zinnen kon stamelen. Tegenover de zeloten klapte ze onherroepelijk dicht. Laat staan tegenover volstrekt vreemden, zoals er thans bij duizenden en duizenden voorbij wandelden, over deze boulevard, op slechts een paar meter van haar vandaan. Voorbij deze stand die nota bene was opgezet om fondsen en morele bijstand te verzamelen voor haar. Er werden verdorie maaltijden bereid en verkocht. Er zaten constant mensen te schransen in de overtuiging dat zulks een steun betekende voor Katrien Deschryver en de goede zaak. Steun? Het deurtje van deze trailer zat op slot. Aan de buitenkant. Zogezegd om te verhinderen dat vraagstaarten en nieuwsgaarders haar konden verrassen en verraden. Het resultaat bleef dat ze nog altijd gevangenzat. Ze kon nog steeds niet weg. Speelbal in de handen van een manwijf dat zelf geen kant meer op kon. Mascotte van een belachelijke fanclub waar ze nooit om gevraagd had. Paria van een familie waarvan geen hond meer naar haar omkeek, waarvan elk lid alles in het werk stelde om haar te koeioneren. Alessandra had hier al eeuwen geleden moeten zijn met Jonaske. Dat mens liet haar expres wachten om haar te kleineren. Typisch voor die halfhoer, met haar pretentie en haar botte berekening. Zelfs een kwartiertje met haar eigen kind was Katrien niet gegund zonder opzettelijk veroorzaakte ongemakken. Terwijl het nog maar de vraag was of dat kwartiertje zelf zo mensverheffend zou worden. Zo goed had het nu ook nooit geboterd tussen haar en haar spruit. Misschien was dat zelfs de reden van Alessandra's vertraging: dat ze het baviaantje tegen zijn zin hierheen diende te slepen. Nou, in dat geval mochten ze wegblijven. Allebei. Voorgoed.

Hetzelfd gold voor Gudrun. Katrien had haar zien passeren, een tijd geleden al, in het voorste gedeelte van de stoet. En verdraaid, haar zuster had mama Elvire voor zich uitgeduwd in een rolstoel. Trots als een gieter, die Gudrun. Als was ze blij dat ze eindelijk aan de godganse wereld kon tonen dat haar moeder een zothuis was. Eindelijk had ze iemand over wie ze de baas kon spelen. Wat niet gelukt was met haar drummer, met haar impotente schoonbroer en met haar minderjarig neefje, was eindelijk gelukt met een demente oude doos die een junkie was bovendien. Gefeliciteerd, zus. Het ga je goed. Elvire had het niet aan haar hart laten komen, zo te zien. Die had een kanjer van een opflakkering, afgaand op dat schaapachtige lachje en dat zwaaihandje en die kusmondjes naar Jan en alleman. Een mens zou echt van plezier uit de gevangenis gaan lopen om zijn familie nog eens in goeden doen bezig te zien.

Ome Leo had ze ook al opgemerkt. Die liep hier net nog rond. Verwilderd om zich heen spiedend. En zelfs hij: met een touwtje in zijn behaarde knuist. Nonkel Leo of all people, met een witte ballon in zijn klauwen... Was iedereen gek aan het worden? Straks doken ook nog de tantes op. Het zou Katrien niet meer verbaasd hebben. Straks verschenen Steven en Bruno ook. Waarom niet? Konden ze ter plekke ineens een familiefeestje organiseren, zonder haar. Waarom geen tafel gereserveerd, hier, aan dit standje? Gezamenlijk schransen om haar te steunen. Dan deden ze eindelijk écht eens wat voor haar. In de gevangenis had ze hen niet gezien. Op Elvire na. Zeg dat wel. De cipiers spraken er nog altijd van. Brieven had Katrien niet gekregen. Met moeite wat zakgeld. Maar op een mars ter ere van wildvreemde pubermeisjes konden haar verwanten ineens wel urenlang opduiken. Waar bleef pa? Waren zelfs zes vermoorde bakvissen niet voldoende om de grote stamboekvader tot een overkomst te bewegen? Voor zijn dochter had hij alleszins niet de moeite genomen. Wat moest er nu nog gebeuren, alvorens de grote Herman Deschryver wel van zich zou laten horen? Moest heel de bevolking worden uitgemoord? Willy De Decker was hier anders wél, hoor. Willy De Decker was nooit veraf. Die zat in de trailer hiernaast. Te konkelfoezen met de vogelschrik. Katrien kon al raden wat die twee zaten te bedisselen. Niet veel goeds. En weer over haar hoofd heen, zoals altijd. Story of her life.

Zo zat Katrien te schuimbekken achter dat gordijntje, en het zien van de mensenmassa maakte haar alleen maar furieuzer. Zij was de allemansprinses geweest. Iedereen had haar op handen gedragen, overal waar ze kwam. Maar zodra ze niet meer dienstig was voor hun meerdere eer en glorie, lieten haar aanbidders haar vallen als een diamanten broche die was veranderd in een dode pad. Haar was elke keer de wereld beloofd en uiteindelijk kreeg ze altijd weer alleen een klap in haar gelaat. Ze voelde hoe haar tanden knarsten. Zonder haar ogen te sluiten was ze in badpak en nog geen tien. Het was zomer en het decor lag in Oostende, de Koningin der Badsteden.

Het was de laatste dag van een hittegolf en van een grote vakantie. De dijk zag zwart van het wandelende volk, dat een laatste maal nog wilde kijken naar de Noordzee met zo dadelijk haar laatste ondergaande zon. De brasseries met hun terrassen deden gouden zaken. Op het strand werd nog verwoed gewerkt door slinkende groepen halfwassen, aan de laatste zandkastelen en aan de laatste uren van vriendschappen die de volgende week vergeten zouden zijn. Venters trapten voor het laatst met eeltige voeten in fijn, wit zand dat in andere landen alleen gebruikt zou zijn om zandlopers te vullen maar dat hier gewoon gebruikt mocht worden om in te zitten en om, nat gemaakt en grijs geworden als cement, in kleurige vormpjes te persen. Taartjes die al na een kwartiertje begonnen te verpoederen door de hitte en de wind. Kinderen liepen bij de vloedlijn achter een vlieger aan of speelden op de dijk nog snel met een strandbal of een jokari. Andere kinderen huurden voor het laatst met vier een wagentje – met vier stellen pedalen en vier kuipstoeltjes en met maar één echt stuur en slechts één handrem... Kinderen joelden, kinderen huilden. Katrien was geen van hen.

Zij hinkelde in haar eentje in een lange baan waarvan zij alleen de vakken zag. Vakken die niet met krijt getrokken waren en die haar leidden naar de pier, een behoorlijk eind van hier. Die lange pier die uitstak in de zee, zoals een uitgerolde, opgesteven reuzenworm op houten pootjes. Katrien hinkelde zonder moe te worden voort. In de verte voer de mailboot juist voorbij, zijn scheepshoorn toeterde ten afscheid. Hij was geladen met zilverpapier, bijeengespaard in alle scholen voor de zwartjes in de tropen, voor de paters zonder bier.

Op de pier was de zomer al voorbij. Maar Katrien stopte niet met hinkelen. De vakken liepen voort. Twee blote voetjes goed gespreid, en hóp! In balans terechtgekomen op het rechtervoetje, het linkerbeentje in een hoek zoals bij een reiger, en hóp! Twee blote voetjes weer gespreid. Zo vorderde ze op de pier waar niemand was behalve zij. De vakken liepen voort. Het landgeluid verstierf – het joelen van de stranden, het bonken van de jokari's, het schreeuwen van de kelners. Wat inmiddels almaar luider werd? Tussen houten poten, onder de planken vloer: het bruisen van de zee. En vlak boven het hoofdje van Katrien: het krijsen van één meeuw.

De wind stond strak. Katrientje kweekte kippenvlees maar stoppen deed ze niet. De pier was lang en breed. Twee voetjes, hop; een voetje, hop. De rand kwam dichterbij.

De zon begon versneld te zakken, steeds dichter naar de zee. Maar toen ze rood als bloed en rozen zag, toen bleef ze plots weer hangen, zoals een appeltje aan zijn tak. Een spot op een toneel. Twee voetjes, hop; een voetje, hop. De wereld in het rood.

De brekers bromden heftig onder de planken vloer, een maag die rammelt, van de honger. Twee voetjes, hop; een voetje, hop. De rand komt dicht, de pier wordt kort, er buldert iets daarvóór. Een voetje, hop; twee voetjes, hop. De schuimtoppen slaan hoog. De pier is nu voorbij. De meeuw ziet rood, ze schreeuwt zich dood. Het water maakt stampei.

Katrientje wriemelt met haar tenen. Ze steken over de rand. Ze blijven niet lang droog. Nog altijd ziet ze vakken voor zich, getrokken zonder krijt. Daaronder kolkt en trekt de zee. Haar nagels en haar tenen, haar enkels en haar knieën – alles ziet zo rood? De meeuw hangt stil, in ademnood. Ze krijst zich dood voor twee.

Dan breekt een laag en klaaglijk zingen los. Van ver, van diep, van honderd jaar geleden. De pier trilt in zijn voegen, de teentjes wriemelen niet meer. Het zingen wordt nog luider en het komt ook dichterbij. En klein Katrientje ziet ze naderen. Nooit heeft ze hen gezien en toch herkent ze hen meteen. Van ver, in rechte lijn. Dwars door het kielzog van de Congoboot. Dwars door de golven, schuimend. Zo zingen ze, en springen soms, zoals reusachtige dolfijnen.

Drie walviskoeien met hun jong.

Ze spuiten wolken stoom op uit hun ruggen. Ze stoppen, golvenwekkend, op nog geen honderd meter van de pier. En alles in het rood. Daar liggen ze, te dobberen, te denken en te dubben. Dat zingen van hen gaat maar door. Het wordt alleen nog dieper.

Katrientje spreidt haar armpjes al, alsof ze wil gaan duiken. De grootste walviskoe verheft zich, met een zwiep van haar machtige staart. Zo torent ze boven de golven uit en toont aan heel Oostende en aan Katrien haar buik. Dan zakt ze langzaam terug het water in. Zonder nog noemenswaardige rimpelingen te verwekken.

Het zingen is gestopt. De meeuw valt in de zee. 'Katrien,' zegt iemand, achter haar.

Katrientje draait zich om. Haar armen nog steeds gespreid, nu om te balanceren op de bulderende rand. Het is de garnalenvisser, op zijn paard. De knol met de manden en met het volle net erachteraan. En naast hem zweeft de dwergvrouw, gezeten op haar geblinddoekte scheper, in haar zuil van fel wit licht.

'Het is weer eens begonnen,' zegt de visser. Hij rookt nog zijn sigaartje. Hij is nog jong en kerngezond. Hij heeft geen korsten op zijn mond. 'Het spijt ons zo, Katrien. Het is opnieuw zover.'

'Want waar een drie is, komt er vaak een vier,' zegt de dwergvrouw met haar bochel en haar ruiterpak. Haar stem is hoog maar trager dan de onze. Haar waterhoofd met korte gouden krullen neigt van links naar rechts, alsof het veel te zwaar is om het recht te kunnen houden. 'De macht ligt niet in onze macht. Het spijt ons werkelijk zo.'

'Wij bidden u,' zegt de visser, 'hou toch vol.' Hij strekt zijn hand uit naar Katrien, alsof hij haar op de brede paardenrug wil helpen klimmen. Ook de dwergvrouw kijkt haar lieflijk aan, knikkend met haar waterhoofd en haar twee bolle ogen.

'Wij durven u te smeken,' zegt de visser. 'Wanhoop niet.'

Uitgerekend aan het slot van het traject, de laatste meters van de Lemonnierlaan, vlak voor het einde van de Mars, komt de opflakkering van Elvire dan toch vroegtijdig ten einde.

Het ene moment is ze nog aan het zwaaien en knikken met rechte rug. Het volgende moment ligt ze onderuitgezakt in haar rolstoel, een hoopje ellende, zelfs bijna op de grond schuivend van ontreddering.

Gudrun is nog net op tijd om dat te beletten. 'Rustig,' sust ze, 'kalm, ik ben hier. Gudrun is hier. Ik ben hier voor u.'

'Zo jong nog,' kermt Elvire, 'zo onschuldig. Allez, waarvoor is dat nu nodig?'

'Daarom juist waren we hier toch?' zegt Gudrun. 'Om te zeggen: dit nooit meer.'

'Niet die meisjes,' kermt Elvire. 'Die meisjes niet.' En ze is zo ontroostbaar dat Gudrun op den duur besluit om ineens met de taxi naar de villa te rijden, hoeveel het ook mag kosten.

In De Panter was de raid van de Bende volop aan de gang. De sirene snerpte zoals bij het loos alarm, vorige keer. Maar de vrouwenstem had haar boodschap nog niet voor de helft kunnen uitspreken. Na het eerste schot was ze abrupt opgehouden.

Datzelfde schot had, met een donderknal, de grote vitrine naast de draaideur vernield van vloer tot zoldering. Alessandra keek net om en zag het gebeuren, in een vertraagde flits. Waar de kogel de vitrine trof, sloeg hij een wak, korrels glas mee naar binnen blazend. Een caissière werd geraakt en smakte met opengereten achterhoofd tegen haar kassa aan. Haar klanten, van wie de eersten in de rij met bloed bespat, doken gillend weg, over elkaar heen. Achter de caissière was de vitrine met het wak erin heel even overeind blijven staan. Rond het wak zat een spinnenweb. Daarna was de vitrine met groot geraas en gerinkel ineengestuikt. Messcherpe schotsen vielen naar beneden en spatten uiteen.

De paniek was totaal. Er werd geroepen, gehuild, getrokken, geduwd. Er klonk nog een schot, een donderknal, buiten, op de parking. Meteen was het geluid van een botsing te horen: een doffe klap, metaal knarsend op metaal, rinkelend glas, een autoclaxon die begon te loeien. Nog een donderknal. Het loeien hield op.

Binnen had men zich inmiddels op de grond gegooid of men kroop op handen en voeten naar de achterkant van het warenhuis, zover mogelijk weg. Weer vielen er schoten op de parking, drie donderknallen, kort na elkaar. Ze klonken dichterbij dan daarnet.

In tegenstelling tot vorige keer, kwam niemand van de andere klanten naar de draaideur lopen. Alleen Alessandra stond daar nog, met haar handen op de stuurstang van het wagentje en met Jonaske tussen haar armen. Achter hen de glazen deur, die gemoedelijk rond bleef draaien. Daarnaast de aan diggelen geschoten vitrine, waarlangs zo dadelijk de Bende binnen kon treden. Als ze in het warenhuis zelf dekking wilden zoeken, moesten Sandra en Jonas uitgerekend voorbij die vitrine lopen. Wandelende schietschijven. Er zat weinig anders op. Ze moesten hier dekking zoeken. De sirene bleef snerpen.

Alessandra greep de kleine bij zijn middel, trok het karretje om, liet zich vallen en zocht, met de trillende Jonas in haar armen, beschutting achter het traliewerk van het wagentje, zich pijnlijk bewust van de bespottelijkheid van zo'n dekking. Er klonk opnieuw een schot op de parking. Iemand begon dierlijk te schreeuwen, in pijn. Opnieuw een schot. Het schreeuwen was gestopt.

'Kruip daarachter, snel,' siste Sandra, wijzend op een toren van soepblikken achter hen, die een voordeelaanbieding onder de aandacht moest brengen van iedereen die het warenhuis binnenkwam. 'En laat je niet zien!' Jonas knikte van ja, witjes om de neus. Maar hij bleef wel zitten, verlamd naar zijn tante kijkend, hulpeloos, in shock. Er klonk opnieuw een donderknal, weer dichterbij, vlak bij de kapotgeschoten vitrine. 'Snel!' Jonas kroop nu toch weg, achter de blikken, op handen en voeten. Net toen hij uit het zicht verdwenen was, zag Alessandra in de kapotgeschoten vitrine een man verschijnen. Hij droeg een bivakmuts en een geweer met afgezaagde loop. En hij had goddank maar oog voor één ding. De kassa's.

Hij stapte traag op de doodgeschoten caissière af, zijn geweer met bijna gestrekte arm voor zich houdend, schietensklaar naar het minste wat bewoog. Sandra hield zich muisstil, plat op de grond. De draaideur achter haar vervloekend die, elke keer als een van haar glazen vleugels het Boze Oog passeerde, een flappende zucht liet horen alsof ze – tussen het snerpen van de sirene en het gekerm en geroep door – toch de aandacht van de bivakman wilde te trekken.

In de loft zei de televisiereporter, nog altijd staande op de trappen van het Beursgebouw, dat zojuist de kaap van de tweehonderdduizend Witte Wandelaars was overschreden. En dat er zo dadelijk ook beelden volgden van het Paleis van de Rechtvaardigheid. Op het plein aldaar zou nu toch een soort van manifestatie van start zijn gegaan waarop het woord werd gevoerd door initiatiefnemers.

Steven dacht: Ik zou mijn sofa moeten verlaten om mee te gaan lopen. Het zou mij zelfs deugd doen. Ik moet wat meer onder de mensen komen. Overdag, bedoel ik.

Stephen dacht: Het is losgeslagen sentiment. Hysterisch emo-toerisme. Het pretpark van de middle class vertrutting.

Alessandra verroerde geen vin. De bivakman had de caissière opzijgeduwd, had haar kassa en nog een andere leeggegrist, en had toen, achteruit stappend, zojuist De Panter weer verlaten, zonder Sandra op te merken. Het alarm snerpte nog steeds.

Ze had alles kunnen volgen door de spleetjes van haar ogen en door het traliewerk van de bodem van het karretje. Nu hief ze voorzichtig haar hoofd op. Haar ene wang was koud van de vloer. Ze keek en herkende, tot haar niet geringe verbazing en dwars door de flappende glazen vleugels van de draaideur, John Hoffman uit Manhattan.

Zo had ze hem nog nooit gezien. Hulpeloos, in paniek, suf van angst. 'I never want to see that man's face again,' had ze tegen Stephen gezegd, nadat ze door hem was beledigd op een party. En nu zag ze de zakenadvocaat toch opnieuw. Hij was geslagen. Zijn ene oog zat dicht. Hij droeg boeien. Hij zat op zijn knieën naast een Volkswagen Golf en keek star voor zich uit, met zijn ene goede oog. Wat deed hij hier?

Opnieuw weerklonk een donderknal, ergens op de parking. Alessandra kromp ineen. Ze zag een tweede bivakman verschijnen. Hij nam Hoffmans boeien af. De bivakman die de kassa's had leeggemaakt verscheen nu ook in beeld. Hij zei iets tegen de andere bivakman, richtte zijn geweer op het achterhoofd van Hoffman en haalde de trekker over. Het volgende ogenblik had Hoffman geen gezicht meer. Donderknal.

Alessandra schrok op, geschokt, haar lichaam achteruit gooiend, haar handen in ongeloof aan de mond slaand. En te laat bedenkend dat ze zich onbeweeglijk had moeten houden.

Hoffman lag voorover, in een groter wordende plas. Maar de beide bivakmannen keken gealarmeerd in Sandra's richting. Hun ogen ontmoetten de hare. De draaideur, tussen hen in, flapte haar glazen vleugels gemoedelijk rond. De mannen keken elkaar aan. De ene haalde zijn schouders op.

Op de achtergrond begonnen andere sirenes te loeien, snel dichterbij komend. Goddank, dacht Alessandra. Daar heb je eindelijk de rijkswacht. Maar de beide mannen richtten hun wapen op haar. En haalden samen de trekker over. Glazen deur of niet.

Herman zocht met zijn kijker nog steeds de massa af, op zoek naar Leo. Onbegonnen werk. Maar hij verbeet z'n verwensingen. Als hij zich liet opjutten, zou hij snel weer een zuur-aanval te verwerken krijgen.

In de plaats van zich op te winden, begon hij superieur spottend zijn hoofd te schudden over deze Witte Mars. Onnozele halzen. Compleet zinloze actie. Schitterend gepareerd, overigens. Je mag van de huidige premier zeggen wat je wil, die man is een strategische bolleboos. Gisteren zorgt hij ervoor dat de koning zelve nog gauw mee oproept om te gaan betogen, 'in alle sereniteit'. Met de zegen van Fabiola erbovenop. Nou, moe? Een straatrevolutie op z'n Belgisch. En vandaag nog ontvangt het hoofd van de regering in eigen persoon die lastposten van ouders – wedden? Alles volgens het boekje van de crisismanager. Handje schudden met de ene hier, de andere een commissie beloven ginds, de derde een postje voor ogen houden daar... Verdeel en heers. Goed zo. En houd de boel vooral flink op. Hoe langer het duurt, hoe sneller ze zichzelf zullen ontmaskeren. Jankende amateurs. Geen grein benul van organisatie noch van de rauwe werkelijkheid áchter de politiek. Stel je voor dat we het bestuur van een land in hún handen over zouden moeten laten? Het zou binnen de kortste keren allemaal nog veel erger zijn.

Bijna had hij spijt dat hij op zijn diskman niet de cassettes kon spelen van the Queen of Soul. *Chain of fools* had niet misstaan. Maar *Die Kunst der Fuge* was ook lang niet mis. Eindelijk hoorde hij die hemelse klanken opnieuw als voor het eerst. Als muziek, niet als het virtuoze gezwoeg van een pianiste. En het was de gepaste tragische klankband bij zoveel onbenul. Zie hen sloffen, zie hen slenteren! Doelloos, richtingloos, leidingloos. De meeste mensen overstijgen geestelijk nooit het niveau van de pre-puberteit. Hij liet zijn kijker nogmaals over de mars glijden en stuitte nu toch op Leo.

Meteen voelde hij alsnog het zuur opzetten, in alle hevigheid. Wat denkt die stommeling dat hij aan het doen is? Herman greep zijn zaktelefoon, een braakaanval maar net onderdrukkend, en tikte woedend Leo's nummer in.

'Beste kijkers, bij ons in de Anspachlaan, zomaar tussen de tienduizenden gewone mensen: een illustere landgenoot, Leo Deschryver! Leo? Vertel eens. Wat betekent hij voor u? Die witte ballon daar, in uw hand?'

Leo keek van de microfoon voor zijn neus naar de reporter die de microfoon vasthield. Die paljas probeert toch niet met mij de zot te houden? dacht hij, al bij voorbaat kwaad. Die gast had geluk dat er een camera stond mee te kijken. Een kopstoot kostte niets.

'En wat denkt u van de fantastische opkomst, Leo? Tweehonderdvijftigduizend, is zopas officieel gemeld. Doet dat u wat, u, als vooraanstaand ondernemer?'

Vooraanstaand ondernemer? dacht Leo. Ik zal eens laten zien wat ik ben. Hij kuchte en wilde van wal steken, nog altijd met die ballon in zijn knuist. Op dat moment ging zijn telefoontje over.

'Momentje,' zei Leo. Hij zette het toestelletje met één duim af en borg het ostentatief weer op. 'Dit is geen dag om contracten te bespreken,' grijnsde hij met zijn oprechtste smoel, recht in de camera. 'Daarvoor sta ik hier niet, beste mensen. Ik sta hier maar voor één ding. Om te bewijzen dat dit kleine landje in staat is tot grote prestaties, als we maar willen. Ik weet het: er zijn er veel – heel veel – die er hun plezier in vinden om zichzelf en ons volk altijd maar neer te halen en in de grond te trappen. Aan dat masochisme doe ik niet mee. Als ik dat had gedaan, zou ik niet staan waar ik nu sta. Aan de top van de tapis-plain in heel Europa. Het is toch waar, zeker? Moet ik mij excuseren, of zo? Voor mij geldt maar één wet. Werken, werken, en nog eens werken. En daarom loop ik mee, met al het gewoon volk hier. Ik ben niet beter dan een ander en daar ben ik fier op. Meer heb ik niet te zeggen. Houzee!' Hij knikte alsof hij een beslissende toespraak had gehouden en was toch nog verbaasd dat enkele van de omstanders ook werkelijk applaudisseerden. Het vervulde hem, die al zo vaak beschimpt en openlijk opzijgeschoven was, van trotse vreugde.

Maar al na tien seconden sloeg zijn trots om in verzuring. Ik denk dat ik nu maar eens ga bellen naar mijn secretaresse, dacht hij. Dat ze heel de boel ontslaat, haarzelf erbij. Ik moet het hier altijd allemaal zelf doen. Tot de public relations toe.

Ik leef nog, dacht Alessandra, ik heb het overleefd. Maar waarom voel ik zo weinig? Ze zat op haar knieën. De bivakmannen waren verdwenen. De glazen vleugels van de draaideur ook. Het gesnerp van het alarm viel weg. De stilte was onwezenlijk. Er klonk alleen gekerm.

Aan de gezichten van de rijkswachters die binnen kwamen stormen, met kogelvrije vesten aan en wapens in de aanslag, zag Sandra dat er wat met haar moest schelen. Ze verstijfden vóór haar, naar elkaar kijkend, vloekend, omkijkend. Waar bleven de verplegers? Sandra hield haar hoofd geheven, haar kin wat vooruit, zoals je deed wanneer je een bloedneus had. Haar armen half geheven, van haar lichaam weg. Waarom voel ik niets? Ze durfde niet te kijken naar haar borst, naar haar benen, naar haar handen. Ze bracht één hand omhoog, zonder ernaar te kijken. Er lekte iets van haar gezicht. Mijn ogen zijn goddank gespaard gebleven. Ze tastte met de hand. Waar haar neus hoorde te zitten, gaapte een leegte. Daaronder, aan iets draderigs, hing wat te bengelen. Waarom voel ik niets? Waarom wil ik niet de blikken volgen van de rijkswachters? Waarom kijken ze achter mij, met nog meer afgrijzen dan naar mij?

'Hoe heet u,' vroeg een rijkswachter. 'Is er iemand die we kunnen bellen?'

Steven had net zijn ome Leo gezien op de televisie. Het werd hem vreemd te moede. Hij moest terugdenken aan die keer dat ome Leo voor hem een televisie had gehuurd om te kijken naar een boksmatch in Kinshasa. 'Ali, boma ye.' Hij moest er weer om glimlachen. Maar waarom heeft Leo mij niet gebeld, de laatste weken? Niet één keer na mijn inzinking? Stephen dacht: Die profiteur kan jou niet meer gebruiken dus heeft hij je laten vallen. Je had hem maar voor moeten zijn. Dumpen, maar! Dump ze. Allemaal.

Op zijn televisie werd overgeschakeld van de Anspachlaan naar het plein voor het Paleis. Op een inderhaast opgesteld podium hadden enkele van de ouders, die hadden opgeroepen tot de Witte Mars, net het woord gevoerd. Hun woorden werden onderstreept door lang en warm applaus. Daarna waren onverwachts twee meisjes het podium opgevoerd. Het applaus duurde. De meisjes wisten niet wat te doen. Ze stonden te drentelen, vooraan op het podium, trots, beschaamd, dankbaar, getroost, verdrietig. Het applaus kende geen eind.

Ze bestaan echt, dacht Steven. Het zijn echte meisjes. Onopvallende, piepjonge bakvissen. Ze hebben het echt beleefd. Ze zijn maar amper uit de klauwen van die man gered. 'Je vous remercie tous,' zei het ene meisje. Ze moest op haar tenen gaan staan om bij de microfoon te kunnen. Het andere knikte, met samengeknepen gezichtje. Ze hebben het echt beleefd. Steven was sprakeloos. Zelfs Stephen deed er het zwijgen toe.

Toen ging de telefoon.

Alessandra wist wat ze zou zien. Toch draaide ze zich om. 'Niet doen, mevrouw,' zei de rijkswachter die gehurkt bij haar was blijven zitten. Ze deed het niettemin.

De toren van soepblikken was geen toren meer. Veel van de blikken waren kapot. Een wond aan het hoofdje, een schot in de buik. Precies zoals zijn vader. Hij had tot bij haar willen kruipen. Zijn ene beentje trilde nog. Ik had verdomme in Miami moeten blijven. Toen kwam dan toch de pijn. Niet alleen in haar lijf.

Milou en Madeleine vernamen het nog op de Witte Mars zelf. Ze waren juist uit de rue Neuve komen aandrentelen, alle twee in het nieuw gestoken, smetteloos wit, echt op zijn zomers. En ze waren juist op weg geweest naar café *Fallstaff*. En toen vertelde naast hen een vrouw aan haar compagon wat ze juist zelf gehoord had op de radio.

Madeleine schoot de vrouw aan en vroeg haar ongelovig om het nieuws te herhalen, in de hoop dat ze het slecht had verstaan. Milou was tegen dan al neergezegen, op haar achterwerk midden op het trottoir, op haar nieuwe rok. Met links naast haar een papieren tas met kleren en rechts haar sacoche met die ballon er nog altijd aan. 'Waarom zijn ze mij niet komen halen in zijn plaats?' vroeg ze, bleek ondanks haar getaande vel, aan haar sprakeloze zuster. 'Ik leef al zo lang.' Ze schudde haar wenende hoofd. 'Eerst Dirk, dan Marja, vroeger onze Daan. En nu dat manneke.' Ze keek naar de wildvreemde mensen om haar heen en vroeg het aan hen ook: 'Wanneer komen ze mij nu toch eens halen? Hoe lang moet ik hier nu nog rondlopen?'

Madeleine, die nochtans de flapuit was, zei nog altijd niets. Ze keek naar de inmiddels al wat verwelkte ruiker bloemen die ze vanmorgen hadden gekocht en ze dacht: 'Dat ze ons dan alstublieft ineens alle twee komen halen. En tegelijkertijd.'

Willy De Decker wist nog van niets. Die beleefde zijn moment de gloire. Hij had plaatsgenomen aan een tafeltje op de stand met de twee trailers. En hij had een maaltijd besteld, waarvan de opbrengst integraal zou gaan naar het steunfonds voor Katrien Deschryver. Hij kon zijn lol niet op.

De journalisten stonden met open mond toe te kijken, of te bellen naar collega's, cameraploegen sommerend, redacties waarschuwend. En toen zijn portie mosselen in witte wijnsaus arriveerde, dromden de reeds aanwezige fotografen samen rond het tafeltje, knielend, duwend, halsreikend, zoals apostelen vlak voor de verdeling van het brood. Ze wilden onder geen beding het beeld missen van de onderzoeksrechter die zichzelf de zaak van zijn leven ontnam. En zo had niemand in de gaten dat, aan de andere kant, Hannah ervandoor muisde in het gezelschap van een kleine vrouw met een hoofddoek en zonnebril.

De Decker liet het moment duren. Hij hief eerst zijn glas en klonk in zijn eentje op het korps van judassen die hij op het punt stond te misbruiken en die als in aanbidding voor hem zaten en stonden. Prosit! Het regende fotoflitsen.

Hij had vannacht in zijn werkhol de video bekeken die wijlen Dirk Vereecken nog gemaakt had van Katrien. Nog altijd op zoek naar sleutels, was hij blijven hangen bij zijn lievelingsfragment. Katrien zit in de living van de ouderlijke villa te lezen in dezelfde fauteuil waarin hij haar voor het eerst heeft gezien... Waarom had Dirk Vereecken dit gefilmd? De man had een gecodeerde hint willen geven, daar was De Decker zeker van. En vannacht had hij die eindelijk ontcijferd. *Welk boek* zat Katrien te lezen? Dat was de vraag. Een fotoboek? Een modecatalogus? Nee. De Decker had op zijn knieën voor het scherm gezeten, zelfs met een vergrootglas erbij. Volgens hem was het een kasboek. Geen twijfel mogelijk. Alles viel in de plooi. De spin in het web was zij. Hij was er zeker van. Zij was te groot om iemand boven zich te dulden.

Maar hij zou dat nooit kunnen bewijzen. En inmiddels wilde hij dat allang niet meer. Hij wilde nog maar één ding. Hij wilde Katrien bevrijden. Niet zoals Hannah, op de bonnefooi, voor een tijdje, altijd op de vlucht. Hij wilde haar de plaats geven die haar toekwam. Niet vervolgd. Vrijgesproken. In ere hersteld. Zij was ook voor hem te groot. Zijn beslissing stond vast. Hij legde de duimen, hij gooide de handdoek in de ring. Hij kon niet langer de gedachte verdragen dat zij haar hele leven zou moeten slijten achter tralies, door zijn schuld. Er waren andere dossiers genoeg die hem konden leiden naar de Stal van Augias. Haar mocht niets meer overkomen.

Hij zou haar van hemzelf bevrijden. En daarna van die bloedhond van een De Balder. Die moest van haar afblijven.

'Mijne heren,' zei hij, 'bent u er klaar voor?' Hij gebruikte een mosselschelp als tangetje om uit een andere schelp het mosseltje te plukken. Zijn favoriete gerecht. Hij at ze ook graag rauw. Soms reed hij 's morgens vroeg helemaal naar de kust, met een stuk in zijn kraag. Wankel en in zijn eentje dat ijskoude strand opwandelend, bij laag water. Voorzichtig die bolle, glibberige schokbreker volgend, in de grijze ochtend, tot aan de waterlijn. Geen mens of boot te zien. Het water rook scherp naar zout en zeewier, een harde, ijzeren geur. Op zijn hurken gezeten, wrikte hij een pokdalige mossel los, in een spleet tussen twee grote zwarte stenen. Hij sloeg de schelp kapot met een kei en slurpte ze leeg. Kleine stukjes schelp weer uitspuwend, bukte hij zich om nog een mossel los te wrikken.

'Smakelijk!' De Decker hief het tangetje boven zijn hoofd en keerde zijn kop omhoog met open mond. Het mosseltje zweefde erboven. Hij wachtte tot iedere fotograaf zijn rolletje had verschoten. Het is toch ongelooflijk, dacht hij. Als je weet wat ik weet. De manipulaties, de combines, de verjaringen, de omzeilingen, al het gekonkelfoes. Maar ik eet in alle openheid één mosseltje, ik drink één glas wijn, ik laat hier honderd ballen liggen, en opeens ben ik ongeschikt als onderzoeksrechter. Morgen beginnen ze al aan hun arrest. Naar de letter is het correct.

Naar de geest is het krankjorum. A la bonne heure! Hij kauwde in extase en keek de perslui uitdagend in het gezicht. Alsjeblieft, Katrien. Morgen wordt jouw dossier mij ontnomen.

Jij bent eindelijk, eindelijk vrij.

'Dieper, Johnny,' kreunde Bruno in sauna *Corydon*, 'toe.' Het was gruwelijk. Het was grandioos. 'Jij hebt hier niets te willen,' siste De Balder.

(Binnen een week zou de openbare aanklager 's nachts in het stadspark worden betrapt. Een echte razzia. Hij was erin geluisd. Men had hem niet gewaarschuwd. Hij droeg zijn leren outfit en alles. Wie had hem dit gelapt? Een interne afrekening, daar was hij zeker van. Hij kwam met foto en voorkeur en specialiteiten in de krant. Hij werd van de moordzaak van Katrien Deschryver afgehaald en de dag daarna zelfs ontzet uit zijn ambt, waarvan hij de waardigheid heette te hebben geschonden door lust en geweld te mengen en niet te zorgen onbetrapt te blijven. Voor zo iemand was in de magistratuur geen plaats.)

('Wat moet ik nu doen,' zou De Balder na zijn ontzetting tegen de lange smalle jongen zuchten, van wie hij nog steeds de naam niet zou kennen. 'Ik kan niets anders, ik ken niets anders. Ik kan toch moeilijk een café beginnen?' Zozeer in zak en as zittend dat het liefdesspel erbij ingeschoten was.)

(Bruno zou hem na die ontboezeming nooit meer willen zien. Als er iets was dat hij in mannen haatte, was het klagerigheid. Een man moest ruggengraat hebben. En een sterke hand.)

Voorlopig had De Balder nog wel een sterke hand. Ze stak er bijna tot de pols in. Als hij nu één onverhoedse beweging maakte, bloedde de smalle jongen kansloos dood. Hij keek naar die keiharde erectie en dat verzaligd gezicht, en hij siste:

'Nog even, Johnny. Nog even en ik streel je hart. Zoals het nog nooit gestreeld zal zijn.'

'Zo jong nog,' kermde inmiddels Elvire op de achterbank van een taxi. 'Zo onschuldig.' 'Maar we waren toch aanwezig?' suste Gudrun naast haar, 'we hebben toch onze best gedaan, jij en ik?' Ze snoot Elvires neus. Ik hoop dat we de villa halen zonder dat ze een nieuwe luier nodig heeft.
(Hoeveel weken, hoeveel dagen?)
'Dieper, Johnny. Harder!'
Wanhoop niet. De macht ligt niet in onze macht.
Ik trek mijn handen af. Van alles. Van Katrien.
'Wie is hier de beul? Jij of ik?'
'Kijk eerst naar hem,' zei Alessandra tegen de toegesnelde verplegers, raar klinkend, moeilijk slikkend, met haar hand haar loshangende neus op zijn plaats houdend. Haar arm, haar borst, haar hele voorkant onder het bloed. 'Eerst hem!'

Steven zei niks meer, Stephen nog minder. Hij lag op de vloer van de loft, naast de telefoon.

Even buiten Brussel stoof over de autostrade een Moto Guzzi voort met daarop twee vrouwen, een smalle en een kleine, richting de gevangenis.

En dan verschieten ze ervan dat ík aan de top sta, in heel Europa.

Moesten wij daarvoor terugkomen? Helemaal uit dat IJsland?

We zijn met driehonderdduizend, ik heb het horen zeggen van een rijkswachter, en als die het al zegt?

Wees er dan maar zeker van.

6

EIND GOED, AL GOED (BIS)

'TANTE MARJA! Tante Marja!' Marja keek om, Dirk Vereecken en de kolonel ook. De avond viel, de Witte Mars liep op haar laatste benen. Ze stonden met hun drieën boven aan de trappen van het Beursgebouw te kijken naar de afdruipende massa en de opduikende straatvegers. Ze zagen een jongetje op hen af komen lopen over de trappen. Een pienter lachend snuitertje met rosse pijpenkrullen.

Het was Jonaske.

'Jonaske,' lachte tante Marja hem toe. Ze klemde hem aan haar brede boezem. En hoewel hij er eigenlijk al te groot voor was, tilde ze hem zelfs op en droeg hem als een peuter in haar armen. 'Wat doet gij hier?'

'Och,' zei hij, 'een ongelukje. Het was gebeurd voor ik er erg in had.'

'Oei-oei-oei,' grijnsde Dirk, Jonas over de krullen strelend. 'Opnieuw Katrien, zeker?'

'Katrien,' knikte Jonaske. 'Ze wilde mij eindelijk eens zien. Dus ik was blij en ik dacht: Ik breng haar een cadeautje mee. Het blijft altijd je moeder, natuurlijk.'

Er was iets veranderd aan de kleine. Hij zag er wel nog guitig uit maar er was een soort wijsheid over hem gedaald, een rust die alleen gelouterde oude mannen toekwam.

'En toen... Maar ik zal jullie de details besparen. In het kort komt het hierop neer. Ik ben doodgeschoten.'

'Maar jongen, toch!' zei tante Marja. Ze beet op haar onderlip. 'Ge moet wat voorzichtiger zijn, in het vervolg.'

'En ik had mijn arm al gebroken ook,' pochte Jonas.

'Echt de kleine van Katrien,' lachte Dirk.

'Pas op,' zei Jonas, 'ik ben twee keer aangeschoten. Eén kogel in mijn hoofd en één hier. In mijn zij.'

'Hoe erg,' snikte Chevalier-de Vilder. 'Exact zo om het leven gekomen als je vader!'

'Maar nee,' zei Jonas. 'Dirk is mijn vader niet.'

'Hoe wijs,' zei de kolonel. Hij begroef zijn hoofd in zijn handen. 'Het adagium van Kahlil Gibran – "Uw kinderen zijn uw kinderen niet" – wordt in de mond van dit kind omgekeerd tot: "Uw ouders zijn uw ouders niet". Dat is toch ongelooflijk diep en mooi?'

'Het is gewoon de realiteit,' zei Dirk. 'Hebt ge hem al eens goed bekeken? Als ík zijn pa was, zou hij nog lelijker zijn.'

'Zo lelijk is dat manneke toch niet,' pruttelde tante Marja tegen. Ze schikte met haar dikke handje de krullen van Jonas en veegde met haar duim en wat spuug een vlekje van zijn wang weg. Hij deed haar zo denken aan haar Steventje, van vroeger.

Jonas begreep. Hij legde zijn arm om tante Marja's schouder en vlijde zijn wang tegen de hare.

'Maar dan heb jij je vader nooit gekend,' zei de kolonel tegen Jonas. 'Dat is eigenlijk nog erger. Een wees van bij je geboorte.'

'Hola, hola,' zei Dirk, 'ik zat anders wel behoorlijk met hem in, hoor, meer dan zijn eigen moeder deed. Hij was meer haar wees dan de mijne.'

'Wat maakt het uit,' zuchtte Jonaske, 'de hele wereld is er één van wezen.'

'Hoe passend,' snikte de kolonel, 'Lord Byron, *Don Juan*: "The world is full of orphans".'

'Maar er zijn omgekeerde wezen ook,' zei Marja, opeens met een pruilmondje.

'Omgekeerde wezen,' zei Dirk, 'wat zijn dat? Kinderen met vier moeders en vier vaders?'

'Moeders die nooit kinderen hebben gehad terwijl ze dat juist doodgraag zouden gewild hebben,' zei Marja. Ze keek Jonaske aan met een schuin hoofd. 'Zoals ik. Zoals mijn zusters.'

'Ik zou het niet erg vinden om jou als moeder te hebben,' zei Jonas. 'Ik heb er in de afgelopen weken al een paar gehad. Hoe meer moeders, hoe beter.'

'Ik zou zo graag... Maar ge moogt niet lachen, geen van de drie!' Marja keek smekend naar haar drie mannen, jong tot oud. 'Ik zou zo graag eens het gevoel hebben dat ik de borst geef. Dat alleen al. Dirk, ge hadt beloofd van niet te lachen!'

'Ge hebt nog niet anders gedaan dan de borst gegeven,' zei Dirk, 'sinds ge dood zijt. Met mij én met de kolonel.'

'Dat is iets anders,' zei Marja, met een verlegen blos. 'Ik bedoel écht. Aan een kind.'

'Ik ben daar al te groot voor, tante,' zei Jonas ernstig. 'Maar als het je plezier kan doen, wil ik het altijd nog wel eens proberen.'

'Meen je dat echt?' vroeg Marja, verrast, vertederd.

'Als je wilt, neem ik intussen de andere tiet voor mijn rekening,' zei Dirk. 'Maar dan staat de kolonel er weer wat lullig bij.'

'Ge beseft niet hoeveel plezier dat ge mij doet,' zei tante Marja even later. Ze was gaan zitten op de trap en had haar roomblanke, nog stevige en blauw geaderde rechterborst te voorschijn gehaald, met indrukwekkend grote tepelhof. 'Dan doet het mij ook veel plezier,' zei Jonaske. Hij vlijde zich in haar robuuste oksel, legde een handje op haar borst en sloot zijn lipjes om de harde tepel. Verzaligd en gesloten ogen begon hij te sabbelen, terwijl zijn vader en de kolonel erop stonden toe te kijken en tante Marja vredig op hem neerkeek.

Zo bevonden zich – op de avond van de Witte Mars en op de trappen van het Brusselse Beursgebouw – een militair die nooit in zijn leven iemand had gedood, een moeder die nooit een kind had gebaard, een vader die nooit zelf een kind had kunnen verwekken, en een kind dat zijn vader nooit gekend had, dat door zijn moeder altijd was verstoten en dat nu toch één keer aan een gulle borst mocht liggen.

Weer was het de kolonel die zijn ontroering niet de baas kon. 'Wondermooi,' snikte hij. 'Het is weergaloos. Het is Rubens. Het is Van Dyck.'

'Het is weer eens wat anders,' lachte Dirk.

HANNAH EN KATRIEN stonden op dat moment, kilometers daarvandaan, tegenover elkaar. Op straat. In alle openheid, niet ver van de vrouwengevangenis. Veel tijd voor afscheid was er niet. De Moto Guzzi stond op zijn voet, Hannah schutterig ernaast. 'Ik heb spijt' mompelde ze, 'van alle last die ik u berokkend heb.'

'Het geeft niet,' stamelde Katrien.

'Ik had het mij heel anders voorgesteld.'

'Ik ook.'

Hannah haalde een puffer uit haar jack te voorschijn, pufte, borg het apparaatje op en haalde meteen daarna een pakje sigaretten te voorschijn. Ze stak op.

Vraag het dan toch, dacht Katrien. Ze voelde dat Hannah nog één verlangen had. Ze zou er graag aan voldoen. Ze was blij dat aan haar ontsnapping een eind was gekomen, dat ze niet meer iedere dag in angsten zou moeten leven, van hot naar her verhuizend. Een speelbal van de zeloten, een prooi voor De Decker en zijn mannen. Maar Hannah zelf kon ze gemakkelijk vergeven. Er school, alles bij elkaar, geen grein van kwaad in die vogelschrik.

(De dood van Jonaske zou Katrien pas straks vernemen. Onmiddellijk nadat ze zich was gaan aandienen bij de poort en was binnengelaten. De hoofdcipier smeet het haar verwijtend in het gelaat. Katrien leek onverstoorbaar en onverschillig te blijven bij de steeds weer herhaalde tijding dat haar kind was doodgeschoten, exact zoals zijn vader. Haar onverschilligheid werd genoteerd, gehandtekend door twee getuigen. Het document werd toegevoegd aan haar dossier zodat het nog een rol kon spelen op haar nakende proces.)

'Een ding zou ik u nog willen vragen,' zei Hannah. Ze keek de hele tijd weg, kuchte, krabde zich de ellebogen.

Dat iemand met zo'n grote mond zo onbeholpen kon zijn? Vraag het me toch gewoon, dacht Katrien. Vraag me die kus, ik doe het. Waarom niet? Ze voelde dat Hannah het dolgraag wilde. Maar tegelijk voelde Katrien dat Hannah zich er ook zelf tegen verzette. Het paste niet in het beeld dat ze had van zichzelf, dat iemand als Katrien zich ertoe zou willen lenen om iemand als Hannah te kussen. Wat een onzin, dacht Katrien. Vraag het me. 'Wat dan?' stamelde ze.

Hannah keek haar aan, van vrouw tot vrouw. 'Ik euh...,' begon ze.

Katrien: 'Wat?' (Vraag het dan!)

Hannah: 'Volgens mij gelooft gij niet al te veel in mij. In mijn theorieën, bedoel ik. Over venten en zo. Als structurele oorzaak van het probleem.' Ze keek weer van Katrien weg.

Katrien: 'Nee.' (Natuuurlijk niet.)

(Er zou uiteindelijk een kus van komen. Een vluchtige. Hannah zou hem na haar laatste woorden op Katriens wang drukken. Ze zou zich meteen omdraaien, haar Moto Guzzi starten en zonder omkijken wegrijden. Het leven van Katrien Deschryver uit.)

Hannah: 'Gunt mij dan op zijn minst één ding, Katrien. Bekent mij op zijn minst toch dat.'

Katrien: 'Wat dan?' (Jeetje.)

Hannah: 'Dat ge uw vent hebt neergeschoten omdat ge vondt dat hij een varken was.'

Het duurde een tijdje voor Katrien antwoord kon geven. 'Ja, Hannah. Je hebt gelijk. Ik dacht dat Dirk een varken was.'

Hannah: 'Dan ben ik blij. Dan is het niet helemáál voor niets geweest.'

Welkom, oh stoofvlees met puree.
> Bonjour, mijn bed, mijn lavabo. Mijn lamp die nimmer slaapt.
> Ik heb u niet gemist en toch ben ik zo blij u weer te vinden.

Wat er veranderd is?
> Niet veel. Ik ben geen moeder meer.
> De pijn is groot. Mijn moederschap nog altijd even klein.
> En ik verlang nog altijd naar jouw stem die ik mij niet herinner.
> Wanneer mag ik ze horen? Wanneer verwijt ze mij?
> Wie zal mij ooit vertellen wat ik jou heb misdaan... Jij?

Ik wacht alweer. Ik smacht opnieuw.
> En hoop maar dat mijn wachten loont.

EINDE DEEL TWEE

INHOUD

EERSTE BOEK

1 DEMONEN UIT EEN DICHT VERLEDEN — 9

1. DAGBOEK VAN EEN VERDACHTE — 11
2. VELDSLAG VOOR EEN MAN ALLEEN — 39
3. DAGBOEK VAN EEN VERDACHTE (II) — 67
4. MELK EN MAYONAISE — 81
5. DAGBOEK VAN EEN VERDACHTE (III) — 93

2 ONDERWEG NAAR NERGENS — 97

1. MOBIELE GESPREKKEN — 99
2. NIETS VERANDERT, ZESTIEN KNOOP — 141
3. SALSA BRUXELLOISE — 173
4. DAGBOEK VAN EEN VOORTVLUCHTIGE — 223

3 WEERWERK — 227

1. EEN BEEST MET VEEL GEZICHTEN — 229
2. WAPENZUSTERS — 251
3. DAGBOEK VAN EEN VOORTVLUCHTIGE (II) — 315

TWEEDE BOEK

4	**KWEEK**	*319*
	1. STILLEVEN, BEWOGEN	*321*
	2. KIND EN MOEDER	*381*
	3. BROEDERMIN	*401*
	4. DE PIJNBANK VAN BRUNO	*427*
	5. DAGBOEK VAN EEN VOORTVLUCHTIGE (III)	*449*
5	**ZEE VAN ZIELEN**	*453*
6	**EIND GOED, AL GOED (BIS)**	*505*

COLOFON

ZWARTE TRANEN *van* TOM LANOYE *werd
in opdracht van uitgeverij* PROMETHEUS *en volgens
de aanwijzingen van* KRIS DEMEY *gezet door* GRIFFO, *Gent.
Het omslag werd ontworpen door* ERIK PRINSEN, *Venlo.
Drukkerij* IMSCHOOT, *Gent verzorgde het drukwerk.
De foto van de auteur werd gemaakt door*
CORNEEL MARIA RYCKEBOER, *Gent.*

*Van de eerste druk werden veertig exemplaren gebonden
door handboekbinderij* DE PERS *te Antwerpen
en door de auteur genummerd en gesigneerd.*

© 1999 TOM LANOYE

ISBN 90 5333 683 4

*Eerste druk (gebonden) oktober 1999
Tweede druk (paperback) oktober 1999
Derde druk (paperback) november 1999*

ANDER WERK VAN TOM LANOYE

POËZIE

In de piste
Bagger
Hanestaart

PROZA

Een slagerszoon met een brilletje [verhalen]
Alles moet weg [roman]
Kartonnen dozen [roman]
Spek en bonen [verhalen]
Het goddelijke monster [roman]

KRITIEKEN

Het cirkus van de slechte smaak
Vroeger was ik beter
Doén!
Maten en gewichten
Gespleten & bescheten [pamflet]

TONEEL

De Canadese muur [samen met H. Brusselmans]
De schoonheid van een total loss
 [Blankenberge / Bij Jules en Alice / Celibaat]
Ten oorlog [samen met L. Perceval]